KB139409

쉽게 읽는 월인석보 10

月印千江之曲 第十·釋譜詳節 第十

❙ 머리말

『월인석보』는 조선의 제7대 왕인 세조(世祖)가 부왕인 세종(世宗)과 소헌왕후(昭憲王后), 그리고 아들인 의경세자(懿敬世子)를 추모하기 위하여 1549년에 편찬하였다.

『월인석보』에는 석가모니의 행적과 석가모니와 관련된 인물에 관한 여러 일화가 소개되어 있다. 따라서 이 책은 불교를 배우는 이들뿐만 아니라, 국어 학자들이 15세기 국어를 연구하는 데에도 매우 귀중한 자료가 된다. 특히 이 책은 국어 문법 규칙에 맞게 한문 원문을 번역되었기 때문에 문장이 매우 자연스럽다. 따라서 『월인석보』는 훈민정음으로 지은 초기의 문헌임에도 불구하고, 당대에 간행된 그 어떤 문헌보다도 자연스러운 우리말 문장으로 지은 문헌이라고 할 수 있다.

이처럼 『월인석보』가 중세 국어와 국어사 연구에 매우 중요한 역할을 하기 때문에, 일찍부터 이 책은 중세 국어 연구의 대상이 되었고 현대어로 옮기는 작업도 이루어졌다. 그 대표적인 성과가 '세종대왕기념사업회'에서 편찬한 『역주 월인석보』의 모둠책이다. 『역주 월인석보』의 간행 작업에는 허웅 선생님을 비롯한 그 분야의 대학자들이 참여하였기 때문에, 『역주 월인석보』는 그 차제로서 대단한 업적이다. 그러나 이 『역주 월인석보』는 1992년부터 순차적으로 간행되었는데, 간행된 책마다 역주한 이가 달라서 내용의 번역이나 형태소의 분석, 그리고 편집 방법이 통일되지 못한 아쉬움이 있다. 지은이는 이러한 점을 감안하여 15세기의 중세 국어를 익히는 학습자들이 『월인석보』를 쉽게 이해할 수 있도록, 현대어로 옮기는 방식과 형태소 분석 및 편집 형식을 새롭게 바꾸었다. 이러한 편찬 의도를 반영하여 이 책의 제호도 『쉽게 읽는 월인석보』로 정했다.

이 책은 중세 국어 학습자들이 『월인석보』를 쉽게 이해할 수 있는 책을 편찬하겠다는 원래의 취지를 살리기 위하여, 다음과 같은 방법으로 책의 내용과 형식을 구성하였다.

첫째, 현재 남아 있는 『월인석보』의 권 수에 따라서 이들 문헌을 현대어로 옮겼다. 이에 따라서 『월인석보』의 1, 2, 4, 7, 8, 9, 10 등의 순서로 현대어 번역 작업이 이루진다. 둘째, 이 책에서는 『월인석보』의 원문의 영인을 페이지별로 수록하고, 그 영인 바로 아래에 현대어 번역문을 첨부했다. 셋째, 그리고 중세 국어의 문법을 익히는 이들에게 편의를 제공하기 위하여, 원문의 텍스트에 나타나는 어휘를 현대어로 풀이하고 각 어휘에 실현된 문법 형태소를 형태소 단위로 분석하였다. 넷째, 원문 텍스트에 나타나는 불교 용어를 쉽게 풀이함으로써, 불교의 교리를 모르는 일반 국어학자도 『월인석보』의 내용을 이해할 수 있도록 하였다. 다섯째, 책의 말미에 [부록]의 형식으로 [원문과 번역문의 벼리]를 실었다. 여기서는 『월인석보』의 텍스트에서 주문장의 사이에 삽입되어 있는 협주문(夾註文)을 생략하여 본문 내용의 맥락이 끊기지 않게 하였다. 여섯째, 이 책에 쓰인 문법 용어와 약어(略語)의 정의와 예시를 책 머리의 '일러두기'와 [부록]에 수록하여서, 이 책을 통하여 중세 국어를 익히려는 독자에게 도움을 주었다.

이 책에 쓰인 문법 용어는 가급적 『고등학교 문법』(2010)에서 사용되는 문법 용어를 그대로 사용하였다. 다만 일부 문법 용어는 허웅 선생님의 『우리 옛말본』(1975), 고영근 선생님의 『표준중세국어문법론』(2010), 지은이의 『중세 국어의 이해』(2020)에서 사용한 용어를 빌려 썼다. 중세 국어의 어휘 풀이는 대부분 '한글학회'에서 지은 『우리말 큰사전 4－옛말과 이두 편』의 내용을 참조했으며, 일부는 남광우 님의 『교학고어사전』을 참조했다. 각 어휘에 대한 형태소 분석은 지은이가 2010년에 『우리말연구』의 제27집에 발표한 「옛말 문법 교육을 위한 약어와 약호의 체계」의 논문과 『중세 근대 국어의 강독』(2020)에서 사용한 방법을 따랐다.

그리고 불교와 관련된 어휘는 국립국어원의 인터넷판 『표준국어대사전』, 인터넷판의 『두산백과사전』, 인터넷판의 『한국민족문화대백과』, 인터넷판의 『원불교사전』, 한국불교대사전편찬위원회의 『한국불교대사전』, 홍사성 님의 『불교상식백과』, 곽철환 님의 『시공불교사전』, 운허·용하 님의 『불교사전』 등을 참조하여 풀이하였다.

이 책을 간행하는 데에는 여러 사람의 도움이 있었다. 지은이는 2014년 겨울에 대학교 선배이자 독실한 불교 신자인 정안거사(正安居士, 현 동아고등학교의 박진규 교장)을 사석에서 만났다. 그 자리에서 정안거사로부터 국어학자뿐만 아니라 일반 사람들도 부처님의 생애를 쉽게 알 수 있는 책이 필요하다는 당부의 말을 들었는데, 이 일이 계기가 되어서 『쉽게 읽는 월인석보』의 모둠책이 세상에 나오게 되었다. 그리고 고려대학교 교육대학원의 국어교육전공에 재학 중인 나벼리 군은 『월인석보』의 원문의 모습을 디지털 영상으로 제작하고 편집하는 작업을 해 주었다. 이 책을 거친 원고를 수정하여 보기 좋은 책으로 편집·출판해 주신 경진출판의 양정섭께 감사의 뜻을 전한다.

정안거사님의 뜻과 지은이의 바람이 이루어져서, 중세 국어를 익히거나 석가모니 부처의 일을 알고자 하는 일반인들에게 이 책이 조금이나마 도움이 되기를 바란다.

2021년 3월

나찬연

차례

일러두기

1. 이 책에서 형태소 분석에 사용하는 문법적 단위에 대한 약어는 다음과 같다.

범주	약칭	본디 명칭
품사	의명	의존 명사
	인대	인칭 대명사
	지대	지시 대명사
	형사	형용사
	보용	보조 용언
	관사	관형사
	감사	감탄사
불규칙 용언	ㄷ불	ㄷ 불규칙 용언
	ㅂ불	ㅂ 불규칙 용언
	ㅅ불	ㅅ 불규칙 용언
어근	불어	불완전(불규칙) 어근
파생 접사	접두	접두사
	명접	명사 파생 접미사
	동접	동사 파생 접미사
	조접	조사 파생 접미사
	형접	형용사 파생 접미사
	부접	부사 파생 접미사
	사접	사동사 파생 접미사
	피접	피동사 파생 접미사
	강접	강조 접미사
	복접	복수 접미사
	높접	높임 접미사
조사	주조	주격 조사
	서조	서술격 조사
	목조	목적격 조사

범주	약칭	본디 명칭
조사	보조	보격 조사
	관조	관형격 조사
	부조	부사격 조사
	호조	호격 조사
	접조	접속 조사
어말 어미	평종	평서형 종결 어미
	의종	의문형 종결 어미
	명종	명령형 종결 어미
	청종	청유형 종결 어미
	감종	감탄형 종결 어미
	연어	연결 어미
	명전	명사형 전성 어미
	관전	관형사형 전성 어미
선어말 어미	주높	상대 높임의 선어말 어미
	객높	주체 높임의 선어말 어미
	상높	객체 높임의 선어말 어미
	과시	과거 시제의 선어말 어미
	현시	현재 시제의 선어말 어미
	미시	미래 시제의 선어말 어미
	회상	회상 표현의 선어말 어미
	확인	확인 표현의 선어말 어미
	원칙	원칙 표현의 선어말 어미
	감동	감동 표현의 선어말 어미
	화자	화자 표현의 선어말 어미
	대상	대상 표현의 선어말 어미

* 이 책에서 쓰인 '문법 용어'와 '약어(略語)'에 대한 자세한 내용은 [부록]에 첨부된 '문법 용어의 풀이'를 참고하기 바란다.

2. 이 책의 형태소 분석에서 사용되는 약호는 다음과 같다.

부호	기능	용례
#	어절의 경계 표시.	철수가 # 국밥을 # 먹었다.
+	한 어절 내에서의 형태소 경계 표시.	철수 + -가 # 먹- + -었- + -다
( )	언어 단위의 문법 명칭과 기능 설명.	먹(먹다) - + -었(과시)- + -다(평종)
[ ]	파생어의 내부 짜임새 표시.	먹이[먹(먹다)- + -이(사접)-]- + -다(평종)
	합성어의 내부 짜임새 표시.	국밥[국(국) + 밥(밥)] + -을(목조)
-a	a의 앞에 다른 말이 실현되어야 함.	-다, -냐 ; -은, -을 ; -음, -기 ; -게, -으면
a-	a의 뒤에 다른 말이 실현되어야 함.	먹(먹다)-, 자(자다)-, 예쁘(예쁘다)-
-a-	a의 앞뒤에 다른 말이 실현되어야 함.	-으시-, -었-, -겠-, -더-, -느-
a(← A)	기본 형태 A가 변이 형태 a로 변함.	지(← 짓다, ㅅ불)- + -었(과시)- + -다(평종)
a(↚ A)	A 형태를 a 형태로 잘못 적음(오기)	국빱(↚ 국밥) + -을(목)
Ø	무형의 형태소나 무형의 변이 형태	예쁘- + -Ø(현시)- + -다(평종)

3. 다음은 중세 국어의 문장을 약어와 약호를 사용하여 어절 단위로 분석한 예이다.

> 불휘 기픈 남ᄀᆞᆫ ᄇᆞᄅᆞ매 아니 뮐ᄊᆡ 곶 됴코 여름 하ᄂᆞ니　[용가 2장]

① 불휘: 불휘(뿌리, 根) + -Ø(← -이: 주조)
② 기픈: 깊(깊다, 深)- + -Ø(현시)- + -은(관전)
③ 남ᄀᆞᆫ: 낡(← 나모: 나무, 木) + -ᄋᆞᆫ(-은: 보조사)
④ ᄇᆞᄅᆞ매: ᄇᆞᄅᆞᆷ(바람, 風) + -애(-에: 부조, 이유)
⑤ 아니: 아니(부사, 不)
⑥ 뮐ᄊᆡ: 뮈(움직이다, 動)- + -ㄹᄊᆡ(-으므로: 연어)
⑦ 곶: 곶(꽃, 花)
⑧ 됴코: 둏(좋아지다, 좋다, 好)- + -고(연어, 나열)
⑨ 여름: 여름[열매, 實: 열(열다, 結)- + -음(명접)]
⑩ 하ᄂᆞ니: 하(많아지다, 많다, 多)- + -ᄂᆞ(현시)- + -니(평종, 반말)

4. 단, 아래의 경우에는 예외적으로 다음과 같은 방법으로 어절의 짜임새를 분석한다.

가. 명사, 동사, 형용사는 특별한 경우가 아니면 품사의 명칭을 표시하지 않는다. 단, 의존 명사와 보조 용언은 예외적으로 각각 '의명'과 '보용'으로 표시한다.

① 부톄: 부텨(부처, 佛) + -ㅣ(←-이: 주조)
② 괴오쇼셔: 괴오(사랑하다, 愛)- + -쇼셔(-소서: 명종)
③ 올ᄒᆞ시이다: 옳(옳다, 是)- + -ᄋᆞ시(주높)- + -이(상높)- + -다(평종)

나. 한자말로 된 복합어는 더 이상 분석하지 않는다.

① 中國에: 中國(중국) + -에(부조, 비교)
② 無上涅槃ᄋᆞᆯ: 無上涅槃(무상열반) + -ᄋᆞᆯ(목조)

다. 특정한 어미가 다른 어미의 내부에 끼어들어서 실현될 때에는 다음과 같이 표기한다. 이때 단일 형태소의 내부가 분리되는 현상은 '…'로 표시한다.

① 어리니잇가: 어리(어리석다, 愚: 형사)- + -잇(←-이-: 상높)- + -니…가(의종)
② 자거시늘: 자(자다, 宿: 동사)- + -시(주높)- + -거…늘(-거늘: 연어)

라. 형태가 유표적으로 존재하지 않으면서도 문법적이 있는 '무형의 형태소'는 다음과 같이 'Ø'로 표시한다.

① 가ᄆᆞ라 비 아니 오ᄂᆞᆫ 따히 잇거든
  • ᄀᆞᄆᆞ라: [가물다(동사): ᄀᆞᄆᆞᆯ(가뭄, 旱: 명사) + -Ø(동접)-]- + -아(연어)
② 바ᄅᆞ 自性을 ᄉᆞᄆᆞᆺ 아ᄅᆞ샤
  • 바ᄅᆞ: [바로(부사): 바ᄅᆞ(바ᄅᆞ다, 正: 형사)- + -Ø(부접)]
③ 불휘 기픈 남ᄀᆞᆫ
  • 불휘(뿌리, 根) + -Ø(←-이: 주조)
④ 내 ᄒᆞ마 命終호라
  • 命終ᄒᆞ(명종하다: 동사)- + -Ø(과시)- + -오(화자)- + -라(←-다: 평종)

마. 무형의 형태소로 실현되는 시제 표현의 선어말 어미는 다음과 같이 표기한다.

① 동사나 형용사의 종결형과 관형사형에서 나타나는 '과거 시제 표현'의 무형의 선어말 어미는 '-Ø(과시)-'로, '현재 시제 표현'의 무형의 선어말 어미는 '-Ø(현시)-'로 표시한다.

㉠ 아ᄃᆞᆯ들히 아비 죽다 듣고
- 죽다: 죽(죽다, 死: 동사)-+-Ø(과시)-+-다(평종)

㉡ 엇던 行業을 지ᅀᅥ 惡德애 뻐러딘다
- 뻐러딘다: 뻐러디(떨어지다, 落: 동사)-+-Ø(과시)-+-ㄴ다(의종)

㉢ 獄ᄋᆞᆫ 罪 지ᅀᅳᆫ 사ᄅᆞᆷ 가도ᄂᆞᆫ ᄯᅡ히니
- 지ᅀᅳᆫ: 짓(짓다, 犯: 동사)-+-Ø(과시)-+-ㄴ(관전)

㉣ 닐굽 ᄒᆡ 너무 오라다
- 오라(오래다, 久: 형사)-+-Ø(현시)-+-다(평종)

㉤ 여슷 大臣이 힝뎌기 왼 ᄃᆞᆯ 제 아라
- 외(외다, 그르다, 誤: 형사)-+-Ø(현시)-+-ㄴ(관전)

② 동사나 형용사의 연결형에 나타나는 과거 시제나 현재 시제 표현의 무형의 선어말 어미는 표시하지 않는다.

㉠ 몸앳 필 뫼화 그르세 다마 男女를 내ᅀᆞᄫᆞ니
- 뫼화: 뫼호(모으다, 集: 동사)-+-아(연어)

㉡ 고히 길오 놉고 고ᄃᆞ며
- 길오: 길(길다, 長: 형사)-+-오(←-고: 연어)
- 놉고: 놉(높다, 高: 형사)-+-고(연어, 나열)
- 고ᄃᆞ며: 곧(곧다, 直: 형사)-+-ᄋᆞ며(-으며: 연어)

③ 합성어나 파생어의 내부에서 실현되는 과거 시제나 현재 시제 표현의 무형의 선어말 어미는 표시하지 않는다.

㉠ 왼녁: [왼쪽, 左: 왼(오른쪽이다, 右)-+-ᄋᆞᆫ(관전▷관접)+녁(녘, 쪽: 의명)]
㉡ 늘그니: [늙은이: 늙(늙다, 老)-+-은(관전)+이(이, 者: 의명)]

『월인석보』의 해제

세종대왕은 1443년(세종 25년) 음력 12월에 음소 문자(音素文字)인 훈민정음(訓民正音)의 글자를 창제하였다. 훈민정음 글자는 기존의 한자나 한자를 빌어서 우리말을 표기하는 글자인 향찰, 이두, 구결 등과는 전혀 다른 표음 문자인 음소 글자였다. 실로 글자의 역사상 유래를 찾아볼 수 없는 매우 독창적인 글자이면서도, 글자의 수가 28자에 불과하여 아주 배우기 쉬운 글자였다.

훈민정음을 창제한 이후에 세종은 이 글자를 널리 보급하기 위하여 훈민정음의 제자 원리를 이론화하고 성리학적인 근거를 부여하는 데에 힘을 썼다. 곧, 최만리 등의 상소 사건을 통하여 사대부들이 훈민정음에 대하여 취하였던 부정적인 인식과 태도를 파악하였으므로, 이를 극복하는 적극적인 방법으로 훈민정음 글자에 대한 '종합 해설서'를 발간하기로 하였는데, 이것이 곧 『훈민정음 해례본』이다.

그리고 새로운 글자를 창제하고 반포하는 데에 그치는 것이 아니라, 실제로 백성들이 널리 사용할 수 있도록 하기 위하여 여러 가지 뒷받침 사업을 진행하였다. 이를 위하여 세종은 새로운 문자인 훈민정음을 이용하여 국어의 입말을 실제로 문장의 단위로 적어서 그 실용성을 시험하는 작업을 수행하였다. 그 첫 번째 노력으로 『용비어천가(龍飛御天歌)』의 노랫말을 훈민정음으로 지어서 간행하였는데, 이로써 훈민정음 글자로써 국어의 입말을 실제로 적을 수 있는 가능성을 보였다. 그리고 소헌왕후 심씨가 사망함에 따라서 세종은 왕후의 명복을 빌기 위하여 아들인 수양대군(首陽大君)으로 하여금 석가모니의 연보(年譜)를 훈민정음으로 번역하여 『석보상절(釋譜詳節)』을 편찬하게 하였다. 이어서 『석보상절』의 내용을 바탕으로 『월인천강지곡(月印千江之曲)』을 직접 지어서 간행하였다. 이로써 국어의 입말을 훈민정음으로써 완벽하게 구현할 수 있음을 보였다. 그리고 한문본인 『훈민정음 해례본』의 내용 중에서 '어제 서(御製 序)'와 예의(例義)를 훈민정음으로 번역한 것도 대략 이 무렵의 일인 것으로 추정된다.

세종이 승하한 후에 문종(文宗), 단종(端宗)에 이어서 세조(世祖)가 즉위하였는데, 1458년(세조 3년)에 세조의 맏아들인 의경세자(懿敬世子)가 요절하였다. 이에 세조는 1459년(세조 4년)에 부왕인 세종(世宗)과 세종의 정비인 소헌왕후 심씨, 그리고 요절한 의경세자의 명복을 빌기 위하여 『월인석보(月印釋譜)』를 편찬하였다. 그리고 어린 조카 단종을 폐위하고 왕위에 오른 후에, 단종을 비롯하여 자신의 집권에 반기를 든 수많은 신하를 죽인 업보에 대한 인간적인 고뇌를 불법의 힘으로 씻어 보려는 것도 『월인석보』를 편찬한 간접적인 동기였다.

『월인석보』는 세종이 지은 『월인천강지곡(月印千江之曲)』의 내용을 본문으로 먼저 싣고, 그에 대응되는 『석보상절(釋譜詳節)』의 내용을 붙여 합편하였다. 합편하는 과정에서 책을 구성하는 방법이나 한자어 표기법, 그리고 내용도 원본인 『월인천강지곡』이나 『석보상절』과 부분적으로 차이를 보인다. 예를 들어서 『월인천강지곡』에서는 한자음을 표기할 때 '씨時'처럼 한글을 큰 글자로 제시하고, 한자를 작은 글자로써 한글의 오른쪽에 병기하였다. 반면에 『월인석보』에서는 '時씽'처럼 한자를 큰 글자로써 제시하고 한글을 작은 글자로써 한자의 오른쪽에 병기하였다. 그리고 종성이 없는 한자음을 한글로 표기할 때에 『월인천강지곡』에서는 '씨時'처럼 종성 글자를 표기하지 않았는데, 『월인석보』에서는 '동국정운(東國正韻)식 한자음의 표기법'에 따라서 '時씽'처럼 종성의 자리에 음가가 없는 'ㅇ' 글자를 종성의 위치에 달았다. 이러한 차이는 『월인천강지곡』과 『석보상절』을 합본하여 『월인석보』를 편찬하는 과정에서 어쩔 수 없이 한자음을 표기하는 방법을 통일하였기 때문에 일어났다.

『월인석보』는 원간본인 1, 2, 7, 8, 9, 10, 12, 13, 14, 15, 17, 18, 23권과 중간본(重刊本)인 4, 21, 22권 등이 남아 있다. 그 당시에 발간된 책이 모두 발견된 것은 아니어서, 당초에 전체 몇 권으로 편찬하였는지 알 수가 없다.

『석보상절』, 『월인천강지곡』, 『월인석보』의 편찬은 세종 말엽에서 세조 초엽까지 약 13년 동안에 이룩된 사업이다. 따라서 그 최종 사업인 『월인석보』는 석가모니의 일대기를 기술하는 사업을 완결 짓는 결정판이다. 따라서 『월인석보』는 『석보상절』, 『월인천강지곡』과 더불어 훈민정음(訓民正音)이 창제된 이후 제일 먼저 나온 불경 번역서로서의 가치가 있다. 그리고 세종과 세조 당대에 쓰였던 자연스러운 말과 글의 모습이 잘 반영되어 있어서, 중세 국어나 국어사를 연구하는 데에도 매우 귀중한 가치가 있는 문헌으로 평가받고 있다.

『월인석보 제십』의 해제

『월인석보』 권9와 권10(月印釋譜 卷九, 十)은 세조 당시에 최초로 간행된 초간본으로서 2권 2책으로 되어 있다. 책의 크기는 가로 22.5cm, 세로 30cm 정도이다. 권10은 첫 장에서 제122장까지 되어 있으나 문장이 완전히 끝나지 않아서 뒤의 몇 장이 떨어져나간 것으로 보인다. 이 초간본은 양주동 가(梁柱東 家)에서 옛날에 소장한 책으로 전하는데, 1957년 연세대학교 동방학연구소에서 영인하였다.

『월인석보』 권10은 앞서 세종 때에 발간된 『석보상절』 권10의 산문 내용을 수록하였을 것으로 추정되며, 『석보상절』 권10의 내용에 해당하는 『월인천강지곡』의 기261장에서 기271장까지의 내용이 수록되어 있다.

『월인석보』 권10의 저본(底本)의 이름과 그 내용을 요약하여 소개하면 다음과 같다.

첫 번째 저본은 『석가보』(釋迦譜) 제2권 제15의 〈석가부정반왕니원기〉(釋迦父淨飯王泥洹記)이다. 이 글은 석가모니 세존의 아버지인 정반왕(淨飯王)이 수명이 다하여 열반에 드는 모습과 장례를 치르는 과정을 기술하였다.

두 번째 저본은 『석가보』(釋迦譜) 제2권 제14의 〈석가이모대애도출가기〉(釋迦姨母大愛道出家記)이다. 이 글은 석가모니 세존의 이모인 대애도(大愛道)가 출가하는 과정을 기술하였다. 곧 대애도가 세존께 출가하기를 세 번이나 청하였으나 세존은 여자가 출가하는 것이 부당하다고 하여 허락하지 않았다. 이에 대애도가 울음으로써 출가를 절실하게 소원하니, 아난이 부처님께 청하여 대애도가 출가를 이루었다.

셋 번째 저본은 『대방편불보은경』(大方便佛報恩經) 권제오(卷第五) 자품(慈品) 제7의 〈화색비구니연 오백군적적불연〉(華色比丘尼緣 五百群賊的佛緣)이다. 이 글은 석가모니 부처가 오백 도적을 교화하는 내용을 실었다. 곧, 석가모니 부처님이 자비(慈悲)와 방편(方便)의 신력으로 화인(化人)을 부려서 굴산(屈山)에서 도적질 하던 도적 5백 명을 화살을 쏘아서 굴복시키고, 이들을 불법(佛法)으로 교화하였다.

넷째, 『대운륜청우경』(大雲輪請雨經)이다. 이 글은 세존이 용왕의 청을 들어서, 기우국(祈雨國)에 비를 내리게 하고 용왕국의 환란을 없앴다는 내용을 기술하였다. 곧, 난타(難陀)가 용왕궁에 일체의 용왕을 다 모으고 다라니(陀羅尼)를 일러서 오종(五種)의 우장(雨障)을 다 없앴다. 그리고 용왕들이 중생을 위하여 염부제(閻浮提)에 비를 내려 달라고 빌자, 세존이 위신력(威神力)으로 용왕에게 칙(勅)하여 기우국에 비를 내리게 하고, 대자행(大慈行)과 제불호(諸佛號)를 이르시어 용왕국의 모든 환란과 고뇌를 없앴다.

[1앞]

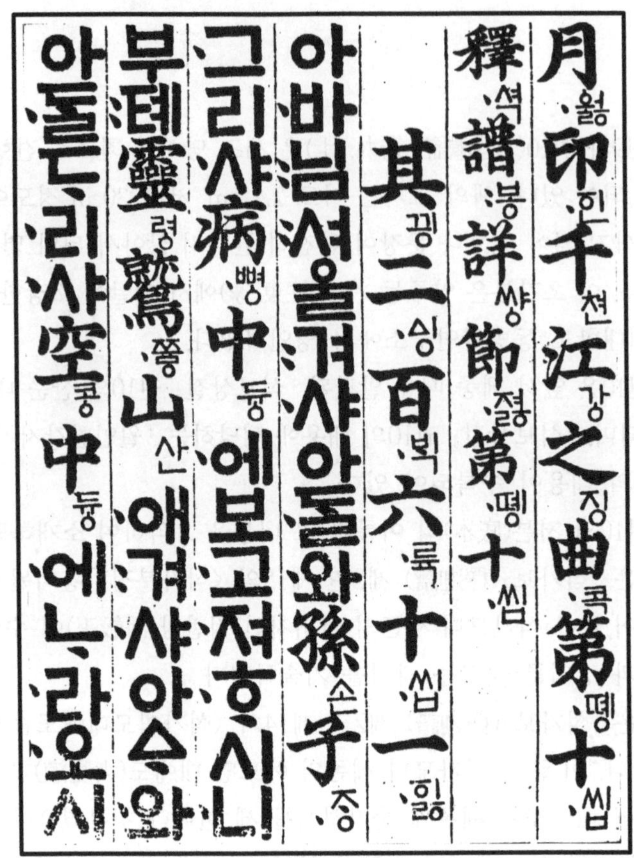

月월印힌千쳔江강之징曲콕第똉十씹
釋셕譜봉詳썅節졇第똉十씹
其끵二싱百빅六륙十씹一힗
아바님 셔ᄫᅳᆯ 겨샤 아ᄃᆞᆯ와 孫손子ᄌᆞᆼ
그리샤 病뼝中듕에 보고져 ᄒᆞ시니
부텨 靈령鷲쭝山산애 겨샤 아ᅀᆞ와
아ᄃᆞᆯ ᄃᆞ리샤 空콩中듕에 ᄂᆞ라오시

月印千江之曲(월인천강지곡) 第十(제십)

釋譜詳節(석보상절) 第十(제십)

其二百六十一(기이백육십일)

아버님이 서울에 계시어, 아들과 孫子(손자)를 그리워하시어, 病中(병중)에 보고자 하셨으니.

부처가 靈鷲山(영취산)에 계시어, 아우와 아들을 데리시어 空中(공중)에 날아오셨으니.

*月웛印힌千쳔江강之징曲콕 第뗑十씹

釋셕譜봉詳썅節졇 第뗑十씹

其끵二싱百빅六륙十씹一힗

아바님[1] 셔울[2] 겨샤[3] 아ᄃᆞᆯ와 孫손子ᄌᆼ 그리샤[4] 病뼝中듕에 보고져[5] ᄒᆞ시니[6]

부텨[7] 靈령鷲쯓山산애[8] 겨샤 아ᅀᆞ와[9] 아ᄃᆞᆯ ᄃᆞ리샤[10] 空콩中듕에 ᄂᆞ라오시니[11]

* 이 부분은 『석가보』(釋迦譜) 제2권 제15의 〈석가부정반왕니원기〉(釋迦父淨飯王泥洹記)와 관련한 내용을 수록한 글이다. 이 글은 석가모니 세존의 아버지인 정반왕(淨飯王)이 수명이 다하여 열반에 드는 모습과 장례를 치르는 과정을 기술하였다.

---

1) 아바님: [아버님, 父親: 아바(← 아비: 아버지, 父) + -님(높접)] ※ '여기서 아바님'은 석가모니 부처의 아버지인 정반왕(淨飯王)을 이른다.

2) 셔울: 서울, 京.

3) 겨샤: 겨샤(← 겨시다: 계시다, 在)- + -Ø(← -아: 연어)

4) 그리샤: 그리(그리다, 戀)- + -샤(← -시-: 주높)- + -Ø(← -아: 연어)

5) 보고져: 보(보다, 見)- + -고져(-고자: 연어, 의도)

6) ᄒᆞ시니: ᄒᆞ(하다: 보용, 의도)- + -시(주높)- + -Ø(과시)- + -니(평종, 반말) ※ 'ᄒᆞ시니'는 'ᄒᆞ시니이다'에서 '-이다'가 생략된 형태이다. 여기서 '-니'는 높임과 낮춤이 중화된 상대 높임법의 등급이다.

7) 부톄: 부텨(부처, 佛)- + -ㅣ(← -이: 주조)

8) 靈鷲山애: 靈鷲山(영취산) + -애(-에: 부조, 위치) ※ '靈鷲山(영취산)'은 고대 인도 마갈타국(摩竭陀國)의 왕사성 동북쪽에 있는 산이다. 석가모니여래가 법화경과 무량수경을 강(講)하였다는 곳이다.

9) 아ᅀᆞ와: 아ᅀᆞ(아우, 弟) + -와(← -과: 접조)

10) ᄃᆞ리샤: ᄃᆞ리(데리다, 伴)- + -샤(← -시-: 주높)- + -Ø(← -아: 연어)

11) ᄂᆞ라오시니: ᄂᆞ라오[날아오다: ᄂᆞᆯ(날다, 飛)- + -아(연어) + 오(오다, 來)-]- + -시(주높)- + -Ø(과시)- + -니(평종, 반말)

[1 뒤]

니
其끵二싱百빅六륙十씹二싱
첫放방光광보ᅀᆞᄫᆞ고百빅姓셩돌히
우ᅀᆞᆸ거늘生ᄉᆡᆼ死ᄉᆞᆼ受쓯苦콩ᄅᆞᆯ如셩
來ᄅᆡᆼ니ᄅᆞ시니
세光광明명보시고아바님便뼌安한
커시늘부텨오샤ᄆᆞᆯ大땡稱칭王

其二百六十二(기이백육십이)

첫 放光(방광)을 보고 百姓(백성)들이 울거늘, 生死(생사)의 受苦(수고)를 如來(여래)가 이르셨으니.

세 光明(광명)을 보시고 아버님이 便安(편안)하시거늘, 부처가 오신 것을 大稱王(대칭왕)이

其끵二싱百빅六륙十씹二싱

첫 放방光광[12] 보ᄉᆞᆸ고[13] 百빅姓셩ᄃᆞᆯ히[14] 우ᄉᆞᆸ거늘[15] 生싱死ᄉᆞᆼ 受쓯苦콩[16]ᄅᆞᆯ 如셩來ᄅᆡᆼ[17] 니ᄅᆞ시니[18]

세 光광明명 보시고 아바님 便변安한커시ᄂᆞᆯ[19] 부텨 오샤ᄆᆞᆯ[20] 大땡稱칭王왕[21]이

---

12) 放光: 방광. 부처가 광명을 내는 것이다.

13) 보ᄉᆞᆸ고: 보(보다, 見)- + -ᄉᆞᆸ(객높)- + -고(연어)

14) 百姓ᄃᆞᆯ히: 百姓ᄃᆞᆯㅎ[백성들, 百姓等: 百姓(백성) + -ᄃᆞᆯㅎ(-들: 복접)] + -이(주조)

15) 우ᄉᆞᆸ거늘: 우(← 울다: 울다, 泣)- + -ᄉᆞᆸ(객높)- + -거늘(연어, 상황)

16) 受苦: 수고. 생로병사(生老病死)의 고통을 받는 것이다. 또는 네 가지의 수고(受苦). 곧 사는 일, 늙는 일, 병, 죽는 일을 말한다. 괴로움을 이르기도 한다.

17) 如來: 如來(여래) + -Ø(← -이: 주조) ※ '如來(여래)'는 여래 십호의 하나이다. 진리로부터 진리를 따라서 온 사람이라는 뜻으로 '부처'를 달리 이르는 말이다.

18) 니ᄅᆞ시니: 니ᄅᆞ(이르다, 曰)- + -시(주높)- + -Ø(과시)- + -니(평종, 반말)

19) 便安커시ᄂᆞᆯ: 便安ㅎ[← 便安ᄒᆞ다(편안하다): 便安(편안) + -ᄒᆞ(형접)-]- + -시(주높)- + -거…ᄂᆞᆯ(-거늘: 연어, 상황)

20) 오샤ᄆᆞᆯ: 오(오다, 來)- + -샤(← -시-: 주높)- + -ㅁ(← -옴: 명전) + -ᄋᆞᆯ(목조)

21) 大稱王: 대칭왕. 정반왕의 동생이며, 사자협왕(師子頰王)의 넷째인 막내아들인 甘露飯王(감로반왕)의 딴 이름으로 추정한다. 석가모니의 숙부(叔父)이다.

[2앞]

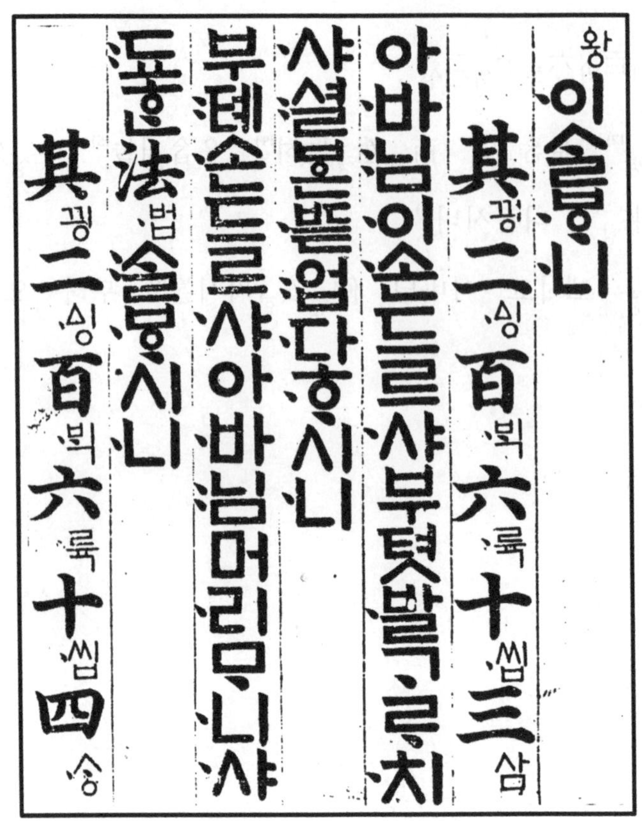

왕이ᄉᆞᆯᄫᆞ니
其끵二ᅀᅵᆼ百ᄇᆡᆨ六륙十씹三삼
아바님이손ᄋᆞᆯ드르샤부텻발ᄋᆞᆯᄀᆞᄅᆞ치샤셜ᄫᅳᆫᄠᅳᆮ업다ᄒᆞ시니
부톄손ᄋᆞᆯ드르샤아바님머리ᄆᆞ니샤됴ᄒᆞᆫ法법ᄉᆞᆯᄫᆞ시니
其끵二ᅀᅵᆼ百ᄇᆡᆨ六륙十씹四ᄉᆞᆼ

사뢰었으니.

其二百六十三(기이백육십삼)

아버님이 손을 드시어 부처의 발을 가르키시어, “서러운 뜻이 없다.” 하셨으니.

부처가 손을 드시어 아버님의 머리를 만지시어, 좋은 法(법)을 사뢰셨으니.

其二百六十四(기이백육십사)

ᄉᆞᆯᄫᆞ니[22)]

其끵二ᅀᅵᆼ百ᄇᆡᆨ六륙十씹三삼

아바님이 손 드르샤[23)] 부텻[24)] 발 ᄀᆞᄅᆞ치샤[25)] 셜ᄫᅳᆫ[26)] ᄠᅳᆮ[27)] 업다[28)] ᄒᆞ시니

부톄 손 드르샤 아바님 머리 ᄆᆞ니샤[29)] 됴ᄒᆞᆫ[30)] 法법 ᄉᆞᆯᄫᆞ시니[31)]

其끵二ᅀᅵᆼ百ᄇᆡᆨ六륙十씹四ᄉᆞᆼ

---

22) ᄉᆞᆯᄫᆞ니: ᄉᆞᆲ(← ᄉᆞᆲ다, ㅂ불: 사뢰다, 아뢰다, 奏)-+-Ø(과시)-+-ᄋᆞ니(평종, 반말)
23) 드르샤: 들(들다, 擧)-+-으샤(←-으시-: 주높)-+-Ø(←-아: 연어)
24) 부텻: 부텨(부처, 佛)+-ㅅ(-의: 관조)
25) ᄀᆞᄅᆞ치샤: ᄀᆞᄅᆞ치(가르키다, 指)-+-샤(←-시-: 주높)-+-Ø(←-아: 연어)
26) 셜ᄫᅳᆫ: 셟(← 셟다, ㅂ불: 서럽다, 哀)-+-Ø(현시)-+-은(관전)
27) ᄠᅳᆮ: 뜻, 意.
28) 업다: 업(← 없다: 없다, 無)-+-Ø(현시)-+-다(평종)
29) ᄆᆞ니샤: ᄆᆞ니(만지다, 撫)-+-샤(←-시-: 주높)-+-Ø(←-아: 연어)
30) 됴ᄒᆞᆫ: 둏(좋다, 好)-+-Ø(현시)-+-ᄋᆞᆫ(현시)
31) ᄉᆞᆯᄫᆞ시니: ᄉᆞᆲ(← ᄉᆞᆲ다, ㅂ불: 사뢰다, 아뢰다, 奏)-+-ᄋᆞ시(주높)-+-Ø(과시)-+-ᄋᆞ니(평종, 반말)

[2뒤]

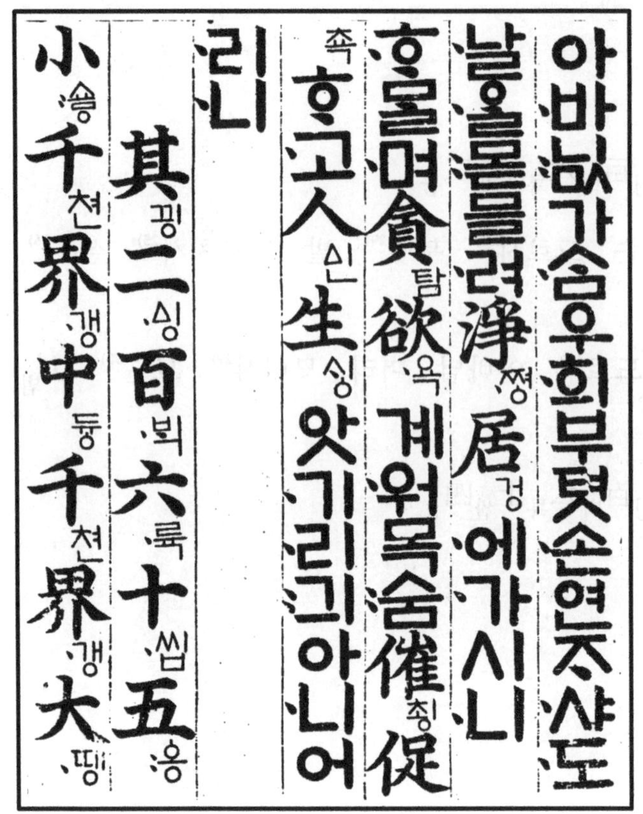

아바닚 가ᄉᆞᆷ 우희 부텻 손 연ᄌᆞ샤도 날ᄋᆞᆯ 몯 믈려 淨쪙居겅에 가시니 ᄒᆞᄆᆞᆯ며 貪탐欲욕ᄋᆞᆯ 계워 목숨 催찡促쵹ᄒᆞ고 人신生ᄉᆡᆼ 앗기리 그 아니 어리니

其끵二ᅀᅵᆼ百ᄇᆡᆨ六륙十씹五옹

小숑千쳔界갱 中듕千쳔界갱 大땡

아버님의 가슴 위에 부처의 손을 얹으셔도, 날(日)을 못 물려 淨居(정거)에 가셨으니.

하물며 貪欲(탐욕)을 못 이겨 목숨을 催促(최촉)하고 人生(인생)을 아끼는 이가, 그가 아니 어리석으니?

其二百六十五(기이백육십오)

小千界(소천계)·中千界(중천계)·

아바ᄂᆡᇝ[32] 가ᄉᆞᆷ[33] 우희[34] 부텻 손 연ᄌᆞ샤도[35] 날ᄋᆞᆯ[36] 몯[37] 믈러[38] 淨쪙居겅[39]에 가시니

ᄒᆞᄆᆞᆯ며[40] 貪탐欲욕 계워[41] 목숨 催ᄎᆈᆼ促쵹ᄒᆞ고[42] 人ᅀᅵᆫ生싱 앗기리[43] 긔[44] 아니 어리니[45]

其끵二ᅀᅵᆼ百ᄇᆡᆨ六륙十씹五ᅌᅩᆼ

小숗千쳔界갱[46] 中듕千쳔界갱[47]

---

32) 아바ᄂᆡᇝ: 아바님[아버님, 父親: 아바(← 아비: 아버지, 父) + -님(높접)] + -ㅅ(-의: 관조)

33) 가ᄉᆞᆷ: 가슴, 胸.

34) 우희: 웋(위, 上) + -의(-에: 부조, 위치)

35) 연ᄌᆞ샤도: 엱(얹다, 置)- + -ᄋᆞ샤(← -ᄋᆞ시-: 주높)- + -도(← -아도: 연어, 양보)

36) 날ᄋᆞᆯ: 날(날, 日) + -ᄋᆞᆯ(목조)

37) 몯: 못, 不能(부사, 부정)

38) 믈러: 믈리[물리다, 退: 믈ㄹ(← 므르다: 물러나다, 退)- + -이(사접)-]- + -어(연어)

39) 淨居: 정거. ※ 淨居天(정거천)은 색계(色界)의 제사 선천(禪天)이다. 무번·무열·선현·선견·색구경의 다섯 하늘이 있으며, 불환과(不還果)를 얻은 성인이 난다고 한다.

40) ᄒᆞᄆᆞᆯ며: 하물며, 況(부사)

41) 계워: 계우(못 이기다, 不勝)- + -어(연어)

42) 催促ᄒᆞ고: 催促ᄒᆞ[최촉하다: 催促(최촉) + -ᄒᆞ(동접)-]- + -고(연어, 나열) ※ '催促(최촉)'은 어떤 일을 빨리 하도록 조르는 것이다.

43) 앗기리: 앗기(아끼다, 惜)- + -ㄹ(관전) # 이(이, 것, 者: 의명) + -Ø(← -이: 주조)

44) 긔: 그(그, 그것, 彼: 인대, 정칭) + -ㅣ(← -이: 주조)

45) 어리니: 어리(어리석다, 愚)- + -Ø(현시)- + -니(의종, 반말) ※ '어리니'는 '어리니잇가'에서 '-잇가'가 생략된 형태이다.

46) 小千界: 소천계. 소천세계(小千世界). 수미산(須彌山)을 중심으로 사방에 네 개의 큰 대륙이 있고, 그 주위를 큰 철위산(鐵圍山)이 둘러 싸고 있다고 하는데, 이것을 일세계(一世界) 또는 일사천하(一四天下)라 한다. 이 사천하(四天下)를 1천 개를 합한 것이 소천계(小千界)이다.

47) 中千界: 소천계를 1천 개를 합친 것이 중천계(中千界)이다.

[3앞]

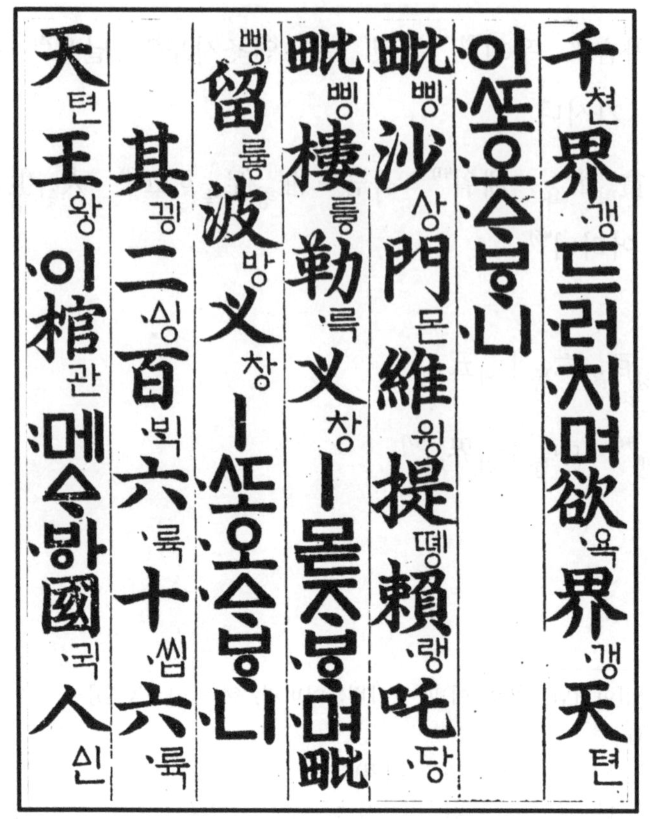

千쳔界갱 드러치며 欲욕界갱天텬이 ᄯᅩ 오ᅀᆞᄫᆞ니
毗삥沙상門몬 維윙提뗑賴랭吒당 毗삥樓릏勒륵叉창ㅣ 몯ᄌᆞᄫᆞ며 毗삥留릏波방叉창ㅣ ᄯᅩ 오ᅀᆞᄫᆞ니
其끵二ᅀᅵᆼ百ᄇᆡᆨ六륙十씹六륙
天텬王왕이 棺관 메ᅀᆞᄫᆞ방 國귁人신

大千界(대천계)가 진동하며 欲界天(욕계천)이 또 왔으니.

毗沙門(비사문)·維提賴吒(유제뢰타)·毗樓勒叉(비루늑차)가 모이며, 毗留波叉(비류파차)가 또 왔으니.

其二百六十六(기이백육십육)

天王(천왕)이 棺(관)을 메어 國人(국인)이

[3앞]

大땡千천界갱[48] 드러치며[49] 欲욕界갱天텬[50]이 ᄯᅩ[51] 오ᅀᆞᄫᆞ니[52]

毗뼹沙상門몬[53] 維윙提뗑頼랭吒당[54] 毗뼹樓릏勒륵叉창ㅣ[55] 몯ᄌᆞᄫᆞ며[56]

毗뼹留륳波방叉창ㅣ[57] ᄯᅩ 오ᅀᆞᄫᆞ니

其끵二싱百빅六륙十씹六륙

天텬王왕이[58] 棺관 메ᅀᆞᄫᅡ[59] 國귁人싄[60]이

---

48) 大千界: 大千界(대천계) + -Ø(←-이: 주조) ※ '大千界(대천계)'는 중천계를 1천 개를 합친 것이다.

49) 드러치며: 드러치(진동하다, 振動)- + -며(연어, 나열)

50) 欲界天: 욕계천. 불교에서 말하는 욕계(欲界)·색계(色界)·무색계(無色界)의 삼계(三界) 중 하나. 욕계는 유정(有情)이 사는 세계로 맨 아래에 있으며 오관(五官)의 욕망이 존재하는 세계로 지옥·아귀(餓鬼)·축생(畜生)·아수라(阿修羅)·인간(人間) 등 다섯 가지와 사왕천(四王天)·도리천·야마천(夜摩天)·도솔천(兜率天)·화락천(化樂天)·타화자재천(他化自在天) 등 육욕천(六欲天)이 여기에 속한다. 여기에 있는 유정에게는 식욕·음욕·수면욕이 있어 이렇게 이른다.

51) ᄯᅩ: 또, 又(부사)

52) 오ᅀᆞᄫᆞ니: 오(오다, 來)- + -ᅀᆞᇦ(←-ᄉᆞᆸ-: 객높)- + -Ø(과시)- + -ᄋᆞ니(평종, 반말) ※ 여기서 '-ᅀᆞᇦ-'는 정반왕을 장례하는 장소 곧 석가모니 부처가 있는 장소를 간접적으로 높인 것이다.

53) 毗沙門: 비사문. 사천왕(四天王) 곧 사대천왕(四大天王)의 하나이다. 북방의 수호신(守護神)이며, 서천(西天)의 말로 비사문(毗沙門)이라 이른다.(=다문천왕, 多聞天王)

54) 維提頼吒: 유제뢰타. ※ 미상이다.

55) 毗樓勒叉ㅣ: 毗樓勒叉(비루늑차) + -ㅣ(←-이: 주조) ※ '叉(차)'는 야차(夜叉), 곧 악귀의 이름이다.

56) 몯ᄌᆞᄫᆞ며: 몯(모이다, 會)- + -ᄌᆞᇦ(←-ᄌᆞᆸ-: 객높)- + -ᄋᆞ며(연어, 나열)

57) 毗留波叉ㅣ: 毗留波叉(비류파차) + -ㅣ(←-이: 주조) ※ '毗留波叉(비류파차)'는 악귀의 이름이다.

58) 天王이: 天王(천왕) + -이(주조) ※ '天王(천왕)'은 욕계나 색계 따위의 온갖 하늘의 임금이다.

59) 메ᅀᆞᄫᅡ: 메(메다, 負)- + -ᅀᆞᇦ(←-ᄉᆞᆸ-: 객높)- + -아(연어)

60) 國人: 국인. 그 나라의 사람이다.

[3뒤]

이 다 우러늘 墓뫃애 가싫 제 부톄 앒 셔시니

羅랑漢한이 檀딴香향 가져와 國귁人신이 더욱 우러늘 블에 ᄉᆞᆯ오 부톄 法법 니ᄅᆞ시니

淨쪙飯뻔王왕이 病뼝이 ᄃᆞ외더시니 白ᄈᆡᆨ飯뻔王왕과 斛ᄒᆞᆨ飯뻔王왕과 大땡

다 울거늘, 墓(묘)에 가실 때에 부처가 앞에 서셨으니.

羅漢(나한)이 檀香(단향)을 가져와 國人(국인)이 더욱 울거늘, (단향을) 불에 사르고 부처가 法(법)을 이르셨으니.

淨飯王(정반왕)이 病(병)이 되시더니, 白飯王(백반왕)과 斛飯王(곡반왕)과다 울어늘[61] 墓몽애 가ᄉᆞᇙ 제[62] 부텨 앒[63] 셔시니[64] 羅랑漢한[65]이 檀딴香향[66] 가져와 國귁人신이 더욱 울어늘 블에[67] ᄉᆞᅀᆞᆸ고[68] 부텨 法법 니ᄅᆞ시니[69]

淨쪙飯뻔王왕[70]이 病뼝이 되더시니[71] 白뻭飯뻔王왕[72]과 斛혹飯뻔王왕[73]과 大땡稱칭王왕[74]과

61) 울어늘: 울(울다, 泣)- + -어늘(← -거늘: 연어, 상황)

62) 제: 제, 時(의명) ※ '제'는 [적(적, 때, 時: 의명) + -ㅣ(← -의: -에, 부조, 위치)]의 방식으로 형성된 의존 명사이다.

63) 앒: 앞, 前.

64) 셔시니: 셔(서다, 立)- + -시(주높)- + -Ø(과시)- + -니(평종, 반말)

65) 羅漢: 나한. 산스크리트어를 음역한 아라한(阿羅漢)의 약칭으로, 의역하여 응공(應供)이라고도 한다. 불교의 수행을 완성하고, 사람들로부터 공양과 존경을 받을 값어치가 있는 성자이다. 성문(聲聞)이 목표로 하는 최고의 경지(阿羅漢果)에 달한 사람, 소승(小乘)의 성자 또 불타 열반시, 정법(正法)을 위촉받아, 그 호지(護持)에 힘쓰라고 명령 받았다고 한다.

66) 檀香: 단향. 단향목. 자단, 백단 따위의 향나무를 통틀어 이르는 말이다.

67) 블에: 블(불, 火) + -에(부조, 위치)

68) ᄉᆞᅀᆞᆸ고: ᄉᆞ(← ᄉᆞᆯ다: 사르다, 燒)- + -ᅀᆞᆸ(객높)- + -고(연어, 나열) ※ '-ᅀᆞᆸ-'은 정반왕을 높였다.

69) 니ᄅᆞ시니: 니ᄅᆞ(이르다, 曰)- + -시(주높)- + -Ø(과시)- + -니(평종, 반말)

70) 淨飯王: 정반왕. 중인도 가비라위국의 왕이다. 구리성의 왕인 선각왕의 누이동생 마야를 왕비로 맞았는데, 왕비가 싯다르타(석가)를 낳고 죽자, 그녀의 동생을 후계 왕비로 맞아들여 싯다르타를 기르게 하였으며, 그 후에 그녀에게서 난타가 태어났다.

71) 되더시니: 되(되다, 被)- + -더(회상)- + -시(주높)- + -니(연어, 설명 계속)

72) 白飯王: 백반왕. 가비라국(迦毗羅國)의 임금이던 사자협왕(師子頰王)의 둘째 아들이다. 정반왕(淨飯王)의 첫째 아우이며, 여래(如來)의 숙부이다. 백반왕의 맏아들은 조달(調達)이고, 작은 아들은 아난(阿難)이다.

73) 斛飯王: 곡반왕. 가비라국(迦毗羅國)의 임금이던 사자협왕(師子頰王)의 셋째 아들이다. 정반왕(淨飯王)의 둘째 아우이며. 여래(如來)의 숙부이다. 곡반왕의 맏아들은 마하남(摩訶男)이고, 작은 아들은 아나율(阿那律)이다.

74) 大稱王: 대칭왕. 정반왕의 동생이며, 사자협왕(師子頰王)의 넷째인 막내아들인 甘露飯王(감로반왕)의 딴 이름으로 추정한다. 석가모니의 숙부(叔父)이다.

[4앞]

稱칭王왕과 한 臣씬下ᅘᅣᆼ ᄃᆞᆯ히 모다 ᄉᆞᆯᄫᆞᄃᆡ 大땡王왕이 모딘 이ᄅᆞᆯ 즐기디 아니ᄒᆞ샤 彈딴指징ㅅ ᄉᆞᅀᅵ예도 德득 심고ᄆᆞᆯ ᄒᆞ나 ᄂᆞᆫ비 너기샤 德득 심고ᄆᆞᆫ 德득엣 이ᄅᆞᆯ 지ᅀᅳᆯ 씨라 百ᄇᆡᆨ姓셩을 어엿비 너기실ᄊᆡ 十씹方방앳 사ᄅᆞ미 다 아ᅀᆞᆸᄂᆞ니 오ᄂᆞᆳ나래 엇더 시르믈 ᄒᆞ시ᄂᆞ니잇고 王왕이 니

大稱王(대칭왕)과 많은 臣下(신하)들이 모두 사뢰되, "大王(대왕)이 모진 일을 즐기지 아니하시어 彈指(탄지)할 사이에도 德(덕)을 심는 것을 하지만, (마음에) 흡족지 못하게 여기시어【德(덕)을 심는 것은 德(덕)의 일을 짓는 것이다.】百姓(백성)을 불쌍히 여기시므로, 十方(시방)에 있는 사람이 (대왕이 하신 일을) 다 아니, 오늘날에 (대왕께서) 어찌 시름을 하십니까?" 王(왕)이

한[75] 臣씬下향ᄃᆞᆯ히[76] 모다[77] ᄉᆞᆯᄫᅩᄃᆡ[78] 大땡王왕이 모딘[79] 이ᄅᆞᆯ 즐기디[80] 아니ᄒᆞ샤 彈딴指징ᄒᆶ[81] ᄉᆞᅀᅵ예도[82] 德득 심고ᄆᆞᆯ[83] ᄒᆞ나[84] 낟비[85] 너기샤[86] 【德득 심고ᄆᆞᆫ 德득 이ᄅᆞᆯ[87] 지ᅀᅳᆯ[88] 씨라[89]】 百빅姓셩을 어엿비[90] 너기실ᄊᆡ 十씹方방앳[91] 사ᄅᆞ미 다 아ᅀᆞᆸᄂᆞ니 오ᄂᆞᆳ나래[92] 엇더[93] 시르믈 ᄒᆞ시ᄂᆞ니잇고[94] 王왕이

---

75) 한: 하(많다, 多)- + -Ø(현시)- + -ㄴ(관전)

76) 臣下ᄃᆞᆯ히: 臣下ᄃᆞᆶ[산하들, 諸群臣: 臣下(신하) + -ᄃᆞᆶ(-들: 복접)] + -이(주조) ※ '큰 臣下ᄃᆞᆶ'은 '제군신(諸群臣)'을 직역한 표현이다.

77) 모다: [모두, 共(부사): 몯(모이다, 集)- + -아(연어 ▹ 부접)]

78) ᄉᆞᆯᄫᅩᄃᆡ: ᄉᆞᆲ(← ᄉᆞᆲ다, ㅂ불: 사뢰다, 白言)- + -오ᄃᆡ(-되: 연어, 설명 계속)

79) 모딘: 모디(← 모딜다: 모질다, 惡)- + -Ø(현시)- + -ㄴ(관전)

80) 즐기디: 즐기[즐기다, 好: 즑(즐거워하다, 歡)- + -이(사접)-]- + -디(-지: 연어, 부정)

81) 彈指ᄒᆶ: 彈指ᄒᆞ[탄지하다: 彈指(탄지) + -ᄒᆞ(동접)-]- + -ᇙ(관전) ※ '彈指(탄지)'는 손톱이나 손가락 따위를 튕긴다는 뜻으로, 아주 짧은 시간을 이른다.

82) ᄉᆞᅀᅵ예도: ᄉᆞᅀᅵ(사이, 間) + -예(← -에: 부조, 위치) + -도(보조사, 첨가)

83) 심고ᄆᆞᆯ: 싦(← 시므다: 심다, 種)- + -옴(명전) + -ᄋᆞᆯ(목조)

84) ᄒᆞ나: ᄒᆞ(하다, 爲)- + -나(연어, 대조) ※ 『釋迦譜』(석가보)의 〈釋迦父淨飯王泥洹記 第十五〉에 따르면 이 부분이 '種德無厭(덕을 심되 흡족함이 없다)'으로 기술되어 있다. 이를 감안하면, "덕을 심는 일을 하지만 (마음에) 흡족하지 못하게 여기시어"로 의역할 수 있다.

85) 낟비: [부족하다, 나쁘게, 無厭(부사): 낟ㅂ(← 낟ᄇᆞ다: 나쁘다)- + -이(부접)]

86) 너기샤: 너기(여기다, 念)- + -샤(← -시-: 주높)- + -Ø(← -아: 연어)

87) 이ᄅᆞᆯ: 일(일, 事) + -ᄋᆞᆯ(목조)

88) 지ᅀᅳᆯ: 짛(← 짓다, ㅅ불: 짓다, 만들다, 作)- + -을(목조)

89) 씨라: ㅆ(← ᄉᆞ: 것, 者, 의명) + -이(서조)- + -Ø(현시)- + -라(← -다: 평종)

90) 어엿비: [불쌍하게, 憫(부사): 어엿ㅂ(← 어엿브다: 불쌍하다)- + -이(부접)]

91) 十方앳: 十方(시방) + -애(-에: 부조, 위치) + -ㅅ(-의: 관조) ※ '十方(시방)'은 사방(四方), 사우(四隅), 상하(上下)를 통틀어 이르는 말이다. 사우(四隅)는 방 따위의 네 모퉁이의 방위. 곧 동남, 동북, 서남, 서북을 이른다.

92) 오ᄂᆞᆳ나래: 오ᄂᆞᆳ날[오늘날, 今日: 오ᄂᆞᆯ(오늘, 今日) + -ㅅ(관조, 사잇) + 날(날, 日)] + -애(-에: 부조)

93) 엇더: 어찌, 何(부사)

94) ᄒᆞ시ᄂᆞ니잇고: ᄒᆞ(하다, 爲)- + -시(주높)- + -ᄂᆞ(현시)- + -잇(← -이-: 상높)- + -니…고(-니까: 의종, 설명)

[4뒤]

ᄅᆞ샤ᄃᆡ 내 命명 그추미ᅀᅡ 므더니 너기
가니와 내 아ᄃᆞᆯ 悉싫達ᄯᅡᇙ이와 버근 아
ᄃᆞᆯ 難난陁ᄯᅡᆼ와 斛혹飯뻔王왕 아ᄃᆞᆯ 阿
항難난陁ᄯᅡᆼ와 孫손子ᄌᆞᆼ 羅랑雲운이
와 이 네흘 몯 보아 ᄒᆞ노라 모다 이 말 듣
ᄌᆞᆸ고 아니 울리 업더라 白ᄈᆡᆨ飯뻔王왕
이 ᄉᆞᆯᄫᆞᄃᆡ 世솅尊존이 王왕舍샹城쎵

이르시되, "나의 命(명)이 끊이지는 것이야 대수롭지 않게 여기거니와, 나의 아들인 悉達(실달)이와 작은 아들인 難陀(난타)와 斛飯王(곡반왕)의 아들인 阿難陀(아난타)와 孫子(손자)인 羅雲(나운)이, 이 넷을 못 보아서 (내가 시름을) 한다." 모두 이 말을 듣고 아니 우는 이가 없더라. 白飯王(백반왕)이 사뢰되, "世尊(세존)이 王舍城(왕사성)의

니ᄅᆞ샤ᄃᆡ[95] 내[96] 命명 그추미ᅀᅡ[97] ᄆᆞ더니[98] 너기가니와[99] 내 아ᄃᆞᆯ 悉싫達땷이와[1] 버근[2] 아ᄃᆞᆯ 難난陁땅[3]와 斛혹飯뻔王왕 아ᄃᆞᆯ 阿항難난陁땅[4]와 孫손子ᄌᆞᆼ 羅랑雲운이와[5] 이 네ᄒᆞᆯ[6] 몯 보아 ᄒᆞ노라[7] 모다[8] 이 말 듣ᄌᆞᆸ고 아니 울리[9] 업더라 白ᄈᆡᆨ飯뻔王왕이 ᄉᆞᆲ보ᄃᆡ 世솅尊존[10] 이 王왕舍샹城쎵[11]

---

95) 니ᄅᆞ샤ᄃᆡ: 니ᄅᆞ(이르다, 曰)- + -샤(← -시-: 주높)- + -ᄃᆡ(← -오ᄃᆡ: -되, 연어, 설명 계속)

96) 내: 나(나, 我: 인대, 1인칭) + -ㅣ(← -이: 관조)

97) 그추미ᅀᅡ: 긏(끊어지다, 斷)- + -움(명전) + -이ᅀᅡ(-이야: 보조사, 강조)

98) ᄆᆞ더니: [무던히, 대수롭지 않게, 慢, 蔑(부사): ᄆᆞ던(← ᄆᆞ던ᄒᆞ다: 소홀하다, 慢, 형사)- + -이(부접)]

99) 너기가니와: 너기(여기다, 以爲)- + -가니와(← -거니와: 연어, 화자, 인정 대조)

1) 悉達이와: 悉達이[실달이: 悉達(실달: 인명) + -이(접미, 어조 고름)] + -와(접조) ※ '悉達(실달)'은 '싯다르타((Siddhārtha Gautama)'의 음역어이다. 석가모니가 출가하기 전, 태자 때의 이름이다.

2) 버근: 벅(다음가다, 次: 동사)- + -Ø(과시)- + -은(관전) ※ '버근'은 '다음'으로 옮긴다.

3) 難陁: 난타. 석가모니의 배다른 동생이다. 출가하였으나 처가 그리워서 승복을 벗으려 하자, 부처의 방편(方便)으로 부처에 귀의하여 아라한과(阿羅漢果)의 자리를 얻었다. 처의 이름을 따서 손타라난타(孫陀羅難陀)라고도 부른다.

4) 阿難陁: 아난타(Ananda). 석가모니의 10대 제자(十大弟子) 중의 한 사람이다. '아난'이라고도 한다. 석가모니의 사촌 동생으로 다문 제일(多聞第一)이라고 한다. 석가모니의 이모가 출가(出家)하는 데에 힘을 써서 처음으로 교단(敎壇)에 여승(女僧)을 인정하게 하였으며, 미남(美男)이어서 여자의 유혹이 여러 번 있었으나 지조가 견고하여 이에 빠지지 않았다. 석가모니의 사후 제1차 결집이 있을 때 대가섭을 중심으로 큰 역할을 하였다.

5) 羅雲이와: 羅雲이[나운이: 羅雲(나운: 인명) + -이(접미, 어조 고름)] + -와(← -과: 접조)

6) 네ᄒᆞᆯ: 네ㅎ(넷, 四: 수사, 양수) + -ᄋᆞᆯ(목조)

7) ᄒᆞ노라: ᄒᆞ(하다)- + -ㄴ(← -ᄂᆞ-: 현시)- + -오(화자)- + -라(← -다: 평종)

8) 모다: [모두, 咸(부사): 몯(모이다, 集: 자동)- + -아(연어 ▷ 부접)]

9) 울리: 울(울다, 泣)- + -ㄹ(관전) # 이(이, 者: 의명) + -Ø(← -이: 주조)

10) 世尊: 세존. '석가모니'의 다른 이름이다. 세상에서 가장 존귀한 존재라는 뜻이다.

11) 王舍城: 왕사성. 석가모니가 살던 시대의 강국인 마가다의 수도이다. 석가모니가 중생을 제도한 중심지로서, 불교에 관한 유적이 많다. '라자그리하(Rajagriha)'라고도 한다.

[5앞]

耆闍崛山(기사굴산)에 계시다고 듣나니, (기사굴산이) 여기에서 쉰 由旬(유순)이니, 王(왕)이 病(병)이 드시어서 사람을 부려도 (왕이 기사굴산에) 못 미치겠으니, 그리 여기지 마십시오." 淨飯王(정반왕)이 울며 이르시되, "世尊(세존)이 늘 神通(신통)을 三昧(삼매)하시어, 天眼(천안)으로 꿰뚫어 보시며 天耳(천이)로 꿰뚫어 들으시어,

[5앞]

耆낑闍썅崛꿇山산[12]애 겨시다 듣노니[13] 이에셔[14] 쉰 由윻旬쓘[15]이니 王왕ㅅ 病뼝이 되샤 사ᄅᆞᆷ ᄇᆞ려도[16] 몯 미츠리니[17] 그리 너기디 마ᄅᆞ쇼셔[18] 淨쪙飯뻔王왕이 울며 니ᄅᆞ샤ᄃᆡ 世솅尊존이 샹녜[19] 神씬通통[20] 三삼昧밍[21] ᄒᆞ샤 天텬眼안[22]ᄋᆞ로 ᄉᆞᄆᆞᆺ[23] 보시며 天텬耳ᅀᅵᆼ[24]로 ᄉᆞᄆᆞᆺ 드르샤[25]

---

12) 耆闍崛山: 기사굴산. 팔리어 gijja-kūṭa의 음사이다. 영취(靈鷲)·취두(鷲頭)·취봉(鷲峰)이라 번역한다. 고대 인도에 있던 마가다국(magadha國)의 도읍지인 왕사성(王舍城)에서 동쪽 약 3㎞ 지점에 있는 산이다.

13) 듣노니: 듣(듣다, 聞)-+-ㄴ(←-ᄂᆞ-: 현시)-+-오(화자)-+-니(연어, 설명 계속) ※ '듣노니'는 '듣고 있으니'로 의역한다.

14) 이에셔: 이에(여기에, 此: 지대, 정칭)+-셔(-서: 보조사, 위치 강조)

15) 由旬: 유순. ※ '由旬(유순)'은 고대 인도의 이수(里數) 단위이다. 소달구지가 하루에 갈 수 있는 거리로서 80리인 대유순, 60리인 중유순, 40리인 소유순의 세 가지가 있다.

16) ᄇᆞ려도: ᄇᆞ리(부리다, 遣)-+-어도(연어, 양보)

17) 미츠리니: 및(미치다, 及)-+-으리(미시)-+-니(연어, 설명 계속, 이유)

18) 마ᄅᆞ쇼셔: 말(말다, 勿)-+-ᄋᆞ쇼셔(-으소서: 명종, 아주 높임) ※ '그리 너기디 마ᄅᆞ쇼셔'는 문맥상 "여러 자손들을 마음에 두지 마십시오."의 뜻으로 쓰인 말이다.

19) 샹녜: 늘, 항상, 常(부사)

20) 神通: 신통. 불도를 열심히 닦으면 얻을 수 있다는 초인간적인 신통력이다.

21) 三昧: 삼매(Samādhi). 불교 수행의 한 방법으로 심일경성(心一境性)이라 하여, 마음을 하나의 대상에 집중하는 정신력이다.

22) 天眼: 천안. 육안으로 볼 수 없는 것을 환히 보는 신통한 마음의 눈이다.

23) ᄉᆞᄆᆞᆺ: [사뭇, 꿰뚫게, 徹(부사): ᄉᆞᄆᆞᆺ(←ᄉᆞᄆᆞᆾ다: 꿰뚫다, 사무치다, 徹, 동사)-+-Ø(부접)]

24) 天耳: 천이. 색계의 제천인(諸天人)이 지닌 귀이다. 육도(六道) 중생의 말과 모든 음향을 듣는다고 한다.

25) 드르샤: 들(←듣다, ㄷ불: 듣다, 聞)-+-으샤(←-으시-: 주높)-+-Ø(←-아: 연어)

[5뒤]

慈쫑悲빙心심으로衆즁生싱ᄋᆞᆯ濟졩
渡똥ᄒᆞ샤百ᄇᆡᆨ千쳔萬먼億ᅙᅳᆨ衆즁이
므레ᄌᆞᄆᆞᆺ거든慈쫑愍민心심으로慈쫑
愍민은어엿비너기실ᄊᆡ라 ᄇᆡᄅᆞᆯᄆᆡᇰᄀᆞ라건내내시
ᄂᆞ니내世솅尊존보ᅀᆞᄫᅡ져ᄇᆞ라미또
이ᄀᆞᇀᄒᆞ니라그저긔世솅尊존이靈령
鷲쯯山산애겨샤難난陁땅와阿항難

大慈悲心(대자비심)으로 衆生(중생)을 濟渡(제도)하시어, 百千萬億(백천만억)의 衆生(중생)이 물에 잠기어 있거든 慈愍心(자민심)으로【慈愍(자민)은 불쌍히 여기는 것이다.】 배(船)를 만들어 (백천만억의 중생을) 건져 내시나니, 내가 世尊(세존)을 보고자 바라는 것이 또 이와 같으니라." 그때에 世尊(세존)이 靈鷲山(영취산)에 계시어 難陀(난타)와 阿難(아난)과

大땡慈쭝悲빙心심[26]ᄋᆞ로 衆즁生싱[27]ᄋᆞᆯ 濟졩渡똥ᄒᆞ샤 百빅千쳔萬먼億흑 衆즁[28]이 므레[29] ᄌᆞ맷거든[30] 慈쭝愍민心심[31]ᄋᆞ로【慈쭝愍민은 어엿비 너기실 씨라】ᄇᆡᄅᆞᆯ[32] ᄆᆡᇰᄀᆞ라[33] 벗겨[34] 내시ᄂᆞ니[35] 내 世솅尊존 보ᅀᆞᆸ고져[36] ᄇᆞ라미[37] ᄯᅩ[38] 이[39] ᄀᆞᆮᄒᆞ니라[40] 그 저긔[41] 世솅尊존이 靈령鷲쯍山산[42]애 겨샤 難난陁땅와 阿항難난과

---

26) 大慈悲心: 대자비심. 대자대비(大慈大悲)한 마음이다. 불보살의 넓고 큰 자비심(慈悲心)이다.

27) 衆生: 중생. 모든 살아 있는 무리이다.

28) 衆: 중. 중생이다.

29) 므레: 믈(물, 水)+-에(부조, 위치)

30) ᄌᆞ맷거든: ᄌᆞᆷ(잠기다, 溺)-+-아(연어)+잇(←이시다: 있다, 보용, 완료 지속)-+-거든(연어, 조건) ※ 'ᄌᆞ맷거든'은 'ᄌᆞ마 잇거든'이 축약된 형태이다.

31) 慈愍心: 자민심. 자애를 베풀며 가엾게 여기는 마음이다.

32) ᄇᆡᄅᆞᆯ: ᄇᆡ(배, 船)+-ᄅᆞᆯ(목조)

33) ᄆᆡᇰᄀᆞ라: ᄆᆡᇰᄀᆞᆯ(만들다, 作)-+-아(연어)

34) 벗겨: 벗기[벗기다, 건지다, 度脫: 벗(벗다, 건지다, 脫)-+-기(사접)-]-+-어(연어)

35) 내시ᄂᆞ니: 내[내다, 出: 나(나다, 出)-+-ㅣ(←-이-: 사접)-]-+-시(주높)-+-ᄂᆞ(현시)-+-니(연어, 설명 계속)

36) 보ᅀᆞᆸ고져: 보(보다, 見)-+-ᅀᆞᆸ(객높)-+-고져(-고자: 연어, 의도)

37) ᄇᆞ라미: ᄇᆞ라(바라다, 望)-+-ㅁ(←-옴: 명전)+-이(주조)

38) ᄯᅩ: 또, 又(부사)

39) 이: 이(이, 此: 지대, 정칭)+-Ø(←-이: -와, 부조, 비교)

40) ᄀᆞᆮᄒᆞ니라: ᄀᆞᆮᄒᆞ[같다, 如]+-Ø(현시)-+-니(원칙)-+-라(←-다: 평종)

41) 이 저긔: 이(이, 此: 관사, 지시, 정칭) # 적(적, 때)+-의(-에: 부조, 시간)

42) 靈鷲山: 영취산. 고대 인도 마갈타국(摩竭陀國)의 왕사성 동북쪽에 있는 산이다. 석가모니 여래가 법화경과 무량수경을 강(講)하였다는 곳이다.

[6앞]

난과羅랑雲운과ᄃᆞ려니ᄅᆞ샤ᄃᆡ父뿡
王왕이病뼝ᄒᆞ야겨시니우리미처가
보ᅀᆞᄫᅡᄆᆞᅀᆞᄆᆞᆯ훤히너기시게ᄒᆞ져라
ᄒᆞ시고즉자히세사ᄅᆞᆷᄃᆞ리샤神씬足
족ᄋᆞ로虛헝空콩애ᄂᆞ라올ᄋᆞ샤迦강
毗삥羅랑國귁에믄득現ᅘᅧᆫᄒᆞ샤ᄀᆞ장
放방光광ᄒᆞ시니나랏百ᄇᆡᆨ姓셩이부

羅雲(나운)에게 이르시되, "父王(부왕)이 病(병)하여 계시니, 우리가 (부왕이 있는 곳에) 미치어 가서 (부왕을) 보아서, (부왕이) 마음을 훤히 여기시게 하자." 하시고, 즉시 세 사람을 데리시어 神足(신족)으로 虛空(허공)에 날아오르시어, 迦毗羅國(가비라국)에 문득 現(현)하시어 크게 放光(방광)하시니, 나라의 百姓(백성)이

羅랑雲운과ᄃᆞ려43) 니ᄅᆞ샤ᄃᆡ 父뿡王왕44)이 病뼝ᄒᆞ야 겨시니 우리 미처45) 가 보ᅀᆞᄫᅡ46) ᄆᆞᅀᆞᄆᆞᆯ47) 훤히48) 너기시게 ᄒᆞ져라49) ᄒᆞ시고 즉자히50) 세 사ᄅᆞᆷ ᄃᆞ리샤51) 神씬足죡52)ᄋᆞ로 虛헝空콩애 ᄂᆞ라오ᄅᆞ샤53) 迦강毗삥羅랑國귁54)에 믄득55) 現ᅘᅧᆫᄒᆞ샤 ᄀᆞ장56) 放방光광ᄒᆞ시니57) 나랏58) 百ᄇᆡᆨ姓셩이

---

43) 羅雲과ᄃᆞ려: 羅雲(나운: 인명) + -과(접조) + -ᄃᆞ려(-더러, -에게: 부조, 상대)

44) 父王: 부왕. 왕자나 공주가 자기의 아버지인 임금을 이르던 말이나, 또는 다른 사람이 왕자나 공주의 처지에서 아버지인 임금을 이르던 말이다.

45) 미처: 및(미치다, 다다르다, 도착하다, 及)- + -어(연어)

46) 보ᅀᆞᄫᅡ: 보(보다, 見)- + -ᅀᆞᇦ(←-ᅀᆞᆸ-: 객높)- + -아(연어)

47) ᄆᆞᅀᆞᄆᆞᆯ: ᄆᆞᅀᆞᆷ(마음, 心) + -ᄋᆞᆯ(목조)

48) 훤히: [훤히, 훤하게(부사): 훤(훤: 불어) + -ㅎ(←-ᄒᆞ-: 형접)- + -이(부접)]

49) ᄒᆞ져라: ᄒᆞ(하다: 보용, 사동)- + -져라(-자: 청종, 희망) ※ '-져라'는 '청유' 기능과 함께 '희망(바람)'의 뜻이 덧붙는 것이 특징이다.

50) 즉자히: 즉시, 卽(부사)

51) ᄃᆞ리샤: ᄃᆞ리(데리다, 同伴)- + -샤(←-시-: 주높)- + -Ø(←-아: 연어)

52) 神足: 신족. 신기할 정도로 빠른 발이나, 또는 그런 걸음이다.

53) ᄂᆞ라오ᄅᆞ샤: ᄂᆞ라오ᄅᆞ[날아오르다, 飛上: ᄂᆞᆯ(날다, 飛)- + -아(연어) + 오ᄅᆞ(오르다, 上)-]- + -샤(←-시-: 주높)- + -Ø(←-아: 연어)

54) 迦毗羅國: 가비라국. 석가모니(釋迦牟尼)의 아버님인 정반왕(淨飯王)이 다스리던 나라로서, 싯타르타(悉達多) 태자(太子)가 태어난 곳이다. 머리 빛이 누른 선인(仙人)이 이 나라에서 도리(道理)를 닦았으므로 가비라국(迦毗羅國)이라고 하며, 가비라위(迦毗羅衛)라고도 하고, 가유위(迦維衛)라고도 하며, 가이(迦夷)라고도 한다.

55) 믄득: 문득, 忽然(부사)

56) ᄀᆞ장: 대단히, 大(부사)

57) 放光ᄒᆞ시니: 放光ᄒᆞ[방광하다: 放光(방광) + -ᄒᆞ(동접)-]- + -시(주높)- + -니(연어, 설명 계속) ※ '放光(방광)'은 부처가 광명을 내는 것이다.

58) 나랏: 나라(나라, 國) + -ㅅ(-의: 관조)

[6뒤]

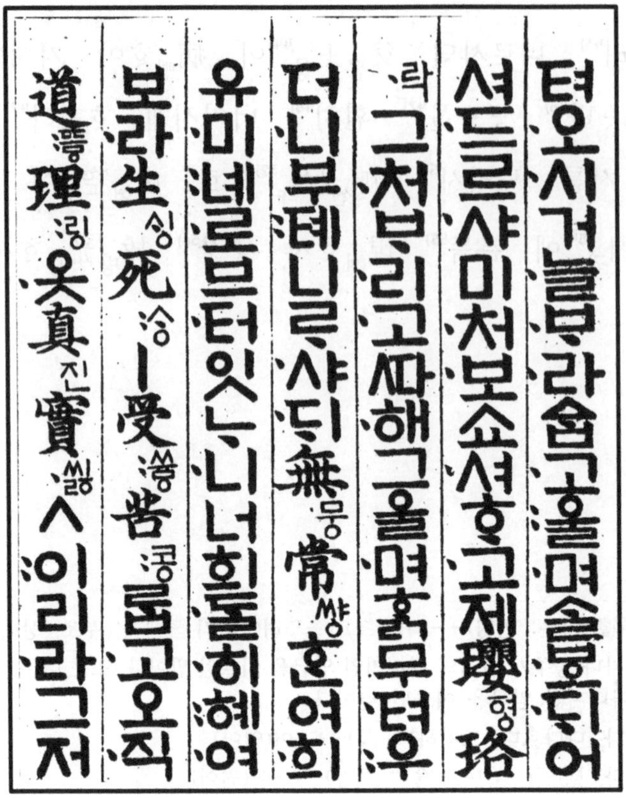

텨오시거늘ᄇᆞ라ᅀᆞᆸ고울며ᄉᆞᆯᄫᅩᄃᆡ어
셔드르샤미처보ᅀᆞᄫᆞ쇼셔ᄒᆞ고제瓔ᅙᅧᆼ珞
락ᄋᆞᆯ그처ᄇᆞ리고ᄯᅡ해그울며ᄒᆞᆰ무텨우
더니부톄니ᄅᆞ샤ᄃᆡ無뭉常썅ᄒᆞᆫ여희
유미녜로브터잇ᄂᆞ니너희둘히혜여
보라生ᄉᆡᇰ死ᄉᆞᆼ受쓯苦콩ᄅᆞᄫᆡ고오직
道또ᇢ理링ᅀᅡ眞진實씷ㅅ이리라그저

부처가 오시거늘 바라보고 울며 사뢰되, "어서 드시어 (아버님이 있는 곳에) 이르러 (아버님을) 보십시오." 하고, 자기의 瓔珞(영락)을 끊어 버리고 땅에 구르며 흙을 묻히어 울더니, 부처가 이르시되 "無常(무상)한 이별(離別)이 예로부터 있나니 너희들이 헤아려 보아라. 生死(생사)가 受苦(수고)롭고 오직 道理(도리)야말로 眞實(진실)의 일이다." 그때에 부텨 오시거늘[59] ᄇᆞ라ᅀᆞᆸ고[60] 울며 ᄉᆞᆯ보ᄃᆡ[61] 어셔[62] 드르샤[63] 미처[64] 보쇼셔 ᄒᆞ고 제[65] 瓔ᅙᅧᇰ珞락[66] 그처[67] ᄇᆞ리고[68] ᄯᅡ해[69] 그울며[70] ᄒᆞᆰ[71] 무텨[72] 우더니[73] 부텨 니ᄅᆞ샤ᄃᆡ 無뭉常썅[74]ᄒᆞᆫ 여희유미[75] 녜로브터[76] 잇ᄂᆞ니[77] 너희ᄃᆞᆯ히[78] 혜여[79] 보라 生ᄉᆡᇰ死ᄉᆞᆼㅣ 受쓯苦콩ᄅᆞᆸ고[80] 오직 道ᄯᅩᇢ理링옷[81] 眞진實씷ᄉ 이리라[82] 그 저긔

---

59) 오시거늘: 오(오다, 來)- + -시(주높)- + -거늘(연어, 상황)

60) ᄇᆞ라ᅀᆞᆸ고: ᄇᆞ라(바라보다, 望)- + -ᅀᆞᆸ(객높)- + -고(연어)

61) ᄉᆞᆯ보ᄃᆡ: ᄉᆞᆲ(← ᄉᆞᆲ다, ㅂ불: 사뢰다, 白言)- + -오ᄃᆡ(-되: 연어, 설명 계속)

62) 어셔: 어서, 急(부사)

63) 드르샤: 들(들다, 入)- + -으샤(← -으시-: 주높)- + -Ø(← -아: 연어)

64) 미처: 및(미치다, 이르다, 다다르다, 及)- + -어(연어) ※ '미처'는 문맥을 감안하여 '다다라'로 의역한다.

65) 제: 저(저, 自: 인대, 재귀칭) + -ㅣ(← -의: 관조)

66) 瓔珞: 영락. 구슬을 꿰어 만든 장신구이다. 목이나 팔 따위에 두른다.

67) 그처: 긏(끊다, 切)- + -어(연어)

68) ᄇᆞ리고: ᄇᆞ리(버리다: 보용, 완료 지속)- + -고(연어, 나열, 계기)

69) ᄯᅡ해: ᄯᅡᇂ(땅, 地) + -애(-에: 부조, 위치)

70) 그울며: 그울(구르다, 轉)- + -며(연어, 나열)

71) ᄒᆞᆰ: 흙, 土.

72) 무텨: 무티[묻히다, 坌: 묻(묻다)- + -히(사접)-]- + -어(연어)

73) 우더니: 우(← 울다: 울다, 泣)- + -더(회상)- + -니(연어, 설명 계속)

74) 無常: 무상. 상주(常住)하는 것이 없다는 뜻으로, 나고 죽고 흥하고 망하는 것이 덧없음을 이르는 말이다.

75) 여희유미: 여희(여의다, 이별하다, 離別)- + -윰(← -움: 명전) + -이(주조)

76) 녜로브터: 녜(옛날, 古) + -로(부조, 방향) + -브터(-부터: 보조사, 비롯함)

77) 잇ᄂᆞ니: 잇(← 이시다: 있다, 有)- + -ᄂᆞ(현시)- + -니(연어, 설명 계속)

78) 너희ᄃᆞᆯ히: 너희ᄃᆞᆯᇂ[너희들, 汝等: 너(너, 汝: 인대, 2인칭) + -희(복접) + -ᄃᆞᆯᇂ(-들: 복접)] + -이(주조)

79) 혜여: 혜(헤아리다, 생각하다, 思念)- + -여(← -어: 연어)

80) 受苦ᄅᆞᆸ고: 受苦ᄅᆞᆸ[수고롭다: 受苦(수고) + -ᄅᆞᆸ(형접)-]- + -고(연어, 나열)

81) 道理옷: 道理(도리) + -옷(← -곳: 보조사, 한정 강조)

82) 이리라: 일(일, 事) + -이(서조)- + -Ø(현시)- + -라(← -다: 평종)

[7앞]

그 世솅尊존이 十씹力륵과 四숭無뭉
畏휭와 十씹八밣不붏共꽁 여러 부텻
法법으로 큰 光광明명을 펴시며 또 三
삼十씹二싱相샹 八밣十씹種죵好홓
로 큰 光광明명을 펴시며 또 無뭉量량
阿항僧승祇낑劫겁브터 지ᅀᅳ샨 功공
德득으로 큰 光광明명을 펴시니 그 光

世尊(세존)이 十力(십력)과 四無畏(사무외)와 十八不共(십팔불공) (등) 여러 (가지) 부처의 法(법)으로 큰 光明(광명)을 펴시며, 또 三十二相(삼십이상)과 八十種好(팔십종호)로 큰 光明(광명)을 펴시며, 또 無量(무량)한 阿僧祇(아승기)의 劫(겁)부터 지으신 功德(공덕)으로 큰 光明(광명)을 펴시니, 그 光明(광명)이

世솅尊존이 十씹力륵[83]과 四숭無뭉畏휭[84]와 十씹八밣不붏共꿍[85] 여러 부텻 法법으로 큰 光광明명을 펴시며 ᄯᅩ 三삼十씹二ᅀᅵᆼ相샹[86] 八밣十씹種죵好홍[87]로 큰 光광明명을 펴시며 ᄯᅩ 無뭉量량[88] 阿ᅙᅡᆼ僧승祇낑[89] 劫겁브터[90] 지ᅀᅳ샨[91] 功공德득[92]으로 큰 光광明명을 펴시니 그 光광明명이

---

83) 十力: 십력. 부처만이 갖추고 있는 열 가지 지혜의 능력이다. 곧, 처비처지력(處非處智力)·업이숙지력(業異熟智力)·정려해탈등지등지지력(靜慮解脫等持等至智力)·근상하지력(根上下智力)·종종승해지력(種種勝解智力)·종종계지력(種種界智力)·변취행지력(遍趣行智力)·숙주수념지력(宿住隨念智力)·사생지력(死生智力)·누진지력(漏盡智力)이다.

84) 四無畏: 사무외. 부처가 가르침을 설할 때에, 확신하고 있기 때문에 누구에게도 두려움이 없는 네 가지이다. 정등각무외(正等覺無畏)·누영진무외(漏永盡無畏)·장법무외(說障法無畏)·출도무외(說出道無畏) 등이다.

85) 十八不共: 십팔불공. 부처님께만 있는 공덕으로서 이승(二乘)이나 보살(菩薩)들에게는 공동(共同)하지 않는 열여덟 가지이다.

86) 三十二相: 삼십이상. 부처의 몸에 갖춘 서른두 가지의 독특한 모양이다. 발바닥이나 손바닥에 수레바퀴 같은 무늬가 있는 모양, 손가락이나 발가락이 가늘고 긴 모양, 정수리에 살이 상투처럼 불룩 나와 있는 모양, 미간에 흰 털이 나와서 오른쪽으로 돌아 뻗은 모양 따위가 있다.

87) 八十種好: 팔십종호. 부처의 몸에 갖추어져 있는 미묘하고 잘생긴 여든 가지 상(相)이다. 팔십종호의 순서나 이름에 대해서는 각기 다른 설명이 있다.

88) 無量: 무량. 정도를 헤아릴 수 없을 만큼 많은 것이다.

89) 阿僧祇: 아승기(asanga). 수리적으로 10의 56승을 뜻한다. 갠지스강의 모래 수를 뜻하는 항하사(恒河沙)보다 더 많은 수를 이르는 말이다. 아승기는 항하사의 만배이며, 아승기 다음으로는 '나유타(那由他), 불가사의(不可思議), 무량대수(無量大數)'가 이어진다. 항하사부터는 불교에서 유래한 말이다.

90) 劫브터: 劫(겁) + -브터(-부터: 보조사, 비롯함) ※ '劫(겁)'은 어떤 시간의 단위로도 계산할 수 없는 무한히 긴 시간이다. 하늘과 땅이 한 번 개벽한 때에서부터 다음 개벽할 때까지의 동안이라는 뜻이다.

91) 지ᅀᅳ샨: 지ᇫ(← 짓다, ㅅ불: 짓다, 製)-+-으샤(←-으시-: 주높)-+-Ø(과시)-+-Ø(←-오-: 대상)-+-ㄴ(관전)

92) 功德: 공덕. 좋은 일을 행한 덕으로 훌륭한 결과를 가져오게 하는 능력이다. 종교적으로 순수한 것을 진실공덕(眞實功德)이라 이르고, 세속적인 것을 부실공덕(不實功德)이라 한다.

[7뒤]

光광明명이 안팟ᄀᆞᆯ ᄉᆞᄆᆞᆺ 비취여 나라ᄒᆞᆯ
차 비취샤 王왕 모매 비취시니 病뼝이
便뼌安한커시ᄂᆞᆯ 王왕이 荒황唐땅히
너기샤 니ᄅᆞ샤ᄃᆡ 이 엇던 光광明명고
諸졍天텬ㅅ 光광明명인가 ᄒᆡᄃᆞᆳ 光광
明명인가 내 아ᄃᆞᆯ 悉싫達ᄄᆞᇙ이 오ᄂᆞᆫ 딘
댄 몬져 光광明명 뵈요미 이 샹녯 祥썅

안팎을 꿰뚫어 비추어 나라를 (가득) 차게 비추시어, (그 광명이) 王(왕)의 몸에 비치시니 病(병)이 便安(편안)하시거늘, 王(왕)이 荒唐(황당)히 여기시어 이르시되, "이것이 어떤 光明(광명)인가? 諸天(제천)의 光明(광명)인가? 해달의 光明(광명)인가? 나의 아들 悉達(실달)이 오는 것이면, 먼저 光明(광명)을 보이는 것이 (이것이) 보통의 祥瑞(상서)이다."

안팟ᄀᆞᆯ[93] ᄉᆞᄆᆞᆺ 비취여[94] 나라ᄒᆞᆯ[95] 차[96] 비취샤 王왕 모매[97] 비취시니 病뼝이 便뼌安한커시ᄂᆞᆯ[98] 王왕이 荒황唐땅히[99] 너기샤 니ᄅᆞ샤ᄃᆡ 이[1] 엇던 光광明명고[2] 諸졍天텬ㅅ[3] 光광明명인가[4] ᄒᆡᄃᆞᇌ[5] 光광明명인가 내 아ᄃᆞᆯ 悉시ᇙ達ᄄᆞᇙ이 오논[6] 딘댄[7] 몬져[8] 光광明명 뵈요미[9] 이[10] 샹녯[11] 祥썅瑞쒱라[12]

---

93) 안팟ᄀᆞᆯ: 안팕[안팎, 內外: 안(←안ㅎ: 안, 內) + 밝(밖, 外)] + -ᄋᆞᆯ(목조)

94) 비취여: 비취(비추다, 照)- + -여(←-어: 연어)

95) 나라ᄒᆞᆯ: 나라ㅎ(나라, 國) + -ᄋᆞᆯ(목조)

96) 차: ㅊ(←ᄎᆞ다: 차다, 滿)- + -아(연어)

97) 모매: 몸(몸, 身) + -애(-에: 부조, 위치)

98) 便安커시ᄂᆞᆯ: 便安ㅎ[←便安ᄒᆞ다(편안하다): 便安(편안) + -ᄒᆞ(형접)-]- + -시(주높)- + -거…ᄂᆞᆯ(-거늘: 연어, 상황)

99) 荒唐히: [황당히(부사): 荒唐(황당: 불어) + -ㅎ(←-ᄒᆞ-: 형접)- + -이(부접)]

1) 이: 이(이, 是: 지대, 정칭) + -∅(←- 이: 주조)

2) 光明고: 光明(광명) + -고(보조사, 의문, 설명)

3) 諸天ㅅ: 諸天(제천) + -ㅅ(-의: 관조) ※ '諸天(제천)'은 모든 하늘의 천신(天神)들이다. 욕계의 육욕천, 색계의 십팔천, 무색계의 사천(四天) 따위의 신을 통틀어 이르는데, 마음을 수양하는 경계를 따라 나뉜다.

4) 光明인가: 光明(광명) + -이(서조)- + -∅(현시)- + -ㄴ가(의종, 판정)

5) ᄒᆡᄃᆞᇌ: ᄒᆡᄃᆞᆯ[해달, 日月: ᄒᆡ(해, 日) + ᄃᆞᆯ(달, 月)] + -ㅅ(-의: 관전)

6) 오논: 오(오다, 來)- + -ㄴ(←-ᄂᆞ-: 현시)- + -오(대상)- + -ㄴ(관전)

7) 딘댄: ㄷ(←ᄃᆞ: 것, 者, 의명) + -이(서조)- + -ㄴ댄(-면: 연어, 조건) ※ '오논 딘댄'는 '온다면'으로 의역하여 옮길 수 있다.

8) 몬져: 먼저, 先(부사)

9) 뵈요미: 뵈[보이다, 示: 보(보다, 見: 타동)- + -ㅣ(←-이-: 피접)-]- + -욤(←-옴: 명전) + -이(주조)

10) 이: 이(이, 是: 지대, 정칭) + -∅(←- 이: 주조) ※ 이때의 '이'는 강조 용법으로 쓰인 대명사이다.

11) 샹녯: 샹네(보통, 常例: 명사) + -ㅅ(-의: 관조)

12) 祥瑞라: 祥瑞(상서) + -∅(←-이-: 서조)- + -∅(현시)- + -라(←-다: 평종) ※ '祥瑞(상서)'는 복(福)되고 길(吉)한 일이 일어날 조짐이다.

[8앞]

瑞쓍라 그저긔 大땡稱칭王왕이 밧그로셔 드러 ᄉᆞᆯᄫᆞ샤ᄃᆡ 世솅尊존이 弟똉子ᄌᆞᆼ 阿항難난 羅랑雲운이ᄃᆞᆯ 더브르샤 虛헝空콩ᄋᆞ로 ᄒᆞ마 오시ᄂᆞ이다 王왕이 드르시고 恭공敬경ᄒᆞ샤 自ᄍᆞᆼ然연히 니러 안ᄌᆞ시니 이윽고 부텨 드러오나시ᄂᆞᆯ 王왕이 ᄇᆞ라시고 두 소ᄂᆞᆯ 드르

그때에 大稱王(대칭왕)이 밖으로부터서 (안으로) 들어서 사뢰시되, "世尊(세존)이 弟子(제자)인 阿難(아난)과 羅雲(나운)이 들(等)을 더불으시고, 虛空(허공)으로 곧 오십니다." 王(왕)이 들으시고 恭敬(공경)하시어 自然(자연)히 일어나 앉으시니, 이윽고 부처가 들어오시거늘 王(왕)이 바라보시고 두 손을 드시어

그 저긔 大땡稱칭王왕이 밧그로셔[13] 드러[14] ᄉᆞᆯᄫᆞ샤ᄃᆡ 世솅尊존이 弟뗑子ᄌᆞᆼ 阿항難난 羅랑雲운이[15] ᄃᆞᆯ[16] 더브르샤[17] 虛헝空콩ᄋᆞ로 ᄒᆞ마[18] 오시ᄂᆞ이다[19] 王왕이 드르시고[20] 恭공敬경ᄒᆞ샤 自ᄍᆞᆼ然션히[21] 니러[22] 안ᄌᆞ시니[23] 이슥고[24] 부톄[25] 드러오나시ᄂᆞᆯ[26] 王왕이 ᄇᆞ라시고[27] 두 소ᄂᆞᆯ[28] 드르샤[29]

---

13) 밧그로셔: 밖(밖, 外) + -으로(부조, 방향) + -셔(-서: 위치 강조)

14) 드러: 들(들다, 入)- + -어(연어)

15) 羅雲이: [나운이: 羅雲(나운) + -이(접미)] ※ '-이'는 사람의 이름 뒤에 붙어서 어조를 고르는 파생 접미사이다.

16) ᄃᆞᆯ: (← ᄃᆞᆯㅎ: 들, 等, 의명)

17) 더브르샤: 더블(더불다, 與)- + -으샤(← -으시-: 주높)- + -Ø(← -아: 연어)

18) ᄒᆞ마: 곧, 卽(부사)

19) 오시ᄂᆞ이다: 오(오다, 來)- + -시(주높)- + ᄂᆞ(현시)- + -이(상높, 아주 높임)- + -다(평종)

20) 드르시고: 들(← 듣다, ㄷ불: 듣다, 聞)- + -으시(주높)- + -고(연어, 나열, 계기)

21) 自然히: [자연히(부사): 自然(자연: 명사) + -ㅎ(← -ᄒᆞ-: 형접)- + -이(부접)]

22) 니러: 닐(일어나다, 起)- + -어(연어)

23) 안ᄌᆞ시니: 앉(앉다, 坐)- + -ᄋᆞ시(주높)- + -니(연어, 설명 계속)

24) 이슥고 : [이윽고, 未久之間(부사) : 이슥(이윽 : 불어) + -Ø(← -ᄒᆞ-: 형접)- + -고(연어▹부접)]

25) 부톄: 부텨(부처, 佛) + -ㅣ(← -이: 주조)

26) 드러오나시ᄂᆞᆯ: 드러오[들어오다, 入: 들(들다, 入)- + -어(연어) + 오(오다, 來)-]- + -시(주높)- + -나…ᄂᆞᆯ(← -거ᄂᆞᆯ: -거늘, 연어, 상황)

27) ᄇᆞ라시고: ᄇᆞ라(바라보다, 望見)- + -시(주높)- + -고(연어, 나열, 계기)

28) 소ᄂᆞᆯ: 손(손, 手) + -ᄋᆞᆯ(목조)

29) 드르샤: 들(들다, 擧)- + -으샤(← -으시-: 주높)- + -Ø(← -아: 연어)

[8뒤]

르샤 부텻 바ᄅᆞᆯ 向(향)ᄒᆞ야 니ᄅᆞ샤ᄃᆡ 如

來(ᄅᆡᆼ) 손ᄋᆞᆯ 내 모매 다히샤 나ᄅᆞᆯ 便(뼌)

安(한)케 ᄒᆞ쇼셔 내 이제 世(셰ᇰ)尊(존)ᄋᆞᆯ

ᄆᆞᄌᆞ막 보ᅀᆞᄫᆞ니 측ᄒᆞᆫ ᄆᆞᅀᆞ미 업거이다

부톄 니ᄅᆞ샤ᄃᆡ 父(뿡)王(왕)이 道(ᄯᅡᇢ)德(득)

이 ᄀᆞᄌᆞ시니 시름 마ᄅᆞ쇼셔 ᄒᆞ시고 金

(금)色(ᄉᆡᆨ) ᄇᆞᆯᄒᆞᆯ 내시니 손ㅅ바ᄃᆞᆼ이 蓮(련)ㅅ

부처의 발을 向(향)하여 이르시되, "如來(여래)가 손을 내 몸에 대시어 나를 便安(편안)하게 하소서. 이제 世尊(세존)을 마지막으로 보니 측(惻)한 마음이 없어졌습니다." 부처가 이르시되 "父王(부왕)이 道德(도덕)이 갖추어져 있으시니 시름을 마소서." 하시고, 金色(금색)의 팔을 내시니 손바닥이 부텻 바ᄅᆞᆯ[30] 向ᅘᅣᇰᄒᆞ야 니ᄅᆞ샤ᄃᆡ 如ᅀᅧᆼ來ᄅᆡᆼ 소ᄂᆞᆯ 내 모매 다히샤[31] 나ᄅᆞᆯ 便뼌安한케[32] ᄒᆞ쇼셔[33] 이제[34] 世솅尊존을 ᄆᆞᄌᆞ막[35] 보ᅀᆞᄫᆞ니[36] 측ᄒᆞᆫ[37] ᄆᆞᅀᆞ미[38] 업거이다[39] 부톄 니ᄅᆞ샤ᄃᆡ 父뿡王왕이 道ᄄᆞᇢ德득이 ᄀᆞᄌᆞ시니[40] 시름 마ᄅᆞ쇼셔[41] ᄒᆞ시고 金금色식 ᄇᆞᆯᄒᆞᆯ[42] 내시니 소ᇇ바다이[43]

---

30) 바ᄅᆞᆯ: 발(발, 足) + -ᄋᆞᆯ(목조)

31) 다히샤: 다히[대다: 닿(닿다, 觸)- + -이(사접)-]- + -샤(← -시-: 주높)- + -∅(← -아: 연어)

32) 便安케: 便安ㅎ[← 便安ᄒᆞ다(편안하다): 便安(편안: 명사) + -ᄒᆞ(형접)-]- + -게(연어, 사동)

33) ᄒᆞ쇼셔: ᄒᆞ(하다: 보용, 사동)- + -쇼셔(-소서: 명종, 아주 높임)

34) 이제: [이때에, 此時(부사): 이(이, 此: 관사, 지시, 정칭) + 제(때, 時: 의명)]

35) ᄆᆞᄌᆞ막: [마지막, 最後: ᄆᆞᆾ(마치다)- + -ᄋᆞ막(명접)]

36) 보ᅀᆞᄫᆞ니: 보(보다, 見)- + -ᅀᆞᇦ(← -ᅀᆞᆸ-: 객높)- + -오(화자)- + -니(연어, 설명 계속)

37) 측ᄒᆞᆫ: 측ᄒᆞ[측하다, 슬퍼하다: 측(측, 惻: 불어) + -ᄒᆞ(형접)-]- + -∅(현시)- + -ㄴ(관전)

38) ᄆᆞᅀᆞ미: ᄆᆞᅀᆞᆷ(마음, 心) + -이(주조)

39) 업거이다: 업(← 없다: 없어지다, 消, 동사)- + -∅(과시)- + -거(확인)- + -이(상높, 아주 높임)- + -다(평종)

40) ᄀᆞᄌᆞ시니: ᄀᆞᆽ(갖추어져 있다, 備)- + -ᄋᆞ시(주높)- + -니(연어, 설명 계속)

41) 마ᄅᆞ쇼셔: 말(말다, 勿)- + -ᄋᆞ쇼셔(-소서: 명종, 아주 높임)

42) ᄇᆞᆯᄒᆞᆯ: ᄇᆞᆯㅎ(팔, 手) + -ᄋᆞᆯ(목적) ※ 15세기 국어에서는 ‘발(발, 足)’과 ‘ᄇᆞᆶ(팔, 手)’가 구분된다.

43) 소ᇇ바다이: 소ᇇ바당[손바닥, 掌: 손(손, 手) + -ㅅ(관조, 사잇) + 바당(바닥, 面)] + -이(주조)

[9앞]

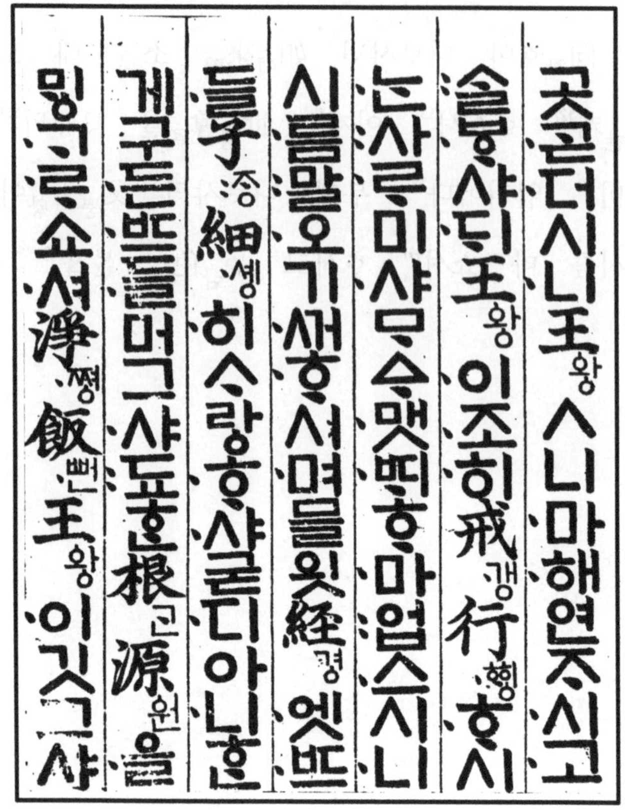

곶곧더시니王왕ㅅ니마해연ᄌᆞ시고
ᄉᆞᆯᄫᆞ샤ᄃᆡ王왕이조ᄒᆡ戒갱行ᅘᆡᇰᄒᆞ시
ᄂᆞᆫ사ᄅᆞ미샤ᄆᆞᅀᆞ맷ᄠᅴᄒᆞ마업스시니
시름말오깃거ᄒᆞ시며믈읫經경엣ᄠᅳ
들子ᄌᆞᆼ細솅히ᄉᆞ랑ᄒᆞ샤굳디아니ᄒᆞᆫ
ᄃᆡ구든ᄠᅳ들머구샤됴ᄒᆞᆫ根근源원을
ᄆᆡᇰᄀᆞᄅᆞ쇼셔淨쪙飯뻔王왕이깃그샤

연(蓮)꽃과 같으시더니, (세존이 손을) 王(왕)의 이마에 얹으시고 사뢰시되 "王(왕)이 깨끗하게 戒行(계행)하시는 사람이셔서 마음에 있는 때(垢)가 이미 없으시니, 시름을 말고 기뻐하시며 모든 經(경)에 있는 뜻을 子細(자세)히 생각하시어, 굳지 않은 데에 굳은 뜻을 먹으시어 좋은 根源(근원)을 만드소서." 淨飯王(정반왕)이 기뻐하시어

蓮련ㅅ곶[44] ᄀᆞᆮ더시니[45] 王왕ㅅ 니마해[46] 연ᄌᆞ시고[47] ᄉᆞᆯᄫᆞ샤ᄃᆡ 王왕이 조히[48] 戒갱行ᅘᆡᇰᄒᆞ시ᄂᆞᆫ[49] 사ᄅᆞ미샤[50] ᄆᆞᅀᆞ맷[51] ᄢᅴ[52] ᄒᆞ마 업스시니 시름 말오[53] 기써ᄒᆞ시며[54] 믈읫[55] 經경엣[56] ᄠᅳ들[57] 子ᄌᆞᆼ細솅히[58] ᄉᆞ랑ᄒᆞ샤[59] 굳디[60] 아니ᄒᆞᆫ 게[61] 구든 ᄠᅳ들 머그샤[62] 됴ᄒᆞᆫ[63] 根근源원[64]을 ᄆᆡᇰᄀᆞᄅᆞ쇼셔[65] 淨쪙飯뻔王왕이 깃그샤[66]

---

44) 蓮ㅅ곶: [연꽃, 蓮花: 蓮(연) + -ㅅ(관조, 사잇) + 곶(← 곶: 꽃, 花)]

45) ᄀᆞᆮ더시니: ᄀᆞᆮ(← ᄀᆞᆮᄒᆞ다: 같다, 如)- + -더(회상)- + -시(주높)- + -니(연어, 설명 계속)

46) 니마해: 니마ㅎ(이마, 額) + -애(-에: 부조, 위치)

47) 연ᄌᆞ시고: 엱(얹다, 置)- + -ᄋᆞ시(주높)- + -고(연어, 나열, 계기)

48) 조히: [깨끗이, 조촐히: 조ㅎ(← 조ᄒᆞ다: 깨끗하다, 淨)- + -이(부접)]

49) 戒行ᄒᆞ시ᄂᆞᆫ: 戒行ᄒᆞ[계행하다: 戒行(계행) + -ᄒᆞ(동접)-]- + -시(주높)- + -ᄂᆞ(현시)- + -ㄴ(관전) ※ '戒行(계행)'은 계(戒)를 받은 뒤에 계법의 조목에 따라 이를 실천하고 수행하는 것이다.

50) 사ᄅᆞ미샤: 사ᄅᆞᆷ(사람, 人) + -이(서조)- + -샤(← -시-: 주높)- + -Ø(← -아: 연어)

51) ᄆᆞᅀᆞ맷: ᄆᆞᅀᆞᆷ(마음, 心) + -애(-에: 부조, 위치) + -ㅅ(관조) ※ 'ᄆᆞᅀᆞ맷'은 '마음에 있는'으로 의역한다.

52) ᄢᅴ: ᄢᅳ(때, 垢) + -Ø(← -이: 주조)

53) 말오: 말(말다, 不宜)- + -오(← -고: 연어, 나열, 계기)

54) 기써ᄒᆞ시며: 기써ᄒᆞ[← 깃거ᄒᆞ다(기뻐하다, 歡喜): ᄀᆡᇧ(기뻐하다, 歡喜)- + -어(연어) + ᄒᆞ(하다: 보용)-]- + -시(주높)- + -며(연어, 나열)

55) 믈읫: 여러, 諸(관사)

56) 經엣: 經(경) + -에(부조, 위치) + -ㅅ(-의: 관조) ※ '經엣'은 '經에 있는'으로 의역한다.

57) ᄠᅳ들: ᄠᅳᆮ(뜻, 義) + -을(목조)

58) 子細히: [자세히(부사): 子細(자세: 불어) + -ㅎ(← -ᄒᆞ-: 형접)- + -이(부접)]

59) ᄉᆞ랑ᄒᆞ샤: ᄉᆞ랑ᄒᆞ[생각하다, 念: ᄉᆞ랑(생각, 念: 명사) + -ᄒᆞ(동접)-]- + -샤(← -시- : 주높)- + -Ø(← -아: 연어)

60) 굳디: 굳(굳다, 牢固)- + -디(-지: 연어, 부정)

61) 게: 그곳에, 데에, 彼處(의명) ※ '굳디 아니ᄒᆞᆫ 게'는 '굳지 아니한 데에'로 의역한다.

62) 머그샤: 먹(먹다, 得)- + -으샤(← -으시-: 주높)- + -Ø(← -아: 연어)

63) 됴ᄒᆞᆫ: 둏(좋다, 善)- + -Ø(현시)- + -ᄋᆞᆫ(관전)

64) 根源: 근원. 사물(事物)이 생겨나는 본바탕이다.

65) ᄆᆡᇰᄀᆞᄅᆞ쇼셔: ᄆᆡᇰᄀᆞᆯ(만들다, 種)- + -ᄋᆞ쇼셔(-으소서: 명종, 아주 높임)

66) 깃그샤: ᄀᆡᇧ(기뻐하다, 歡喜)- + -으샤(← -으시-: 주높)- + -Ø(← -아: 연어)

[9뒤]

부텻소ᄂᆞᆯ손소자ᄇᆞ샤ᄌᆞ걋가ᄉᆞ매다
히시고누ᄫᅳᆫ자리예겨샤合합掌쟝ᄒᆞ
샤안ᄆᆞᅀᆞᄆᆞ로世솅尊존ㅅ바래禮롕
數숭ᄒᆞ더시니命명終즁커시ᄂᆞᆯ諸졍
釋셕들히슬허ᄯᅡᄒᆞᆯ두드리며닐오ᄃᆡ
王왕ㅅ中듕엣尊존ᄒᆞ신王왕이업스
시니나라히威휭神씬을일허다ᄒᆞ고

부처의 손을 손수 잡으시어 당신의 가슴에 대시고, 누운 자리에 계시어 合掌(합장)하시어 속마음으로 世尊(세존)의 발에 禮數(예수)하시더니, (정반왕이) 命終(명종)하시거늘, 諸釋(제석)들이 슬퍼하여 땅을 두드리며 이르되, "王(왕)의 中(중)에서 尊(존)하신 王(왕)이 사라지시니 나라가 威神(위신)을 잃었다." 하고,

부텻 소ᄂᆞᆯ 손소[67] 자ᄇᆞ샤 ᄌᆞ걋[68] 가ᄉᆞ매[69] 다히시고[70] 누ᄫᅳᆫ[71] 자리예 겨샤 合ᅘᅡᆸ掌쟝ᄒᆞ샤[72] 안ᄆᆞᅀᆞᄆᆞ로[73] 世솅尊존ㅅ 바래 禮롕數숭ᄒᆞ더시니[74] 命명終즁커시ᄂᆞᆯ[75] 諸졍釋셕ᄃᆞᆯ히[76] 슬허[77] 싸ᄒᆞᆯ[78] 두드리며 닐오ᄃᆡ[79] 王왕ㅅ 中듕엣[80] 尊존ᄒᆞ신 王왕이 업스시니[81] 나라히[82] 威ᅙᅱᆼ神씬[83]을 일허다[84] ᄒᆞ고

---

67) 손소: [손수, 自(부사): 손(손, 手) + -소(부접)]

68) ᄌᆞ걋: ᄌᆞ갸(당신, 己: 인대, 재귀칭, 예사 높임) + -ㅅ(-의: 관조) ※ 'ᄌᆞ갸'는 현대 국어의 '자기'의 옛말인데, 15세기 국어에서는 예사 높임의 등분으로 쓰였다. 따라서 여기서는 'ᄌᆞ갸'는 '당신'으로 의역한다.

69) 가ᄉᆞ매: 가ᄉᆞᆷ(가슴, 心上) + -애(-에: 부조, 위치)

70) 다히시고: 다히[대다, 觸: 닿(닿다, 接)- + -이(사접)-]- + -시(주높)- + -고(연어, 나열)

71) 누ᄫᅳᆫ: 누ᇦ(← 눕다, ㅂ불: 눕다, 臥)- + -Ø(현시)- + -은(관전)

72) 合掌ᄒᆞ샤: 合掌ᄒᆞ[합장하다: 合掌(합장) + -ᄒᆞ(동접)-]- + -샤(← -시-: 주높)- + -Ø(← -아: 연어) ※ '合掌(합장)'은 두 손바닥을 합하여 마음이 한결같음을 나타냄. 또는 그런 예법. 본디 인도의 예법으로, 보통 두 손바닥과 열 손가락을 합한다

73) 안ᄆᆞᅀᆞᄆᆞ로: 안ᄆᆞᅀᆞᆷ[속마음, 內心: 안(← 안ㅎ: 안, 內) + ᄆᆞᅀᆞᆷ(마음, 心)] + -ᄋᆞ로(부조, 방편)

74) 禮數ᄒᆞ더시니: 禮數ᄒᆞ[예수하다: 禮數(예수) + -ᄒᆞ(동접)-]- + -더(회상)- + -시(주높)- + -니(연어, 설명 계속) ※ ''禮數(예수)'는 명성이나 지위에 알맞은 예의와 대우이다.

75) 命終커시ᄂᆞᆯ: 命終ㅎ[← 命終ᄒᆞ다(명종하다, 죽다): 命終(명종) + -ᄒᆞ(동접)-]- + -시(주높)- + -거…ᄂᆞᆯ(-거늘: 연어, 상황) ※ '命終(명종)'은 목숨이 끊어져서 죽는 것이다.

76) 諸釋ᄃᆞᆯ히: 諸釋ᄃᆞᆯㅎ[제석들, 諸釋等: 諸釋(제석) + -ᄃᆞᆯㅎ(-들: 복접)] + -이(주조) ※ '諸釋(제석)'은 석가모니의 여러 제자들을 이른다.

77) 슬허: 슳(슬퍼하다, 哀)- + -어(연어)

78) 싸ᄒᆞᆯ: 싸ㅎ(땅, 地) + -ᄋᆞᆯ(목조)

79) 닐오ᄃᆡ: 닐(← 니ᄅᆞ다: 이르다, 曰)- + -오ᄃᆡ(-되: 연어, 설명 계속)

80) 中엣: 中(중) + -에(부조, 위치) + -ㅅ(-의: 관조) ※ '中엣'은 '中에서'로 의역한다.

81) 업스시니: 없(없어지다, 사라지다, 崩)- + -으시(주높)- + -니(연어, 설명 계속)

82) 나라히: 나라ㅎ(나라, 國) + -이(주조)

83) 威神: 위신. 위엄(威嚴)과 신기(神奇)한 것이다 ※ '신기(神奇)'는 믿을 수 없을 정도로 색다르고 놀라운 것이다.

84) 일허다: 잃(잃다, 失)- + -Ø(과시)- + -어(확인)- + -다(평종)

[10앞]

【威神(위신)은 威嚴(위엄)과 神奇(신기)이다.】 七寶(칠보)의 獅子座(사자좌)에 眞珠(진주)의 그물을 두르고 棺(관)을 (그) 위에 얹고, 부처와 難陀(난타)는 머리맡에 서시고 阿難(아난)과 羅雲(나운)은 발치에 서 있더니, 難陀(난타)가 부처께 사뢰되 "내가 아버님의 棺(관)을 메고 싶습니다." 阿難(아난)이 나아 들어 사뢰되, "내가

【威_휭神_씬은 威휭嚴엄과 神씬奇끵왜라[85)]】 七칧寶볼[86)] 獅숭子중座쫭[87)]애 眞진珠즁 그믈 두르고 棺관올 우희[88)] 연쫍고[89)] 부텨와 難난陁땅와는 머리마틔[90)] 셔시고[91)] 阿항難난과 羅랑雲운은 바치[92)] 셋습더니[93)] 難난陁땅ㅣ 부텨씌[94)] 솔보딕 내[95)] 아바닚[96)] 棺관올 메슥바[97)] 지이다[98)] 阿항難난이 나사[99)] 드러 솔보딕 내

85) 神奇왜라: 神奇(신기) + -와(← -과: 접조) + -ㅣ(← -이-: 서조)- + -Ø(현시)- +-라(← -다: 평종) ※ '神奇(신기)'는 믿을 수 없을 정도로 색다르고 놀라운 것이다.

86) 七寶: 칠보. 일곱 가지 주요 보배이다. 金(금)·銀(은)·瑠璃(유리)·玻瓈(파려)·硨磲(차거)·赤珠(적주)·瑪瑙(마노)를 이른다.

87) 獅子座: 사자좌. 부처가 앉는 자리이다. 부처는 인간 세계에서 존귀한 자리에 있으므로 모든 짐승의 왕인 사자에 비유하였다.

88) 우희: 우ㅎ(위, 上) + -의(-에: 부조, 위치)

89) 연쫍고: 연(← 엱다: 얹다, 置)- + -쫍(객높)- + -고(연어, 나열)

90) 머리마틔: 머리맡[머리맡: 머리(머리, 頭) + -맡(접미)] + -의(-에: 부조, 위치) ※ '머리맡'은 사람이 누웠을 때에 머리 부근을 이른다.

91) 셔시고: 셔(서다, 立)- + -시(주높)- + -고(연어, 나열)

92) 바치: 밫(발치, ?) + -이(-에: 부조, 위치) ※ '밫'의 형태와 의미를 알 수 없다. 여기서는 문맥을 감안하여 '발치'로 추정하여서 옮긴다.

93) 셋습더니: 셔(서다, 立)- + -어(연어) + 잇(← 이시다: 있다, 보용, 완료 지속)- + -습(객높)- + -더(회상)- + -니(연어, 설명 계속) ※ '셋습더니'는 '셔 잇습더니'가 축약된 형태이다.

94) 부텨씌: 부텨(부처, 佛) + -씌(-께: 부조, 상대, 높임)

95) 내: 나(나, 我: 인대, 1인칭) + -ㅣ(← -이: 주조)

96) 아바닚: 아바님[아버님, 父親: 아바(← 아비: 아버지, 父) + -님(접미, 높임)] + -ㅅ(-의: 관조)

97) 메슥바: 메(메다, 擔)- + -슣(← -습-: 객높)- + -아(연어)

98) 지이다: 지(싶다: 보용, 희망)- + -Ø(현시)- + -이(상높, 아주 높임)- + -다(평종)

99) 나사: 낫(← 낫다, ㅅ불: 나아가다, 前)- + -아(연어)

[10뒤]

아자바닚棺관ᄋᆞᆯ메ᅀᆞᄫᆞ지이다羅랑
雲운이ᄉᆞᆯᄫᆞᄃᆡ내한아바닚棺관ᄋᆞᆯ메
ᅀᆞᄫᆞ지이다世솅尊존이너기샤ᄃᆡ來
링世솅옛父뿡母뭏ㅅ恩ᅙᅳᆫ德득몰라
不붏孝ᅘᅲᇂᄒᆞᄂᆞᆫ衆즁生ᄉᆡᇰᄋᆞᆯ爲윙ᄒᆞ야
法법ᄋᆞᆯ뵈요리라ᄒᆞ샤ᄌᆞ개손ᅀᅩ메ᅀᆞ
ᄫᆞ리라ᄒᆞ더시니卽즉時씽예三삼千

아주버님의 棺(관)을 메고 싶습니다. 羅雲(나운)이 사뢰되 "내가 할아버님의 棺(관)을 메고 싶습니다." 世尊(세존)이 여기시되 "來世(내세)에 있을 父母(부모)의 恩德(은덕)을 몰라서 不孝(불효)하는 衆生(중생)을 爲(위)하여 (내가) 法(법)을 보이리라." 하시어, 자기가 "손수 (관을) 메리라." 하시더니, 卽時(즉시)에 아자바ᄂᆡᇝ[1] 棺관ᄋᆞᆯ 메ᅀᆞᄫᅡ 지이다 羅랑雲운이 ᄉᆞᆯᄫᅩᄃᆡ 내 한아바ᄂᆡᇝ[2] 棺관ᄋᆞᆯ 메ᅀᆞᄫᅡ 지이다 世솅尊존이 너기샤ᄃᆡ 來ᄅᆡᆼ世솅옛[3] 父뿡母뭏ㅅ 恩ᅙᅳᆫ德득 몰라[4] 不붏孝ᅘᅭᇂᄒᆞᄂᆞᆫ 衆즁生ᄉᆡᆼᄋᆞᆯ 爲윙ᄒᆞ야 法법을 뵈요리라[5] ᄒᆞ샤 ᄌᆞ개[6] 손ᅀᅩ 메ᅀᆞᄫᅩ리라[7] ᄒᆞ더시니[8] 即즉時씽예

1) 아자바ᄂᆡᇝ: 아자바님[숙부님, 작은아버님, 叔父: 아자바(← 아자비: 아재비, 叔) + -님(높접)] + -ㅅ(-의: 관조)

2) 한아바ᄂᆡᇝ: 한아바님[할아버님, 祖父親: 하(크다, 大)- + -ㄴ(관전) + 아바(← 아비: 아버지, 父) + -님(접미, 높임)] + -ㅅ(-의: 관조)

3) 來世옛: 來世(내세) + -예(← -에: 부조, 위치) + -ㅅ(-의: 관조) ※ '來世옛'은 '내세에 있을'로 의역한다.

4) 몰라: 몰ᄅᆞ(← 모ᄅᆞ다: 모르다, 不知)- + -아(연어)

5) 뵈요리라: 뵈[보이다, 示: 보(보다, 見)- + -ㅣ(← -이-: 사접)-]- + -요(← -오-: 화자)- + -리(미시)- + -라(← -다: 평종)

6) ᄌᆞ개: ᄌᆞ갸(당신, 躬: 인대, 재귀칭, 예사 높임) + -ㅣ(← -이: 주조)

7) 메ᅀᆞᄫᅩ리라: 메(메다, 擔)- + -ᅀᆞᇦ(← -ᅀᆞᆸ-: 객높)- + -오(화자)- + -리(미시)- + -라(← -다: 평종)

8) ᄒᆞ더시니: ᄒᆞ(하다, 曰)- + -더(회상)- + -시(주높)- + -니(연어, 설명 계속)

[11앞]

쳔大땡千쳔世솅界갱六륙種즁震진
動똥ᄒᆞ고欲욕界갱諸졍天텬이無뭉
數숭百빅千쳔眷권屬쑉ᄃᆞ려오며北
븍方방天텬王왕毗삥沙상門몬王왕
ᄋᆞᆫ夜양叉창鬼귕神씬億흑百빅千쳔
衆즁ᄃᆞ려오며東동方방天텬王왕提
똉頭뚷賴랭吒당ᄂᆞᆫ乾껀闥탏婆빵鬼

三千大千世界(삼천대천세계)가 六種震動(육종진동)하고, 欲界(욕계)의 諸天(제천)이 無數(무수)한 百千(백천)의 眷屬(권속)을 데려오며, 北方天王(북방천왕)인 毗沙門王(비사문왕)은 夜叉(야차) 鬼神(귀신)의 億百千(억백천) 衆(중)을 데려오며, 東方天王(동방천왕)인 提頭賴吒(제두뢰타)는 乾闥婆(건달파) 鬼神(귀신)의

三삼千쳔大땡千쳔世솅界갱[9] 六륙種죵震진動똥[10]ᄒᆞ고 欲욕界갱[11] 諸졍天텬[12]이 無뭉數숭 百빅千쳔 眷권屬쑉[13] ᄃᆞ려오며[14] 北븍方방天텬王왕 毗삥沙상門몬王왕[15]ᄋᆞᆫ 夜양叉창[16] 鬼귕神씬 億흑百빅千쳔 衆즁[17] ᄃᆞ려오며 東동方방天텬王왕 提똉頭뚷賴랭吒당[18]ᄂᆞᆫ 乾껀闥탏婆빵[19] 鬼귕神씬

---

9) 三千大千世界: 三千大千世界(삼천대천세계) + -Ø(← -이: 주조) ※ '三千大千世界(삼천대천세계)'는 소천, 중천, 대천의 세 종류의 천세계가 이루어진 세계이다. 이 끝없는 세계가 부처 하나가 교화하는 범위가 된다.

10) 六種震動: 육종진동. 세간(世間)에 상서가 있을 때에 대지(大地)가 진동하는 여섯 가지 모양이다. 흔들려서 불안한 동(動), 아래로부터 위로 오르는 기(起), 솟아오르고 꺼져 내려가 육방(六方)으로 출몰(出沒)하는 용(湧), 은은한 소리가 울리는 진(震), 꽝 하는 소리가 나는 후(吼), 물건을 깨닫게 하는 각(覺)이다.

11) 欲界: 욕계. 삼계(三界)의 하나이다. 유정(有情)이 사는 세계로, 지옥·악귀·축생·아수라·인간·육욕천을 함께 이르는 말이다. 여기에 있는 유정에게는 식욕, 음욕, 수면욕이 있어 이렇게 이른다.

12) 諸天: 제천. 모든 하늘이나 천상계의 모든 천신(天神)이다. 여기서는 모든 천신을 이른다.

13) 眷屬: 권속. 한집에 거느리고 사는 식구이다.

14) ᄃᆞ려오며: ᄃᆞ려오[데려오다, 俱來: ᄃᆞ리(데리다, 伴)- + -어(연어) + 오(오다, 來)-]- + -며(연어, 나열)

15) 毗沙門王: 비사문왕. 수미산(須彌山) 중턱 제4층의 수정타(水精埵)에 있는 사천왕(四天王)의 하나이다. 늘 야차를 거느리고 부처의 도량을 수호(守護)하면서 불법(佛法)을 들었으므로, 다문천(多聞天)이라고도 한다.

16) 夜叉: 야차. 팔부의 하나로서, 사람을 괴롭히거나 해친다는 사나운 귀신이다.

17) 衆: 중. '무리'이다.

18) 提頭賴吒: 제두뢰타. 지국천왕(持國天王)을 서천(西天) 말로 이르는 말이다. 지국천(持國天)을 다스리며, 동쪽 세계를 지킨다. 붉은 몸에 천의(天衣)로 장식하고, 왼손에는 칼을 들고 오른손에는 대체로 보주(寶珠)를 들고 있다. 절의 입구 사천왕문에 입상이 있다.

19) 乾闥婆: 건달바. 팔부중(八部衆)의 하나이다. 수미산 남쪽의 금강굴에 살며 제석천(帝釋天)의 아악(雅樂)을 맡아보는 신이다.

[11 뒤]

귕神씬億흑百ᄇᆡᆨ千쳔衆즁ᄃᆞ려오며
南남方방天텬王왕毗삥留륭勒륵叉
창ᄂᆞᆫ鳩궁槃빤茶땅鬼귕神씬億흑百
ᄇᆡᆨ千쳔衆즁ᄃᆞ려오며西셍方방天텬
王왕毗삥留륭博박叉창ᄂᆞᆫ龍룡神씬
億흑百ᄇᆡᆨ千쳔衆즁ᄃᆞ려와다목내야
우더라四ᄉᆞᆼ天텬王왕이서르議읭論

億百千(억백천)의 衆(중)을 데려오며, 南方天王(남방천왕)인 毗留勒叉(비류륵차)는 鳩槃茶(구반다) 鬼神(귀신)의 億百千(억백천) 衆(중)을 데려오며, 西方天王(서방천왕) 毗留博叉(비류박차)는 龍神(용신)의 億百千(억백천) 衆(중)을 데려와, 다 목내어 울더라. 四天王(사천왕)이 서로 議論(의논)하되,

[11 뒤]

億흑百빅千쳔 衆즁 ᄃᆞ려오며 南남方방天텬王왕 毗삥留륳勒륵叉창[20]ᄂᆞᆫ 鳩궇槃빤茶땅[21] 鬼귕神씬 億흑百빅千쳔 衆즁 ᄃᆞ려오며 西솅方방天텬王왕 毗삥留륳博박叉창[22]ᄂᆞᆫ 龍룡神씬[23] 億흑百빅千쳔 衆즁 ᄃᆞ려와 다[24] 목내야[25] 우더라[26] 四ᄉᆞᆼ天텬王왕[27]이 서르[28] 議읭論론호ᄃᆡ[29]

---

20) 毗留勒叉: 비류륵차. 증장천왕(增長天王)의 다른 이름이다. 사천왕의 하나이다. 증장천을 다스리며, 자기와 남의 선근(善根)을 늘어나게 한다. 몸의 색깔은 붉고 왼손은 주먹을 쥐고 허리에 대고 있으며, 오른손으로는 칼 또는 미늘창을 잡고 있다. 절의 사천왕문에 입상(立像)이 있다.

21) 鳩槃茶: 구반다. 팔부(八部)의 하나이다. 사람의 정기를 빨아먹는다는 귀신으로, 사람의 몸에 머리는 말의 모양을 하고 있는 남방 증장천왕의 부하이다.

22) 毗留愽叉: 비류박차. 광목천왕(廣目天王)의 다른 이름이다. 사천왕(四天王)의 하나이다. 광목천을 다스리며, 용신(龍神)·비사사신(毘舍闍神)을 거느리고 서쪽 세계를 지킨다. 입을 벌리고 눈을 부릅떠서 위엄으로써 나쁜 것들을 물리친다.

23) 龍神: 용신. 바다에 살며 비와 물을 맡고 불법을 수호하는 용 가운데의 임금이다.

24) 다: [다, 皆(부사): 다(← 다ᄋᆞ다: 다하다, 盡)- + -아(연어⊳부접)

25) 목내야: 목내[목내다, 소리내다: 목(목, 喉) + 나(나다, 出)- + -ㅣ(← -이-: 사접)-]- + -야(← -아: 연어)

26) 우더라: 우(← 울다: 울다, 啼哭)- + -더(회상)- + -라(← -다: 평종)

27) 四天王: 사천왕. 사왕천(四王天)의 주신(主神)으로 사방을 진호(鎭護)하며 국가를 수호하는 네 신이다. 동쪽의 지국천왕(持國天王), 남쪽의 증장천왕(增長天王), 서쪽의 광목천왕(廣目天王), 북쪽의 다문천왕(多聞天王)이다. 위로는 제석천을 섬기고 아래로는 팔부중(八部衆)을 지배하여 불법에 귀의한 중생을 보호한다.

28) 서르: 서로, 共(부사)

29) 議論호ᄃᆡ: 議論ᄒᆞ[← 議論ᄒᆞ다(의논하다): 議論(의논) + -ᄒᆞ(동접)-]- + -오ᄃᆡ(연어, 설명 계속)

[12앞]

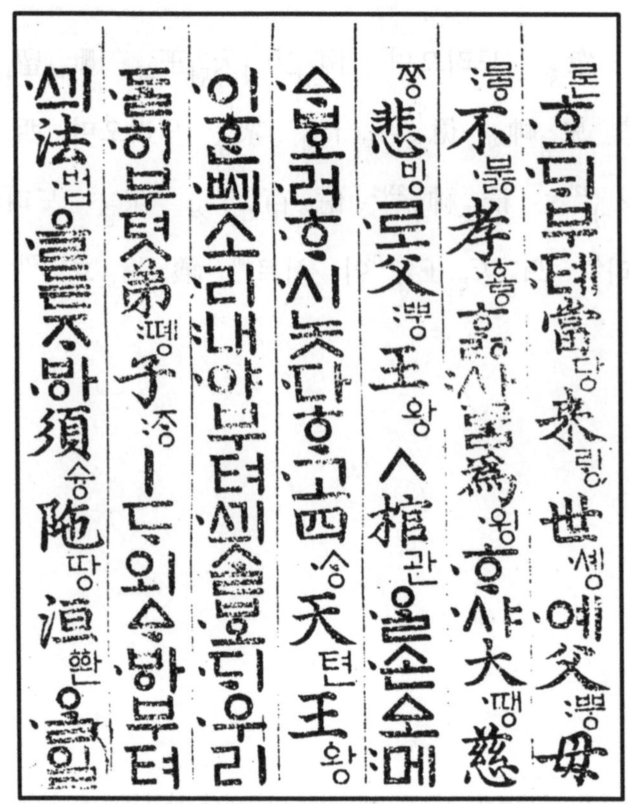

론ᄒᆞᄃᆡ 부톄 當來世예 父母
ᄭᅴ 不孝ᄒᆞᇙ 사ᄅᆞᆷ 爲ᄒᆞ샤 大慈
悲로 父王ㅅ 棺ᄋᆞᆯ 손소 메
ᅀᆞᄫᅳ려 ᄒᆞ시ᄂᆞ다 ᄒᆞ고 四天王
이 ᄒᆞᆫᄢᅴ 소리 내야 부텨ᄭᅴ ᄉᆞᆯᄫᅩᄃᆡ 우리
ᄃᆞᆯ히 부텻 弟子ㅣ ᄃᆞ외ᅀᆞᄫᅡ 부텨
ᄭᅴ 法을 듣ᄌᆞᄫᅡ 須陀洹ᄋᆞᆯ 일

"부처가 當來世(당내세)에 父母(부모)에게 不孝(불효)할 사람을 爲(위)하시어, 大慈悲(대자비)로 父王(부왕)의 棺(관)을 손수 메려 하시는구나." 하고, 四天王(사천왕)이 함께 소리를 내어 부처께 사뢰되, "우리들이 부처의 弟子(제자)가 되어서 부처께 法(법)을 들어서 須陀洹(수타환)을 이루니,

부톄 當당來랭世솅예[30] 父뿡母뭏 不붏孝ᅘᅭᇢᄒᆞᇙ 사ᄅᆞᆷ 爲윙ᄒᆞ샤 大땡慈ᄍᆼ悲빙[31]로 父뿡王왕ㅅ 棺관ᄋᆞᆯ 손소[32] 메ᅀᆞᄫᅩ려[33] ᄒᆞ시놋다[34] ᄒᆞ고 四ᄉᆞᆼ天텬王왕이 ᄒᆞᆫᄣᅴ[35] 소리 내야 부텨ᄭᅴ[36] ᄉᆞᆯᄫᅩᄃᆡ[37] 우리ᄃᆞᆯ히[38] 부텻 弟똉子ᄌᆼ ㅣ ᄃᆞ외ᅀᆞᄫᅡ[39] 부텨ᄭᅴ 法법을 듣ᄌᆞᄫᅡ[40] 須슝陀땅洹ᅘᅪᆫ[41]ᄋᆞᆯ 일우ᅀᆞᄫᅩ니[42]

---

30) 當來世예: 當來世(당내세) + -예(← -에: 부조, 위치) ※ '當來世(당내세)'는 '당세(當世)'와 '내세(來世)'가 줄어진 말이다. '당세(當世)'는 바로 그 시대. 또는 바로 그 세상이며, '내세(來世)'는 삼세(三世)의 하나로서, 죽은 뒤에 다시 태어나 산다는 미래의 세상을 이른다.

31) 大慈悲: 대자비. 넓고 커서 끝이 없는 부처나 보살의 자비이다.

32) 손소: [손수, 自(부사): 손(손, 手) + -소(부접)]

33) 메ᅀᆞᄫᅩ려: 메(메다, 擔)- + -ᅀᆞᇦ(← -ᅀᆞᆸ-: 객높)- + -오려(-으려: 연어, 의도)

34) ᄒᆞ시놋다: ᄒᆞ(하다: 보용, 의도)- + -시(주높)- + -ㄴ(← -ᄂᆞ-: 현시)- + -옷(감동)- + -다(평종)

35) ᄒᆞᆫᄣᅴ: [함께, 與(부사): ᄒᆞᆫ(한, 一: 관사, 양수) + ᄣᅳ(← ᄣᅳ: 때, 時) + -의(부조, 위치, 시간)]

36) 부텨ᄭᅴ: 부텨(부처, 佛) + -ᄭᅴ(-께: 부조, 상대, 높임)

37) ᄉᆞᆯᄫᅩᄃᆡ: ᄉᆞᇦ(← ᄉᆞᆲ다, ㅂ불: 사뢰다, 白言)- + -오ᄃᆡ(-되: 연어, 설명 계속)

38) 우리ᄃᆞᆯ히: 우리ᄃᆞᆶ[우리들, 我等: 우리(우리, 我: 인대, 1인칭, 복수) + -ᄃᆞᆶ(-들: 복접)] + -이(주조)

39) ᄃᆞ외ᅀᆞᄫᅡ: ᄃᆞ외(되다, 爲)- + -ᅀᆞᇦ(← -ᅀᆞᆸ- : 객높)- + -아(연어)

40) 듣ᄌᆞᄫᅡ: 듣(듣다, 聞)- + -ᄌᆞᇦ(← -ᄌᆞᆸ-: 객높)- + -아(연어)

41) 須陁洹: 수타환. 성문 사과(聲聞四果)의 첫째이다. 무루도(無漏道)에 처음 참례하여 들어간 증과(證果)이다. 곧 사체(四諦)를 깨달아 욕계(欲界)의 탐(貪)·진(瞋)·치(癡)의 삼독(三毒)을 버리고, 성자(聖者)의 무리에 들어가는 성문(聲聞)의 지위이다. ※ '무루도(無漏道)'는 모든 번뇌를 벗어난 깨끗한 길이다.

42) 일우ᅀᆞᄫᅩ니: 일우[이루다, 成: 일(이루어지다, 成: 자동)- + -우(사접)-]- + -ᅀᆞᇦ(← -ᅀᆞᆸ-: 객높)- + -오(화자)- + -니(연어, 설명 계속)

[12뒤]

우ᅀᆞᄫᆞ니 우리ᄃᆞᆯ히 父뿡王왕ㅅ 棺관
ᄋᆞᆯ 메ᅀᆞᄫᅡᅀᅡ ᄒᆞ리이다 부톄 그리ᄒᆞ라
ᄒᆞ신대 四ᄉᆞᆼ天텬王왕이 모ᄆᆞᆯ 고텨 사
ᄅᆞᄆᆡ 양ᄌᆞ ᄃᆞ외야 棺관ᄋᆞᆯ 메ᅀᆞᄫᆞ니 나
랏 사ᄅᆞ미 클 그니여 혀근 니여 우디 아
니ᄒᆞ리 업더라 그ᄢᅴ 부텻 威휭光광이
더욱 顯현ᄒᆞ샤 顯현은 나다날 씨라 一힗萬

우리들이 父王(부왕)의 棺(관)을 메어야 하겠습니다.” 부처가 “그리하라.” 하시니, 四天王(사천왕)이 몸을 고쳐 사람의 모습이 되어서 棺(관)을 메니, 나라의 사람이 큰 이(者)며 작은 이며 울지 아니하는 이가 없더라. 그때에 부처의 威光(위광)이 더욱 顯(현)하시어【顯(현)은 환히 나타나는 것이다.】 一萬(일만)

우리ᄃᆞᆯ히[43] 父뿡王왕ㅅ 棺관ᄋᆞᆯ 메ᅀᆞ바ᅀᅡ[44] ᄒᆞ리이다[45] 부톄 그리ᄒᆞ라[46] ᄒᆞ신대[47] 四ᄉᆞᆼ天텬王왕이 모ᄆᆞᆯ 고텨[48] 사ᄅᆞᄆᆡ[49] 양ᄌᆡ[50] ᄃᆞ외야[51] 棺관ᄋᆞᆯ 메ᅀᆞᄫᆞ니 나랏 사ᄅᆞ미 굴그니여[52] 혀그니여[53] 우디[54] 아니ᄒᆞ리[55] 업더라[56] 그 ᄢᅴ[57] 부텻 威휭光광[58]이 더욱 顯현ᄒᆞ샤[59]【顯현은 번드기[60] 나다날[61] ᄡᅵ라[62]】 一힗萬먼

---

43) 우리ᄃᆞᆯ히: 우리ᄃᆞᆯㅎ[우리들, 我等: 우리(우리, 我: 인대, 1인칭, 복수) + -ᄃᆞᆯㅎ(-들: 복접)] + -이(주조)

44) 메ᅀᆞ바ᅀᅡ: 메(메다, 擔)- + -ᅀᆞᆸ(← -ᄉᆞᆸ-: 객높)- + -아ᅀᅡ(-아야: 연어, 필연적 조건)

45) ᄒᆞ리이다: ᄒᆞ(하다: 보용, 필연적 조건)- + -리(미시)- + -이(상높, 아주 높임)- + -다(평종)

46) 그리ᄒᆞ라: 그리ᄒᆞ[그리하다 : 그(그, 彼: 지대, 정칭) + -리(부접) + -ᄒᆞ(동접)-]- + -라(명종, 아주 낮춤)

47) ᄒᆞ신대: ᄒᆞ(하다, 謂)- + -시(주높)- + -ㄴ대(-는데, -니: 연어, 반응)

48) 고텨: 고티[고치다, 改: 곧(곧다, 直)- + -이(사접)-]- + -어(연어)

49) 사ᄅᆞᄆᆡ: 사ᄅᆞᆷ(사람, 人) + -ᄋᆡ(-의: 관조)

50) 양ᄌᆡ: 양ᄌᆞ(양자, 모습, 樣子) + -ㅣ(← -이: 보조)

51) ᄃᆞ외야: ᄃᆞ외(되다, 爲)- + -야(← -아: 연어)

52) 굴그니여: 굵(굵다, 크다, 大)- + -Ø(현시)- + -은(관전) # 이(이, 者: 의명) + -여(← -이여: -이며, 접조)

53) 혀그니여: 혁(작다, 小)- + -Ø(현시)- + -은(관전) # 이(이, 者: 의명) + -여(← -이여: -이며, 접조)

54) 우디: 우(← 울다: 울다, 啼泣)- + -디(-지: 연어, 부정)

55) 아니ᄒᆞ리: 아니ᄒᆞ[아니하다, 不(보용, 부정): 아니(아니, 不: 부사, 부정) + -ᄒᆞ(동접)-]- + -ㄹ(관전) # 이(이, 者: 의명) + -Ø(← -이: 주조)

56) 업더라: 업(← 없다: 없다, 無)- + -더(회상)- + -라(← -다: 평종)

57) ᄢᅴ: ᄢ(← ᄢᅳ: 때, 時) + -의(-에: 부조, 위치)

58) 威光: 위광. 감히 범하기 어려운 위엄과 권위이다.

59) 顯ᄒᆞ샤: 顯ᄒᆞ[현하다, 顯: 顯(현, 현: 불어) + -ᄒᆞ(동접)-]- + -샤(← -시-: 주높)- + -Ø(← -아: 연어) ※ '顯(현)'은 나타나는 것이다.

60) 번드기: [환히, 확실히, 뚜렷이(부사): 번득(불어) + -Ø(← -ᄒᆞ-: 형접)- + -이(부접)]

61) 나다날: 나다나[나타나다, 現: 낟(나타나다, 現)- + -아(연어) + 나(나다, 現)-]- + -ㄹ(관전)

62) ᄡᅵ라: ᄡ(← ᄉᆞ: 것, 의명) + -이(서조)- + -Ø(현시)- + -라(← -다: 평종)

[13앞]

해가 함께 돋은 듯하시더니, 부처가 손수 香爐(향로)를 받으시어 앞서서 길을 잡아 墓所(묘소)로 가셨니라.【墓所(묘소)는 (죽은 이를) 묻는 땅이다.】靈鷲山(영취산)에 있는 一千(일천) 阿羅漢(아라한)이 虛空(허공)에 날아와 부처께 머리를 조아리고 사뢰되, "부처시여, 우리에게 아무의 일이나 시키소서." 부처가 이르시되 "너희가 빨리

[13 앞]

ᄒᆡ[63] ᄒᆞᆫᄢᅴ[64] 도ᄃᆞᆫ[65] ᄃᆞᆺ[66] ᄒᆞ더시니[67] 부톄 손ᅀᅩ 香향爐롱[68] 바ᄃᆞ샤[69] 앏셔[70] 길 자바[71] 墓뫃所송로 가시니라[72]【墓뫃所송ᄂᆞᆫ 묻ᄌᆞᄫᆞᆯ[73] ᄯᅡ히라[74]】 靈령鷲쓯山산애 잇ᄂᆞᆫ 一힗千쳔 阿항羅랑漢한[75]이 虛헝空콩애 ᄂᆞ라와[76] 부텻긔 머리 좃ᄉᆞᆸ고[77] ᄉᆞᆯᄫᆞ디 부텨하[78] 우리ᄅᆞᆯ[79] 아못[80] 이리나[81] 시기쇼셔[82] 부톄 니ᄅᆞ샤ᄃᆡ 너희[83] ᄲᆞᆯ리[84]

---

63) ᄒᆡ: ᄒᆡ(해, 日)+-∅(← -이: 주조)

64) ᄒᆞᆫᄢᅴ: [함께, 咸(부사): ᄒᆞᆫ(관사, 양수)+ᄢ(← ᄣᅢ(때, 時: 의명)+-의(-에: 부조, 위치)]

65) 도ᄃᆞᆫ: 돋(돋다, 出)-+-∅(과시)-+-ᄋᆞᆫ(관전)

66) ᄃᆞᆺ: 듯(의명, 흡사)

67) ᄒᆞ더시니: ᄒᆞ(하다)-+-더(회상)-+-시(주높)-+-니(연어, 설명 계속) ※ ‘ᄒᆞ더시니’에서 선어말 어미인 ‘-시-’를 통해서 ‘부처의 위광(威光)’을 높였다.(간접 높임)

68) 香爐: 향로. 향을 피우는 자그마한 화로이다. 만드는 재료와 모양이 여러 가지이며, 규방에 쓰는 것과 제사에 쓰는 것으로 구분한다.

69) 바ᄃᆞ샤: 받(받다, 受)-+-ᄋᆞ샤(← -으시-: 주높)-+-∅(←-아: 연어)

70) 앏셔: 앏셔[앞서다: 앏(←앒: 앞, 前)+셔(서다, 立)-]-+-어(연어)

71) 자바: 잡(잡다, 執)-+-아(연어)

72) 가시니라: 가(가다, 行)-+-시(주높)-+-∅(과시)-+-니(원칙)-+-라(←-다: 평종)

73) 묻ᄌᆞᄫᆞᆯ: 묻(묻다, 埋)-+-ᄌᆞᇦ(←-ᄌᆞᆸ-: 객높)-+-ᄋᆞᆯ(관전)

74) ᄯᅡ히라: ᄯᅡㅎ(땅, 地)+-이(서조)-+-∅(현시)-+-라(←-다: 평종)

75) 阿羅漢: 아라한. 소승 불교의 수행자 가운데서 가장 높은 경지에 오른 사람이다. 온갖 번뇌를 끊고, 사제(四諦)의 이치를 바로 깨달아 세상 사람들의 존경을 받을 만한 공덕을 갖춘 성자를 이른다.

76) ᄂᆞ라와: ᄂᆞ라오[날아오다, 飛來: ᄂᆞᆯ(날다, 飛)-+-아(연어)+오(오다, 來)-]-+-아(연어)

77) 좃ᄉᆞᆸ고: 좃(조아리다, 點頭)-+-ᄉᆞᆸ(객높)-+-고(연어, 나열)

78) 부텨하: 부텨(부처, 佛)+-하(-이시여: 호조, 아주 높임)

79) 우리ᄅᆞᆯ: 우리(우리, 我等)+-ᄅᆞᆯ(-에게: 목조, 보조사적 용법, 의미상 부사격)

80) 아못: 아모(아무, 何: 지대, 부정칭)+-ㅅ(-의: 관조)

81) 이리나: 일(일, 事)+-이나(보조사, 선택)

82) 시기쇼셔: 시기(시키다, 使)-+-쇼셔(-소서: 명종, 아주 높임)

83) 너희: 너희[너희, 汝等: 너(너, 汝: 인대, 2인칭)+-희(복접, 等)]+-∅(←-이: 주조)

84) ᄲᆞᆯ리: [빨리(부사): ᄲᆞᆯㄹ(← ᄲᆞᄅᆞ다: 빠르다, 急, 형사)-+-이(부접)]

[13 뒤]

리 바ᄅᆞᆳ ᄀᆞᅀᅢ 가아 牛ᅌᅮᇢ頭뚷栴젼檀딴
種죵種죵香향木목ᄋᆞᆯ ᄀᆞᅀᅡ 오라 香향木목
ᄋᆞᆫ 香향남기라 羅랑漢한ᄃᆞᆯ히 彈딴指징ᄒᆞᇙ ᄉᆞ
ᅀᅵ예 바ᄅᆞ래 가아 香향木목 ᄀᆞᅀᅡ 즉자
히 도라오나ᄂᆞᆯ 부텨 大땡衆즁과 ᄒᆞ샤
그 香향나모 ᄡᅡᄒᆞ시고 棺관ᄋᆞᆯ 드러 연
ᄌᆞᆸ고 브를 브티시니 그 저긔 모ᄃᆞᆫ 사ᄅᆞ

바닷가에 가서, 牛頭栴檀(우두전단)의 種種(종종) 香木(향목)을 잘라 오라.” 【香木(향목)은 香(향)나무이다.】 羅漢(나한)들이 彈指(탄지)할 사이에 바다에 가서 香木(향목)을 잘라 즉시 돌아오거늘, 부처가 大衆(대중)과 함께하여 그 香(향)나무를 쌓으시고 棺(관)을 들어 (향나무 위에) 얹고 불을 붙이시니, 그때에 모인 사람이

바ᄅᆞᆳᄀᆞᅀᅢ[85] 가아 牛웋頭뚷梅젼檀단[86] 種죵種죵 香향木목[87]ᄋᆞᆯ ᄀᆞᅀᅡ[88] 오라【香향木목ᄋᆞᆫ 香향 남기라[89]】羅랑漢한ᄃᆞᆯ히[90] 彈딴指징ᄒᆞᇙ[91] ᄉᆞᅀᅵ예[92] 바ᄅᆞ래[93] 가아 香향木목 ᄀᆞᅀᅡ 즉자히[94] 도라오나ᄂᆞᆯ[95] 부톄 大땡衆즁과[96] ᄒᆞ샤[97] 그 香향나모 ᄡᅡᄒᆞ시고[98] 棺관ᄋᆞᆯ 드러 연ᄌᆞᆸ고[99] 브를[1] 브티시니[2] 그 저긔 모ᄃᆞᆫ[3] 사ᄅᆞ미

---

85) 바ᄅᆞᆳᄀᆞᅀᅢ: 바ᄅᆞᆳᄀᆞᇫ[← 바ᄅᆞᆳᄀᆞᆺ(바닷가, 海邊): 바ᄅᆞᆯ(바다, 海) + -ㅅ(-의: 관조) + ᄀᆞᆺ(가, 邊)] + -애(-에: 부조, 위치)

86) 牛頭梅檀: 우두전단. 전단 가운데 가장 향기가 좋고 나무의 껍질이 검붉은 전단이다. '전단(梅檀)'은 인도에서 나는 향나무의 하나이다. 목재는 불상을 만드는 재료로 쓰고 뿌리는 가루로 만들어 단향(檀香)으로 쓴다.(≒전단향)

87) 香木: 향목. 향나무이다. 곧, 측백나뭇과의 상록 침엽 교목이다.

88) ᄀᆞᅀᅡ: ᄀᆞᇫ(← ᄀᆞᆺ다, ㅅ불: 자르다, 切)- + -아(연어)

89) 남기라: 낡(← 나모: 나무, 木) + -이(서조)- + -Ø(현시)- + -라(← -다: 평종)

90) 羅漢ᄃᆞᆯ히: 羅漢ᄃᆞᆶ[나한들: 羅漢(나한) + -ᄃᆞᆶ(-들: 복접)] + -이(주조)

91) 彈指ᄒᆞᇙ: 彈指ᄒᆞ[탄지하다: 彈指(탄지) + -ᄒᆞ(동접)-]- + -ㅭ(관전) ※ '彈指(탄지)'는 손톱이나 손가락 따위를 튕긴다는 뜻으로, 아주 짧은 시간을 이른다.

92) ᄉᆞᅀᅵ예: ᄉᆞᅀᅵ(사이, 間) + -예(← -에: 부조, 위치) ※ '彈指ᄒᆞᇙ ᄉᆞᅀᅵ'는 아주 짧은 시간의 동안을 이른다.

93) 바ᄅᆞ래: 바ᄅᆞᆯ(바다, 海) + -애(-에: 부조, 위치)

94) 즉자히 : 그때에, 바로 즉시, 卽(부사)

95) 도라오나ᄂᆞᆯ: 도라오[돌아오다, 歸: 돌(돌다, 回)- + -아(연어) + 오(오다, 來)-]- + -나ᄂᆞᆯ(← -거ᄂᆞᆯ: 연어, 상황)

96) 大衆과: 大衆(대중) + -과(접조) ※ '大衆(대중)'은 많이 모인 승려, 또는 '비구·비구니·우바새·우바니'를 통틀어 이르는 말이다.

97) ᄒᆞ샤: ᄒᆞ(더불다, 與)- + -샤(← -시-: 주높)- + -Ø(← -아: 연어) ※ 'ᄒᆞ샤'는 문맥을 고려하여 '함께하시어'로 의역한다.

98) ᄡᅡᄒᆞ시고: ᄡᅡᇂ(쌓다, 積)- + -ᄋᆞ시(주높)- + -고(연어, 나열, 계기)

99) 연ᄌᆞᆸ고: ① 옃(얹다, 置)- + -ᄌᆞᆸ(객높)- + -고(연어, 나열, 계기) ② 연(← 옃다: 얹다, 置)- + -ᄍᆞᆸ(← -ᄌᆞᆸ-: 객높)- + -고(연어, 나열, 계기)

1) 브를: 블(불, 火) + -을(목조)

2) 브티시니: 브티[붙이다, 火焚: 븥(붙다, 着)- + -이(사접)-]- + -시(주높)- + -니(연어, 설명 계속)

3) 모ᄃᆞᆫ: 몯(모이다, 集: 자동)- + -Ø(과시)- + -ᄋᆞᆫ(관전)

[14앞]

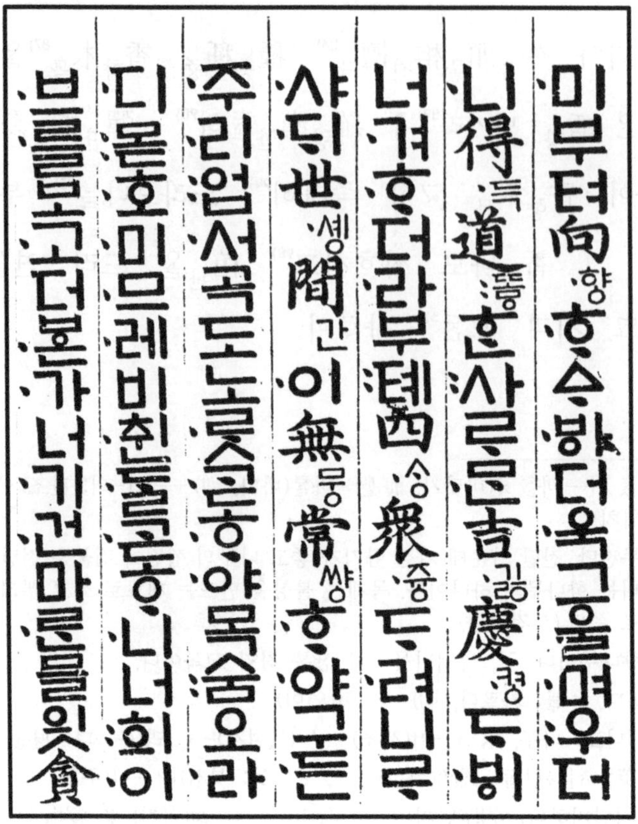

부처를 向(향)하여 더욱 구르며 울더니, 得道(득도)한 사람은 吉慶(길경)스럽게 여겨 생각하더라. 부처가 四衆(사중)더러 이르시되, “世間(세간)이 無常(무상)하여 굳은 것이 없어 환영의 노릇과 같아서 목숨이 오래지 못한 것이 물에 비친 달과 같으니, 너희가 이 불을 보고 더운가 여기건마는, 모든 貪欲(탐욕)에서 생기는

부텨 向향ᄒᆞᅀᆞᄫᅡ[4] 더욱[5] 그울며[6] 우더니 得득道똫ᄒᆞᆫ 사ᄅᆞᄆᆞᆫ 吉긿慶켱ᄃᆞᄫᅵ[7] 너겨 ᄒᆞ더라 부톄 四ᄉᆞᆼ衆즁ᄃᆞ려[8] 니ᄅᆞ샤ᄃᆡ 世솅間간이 無뭉常썅ᄒᆞ야[9] 구든 주리[10] 업서 곡도[11] 노ᄅᆞᆺ[12] ᄀᆞᆮᄒᆞ야[13] 목숨[14] 오라디[15] 몯호미[16] ᄆᆞ레[17] 비췬[18] ᄃᆞᆯ[19] ᄀᆞᆮᄒᆞ니 너희[20] 이 브를[21] 보고 더ᄫᅳᆫ가[22] 너기건마ᄅᆞᆫ[23] ᄆᆞᆯ읫[24] 貪탐欲욕앳[25]

---

4) 向ᄒᆞᅀᆞᄫᅡ: 向ᄒᆞ[향하다: 向(향: 불어) + -ᄒᆞ(동접)-]- + -ᅀᆞᇦ(← -ᅀᆞᆸ-: 객높)- + -아(연어)

5) 더욱: [더욱, 益(부사): 더(더: 부사) + -욱(부접)]

6) 그울며: 그울(구르다, 轉)- + -며(연어, 나열)

7) 吉慶ᄃᆞᄫᅵ: [길경스럽게(부사): 吉慶(길경) + -ᄃᆞᇦ(← -ᄃᆞᆸ-: 형접)- + -이(부접)] ※ '吉慶(길경)'은 아주 경사스러운 일이다.

8) 四衆ᄃᆞ려: 四衆(사중) + -ᄃᆞ려(-더러, -에게: 부조, 상대) ※ '四衆(사중)'은 부처의 네 종류 제자이다. 곧, 비구(比丘, 남자중), 비구니(比丘尼, 여자중), 우바새(優婆塞, 속세의 남자), 우바니(優婆尼, 속세의 여자)이다.

9) 無常ᄒᆞ야: 無常ᄒᆞ[무상하다: 無常(무상) + -ᄒᆞ(형접)-]- + -야(← -아: 연어) ※ '無常(무상)'은 일정하지 않고 늘 변하는 데가 있는 것이다.

10) 주리: 줄(줄, 것, 者: 의명) + -이(주조)

11) 곡도: 환영(幻影). 꼭두각시.

12) 노ᄅᆞᆺ: [놀이, 戱: 놀(놀다, 遊: 동사)- + -ᄋᆞᆺ(명접)]

13) ᄀᆞᆮᄒᆞ야: ᄀᆞᆮᄒᆞ(같다, 如)- + -야(← -아: 연어)

14) 목숨: [목숨, 壽: 목(목, 喉) + 숨(숨, 息)]

15) 오라디: 오라(오래다, 久)- + -디(-지: 연어, 부정)

16) 몯호미: 몯ᄒᆞ[← 몯ᄒᆞ다(못하다: 보용, 부정): 몯(못, 不能: 부사, 부정) + ᄒᆞ(하다, 爲: 동접)-]- + -옴(명전) + -이(주조)

17) ᄆᆞ레: ᄆᆞᆯ(물, 水) + -에(부조, 위치)

18) 비췬: 비취(비치다, 照)- + -Ø(과시)- + -ㄴ(관전)

19) ᄃᆞᆯ: 달, 月.

20) 너희: 너희[너희, 汝等: 너(너, 汝: 인대, 2인칭) + -희(복접)] + -Ø(← -이: 주조)

21) 브를: 블(불, 火) + -을(목조)

22) 더ᄫᅳᆫ가: 더ᇦ(← 덥다, ㅂ불: 덥다, 熱)- + -Ø(현시)- + -은가(의종, 판정)

23) 너기건마ᄅᆞᆫ: 너기(여기다, 以爲)- + -건마ᄅᆞᆫ(-건마는: 연어, 인정 대조)

24) ᄆᆞᆯ읫: 무릇, 모든, 諸(관사)

25) 貪欲앳: 貪欲(탐욕) + -애(-에: 부조, 위치) + -ㅅ(-의: 관조) ※ '貪欲앳'은 '탐욕에서 생기는'으로 의역한다.

[14 뒤]

불이 이 불보다 더하니라. 너희들이 生死(생사)를 벗을 일을 힘써 求(구)하여야 하리라." 그때에 (정반왕의 시신을) 다 불사르고, 諸王(제왕)들이 各各(각각) 五百(오백) 甁(병)의 젖으로 불을 끄고, 뼈를 金函(금함)에 담아 塔(탑)을 세워 供養(공양)하더라. 그때에 모두 부처께 묻되 "王(왕)이 어디로

ᄇᆞ리 이 블라와[26] 더으니라[27] 너희ᄃᆞᆯ히 生ᄉᆡᇰ死ᄉᆞᆼ 버술[28] 이ᄅᆞᆯ 힘ᄡᅥ[29] 求ᄭᅮᇢᄒᆞ야ᅀᅡ[30] ᄒᆞ리라 그 ᄢᅴ 다 ᄉᆞᅀᆞᆸ고[31] 諸져ᇰ王와ᇰᄃᆞᆯ히[32] 各각各각 五ᅌᅩᆼ百ᄇᆡᆨ 甁뼝ㄱ[33] 져즈로[34] 블 ᄣᅳᅀᆞᆸ고[35] ᄲᅤ를[36] 金금函ᅘᅡᆷ[37] 담ᅀᆞᄫᅡ[38] 塔탑 셰여[39] 供고ᇰ養야ᇰᄒᆞᅀᆞᆸ더라[40] 그 ᄢᅴ 모다[41] 부텨ᄭᅴ 묻ᄌᆞᄫᆞᄃᆡ[42] 王이 어드러[43]

---

26) 블라와: 블(불, 火) + -라와(-보다: 부조, 비교)
27) 더으니라: 더으(더하다, 優)- + -Ø(현시)- + -으니(원칙)- + -라(← -다: 평종)
28) 버술: 벗(벗다, 離)- + -우(대상)- + -ㄹ(관전)
29) 힘ᄡᅥ: 힘ᄡ[← 힘ᄡᅳ다(힘쓰다, 勤勉): 힘(힘, 力) + ᄡᅳ(쓰다, 用)-]- + -어(연어)
30) 求ᄒᆞ야ᅀᅡ: 求ᄒᆞ[구하다: 求(구: 불어) + -ᄒᆞ(동접)-]- + -야ᅀᅡ(← -아ᅀᅡ: 연어, 필연적 조건)
31) ᄉᆞᅀᆞᆸ고: ᄉᆞ(← ᄉᆞᆯ다: 살다, 불사르다, 燒)- + -ᅀᆞᆸ(객높)- + -고(연어, 나열, 계기)
32) 諸王ᄃᆞᆯ히: 諸王ᄃᆞᆯᇂ[제왕들, 여러 왕들: 諸王(제왕) + -ᄃᆞᆯᇂ(-들: 복접)] + -이(주조)
33) 甁ㄱ: 甁(병) + -ㄱ(-의: 관조)
34) 져즈로: 졎(젖, 乳) + -으로(부조, 방편)
35) ᄣᅳᅀᆞᆸ고: ᄣᅳ(끄다, 滅)- + -ᅀᆞᆸ(객높)- + -고(연어, 나열, 계기)
36) ᄲᅤ를: ᄲᅤ(뼈, 骨)- + -를(목조)
37) 金函: 금함. 금으로 만든 상자이다.
38) 담ᅀᆞᄫᅡ: 담(담다, 置)- + -ᅀᆞᇦ(← -ᅀᆞᆸ-: 객높)- + -아(연어)
39) 셰여: 셰[세우다, 起: 셔(서다, 立)- + -ㅣ(← -이-: 사접)-]- + -여(← -어: 연어)
40) 供養ᄒᆞᅀᆞᆸ더라: 供養ᄒᆞ[공양하다: 供養(공양) + -ᄒᆞ(동접)-]- + -ᅀᆞᆸ(객높)- + -더(회상)- + -라(← -다: 평종)
41) 모다: [모두, 俱(부사): 몯(모이다, 集)- + -아(연어 ▷ 부접)]
42) 묻ᄌᆞᄫᆞᄃᆡ: 묻(묻다, 問)- + -ᄌᆞᇦ(← -ᄌᆞᆸ-: 객높)- + -오ᄃᆡ(-되: 연어, 설명 계속)
43) 어드러: 어드러(어디로, 何處: 부사)

[15앞]

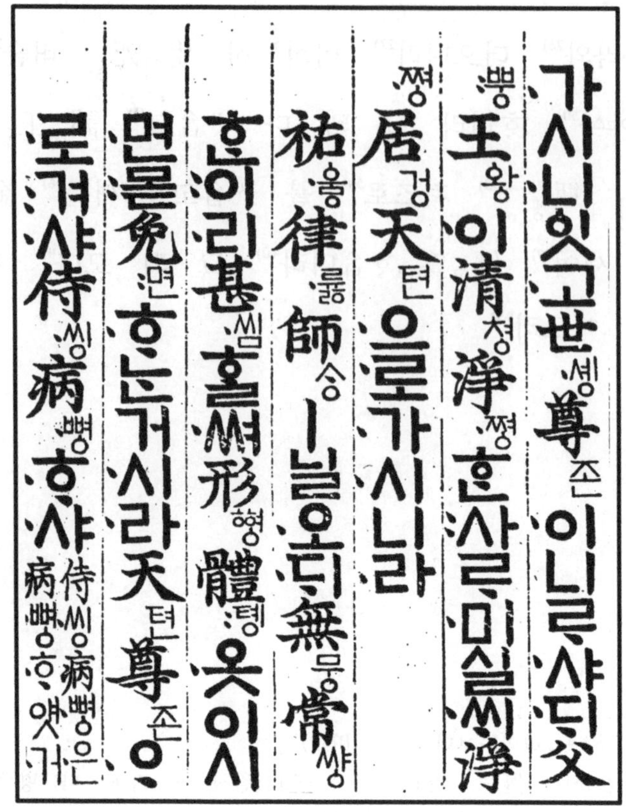

가시니잇고世솅尊존이니ᄅᆞ샤ᄃᆡ父
뿡王왕이清청淨쪙ᄒᆞᆫ사ᄅᆞ미실씨淨
쪙居겅天텬으로가시니라
祐울律륧師ᄉᆞㅣ닐오ᄃᆡ無뭉常썅
ᄒᆞᆫ이리甚씸ᄒᆞᆯ쎠形혱體톙옷이시
면몯免면ᄒᆞᄂᆞᆫ거시라天텬尊존ᄋᆞ
로겨샤侍씽病뼝ᄒᆞ샤侍씽病뼝은病뼝ᄒᆞ얫거든

가셨습니까?" 世尊(세존)이 이르시되 "父王(부왕)이 清淨(청정)한 사람이시므로 淨居天(정거천)으로 가셨니라."

祐律師(우율사)가 이르되 "無常(무상)한 일이 甚(심)하구나. 形體(형체)만 있으면 (죽음을) 못 免(면)하는 것이라서, (세존이) 天尊(천존)으로 계시어 (부왕을) 侍病(시병)하시어【侍病(시병)은 (귀한 사람이) 病(병)하여 있으시거든 가시니잇고[44] 世솅尊존이 니ᄅᆞ샤ᄃᆡ 父뿡王왕이 淸쳥淨쪙ᄒᆞᆫ 사ᄅᆞ미실씨[45] 淨쪙居겅天텬[46]으로 가시니라[47]

祐우ᇙ[48] 律류ᇙ師ᄉᆞᆼ ㅣ[49] 닐오ᄃᆡ 無뭉常썅ᄒᆞᆫ 이리[50] 甚씸ᄒᆞᆯ써[51] 形혱禮롕옷[52] 이시면 몯 免면ᄒᆞᄂᆞᆫ 거시라 天텬尊존ᄋᆞ로[53] 겨샤 侍씽病뼝ᄒᆞ샤[54] 【侍씽病뼝은 病뼝ᄒᆞ얫거시든[55]

---

44) 가시니잇고: 가(가다, 去)- + -시(주높)- + -Ø(과시) + -잇(← -이-: 상높, 아주 높임)- + -니…고(-까: 의종, 설명)

45) 사ᄅᆞ미실씨: 사ᄅᆞᆷ(사람, 人) + -이(서조)- + -시(주높)- + -ㄹ씨(-므로: 연어, 이유)

46) 淨居天: 정거천. 색계(色界)의 제사(第四)의 선천(禪天)이다. 무번·무열·선현·선견·색구경의 다섯 하늘이 있으며, 불환과(不還果)를 얻은 성인이 난다고 한다. 여기서는 '정거천'의 하늘을 주관하는 천신(天神)을 이른다.

47) 가시니라: 가(가다, 去)- + -시(주높)- + -Ø(과시)- + -니(원칙)- + -라(← -다: 평종)

48) 祐: 우. '승우(僧祐)'이다. 중국 남북조(南北朝)시절 율(律)을 강설하여 명성을 떨쳤다. 불교의 역사적 연구에 뜻을 두어 경전목록집인 『출삼장기집』(出三藏記集), 논쟁 자료 모음집인 『홍명집』(弘明集) 등을 남겼다.

49) 律師ㅣ: 律師(율사) + -ㅣ(← -이: 주조) ※ '律師(율사)'는 비구승으로 계율을 견고히 지키는 자이다. 율(律)이란 수도 생활의 실제에 있어 구체적으로 정해 놓은 규율로서 수범수제(隨犯隨制)라고 한다. 불제자(佛弟子)인 출가자가 죄악의 행위를 저지르기 때문에 부처님이 '다음에 누구든지 이 같은 행위를 저지르면 이러 이러한 벌칙에 처한다.'라고 경고하였다. 그렇게 함으로써 비로소 출가 교단의 규정이 생기게 되었으므로, 율에는 반드시 처벌의 규정이 따르게 마련이다.

50) 이리: 일(일, 事) + -이(주조)

51) 甚ᄒᆞᆯ써: 甚ᄒᆞ[심하다: 甚(심) + -ᄒᆞ(형접)-]- + -ㄹ써(-구나: 감종)

52) 形禮옷: 形禮(형체) + -옷(← -곳: 보조사, 한정 강조)

53) 天尊ᄋᆞ로: 天尊(천존) + -ᄋᆞ로(부조, 방편) ※ '天尊(천존)'은 '석가모니 부처'를 달리 이르는 말이다. 오천(五天) 가운데 가장 존귀하고 높은 제일의천(第一義天)이라는 뜻이다.

54) 侍病ᄒᆞ샤: 侍病ᄒᆞ[시병하다: 侍病(시병) + -ᄒᆞ(동접)-]- + -샤(← -시-: 주높)- + -Ø(← -아: 연어)

55) 病ᄒᆞ얫거시든: 病ᄒᆞ[병하다, 병들다: 病(병) + -ᄒᆞ(동접)-]- + -야(← -아: 연어) + 잇(← 이시다: 보용, 완료 지속)- + -시(주높)- + -거…든(연어, 조건) ※ '病ᄒᆞ얫거시든'은 '病ᄒᆞ야 잇거시든'이 축약된 형태이다.

[15뒤]

손ᄋᆞᆯ 가ᄉᆞ매 다혀 겨샤 목수믈 머믈우ᇙ 몯ᄒᆞ시니 이럴ᄊᆡ 聖人ᄋᆞᆫ 長壽ᄒᆞᆫ 果報ᄅᆞᆯ 닷ᄀᆞ시고 므렛 더품 ᄀᆞᆮᄒᆞᆫ 모ᄆᆞᆯ 아니 치시ᄂᆞ니라

其二百六十七

겨지븨 머리 갓ᄀᆞᆯ 부텨 슬히 너기실

모셔서 있는 것이다.】 손을 가슴에 대어 계시되, 목숨을 머물게 하지 못하시니, 이러므로 聖人(성인)은 長壽(장수)한 果報(과보)를 닦으시고, 물에 있는 거품 같은 몸을 아니 기르시느니라.

其二百六十七(기이백육십칠)

여자가 머리를 깎는 것을 부처가 싫게 여기시므로

뫼ᅀᆞᄫᅡ[56] 이실 씨라 】 소ᄂᆞᆯ 가ᄉᆞ매[57] 다혀[58] 겨샤ᄃᆡ[59] 목수믈 머믈우들[60] 몯ᄒᆞ시니[61] 이럴ᄊᆡ[62] 聖셩人신ᄋᆞᆫ 長땽壽쓯ᄒᆞᆫ 果광報볼[63]ᄅᆞᆯ 닷ᄀᆞ시고[64] ᄆᆞ렛[65] 더품[66] ᄀᆞᄐᆞᆫ 모ᄆᆞᆯ 아니 치시ᄂᆞ니라[67]

*其끵二ᅀᅵᆼ百ᄇᆡᆨ六륙十씹七칧

겨지븨[1] 머리 갓길[2] 부톄 슬히[3] 너기실ᄊᆡ[4]

* 다음의 내용은 『석가보』(釋迦譜) 제2권 제14의 〈석가이모대애도출가기〉(釋迦姨母大愛道出家記)와 관련한 내용을 언해한 글이다. 이 글은 석가모니 세존의 이모인 대애도(大愛道)가 출가하는 과정을 기술하였다.

---

56) 뫼ᅀᆞᄫᅡ: 뫼ᅀᆞᆸ[← 뫼ᅀᆞᆸ다, ㅂ불(모시다, 侍): 뫼(모시다: 불어) + -ᅀᆞᆸ(객높)-]- + -아(연어)

57) 가ᄉᆞ매: 가ᄉᆞᆷ(가슴, 胸) + -애(-에: 부조, 위치)

58) 다혀: 다히[대다, 觸: 닿(닿다, 接)- + -이(사접)-]- + -어(연어)

59) 겨샤ᄃᆡ: 겨샤(← 겨시다: 계시다, 보용, 완료 지속, 높임)- + -샤(← -으시-: 주높)- + -ᄃᆡ(← -오ᄃᆡ: -되, 연어, 설명 계속)

60) 머믈우들: 머믈우[머무르게 하다, 留: 머믈(머물다, 留)- + -우(사접)-]- + -들(-지: 연어, 부정) ※ '-들'은 부정의 뜻을 나타내는 특수한 보조적 연결 어미이다.

61) 몯ᄒᆞ시니: 몯ᄒᆞ[못하다, 不能: 몯(못, 不能, 부사, 부정) + -ᄒᆞ(동접)-]- + -시(주높)- + -니(연어, 설명 계속)

62) 이럴ᄊᆡ: 이러[← 이러ᄒᆞ다(이러하다, 如此: 형사): 이러(이러: 불어) + -Ø(← -ᄒᆞ-: 형접)-]- + -ㄹᄊᆡ(-므로: 연어, 이유)

63) 果報: 과보. 인과응보(因果應報). 전생에 지은 선악에 따라 현재의 행과 불행이 있고, 현세에서의 선악의 결과에 따라 내세에서 행과 불행이 있는 일이다.

64) 닷ᄀᆞ시고: 닭(닦다, 修)- + -ᄋᆞ시(주높)- + -고(연어, 나열)

65) ᄆᆞ렛: ᄆᆞᆯ(물, 水) + -에(부조, 위치) + -ㅅ(-의: 관조) ※ 'ᄆᆞ렛'은 '물에 있는'으로 의역한다.

66) 더품: 거품, 沫.

67) 치시ᄂᆞ니라: 치(치다, 기르다, 養)- + -시(주높)- + -ᄂᆞ(현시)- + -니(원칙)- + -라(← -다: 평종)

1) 겨지븨: 겨집(여자, 女) + -의(관조, 의미상 주격) ※ '겨지븨'에서 '-의'는 관형격 조사이지만 의미상으로 주격으로 해석되므로, 여기서 '겨지븨'는 '여자가'로 의역한다.

2) 갓길: 갓(← 갉다(깎다, 削)- + -기(명접) + -ㄹ(← -ᄅᆞᆯ: 목조)

3) 슬히: [싫게, 厭(부사): 슳(싫다, 嫌: 형사)- + -이(부접)]

4) 너기실ᄊᆡ: 너기(여기다, 念)- + -시(주높)- + -ㄹᄊᆡ(-므로: 연어, 이유)

[16앞]

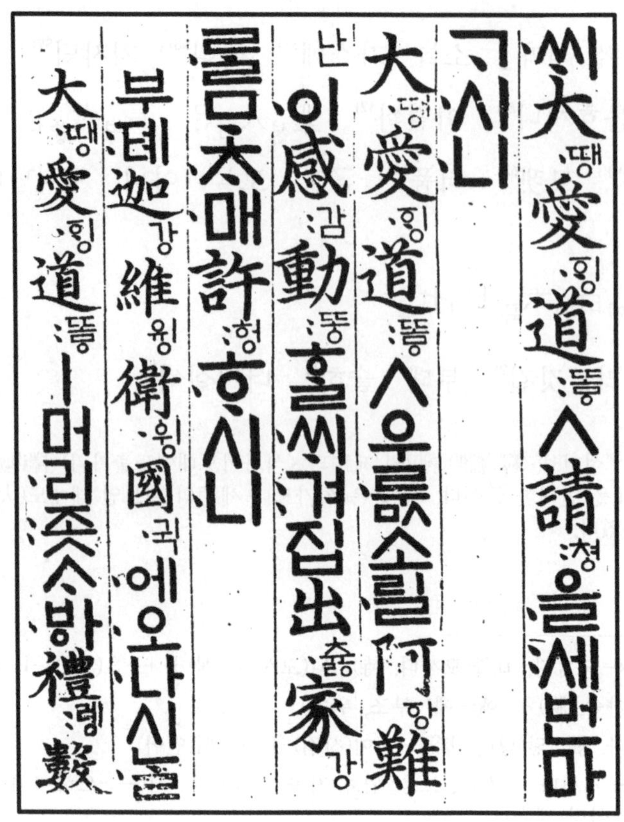
씨 大愛道ㅅ 請을 세 번 마ᄀᆞ시니
大愛道ㅅ 우룸소리를 阿難이 感動ᄒᆞᆯᄊᆡ 겨집 出家를 ᄆᆞᄎᆞ매 許ᄒᆞ시니
부톄 迦維衛國에 오나시ᄂᆞᆯ 大愛道ㅣ 머리 조ᅀᆞᄫᅡ 禮數

大愛道(대애도)의 請(청)을 세 번 막으셨으니.

大愛道(대애도)의 울음소리를 阿難(아난)이 感動(감동)하므로, 여자의 出家(출가)를 마침내 許(허)하셨으니.

부처가 迦維衛國(가유위국)에 오시거늘 大愛道(대애도)가 머리를 조아려 禮數(예수)하고

大땡愛힝道똫ㅅ[5] 請쳥을 세 번 마ᄀᆞ시니[6]

大땡愛힝道똫ㅅ 우룺[7] 소릴 阿앙難난[8]이 感감動똥ᄒᆞᆯ씨 겨집 出춇家강ᄅᆞᆯ ᄆᆞᄎᆞ매[9] 許헝ᄒᆞ시니[10]

부톄[11] 迦강維윙衛윙國귁[12]에 오나시ᄂᆞᆯ[13] 大땡愛힝道똫ㅣ 머리 좃ᄉᆞᄫᅡ[14] 禮롕數숭ᄒᆞᅀᆞᆸ고[15]

---

5) 大愛道ㅅ: 大愛道(대애도) + -ㅅ(-의: 관조) ※ '大愛道(대애도)'는 산스크리트어의 본명이 '마하파사파제(mahāprajāpatī)'로서, '대애도(大愛道)'라고 번역한다. 싯다르타의 어머니인 마야(māyā)의 여동생이다. 마야가 싯다르타를 낳은 지 7일 만에 세상을 떠나자 그를 양육하였다. 정반왕(淨飯王)과 결혼하여 난타(難陀)를 낳았고, 정반왕이 세상을 떠나자 싯다르타의 아내인 야쇼다라와 함께 출가하여 비구니가 되었다.

6) 마ᄀᆞ시니: 막(막다, 障)- + -ᄋᆞ시(주높)- + -Ø(과시)- + -니(평종, 반말) ※ '마ᄀᆞ시니'는 '마가시니이다'에서 '-이다'가 생략된 형태이다.

7) 우룺: 우룸[울음, 泣: 울(울다, 泣)- + -움(명접)] + -ㅅ(-의: 관조)

8) 阿難: 아난. 석가모니의 사촌 동생이며 석가모니의 십대 제자 가운데 한 사람(?~?)이다. 십육 나한의 한 사람으로, 석가모니 열반 후에 경전 결집에 중심이 되었다. 자신의 어머니인 대애도(大愛道)를 출가할 수 있도록 함으로써 여인이 출가할 수 있는 길을 열었다.

9) ᄆᆞᄎᆞ매: ᄆᆞᄎᆞᆷ[마침, 결국, 終: ᄆᆞᆾ(마치다, 終: 동사)- + -ᄋᆞᆷ(명접)] + -애(-에: 부조, 위치)

10) 許ᄒᆞ시니: 許ᄒᆞ[허하다, 허락하다: 許(허: 불어) + -ᄒᆞ(동접)-]- + -시(주높)- + -Ø(과시)- + -니(평종, 반말) ※ '許ᄒᆞ시니'는 '許ᄒᆞ시니이다'에서 '-이다'가 생략된 형태이다.

11) 부톄: 부텨(부처, 佛) + -ㅣ(←-이: 주조)

12) 迦維衛國: 가유위국. 석가모니가 태어난 나라의 이름이다. 지금의 네팔 지방의 카필라바스투 지역이다.

13) 오나시ᄂᆞᆯ: 오(오다, 來)- + -시(주높)- + -나…ᄂᆞᆯ(←-거늘: -거늘, 연어, 상황)

14) 좃ᄉᆞᄫᅡ: 좃(조아리다, 稽)- + -ᅀᆞᇦ(←-ᅀᆞᆸ-: 객높)- + -아(연어)

15) 禮數ᄒᆞᅀᆞᆸ고: 禮數ᄒᆞ[예수하다: 禮數(예수) + -ᄒᆞ(동접)-]- + -ᅀᆞᆸ(객높)- + -고(연어, 계기) ※ '禮數(예수)'는 명성이나 지위에 알맞은 예의와 대우이다.

[16 뒤]

ᄉᆞᆼ ᄒᆞᅀᆞᆸ고 ᄉᆞᆲᄫᅩᄃᆡ 나ᄂᆞᆫ 드로니 겨집도 精
졍進진ᄒᆞ면 沙상門몬ㅅ 四ᄉᆞᆼ道똫ᄅᆞᆯ 得
득ᄒᆞᄂᆞ다 ᄒᆞᆯᄊᆡ 四ᄉᆞᆼ道똫ᄂᆞᆫ 四ᄉᆞᆼ道똫果광ㅣ라 부텻 法
법律륧을 受쓯ᄒᆞᅀᆞᄫᅡ 出츓家강ᄒᆞ야지
이다 부톄 니ᄅᆞ샤ᄃᆡ 말라 겨지븨 내 法법
律륧에 드러 法법衣힁를 니버도 죽드록
淸청淨쪙ᄒᆞᆫ ᄒᆡᇰ뎌글 ᄀᆞᆺ 몯ᄒᆞ리라 法법衣힁

사뢰되, “나는 들으니 여자도 精進(정진)하면 沙門(사문)의 四道(사도)를 得(득)한다고 하므로【四道(사도)는 四道果(사도과)이다.】, 부처의 法律(법률)을 受(수)하여 出家(출가)하고 싶습니다.” 부처가 이르시되 “말라. 여자가 나의 法律(법률)에 들어 法衣(법의)를 입어도, 죽도록 淸靜(청정)한 행적(行蹟)을 완전히 못하리라.【法衣(법의)는

[16 뒤]

솔ᄫᆞᄃᆡ[16] 나ᄂᆞᆫ 드로니[17] 겨집도 精進ᄒᆞ면 沙門ㅅ[18] 四道[19]를 得ᄒᆞᄂᆞ다[20] ᄒᆞᆯᄊᆡ【四道ᄂᆞᆫ 四道果ㅣ라[21]】 부텻 法律[22]을 受ᄒᆞᅀᆞᄫᅡ[23] 出家ᄒᆞ야 지이다[24] 부톄 니ᄅᆞ샤ᄃᆡ 말라[25] 겨지비 내 法律에 드러 法衣[26]를 니버도[27] 죽ᄃᆞ록[28] 淸淨ᄒᆞᆫ 힝뎌글[29] ᄉᆞᄆᆞᆺ[30] 몯ᄒᆞ리라[31]【法衣ᄂᆞᆫ

---

16) 솔ᄫᆞᄃᆡ: ᄉᆞᆲ(← ᄉᆞᆲ다, ㅂ불: 사뢰다, 白)- + -오ᄃᆡ(-되: 연어, 설명 계속)

17) 드로니: 듣(← 듣다, ㄷ불: 듣다, 聞)- + -오(화자)- + -니(연어, 설명 계속)

18) 沙門ㅅ: 沙門(사문) + -ㅅ(-의: 관조) ※ '沙門(사문)'은 불문에 들어가서 도를 닦는 사람을 이르는 말이다.

19) 四道: 사도. 열반에 이르는 네 길이다. '가행도(加行道), 무간도(無間道), 해탈도(解脫道), 승진도(勝進道)'이다.

20) 得ᄒᆞᄂᆞ다: 得ᄒᆞ[득하다: 得(득: 불어) + -ᄒᆞ(동접)-] + -ᄂᆞ(현시)- + -다(평종)

21) 四道果ㅣ라: 四道果(사도과) + -ㅣ(← -이-: 서조)- + -Ø(현시)- + -라(← -다: 평종)

22) 法律: 법률. 부처가 설법한 가르침과 신자가 지켜야 할 규율이다.

23) 受ᄒᆞᅀᆞᄫᅡ: 受ᄒᆞ[수하다, 받다: 受(수: 불어)- + -ᄒᆞ(동접)-]- + -ᅀᆞᇦ(← -ᅀᆞᆸ-: 객높)- + -아(연어)

24) 지이다: 지(싶다: 보용, 희망)- + -Ø(현시)- + -이(상높)- + -다(평종)

25) 말라: 말(말다, 止)- + -라(명종)

26) 法衣: 법의. 승려가 입는 가사나 장삼 따위의 옷이다.

27) 니버도: 닙(입다, 服)- + -어도(연어, 양보)

28) 죽ᄃᆞ록: 죽(죽다, 死)- + -ᄃᆞ록(-도록: 연어, 도달)

29) 힝뎌글: 힝뎍(행적, 行蹟) + -을(목조)

30) ᄉᆞᄆᆞᆺ: [완전히, 盡(부사): ᄉᆞᄆᆞᆺ(← ᄉᆞᄆᆞᆾ다: 다하다)- + -Ø(부접)]

31) 몯ᄒᆞ리라: 몯ᄒᆞ[못하다, 不得(보용): 몯(못, 不: 부사, 부정) + ᄒᆞ(동접)-]- + -리(미시)- + -라(← -다: 평종)

[17 앞]

는 法법엣 오시니 袈강裟상ᄅᆞᆯ 니르니라 大땡愛ᅙᆡᆼ道ᄯᅩᇢㅣ
세 번 請쳥ᄒᆞᅀᆞᆸ다가 몯ᄒᆞ야 禮롕數ᄉᆞᆼ
ᄒᆞᅀᆞᆸ고 믈러나니라 부텨 後ᅘᅮᇢ에 迦강
維윙衛윙예 다시 오나시ᄂᆞᆯ 大땡愛ᅙᆡᆼ
道ᄯᅩᇢㅣ 몬졋 양ᄌᆞ로 出츓家강ᄅᆞᆯ 請쳥
ᄒᆞᅀᆞ바ᄂᆞᆯ 부텨 ᄯᅩ 듣디 아니ᄒᆞ시니라
부텨 석 ᄃᆞᆯ 사ᄅᆞ시고 나아가거시ᄂᆞᆯ 大

法(법)에 관련한 옷이니 袈裟(가사)를 일렀니라.】 大愛道(대애도)가 세 번 請(청)하다가 못 하여 禮數(예수)하고 물러났니라. 부처가 後(후)에 迦維衛(가유위)에 다시 오시거늘, 大愛道(대애도)가 먼저처럼 出家(출가)를 請(청)하거늘, 부처가 또 (대애도의 청을) 듣지 아니하셨니라. 부처가 석 달을 사시고 나가시거늘,

法법엣[32] 오시니 袈강裟상[33]ᄅᆞᆯ 니르니라[34]】 大땡愛ᅙᅵᆼ道또ᇢㅣ 세 번 請청ᄒᆞᅀᆞᆸ다가[35] 몯ᄒᆞ야 禮롕數숭ᄒᆞᅀᆞᆸ고 믈러나니라[36] 부텨 後ᅘᅮᇢ에 迦강維윙衛윙[37]예 다시 오나시ᄂᆞᆯ[38] 大땡愛ᅙᅵᆼ道또ᇢㅣ 몬졋[39] 양ᄌᆞ로[40] 出츓家강ᄅᆞᆯ 請청ᄒᆞᅀᆞᄫᆞᄂᆞᆯ[41] 부텨 ᄯᅩ[42] 듣디 아니ᄒᆞ시니라[43] 부텨 석 ᄃᆞᆯ 사ᄅᆞ시고[44] 나아가거시ᄂᆞᆯ[45]

---

32) 法법엣: 法(법) + -에(부조, 위치) + -ㅅ(-의: 관조) ※ '法법엣'은 '法(법)에 관련한'으로 의역한다.

33) 袈裟: 가사. 승려가 장삼 위에, 왼쪽 어깨에서 오른쪽 겨드랑이 밑으로 걸쳐 입는 법의(法衣)이다. 종파에 따라 빛깔과 형식을 엄격히 규정하고 있다.

34) 니르니라: 니르(이르다, 曰)- + -Ø(과시)- + -니(원칙)- + -라(← -다: 평종)

35) 請ᄒᆞᅀᆞᆸ다가: 請ᄒᆞ[청하다: 請(청: 불어) + -ᄒᆞ(동접)-]- + -ᅀᆞᆸ(객높)- + -다가(연어, 전환)

36) 믈러나니라: 믈러나[물러나다, 退: 믈ㄹ(← 므르다: 무르다)- + -어(연어) + 나(나다, 出)-]- + -Ø(과시)- + -니(원칙)- + -라(← -다: 평종)

37) 迦維衛: 가유위. 석가모니가 태어난 나라의 이름이다. 지금의 네팔 지방의 카필라바스투 지역이다.

38) 오나시ᄂᆞᆯ: 오(오다, 來)- + -시(주높)- + -나…ᄂᆞᆯ(-거늘: 연어, 상황)

39) 몬졋: 몬져(먼저, 先) + -ㅅ(-의: 관조)

40) 양ᄌᆞ로: 양ᄌᆞ(모습, 樣子) + -로(부조, 방편) ※ '몬졋 양ᄌᆞ로'는 '먼저의 모양처럼'이라는 뜻인데, 여기서는 '먼저처럼'으로 의역한다.

41) 請ᄒᆞᅀᆞᄫᆞᄂᆞᆯ: 請ᄒᆞ[청하다: 請(청: 명사) + -ᄒᆞ(동접)-]- + -ᅀᆞᇦ(← -ᅀᆞᆸ-: 객높)- + -아ᄂᆞᆯ(-거늘: 연어, 상황)

42) ᄯᅩ: 또, 亦(부사)

43) 아니ᄒᆞ시니라: 아니ᄒᆞ[아니하다, 不(보용, 부정): 아니(아니, 不: 부사, 부정) + -ᄒᆞ(동접)-]- + -시(주높)- + -Ø(과시)- + -니(원칙)- + -라(← -다: 평종)

44) 사ᄅᆞ시고: 살(살다, 留止)- + -ᄋᆞ시(주높)- + -고(연어, 나열, 계기)

45) 나아가거시ᄂᆞᆯ: 나아가[나가다, 出去: 나(나다, 出)- + -아(연어) + 가(가다, 去)-]- + -시(주높)- + -거…ᄂᆞᆯ(연어, 상황)

[17 뒤]

大愛道(대애도)가 여러 할머니를 데리고 부처를 뒤미쳐 좇아서 河水(하수)의 위에 가, 부처께 들어가서 禮數(예수)하고 또 出嫁(출가)를 請(청)하거늘, 부처가 또 듣지 아니하시니, 大愛道(대애도)가 禮數(예수)하고 부처께 감돌고 물러나, 헌옷을 입고 발을 벗고 낯에 때를 묻히고 門(문) 밖에 서서

大땡愛힝道똫ㅣ 여러 할미[46] ᄃᆞ리고[47] 부텨를 미조ᄍᆞᄫᅡ[48] 河ᅘᅡᆼ水ᄉᆔᆼㅅ[49] 우희[50] 가 부텻긔 드러 禮롕數숭ᄒᆞᄉᆞᆸ고 ᄯᅩ 出츓家강ᄅᆞᆯ 請쳥ᄒᆞᄉᆞᄫᆞᄂᆞᆯ 부톄 ᄯᅩ 듣디 아니ᄒᆞ신대[51] 大땡愛힝道똫ㅣ 禮롕數숭ᄒᆞᄉᆞᆸ고 부텨ᄭᅴ 값도ᄉᆞᆸ고[52] 믈러나[53] 헌옷 닙고[54] 발 밧고[55] ᄂᆞ치[56] ᄣᅵ[57] 무티고[58] 門몬 밧긔[59] 셔어[60]

46) 할미: [할머니, 老母: 하(크다, 大)- + -ㄹ(← -ㄴ: 관전) + 미(← 어미: 어머니, 母)]

47) ᄃᆞ리고: ᄃᆞ리(데리다, 與)- + -고(연어, 나열, 계기)

48) 미조ᄍᆞᄫᅡ: 미조[← 미좃다 ← 미좇다(뒤미쳐 좇다, 追): 미(← 및다: 미치다, 이르다, 及)- + 좇(좇다, 從)-]- + -ᄌᆞᇦ(← -ᄌᆞᆸ-: 객높)- + -아(연어)

49) 河水ㅅ: 河水(하수) + -ㅅ(-의: 관조) ※ '河水(하수)'는 강이나 시내의 물이다.

50) 우희: 우ㅎ(위, 上) + -의(-에: 부조, 위치)

51) 아니ᄒᆞ신대: 아니ᄒᆞ[아니하다, 不(보용, 부정): 아니(아니, 不: 부사, 부정) + -ᄒᆞ(동접)-]- + -시(주높)- + -ㄴ대(-는데, -니: 연어, 반응)

52) 값도ᄉᆞᆸ고: 값도[← 값돌다, 匝(감돌다): 감(감다, 圍) + ᄯᅩᆯ(← 돌다: 돌다, 廻)-]- + -ᄉᆞᆸ(객높)- + -고(연어, 계기)

53) 믈러나: 믈러나[물러나다, 退: 믈ㄹ(← 므르다: 물러나다, 退)- + -어(연어) + 나(나다, 出)-]- + -아(연어)

54) 닙고 : 닙(입다, 服)- + -고(연어, 나열)

55) 밧고: 밧(벗다, 脫)- + -고(연어, 나열)

56) ᄂᆞ치: ᄂᆞᆾ(낯, 顔面) + -ᄋᆡ(-에: 부조, 위치)

57) ᄣᅵ: ᄣᅵ(때, 垢)

58) 무티고: 무티[묻히다, 穢: 묻(묻다)- + -히(사접)-]- + -고(연어, 나열)

59) 밧긔: 밝(밖, 外) + -의(-에: 부조, 위치)

60) 셔어: 셔(서다, 立)- + -어(연어)

[18 앞]

이셔 우더니 阿항難난이 무ᄅᆞᆫ대 對됭答답ᄒᆞᄃᆡ 내 겨지비론 젼ᄎᆞ로 出츌家강 몯ᄒᆞ야 ᄉᆞᆯ허ᄒᆞ노라 阿항難난이 ᄉᆞᆯᄫᆞᄃᆡ 우디 마ᄅᆞ시고 ᄆᆞᅀᆞᄆᆞᆯ 누기쇼셔 내 부텻긔 ᄉᆞᆯᄫᅡ 보리이다 ᄒᆞ고 즉자히 드러 머리 조ᅀᆞᄫᆞ고 ᄉᆞᆯᄫᆞᄃᆡ 내 부텻긔 듣ᄌᆞᄫᆞ니 겨지븐 精정進진ᄒᆞ면 四ᄉᆞᆼ

있어 울더니, 阿難(아난)이 (대애도께 우는 이유를) 물으니 (대애도가) 對答(대답)하되, "내가 여자인 까닭으로 出家(출가)를 못 하여 슬퍼한다." 阿難(아난)이 사뢰되 "울지 마시고 마음을 눅이소서. 내가 부처께 사뢰어 보겠습니다." 하고, 즉시 (부처께) 들어가서 머리를 조아리고 사뢰되, "내가 부처께 들으니 '여자도 精進(정진)하면 이셔[61] 우더니[62] 阿항難난이 무ᄍᆞᄫᆞᆫ대[63] 對됭答답호ᄃᆡ 내 겨지비론[64] 젼ᄎᆞ로[65] 出츓家강 몯 ᄒᆞ야 슬허ᄒᆞ노라[66] 阿항難난이 ᄉᆞᆯ보ᄃᆡ 우디 마ᄅᆞ시고[67] ᄆᆞᅀᆞᄆᆞᆯ 누기쇼셔[68] 내 부텻긔[69] ᄉᆞᆯᄫᅡ[70] 보리이다[71] ᄒᆞ고 즉자히[72] 드러 머리 좃ᄉᆞᆸ고[73] ᄉᆞᆯ보ᄃᆡ 내 부텻긔 듣ᄌᆞ보니[74] 겨집도 精정進진ᄒᆞ면

---

61) 이셔: 이시(있다: 보용, 완료 지속)

62) 우더니: 우(← 울다 : 울다, 啼)- + -더(회상)- + -니(연어, 설명 계속)

63) 무ᄍᆞᄫᆞᆫ대: 무(← 묻다(묻다, 問)- + -ᄌᆞᆸ(← ᄌᆞᆸ- : 객높)- + -ᄋᆞᆫ대(-니: 연어, 반응)

64) 겨지비론: 겨집(여자, 女) + -이(서조)- + -로(← -오-: 대상)- + -Ø(현시)- + -ㄴ(관전)

65) 젼ᄎᆞ로: 젼ᄎᆞ(까닭, 故) + -로(부조, 방편)

66) 슬허ᄒᆞ노라: 슬허ᄒᆞ[슬퍼하다, 悲: 슳(슬퍼하다)- + -어(연어) + ᄒᆞ(보용)-]- + -ㄴ(← -ᄂᆞ-: 현시)- + -오(화자)- + -라(← -다: 평종)

67) 마ᄅᆞ시고: 말(말다, 勿)- + -ᄋᆞ시(주높)- + -고(연어, 나열)

68) 누기쇼셔: 누기[눅이다, 寬: 눅(눅다)- + -이(사접)-]- + -쇼셔(-소서: 명종, 아주 높임)

69) 부텻긔: 부텨(부처, 佛) + -ㅅ긔(-께: 부조, 상대)

70) ᄉᆞᆯᄫᅡ: ᄉᆞᆲ(← ᄉᆞᆲ다, ㅂ불: 사뢰다, 白)- + -아(연어)

71) 보리이다: 보(보다: 보용, 시도)- + -오(화자)- + -리(미시)- + -이(상높, 아주 높임)- + -다(평종)

72) 즉자히: 즉시, 卽(부사)

73) 좃ᄉᆞᆸ고: 좃(조아리다, 稽)- + -ᄉᆞᆸ(객높)- + -고(연어, 나열)

74) 듣ᄌᆞ보니: 듣(듣다, 聞)- + -ᄌᆞᇦ(← -ᄌᆞᆸ-: 객높)- + -오(화자)- + -니(연어, 설명 계속)

[18뒤]

道똫ᄅᆞᆯ 得득ᄒᆞᄂᆞ니라 ᄒᆞ더시니 이제
大땡愛ᅙᆡᆼ道똫ㅣ 至징極끅ᄒᆞᆫ ᄆᆞᅀᆞ믹
로 法법律률을 受쓯ᄒᆞᅀᆞᆸ고져 ᄒᆞ시ᄂᆞ
니 부텨하 드르쇼셔 부톄 니ᄅᆞ샤ᄃᆡ 말
라 겨집 出츓家강ᄒᆞ기ᄅᆞᆯ 즐기디 말라
부텻 淸청淨쪙ᄒᆞᆫ 道똫理링 오래 盛쎵
티 몯ᄒᆞ리니 가ᄌᆞᆯ벼 니르건댄 샹녜 ᄯᆞᆯ

四道(사도)를 得(득)하느니라.' 하시더니, 이제 大愛道(대애도)가 至極(지극)한 마음으로 法律(법률)을 受(수)하고자 하시나니, 부처시여 들으소서." 부처가 이르시되 "말라. 여자가 出家(출가)하기를 즐기지 말라. 부처의 淸淨(청정)한 道理(도리)가 오래 盛(성)하지 못하겠으니, 비유해서 이르면 항상 딸이

四ᄉᆞᆼ道ᄯᅩᇢᄅᆞᆯ 得득ᄒᆞᄂᆞ니라 ᄒᆞ더시니[75] 이제 大땡愛ᅙᆡᆼ道ᄯᅩᇢㅣ 至징極끅ᄒᆞᆫ ᄆᆞᅀᆞᄆᆞ로[76] 法법律륧[77]을 受쓔ᇢᄒᆞᅀᆞᆸ고져[78] ᄒᆞ시ᄂᆞ니 부텨하[79] 드르쇼셔[80] 부톄 니ᄅᆞ샤ᄃᆡ[81] 말라[82] 겨집 出츓家강ᄒᆞ기ᄅᆞᆯ 즐기디[83] 말라 부텻 淸청淨쪙ᄒᆞᆫ 道ᄯᅩᇢ理링 오래[84] 盛쎵티[85] 몯ᄒᆞ리니 가ᄌᆞᆯ벼[86] 니르건댄[87] 샹녜[88] ᄯᆞᆯ[89]

75) ᄒᆞ더시니: ᄒᆞ(하다, 曰)- + -더(회상)- + -시(주높)- + -니(연어, 설명 계속)
76) ᄆᆞᅀᆞᄆᆞ로: ᄆᆞᅀᆞᆷ(마음, 心) + -ᄋᆞ로(부조, 방편)
77) 法律: 법률. 부처가 설법한 가르침과 신자가 지켜야 할 규율이다.
78) 受ᄒᆞᅀᆞᆸ고져: 受ᄒᆞ[수하다, 받다: 受(수: 불어) + -ᄒᆞ(동접)-]- + -ᅀᆞᆸ(객높)- + -고져(-고자: 연어)
79) 부텨하: 부텨(부처, 佛) + -하(-이시여: 호조, 아주 높임)
80) 드르쇼셔: 들(← 듣다, ㄷ불: 듣다, 聽)- + -으쇼셔(-으소서: 명종, 아주 높임)
81) 니ᄅᆞ샤ᄃᆡ: 니ᄅᆞ(이르다, 言)- + -샤(← -시-: 주높)- + -ᄃᆡ(← -오ᄃᆡ: 연어, 설명 계속)
82) 말라: 말(말다, 勿)- + -라(명종, 아주 낮춤)
83) 즐기디: 즐기[즐기다, 樂: 즑(즐거워하다, 歡: 자동)- + -이(사접)-]- + -디(-지: 연어, 부정)
84) 오래: [오래, 久(부사): 오라(오래다, 久: 형사)- + -ㅣ(← -이 : 부접)]
85) 盛티: 盛ㅎ[← 盛ᄒᆞ다(성하다): 盛(성: 불어) + -ᄒᆞ(형접)-]- + -디(-지: 연어, 부정)
86) 가ᄌᆞᆯ벼: 가ᄌᆞᆯ비(비유하다, 譬)- + -어(연어)
87) 니르건댄: 니르(이르다, 曰)- + -거(확인)- + -ㄴ댄(연어, 조건)
88) 샹녜: 늘, 항상, 常(부사)
89) ᄯᆞᆯ: 딸, 女.

[19앞]

하고아ᄃᆞᆯ져근지비盛쎵티몯ᄒᆞᄃᆞᆺᄒᆞ
며논내기ᅀᅳ미기서난ᄂᆞᆯᄒᆞ야ᄇᆞ리ᄃᆞᆺ
ᄒᆞ니라阿항難난이다시ᄉᆞᆯᄫᆞᄃᆡ大땡
愛ᅙᅵᆼ道또ᇢㅣ善쎤ᄒᆞᆫᄠᅳ디하시며부톄
처ᅀᅥᆷ나거시ᄂᆞᆯ손ᄉᆞ기르ᅀᆞᄫᆞ시니이
다如ᅀᅧᆼ來ᄅᆡᆼ니ᄅᆞ샤ᄃᆡ긔올ᄒᆞ니라大
땡愛ᅙᅵᆼ道또ᇢㅣᅀᅡ眞진實씷로善쎤ᄒᆞᆫ

많고 아들이 적은 집이 盛(성)하지 못하듯 하며, 논에 기음이 무성하여 낟알을 헐어버리듯 하니라." 阿難(아난)이 다시 사뢰되 "大愛道(대애도)가 善(선)한 듯이 많으시며, 부처가 처음 나시거늘 손수 기르셨습니다." 如來(여래)가 이르시되 "그것이 옳으니라. 大愛道(대애도)야말로 眞實(진실)로 善(선)한

하고[90] 아ᄃᆞᆯ 져근[91] 지비[92] 盛쎵티 몯ᄒᆞᄃᆞᆺ[93] ᄒᆞ며 노내[94] 기ᅀᅳ미[95] 기ᅀᅥ[96] 나ᄃᆞᆯ[97] ᄒᆞ야ᄇᆞ리ᄃᆞᆺ[98] ᄒᆞ니라 阿항難난이 다시 ᄉᆞᆯ보ᄃᆡ 大땡愛ᅙᆡᆼ道또ᇢㅣ 善쎤ᄒᆞᆫ ᄠᅳ디[99] 하시며 부톄 처ᅀᅥᆷ[1] 나거시ᄂᆞᆯ[2] 손소[3] 기르ᅀᆞᄫᆞ시니이다[4] 如ᅀᅧᆼ來ᄅᆡᆼ 니ᄅᆞ샤ᄃᆡ 긔[5] 올ᄒᆞ니라[6] 大땡愛ᅙᆡᆼ道또ᇢㅣ사[7] 眞진實ᄴᅵᇙ로 善쎤ᄒᆞᆫ

---

90) 하고: 하(많다, 多)- + -고(연어, 나열)

91) 져근: 젹(적다, 少)- + -Ø(현시)- + -은(관전)

92) 지비: 집(집, 家) + -이(주조)

93) 몯ᄒᆞᄃᆞᆺ: 몯ᄒᆞ[못하다, 不能(보용, 부정): 몯(못, 不: 부사, 부정) + -ᄒᆞ(동접)-]- + -듯(연어, 흡사)

94) 노내: 논(논, 田) + -애(-에: 부조, 위치)

95) 기ᅀᅳ미: 기ᅀᅳᆷ(김, 잡풀, 莠) + -이(주조)

96) 기ᅀᅥ: 기ᇫ(← 깃다, ㅅ불: 깃다, 무성하다)- + -어(연어)

97) 나ᄃᆞᆯ: 낟(낟알, 곡식의 알, 穀) + -ᄋᆞᆯ(목조)

98) ᄒᆞ야ᄇᆞ리ᄃᆞᆺ: ᄒᆞ야ᄇᆞ리(헐어버리다, 破)- + -ᄃᆞᆺ(-듯: 연어, 흡사)

99) ᄠᅳ디: ᄠᅳᆮ(뜻, 意)- + -이(주조)

1) 처ᅀᅥᆷ: [처음(명사): 처ᇫ(← 첫: 첫, 初, 관사, 서수) + -엄(명접)]

2) 나거시ᄂᆞᆯ: 나(나다, 生)- + -시(주높)- + -거…ᄂᆞᆯ(-거늘: 연어, 상황)

3) 손소: [손수, 스스로, 自(부사): 손(손, 手: 명사) + -소(부접)]

4) 기르ᅀᆞᄫᆞ시니이다: 기르[기르다, 養育: 길(길다, 長)- + -으(사접)-]- + -ᅀᆞᇦ(← -ᄉᆞᆸ-: 객높)- + -ᄋᆞ시(주높)- + -Ø(과시)- + -이(상높, 아주 높임)- + -다(평종)

5) 긔: 그(그것, 彼: 지대, 정칭) + -ㅣ(← -이: 주조)

6) 올ᄒᆞ니라: 옳(옳다, 如是)- + -Ø(현시)- + -ᄋᆞ니(원칙)- + -라(← -다: 평종)

7) 大愛道ㅣ사: 大愛道(대애도) + -ㅣ(← -이: 주조) + -사(-야: 보조사, 한정 강조)

[19뒤]

ᄠᅳ디 하며 내그ᅌᅦ도 恩ᅙᅳᆫ惠ᅘᅰᆼㅣ 잇거니
와 내 이제 成쎠ᇰ佛뿌ᇙᄒᆞ야 大땡愛ᅙᆡᆼ道
또ᇢ의게 ᄯᅩ 한 恩ᅙᅳᆫ惠ᅘᅰᆼ 잇ᄂᆞ니 大땡愛
ᅙᆡᆼ道또ᇢㅣ 내 德득으로 三삼寶보ᇢ애 歸
귕依ᅙᅴᆼᄒᆞ야 四ᄉᆞᆼ諦뎽ᄅᆞᆯ 疑ᅌᅵᆼ心심 아
니ᄒᆞ며 五ᅌᅩᆼ根곤을 信신ᄒᆞ며 五ᅌᅩᆼ戒
갱ᄅᆞᆯ 受쯔ᇢᄒᆞ야 디니ᄂᆞ니 阿ᅙᅡᆼ難난 아

뜻이 많으며 나에게도 恩惠(은혜)가 있거니와, 내가 이제 成佛(성불)하여 大愛道(대애도)에게 또 많은 恩惠(은혜)가 있으니, 大愛道(대애도)가 나의 德(덕)으로 三寶(삼보)에 歸依(귀의)하여 四諦(사체)를 疑心(의심)하지 아니하며, 五根(오근)을 信(신)하며 五戒(오계)를 受(수)하여 지니나니, 阿難(아난)아쁘디 하며 내[8] 그에도[9] 恩흔惠휑 잇거니와[10] 내 이제[11] 成쎵佛뿛ᄒᆞ야 大땡愛힝道똫의 게[12] 또 한 恩흔惠휑 잇ᄂᆞ니[13] 大땡愛힝道똫ㅣ 내 德득으로 三삼寶봏[14]애 歸귕依힝ᄒᆞ야 四ᄉᆞᆼ諦뎽[15]를 疑읭心심 아니ᄒᆞ며 五옹根근[16]을 信신ᄒᆞ며 五옹戒갱[17]를 受쓯ᄒᆞ야 디니ᄂᆞ니[18] 阿항難난아

---

8) 내: 나(나, 我: 인대, 1인칭) + -ㅣ(←-ᄋᆡ: 관조)

9) 그에도: 그에(거기에: 의명) + -도(보조사, 첨가) ※ '내 그에도'는 '나에게도'로 의역한다.

10) 잇거니와: 잇(←이시다: 있다, 有)- + -거니와(연어, 인정 첨가) ※ '-거니와'는 앞 사실을 인정하면서도 또 다른 일이 있음을 나타내는 연결 어미이다.

11) 이제: [이제, 今(부사): 이(이, 此: 관사, 지시, 정칭) + 제(제, 때, 時: 의명)]

12) 大愛道의 게: 大愛道(대애도) + -의(관조) # 게(거기에: 의명) ※ '大愛道의 게'는 '大愛道에게'로 의역한다.

13) 잇ᄂᆞ니: 잇(←이시다: 있다, 有)- + -ㄴ(← -ᄂᆞ-: 현시)- + -오(화자)- + -니(연어, 설명 계속)

14) 三寶: 삼보. 불보(佛寶), 법보(法寶), 승보(僧寶)를 함께 이르는 말이다.

15) 四諦: 사제(사체). 사성제(四聖諦)라고도 한다. '고(苦)·집(集)·멸(滅)·도(道)'의 네 가지 진리로 구성되어 있다. 석가모니의 성도(成道) 후 자기 자신의 자내증(自內證)을 고찰하여 설한 것이 십이인연(十二因緣)이라면, 사제설은 이 인연설을 알기 쉽게 타인에게 알리기 위해 체계를 세운 법문(法文)이다.

16) 五根: 오근. 번뇌를 누르고 깨달음의 길로 이끄는 다섯 가지 근원이다. '신근(信根), 정진근(精進根), 염근(念根), 정근(定根), 혜근(慧根)'을 이른다.

17) 五戒: 오계. 속세에 있는 신자(信者)들이 지켜야 할 다섯 가지 계율이다. 일반적으로 처음 출가하여 승려가 된 사미(沙彌)와 재가(在家)의 신도들이 지켜야 할 것이라 하여 '사미오계(沙彌五戒)'와 '신도오계(信徒五戒)' 등으로 부르고 있다. 사미오계는 ① 생명을 죽이지 말라(不殺生), ② 주지 않는 것을 가지지 말라(不偸盜), ③ 사음하지 말라(不邪婬), ④ 진실되지 않은 거짓말을 하지 말라(不妄語), ⑤ 술을 마시지 말라(不飮酒)는 것이다. 그리고 신도오계는 사미오계의 ③의 불사음계가 간음하지 말라(不姦淫)로 바뀐 것이 다르다.

18) 디니ᄂᆞ니: 디니(지니다, 持)- + -ᄂᆞ(현시)- + -니(연어, 설명 계속)

아모란 사ᄅᆞ미나 옷과 飮흠食씩과 臥ᅌᅪᇰ具꿍와 醫ᅙᅵᆼ藥약ᄋᆞᆯ 臥ᅌᅪᇰ具꿍ᄂᆞᆫ 눕ᄂᆞᆫ 거시라 죽ᄃᆞ록 받ᄌᆞᄫᅡ도 내 恩ᅙᅙᆫ德득만 몯ᄒᆞ니라 阿항難난아 겨지비 沙상門몬 ᄃᆞᄫᅬ오져 ᄒᆞᇙ 사ᄅᆞᄆᆞᆫ 八밣敬경法법을 너므디 아니ᄒᆞ야 죽ᄃᆞ록 行ᅘᆡᇰᄒᆞ야ᅀᅡ 律륧法법에 어루 들리라 여듧 가짓 恭공敬경ᄒᆞᄂᆞᆫ 法법은 ᄒᆞ나ᄒᆞᆫ

이무런 사람이나 옷과 飮食(음식)과 臥具(와구)와 醫藥(의약)을【臥具(와구)는 눕는 것이다.】 죽도록 주어도 나의 恩德(은덕)만 못하니라. 阿難(아난)아, 여자가 沙門(사문)이 되고자 할 사람은 八敬法(팔경법)을 넘기지(=어기지) 아니하여, 죽도록 行(행)하여야 律法(율법)에 가히 들리라.【여덟 가지의 恭敬(공경)하는 法(법)은 하나는 아ᄆᆞ란[19] 사ᄅᆞ미나[20] 옷과 飮음食씩과 臥왕具꿍[21]와 醫힁藥약ᄋᆞᆯ【臥왕具꿍ᄂᆞᆫ 눕ᄂᆞᆫ 거시라[22]】 죽ᄃᆞ록[23] 발바다도[24] 내 恩ᅙᆞᆫ德득만[25] 몯ᄒᆞ니라 阿항難난아 겨지비 沙상門몬 ᄃᆞ외오져[26] ᄒᆞ거든 사ᄅᆞᄆᆞᆫ 八밣敬겨ᇰ法법[27]을 너므디[28] 아니ᄒᆞ야 죽ᄃᆞ록 行ᅘᆡᇰᄒᆞ야ᅀᅡ[29] 律륧法법에 어루[30] 들리라[31]【여듧 가짓 恭공敬겨ᇰᄒᆞ논[32] 法법은 ᄒᆞ나ᄒᆞᆫ[33]

---

19) 아ᄆᆞ란: [아무런, 何等(관사): 아ᄆᆞ라(← 아ᄆᆞᄒᆞ다: 아무렇다)- + -ㄴ(관전 ▷ 관접)]

20) 사ᄅᆞ미나: 사ᄅᆞᆷ(사람, 人) + -이나(보조사, 선택)

21) 臥具: 와구. 이불, 베개 따위와 같은 누울 때에 쓰는 물건을 통틀어 이르는 말이다.

22) 거시라: 것(것, 者: 의명) + -이(서조)- + -Ø(현시)- + -라(← -다: 평종)

23) 죽ᄃᆞ록: 죽(죽다, 死)- + -ᄃᆞ록(-도록: 연어, 도달)

24) 발바다도: 발받(주다, 제공하다, 給)- + -아도(연어, 양보) ※『석가보』의 〈석가이모대애도출가기〉(釋迦姨母大愛道出家記)에는 '발바다도'에 해당하는 표현을 '給(주다)'으로 표현하고 있다.

25) 恩德 만: 恩德(은덕) + 만(만큼: 부조, 비교)

26) ᄃᆞ외오져: ᄃᆞ외(되다, 作)- + -오져(← -고져: -고자, 연어, 의도)

27) 八敬法: 팔경법. 비구니가 지켜야 할 여덟 가지 규범이다. 첫째, 보름마다 비구의 지도를 받아야 함. 둘째, 비구의 지도에 따라 안거(安居)해야 함. 셋째, 안거(安居)의 마지막 날에는 비구를 초청하여 그 동안에 저지른 자신의 허물을 말하고 훈계를 받아야 함. 넷째, 식차마나(式叉摩那)는 비구와 비구니에게 구족계(具足戒)를 받아야 함. 다섯째, 비구를 꾸짖어서는 안 됨. 여섯째, 비구의 허물을 말해서는 안 됨. 일곱째, 무거운 죄를 저질렀을 때는 비구에게 참회해야 함. 여덟째, 수계(受戒)한 지 100년이 지난 비구니라도 방금 수계한 비구에게 공손해야 함.

28) 너므디: 너므[넘기다, 踰越: 넘(넘다, 越)- + -으(사접)-]- + -디(-지: 연어, 부정) ※ '팔경법을 너므디 아니ᄒᆞ야'는 '팔경법을 어기지 아니하여'의 뜻으로 쓰였다.

29) 行ᄒᆞ야ᅀᅡ: 行ᄒᆞ[행하다: 行(행: 불어) + -ᄒᆞ(동접)-]- + -야ᅀᅡ(← -아ᅀᅡ: -아야, 연어, 필연적 조건)

30) 어루: 가(可)히, 능히, 넉넉히(부사)

31) 들리라: 들(들다, 入)- + -리(미시)- + -라(← -다: 평종)

32) 恭敬ᄒᆞ논: 恭敬ᄒᆞ[공경하다: 恭敬(공경: 명사) + -ᄒᆞ(동접)-]- + -ㄴ(← -ᄂᆞ-: 현시)- + -오(대상)- + -ㄴ(관전)

33) ᄒᆞ나ᄒᆞᆫ: ᄒᆞ나ㅎ(하나, 一: 수사, 양수) + -ᄋᆞᆫ(보조사, 주제)

[20 뒤]

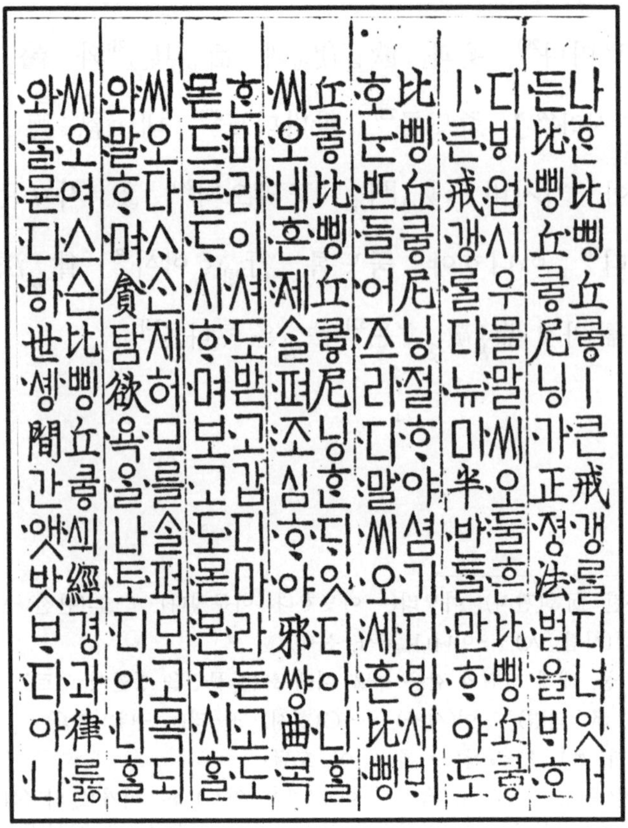
나ᄒᆞᆫ 比삥丘쿵ㅣ 큰 戒갱ᄅᆞᆯ 디녀 잇거
든 比삥丘쿵尼닝가 正졍法법을 비호
ᄃᆡ 비업시우믈 말 씨오 둘흔 比삥丘쿵
ㅣ 큰 戒갱ᄅᆞᆯ 디뉴미 半반 ᄃᆞᆯ만 ᄒᆞ야도
比삥丘쿵尼닝 절ᄒᆞ야 셤기ᄃᆡ 새 ᄇᆡ
호ᄂᆞᆫ ᄠᅳ들 어즈리디 말 씨오 세흔 比삥
丘쿵 比삥丘쿵尼닝 ᄒᆞᆫᄃᆡ 잇디 아니ᄒᆞᆯ
씨오 네흔 제 솔펴 조심ᄒᆞ야 邪썅曲콕
ᄒᆞᆫ 마리 이셔도 받고 갑디 마라 듣고도
몯 드른 ᄃᆞ시 ᄒᆞ며 보고도 몯 본 ᄃᆞ시 ᄒᆞᆯ
씨오 다ᄉᆞᄉᆞᆫ 제 허므를 솔펴 보고 목
와 말ᄒᆞ며 貪탐欲욕ᄋᆞᆯ 나토디 아니ᄒᆞᆯ
씨오 여스슨 比삥丘쿵ᄭᅴ 經경과 律륧
와ᄅᆞᆯ 묻디 방 世솅間간앳 밧ᄇᆞ디 아니

比丘(비구)가 큰 戒(계)를 지니어 있거든 比丘尼(비구니)가 (비구에게) 가서 正法(정법)을 배우되 업신여김을 말 것이요, 둘은 比丘(비구)가 큰 戒(계)를 지니는 것이 半(반) 달만 하여도 比丘尼(비구니)가 절하여 섬기되 새로 배우는 뜻을 어지럽히지 말 것이요, 셋은 比丘(비구)와 比丘尼(비구니)가 한데에 있지 아니하는 것이요, 넷은 자기가 살펴서 조심하여 邪曲(사곡)한 말이 있어도 (그 말을) 받고 갚지 말아서 듣고도 못 들은 듯이 하며 보고도 못 본 듯이 하는 것이요, 다섯은 자기의 허물을 살펴보고 목에 힘을 주어 말하며 貪欲(탐욕)을 나타내지 아니하는 것이요, 여섯은 比丘(비구)께 經(경)과 律(율)을 묻되 世間(세간)에 있는 바쁘지 아니한

比삐ᇰ丘쿠ᇹㅣ[34] 큰 戒개ᇰ[35]를 디녀 잇거든 比삐ᇰ丘쿠ᇹ尼니ᇰ[36] 가 正져ᇰ法법을 ᄇᆡ호디ᄫᅵ[37] 업시우믈[38] 말 씨오[39] 둘혼[40] 比삐ᇰ丘쿠ᇹㅣ 큰 戒개ᇰ를 디뉴미[41] 半반 ᄃᆞᆯ만[42] ᄒᆞ야도 比삐ᇰ丘쿠ᇹ尼니ᇰ 절ᄒᆞ야 셤기디ᄫᅵ[43] 새[44] ᄇᆡ호ᄂᆞᆫ ᄠᅳ들 어즈리디[45] 말 씨오 세혼 比삐ᇰ丘쿠ᇹ 比삐ᇰ丘쿠ᇹ尼니ᇰ ᄒᆞᆫᄃᆡ[46] 잇디 아니ᄒᆞᆯ 씨오 네혼 제 ᄉᆞᆯ펴[47] 조심ᄒᆞ야 邪쌰ᇰ曲콕[48]ᄒᆞᆫ 마리 이셔도 받고 갑디[49] 마라[50] 듣고도 몯 드른 ᄃᆞ시[51] ᄒᆞ며 보고도 몯 본 ᄃᆞ시 ᄒᆞᆯ 씨오 다ᄉᆞᄉᆞᆫ 제 허므를 ᄉᆞᆯ펴보고 목 되와[52] 말ᄒᆞ며 貪탐欲욕ᄋᆞᆯ 나토디[53] 아니ᄒᆞᆯ 씨오 여스슨 比삐ᇰ丘쿠ᇹㅅ긔 經겨ᇰ과 律류ᇙ와를 묻디ᄫᅵ 世셰ᇰ間간앳 밧ᄇᆞ디[54] 아니ᄒᆞᆫ

---

34) 比丘ㅣ: 比丘(비구) + -ㅣ(← -이: 주조) ※ '比丘(비구)'는 출가하여 구족계(具足戒)를 받은 남자 승려이다. ※ '구족계'는 비구와 비구니가 지켜야 할 계율이다.

35) 戒: 계. 죄를 금하고 제약하는 것이다.

36) 比丘尼: 比丘尼(비구니) + -Ø(← -이: 주조) ※ 비구는 출가하여 구족계를 받은 여자 승려이다.

37) ᄇᆡ호디ᄫᅵ: ᄇᆡ호[배우다, 學: ᄇᆡᇂ(버릇이 되다, 길들다, 習: 자동)- + -오(사접)-]- + -디ᄫᅵ(-지만: 연어, 대조)

38) 업시우믈: 업시우[업신여기다 : 없(없다, 無 : 형사)- + -이우(동접)-]- + -움(명전) + -을(목조)

39) 씨오: ᄊᆞ(← ᄉᆞ: 것, 者, 의명) + -이(서조)- + -오(← -고: 연어, 나열)

40) 둘혼: 둘ㅎ(둘, 二: 수사, 양수) + -은(보조사, 주제)

41) 디뉴미: 디니(지니다, 持)- + -움(명전) + -이(주조)

42) 半 ᄃᆞᆯ만: 半(반, 절반) # ᄃᆞᆯ(달, 月) + -만(부조, 비교)

43) 셤기디ᄫᅵ: 셤기(섬기다, 奉) + -디ᄫᅵ(-지만, -되: 연어, 대조)

44) 새: 새로, 新(부사)

45) 어즈리디: 어즈리[어지럽히다, 亂: 어즐(어질: 불어) + -이(사접)-]- + -디(-지: 연어, 부정)

46) ᄒᆞᆫᄃᆡ: [함께, 한데, 同(부사): ᄒᆞᆫ(한, 一: 관사, 양수) + ᄃᆡ(데, 곳: 의명)]

47) ᄉᆞᆯ펴: ᄉᆞᆯ피(살피다, 諦)- + -어(연어)

48) 邪曲: 사곡. 요사스럽고 교활한 것이다.

49) 갑디: 갚(갚다, 報)- + -디(-지: 연어, 부정)

50) 마라: 말(말다, 勿)- + -아(연어)

51) ᄃᆞ시: ᄃᆞ시[듯이(의명): ᄃᆞᆺ(의명) + -이(명접)]

52) 되와: 되오[되게 하다, 힘주다: 되(되다, 힘들다)- + -오(사접)-]- + -아(연어)

53) 나토디: 나토[나타내다, 現: 낟(나타나다, 現: 자동)- + -호(사접)-]- + -디(-지: 연어, 부정)

54) 밧ᄇᆞ디: 밧ᄇᆞ[바쁘다, 忙: 밧(← 밫다: 바삐하다, 동사)- + -ᄇᆞ(형접)-]- + -디(-지: 연어, 부정)

[21앞]

ᄒᆞᆫ 이ᄅᆞᆯ ᄒᆞᆫᄃᆡ 니르디 아니ᄒᆞᆯ 씨오 닐구븐 法법律률에 그른 이ᄅᆞᆯ 지ᅀᅥ든 半반 ᄃᆞᄅᆞᆯ 모ᄃᆞᆫ ᄃᆡ 가 懺참悔횡ᄒᆞᆯ 씨오 여듧븐 比삥丘쿵尼닝 비록 一힗百ᄇᆡᆨ ᄒᆡᄅᆞᆯ 큰 戒갱ᄅᆞᆯ 디녀도 큰 戒갱 受쓩ᄒᆞᆫ 새 比삥丘쿵 아래 안자 恭공敬경ᄒᆞ야 禮롕數숭ᄒᆞᆯ 씨라 阿항難난이 나와 大땡愛ᄒᆞᆼ道ᄯᅩᇢ ᄭᅴ ᅀᆞᆯᄫᆞᆫ대 大땡愛ᄒᆞᆼ道ᄯᅩᇢㅣ 깃거 닐오ᄃᆡ 阿항難난아 내 ᄒᆞᆫ 말 드러라 가ᄌᆞᆯ벼 니르건댄 네 姓셩엣 ᄯᆞ리 네 姓셩은 婆빵羅랑

일을 함께 이르지 아니하는 것이요, 일곱은 法律(법률)에 그른 일을 짓거든 半(반) 달(동안)을 모인 데에 가서 懺悔(참회)하는 것이요, 여덟은 比丘尼(비구니)가 비록 一百(일백) 해를 큰 戒(계)를 지녀도 큰 戒(계)를 受(수)한 새 比丘(비구)의 아래에 앉아 恭敬(공경)하여 禮數(예수)하는 것이다.】 阿難(아난)이 나와서 大愛道(대애도)께 사뢰니, 大愛道(대애도)가 기뻐하여 이르되 "阿難(아난)아, 내가 한 말을 들어라. 비유하여 이르면 네 (가지의) 姓(성)을 가진 딸이 【네 가지의 姓(성)은 婆羅門(바라문)과

이ᄅᆞᆯ ᄒᆞᆫᄃᆡ 니르디 아니ᄒᆞᆯ 씨오 닐구븐[55] 法법律류ᇙ에 그른 이ᄅᆞᆯ 지ᅀᅥ든[56] 半반ᄃᆞᄅᆞᆯ 모ᄃᆞᆫ[57] ᄃᆡ[58] 가 懺참悔ᄒᆈᆼᄒᆞᆯ 씨오 여들븐[59] 比삥丘쿠ᇢ尼닝 비록 一ᅙᅵᇙ百ᄇᆡᆨ ᄒᆡ[60]ᄅᆞᆯ 큰 戒ᄀᆡᆼᄅᆞᆯ 디녀도 큰 戒ᄀᆡᆼ 受쓔ᇢᄒᆞᆫ 새 比삥丘쿠ᇢ 아래 안자 恭공敬경ᄒᆞ야 禮롕數숭ᄒᆞᆯ 씨라】 阿ᅙᅡᆼ難난이 나와 大ᄄᆡᆼ愛ᅙᆡᆼ道또ᇢ씌 ᄉᆞᆯᄫᆞᆫ대[61] 大ᄄᆡᆼ愛ᅙᆡᆼ道또ᇢㅣ 깃거[62] 닐오ᄃᆡ 阿ᅙᅡᆼ難난아 내[63] ᄒᆞᆫ 말 드러라[64] 가ᄌᆞᆯ벼[65] 니르건댄[66] 네 姓셩엣[67] ᄯᆞ리[68]【네 姓셩은 婆뽱羅랑門몬[69]과

55) 닐구븐: 닐굽(일곱, 七: 수사, 양수) + -은(보조사, 주제)

56) 지ᅀᅥ든: 지ᇫ(← 짓다, ㅅ불: 짓다, 作)- + -어든(-거든: 연어, 조건)

57) 모ᄃᆞᆫ: 몯(모이다, 集)- + -Ø(과시)- + -ᄋᆞᆫ(관전)

58) ᄃᆡ: ᄃᆡ(데, 곳, 處: 의명) + -ᄋᆡ(-에: 부조, 위치)

59) 여들븐: 여듧(여덟, 八: 수사, 양수) + -은(보조사, 주제)

60) ᄒᆡ: 해, 年(의명)

61) ᄉᆞᆯᄫᆞᆫ대: ᄉᆞᆲ(← ᄉᆞᆲ다, ㅂ불: 사뢰다, 言)- + -ᄋᆞᆫ대(-니: 연어, 반응)

62) 깃거: 긳(기뻐하다, 歡喜)- + -어(연어)

63) 내: 나(나, 我) + -ㅣ(← -ᄋᆡ: 관조, 의미상 주격) ※ 이때의 '내'는 관형격이지만 의미상으로 주격으로 기능한다.

64) 드러라: 들(← 듣다, ㄷ불: 듣다, 聽)- + -어(확인)- + -라(명종, 아주 낮춤)

65) 가ᄌᆞᆯ벼: 가ᄌᆞᆯ비(비유하다, 譬如)- + -어(연어)

66) 니르건댄: 니르(이르다, 言)- + -거(확인)- + -ㄴ댄(-면: 연어, 가정)

67) 姓엣: 姓(성) + -에(부조, 위치) + -ㅅ(-의: 관조) ※ '네 姓엣'은 '네(四) 가지의 성을 가진'으로 의역한다. 여기서 '네 姓'은 힌두교에 바탕을 둔 카스트제도에 따른 네 가지 계급을 이른다.

68) ᄯᆞ리: ᄯᆞᆯ(딸, 女) + -이(주조)

69) 婆羅門: 바라문. 브라만(Brahman)의 음역으로 인도 카스트 제도에서 가장 높은 지위인 승려 계급이다.

[21 뒤]

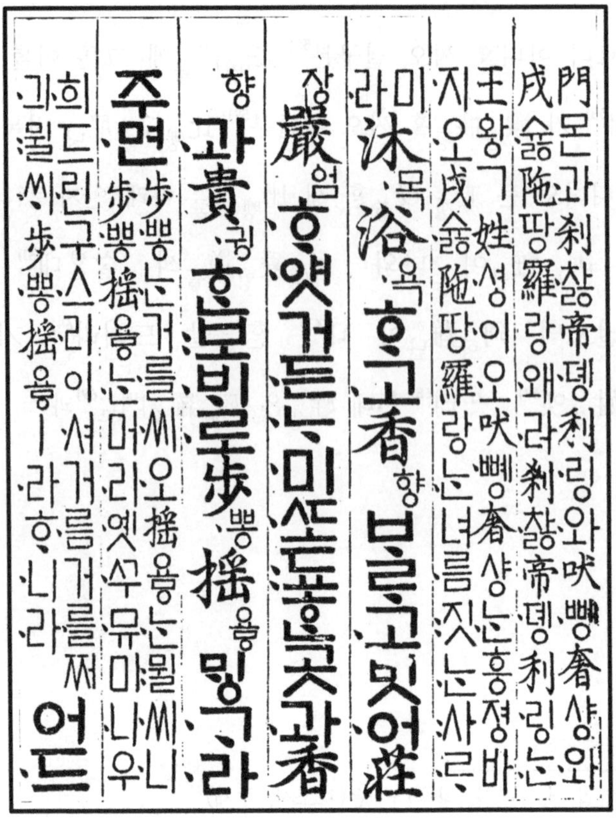
門몬과 刹찰帝뎽利링와 吠뻥奢샹와
戍슝陁땅羅랑왜라 刹찰帝뎽利링ᄂᆞᆫ
王왕ㄱ 姓셩이오 吠뻥奢샹ᄂᆞᆫ 흥졍바
지오 戍슝陁땅羅랑ᄂᆞᆫ 녀름짓ᄂᆞᆫ 사ᄅᆞ
미라 沐목浴욕ᄒᆞ고 香향 ᄇᆞᄅᆞ고 ᄭᅮ며 莊
장嚴엄ᄒᆞ얫거든 ᄂᆞ미 ᄯᅩ 됴ᄒᆞᆫ 곳과 香
향과 貴귕ᄒᆞᆫ 보ᄇᆡ로 步뽕搖욯 ᄆᆡᇰᄀᆞ라
주면 步뽕ᄂᆞᆫ 거를씨오 搖욯ᄂᆞᆫ 뮐씨니 步뽕搖욯ᄂᆞᆫ 머리옛 ᄭᅮ뮤미니 우
희 드리ᄂᆞᆫ 구스리 이셔 거름 거를 쩌긔 뮐씨 步뽕搖욯ㅣ라 ᄒᆞᄂᆞ니라 어드

刹帝利(찰제리)와 吠奢(폐사)와 戍陁羅(수타라)이다. 刹帝利(찰제리)는 王(왕)의 (성)이요, 吠奢(폐사)는 장사치요, 戍陁羅(무타라)는 농사짓는 사람이다.】 沐浴(목욕)하고 香(향)을 바르고 꾸미어 莊嚴(장엄)하여 있거든, 남이 또 좋은 꽃과 香(향)과 貴(귀)한 보배로 步搖(보요)를 만들어 주면【步(보)는 걷는 것이요 搖(요)는 움직이는 것이니, 步搖(보요)는 머리에 있는 꾸미는 것이니, 위에 드린 구슬이 있어 걸음을 걸을 적에 움직이므로 步搖(보요)라 하였니라.】

刹찷帝뎽利링[70]와 吠뼁奢샹[71]와 戍슗陁땅羅랑왜라[72] 刹찷帝뎽利링ᄂᆞᆫ 王왕ㄱ[73] 姓셩이오 吠뼁奢샹ᄂᆞᆫ 흥졍바지오[74] 戍슗陁땅羅랑ᄂᆞᆫ 녀름짓ᄂᆞᆫ[75] 사ᄅᆞ미라】 沐목浴욕ᄒᆞ고 香향 ᄇᆞᄅᆞ고[76] 빗어[77] 莊장嚴엄ᄒᆞ얫거든[78] ᄂᆞ미[79] ᄯᅩ 됴ᄒᆞᆫ 곳과[80] 香향과 貴귕ᄒᆞᆫ 보ᄇᆡ로[81] 步뽕搖욯[82] ᄆᆡᇰᄀᆞ라[83] 주면【步뽕ᄂᆞᆫ 거를 씨오 搖욯ᄂᆞᆫ 뮐[84] 씨니 步뽕搖욯ᄂᆞᆫ 머리옛 ᄭᅮ뮤미니[85] 우희 드린[86] 구스리 이셔 거름 거를 쩌긔 뮐ᄊᆡ 步뽕搖욯ㅣ라 ᄒᆞ니라】

---

70) 刹帝利: 찰제리(=刹利). 산스크리트어로 크사트리아(Ksatriya)이다. 인도 카스트 제도에서 두 번째 지위인 왕족과 무사 계급이다.

71) 吠奢: 비사. 산트크리트어로 바이샤(vaiśya)이다. 찰제리(刹帝利) 밑에서 상공업 등에 종사하는 평민 계급으로서, '폐사(吠舍)·비사(鞞舍)·비사(毘舍)'라고도 한다.

72) 戍陁羅왜라: 戍陁羅(무타라) + -와(접조) + -ㅣ(← -이-: 서조)- + -Ø(현시)- + -라(← -다: 평종) ※ '戍陁羅(무타라)'는 산트크리트어로 수드라(Sudra)이다. 농업(農業)·도살(屠殺) 등 천한 직업에 종사하는 족속으로, 곧 맨 낮은 층에 속하는 노예 계급들이다.

73) 王ㄱ: 王(왕) + -ㄱ(-의: 관조)

74) 흥졍바지오: 흥졍바지[흥정바치, 장사치: 흥졍(흥정, 商) + 바지(장인, 匠)] + -Ø(← -이-: 서조)- + -오(← -고: 연어, 나열)

75) 녀름짓ᄂᆞᆫ: 녀름짓[농사짓다: 녀름(농사, 農事) + 짓(짓다, 作)-]- + -ᄂᆞ(현시)- + -ㄴ(관전)

76) ᄇᆞᄅᆞ고: ᄇᆞᄅᆞ(바르다, 塗)- + -고(연어, 나열)

77) 빗어: 빗(← 비스다: 꾸미다, 裝)- + -어(연어)

78) 莊嚴ᄒᆞ얫거든: 莊嚴ᄒᆞ[장엄하다: 莊嚴(장엄) + -ᄒᆞ(동접)-]- + -야(← -아: 연어) + 잇(← 이시다: 있다, 보용, 완료 지속)- + -거든(연어, 조건) ※ '莊嚴(장엄)'은 향이나 꽃 따위를 부처에게 올려 장식하는 일이다. ※ '莊嚴ᄒᆞ얫거든'은 '莊嚴ᄒᆞ야 잇거든'이 축약된 형태이다.

79) ᄂᆞ미: ᄂᆞᆷ(남, 他) + -이(주조)

80) 곳과: 곳(← 곶: 꽃, 花) + -과(접조)

81) 보ᄇᆡ로: 보ᄇᆡ(보배, 寶) + -로(부조, 방편)

82) 步搖: 보요. 고대 부녀들의 머리를 수식하는 장식품이다.

83) ᄆᆡᇰᄀᆞ라: ᄆᆡᇰᄀᆞᆯ(만들다, 作)- + -아(연어)

84) 뮐: 뮈(움직이다, 動)- + -ㄹ(관전)

85) ᄭᅮ뮤미니: ᄭᅮ미(꾸미다, 飾)- + -움(명전) + -이(서조)- + -니(연어, 설명 계속)

86) 드린: 드리(드리다, 垂)- + -Ø(과시)- + -ㄴ(관전) ※ '드리다'는 여러 가닥의 실이나 끈을 하나로 땋거나 꼬는 것이다.

[22 앞]

리아니기ᄢᅥ머릴내와다받ᄌᆞᄫᆞ리부텨
니ᄅᆞ시논여듧가짓恭공敬경을나도
깃ᄉᆞᄫᅡ머리로받ᄌᆞᄫᅩ노라그제ᅀᅡ大땡
愛ᄋᆡᆼ道똫ㅣ出츓家강ᄒᆞ야큰戒갱를
受쓯ᄒᆞ야比삥丘쿻尼닝ᄃᆞ외야應ᅙᅳᆼ
眞진을得득ᄒᆞ니라應ᅙᅳᆼ은맛당ᄒᆞᆯ씨니應ᅙᅳᆼ眞진은供
공養양바도미맛당ᄒᆞᆫ眞진實씷ㅅ사ᄅᆞ미라부톄니ᄅᆞ샤ᄃᆡ

어찌 기뻐하여 머리를 내밀어 받지 않으랴? 부처가 이르시는 여덟 가지의 恭敬(공경)을 나도 기뻐하여 머리로 받는다." 그제야 大愛道(대애도)가 出家(출가)하여, 큰 戒(계)를 受(수)하여 比丘尼(비구니)가 되어 應眞(응진)을 得(득)하였니라.【應(응)은 마땅한 것이니, 應眞(응진)은 供養(공양)을 받는 것이 마땅한 眞實(진실)의 사람이다.】 부처가 이르시되,

어드리[87] 아니 기쌔[88] 머릴[89] 내와다[90] 바ᄃᆞ료[91] 부텨 니르시논[92] 여듧 가짓 恭공敬경을 나도 깃ᄉᆞ바[93] 머리로 받즙노라[94] 그제ᅀᅡ[95] 大땡愛ᅙᅵᆼ道똫ㅣ 出츓家강ᄒᆞ야 큰 戒갱를 受쓯ᄒᆞ야 比삥丘쿻尼닝[96] ᄃᆞ외야[97] 應ᅙᅳᆼ眞진[98]을 得득ᄒᆞ니라[99] 【應ᅙᅳᆼ은 맛당홀[1] 씨니 應ᅙᅳᆼ眞진은 供공養양 바도미[2] 맛당ᄒᆞᆫ 眞진實씷ㅅ 사ᄅᆞ미라[3]】 부톄 니ᄅᆞ샤ᄃᆡ[4]

---

87) 어드리: 어찌, 豈(부사)

88) 기쌔: 깄(기뻐하다, 歡)- + -어(연어)

89) 머릴: 머리(머리, 頂)- + -ㄹ(← -를: 목조)

90) 내와다: 내왇[내밀다, 出: 나(나다, 出)- + -ㅣ(← -이-: 사접)- + -왇(강접)-]- + -아(연어)

91) 바ᄃᆞ료: 받(받다, 受)- + -ᄋᆞ리(미시)- + -오(← -고: 의종, 설명) ※ '어드리 아니 기쌔 머릴 내와다 바ᄃᆞ료'는 문맥을 감안하여 '어찌 기뻐하여 머리를 내밀어 받지 않으랴?'로 의역한다.

92) 니르시논: 니르(이르다, 說)- + -시(주높)- + -ㄴ(← -ᄂᆞ-: 현시)- + -오(대상)- + -ㄴ(관전)

93) 깃ᄉᆞ바: 깃(← 깄다: 기뻐하다, 歡)- + -ᅌᅠᆸ(← -ᅀᅠᆸ-: 객높)- + -아(연어)

94) 받즙노라: 받(받다, 受)- + -즙(객높)- + -ㄴ(← -ᄂᆞ-: 현시)- + -오(화자)- + -라(← -다: 평종)

95) 그제ᅀᅡ: 그제[그제, 그때, 於時: 그(그, 彼: 관사, 지시, 정칭) + 제(제, 때, 時: 의명)] + -ᅀᅡ(보조사, 한정 강조) ※ '제'는 [적(때, 時) + -의(부조, 시간)]으로 분석되는 파생된 의존 명사이다.

96) 比丘尼: 比丘尼(비구니) + -Ø(← -이: 보조)

97) ᄃᆞ외야: ᄃᆞ외(되다, 爲)- + -야(← -아: 연어)

98) 應眞: 응진. 생사를 이미 초월하여 배울 만한 법도가 없게 된 경지의 부처이다.(=아라한, 阿羅漢)

99) 得ᄒᆞ니라: 得ᄒᆞ[득하다: 得(득: 불어) + -ᄒᆞ(동접)-]- + -Ø(과시)- + -니(원칙)- + -라(← -다: 평종)

1) 맛당홀: 맛당ᄒᆞ[마땅하다, 宜: 맛당(마땅, 宜: 명사) + -ᄒᆞ(형접)-]- + -ㄹ(관전)

2) 바도미: 받(받다, 受)- + -옴(명전) + -이(주조)

3) 사ᄅᆞ미라: 사ᄅᆞᆷ(사람, 人)- + -이(서조)- + -Ø(현시)- + -라(← -아: 연어)

4) 니ᄅᆞ샤ᄃᆡ: 니ᄅᆞ(이르다, 言)- + -샤(← -시-: 주높)- + -ᄃᆡ(← -오ᄃᆡ: -되, 설명 계속)

[22 뒤]

未밍來링世솅예 숭이며 겨집들히 샹
녜 골ᄋᆞᆫ ᄆᆞᅀᆞ모로 阿항難난ᄋᆡ 恩ᅙᅳᆫ
德득을 念념ᄒᆞ야 일후믈 일ᄏᆞ라 供공
養양 恭공敬경 尊존重뜡 讚잔嘆탄ᄒᆞ
야 긋디 아니케 ᄒᆞᇙ디니 時씽常썅 곧 몯ᄒᆞ
거든 밤낫 여슷 ᄢᅢ를 닛디 마라ᅀᅣ ᄒᆞ리라
阿항難난이 큰 威휭神씬으로 즉자히

"未來世(미래세)에 승(僧)이며 여자들이 항상 골똘한 마음으로 阿難(아난)의 恩德(은덕)을 念(염)하여, 이름을 일컬어 供養(공양)·恭敬(공경)·尊重(존중)·讚嘆(찬탄)하여 끊어지지 아니하게 할 것이니, 時常(시상)으로야 (이런 일을) 못 하겠거든 밤낮 여섯 때를 잊지 말아야 하리라." 阿難(아난)이 큰 威神(위신)으로 즉시

未밍來링世솅예[5] 스이며[6] 겨집ᄃᆞᆯ히[7] 샹녜[8] 고ᄌᆞᆨᄒᆞᆫ[9] ᄆᆞᅀᆞᄆᆞ로[10] 阿ᅙᅡᆼ難난ᄋᆡ 恩ᅙᅳᆫ德득을 念념ᄒᆞ야 일후믈[11] 일ᄏᆞ라[12] 供공養양 恭공敬경 尊존重뜡 讚잔嘆탄ᄒᆞ야 긋디[13] 아니케[14] 홇[15] 디니[16] 時씽常썅곳[17] 몯거든[18] 밤낫 여ᄉᆺ ᄣᅳᆯ[19] 닛디[20] 마라ᅀᅡ[21] ᄒᆞ리라 阿ᅙᅡᆼ難난이 큰 威ᅙᅱᆼ神씬[22]ᄋᆞ로 즉자히[23]

---

5) 未來世예: 未來世(미래세) + -예(← -에: 부조, 위치) ※ '未來世옛'은 '未來世에 있는'으로 의역한다. ※ '未來世(미래세)'는 삼세(三世)의 하나로서, 죽은 뒤에 다시 태어나 산다는 미래의 세상을 이른다. ※ '三世(삼세)'는 '전세(前世), 현세(現世), 내세(來世)'의 세 가지이다.

6) 스이며: 승(승, 僧) + -이며(접조)

7) 겨집ᄃᆞᆯ히: 겨집ᄃᆞᆶ[여자들: 겨집(여자, 계집, 女) + -ᄃᆞᆶ(-들: 복접)] + -이(주조)

8) 샹녜: 늘, 항상, 常(부사)

9) 고ᄌᆞᆨᄒᆞᆫ: 고ᄌᆞᆨᄒᆞ[올곧다, 골똘하다, 지극하다, 至: 고ᄌᆞᆨ(至: 불어) + -ᄒᆞ(형접)-]- + -Ø(현시)- + -ㄴ(관전)

10) ᄆᆞᅀᆞᄆᆞ로: ᄆᆞᅀᆞᆷ(마음, 心) + -ᄋᆞ로(부조, 방편) ※ '고ᄌᆞᆨᄒᆞᆫ ᄆᆞᅀᆞᆷ'은 '至心(지심)', 곧 더없이 성실한 마음이다.

11) 일후믈: 일훔(이름, 名) + -을(목조)

12) 일ᄏᆞ라: 일ᄏᆞᆯ(← 일ᄏᆮ다, ㄷ불: 일컫다, 칭찬하여 이르다, 稱)- + -아(연어)

13) 긋디: 긋(← 긏다: 끊기다, 切)- + -디(-지: 연어, 부정)

14) 아니케: 아니ㅎ[← 아니ᄒᆞ다(아니하다, 無: 보용, 부정): 아니(아니, 不: 부사, 부정) + -ᄒᆞ(형접)-]- + -게(연어, 사동)

15) 홇: ㅎ(← ᄒᆞ다: 하다, 說)- + -오(대상)- + -ㅭ(관전)

16) 디니: ㄷ(← ᄃᆞ: 것, 의명) + -이(서조)- + -니(연어, 설명 계속)

17) 時常곳: 時常(시상: 부사) + -곳(보조사, 한정 강조) ※ '時常(시상)'은 '항상, 늘'의 뜻으로 쓰인다.

18) 몯거든: 몯[← 몯ᄒᆞ다(못하다: 부정, 불능): 몯(못: 부사, 부정) + -ᄒᆞ(동접)-]- + -거든(연어, 조건)

19) ᄣᅳᆯ: ᄣᅳ(때, 時) + -ㄹ(목조)

20) 닛디: 닛(← 닞다: 잊다, 忘)- + -디(-지: 연어, 부정)

21) 마라ᅀᅡ: 말(말다, 勿: 보용, 부정)- + -아ᅀᅡ(-아야: 연어, 필연적 조건)

22) 威神: 위신. 불도(佛道)를 닦아 이르는 부처의 지위(地位)에 있는 존엄하고 헤아릴 수가 없는 불가사의한 힘이다.(=위신력, 威神力)

23) 즉자히: 즉시, 卽(부사)

[23 앞]

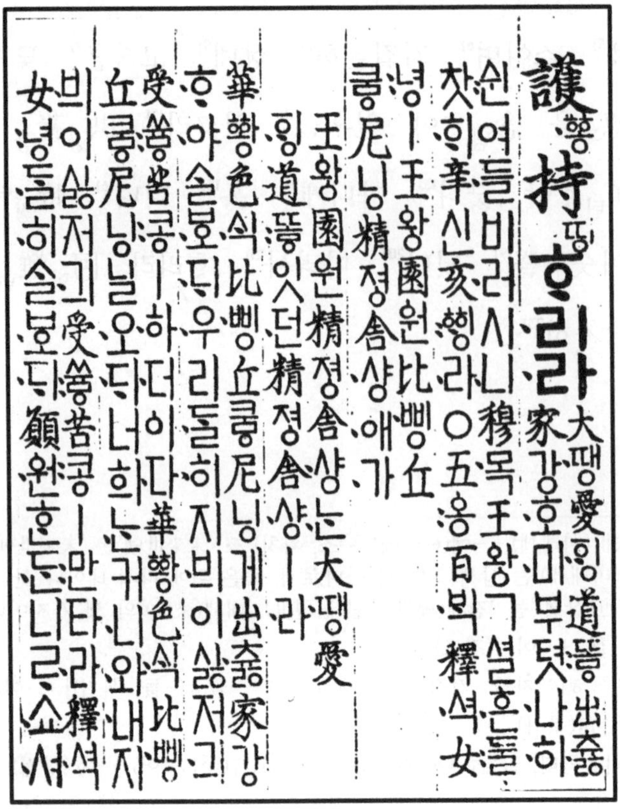

護持(호지)하리라." 【 大愛道(대애도)가 出家(출가)한 것이 부처의 나이가 쉰여덟이시더니, 穆王(목왕)의 서른둘째의 해인 辛亥(신해)이다. ○ 五百(오백) 釋女(석녀)가 王園(왕원)에 있는 比丘尼(비구니)의 精舍(정사)에 가서,

[王園(왕원) 精舍(정사)는 大愛道(대애도)가 있던 精舍(정사)이다.]

華色(화색) 比丘尼(비구니)에게 出家(출가)하여 사뢰되, "우리들이 집에 있을 적에 受苦(수고)가 많았습니다." 華色(화색) 比丘尼(비구니)가 이르되 "너희는 그러하거니와 내가 집에 있을 적에 受苦(수고)가 많더라." 釋女(석녀)들이 사뢰되 "願(원)하건대, (그 사연을) 이르소서."

護ᅘᅩᆼ持띵ᄒᆞ리라[24) 【大땡愛ᅙᅵᆼ道또ᇢ 出ᄎᆔᇙ家강호미 부텻 나히[25) 쉰여듧비러시니[26)
穆목王왕ㄱ[27) 셜흔둘찻[28) ᄒᆡ[29) 辛신亥ᅘᆡᆼ라 ○ 五ᅌᅩᆼ百ᄇᆡᆨ 釋셕女녕[30)ㅣ 王왕園원[31)
比삥丘쿻尼닝 精졍舍샹[32)애 가

王왕園원 精졍舍샹ᄂᆞᆫ 大땡愛ᅙᅵᆼ道또ᇢ 잇던 精졍舍샹ㅣ라[33)

華ᅘᅪᆼ色식 比삥丘쿻尼닝 게[34) 出ᄎᆔᇙ家강ᄒᆞ야 ᄉᆞᆲ보ᄃᆡ 우리ᄃᆞᆯ히 지븨 이싫 저긔 受쓔ᇢ
苦콩ㅣ 하더이다[35) 華ᅘᅪᆼ色식 比삥丘쿻尼닝 닐오ᄃᆡ 너희ᄂᆞᆫ커니와[36) 내 지븨 이싫
저긔 受ᄎᆔᇙ苦콩ㅣ 만타라[37) 釋셕女녕ᄃᆞᆯ히 ᄉᆞᆲ보ᄃᆡ[38) 願원ᄒᆞᆫᄃᆞᆫ[39) 니ᄅᆞ쇼셔

---

24) 護持ᄒᆞ리라: 護持ᄒᆞ[호지하다: 護持(호지: 명사) + -ᄒᆞ(동접)-]- + -리(미시)- + -라(← -다: 평종) ※ '護持(호지)'는 보호하여 지니는 것이다.

25) 나히: 나ㅎ(나이, 齡) + -이(주조)

26) 쉰여들비러시니: 쉰여듧(쉰여덟, 五十八: 수사, 양수) + -이(서조)- + -러(← -더-: 회상)- + -시(주높)- + -니(연어, 설명 계속)

27) 穆王ㄱ: 穆王(목왕) + -ㄱ(-의: 관조)

28) 셜흔둘찻: 셜흔둘차[설흔둘째, 第三十二(수사, 서수): 셜흔(서른, 三十: 수사) + 둘(둘, 二: 수사) + -차(-째: 접미, 서수)] + -ㅅ(-의: 관조)

29) ᄒᆡ: 해, 年(의명)

30) 釋女: 석녀. 석가씨(釋迦氏)의 여자이다.

31) 王園: 왕원. 왕이 소유한 정원이다.

32) 精舍: 정사. 절(寺). 승려가 불상을 모시고 불도(佛道)를 닦으며 교법을 펴는 집이다.

33) 精舍ㅣ라: 精舍(정사) + -ㅣ(← -이-: 서조)- + -Ø(현시)- + -라(← -다: 평종)

34) 比丘尼 게: 比丘尼(비구니) # 게(거기에: 의명) ※ '比丘尼 게'는 '비구니의 거기에'로 직역되지만 여기서는 '비구니에게'로 의역한다.

35) 하더이다: 하(많다, 多)- + -더(회상)- + -이(상높, 아주 높임)- + -다(평종)

36) 커니와: ㅎ(← ᄒᆞ다: 하다, 爲)- + -거니와(연어, 인정 대조) ※ '커니와'는 '그러ᄒᆞ거니와'가 축약된 형태인데, '그렇거니와'나 '물론이거니와'의 뜻을 나타낸다.

37) 만타라: 많(많다, 多)- + -다(← -더-: 회상)- + -Ø(← -오-: 화자)- + + -라(← -다: 평종)

38) ᄉᆞᆲ보ᄃᆡ: ᄉᆞᆲ(← ᄉᆞᆲ다, ㅂ불: 사뢰다, 아뢰다, 言)- + -오ᄃᆡ(-되: 연어, 설명 계속)

39) 願ᄒᆞᆫᄃᆞᆫ: 願ᄒᆞ[원하다: 願(원: 명사) + -ᄒᆞ(동접)-]- + -ㄴᄃᆞᆫ(연어, 희망) ※ '-ㄴᄃᆞᆫ'은 [-ㄴ(관전) # ᄃᆞ(것: 의명) + -ㄴ(← -ᄂᆞᆫ: 보조사, 주제)]의 방식으로 형성된 연결 어미이다.

[23 뒤]

그제 華勢色ᄉᆡᆨ 比삥丘쿻尼닝 즉자히
三삼昧ᄆᆡᆼ예 드러 神씬通통力륵으로
큰 光광明명 펴 閻염浮뿧提뗑를 비취여
因인緣원 잇ᄂᆞᆫ 天텬龍룡鬼귕神씬
人신非빙人신을 請청ᄒᆞ야 大땡衆즁
中듕에 닐오ᄃᆡ 내 지븨 이숄 저긔 舍샹
衛윙國귁 사ᄅᆞ미라니 父뿡母뭏ㅣ 나ᄅᆞᆯ
北븍方방 사ᄅᆞᄆᆞ게 얼이시니 뎌 나랏
風봉俗쑉은 아기 비야 ᄒᆞ마 나ᄒᆞᇙ 저기
면 父뿡母뭏 지븨 돌아 보내더니 잇
양ᄌᆞ로 두서 ᄒᆡᄅᆞᆯ 子ᄌᆞᆼ息식 나ᄒᆞᆫ 後ᅘᅮᇢ
에 ᄯᅩ 비야 남진과 ᄒᆞᆫᄢᅴ 父뿡母뭏ㅅ 지ᄇᆡ
비 오다가 길헤 ᄀᆞᄅᆞ미 잇더니 므리 만
코 길ᄒᆞᆫ 멀오 도ᄌᆞᆨ ᄒᆞ마 하고 건나디 몯ᄒᆞ

그때에 華色(화색) 比丘尼(비구니)가 즉시 三昧(삼매)에 들어, 神通力(신통력)으로 큰 光明(광명)을 펴서 閻浮提(염부제)를 비추어, 因緣(인연)이 있는 天龍(천룡)·鬼神(귀신)·人非人(인비인)을 請(청)하여 大衆(대중) 中(중)에 이르되, "내가 집에 있을 적에 舍衛國(사위국)의 사람이더니, 父母(부모)가 나를 北方(북방) 사람에게 혼인시키시니, 저 나라의 風俗(풍속)은 아기를 배어 곧 낳을 적이면 父母(부모)의 집에 돌려보내더니, 이 모양으로 두어 해를 子息(자식)을 낳고 後(후)에 또 (자식을) 배어, 남편과 함께 父母(부모)의 집에 오다가, 길에 강(江)이 있더니 물이 많고 길은 멀고 도적은 많고, (내가 강을) 건너지 못하여 그제[40] 華황色식 比삥丘쿻尼닝 즉자히 三삼昧밍[41]예 드러 神씬通통力륵으로 큰 光광明명 펴 閻염浮쁳提뗑[42]를 비취여[43] 因인緣원 잇ᄂᆞᆫ 天텬龍룡 鬼귕神씬 人신非빙人신[44]을 請쳥ᄒᆞ야 大땡衆즁 中듕에 닐오ᄃᆡ 내 지븨 이싫 저긔 舍샹衛윙國귁[45] 사ᄅᆞ미라니[46] 父뿡母뭏ㅣ 나ᄅᆞᆯ 北븍方방 싸ᄅᆞᄆᆞᆯ[47] 얼이시니[48] 뎌 나랏 風봉俗쑉ᄋᆞᆫ 아기 ᄇᆡ야[49] ᄒᆞ마[50] 나홇 저기면 父뿡母뭏ㅅ 지븨 돌아보내더니 잇[51] 양ᄌᆞ로[52] 두ᅀᅥ[53] ᄒᆡᄅᆞᆯ 子ᄌᆞᆼ息식 나코 後흫에 ᄯᅩ ᄇᆡ야 남진과 ᄒᆞ야[54] 父뿡母뭏ㅅ 지븨 오다가 길헤 ᄀᆞᄅᆞ미[55] 잇더니 므리 만코 길흔 멀오 도ᄌᆞᄀᆞᆫ[56] 하고 건나디[57] 몯ᄒᆞ야

---

40) 그제: [그제, 그때에(부사): 그(그, 彼: 관사, 지시, 정칭) + 적(적, 때, 時: 의명) + -의(-에: 부조, 위치)]

41) 三昧: 삼매. 잡념을 떠나서 오직 하나의 대상에만 정신을 집중하는 경지이다.

42) 閻浮提: 염부제. 사주(四洲)의 하나이다. 수미산 남쪽에 있다는 대륙으로, 인간들이 사는 곳이며, 여러 부처가 나타나는 곳은 사주(四洲) 가운데 이곳뿐이라고 한다.

43) 비취여: 비취(비추다, 照)- + -여(← -어: 연어)

44) 人非人: 인비인. 팔부중(八部衆) 중에서 긴나라(緊那羅)를 이른다.

45) 舍衛國: 사위국. 고대 인도의 도시이다. 석가(釋迦)시대 갠지스강 유역의 한 강국이었던 코살라국의 수도로서 북인도의 교통로가 모이는 장소로 상업상으로도 중요한 곳이었고, 성 밖에는 기원정사(祇園精舍)가 있다.

46) 사ᄅᆞ미라니: 사ᄅᆞᆷ(사람, 人) + -이(서조)- + -라(← -더-: 회상)- + -니(연어, 설명 계속)

47) 싸ᄅᆞᄆᆞᆯ: 싸ᄅᆞᆷ(← 사ᄅᆞᆷ: 사람, 人) + -ᄋᆞᆯ(-에게: 목조, 보조사적 용법, 의미사 부사격)

48) 얼이시니: 얼이[결혼시키다, 婚: 얼(혼인하다)- + -이(사접)-]- + -시(주높)- + -니(연어, 설명 계속)

49) ᄇᆡ야: ᄇᆡ[배다, 孕: ᄇᆡ(배, 腹)- + -Ø(동접)-]- + -야(← -아: 연어)

50) ᄒᆞ마: 머지 않아, 곧, 卽(부사)

51) 잇: 이(이것, 此: 지대, 정칭) + -ㅅ(-의: 관조)

52) 양ᄌᆞ로: 양ᄌᆞ(모습, 모양, 樣姿) + -로(부조, 방편)

53) 두ᅀᅥ: [두어, 二·三(관사): 두(관사, 양수) + ᅀᅥ(← 서: 서, 관사, 양수)]

54) ᄒᆞ야: ᄒᆞ(함께하다, 與)- + -야(← -아: 연어) ※ 'ᄒᆞ야'는 '함께'로 의역한다.

55) ᄀᆞᄅᆞ미: ᄀᆞᄅᆞᆷ(강, 江) + -이(주조)

56) 도ᄌᆞᄀᆞᆫ: 도ᄌᆞᆨ(도적, 盜) + -ᄋᆞᆫ(보조사, 주제)

57) 건나디: 건나[← 걷나다(건너다, 渡): 걷(걷다, 步)- + 나(나다, 出)-]- + -디(-지: 연어, 부정)

[24 앞]

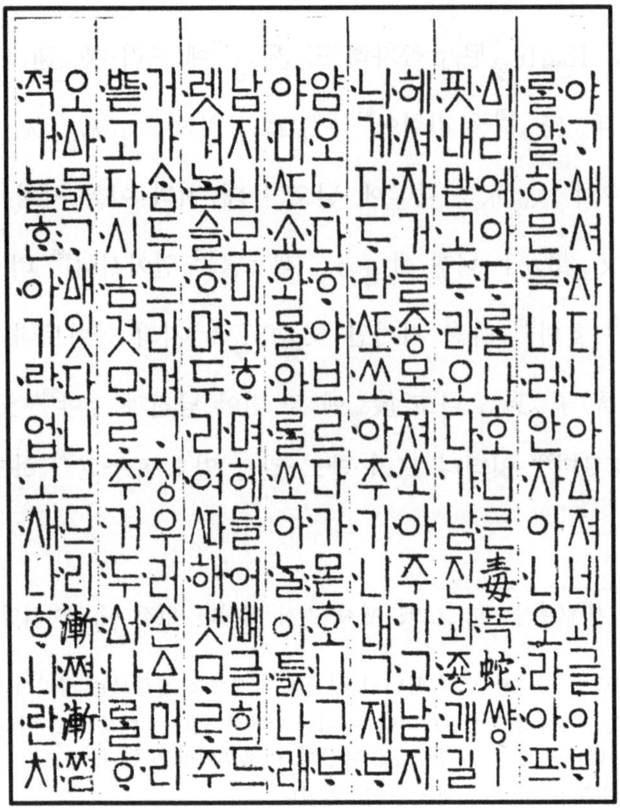

(강)가에서 자더니, □□□□ 갑자기 배를 앓아 문득 일어나 앉아 아니 오래어서 푸서리에 아들을 낳으니, 큰 毒蛇(독사)가 피의 냄새를 맡고 달려오다가, 남편과 종(僕)이 길에서 자거늘, (뱀이) 종을 먼저 쏘아 죽이고 남편에게 다달아 또 쏘아 죽이니, 내가 그때에 “뱀이 온다.” 하여 부르다가 못 하니, 그 뱀이 또 소와 말을 쏘거늘, 이튿날에 남편의 몸이 부폐하며 물러 헤어지어 뼈가 끌러져 있거늘 슬퍼하며 두려하여 땅에 기절하였다가, 가슴을 두드리며 심하게 울어 손수 머리를 뜯고 다시금 기절하여 두어 날을 홀로 물가에 있더니, 그 물이 漸漸(점점) 적어지거늘, 한 아기는 업고 새로 낳은 이는 치마에

ᄀᆞᅀᅢ셔[58] 자다니 아ᅀᅵ져네[59] 과글이[60] ᄇᆡᄅᆞᆯ 알하[61] 믄득 니러 안자 아니 오라아 프ᅀᅥ리예[62] 아ᄃᆞᄅᆞᆯ 나호니 큰 毒똑蛇쌰ㅣ 핏 내 맏고[63] ᄃᆞ라오다가[64] 남진과 죵괘[65] 길헤셔 자거늘 죵 몬져 쏘아 주기고 남지늬 게[66] 다ᄃᆞ라 ᄯᅩ 쏘아 주기니 내 그제 ᄇᆡ얌[67] 오ᄂᆞ다 ᄒᆞ야 브르다가[68] 몯 호니 그 ᄇᆡ야미 ᄯᅩ 쇼와 ᄆᆞᆯ와ᄅᆞᆯ 쏘아ᄂᆞᆯ[69] 이틄나래 남지늬 모미 긔ᄒᆞ며[70] 헤믈어[71] ᄲᅨ[72] 글희드렛거ᄂᆞᆯ[73] 슬흐며 두리여 ᄯᅡ해 것ᄆᆞᄅᆞ주거[74] 가ᄉᆞᆷ 두드리며 ᄀᆞ장 우러 손소 머리 ᄠᅳᆮ고[75] 다시곰 것ᄆᆞᄅᆞ주거 두ᅀᅥ 나ᄅᆞᆯ ᄒᆞ오ᅀᅡ[76] 믌ᄀᆞᅀᅢ 잇다니 그 므리 漸쪔漸쪔 젹거늘 ᄒᆞᆫ 아기란 업고 새[77] 나ᄒᆞ니란[78] 치마예

58) ᄀᆞᅀᅢ셔: ᄀᆞᇫ(← ᄀᆞᆺ: 가, 邊) + -애(-에: 부조, 위치) + -셔(-서: 보조사, 위치 강조)

59) 아ᅀᅵ져네: 형태와 의미가 미상이다.

60) 과글이: 갑자기, 忽然(부사)

61) 알하: 앓(앓다, 痛)- + -아(연어)

62) 프ᅀᅥ리예: 프ᅀᅥ리[푸서리, 蕪: 프(← 플: 풀, 草) + ᅀᅥ리(← 서리: 사이, 間)] + -예(← -에: 부조, 위치) ※ '프ᅀᅥ리(푸서리)'는 잡초가 우거진 숲이다.

63) 맏고: 맏(← 맡다: 맡다, 嗅)- + -고(연어, 나열)

64) ᄃᆞ라오다가: ᄃᆞ라오[달려오다: ᄃᆞᆯ(← ᄃᆞᆮ다, ㄷ불: 달리다, 走)- + -아(연어) + 오(오다, 來)-]- + -다가(연어, 전환)

65) 죵괘: 죵(종, 僕) + -과(접조) + -ㅣ(← -이: 주조)

66) 남지늬 게: 남진(남자, 남편, 男) + -의(관조) # 게(거기에: 의명, 위치)

67) ᄇᆡ얌: 뱀, 蛇

68) 브르다가: 브르(부르다, 呼)- + -다가(연어, 전환)

69) 쏘아ᄂᆞᆯ: 쏘(쏘다, 謝)- + -아ᄂᆞᆯ(-거늘: 연어, 사황)

70) 긔ᄒᆞ며: 긔ᄒᆞ(뜨다, 부폐하다, 醱酵) + -며(연어, 나열)

71) 헤믈어: 헤믈(← 헤므르다: 물러 헤어지다)- + -어(연어)

72) ᄲᅨ: ᄲᅧ(뼈, 骨) + -ㅣ(← -이: 주조)

73) 글희드렛거ᄂᆞᆯ: 글희들[← 글희듣다, ㄷ불(끌러지다, 解): 글희(끄르다, 解)- + 듣(떨어지다, 落)-]- + -어(연어) # 잇(← 이시다: 있다, 보용, 완료 지속)- + -거ᄂᆞᆯ(-거늘: 연어, 상황)

74) 것ᄆᆞᄅᆞ주거: 것ᄆᆞᄅᆞ죽[기절하다, 氣絕: 것ᄆᆞᄅᆞ(가짜의, 假: 접두)- + 죽(죽다, 死)-]- + -어(연어)

75) ᄠᅳᆮ고: ᄠᅳᆮ(뜯다)- + -고(연어, 나열)

76) ᄒᆞ오ᅀᅡ: 홀로, 혼자, 獨(부사)

77) 새: 새로, 新(부사)

78) 나ᄒᆞ니란: 낳(낳다, 産)- + -Ø(과시)- + -ᄋᆞᆫ(관전) # 이(이, 者: 의명) + -란(보조사, 주제)

[24 뒤]

마예다마이베믈오믌가온ᄃᆡ드러도
라ᄆᆞᆮ아기ᄅᆞᆯ보니버미ᄯᅩ차오거늘브
르노라ᄒᆞ다가치맛아기ᄅᆞᆯᄲᅢ디오
소ᄂᆞ로잡다가얻드란몯고어분아기
ᄅᆞᆯ조처디오ᄆᆞᆮ아기ᄂᆞᆫ버미므러머거
늘내心심肝간이ᄢᅵ야디여더ᄫᅳᆫ피ᄅᆞᆯ
吐통ᄒᆞ며ᄀᆞ장울오믈건나가ᄭᅥ므ᄅᆞ
주거디옛다니이ᅀᅳᆨ고큰바다오니그
中듕에ᄒᆞᆫ長댱者쟝ᄂᆞᆫ우리父뿌ᇢ母뭏
ᄉ오라건아ᄅᆞᆫ리러니父뿌ᇢ母뭏ᄉ安
한否ᄇᆗ묻ᄌᆞᄫᆞᆫ대닐오ᄃᆡ네父뿌ᇢ母뭏
ᄉ지비어젯바ᄆᆡ블브터父뿌ᇢ母뭏도
다업스니라ᄒᆞ야ᄂᆞᆯ내것ᄆᆞᄅᆞ주거ᄡᅡ
해디옛다가오라거ᅀᅡᄭᆡ요니五옹百

담아 치마를 입에 물고 물의 가운데에 들어, 돌아서 첫째 아기를 보니 범이 쫓아오거늘, '(내가 첫째 아기를) 부른다'고 하다가 치마에 있는 아기를 빠뜨리고, 손으로 잡다가 (잡지) 못하고 업은 아기를 따라서 떨어뜨리고, 큰 아기는 범이 물어 먹거늘 내가 心肝(심간)이 째어져 더운 피를 吐(토)하며 많이 울고, 물을 건너가 기절하여 쓰러져 있더니, 이윽고 큰 벗이 오니 그 中(중)에 한 長者(장자)는 우리 父母(부모)가 오래 전에 아는 사람이니, (내가) 父母(부모)의 安否(안부)를 물으니 (그 장자가) 이르되 "네 父母(부모)의 집이 어젯밤에 불붙어 父母(부모)도 다 없어졌니라." 하거늘, 내가 기절하여 땅에 쓰어졌다가 오래되어서야 깨니, 五百(오백)

다마 이베 믈오[79] 믌 가온ᄃᆡ 드러 도라 ᄆᆞᆫ아기ᄅᆞᆯ[80] 보니 버미 ᄧᅩ차오거늘[81] 브르노라[82] ᄒᆞ다가 치마옛[83] 아기ᄅᆞᆯ ᄣᅡ디오[84] 소ᄂᆞ로 얻다가 얻드란[85] 몯고[86] 어분 아기ᄅᆞᆯ 조쳐[87] 디오[88] ᄆᆞᆫ 아기ᄂᆞᆫ 버미 므러 머거늘 내 心심肝간이 ᄣᅧ야디여[89] 더ᄫᅳᆫ 피ᄅᆞᆯ 吐ᄒᆞ며 ᄀᆞ장 울오 믈 건나가 것ᄆᆞᄅᆞ주거 디옛다니[90] 이슥고[91] 큰 버디 오니 그 中듕에 ᄒᆞᆫ 長댱者쟝ᄂᆞᆫ 우리 父뿡母무ᇹㅅ 오라건 아로리러니[92] 父뿡母무ᇹㅅ 安한否부ᇢ 묻ᄌᆞᄫᆞᆫ대[93] 닐오ᄃᆡ 네 父뿡母무ᇹㅅ 지비 어젯바ᄆᆡ[94] 블브터 父뿡母무ᇹ도 다 업스니라[95] ᄒᆞ야ᄂᆞᆯ 내 것ᄆᆞᄅᆞ주거 ᄯᅡ해 디옛다가 오라거ᅀᅡ[96] ᄭᆡ요니[97] 五옹百ᄇᆡᆨ

---

79) 믈오: 믈(물다)- + -오(← -고: 연어, 나열, 계기)

80) ᄆᆞᆫ아기ᄅᆞᆯ: ᄆᆞᆫ아기[첫아기: ᄆᆞᆫ(만이, 昆) + 아기(아기, 兒)] + -ᄅᆞᆯ(목조)

81) ᄧᅩ차오거늘: ᄧᅩ차아오[좇아오다: ᄧᅩᆾ(좇다, 從)- + -아(연어) + 오(오다, 來)-]- + -거늘(연어, 상황)

82) 브르노라: 브르(부르다, 號)- + -ㄴ(← -ᄂᆞ-: 현시)- + -오(화자)- + -라(-다: 평종)

83) 치마옛 : 치마(치마, 裳) + -예(↚ -에 : 부조, 위치) + -ㅅ(-의 : 관조)

84) ᄣᅡ디오 : ᄣᅡ디(빠뜨리다, 빠지게 하다, 落)- + -오(← -고 : 연어, 계기)

85) 얻드란 : 얻(얻다, 잡다, 執)- + -드란(-지는 : 연어, 부정)

86) 몯고 : 몯[← 몯ᄒᆞ다(못하다, 不能 : 보용 부정) : 몯(못 : 부사, 부정) + -Ø(← -ᄒᆞ- : 동접)-]- + -고(연어, 나열, 계기)

87) 조쳐 : 조치[아우르다, 겸하다, 兼 : 좇(좇다, 從 : 타동)- + -이(사접)-]- + -어(연어)

88) 디오 : 디(떨어뜨리다, 墜)- + -오(← -고 : 연어, 나열, 계기)

89) ᄣᅧ야디여: ᄣᅧ야디[ᄣᅧ(째다, 裂)- + -야(← -아: 연어) + 디(지다: 보용, 피동)-]- + -여(← -어: 연어)

90) 디옛다니: 디(지다, 쓰러지다, 落)- + -어(연어) + 잇(← 이시다: 있다, 보용, 완료 시속)- + -다(← -더-: 회상) + -Ø(← -오-: 화자)- + -니(연어, 설명 계속)

91) 이슥고 : [이윽고(부사) : 이슥(이윽: 불어) + -Ø(← -ᄒᆞ- : 형접)- + -고(연어 ▷ 부접)]

92) 아로리러니: 알(알다, 知)- + -오(대상)- + -ㄹ(관전) # 이(이, 者: 의명) + -Ø(← -이-: 서조)- + -러(← -더-: 회상)- + -니(연어, 설명 계속)

93) 묻ᄌᆞᄫᆞᆫ대: 묻(묻다, 問)- + -ᄌᆞᇦ(← -ᄌᆞᆸ-: 객높)- + -ᄋᆞᆫ대(-은데, -니: 연어, 반응)

94) 어젯바ᄆᆡ: 어젯밤[어젯밤, 昨夜: 어제(어제, 昨) + -ㅅ(관조, 사잇) + 밤(밤, 夜)] + -ᄋᆡ(-에: 부조, 위치)

95) 업스니라: 없(없어지다, 滅: 동사)- + -Ø(과시)- + -으니(원칙)- + -라(← -다: 평종)

96) 오라거ᅀᅡ: 오라(오래다, 久)- + -거(확인)- + -어ᅀᅡ(-어야: 연어, 필연적 조건)

97) ᄭᆡ요니: ᄭᆡ(깨다)- + -요(← -오-: 화자)- + -니(연어, 설명 계속)

[25 앞]

뵈 도ᄌᆞᆨ기 무리와 벋ᄃᆞᆯᄒᆞᆯ 티고 爲윙頭
ᄠᅮᇢ 도ᄌᆞᆨ기 나ᄅᆞᆯ 자바다가 겨집 사마 사
더니 제 法법에 샹녜 門몬 자펴 두고 ᄒᆞ
다가 ᄯᅩ쳐 오거든 ᄲᆞᆯ리 門몬 ᄋᆞᆯ 열라 ᄒᆞ
옛더니 ᄒᆞᆫ 번 쳔량 님자히며 王왕이
며 ᄆᆞᅀᆞᆳ 사ᄅᆞ미 모다 ᄯᅩ차 오거늘 내 아
기 낟노라 ᄒᆞ야 두서 번 브르거늘 몯
여러늘 爲윙頭ᄠᅮᇢ 도ᄌᆞᆨ기 담 너머 드러 怒
농ᄒᆞ야 닐오ᄃᆡ 네 아기 낟노라 ᄒᆞᄂᆞ니
ᄅᆞᆯ 害행ᄒᆞ려 ᄒᆞᄂᆞ니 이 子ᄌᆞᆼ息식 므스
게 ᄡᅳ료 어셔 가져다가 주기라 내 차마
몯 주겨 ᄒᆞ다니 爲윙頭ᄠᅮᇢ 도ᄌᆞᆨ기 環환
刀도ᇢ ᄲᅢᅘᅧ 손바ᄅᆞᆯ 베티고 날ᄃᆞ려 닐오
ᄃᆡ 네 도로 머그라 아니 머그면 네 머

도적의 무리가 와서 (나의) 벗들을 치고 爲頭(위두) 도적이 나를 잡아다가 부인으로 삼아 살더니, 자기들의 法(법)에 항상 (나에게) 門(문)을 잡게 하여 두고, 만일 (자기들이 사람들에게) 쫓기어 오거든 "빨리 문을 열라."고 시키었더니, 한 번은 재물의 임자이며 王(왕)이며 마을의 사람이 모두 (도적을) 쫓아오거늘, 내가 아기를 낳노라 하여서, (도적들이 빨리 문을 열라고) 두어 번 부르거늘 (내가 문을) 못 열거늘, 爲頭(위두) 도적이 담을 넘어 들어와서 怒(노)하여 이르되, "네가 '(내가) 아기를 낳는다.' 하여 나를 害(해)하려 하나니, 이 子息(자식)을 무엇에 쓰랴? 어서 가져다가 죽이라." 내가 차마 (아기를) 못 죽여 하였더니, 爲頭(위두) 도적이 環刀(환도)를 빼어 (아기의) 손발을 마구 베고, 날더러 이르되 "네가 도로 먹어라. 아니 먹으면 네 머리를 도ᄌᆞ기[98] 무리 와 벋ᄃᆞᆯᄒᆞᆯ[99] 티고 爲윙頭뚷[1] 도ᄌᆞ기 나ᄅᆞᆯ 자바다가[2] 겨집 사마 사더니 제 法법에 샹녜 門몬 자펴[3] 두고 ᄒᆞ다가 ᄧᅩ쳐[4] 오거든 ᄲᆞᆯ리[5] 門몬을 열라 ᄒᆞ옛더니[6] ᄒᆞᆫ 버는 쳔량[7] 님자히며[8] 王왕이며 ᄆᆞᅀᆞᆳ[9] 사ᄅᆞ미 모다[10] ᄧᅩ차오거늘 내 아기 낟노라[11] ᄒᆞ야 두ᅀᅥ 번 브르거늘 몯 여러ᄂᆞᆯ[12] 爲윙頭뚷 도ᄌᆞ기 담 너머 드러 怒농ᄒᆞ야 닐오ᄃᆡ 네 아기 낟노라 ᄒᆞ야 나ᄅᆞᆯ 害ᅘᆡᆼ호려 ᄒᆞᄂᆞ니 이 子ᄌᆞᆼ息식 ᄆᆞᄉᆞ게[13] ᄡᅳ료[14] 어셔 가져다가 주기라 내 ᄎᆞ마[15] 몯 주겨 ᄒᆞ다니 爲윙頭뚷 도ᄌᆞ기 環환刀돟[16] ᄢᅢᅘᅧ[17] 손바ᄅᆞᆯ 베티고[18] 날ᄃᆞ려 닐오ᄃᆡ 네 도로 머그라 아니옷[19] 머그면 네 머리ᄅᆞᆯ

---

98) 도ᄌᆞ기: 도ᄌᆞᆨ(도적) + -이(관조)
99) 벋ᄃᆞᆯᄒᆞᆯ: 벋ᄃᆞᆯㅎ[벗들, 友等: 벋(벗, 友) + -ᄃᆞᆯㅎ(-들: 복접)] + -ᄋᆞᆯ(목조)
1) 爲頭: 위두. 우두머리이다.
2) 자바다가: 잡(잡다, 捕)- + -아(연어) + -다가(연어, 동작의 지속, 강조)
3) 자펴: 자피[잡히다, 잡게 하다, 執: 잡(잡다, 執)- + -히(사접)-]- + -어(연어)
4) ᄧᅩ쳐: ᄧᅩ치[좇기다: ᄧᅩᆾ(좇다, 從)- + -이(피접)-]- + -어(연어)
5) ᄲᆞᆯ리: [빨리, 速(부사): ᄲᆞᆯㄹ(← ᄲᆞᄅᆞ다: 빠르다)- + -이(부접)]
6) ᄒᆞ옛더니: ᄒᆞ이[시키다, 하게 하다: ᄒᆞ(하다, 曰)- + -이(사접)-]- + -어(연어) + 잇(← 이시다: 있다, 보용, 완료 지속)- + -더(회상)- + -니(연어, 설명 계속)
7) 쳔량: 재물, 財.
8) 님자히며: 님자ㅎ(임자, 主) + -이며(접조)
9) ᄆᆞᅀᆞᆳ: ᄆᆞᅀᆞᆯ(마을, 村) + -ㅅ(-의: 관조)
10) 모다: [모두, 皆(부사): 몯(모이다, 集: 동사)- + -아(연어▹부접)]
11) 낟노라: 낟(← 낳다: 낳다, 産)- + -ㄴ(← -ᄂᆞ-: 현시)- + -오(화자)- + -라(평종)
12) 여러ᄂᆞᆯ: 열(열다, 開)- + -어ᄂᆞᆯ(-거늘: 연어, 상황)
13) ᄆᆞᄉᆞ게: ᄆᆞᄉᆞᆨ(무엇, 何: 지대, 미지칭) + -에(부조, 위치)
14) ᄡᅳ료: ᄡᅳ(쓰다, 用)- + -리(미시)- + -오(← -고: 의종, 설명)
15) ᄎᆞ마: [차마, 끝내, 終(부사): ᄎᆞᆷ(참다, 忍)- + -아(연어▹부접)]
16) 環刀: 환도. 예전에, 군복에 갖추어 차던 군도(軍刀)이다.
17) ᄢᅢᅘᅧ: ᄢᅢᅘᅧ(빼다, 拔)- + -어(연어)
18) 베티고: 베티[마구 베다, 斬: 베(← 버히다: 베다, 斬)- + -티(강접)-]- + -고(연어, 나열, 계기)
19) 아니옷: 아니(아니, 不: 부사) + -옷(← -곳: 보조사, 한정 강조)

베리라." 하므로, 두려워하여 (아기를) 먹으니 (위두 도적이) 怒(노)를 가라앉혔니라. 그 도적이 後(후)에 잇달아 도적하다가 王(왕)께 잡히니, 도적에게 罪(죄)를 주는 法(법)은 도적을 죽여 제 아내를 함께 산 채로 묻더니, 내가 그때에 좋은 瓔珞(영락)을 가져 있더니, 한 사람이 밤중 後(후)에 파내야 내 瓔珞(영락)을 가지고 나와 함께 더불어 가거늘, 아니 오래어서 관청(官廳)에서 잡아서 그 사람을 죽여 나와 함께 산 채로 묻거늘, 밤중 後(후)에 범과 이리들이 무덤을 열어 주검을 먹거늘, 내가 (무덤의) 사이에 나가서 정신차리지 못 하여 아무렇게나 다니더니, 길을 가는 많은 사람을 보고 묻되 "내가 슬퍼하니 어디야말로 시름이 없는 데가 있느냐?" 그때에 어른인 늙근 婆羅門(바라문)들이

버효리라[20] ᄒᆞᆯᄊᆡ 두리여[21] 머구니 怒농ᄅᆞᆯ 잔치니라[22] 그 도ᄌᆞ기 後ᅘᅮᇢ에 닛위여[23] 도ᄌᆞᆨᄒᆞ다가 王왕ᄭᅴ 자피니 도ᄌᆞᆨ 罪쬥 주ᄂᆞᆫ 法법은 주겨 제 겨집 조쳐[24] 사ᄅᆞ묻더니[25] 내 그 저긔 됴ᄒᆞᆫ 瓔영珞락[26]을 가졧다니[27] ᄒᆞᆫ 사ᄅᆞ미 밦中듕[28] 後ᅘᅮᇢ에 파내야 내 瓔영珞락 가지고 날 조쳐 더브러 니거늘[29] 아니 오라아 그위예셔[30] 자바 그 사ᄅᆞᆷ 주겨 날 조쳐 사ᄅᆞ무더늘 밦中듕 後ᅘᅮᇢ에 범과 일히ᄃᆞᆯ히[31] 무덤 여러 주거믈 먹거늘 내 ᄉᆞᅀᅵ예 나 ᄎᆞ림[32] 몯 ᄒᆞ야 간대로[33] ᄃᆞᆮ다니[34] 길 녈 한 사ᄅᆞᄆᆞᆯ 보고 무로ᄃᆡ 내 설버ᄒᆞ노니[35] 어드ᅀᅡ[36] 시름 업슨 ᄃᆡ 잇ᄂᆞ뇨 그제 얼우녯[37] 늘근 婆빵羅랑門몬ᄃᆞᆯ히

---

20) 버효리라: 버히[베다, 斬: 벟(베어지다: 자동)- + -이(사접)-]- + -오(화자)- + -리(미시)- + -라(← -다: 평종)

21) 두리여: 두리(두려워하다, 畏)- + -여(← -어: 연어)

22) 잔치니라: 잔치[← 자치다(잦히다, 가라앉히다): 잦(잦다, 消)- + -히(사접)-]- + -Ø(과시)- + -니(원칙)- + -라(← -다: 평종)

23) 닛위여: 닛위[잇대다, 續: 닛(잇다, 續)- + -우(사접)- + -ㅣ(← -이-: 사접)]- + -여(← -어: 연어)

24) 조쳐: 조치[겸하다, 아우르다, 兼: 좇(좇다, 따르다, 從)- + -이(사접)-]- + -어(연어)

25) 사ᄅᆞ묻더니: 사ᄅᆞ묻[산채로 묻다, 生埋葬: 살(살다, 生)- + -ᄋᆞ(사접)- + 묻(묻다, 埋)-]- + -더(회상)- + -니(연어, 설명 계속)

26) 瓔珞: 영락. 구슬을 꿰어 만든 장신구. 목이나 팔 따위에 두른다.

27) 가졧다니: 가지(가지다, 持)- + -어(연어) + 잇(← 이시다: 있다, 완료 지속)- + -다(← -더-: 회상)- + -니(연어, 설명 계속)

28) 밦中[밤중: 밤(밤, 夜) + -ㅅ(관조, 사잇) + 中(중)]

29) 니거늘: 니(가다, 行)- + -거늘(-거늘: 연어, 상황)

30) 그위예셔: 그위(관청, 官廳) + -예(← -에: 부조, 위치) + -셔(-서: 보조사, 위치 강조)

31) 일히ᄃᆞᆯ히: 일히ᄃᆞᆶ[이리들, 狼等: 일히(이리, 狼) + -ᄃᆞᆶ(-들: 복접)] + -이(주조)

32) ᄎᆞ림: [정신을 차림: ᄎᆞ리(정신을 차리다)- + -ㅁ(명접)]

33) 간대로: 그리 쉽사리, 아무렇게나(부사)

34) ᄃᆞᆮ다니: ᄃᆞᆮ(← ᄃᆞᆮ다: 달리다, 走)- + -다(← -더-: 회상)- + -Ø(← -오-: 화자)- + -니(연어, 설명 계속)

35) 설버ᄒᆞ노니: 설버ᄒᆞ[설퍼하다, 哀: 섧(← 셟다, ㅂ불: 서럽다)- + -어(연어) + ᄒᆞ(하다)-]- + -ㄴ(← -ᄂᆞ-: 현시)- + -오(화자)- + -니(연어, 설명 계속)

36) 어드ᅀᅡ: 어듸(어디, 何處: 지대, 미지칭) + -ᅀᅡ(-야말로: 보조사, 한정 강조)

37) 얼우녯: 얼운[어른: 얼(결혼하다, 婚)- + -우(사접)- + -ㄴ(관전 ▷ 관접)] + -에(부조, 위치) + -ㅅ(관조) ※ '얼운녯'은 '어른인'으로 의역한다.

몯ᄃᆞᆯ히어엿비너겨닐오ᄃᆡ釋셕迦강
牟뭉尼닝佛뿛ㅅ法법中듕에便뼌安
한ᄒᆞᆫ이리만ᄒᆞ시고衰쉉ᄒᆞ며셜ᄫᅮᆫ일
ᄃᆞᆯ히업스시다듣ᄌᆞᆸ노라ᄒᆞ야ᄂᆞᆯ내가
ᄊᆞ방大땡愛힝道뚷憍굥曇땀彌밍比
삥丘쿵尼닝ㅅ그ᅌᅦ가出츓家강ᄒᆞ야次
ᄎᆞᆼ第뗑로닷가즉자히道뚷果광ᄅᆞᆯ得
득ᄒᆞ야三삼明명과六륙通통과八밣
解갱脫탏이ᄀᆞᆺ조니너희ᄃᆞᆯ히아라ᅀᆞ
라내지븨이실쩌긔受쓯苦콩ᄒᆞ요미이
러ᄒᆞ니이런因힌緣원으로道뚷理링
ᄅᆞᆯ得득ᄒᆞ라그제釋셕女녕ᄃᆞᆯ히ᄀᆞ장
깃거法법眼안淨쪙을得득ᄒᆞ며모다
듣ᄂᆞᆫ大땡衆즁이各각各각願원을發

(나를) 불쌍히 여겨서 이르되 "(우리 바라문들은) 釋迦牟尼佛(석가모니불)의 法(법) 中(중)에 便安(편안)한 일이 많으시고 衰(쇠)하며 서러운 일들이 없으시다고 듣는다." 하거늘, 내가 기뻐하여 大愛道(대애도)인 憍曇彌(교담미) 比丘尼(비구니)께 가서, 出家(출가)하여 次第(차례)로 (도를) 닦아 즉시 道果(도과)를 得(득)하여 三明(삼명)과 六通(육통)과 八解脫(팔해탈)이 갖추어져 있으니, 너희들이 (이러한 사실을) 알아라. 내가 집에 있을 적에 受苦(수고)함이 이러하니, 이런 因緣(인연)으로 道理(도리)를 得(득)하였다." 그때에 釋女(석녀)들이 매우 기뻐하여 法眼淨(법안정)을 得(득)하며, (화색 비구니의 말을) 모여서 듣는 大衆(대중)이 各各(각각) 願(원)을

어엿비[38] 너겨 닐오ᄃᆡ 釋셕迦강牟뭏尼닝佛뿛ㅅ 法법 中듕에 便뼌安안ᄒᆞᆫ 이리 만ᄒᆞ시고[39] 衰쇵ᄒᆞ며 셜ᄫᅳᆫ[40] 일ᄃᆞᆯ히 업스시다 듣ᄌᆞᆸ노라[41] ᄒᆞ야ᄂᆞᆯ 내 기ᄊᆞᄫᅡ[42] 大땡愛ᅙᅵᆼ道또ᇢ 憍꾤曇땀彌밍[43] 比삥丘쿻尼닝ㅅ긔[44] 가 出츓家강ᄒᆞ야 次ᄎᆞᆼ第똉[45]로 닷가[46] 즉자히 道또ᇢ果광[47]ᄅᆞᆯ 得득ᄒᆞ야 三삼明명[48]과 六륙通통[49]과 八밣解갱脫퇋[50]이 ᄀᆞ조니 너희ᄃᆞᆯ히 아라ᅀᅡ라[51] 내 지븨 이실 쩌긔 受쓯苦콩호미 이러호니 이런 因인緣원으로 道또ᇢ理링ᄅᆞᆯ 得득호라[52] 그제 釋셕女녕ᄃᆞᆯ히 ᄀᆞ장 깃거 法법眼안淨쪙[53]을 得득ᄒᆞ며 모다[54] 듣ᄌᆞᄫᆞᆫ 大땡衆즁이 各각各각 願원을

---

38) 어엿비: [불쌍히, 悲(부사): 어엿ㅂ(←어엿브다: 불쌍하다, 憫)-+-이(부접)]

39) 만ᄒᆞ시고: 만ᄒᆞ(많다, 多)-+-시(주높)-+-고(연어, 나열)

40) 셜ᄫᅳᆫ: 셟(←셟다, ㅂ불: 섧다, 서럽다, 哀)-+-Ø(현시)-+-은(관전)

41) 듣ᄌᆞᆸ노라: 듣(듣다, 聽)-+-ᄌᆞᆸ(객높)-+-ㄴ(←-ᄂᆞ-: 현시)-+-오(화자)-+-라(←-다: 평종)

42) 기ᄊᆞᄫᅡ: 깃(←깄다: 기뻐하다, 歡)-+-ᄉᆞᇦ(객높)-+-아(연어)

43) 憍曇彌: 교담미. ① 석존(釋尊)의 이모인 대애도(大愛道). ② 인도(印度) 찰제리(刹帝利) 종족 중의 한 성(姓)으로, 석가 종족의 일반 여자에 통하는 명칭이다.

44) 比丘尼ㅅ긔: 比丘尼(비구니)+-ㅅ긔(-께: 부조, 상대, 높임)

45) 次第: 차제. 차례(次例). 석보상절에 기술된 내용이 부처님의 전생과 이 세상에 태어난 일의 차례대로 기술되어 있음을 표현한 말이다.

46) 닷가: 닭(닭다, 修)-+-아(연어)

47) 道果: 도과. 도를 닦음으로써 얻는 결과이다.

48) 三明: 삼명. 아라한이 가지고 있는 세 가지 지혜이다. 숙명명(宿命明), 천안명(天眼明), 누진명(漏盡明)을 이른다.

49) 六通: 육통. 천안통·천이통·타심통·숙명통·신족통·누진통의 여섯 가지 신통력을 이른다.

50) 八解脫: 팔해탈. 번뇌의 속박에서 벗어나는 여덟 가지 선정(禪定)이다. ① 내유색상관외색해탈(內有色想觀外色解脫), 내무색상관외색해탈(內無色想觀外色解脫), 정해탈신작증구족주(淨解脫身作證具足住), 공무변처해탈(空無邊處解脫), 식무변처해탈(識無邊處解脫), 무소유처해탈(無所有處解脫), 비상비비상처해탈(非想非非想處解脫), 멸수상정해탈(滅受想定解脫) 등이 있다.

51) 아라ᅀᅡ라: 알(알다, 知)-+-아(확인)-+-ᅀ(감동)-+-ᄋᆞ라(명종, 아주 낮춤)

52) 得호라: 得ᄒᆞ[得ᄒᆞ다(득하다): 得(득: 불어)+-ᄒᆞ(동접)-]-+-Ø(과시)-+-오(화자)-+-라(←-다: 평종)

53) 法眼淨: 법안정. 사제(四諦) 또는 불생불멸(不生不滅)의 진리를 명료하게 아는 청정한 지혜이다.

54) 모다: 몯(모이다, 會)-+-아(연어)

[26 뒤]

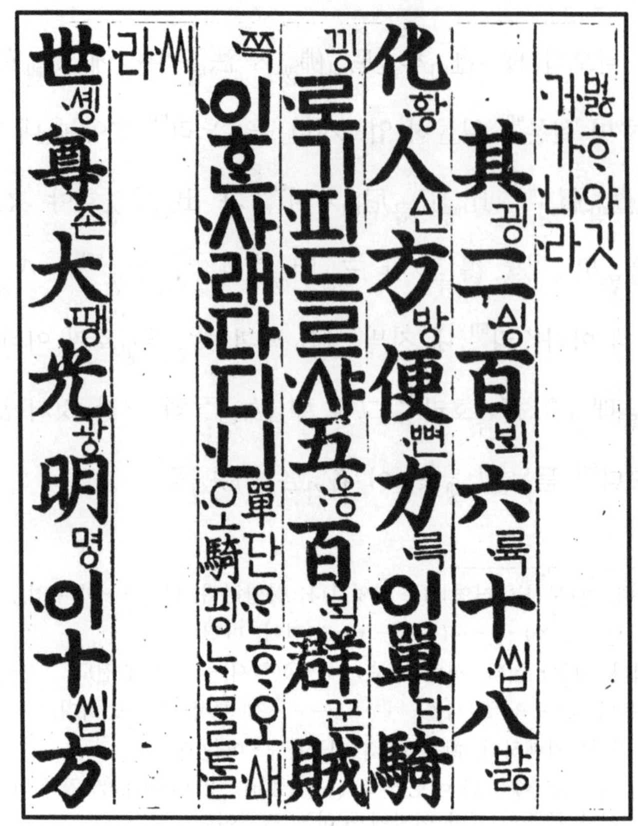

벓ᄒᆞ야 깃거 가니라

其끵二싱百빅六륙十씹八밣

化황人신方방便뼌力륵이 單단騎끵로 기피 드르샤 五옹百빅 群꾼賊쯕이 ᄒᆞᆫ 사래 다 디니【單단ᄋᆞᆫ ᄒᆞ오ᅀᅡ오 騎끵ᄂᆞᆫ ᄆᆞᆯ ᄐᆞᆯ 씨라】

世솅尊존 大땡光광明명이 十씹方

發(발)하여 기뻐하여서 갔니라.】

其二百六十八(기이백육십팔)

化人(화인)의 方便力(방편력)이 單騎(단기)로 깊이 드시어서, 五百(오백) 群賊(군적)이 한 (화)살에 다 쓰러졌으니【單(단)은 혼자이요 騎(기)는 말 타는 것이다.】

世尊(세존)의 大光明(대광명)이 十方(시방)을

發벓ᄒᆞ야 깃거 가니라[55]】

*其끵二ᅀᅵᆼ百ᄇᆡᆨ六륙十씹八밣

化황人ᅀᅵᆫ[1] 方방便뼌力륵[2]이 單단騎끵[3]로 기피 드르샤[4] 五ᅌᅩᆼ百ᄇᆡᆨ 群꾼賊쯕[5]이 ᄒᆞᆫ 사래[6] 다 디니[7]【單단ᄋᆞᆫ ᄒᆞ오ᅀᅢ오[8] 騎끵ᄂᆞᆫ ᄆᆞᆯ ᄐᆞᆯ ᄊᆡ라[9]】 世솅尊존 大땡光광明명이 十씹方방[10]ᄋᆞᆯ

* 다음은 『대방편불보은경』(大方便佛報恩經) 권제오(卷第五) 자품(慈品) 제7의 〈화색비구니연 오백군적적불연〉(華色比丘尼緣 五百群賊的佛緣)과 관련한 내용을 언해한 글이다. 석가모니 부처가 오백 도적을 교화하는 내용을 실었다.

---

55) 가니라: 가(가다, 行)- + -Ø(과시)- + -니(원칙)- + -라(← -다: 평종)

1) 化人: 화인. 불보살이 중생을 교화하기 위하여 사람의 몸으로 나타나는 것이다. 또는 그 사람이다. 감각이 없어 일이 끝나면 곧 사라진다고 한다.

2) 方便力: 방편력. 방편의 힘이다. ※ '方便(방편)'은 십바라밀의 하나로서, 중생을 구제하기 위하여 쓰는 묘한 수단과 방법이다.

3) 單騎: 단기. 혼자서 말을 타고 가는 것이나, 또는 그 사람이다.

4) 드르샤: 들(들다, 入)- + -으샤(← -으시-: 주높)- + -Ø(← -아: 연어)

5) 群賊: 군적. 떼도둑이다.

6) 사래: 살(살: 의명) + -애(-에: 부조, 위치) ※ '살'은 화살의 갯수를 헤아리는 단위성 의존 명사이다.

7) 디니: 디(지다, 넘어지다, 쓰러지다, 倒) + -Ø(과시)- + -니(평종, 반말)

8) ᄒᆞ오ᅀᅢ오: ᄒᆞ오ᅀᅡ(혼자, 獨: 부사) + -ㅣ(← -이-: 서조)- + -오(← -고: 연어, 나열)

9) ᄊᆡ라: ᄡᆞ(← ᄉᆞ: 것, 의명) + -이(서조)- + -Ø(현시)- + -라(← -다: 평종)

10) 十方: 시방. 사방(四方), 사우(四隅), 상하(上下)를 통틀어 이르는 말이다. ※ '사우(四隅)'는 방 따위의 네 모퉁이의 방위이다. 곧 동남, 동북, 서남, 서북을 이른다.

[27 앞]

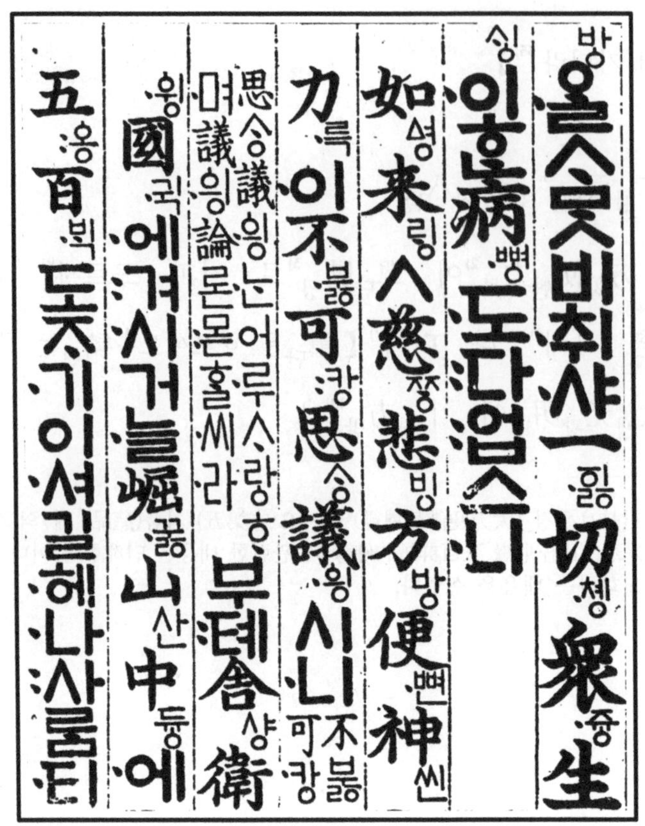

꿰뚫어 비추시어, 一切(일체) 衆生(중생)이 한 病(병)도 다 없으니.

如來(여래)의 慈悲(자비)와 方便(방편)의 神力(신력)이 不可思議(불가사의)이시니【不可思議(불가사의)는 가(可)히 생각하며 議論(의논)을 못 하는 것이다.】, 부처가 舍衛國(사위국)에 계시거늘, 崛山(굴산)의 中(중)에 五百(오백) 도적이 있어서 길에 나타나서 사람을 치고

ᄉᆞᄆᆞᆺ[11] 비취샤[12] 一ᅙᅵᇙ切쳉 衆즁生싱이 ᄒᆞᆫ 病뼝도 다 업스니[13]

如ᅀᅧᆼ來ᄅᆡᆼㅅ 慈ᄍᆞᆼ悲빙 方방便뼌[14] 神씬力륵[15]이 不붏可캉思ᄉᆞᆼ議ᅌᅴᆼ시니[16] 【不붏可캉思ᄉᆞᆼ議ᅌᅴᆼᄂᆞᆫ 어루[17] ᄉᆞ랑ᄒᆞ며[18] 議ᅌᅴᆼ論론 몯 ᄒᆞᆯ 씨라】 부텨 舍샹衛ᅌᅱᆼ國귁[19]에 겨시거늘 崛꾸ᇙ山산[20] 中듕에 五ᅌᅩᆼ百ᄇᆡᆨ 도ᄌᆞ기 이셔 길헤[21] 나[22] 사ᄅᆞᆷ 티고[23]

---

11) ᄉᆞᄆᆞᆺ: [꿰뚫어, 투철하게, 貫(부사): ᄉᆞᄆᆞᆺ(←ᄉᆞᄆᆞᆾ다: 꿰뚫다, 통하다, 貫: 동사)+-Ø(부접)]

12) 비취샤: 비취(비추다, 照)-+-샤(←-시-: 주높)-+-Ø(←-아: 연어)

13) ① 업스니: 없(없다, 無: 형사)-+-Ø(현시)-+-니(평종, 반말) ② 업스니: 없(없어지다, 消: 동사)-+-Ø(과시)-+-니(평종, 반말)

14) 慈悲 方便: 자비 방편. 자비와 방편이다. '慈悲(자비)'는 중생에게 즐거움을 주고 괴로움을 없게 하는 것이다. 그리고 '方便(방편)'은 십바라밀(十波羅蜜)의 하나로서, 중생을 구제하기 위하여 쓰는 묘한 수단과 방법이다. 곧, 일체를 내려 비추는 깨달음의 상태를 부처의 지혜(能仁海印三昧中)이라고 하고, 이 지혜에서 자유자재로 방향을 일러 주는 것이 방편이고 자비이다.

15) 神力: 신력. 불도(佛道)를 닦아 이르는 부처의 지위(地位)에 있는 존엄하고 헤아릴수 없는 불가사의한 힘이다.

16) 不可思議시니: 不可思議(불가사의)+-Ø(←-이-: 서조)-+-시(주높)-+-니(연어, 설명 계속) ※ '不可思議(불가사의)'의 원래의 뜻은 나유타(那由他)의 만 배가 되는 수이다. 즉, 10의 64승을 이른다. 여기서는 생각으로는 미루어 헤아릴 수 없이 이상하고 야릇함을 나타낸다.

17) 어루: 가히, 능히, 能(부사)

18) ᄉᆞ랑ᄒᆞ며: ᄉᆞ랑ᄒᆞ[사랑하다, 思(동사): 사랑(생각, 思)+-ᄒᆞ(동접)-]-+-며(←-며: 연어, 나열)

19) 舍衛國: 사위국. 고대 인도의 도시이다. 쉬라바스티(śrāvasti)를 한역하여 사위성(舍衛城) 또는 사위국(舍衛國)이라고 한다. 석가(釋迦)시대 갠지스강 유역의 한 강국이었던 코살라국의 수도로서 북인도의 교통로가 모이는 장소로 상업상으로도 중요한 곳이었고, 성 밖에는 기원정사(祇園精舍)가 있다.

20) 崛山: 굴산. 사위굴산(耆闍崛山)의 준말이다. 팔리어 gijja-kūṭa의 음사이다. 영취(靈鷲)·취두(鷲頭)·취봉(鷲峰)이라고 번역한다. 고대 인도에 있던 마가다국(magadha國)의 도읍지인 왕사성(王舍城)에서 동쪽 약 3km 지점에 있는 산이다.

21) 길헤: 길ㅎ(길, 路)+-에(부조, 위치)

22) 나: 나(나타나다, 現)-+-아(연어)

23) 티고: 티(치다, 伐)-+-고(연어, 나열, 계기)

[27 뒤]

곧도ᄌᆞᆨᄒᆞ더니如ᅀᅧᆼ來ᄅᆡᆼ方방便뼌力륵으로ᄒᆞᆫ사ᄅᆞᄆᆞᆯ밍ᄀᆞ르샤큰일훔난象썅ᄐᆞ시고甲갑니브시고활살ᄎᆞ시고槍창잡ᄋᆞ시고ᄐᆞ신象썅ᄋᆞᆫ다七칧寶봉로ᄭᅮ미시고ᄯᅩ七칧寶봉로ᄌᆞ개莊장嚴엄ᄒᆞ샤구스리며莊장嚴엄엣거시다光광明명을내더니ᄒᆞ오ᅀᅡ[illegible]

도적질하더니, 如來(여래)가 方便力(방편력)으로 한 사람(=화인, 化人)을 만드시어, (그 화인이) 큰 이름난 象(상, 코끼리)을 타시고 甲(갑)을 입으시고 화살을 차시고 槍(창)을 잡으시고 타신 象(상)을 다 七寶(칠보)로 꾸미시고, 또 七寶(칠보)로 스스로 莊嚴(장엄)하시어 구슬이며 莊嚴(장엄)한 것이 다 光明(광명)을 내더니, (그 화인이) 혼자도ᄌᆞᆨᄒᆞ더니 如ᅀᅧᆼ來ᄅᆡᆼ 方방便뼌力륵[24]으로 ᄒᆞᆫ 사ᄅᆞᄆᆞᆯ ᄆᆡᆼᄀᆞᄅᆞ샤[25] 큰 일훔난[26] 象썅[27] ᄐᆞ시고 甲갑[28] 니브시고[29] 활살[30] ᄎᆞ시고[31] 槍챵 자ᄇᆞ시고 ᄐᆞ신[32] 象썅ᄋᆞᆯ 다 七칧寶보ᇢ[33]로 ᄭᅮ미시고[34] ᄯᅩ[35] 七칧寶보ᇢ로 ᄌᆞ개[36] 莊장嚴엄ᄒᆞ샤[37] 구스리며[38] 莊장嚴엄엣[39] 거시 다 光광明명을 내더니 ᄒᆞ오ᅀᅡ[40]

---

24) 方便力: 방편력. 방편의 힘이다. ※ '方便(방편)'은 십바라밀의 하나로서, 중생을 구제하기 위하여 쓰는 묘한 수단과 방법이다.

25) ᄆᆡᆼᄀᆞᄅᆞ샤: ᄆᆡᆼᄀᆞᆯ(만들다, 製)- + -ᄋᆞ샤(← -ᄋᆞ시-: 주높)- + -Ø(← -아: 연어) ※ 부처가 방편력으로 만든 사람을 '화인(化人)'이라고 한다.

26) 일훔난: 일훔나[이름나다, 유명하다: 일훔(이름, 名) + 나(나다, 現)-]- + -Ø(과시)- + -ㄴ(관전)

27) 象: 상, 코끼리이다.

28) 甲: 갑. 갑옷. 예전에, 싸움을 할 때에 적의 창검이나 화살을 막기 위하여 입던 옷이다.

29) 니브시고: 닙(입다, 服)- + -으시(주높)- + -고(연어, 나열, 계기)

30) 활살: [화살, 矢: 활(활, 弓) + 살(살, 矢)]

31) ᄎᆞ시고: ᄎᆞ(차다, 着)- + -시(주높)- + -고(연어, 나열)

32) ᄐᆞ신: ᄐᆞ(타다, 乘)- + -시(주높)- + -Ø(과시)- + -ㄴ(관전)

33) 七寶: 칠보. 전륜성왕이 가지고 있는 일곱 가지 보배이다. '윤보(輪寶), 상보(象寶), 마보(馬寶), 여의주보(如意珠寶), 여보(女寶), 장보(將寶), 주장신보(主藏臣寶)'를 이른다.

34) ᄭᅮ미시고: ᄭᅮ미(꾸미다, 飾)- + -시(주높)- + -고(연어, 나열, 계기)

35) ᄯᅩ: 또, 又(부사)

36) ᄌᆞ개: ᄌᆞ갸(자기, 당신, 己: 인대, 재귀칭, 높임) + -ㅣ(← -이: 주조) ※ 'ᄌᆞ갸'는 '저'의 높임말이다. 여기서는 문맥을 감안하여 '스스로'로 의역한다.

37) 莊嚴ᄒᆞ샤: 莊嚴ᄒᆞ[장엄하다: 莊嚴(장엄: 명사)- + -ᄒᆞ(동접)-]- + -샤(← -시-)- + -아(연어) ※ '莊嚴(장엄)'은 좋고 아름다운 것으로 주변을 꾸미고, 훌륭한 공덕을 쌓아 몸을 장식하고, 향이나 꽃 따위를 부처에게 올려 장식하는 일이다.

38) 구스리며: 구슬(구슬, 珠) + -이며(접조)

39) 莊嚴엣: 莊嚴(장엄) + -에(부조, 위치) + -ㅅ(-의: 관조) ※ '莊嚴엣'는 '장엄(莊嚴)에 쓰인'의 뜻을 나타낸다.

40) ᄒᆞ오ᅀᅡ: 혼자, 獨(부사)

[28 앞]

嶮험ᄒᆞᆫ길헤드르샤崛귫山산ᄋᆞ로가시
더니五옹百ᄇᆡᆨ羣꾼賊쯕이羣꾼은무리라ᄇᆞ
라ᅀᆞᆸ고서르닐오ᄃᆡ우리ᄃᆞᆯ히여러ᄒᆡ
ᄅᆞᆯ도ᄌᆞᆨᄒᆞᄃᆡ이ᄀᆞᄐᆞ니본적업다ᄒᆞ고
爲윙頭뚷도ᄌᆞ기무로ᄃᆡ너희ᄃᆞᆯ히므
스글보ᄂᆞᆫ다對됭答답ᄒᆞᄃᆡᄒᆞᆫ노미
큰象썅ᄐᆞ고오시며瓔ᅙᅧᇰ珞락이며象

嶮(험)한 길에 드시어 崛山(굴산)으로 가시더니, 五百(오백) 羣賊(군적)이 【羣(군)은 무리이다.】 (화인을) 바라보고 서로 이르되, "우리들이 여러 해를 도적질하되 이와 같은 이를 본 적이 없다." 하고, 爲頭(위두) 도적이 (부하들에게) 묻되 "너희들이 무엇을 보는가?" (도적들이) 對答(대답)하되 "한 사람이 큰 象(상, 코끼리)을 타고 오시며, 瓔珞(영락)이며 象(상)의

嶮험ᄒᆞᆫ[41] 길헤 드르샤[42] 崛꿇山산ᄋᆞ로 가시더니 五옹百ᄇᆡᆨ 羣꾼賊쯕[43] 이【羣꾼은 무리라[44]】 ᄇᆞ라ᄉᆞᆸ고[45] 서르[46] 닐오ᄃᆡ 우리ᄃᆞᆯ히[47] 여러 ᄒᆡ를 도ᄌᆞᆨ호ᄃᆡ[48] 이[49] ᄀᆞᆮᄒᆞ니[50] 본 적 업다 ᄒᆞ고 爲윙頭뚷 도ᄌᆞ기 무로ᄃᆡ 너희ᄃᆞᆯ히 므스글[51] 보ᄂᆞᄉᆞᆫ다[52] 對됭答답호ᄃᆡ ᄒᆞᆫ 노미[53] 큰 象쌍 ᄐᆞ고 오시며 瓔형珞락이며 象쌍ᄋᆡ

41) 嶮ᄒᆞᆫ: 嶮ᄒᆞ[험하다: 嶮(험: 불어)+-ᄒᆞ(형접)-]-+-Ø(현시)-+-ㄴ(관전)
42) 드르샤: 들(들다, 入)-+-으샤(←-으시-: 주높)-+-Ø(←-아: 연어)
43) 群敵: 군적. 무리 지어 있는 많은 적이다.
44) 무리라: 무리(무리, 群)+-Ø(←-이-: 서조)-+-Ø(현시)-+-라(←-다: 평종)
45) ᄇᆞ라ᄉᆞᆸ고: ᄇᆞ라(바라보다, 遙見)-+-ᄉᆞᆸ(객높)-+-고(연어, 계기)
46) 서르: 서로, 相(부사)
47) 우리ᄃᆞᆯ히: 우리ᄃᆞᆶ[우리들, 我等: 우리(우리, 我: 인대, 1인칭, 복수)+-ᄃᆞᆶ(-들: 복접)]+-이(주조)
48) 도ᄌᆞᆨ호ᄃᆡ: 도ᄌᆞᆨㅎ[←도ᄌᆞᆨᄒᆞ다(도적질하다): 도ᄌᆞᆨ(도적, 도적질)+-ᄒᆞ(동접)-]-+-오ᄃᆡ(-되: 연어, 설명 계속)
49) 이: 이(이, 이것, 此: 지대, 정칭)+-Ø(←-이: -와, 부조, 비교)
50) ᄀᆞᆮᄒᆞ니: ᄀᆞᆮᄒᆞ(같다, 如)-+-Ø(현시)-+-ㄴ(관전) # 이(것, 者: 의명)
51) 므스글: 므슥(무엇, 何: 지대, 미지칭)+-을
52) 보ᄂᆞᄉᆞᆫ다: 보(보다, 見)-+-ᄂᆞ(현시)-+-ㅅ(감동)-+-ᄋᆞᆫ다(-은가: 의종, 2인칭)
53) 노미: 놈(놈, 사람, 者: 의명)+-이(주조) ※ 중세 국어에서 '놈'은 '사람'이라는 뜻으로 쓰였다.

[28 뒤]

ᄍᆞᆼ이연자ㅣ 純쓘ᄒᆞᆫ 七칧寶봉ㅣ라 큰
光광明명 펴 天텬地띵ᄅᆞᆯ 비취오 길ᄒᆞᆯ
조차오ᄃᆡ ᄯᅩ ᄒᆞᆫ나히로소니 우리ᄃᆞᆯ히
이 노ᄆᆞᆯ 자ᄇᆞ면 사ᄅᆞᆯ 옷 바비ᅀᅡ 닐굽 뉘
라도 긋디 아니ᄒᆞ리로소이다 為윙頭
뚷 도ᄌᆞ기 깃거 ᄀᆞ마니 出츓令령ᄒᆞᄃᆡ
쳔만 버히며 쏘디 마오 ᄌᆞᄂᆞᆨᄌᆞᄂᆞ기 자

치장(治粧)이 純(순)한 七寶(칠보)라서 큰 光明(광명)을 펴서 天地(천지)를 비추고, (그 화인이) 길을 쫓아오되 또 한 사람뿐이니 우리들이 이 사람을 잡으면 (앞으로 우리들이) 살아갈 옷과 밥이야 일곱 세상이라도 끊어지지 아니하겠습니다. 爲頭(위두) 도적이 기뻐하여 가만히 出令(출령)하되 "재물만 빼앗고 (그 사람을) 쏘지 말고 천천히 잡아라."

연ᄌᆞ이[54] 純쓘ᄒᆞᆫ[55] 七칧寶볼ㅣ라[56] 큰 光광明명 펴 天텬地띵ᄅᆞᆯ 비취오[57] 길ᄒᆞᆯ 조차오ᄃᆡ[58] 또 ᄒᆞ나히로소니[59] 우리ᄃᆞᆯ히 이 노ᄆᆞᆯ 자ᄇᆞ면 사ᄅᆞᇙ[60] 옷 바비ᅀᅡ[61] 닐굽 뉘라도[62] 긋디[63] 아니ᄒᆞ리로소이다[64] 爲윙頭뚷 도ᄌᆞ기 기ᄢᅥ[65] ᄀᆞ마니[66] 出츓令령호ᄃᆡ[67] 쳔만[68] 버히며[69] 쏘디[70] 마오[71] ᄌᆞ녹ᄌᆞᄂᆞ기[72] 자ᄇᆞ라[73]

---

54) 연ᄌᆞ이: 연ᄌᆞᆼ(치장, 治粧) + -이(주조)

55) 純ᄒᆞᆫ: 純ᄒᆞ[순수하다, 순전하다: 純(순: 불어) + -ᄒᆞ(형접)-]- + -Ø(현시)- + -ㄴ(관전)

56) 七寶ㅣ라: 七寶(칠보) + -ㅣ(← -이-: 서조)- + -Ø(현시)- + -라(← -아: 연어)

57) 비취오: 비취(비추다, 照)- + -오(← -고: 연어, 나열)

58) 조차오ᄃᆡ: 조차오[좇아오다: 좇(좇다, 從)- + -아(연어) + 오(오다, 來)-]- + -ᄃᆡ(← -오ᄃᆡ: 연어, 설명 계속)

59) ᄒᆞ나히로소니: ᄒᆞ나ㅎ(하나, 一: 수사) + -이(서조)- + -Ø(현시)- + -롯(← -돗-: 감동)- + -오니(← -ᄋᆞ니: 연어, 설명 계속) ※ '길ᄒᆞᆯ 조차 오ᄃᆡ 또 ᄒᆞ나히로소니'는 '길을 좇아 오는 사람이 또한 한 사람뿐이니'의 뜻을 나타낸다.

60) 사ᄅᆞᇙ: 살(살다, 活)- + -오(대상)- + -ᇙ(관전)

61) 바비ᅀᅡ: 밥(밥, 飯) + -이(주조) + -ᅀᅡ(-야: 보조사, 한정 강조)

62) 뉘라도: 뉘(← 누리: 세상, 때, 世) + -Ø(← -이-: 서조)- + -라도(← -아도: 연어, 양보)

63) 긋디: 긋(← 긏다: 끊어지다, 斷)- + -디(-지: 연어, 부정)

64) 아니ᄒᆞ리로소이다: 아니ᄒᆞ[아니하다, 不: 아니(아니, 不: 부사)- + -ᄒᆞ(동접)-]- + -리(미시)- + -롯(← -돗-: 감동)- + -오이(← -ᄋᆞ이-: 상높, 아주 높임)- + -다(평종)

65) 기ᄢᅥ: 긼(기뻐하다, 歡)- + -어(연어)

66) ᄀᆞ마니: [가만히, 內(부사): ᄀᆞ만(가만: 불어) + -Ø(← -ᄒᆞ-: 형접)- + -이(부접)]

67) 出令호ᄃᆡ: 出令ㅎ[← 出令ᄒᆞ다(출령하다, 명령을 내리다): 出令(출령: 명사) + -ᄒᆞ(동접)-]- + -오ᄃᆡ(-되: 연어, 설명의 계속)

68) 쳔만: 쳔(재물, 財) + -만(보조사, 한정)

69) 버히며: 버히[베다, 斬: 벟(베어지다, 斬: 자동)- + -이(사접)-]- + -며(연어, 나열) ※ 여기서 '버히다'는 '빼앗다'의 뜻으로 쓰였다.

70) 쏘디: 쏘(쏘다, 射)- + -디(-지: 연어, 부정)

71) 마오: 마(← 말다: 말다, 勿)- + -오(← -고: 연어, 나열)

72) ᄌᆞ녹ᄌᆞᄂᆞ기: [천천히, 徐(부사): ᄌᆞ녹ᄌᆞ녹(자늑자늑: 부사) + -Ø(← -ᄒᆞ-: 형접)- + -이(부접)] ※ '자녹ᄌᆞᄂᆞ기'는 동작이 조용하며 가볍고 진득하게 부드럽고 가벼운 모양을 나타내는 부사다.

73) 자ᄇᆞ라: 잡(잡다, 捕)- + -ᄋᆞ라(명종, 아주 낮춤)

[29앞]

브랑ᄒᆞ고ᄒᆞᆫᄢᅴ고함코나거늘그제化황人신이慈ᄍᆞᆼ悲빙力륵으로어엿비너기샤쏘시니五옹百빅도ᄌᆞ기저마다ᄒᆞᆫ살옴마자즉자히다ᄯᅡ해디여하셜벙그우다가니러모다살ᄋᆞᆯᄲᅢ혀다가몯ᄒᆞ야五옹百빅도ᄌᆞ기두리여우리ᄃᆞᆯ히疑읭心심업시오ᄂᆞᆯ다주그리

하고 함께 고함하고 나가거늘, 그때에 化人(화인)이 慈悲力(자비력)으로 불쌍히 여기시어 화살을 쏘시니, 五百(오백) 도적이 저마다 한 화살씩 맞아 즉시 다 땅에 쓰러지어 대단히 괴로워서 구르다가 일어나, 모두 화살을 (몸에서) 빼다가 못하여 五百(오백) 도적이 두려워하여, "우리들이 疑心(의심) 없이 오늘 다 죽겠구나.

[29 앞]

ᄒᆞ고 ᄒᆞᆫᄢᅴ[74] 고함코[75] 나거늘 그제 化황人신이 慈ᄍᆞᆼ悲빙力륵으로 어엿비[76] 너기샤 쏘시니 五옹百빅 도ᄌᆞ기 저마다 ᄒᆞᆫ 살옴[77] 마자 즉자히 다 ᄯᅡ해[78] 디여[79] 하[80] 셜버[81] 그우다가[82] 니러[83] 모다[84] 사ᄅᆞᆯ ᄲᅢᅘᅧ다가[85] 몯 ᄒᆞ야 五옹百빅 도ᄌᆞ기 두리여[86] 우리ᄃᆞᆯ히 疑읭心심 업시 오ᄂᆞᆯ 다 주그리로다[87]

74) ᄒᆞᆫᄢᅴ: [함께, 與(부사): ᄒᆞᆫ(한, 一: 관사, 양수) + ᄢᅳ(← ᄣᅢ: 때, 時) + -의(-에: 부조, 위치)]

75) 고함코: 고함ㅎ[← 고함ᄒᆞ다: 고함하다, 고함치다: 고함(고함, 高聲) + -ᄒᆞ(동접)-]- + -고(연어, 나열)

76) 어엿비: [불쌍히, 憐(부사): 어엿ㅂ(← 어엿브다: 불쌍하다, 憐, 형사)- + -이(부접)]

77) 살옴: 살(살: 의명) + -옴(← -곰: -씩, 보조사, 각자) ※ '살'은 화살을 헤아리는 단위성 의존 명사이다.

78) ᄯᅡ해: ᄯᅡㅎ(땅, 地) + -애(-에: 부조, 위치)

79) 디여: 디(쓰러지다, 落)- + -여(← -어: 연어)

80) 하: [대단히, 크게, 大(부사): 하(크다, 많다, 大: 형사)- + -∅(부접)]

81) 셜버: 셟(← 셟다, ㅂ불: 고통스럽다, 서럽다, 痛)- + -어(연어)

82) 그우다가: 그울(구르다, 轉)- + -다가(연어, 동작 전환)

83) 니러: 닐(일어나다, 起)- + -어(연어)

84) 모다: [모두, 悉(부사): 몯(모이다, 集)- + -아(연어 ▷ 부접)]

85) ᄲᅢᅘᅧ내오: ᄲᅢᅘᅧ[빼내다, 引出: ᄲᅢ(빼다, 引)- + -ᅘᅧ(강접)-]- + -다가(연어, 동작 전환)

86) 두리여: 두리(두려워하다, 畏)- + -여(← -어: 연어)

87) 주그리로다: 죽(죽다, 死)- + -으리(미시)- + -로(← -도-: 감동)- + -다(평종)

[29 뒤]

로다이사ᄅᆞᆷᄀᆞ티거스디어려ᄫᅮ미녜
로브터업스니라ᄒᆞ고모다偈꼥로무
로ᄃᆡ그듸엇던사ᄅᆞ미다呪쥼術쓣힘
가龍룡鬼귕神씬가ᄒᆞᆫ사래五옹百ᄇᆡᆨ
올쏘니셜ᄫᅳ므를몯내니ᄅᆞ리로다우리
돌히歸귕依ᅙᅴᆼᄒᆞ노니毒똑ᄒᆞᆫ사ᄅᆞᆯ내
면조차順쓘ᄒᆞ야거스디아니ᄒᆞ리라

이 사람 같이 거스르지 어려운 것이 예로부터 없으니라." 하고 모두 偈(게)로 묻되, "그대가 어떤 사람인가? 呪術(주술)의 힘인가? 龍(용)과 鬼神(귀신)인가? 한 화살에 五百(오백)을 쏘니 괴로움을 끝내 못 이르겠구나. 우리들이 (그대에게) 歸依(귀의)하니, (그대가) 毒(독)한 화살을 (우리 몸에서) 빼어 내면 (우리가 그대를) 좇아서 順(순)하여 거스르지 아니하리라."

이 사ᄅᆞᆷ ᄀᆞ티[88] 거스디[89] 어려ᄫᅮ미[90] 녜로브터[91] 업스니라 ᄒᆞ고 모다 偈ᄁᆌᇰ[92]로 무로ᄃᆡ[93] 그듸[94] 엇던 사ᄅᆞ민다[95] 呪ᄌᆔᇹ術ᄊᆔᇙ[96] 힘가[97] 龍룡 鬼귕神씬가[98] ᄒᆞᆫ 사래 五ᅌᅩᆼ百ᄇᆡᆨ을 쏘니 셜ᄫᅮ믈[99] 몯내[1] 니르리로다[2] 우리ᄃᆞᆯ히 歸귕依ᅙᅴᆼᄒᆞ노니[3] 毒똑ᄒᆞᆫ 사ᄅᆞᆯ 내면[4] 조차[5] 順ᄊᆑᆫᄒᆞ야 거스디 아니호리라[6]

---

88) ᄀᆞ티: [같이, 如(부사): ᄀᆞᇀ(← ᄀᆞᆮᄒᆞ다: 같다, 如)- + -이(부접)]
89) 거스디: 거스(← 거슬다 : 거스르다, 逆)- + -디(-지 : 연어, 부정)
90) 어려ᄫᅮ미: 어려ᇦ(← 어렵다, ㅂ불: 어렵다, 難)- + -움(명전) + -이(주조)
91) 녜로브터: 녜(옛날, 昔) + -로(부조, 방향) + -브터(-부터: 보조사, 비롯함)
92) 偈: 게. 부처의 공덕이나 가르침을 찬탄하는 노래 글귀이다. 가타(伽陀)라고도 한다.
93) 무로ᄃᆡ: 물(← 묻다, ㄷ불: 묻다, 問)- + -오ᄃᆡ(-되: 연어, 설명 계속)
94) 그듸: 그듸[그대, 汝(인대, 2인칭, 예사 높임): 그(그, 彼: 지대, 정칭) + -듸(접미)] + -Ø(← -이: 주조)
95) 사ᄅᆞ민다: 사ᄅᆞᆷ(사람, 人) + -이(서조)- + -Ø(현시)- + -ㄴ다(-ㄴ가: 의종, 2인칭)
96) 呪術: 주술. 불행이나 재해를 막으려고 주문을 외거나 술법을 부리는 일, 또는 그 술법이다.
97) 힘가: 힘(힘, 力) + -가(-인가: 보조사, 의문, 판정)
98) 鬼神가: 鬼神(귀신) + -가(-인가: 보조사, 의문, 판정)
99) 셜ᄫᅮ믈: 셟(← 셟다, ㅂ불: 괴롭다, 苦)- + -움(명전) + -을(목조)
1) 몯내: [못내, 이루 다 말할 수 없이(부사): 몯(못, 不: 부사, 부정) + -내(부접)]
2) 니르리로다: 니르(이르다, 曰)- + -리(미시)- + -로(← -도-: 감동)- + -다(평종)
3) 歸依ᄒᆞ노니: 歸依ᄒᆞ[귀의하다: 歸依(귀의) + -ᄒᆞ(동접)-]- + -ㄴ(← -ᄂᆞ-: 현시)- + -오(화자)- + -니(연어, 설명 계속) ※ '歸依(귀의)'는 부처와 불법(佛法)과 승가(僧伽)로 돌아가 그에 의지하여 구원을 청하는 것이다.
4) 내면: 내[내다, 꺼내다, 出: 나(나다, 出: 자동)- + -ㅣ(← -이-: 사접)-]- + -면(연어, 조건)
5) 조차: 좇(좇다, 따르다, 從)- + -아(연어)
6) 아니호리라: 아니ㅎ[← 아니ᄒᆞ다(아니하다, 不: 보용, 부정): 아니(아니, 不: 부사, 부정) + -ᄒᆞ(동접)-]- + -오(화자)- + -리(미시)- + -라(← -다: 평종)

[30 앞]

그제 化황人신이 偈꼥로 對됭答답ᄒᆞ샤ᄃᆡ 베텨도 모디로미 업스며 쏘아도 怒농ㅣ 업소니 이 壯장ᄋᆞᆯ ᄲᅢᅘᅧ리 업스니 壯장ᄋᆞᆫ 셀씨라 오직 해 드로ᄆᆞᆯ 조차ᅀᅡ 덜리라 ᄒᆞ시고 즉자히 부텻 모미 ᄃᆞ외샤 ᄀᆞ장 放방光광ᄒᆞ샤 十씹方방 一힗切쳉 衆즁生싱ᄋᆞᆯ 차 비취시니 이 光광明명 ᄆᆞᆺ

그때에 化人(화인)이 偈(게)로 對答(대답)하시되, "마구 베어도 모진 것이 없고 (화살을) 쏘아도 怒(노)가 없으니 이 壯(장)을 뺄 이가 없으니【壯(장)은 센 것이다.】, 오직 (부처님의 말씀을) 많이 듣는 것을 좇아야 (고통이) 덜리라." 하시고, 즉시 부처의 몸이 되시어 몹시 放光(방광)하시어 十方(시방)의 一切(일체) 衆生(중생)을 차 비추시니, 이 光明(광명)을 그제 化황人신이 偈껭로 對됭答답ᄒᆞ샤ᄃᆡ 베텨도[7] 모디로미[8] 업고 쏘아도 怒농ㅣ 업소니[9] 이 壯장[10]ᄋᆞᆯ ᄡᅢᅘᅧ리[11] 업스니【壯장ᄋᆞᆫ 셀[12] 씨라】 오직 해[13] 드로ᄆᆞᆯ[14] 조차ᅀᅡ[15] 덜리라[16] ᄒᆞ시고 즉자히 부텻 모미 ᄃᆞ외샤[17] ᄀᆞ장 放방光광ᄒᆞ샤[18] 十씹方방 一ᅙᅵᇙ切쳉 衆즁生싱ᄋᆞᆯ 차[19] 비취시니 이 光광明명

---

7) 베텨도: 베티[마구 베다, 斬: 베(베다, 斬)- + -티(강접)-]- + -어도(연어, 양보)

8) 모디로미: 모딜(모질다, 猛)- + -옴(명전) + -이(주조)

9) 업소니: 없(없다, 無)- + -오(화자)- + -니(연어, 설명 계속, 이유)

10) 壯: 장. 장한 것이나 굳센 것이다.

11) ᄡᅢᅘᅧ리: ᄡᅢᅘᅧ[빼다, 拔: ᄡᅢ(빼다, 拔)- + -ᅘᅧ(강접)-]- + -ㄹ(관전) # 이(이, 사람, 者: 의명) + -Ø(← -이: 주조)

12) 셀 씨라: 세(세다, 壯)- + -ㄹ(관전) # ㅆ(← ᄉᆞ: 것, 者, 의명) + -이(서조)- + -Ø(현시)- + -라(← -다: 평종)

13) 해: [많이, 多(부사): 하(많다, 多: 형사)- + -ㅣ(← -이: 부접)]

14) 드로ᄆᆞᆯ: 들(← 듣다, ㄷ불: 듣다, 聞)- + -옴(명전) + -ᄋᆞᆯ(목조)

15) 조차ᅀᅡ: 좇(좇다, 從)- + -아ᅀᅡ(-아야: 연어, 필연적 조건)

16) 덜리라: 덜(덜다, 減)- + -리(미시)- + -라(← 다: 평종)

17) ᄃᆞ외샤: ᄃᆞ외(되다, 爲)- + -샤(← -시-: 주높)- + -Ø(← -아: 연어)

18) 放光ᄒᆞ샤: 放光ᄒᆞ[방광하다: 放光(방광: 명사) + -ᄒᆞ(동접)-]- + -샤(← -시-: 주조)- + -Ø(← -아: 연어)

19) 차: ㅊ(← ᄎᆞ다: 차다, 滿)- + -아(연어)

[30 뒤]

나ᅀᆞᄫᆞ니눈머니도보며구브니도펴
며손발저니도ᄡᅳ며邪쌍曲콕ᄒᆞ고迷몡
惑획ᄒᆞ니도眞진言언을보ᅀᆞᄫᆞ며모
ᄃᆞ아니ᄅᆞ건댄ᄠᅳ데몯마ᄌᆞᆫ이리다願
원ᄀᆞ티ᄃᆞ외더라그제如ᅀᅧᆼ來ᄅᆡᆼ五ᅌᅩᆼ
百ᄇᆡᆨ사ᄅᆞᆷ爲윙ᄒᆞ샤利링益ᅙᅧᆨᄒᆞ며깃
븐이ᄅᆞᆯᄀᆞᄅᆞ치샤種죵種죵法법을니

만난 이가 눈이 먼 이도 (세상을) 보며, (몸이) 굽은 이도 (몸을) 펴며, 손발을 전 이도 (손발을) 쓰며, 邪曲(사곡)하고 迷惑(미혹)한 이도 眞言(진언)을 보며, (이들을 한꺼번에) 모아서 이른다면 "뜻에 못 맞은 일이 다 願(원) 같이 되더라." 그때에 如來(여래)가 五百(오백) 사람을 爲(위)하시어 利益(이익)되며 기쁜 일을 가르치시어 種種(종종)의 法(법)을 맛나ᄉᆞᄫᆞ니[20] 눈 머러니도[21] 보며 구브니도[22] 펴며 손발 저니도[23] ᄡᅳ며[24] 邪쌰曲콕고[25] 迷몡惑획ᄒᆞ니도[26] 眞진言언[27]을 보ᅀᆞᄫᆞ며 모도아[28] 니르건댄[29] ᄠᅳ데[30] 몯 마ᄌᆞᆫ 이리 다 願원 ᄀᆞ티 ᄃᆞ외더라 그제 如셩來링[31] 五옹百빅 사ᄅᆞᆷ 爲윙ᄒᆞ샤 利링益혁ᄒᆞ며[32] 깃븐[33] 이ᄅᆞᆯ ᄀᆞᄅᆞ치샤 種죵種죵 法법을

---

20) 맛나ᄉᆞᄫᆞ니: 맛나[만나다, 遇: 맛(← 맞다: 맞다, 迎)- + 나(나다, 出)-]- + -ᅀᆞᇦ(← -ᅀᆞᆸ-: 객높)- + -Ø(과시)- + -ᄋᆞᆫ(관전) # 이(이, 者: 의명) + -Ø(← -이: 주조)

21) 머러니도: 멀(멀다, 盲)- + -Ø(과시)- + -어(← -거-: 확인)- + -ㄴ(관전) # 이(이, 者: 의명) + -도(보조사, 첨가)

22) 구브니도: 굽(굽다, 曲)- + -Ø(과시)- + -은(관전) # 이(이, 者: 의명) + -도(보조사, 첨가)

23) 저니도: 저(← 절다: 절다)- + -Ø(과시)- + -ㄴ(관전) # 이(이, 者: 의명) + -도(보조사, 첨가)

24) ᄡᅳ며: ᄡᅳ(쓰다, 用)- + -며(연어, 나열)

25) 邪曲고: 邪曲[← 邪曲ᄒᆞ다(사곡하다): 邪曲(사곡) + -ᄒᆞ(형접)-]- + -고(연어, 나열) ※ '邪曲(사곡)'은 요사스럽고 교활한 것이다.

26) 迷惑ᄒᆞ니도: 迷惑ᄒᆞ[미혹하다: 迷惑(미혹) + -ᄒᆞ(형접)-]- + -Ø(과시)- + -ㄴ(관전) # 이(이, 者: 의명) + -도(보조사, 첨가) ※ '迷惑(미혹)'은 무엇에 홀려 정신을 차리지 못하는 것이다.

27) 眞言: 진언. ① 진실하여 거짓이 없는 말이라는 뜻으로, 비밀스러운 어구를 이르는 말이다. ② 어리석음의 어둠을 깨고 진리를 깨닫는 성스러운 지혜이다. ③ 범문을 번역하지 아니하고 음(音) 그대로 외는 일이다. 자체에 무궁한 뜻이 있어 이를 외는 사람은 한없는 기억력을 얻고, 모든 재액에서 벗어나는 등 많은 공덕을 받는다고 한다. ※ 전후 문맥을 보아서는 본문의 '진언'은 ②의 뜻으로 쓰인 것으로 추정된다.

28) 모도아: 모도[모으다, 集: 몯(모이다, 會: 자동)- + -오(사접)-]- + -아(연어)

29) 니르건댄: 니르(이르다, 言)- + -거(확인)- + -ㄴ댄(-면: 연어, 조건)

30) ᄠᅳ데: ᄠᅳᆮ(뜻, 意) + -에(부조, 위치)

31) 如來: 如來(여래) + -Ø(← -이: 주조) ※ '如來(여래)'는 '여래 십호(如來十號)'의 하나이다. 진리로부터 진리를 따라서 온 사람이라는 뜻으로 '부처'를 달리 이르는 말이다.

32) 利益ᄒᆞ며: 利益ᄒᆞ[이익이 되다: 利益(이익) + -ᄒᆞ(동접)-]- + -며(연어, 나열)

33) 깃븐: 깃브[기쁘다, 喜: 귉(기뻐하다, 歡)- + -브(형접)-]- + -Ø(현시)- + -은(관전)

[31 앞]

어시ᄂᆞᆯ 五옹百ᄇᆡᆨ 사ᄅᆞ미 法법 듣ᄌᆞᆸ고
깃거ᄒᆞ니 모미 암ᄀᆞᆯ오 피 져지 ᄃᆞ외어
ᄂᆞᆯ 즉자히 阿항耨녹多당羅랑三삼藐
막三삼菩뽕提뗑心심ᄋᆞᆯ 發벓ᄒᆞ야 모
다 偈꼥로 ᄉᆞᆯᄫᅩᄃᆡ 우리ᄃᆞᆯ히 ᄒᆞ마 發벓
心심ᄒᆞ야 衆즁生ᄉᆡᆼᄃᆞᆯᄒᆞᆯ 너비 利링케
ᄒᆞ리니 샹녜 恭공敬경ᄒᆞᅀᆞᄫᅡ 諸졍佛

이르시거늘, 五百(오백) 사람이 法(법)을 듣고 기뻐하니 몸이 아물고 피가 젖이 되거늘, 즉시 阿耨多羅三藐三菩提心(아뇩다라삼먁삼보리심)을 發(발)하여 모여서 偈(게)로 사뢰되, "우리들이 곧 發心(발심)하여 衆生(중생)들을 널리 利(이)하게 하겠으니, 항상 恭敬(공경)하여 諸佛(제불)을

[31 앞]

닐어시늘[34] 五옹百빅 사ᄅᆞ미 法법 듣ᄌᆞᆸ고 깃거ᄒᆞ니[35] 모미 암ᄀᆞᆯ오[36] 피 져지[37] ᄃᆞ외어늘[38] 즉자히 阿앙耨녹多당羅랑三삼藐막三삼菩뽕提뗑心심[39]을 發벓ᄒᆞ야 모다[40] 偈꼥로 솔ᄫᆞᄃᆡ 우리ᄃᆞᆯ히 ᄒᆞ마[41] 發벓心심[42] ᄒᆞ야 衆즁生ᄉᆡᆼᄃᆞᆯᄒᆞᆯ[43] 너비[44] 利링케[45] 호리니[46] 샹녜[47] 恭공敬경ᄒᆞᅀᆞ바[48] 諸졍佛뿛[49]을

---

34) 닐어시늘: 닐(← 니ᄅᆞ다: 이르다, 說)- + -시(주높)- + -어…늘(-거를: 연어, 상황)

35) 깃거ᄒᆞ니: 깃거ᄒᆞ[기뻐하다, 歡: 깄(기뻐하다, 歡)- + -어(연어) + ᄒᆞ(하다: 보용)-]- + -니(연어, 설명 계속)

36) 암ᄀᆞᆯ오: 암ᄀᆞᆯ(아물다, 고쳐지다)- + -오(← -고: 연어, 나열, 계기)

37) 져지: 졎(젖, 乳) + -이(주조)

38) ᄃᆞ외어늘: ᄃᆞ외(되다, 爲)- + -어늘(← -거늘: 연어, 상황)

39) 阿耨多羅三藐三菩提心: 아뇩다라삼먁삼보리심. 일체의 진상을 모두 아는 부처님의 무상의 승지(勝地), 곧 무상정각이다. 부처님의 지혜는 가장 뛰어나고 그 위가 없으며 평등한 바른 이치를 깨닫는 것이다. ※ '阿(아)'는 '없다'이다. '耨多羅(뇩다라)'는 '위'이다. '三(삼)'은 '正(정)'이다. '藐(먁)'은 '等(등)'이다. '菩提(보리)'는 '正覺(정각)'이다.

40) 모다: 몯(모이다, 集: 동사)- + -아(연어)

41) ᄒᆞ마: 장차, 將(부사)

42) 發心: '발보리심(發菩提心)'의 준말이다. 불도의 깨달음을 얻고 중생을 제도하려는 마음을 일으키는 일이다.

43) 衆生ᄃᆞᆯᄒᆞᆯ: 衆生ᄃᆞᆯㅎ[중생들: 衆生(중생) + -ᄃᆞᆯㅎ(-들: 복접)] + -ᄋᆞᆯ(목조)

44) 너비: [널리(부사): 넙(넓다, 廣: 형사)- + -이(부접)]

45) 利케: 利ㅎ[← 利ᄒᆞ다: 利(이: 불어) + -ᄒᆞ(형접)-]- + -게(연어, 사동)

46) 호리니: ㅎ(← ᄒᆞ다: 보용, 사동)- + -오(화자)- + -리(미시)- + -니(연어, 설명 계속, 이유)

47) 샹녜: 늘, 항상, 常(부사)

48) 恭敬ᄒᆞᅀᆞ바: 恭敬ᄒᆞ[공경하다: 恭敬(공경: 명사) + -ᄒᆞ(동접)-] + -ᅀᆞᆸ(← -ᄉᆞᆸ-: 객높)- + -아(연어)

49) 諸佛: 제불. 모든 부처이다.

[31 뒤]

뻡을조차배호ᅀᆞᄫᆞ리이다부톄慈ᄍᆞᆼ悲빙力륵으로受ᄴᅳᇢ苦콩애ᄲᅢ혀便뼌安한케ᄒᆞ시니부텻恩ᅙᅳᆫ德득과菩뿌ᇢ薩삻와어딘벋과스승과父뿌ᇢ母뭏와ᄯᅩ衆즁生ᄉᆡᇰ돌ᄒᆞᆯ念념ᄒᆞ야冤훤讎ᄴᅲᇢ와아ᅀᆞᆷ과애ᄆᆞᅀᆞ미平뼝等등ᄒᆞ야恩ᅙᅳᆫ德득이다ᄅᆞ디아니ᄒᆞᅀᆞ이다그

좇아서 배우겠습니다. 부처가 慈悲力(자비력)으로 (우리들을) 受苦(수고)에서 빼어 便安(편안)하게 하시니, 부처의 恩德(은덕)과 菩薩(보살)과 어진 벗과 스승과 父母(부모)와 또 衆生(중생)들을 念(염)하여, 寃讐(원수)와 친척(親戚)에게 마음이 平等(평등)하여 恩德(은덕)이 다르지 아니합니다.”

[31 뒤]

좇ᄌᆞᄫᅡ[50] ᄇᆡ호ᅀᆞᄫᅩ리이다[51] 부텻 慈ᄍᆞᆼ悲빙力륵으로 受쓔ᇢ苦콩애 ᄲᅢᅘᅧ[52] 便뼌安ᅙᅡᆫ케[53] ᄒᆞ시니 부텻 恩ᅙᅳᆫ德득과 菩뽕薩사ᇙ와 어딘[54] 번과[55] 스ᄉᆼ과 父뿡母무ᇢ와 ᄯᅩ 衆ᄌᆞᆼ生ᄉᆡᆼ ᄃᆞᆯᄒᆞᆯ 念념ᄒᆞ야 冤ᅌᅯᆫ讐쓔ᇢ와[56] 아ᅀᆞᆷ과애[57] ᄆᆞᅀᆞ미[58] 平뼝等ᄃᆞᆼᄒᆞ야 恩ᅙᅳᆫ德득이 다ᄅᆞ디[59] 아니토소이다[60]

---

50) 좇ᄌᆞᄫᅡ: 좇(← 좇다: 쫓다, 隨)- + -ᄌᆞᇦ(← -ᄌᆞᆸ-: 객높)- + -아(연어)

51) ᄇᆡ호ᅀᆞᄫᅩ리이다: ᄇᆡ호[배우다, 學: ᄇᆡᆼ(습관이 되다, 習: 자동)- + -오(사접)-]- + -ᅀᆞᇦ(← -ᅀᆞᆸ-: 객높)- + -오(화자)- + -리(미시)- + -이(상높, 아주 높임)- + -다(평종)

52) ᄲᅢᅘᅧ: ᄲᅢᅘᅧ[빼다, 拔: ᄲᅢ(빼다, 拔)- + -ᅘᅧ(강접)-]- + -어(연어)

53) 便安케: 便安ㅎ[← 便安ᄒᆞ다(편안하다): 便安(편안: 명사) + -ᄒᆞ(형접)-]- + -게(연어, 사동)

54) 어딘: 어디(← 어딜다: 어질다, 賢)- + -Ø(현시)- + -ㄴ(관전)

55) 번과: 번(벗, 友) + -과(접조)

56) 冤讐와: 冤讐(원수) + -와(← -과: 접조)

57) 아ᅀᆞᆷ과애: 아ᅀᆞᆷ(친척, 親戚) + -과(접조) + -애(-에: 부조, 위치)

58) ᄆᆞᅀᆞ미: ᄆᆞᅀᆞᆷ(마음, 心) + -이(주조)

59) 다ᄅᆞ디: 다ᄅᆞ(다르다, 異)- + -디(-지: 연어, 부정)

60) 아니토소이다: 아니ㅎ[← 아니ᄒᆞ다(아니하다, 不: 보용, 부정): 아니(아니, 不: 부사, 부정) + -ᄒᆞ(형접)-]- + -Ø(현시)- + -돗(감동)- + -오이(← -ᄋᆞ이-)- + -다(평종)

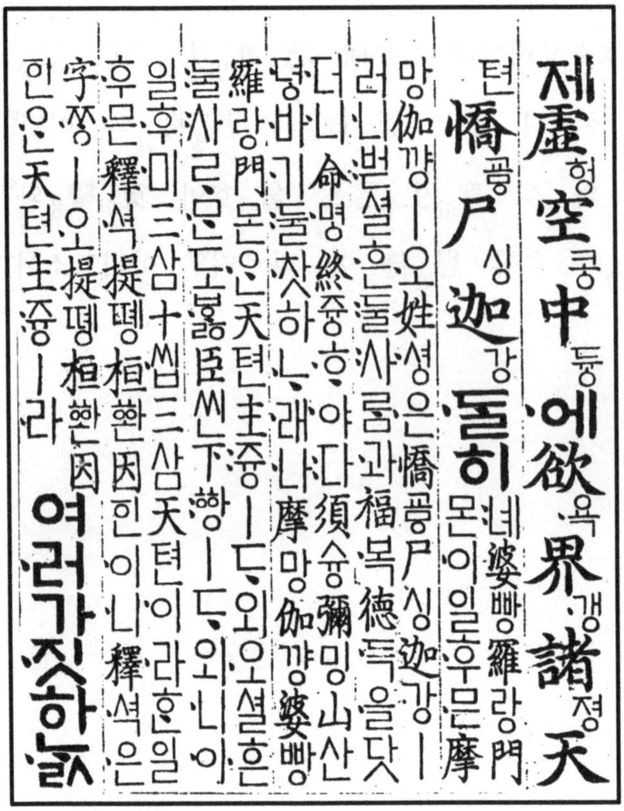

[32 앞]

제虛헝空쿵中듕에欲욕界갱諸졍天
텬憍공尸싱迦강돌히 【네婆빵羅랑門몬이일후믄摩
망伽꺙ㅣ오姓셩은憍공尸싱迦강ㅣ
러니벋설흔둘사ᄅᆞᆷ과福복德득을닷
더니命명終즁ᄒᆞ야다須슝彌밍山산
뎡바기둘찻하ᄂᆞᆯ해나摩망伽꺙婆빵
羅랑門몬은天텬主쥬ㅣᄃᆞ외오설흔
둘사ᄅᆞᄆᆞᆫ도ᄫᆞᇙ臣씬下ᅘᅡᆼㅣᄃᆞ외니이
일후미三삼十씹三삼天텬이라ᄒᆞᆫ일
후믄釋셕提뗑桓뽠因힌이니釋셕은
字쫑ㅣ오提뗑桓뽠因힌은天텬主쥬ㅣ라】 여러가짓하ᄂᆞᆳ

그때에 虛空(허공) 中(중)에 欲界(욕계)의 諸天(제천)인 憍尸迦(교시가)들이 【옛날에 婆羅門(바라문)이 (그) 이름은 摩伽(마가)이요 姓(성)은 憍尸迦(교시가)이더니, (그 바라문이) 벗(友) 서른두 사람과 福德(복덕)을 닦더니, 命終(명종)하여 다 須彌山(수미산) 정수리의 둘째의 하늘에 나서, 摩伽(마가) 婆羅門(바라문)은 天主(천주)가 되고 서른두 사람은 (천주를) 돕는 臣下(신하)가 되니, 이 이름이 三十三天(삼십삼천)이다. (또) 한 이름은 釋提桓因(석제환인)이니, 釋(석)은 字(자)이요 提桓因(제환인)은 天主(천주)이다.】 여러 가지의 하늘의 그제 虛헝空콩 中듕에 欲욕界갱[61] 諸졍天텬[62] 憍꾷尸싱迦강ᄃᆞᆯ히[63]【네 婆빵羅랑門몬이 일후믄 摩망伽꺙ㅣ오[64] 姓셩은 憍꾷尸싱迦강ㅣ러니[65] 번 셜혼둘 사ᄅᆞᆷ과 福복德득을 닷더니[66] 命명終즁ᄒᆞ야[67] 다 須슝彌밍山산[68] 뎡바기[69] 둘찻[70] 하ᄂᆞ래[71] 나 摩망伽꺙 婆빵羅랑門몬ᄋᆞᆫ 天텬主즁ㅣ[72] ᄃᆞ외오 셜혼둘 사ᄅᆞ믄 도ᄫᆞᆳ[73] 臣씬下ᅘᅡᆼㅣ ᄃᆞ외니 이 일후미 三삼十씹三삼天텬[74]이라 ᄒᆞᆫ 일후믄 釋셕提똉桓홚因인[75]이니 釋셕은 字ᄍᆞᆼㅣ오[76] 提똉桓홚因인ᄋᆞᆫ 天텬主즁ㅣ라】 여러 가짓 하ᄂᆞᆳ

---

61) 欲界: 욕계. 삼계(三界)의 하나이다. 유정(有情)이 사는 세계로, 지옥·악귀·축생·아수라·인간·육욕천을 함께 이르는 말이다.

62) 諸天: 제천. 모든 하늘의 천신(天神)들이다. 욕계의 육욕천, 색계의 십팔천, 무색계의 사천(四天) 따위의 신을 통틀어 이르는데, 마음을 수양하는 경계를 따라 나뉜다.

63) 憍尸迦ᄃᆞᆯ히: 憍尸迦ᄃᆞᆶ[교시가들: 憍尸迦(교시가: 인명) + -ᄃᆞᆶ(-들: 복접)] + -이(주조) ※ '憍尸迦(교시가)'는 제석천(帝釋天), 곧 제석(帝釋)의 성(姓)이다. 교지가(憍支迦)라고도 한다.

64) 摩伽ㅣ오: 摩伽(마가) + -ㅣ(←-이-: 서조)- + -오(←-고: 연어, 나열)

65) 憍尸迦ㅣ러니: 憍尸迦(교시가) + -ㅣ(←-이-: 서조)- + -러(←-더-: 회상)- + -니(연어, 설명 계속)

66) 닷더니: 닷(←닭다: 닦다, 修)- + -더(회상)- + -니(연어, 설명 계속)

67) 命終ᄒᆞ야: 命終ᄒᆞ[명종하다, 죽다, 死: 命終(명종) + -ᄒᆞ(동접)]- + -야(←-아: 연어)

68) 須彌山: 수미산. 불교의 우주관에서, 세계의 중앙에 있다는 산이다. 꼭대기에는 제석천이, 중턱에는 사천왕이 살고 있다.

69) 뎡바기: [정수리, 꼭대기, 頂: 뎡(정, 頂) + -바기(명접)]

70) 둘찻: [둘째, 第二(수사, 서수): 둘(←둟: 둘, 수사) + -차(-째: 접미, 서수)] + -ㅅ(-의: 관조)

71) 하ᄂᆞ래: 하ᄂᆞᆯ(←하ᄂᆞᇙ: 하늘, 天) + -애(-에: 부조, 위치)

72) 天主ㅣ: 天主(천주) + -ㅣ(←-이: 보조) ※ '天主(천주)'는 '하늘의 주인'이라는 뜻이다.

73) 도ᄫᆞᆳ: 돟(←돕다, ㅂ불: 돕다, 助)- + -ᄋᆞᆳ(관전)

74) 三十三天: 삼십삼천. '육욕천, 십팔천, 무색계 사천(四天)과 일월성수천(日月星宿天), 상교천(常憍天), 지만천(持鬘天), 견수천(堅首天), 제석천(帝釋天)'을 통틀어 이르는 말이다.

75) 釋提桓因: 석제환인. 십이천의 하나이다. 수미산 꼭대기에 있는 도리천의 임금으로, 사천왕과 삼십이천을 통솔하면서 불법과 불법에 귀의하는 사람을 보호하고 아수라의 군대를 정벌한다고 한다.(=帝釋天)

76) 字ㅣ오: 字(자) + -ㅣ(←-이-: 서조)- + -오(←-고: 연어, 나열) ※ '字(자)'는 본이름 외에 부르는 이름이다. 이름을 소중히 여겨 함부로 부르지 않았던 관습이 있어서 흔히 관례(冠禮) 뒤에 본이름 대신으로 불렀다.

[32 뒤]

곳비ᄒᆞ며하ᄂᆞᆳ風봉流륭ᄒᆞ야如셩來ᄅᆡᆼ
供공養양ᄒᆞᅀᆞᆸ고ᄒᆞᆫ목소리로偈꼥
ᄅᆞᆯᄉᆞᆯᄫᆞᄃᆡ우리ᄃᆞᆯ히아랫뉘옛福복ᄋᆞ
로光광明명이甚씸히싁싀기ᄭᅮ며한
微밍妙묭ᄒᆞᆫ供공養양앳거스로一힗
切쳉ᄅᆞᆯ利링益혁게ᄒᆞ노니世솅尊존
이甚씸히맛나ᅀᆞᄫᆞ미어려ᄫᅳ며妙묭

꽃을 흩뿌리며 하늘의 風流(풍류)를 하여 如來(여래)를 供養(공양)하고 한 목소리로 偈(게)를 사뢰되, "우리들이 예전의 세상에 있었던 福(복)으로 光明(광명)이 甚(심)히 엄정하게 꾸며져서, 큰 微妙(미묘)한 供養(공양)을 드리는 것으로 一切(일체)를 利益(이익)하게 하니, 世尊(세존)은 (우리가) 만나는 것이 甚(심)히 어려우며,

곳[77] 비흐며[78] 하ᄂᆞᆳ 風ᄫᅮᇰ流ᄛᆞᇢ ᄒᆞ야 如ᅀᅧᆼ來ᄅᆡᆼ 供공養양ᄒᆞᅀᆞᆸ고[79] ᄒᆞᆫ 목소리로 偈꼥ᄅᆞᆯ ᄉᆞᆯᄫᆞᄃᆡ 우리ᄃᆞᆯ히[80] 아랫[81] 뉘옛[82] 福복ᄋᆞ로 光광明명이 甚씸히[83] 싁싀기[84] ᄭᅮ며[85] 한 微밍妙묳ᄒᆞᆫ 供공養양앳[86] 거스로 一ᅙᅵᇙ切쳉ᄅᆞᆯ 利링益ᅙᅧᆨ게[87] ᄒᆞ노니[88] 世솅尊존이[89] 甚씸히 맛나ᅀᆞᄫᆞ미[90] 어려ᄫᅳ며[91]

---

77) 곳: 곳(←곶: 꽃, 花)

78) 비흐며: 빟(흩뿌리다, 散)-+-으며(연어, 나열)

79) 供養ᄒᆞᅀᆞᆸ고: 供養ᄒᆞ[공양하다: 供養(공양: 명사)+-ᄒᆞ(동접)-]-+-ᅀᆞᆸ(객높)-+-고(연어, 계기) ※ '供養(공양)'은 불(佛), 법(法), 승(僧)의 삼보(三寶)나 죽은 이의 영혼에게 음식, 꽃 따위를 바치는 일이나, 또는 그 음식이다.

80) 우리ᄃᆞᆯ히: 우리ᄃᆞᆶ[우리들, 我等: 우리(우리, 我: 인대, 1인칭, 복수)+-ᄃᆞᆶ(-들: 복접)]+-이(주조)

81) 아랫: 아래(예전, 昔)+-ㅅ(-의: 관조)

82) 뉘옛: 뉘(←누리: 세상, 세대, 때, 世)+-예(←-에: 부조, 위치)+-ㅅ(-의: 관조) ※ '뉘옛'은 '세상에 있었던'으로 의역한다.

83) 甚히: [심히, 甚(부사): 甚(심: 불어)+-ㅎ(←-ᄒᆞ-: 형접)-+-이(부접)]

84) 싁싀기: [엄숙하게, 장엄하게(부사): 싁싁(장엄: 불어)+-Ø(←-ᄒᆞ-: 형접)-+-이(부접)]

85) ᄭᅮ며: ᄭᅮ미(꾸미다, 飾)-+-어(연어) ※ 'ᄭᅮ며'는 문맥에 맞추어서 '꾸며져서'로 의역한다.

86) 供養앳: 供養(공양)+-애(-에: 부조, 위치)+-ㅅ(-의: 관조) ※ '供養앳'은 '공양을 드리는 것으로'로 의역한다.

87) 利益게: 利益ㅎ[←利益ᄒᆞ다(이익이 되다): 利益(이익: 명사)+-ᄒᆞ(형접)-]-+-게(연어, 사동)

88) 求ᄒᆞ노니: 求ᄒᆞ[구하다: 求(구: 불어)+-ᄒᆞ(동접)-]-+-ㄴ(←-ᄂᆞ-: 현시)-+-오(화자)-+-니(연어, 설명 계속)

89) 世尊이: 世尊(세존)+-이(주조, 의미상 목적격) ※ '世尊이 甚히 맛나ᅀᆞᄫᆞ미 어려ᄫᅳ며'는 『대방편불보은경』의 원문에서 '世尊甚難遇(세존은 심히 만나기가 어려우니)'을 직역한 것이다. 곧 '世尊ᄋᆞᆫ 甚히 (우리) 맛나ᅀᆞᄫᆞ미 어려ᄫᅳ며'와 같은 문장에서 나온 것이므로 이 문장에서 '世尊'은 목적어로 기능한다.

90) 맛나ᅀᆞᄫᆞ미: 맛나[만나다, 遇: 맛(←맞다: 맞이하다, 迎)-+나(나다, 出)-]-+-ᅀᆞᇦ(←-ᅀᆞᆸ-: 객높)-+-옴(명전)+-이(주조)

91) 어려ᄫᅳ며: 어렵(←어렵다, ㅂ불: 어렵다, 難)-+-으며(연어, 나열)

[33 앞]

法법이 ᄯᅩ 듣ᄌᆞᄫᆞ미 어렵거늘 아래브
터 여러 德득 根근源원을 시믈씨 오ᄂᆞᆯ
釋석中듕神씬을 맛나ᅀᆞᄫᆞ니 釋석中듕神씬
은 釋석氏씽ㅅ 中듕에 神씬奇끵ᄒᆞ실씨라 우리ᄃᆞᆯ히 부텻
恩은德득을 念념ᄒᆞᅀᆞᄫᅡ ᄯᅩ 道뚤理링
ㅅ ᄆᆞᅀᆞᄆᆞᆯ 發벓ᄒᆞᅀᆞᄫᆞ니 내 이제 부텨
를 보ᅀᆞᄫᅡ 뒷논 三삼業업 善쎤을 三삼業업

妙法(묘법)은 또 듣는 것이 어렵거늘, 예전부터 여러 德(덕)의 根源(근원)을 심으므로 오늘 釋中神(석중신)을 만났으니【釋中神(석중신)은 釋氏(석씨)의 中(중)에 神奇(신기)한 것이다.】, 우리들이 부처의 恩德(은덕)을 念(염)하여 또 道理(도리)의 마음을 發(발)하니, 내가 이제 부처를 보아서 (쌓아) 둔 三業(삼업)의 善(선)을【三業(삼업)은

妙묳法법[92]이 또 듣ᄌᆞᄫᅩ미 어렵거늘 아래브터[93] 여러 德득 根근源원을 시믈씨[94] 오ᄂᆞᆯ 釋셕中듕神씬을 맛나ᅀᆞᄫᅩ니[95]【釋셕中듕神씬ᄋᆞᆫ 釋셕氏씽ㅅ 中듕에 神씬奇끵ᄒᆞ실 씨라】 우리ᄃᆞᆯ히 부텻 恩ᄒᆞᆫ德득을 念념ᄒᆞᅀᆞᄫᅡ[96] 또 道똫理링ㅅ ᄆᆞᅀᆞᄆᆞᆯ 發벓ᄒᆞᅀᆞᆸ노니[97] 내 이제 부텨를 보ᅀᆞᄫᅡ[98] 뒷논[99] 三삼業업[1] 善쎤을【三삼業업은

---

92) 妙法이: 妙法(묘법) + -이(주조) ※ 妙法이 또 듣ᄌᆞᄫᅩ미 어렵거늘'은 『대방편불보은경』의 '妙法亦難聞(묘법은 또 (우리가) 듣기가 어려우니)'를 직역한 문장이다. 이 문장에서 '妙法'은 목적어이다. ※ '妙法(묘법)'은 불교의 신기하고 묘한 법문(法文)이다.

93) 아래브터: 아래(예전, 昔) + -브터(-부터: 보조사, 비롯함)

94) 시믈씨: 시므(심다, 植)- + -ㄹ씨(-므로: 연어, 이유)

95) 맛나ᅀᆞᄫᅩ니: 맛나[만나다, 遇: 맛(← 맞다: 맞다, 迎)- + 나(나다, 出)-]- + -ᅀᆞᆸ(← -ᅀᆞᆸ-: 객높)- + -오(화자)- + -니(연어, 설명 계속, 이유)

96) 念ᄒᆞᅀᆞᄫᅡ: 念ᄒᆞ[염하다, 생각하다: 念(염: 불어) + -ᄒᆞ(동접)-]- + -ᅀᆞᆸ(← -ᅀᆞᆸ-: 객높)- + -아(연어)

97) 發ᄒᆞᅀᆞᆸ노니: 發ᄒᆞ[발하다: 發(발: 불어) + -ᄒᆞ(동접)-]- + -ᅀᆞᆸ(객높)- + -ㄴ(← -ᄂᆞ-: 현시)- + -오(화자)- + -니(연어, 설명 계속, 이유)

98) 보ᅀᆞᄫᅡ: 보(보다, 見)- + -ᅀᆞᆸ(← -ᄌᆞᆸ-: 객높)- + -아(연어)

99) 뒷논: 두(두다, 置)- + -Ø(← -어: 연어) + 잇(← 이시다: 있다, 보용, 완료 지속)- + -ㄴ(← -ᄂᆞ-: 현시)- + -오(대상)- + -ㄴ(관전) ※ '뒷논'은 '두어 잇논'이 축약된 형태이다. 여기서는 문맥을 감안하여 '가진'으로 의역한다.

1) 三業: 삼업. ① 몸과 입과 마음이다. ② 몸, 입, 뜻으로 짓는 세 가지 업이다. 곧, 신업(身業), 구업(口業), 의업(意業)이다. 여기서는 ①의 뜻으로 쓰였다.

은몸과입과ᄠᅳᆮ괘라 衆쥬ᇰ生ᄉᆡᆼ ᄃᆞᆯ 爲윙ᄒᆞ야 無뭉
上썅道ᄛᅩᇢ애 도ᄅᆞ혀 向향ᄒᆞᄂᆞ이다 ᄒᆞ고
百ᄇᆡᆨ千쳔 디위 값도ᅀᆞᆸ고 머리 조사
禮롕數ᄉᆞᆼ ᄒᆞᅀᆞᆸ고 虛헝空콩애 ᄂᆞ라가
니라
其끵二ᅀᅵᆼ百ᄇᆡᆨ六륙十씹九궇
難난陁땅龍룡王왕宮궁에 眞진實

몸과 입과 뜻이다.】 衆生(중생)들을 爲(위)하여 無上道(무상도)에 돌이켜서 向(향)합니다.” 하고, (교시가들이 여래의 주위를) 百千(백천) 번 감돌고 머리를 조아려 禮數(예수)하고 虛空(허공)에 날아갔니라.

其二百六十九(기이백육십구)

難陁(난타) 龍王宮(용왕궁)에 眞實力(진실력)을

몸과 입과 ᄠᅳᆮ괘라[2)] 】 衆즁生ᄉᆡᇰ ᄃᆞᆯ 爲윙ᄒᆞ야 無뭉上썅道ᄄᅗᇢ[3)]애 도ᄅᆞᅘᅧ[4)] 向향ᄒᆞ노이다[5)] ᄒᆞ고 百ᄇᆡᆨ千쳔 디위[6)] 값도ᅀᆞᆸ고[7)] 조ᅀᅡ[8)] 禮롕數숭ᄒᆞᅀᆞᆸ고[9)] 虛헝空콩애 ᄂᆞ라가니라[10)]

*其끵二ᅀᅵᆼ百ᄇᆡᆨ六륙十씹九궁

難난陁땅[1)] 龍룡王왕宮궁에 眞진實씷力륵

* 다음은 『대운륜청우경』(大雲輪請雨經)을 언해한 글이다. 이 글은 세존이 용왕의 청을 들어서, 기우국(祈雨國)에 비를 내리게 하고 용왕국의 환란을 없앴다는 내용을 기술하였다. 곧, 난타(難陀)가 용왕궁에 일체의 용왕을 다 모으고 다라니(陀羅尼)를 일러서 오종(五種)의 우장(雨障)을 다 없앴다. 그리고 용왕들이 중생을 위하여 염부제(閻浮提)에 비를 내려 달라고 빌자, 세존이 위신력(威神力)으로 용왕에게 칙(勅)하여 기우국에 비를 내리게 하고, 대자행(大慈行)과 제불호(諸佛號)를 이르시어 용왕국의 모든 환란과 고뇌를 없앴다.

---

2) ᄠᅳᆮ괘라: ᄠᅳᆮ(뜻, 意) + -과(접조) + -ㅣ(← -이-: 서조)- + -∅(현시)- + -라(← -다: 평종)

3) 無上道理: 무상도리. 그 이상의 위가 없는 불타(佛陀) 정각(正覺)의 지혜(智慧)이다.

4) 도ᄅᆞᅘᅧ: [도리어, 反(부사): 돌(돌다, 回: 자동)- + -ᄋᆞ(사접)- + -ᅘᅧ(강접)- + -어(연어 ▷ 부접)]

5) 向ᄒᆞ노이다: 向ᄒᆞ[향하다: 向(향: 불어) + -ᄒᆞ(동접)-]- + -ㄴ(← -ᄂᆞ-: 현시)- + -오(화자)- + -이(상높, 아주 높임)- + -다(평종)

6) 디위: 번, 番(의명)

7) 값도ᅀᆞᆸ고: 값도[← 값돌다, 匝(감돌다): 감(감다, 圍) + ᄯᅩᆯ(← 돌다: 돌다, 廻)-]- + -ᅀᆞᆸ(객높)- + -고(연어, 계기)

8) 조ᅀᅡ: 좃(← 좃다, ㅅ불: 조아리다, 頓)- + -아(연어)

9) 禮數ᄒᆞᅀᆞᆸ고: 禮數ᄒᆞ[예수하다: 禮數(예수) + -ᄒᆞ(동접)-]- + -ᅀᆞᆸ(객높)- + -고(연어, 나열) ※ '禮數(예수)'는 명성이나 지위에 알맞은 예의와 대우나 혹은 그렇게 하는 행동이다.

10) ᄂᆞ라가니라: ᄂᆞ라가[날아가다, 飛行: ᄂᆞᆯ(날다, 飛)- + -아(연어) + 가(가다, 行)-]- + -∅(과시)- + -니(원칙)- + -라(← -다: 평종)

1) 難陁: 난타. 석존(釋尊)의 이복(異腹) 아우이다. 부처님의 제자(弟子)인 목우 난타(牧牛難陀)와 구별하기 위하여, 손타라(孫陁羅)에게 장가 들었기 때문에 손타라 난타(孫陁羅難陁)라고도 한다.

[34 앞]

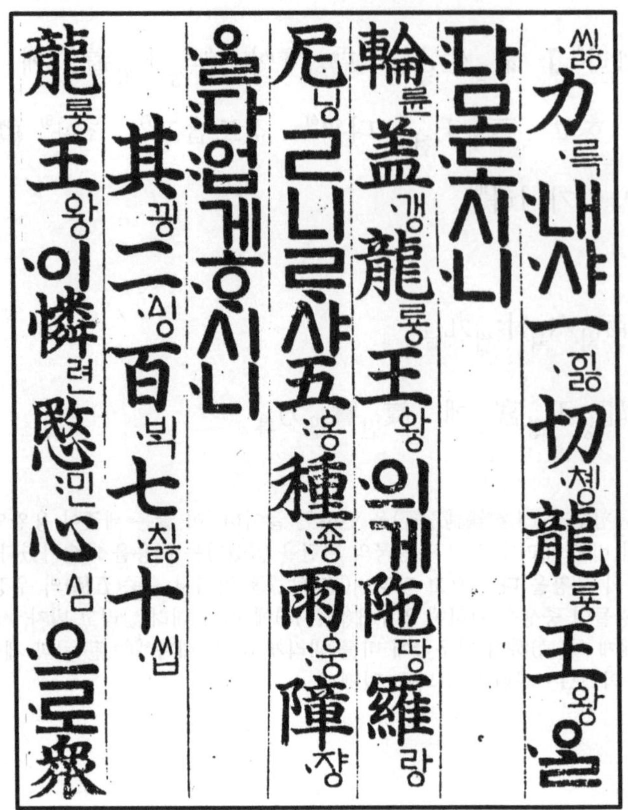

씸力륵 내샤 一힗 切쳉 龍룡 王왕ᄋᆞᆯ
다 모ᄃᆞ시니
輪륜 蓋갱 龍룡 王왕ᄋᆡ게 陁땅 羅랑
尼닝 니ᄅᆞ샤 五옹 種종 雨웅 障쟝
ᄋᆞᆯ 다 업게 ᄒᆞ시니
其끵 二싱 百ᄇᆡᆨ 七칧 十씹
龍룡 王왕이 憐련 愍민 心심ᄋᆞ로 衆

내시어 一切(일체)의 龍王(용왕)을 다 모으셨으니.

輪蓋龍王(윤개용왕)에게 陁羅尼(다라니)를 이르시어, 五種(오종) 雨障(우장)을 다 없어지게 하셨으니.

其二百七十(기이백칠십)

龍王(용왕)이 憐愍心(연민심)으로

내샤[2] 一_힗切_쳉 龍_룡王_왕ᄋᆞᆯ 다[3] 모도시니[4]

輪_륜盖_갱 龍_룡王_왕의 게[5] 陁_땅羅_랑尼_닝ᄅᆞᆯ[6] 니ᄅᆞ샤[7] 五_옹種_죵 雨_웅障_쟝[8]ᄋᆞᆯ 다 업게[9] ᄒᆞ시니[10]

其_끵二_싱百_빅七_칧十_씹

龍_룡王_왕이 憐_련愍_민心_심[11]으로

---

2) 내샤: 내[내다, 出: 나(나다, 出)- + -ㅣ(← -이-: 사접)-]- + -샤(← -시-: 주높)- + -Ø(← -아: 연어)

3) 다: [다, 皆(부사): 다(← 다ᄋᆞ다: 다하다, 盡)- + -아(연어 ▷ 부접)]

4) 모도시니: 모도[모으다, 會: 몯(모이다, 集: 자동)- + -오(사접)-]- + -시(주높)- + -Ø(과시)- + -니(평종, 반말)

5) 龍王의 게: 龍王(용왕) + -의(관조) # 게(거기에: 의명) ※ '龍王의 게'는 '龍王에게'로 의역한다.

6) 陁羅尼ᄅᆞᆯ: 陁羅尼(다라니) + -ᄅᆞᆯ(← -ᄅᆞᆯ: 목조) ※ '陁羅尼(다라니)'는 범문(梵文)을 번역하지 아니하고 음(音)을 그대로 외는 일이다. 이를 외는 사람은 많은 공덕을 받는다고 한다.

7) 니ᄅᆞ샤: 니ᄅᆞ(이르다, 曰)- + -샤(← -시-: 주높)- + -Ø(← -아: 연어)

8) 雨障: 우장. 비로 말미암아서 생기는 가뭄이나 홍수 등의 재난을 막는 것이다.

9) 업게: 없(없어지다, 滅)- + -게(연어, 사동)

10) ᄒᆞ시니: ᄒᆞ(하다: 보용, 사동)- + -시(주높)- + -Ø(과시)- + -니(평종, 반말)

11) 憐愍心: 연민심. 불쌍하고 가련하게 여기는 마음이다.

[34뒤]

衆즁生ᄉᆡᆼᄋᆞᆯ 爲윙ᄒᆞ야 閻염浮뿡提똉
예 비 주ᇙ 일ᄋᆞᆯ 묻ᄌᆞᄫᆞ니
世솅尊존이 威휭神씬力륵으로 龍
룡王왕ᄋᆞᆯ 勅틱ᄒᆞ샤 祈끵雨웅國귁
예 비 주ᇙ 일ᄋᆞᆯ 니ᄅᆞ시니
其끵二ᅀᅵᆼ百ᄇᆡᆨ七칧十씹一ᅙᅵᇙ
大땡慈ᄍᆞᆼ行ᅘᆡᆼ 니ᄅᆞ시니 行ᅘᆡᆼᄒᆞᇙ 리

衆生(중생)을 爲(위)하여 閻浮提(염부제)에 비를 줄 일을 물었으니.

世尊(세존)이 威神力(위신력)으로 龍王(용왕)을 勅(칙)하시어 祈雨國(기우국)에 비를 줄 일을 이르셨으니.

其二百七十一(기이백칠십일)

大慈行(대자행)을 이르시니 行(행)할 이가

衆즁生싱ᄋᆞᆯ 爲윙ᄒᆞ야 閻염浮뿧提똉[12]예 비 줄 일[13] 묻ᄌᆞᄫᆞ니[14]

世솅尊존이 威흰神씬力륵[15]으로 龍룡王왕ᄋᆞᆯ 勅틱ᄒᆞ샤[16] 祈끵雨웅國귁[17]에 비 줄 일 니ᄅᆞ시니[18]

其끵二싱百빅七칧十씹一힗

大땡慈쫑行ᅘᆡᆼ[19] 니ᄅᆞ시니 行ᅘᆡᆼᄒᆞ리[20]

---

12) 閻浮提: 염부제. 사주(四洲)의 하나이다. 수미산 남쪽에 있다는 대륙으로, 인간들이 사는 곳이며, 여러 부처가 나타나는 곳은 사주(四洲) 가운데 이곳뿐이라고 한다.

13) 일: 일, 事.

14) 묻ᄌᆞᄫᆞ니: 묻(묻다, 問)- + -ᄌᆞᇦ(← -ᄌᆞᆸ-: 객높)- + -Ø(과시)- + -ᄋᆞ니(평종, 반말)

15) 威神力: 위신력. 불도(佛道)를 닦아 이르는 부처의 지위(地位)에 있는 존엄하고 헤아릴 수가 없는 불가사의한 힘이다.

16) 勅ᄒᆞ샤: 勅ᄒᆞ[칙하다: 勅(칙: 불어) + -ᄒᆞ(동접)-]- + -샤(← -시-: 주높)- + -Ø(← -아: 연어) ※ '勅(칙)'은 단단히 타일러서 경계하는 것이다.

17) 祈雨國: 기우국. 날이 가물 때에 비가 오기를 비는 나라이다.

18) 니ᄅᆞ시니: 니ᄅᆞ(이르다, 말하다, 說)- + -시(주높)- + -Ø(과시)- + -니(평종, 반말)

19) 大慈行: 대자행. 넓고 커서 끝이 없는 부처와 보살의 자비를 베푸는 행동이다.

20) 行ᄒᆞ리: 行ᄒᆞ[행하다: 行(행: 불어) + -ᄒᆞ(동접)- + -ㄹ(관전) # 이(이, 者: 의명) + -Ø(← -이: 주조)

[35앞]

이시면 內뇡外욍 怨훤賊쯕이 다 侵
침掠략 몯ᄒᆞ리
諸졍佛뿛號ᅘᅶ 니ᄅᆞ시ᄂᆞ니 디니리 이
시면 無뭉量량 苦콩惱ᇹ ㅣ 다 滅멿
除띵ᄒᆞ리
부톄 難난陁땅 優ᅙᅮᇢ婆빵難난陁땅 龍
룡王왕宮궁 內뇡 大땡威ᅙᅱᆼ德득 摩망

이시면, 內外(내외) 怨賊(원적)이 다 侵掠(침략)을 못 하리.

諸佛號(제불호)를 이르시니 (제불호를) 지닐 이가 있으면, 無量(무량) 苦惱(고뇌)가 다 滅除(멸제)하리.

부처가 難陁(난타)와 優婆難陁(우바난타)의 龍王宮(용왕궁)의 內(내)에 大威德摩尼藏大雲輪殿(대위덕마니장대운륜전)의

이시면[21] 內뇡外욍 怨훤賊쯕[22]이 다 侵침掠략 몯 ᄒᆞ리[23]
諸졍佛뿛號흫[24] 니ᄅᆞ시니 디니리[25] 이시면 無뭉量량[26] 苦콩惱놓ㅣ 다
滅멿除떵ᄒᆞ리[27]

부텨[28] 難난陁땅 優흫婆빵難난陁땅 龍룡王왕宮궁 內뇡 大땡威윙德득摩망
尼닝藏짱大땡雲운輪륜殿뗜[29]

---

21) 이시면: 이시(있다, 有)- + -면(연어, 조건)

22) 怨賊: 원적. 사람의 목숨을 해치고 재물을 빼앗는 도적이다.

23) ᄒᆞ리: ᄒᆞ(하다, 爲)- + -리(평종, 반말, 미시)

24) 諸佛號: 제불호. 부처를 이르는 여러 가지의 이름이다. ※ 如來十號(여래 십호): 부처의 공덕을 기리는 열 가지 칭호이다. 곧, 여래(如來)·응공(應供)·정변지(正遍知)·명행족(明行足)·선서(善逝)·세간해(世間解)·무상사(無上士)·조어장부(調御丈夫)·천인사(天人師)·불세존(佛世尊)이다.(≒불십호.)

25) 디니리: 디니(지니다, 持)- + -ㄹ(관전) # 이(이, 者: 의명) + -Ø(← -이: 주조)

26) 無量: 무량. 정도를 헤아릴 수 없을 만큼 많은 것이다.

27) 滅除ᄒᆞ리: 滅除ᄒᆞ[멸제하다: 滅除(멸제) + -ᄒᆞ(동접)-]- + -리(평종, 반말, 미시) ※ '滅除(멸제)'는 사제(四諦)의 하나로서, 모든 욕망을 벗어나서 괴로움이 소멸한 열반의 경지를 이상이라고 풀이하는 진리를 이른다.(=멸성제, 滅聖諦)

28) 부텨: 부텨(부처, 佛) + -ㅣ(← -이: 주조)

29) 大威德摩尼藏大雲輪殿: 대위덕마니장대운륜전. 궁전의 이름이다.

尼닝藏·짱大·땡雲운輪륜殿·뗜寶·봉樓
릏閣·각中듕에 겨샤 큰 比·삥丘쿻와 菩
뽕薩삻摩망訶항薩삻衆·즁ᄃᆞᆯ히 값도
로 圍윙繞·숗ᄒᆞᅀᆞᄫᅡ 이시며 ᄯᅩ 그지업
슨 큰 龍룡王왕ᄃᆞᆯ히 그 일후미 難난陁
땅龍룡王왕優훙鉢·밣難난陁땅龍룡
王왕娑상伽걍羅랑龍룡王왕阿항那

寶樓閣(보루각) 中(중)에 계시어, 큰 比丘(비구)와 菩薩(보살) 摩訶薩(마하살)의 衆(중)들이 감돌아 圍繞(위요)하여 있으며, 또 그지없는 큰 龍王(용왕)들이 그 이름이 難陁龍王(난타용왕)·優鉢難陁龍王(우발난타용왕)·娑伽羅龍王(사가라용왕)·

寶봉樓릏閣각[30] 中듕에 겨샤 큰 比삥丘쿻[31]와 菩뽕薩삻[32] 摩망訶항薩삻[33] 衆즁ᄃᆞᆯ히[34] ᄀᆞᆹ도로[35] 圍윙繞ᅀᅽᇢᄒᆞᅀᆞᄫᅡ[36] 이시며 ᄯᅩ 그지업슨[37] 큰 龍룡王왕ᄃᆞᆯ히 그 일후미[38] 難난陁땅龍룡王왕 優ᅙᅮᇢ鉢밣難난陁땅龍룡王왕 娑상伽꺙羅랑龍룡王왕

---

30) 寶樓閣: 보루각. 누각의 이름이다.

31) 比丘: 비구. 출가하여 구족계를 받은 남자 승려이다. 비구와 비구니가 지켜야 할 계율이다. 비구에게는 250계, 비구니에게는 348계가 있다.

32) 菩薩: 보살. 부처가 전생에서 수행하던 시절, 수기를 받은 이후의 몸이다.

33) 摩訶薩: 마하살. 보살을 높이거나 아름답게 이르는 말이다.

34) 衆ᄃᆞᆯ히: 衆ᄃᆞᆶ[중들: 衆(중, 대중, 무리) + -ᄃᆞᆶ(-들: 복접)] + -이(주조)

35) ᄀᆞᆹ도로: ᄀᆞᆹ도[감돌아, 周币(부사): ᄀᆞᆷ다(감다)- + ᄯᅩᆯ(← 돌다: 돌다, 回)- + -오(부접)]

36) 圍繞ᄒᆞᅀᆞᄫᅡ: 圍繞ᄒᆞ[위요하다: 圍繞(위요: 명사) + -ᄒᆞ(동접)-]- + -ᅀᆞᇦ(← -ᄉᆞᆸ-: 객높)- + -아(연어) ※ '圍繞(위요)'는 부처의 둘레를 돌아다니는 것이다.

37) 그지업슨: 그지없[그지없다, 無量: 그지(한도, 限: 명사) + 없(없다, 無: 형사)-]- + -Ø(현시)- + -은(관전)

38) 일후미: 일훔(이름, 名) + -이(주조)

[36 앞]

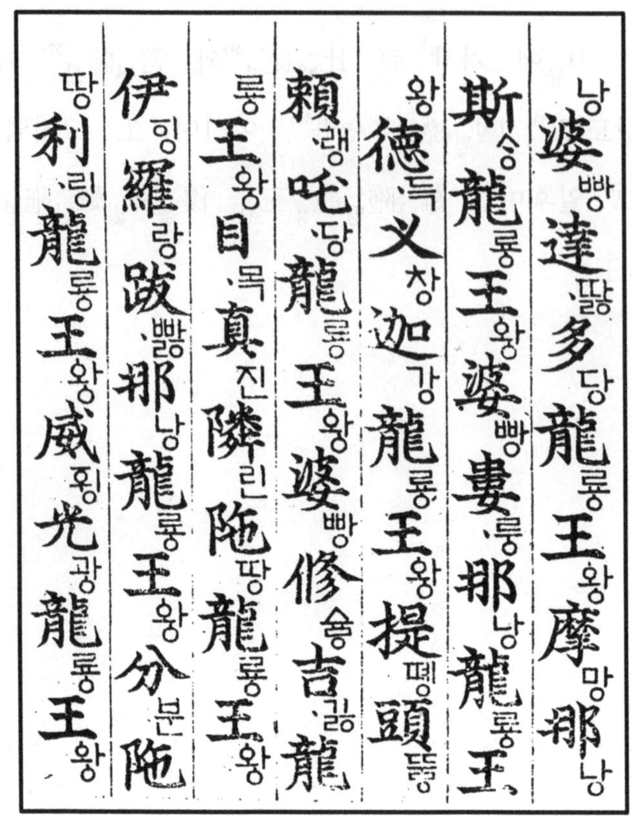

낭 婆빵達땋多당龍롱王왕摩망那낭
斯숭龍롱王왕婆빵婁릉那낭龍롱王
왕 德득叉창迦강龍롱王왕提뗑頭뜽
賴랭吒당龍롱王왕婆빵修슣吉깋龍
롱 王왕目목眞진隣린陁땅龍롱王왕
伊잉羅랑跋빯那낭龍롱王왕分분陁
땅 利링龍롱王왕威휭光광龍롱王왕

阿那婆達多龍王(아나바달다용왕)·摩那斯龍王(마나사용왕)·婆婁那龍王(바루나용왕)·德叉迦龍王(덕차가용왕)·提頭賴吒龍王(제두뢰타용왕)·婆修吉龍王(바수길용왕)·目眞隣陁龍王(목진린타용왕)·伊羅跋那龍王(이라발나용왕)·分陁利龍王(분타리용왕)·威光龍王(위광용왕)·

阿항那낭婆빵達땂多당龍룡王왕 摩망那낭斯승龍룡王왕 婆빵婁룽那낭龍룡王왕 德득叉창迦강龍룡王왕 提뗑頭뚷賴랭吒당龍룡王왕 婆빵修슣吉긿龍룡王왕 目목眞진隣린陁땅龍룡王왕 伊힝羅랑跋빯那낭龍룡王왕 分분陁땅利링龍룡王왕 威휭光광龍룡王왕

[36 뒤]

德득賢현龍룡王왕電뗜冠관龍룡王
왕大땡摩망尼닝寶봉髻곙龍룡王왕
摩망尼닝珠즁髻곙龍룡王왕光광耀
욯頂뎡龍룡王왕帝뎽釋셕鋒퐁伏뽁
龍룡王왕帝뎽釋셕幢땅龍룡王왕帝
뎽釋셕杖땽龍룡王왕閻염浮뿡金금
幢땅龍룡王왕善쎤和홯龍룡王왕大

德賢龍王(덕현용왕)·電冠龍王(전관용왕)·大摩尼寶髻龍王(대마니보계용왕)·摩尼珠髻龍王(마니주계용왕)·光耀頂龍王(광요정용왕)·帝釋鋒伏龍王(제석봉복용왕)·帝釋幢龍王(제석당용왕)·帝釋杖龍王(제석장용왕)·閻浮金幢龍王(염부금당용왕)·善和龍王(선화용왕)·大輪龍王(대륜용왕)·

德득賢현龍룡王왕 電뗜冠관龍룡王왕 大땡摩망尼닝寶볼髻곙龍룡王왕 摩망尼닝珠즁髻곙龍룡王왕 光광耀욯頂뎡龍룡王왕 帝뎽釋셕鋒퐁伏뽁龍룡王왕 帝뎽釋셕幢뙁龍룡王왕 帝뎽釋셕杖땽龍룡王왕 閻염浮뿔金금幢뙁龍룡王왕 善션和ᅘᅪᆼ龍룡王왕 大땡輪륜龍룡王왕

[37 앞]

땡輪륜龍롱王왕大땡蟒망蛇쌍龍롱
王왕火황光광味밍龍롱王왕月웛耀
용龍롱王왕慧휑威휭龍롱王왕善쎤
見견龍롱王왕大땡善쎤見견龍롱王
왕善쎤住뜡龍롱王왕摩망尼닝瓔형
龍롱王왕興홍雲운龍롱王왕持띵雨
웅龍롱王왕大땡忿픈吒당聲셩龍롱

大蟒蛇龍王(대망사용왕)·火光味龍王(화광미용왕)·月耀龍王(월요용왕)·慧威龍王(혜위용왕)·善見龍王(선견용왕)·大善見龍王(대선견용왕)·善住龍王(선주용왕)·摩尼瓔龍王(마니영용왕)·興雲龍王(흥운용왕)·持雨龍王(지우용왕)·大忿吒聲龍王(대분타성용왕)·

大땡蟒망蛇쌍龍룡王왕　火황光광味밍龍룡王왕　月웛耀요ᇢ龍룡王왕　慧ᅘᆌᆼ威ᅙᅱᆼ龍룡王왕　善쎤見견龍룡王왕　大땡善쎤見견龍룡王왕　善쎤住뜡龍룡王왕　摩망尼닝瓔ᅙᅧᆼ龍룡王왕　興흥雲운龍룡王왕　持띵雨웅龍룡王왕　大땡忿푼吒당聲셩龍룡王왕

[37 뒤]

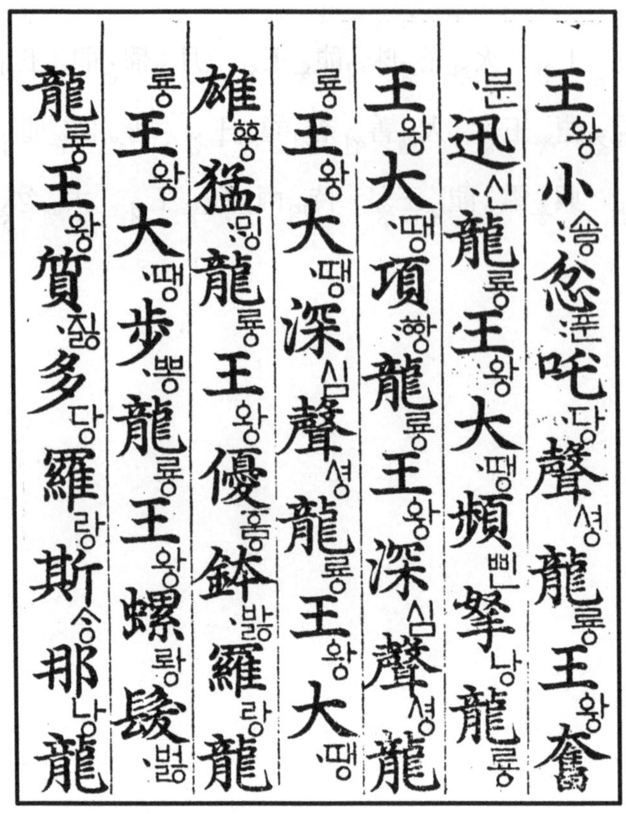

王왕小숗忿뿐吒당聲셩龍룡王왕奮
분迅신龍룡王왕大땡頻삔拏낭龍룡
王왕大땡項ᅘᅡᆼ龍룡王왕深심聲셩龍
룡王왕大땡深심聲셩龍룡王왕大땡
雄ᅘᅮᆼ猛ᄆᆡᆼ龍룡王왕優ᅙᅮᇢ鉢ᄇᆞᇙ羅랑龍
룡王왕大땡步뽕龍룡王왕螺랑髮ᄇᆞᇙ
龍룡王왕質즗多당羅랑斯숭那낭龍

小忿吒聲龍王(소분타성용왕)·奮迅龍王(분신용왕)·大頻拏龍王(대빈나용왕)·大項龍王(대항용왕)·深聲龍王(심성용왕)·大深聲龍王(대심성용왕)·大雄猛龍王(대웅맹용왕)·優鉢羅龍王(우발라용왕)·大步龍王(대보용왕)·螺髮龍王(나발용왕)·質多羅斯那龍王(질다나사나용왕)·

小숗忿픈吒당聲셩龍룡王왕 奮분迅신龍룡王왕 大땡頻삔拏낭龍룡王왕 大땡項ᅘᅣᆼ龍룡王왕 深심聲셩龍룡王왕 大땡深심聲셩龍룡王왕 大땡雄훃猛밍龍룡王왕 優훟鉢밣羅랑龍룡王왕 大땡步뽕龍룡王왕 螺랑髮벓龍룡王왕 質짏多당羅랑斯ᄉᆞᆼ那낭龍룡王왕

룡王왕持띵大땡羂권索삭龍룡王왕
伊힝羅랑樹쓩葉엽龍룡王왕先션慰
윙問문龍룡王왕驢령耳싱龍룡王왕
海횡貝뱅龍룡王왕達땷陁땅羅랑龍
룡王왕優훙波방達땷陁땅羅랑龍룡
王왕安한隱흔龍룡王왕大땡安한隱
흔龍룡王왕毒똑蛇썅龍룡王왕大땡

持大羂索龍王(지대견삭용왕)·伊羅樹葉龍王(이라수엽용왕)·先慰問龍王(선위문용왕)·驢耳龍王(여이용왕)·海貝龍王(해패용왕)·達陁羅龍王(달타라용왕)·優波達陁羅龍王(우바달타라용왕)·安隱龍王(안은용왕)·大安隱龍王(대안은용왕)·毒蛇龍王(독사용왕)·大毒蛇龍王(대독사용왕)·

持띵大땡羂권索삭龍룡王왕　伊ᅙᅵᆼ羅랑樹쓩葉엽龍룡王왕　先션慰ᅙᅱᆼ問문龍룡王왕　驢령耳ᅀᅵᆼ龍룡王왕　海ᄒᆡᆼ貝뱅龍룡王왕　達때ᇙ陀땅羅랑龍룡王왕　優ᅙᅮᇢ波방達때ᇙ陀땅羅랑龍룡王왕　安ᅙᅡᆫ隱ᅙᅳᆫ龍룡王왕　大땡安ᅙᅡᆫ隱ᅙᅳᆫ龍룡王왕　毒똑蛇썅龍룡王왕　大땡毒똑蛇썅龍룡王왕

[38 뒤]

毒똑蛇썅龍룡王왕大땡力륵龍룡王
왕呼홍妻룽茶땅龍룡王왕阿항波방
羅랑龍룡王왕藍람浮뿡龍룡王왕吉
긿利링彌밍賖샹龍룡王왕黑흑色식
龍룡王왕因힌陁땅羅랑軍군龍룡王
왕那낭茶땅龍룡王왕優훙波방那낭
茶땅龍룡王왕甘감浮뿡紇흟利링那

大力龍王(대력용왕)·呼妻茶龍王(호루다용왕)·阿波羅龍王(아파라용왕)·藍浮龍王(남부용왕)·吉利彌賖龍王(길리미사용왕)·黑色龍王(흑색용왕)·因陁羅軍龍王(인타라군용왕)·那茶龍王(나차용왕)·優波那茶龍王(우파나차용왕)·甘浮紇利那龍王(감부흘리나용왕)·

大땡力륵龍룡王왕 呼홍婁룽茶땅龍룡王왕 阿항波방羅랑龍룡王왕 藍람浮뿔龍룡王왕 吉긿利링彌밍睞샹龍룡王왕 黑흑色식龍룡王왕 因인陁땅羅랑軍군龍룡王왕 那낭茶땅龍룡王왕 優훃波방那남茶땅龍룡王왕 甘감浮뿔紇흟利링那낭龍룡王왕

[39 앞]

낭龍롱王왕陁땅毗삥茶땅龍롱王왕
端돤正·졍龍롱王왕象:썅耳:싱龍롱王
왕猛:밍利·링龍롱王왕黃뽱目·목龍롱
王왕電·뗜光광龍롱王왕大·땡電뗜光
광龍롱王왕天텬力·륵龍롱王왕金금
婆빵羅랑龍롱王왕妙·묭蓋·갱龍롱王
왕甘감露·롱龍롱王왕得·득道:똫泉쭨

陁毗茶龍王(타비다용왕)·端正龍王(단정용왕)·象耳龍王(상이용왕)·猛利龍王(맹리용왕)·黃目龍王(황목용왕)·電光龍王(전광용왕)·大電光龍王(대전광용왕)·天力龍王(천력용왕)·金婆羅龍王(금파라용왕)·妙盖龍王(묘개용왕)·甘露龍王(감로용왕)·得道泉龍王(득도천용왕)·

陁땅毗삥茶땅龍룡王왕 端돤正졍龍룡王왕 象썅耳싱龍룡王왕 猛밍利링龍룡王왕 黃황目목龍룡王왕 電뗜光광龍룡王왕 大땡電뗜光광龍룡王왕 天텬力륵龍룡王왕 金금婆빵羅랑龍룡王왕 妙묠蓋갱龍룡王왕 甘감露롱龍룡王왕 得득道똫泉쭨龍룡王왕

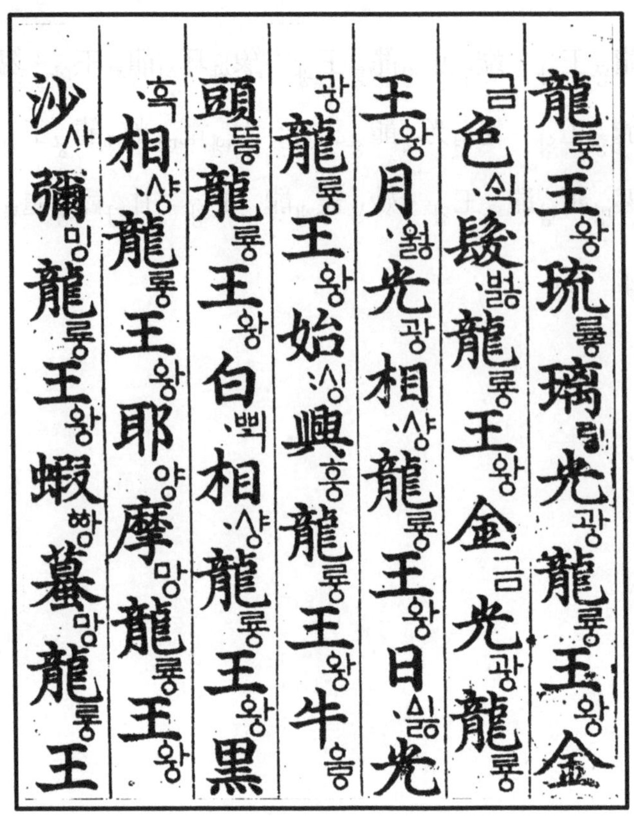
龍룡王왕琉륳璃링光광龍룡王왕金
금色식髮벓龍룡王왕金금光광龍룡
王왕月웛光광相샹龍룡王왕日싏光
광龍룡王왕始싱興흥龍룡王왕牛웋
頭뚷龍룡王왕白뷕相샹龍룡王왕黑
흑相샹龍룡王왕耶양摩망龍룡王왕
沙상彌밍龍룡王왕蝦빵蟇망龍룡王

琉璃光龍王(유리광용왕)·金色髮龍王(금색발용왕)·金光龍王(금광용왕)·月光相龍王(월광상용왕)·日光龍王(일광용왕)·始興龍王(시흥용왕)·牛頭龍王(우두용왕)·白相龍王(백상용왕)·黑相龍王(흑상용왕)·耶摩龍王(야마용왕)·沙彌龍王(사미용왕)·蝦蟇龍王(하마용왕)·

琉륭璃링光광龍룡王왕 金금色식髮벓龍룡王왕 金금光광龍룡王왕 月웛光광相샹龍룡王왕 日싏光광龍룡王왕 始싱興흥龍룡王왕 牛ᅌᅮᇢ頭뚜ᇢ龍룡王왕 白뼥相샹龍룡王왕 黑흑相샹龍룡王왕 耶양摩망龍룡王왕 沙상彌밍龍룡王왕 蝦향蟆망龍룡王왕

[40 앞]

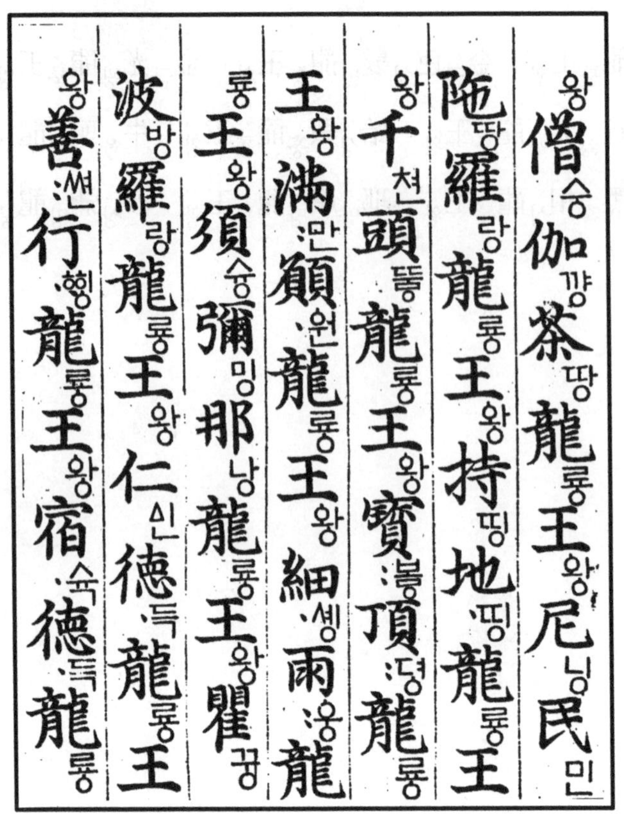

왕僧숭伽꺙茶땅龍룡王왕尼닝民민
陁땅羅랑龍룡王왕持띵地띵龍룡王
왕千천頭뚷龍룡王왕寶볼頂뎡龍룡
王왕滿만願원龍룡王왕細솅雨웅龍
룡王왕須슝彌밍那낭龍룡王왕瞿꿍
波방羅랑龍룡王왕仁신德득龍룡王
왕善쎤行행龍룡王왕宿슉德득龍룡

僧伽茶龍王(승가다용왕)·尼民陁羅龍王(이민타라용왕)·持地龍王(지지용왕)·千頭龍王(천두용왕)·寶頂龍王(보정용왕)·滿願龍王(만원용왕)·細雨龍王(세우용왕)·須彌那龍王(수미나용왕)·瞿波羅龍王(구파라용왕)·仁德龍王(인덕용왕)·善行龍王(선행용왕)·宿德龍王(숙덕용왕)·

[40 앞]

僧승伽꺙茶땅龍룡王왕 尼닝民민陁땅羅랑龍룡王왕 持띵地띵龍룡王왕 千쳔頭뚷龍룡王왕 寶봉頂뎡龍룡王왕 滿만願원龍룡王왕 細솅雨웅龍룡王왕 須슝彌밍那낭龍룡王왕 瞿꿍波방羅랑龍룡王왕 仁신德득龍룡王왕 善션行혱龍룡王왕 宿슉德득龍룡王왕

[40 뒤]

王왕金금毗뼁羅랑龍룡王왕金금毗

뼁羅랑頭뚷龍룡王왕持띵毒똑龍룡

王왕蛇쌍身신龍룡王왕蓮련華황龍

룡王왕大땡尾밍龍룡王왕騰뜽轉둰

龍룡王왕可캉畏휭龍룡王왕善쎤威

휭德득龍룡王왕五옹頭뚷龍룡王왕

婆빵利링羅랑龍룡王왕妙묠車쟝龍

金毗羅龍王(금비라용왕)·金毗羅頭龍王(금비라두용왕)·持毒龍王(지독용왕)·蛇身龍王(사신용왕)·蓮華龍王(연화용왕)·大尾龍王(대미용왕)·騰轉龍王(등전용왕)·可畏龍王(가외용왕)·善威德龍王(선위덕용왕)·五頭龍王(오두용왕)·婆利羅龍王(파리라용왕)·妙車龍王(묘거용왕)·

金금毗삥羅랑龍룡王왕　金금毗삥羅랑頭뚷龍룡王왕　持띵毒똑龍룡王왕　蛇썅身신龍룡王왕　蓮련華홯龍룡王왕　大땡尾밍龍룡王왕　騰뜽轉둰龍룡王왕　可캉畏휭龍룡王왕　善쎤威휭德득龍룡王왕　五옹頭뚷龍룡王왕　婆빵利링羅랑龍룡王왕　妙묳車챵龍룡王왕

[41 앞]

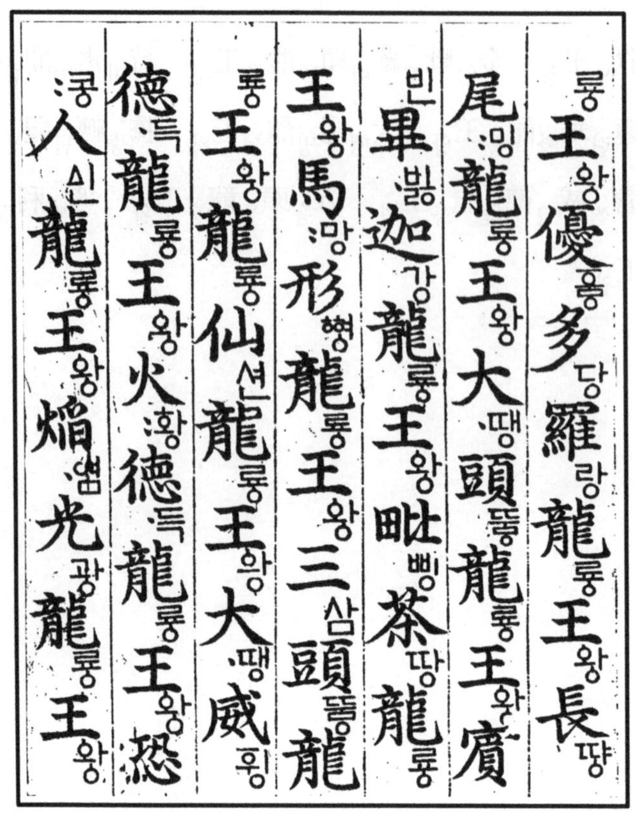

롱王왕優훙多당羅랑龍롱王왕長땽
尾밍龍롱王왕大땡頭뚷龍롱王왕賓
빈畢빓迦강龍롱王왕毗삥茶땅龍롱
王왕馬망形혱龍롱王왕三삼頭뚷龍
롱王왕龍롱仙션龍롱王왕大땡威휭
德득龍롱王왕火황德득龍롱王왕恐
쿵人신龍롱王왕焰염光광龍롱王왕

優多羅龍王(우다라용왕)·長尾龍王(장미용왕)·大頭龍王(대두용왕)·賓畢迦龍王(빈필가용왕)·毗茶龍王(비다용왕)·馬形龍王(마형용왕)·三頭龍王(삼두용왕)·龍仙龍王(용선용왕)·大威德龍王(대위덕용왕)·火德龍王(화덕용왕)·恐人龍王(공인용왕)·焰光龍王(염광용왕)·

[41 앞]

優흫多당羅랑龍룡王왕 長땽尾밍龍룡王왕 大땡頭뚷龍룡王왕 賓빈畢빓迦강龍룡王왕 毗삥茶땅龍룡王왕 馬망形혱龍룡王왕 三삼頭뚷龍룡王왕 龍룡仙션龍룡王왕 大땡威휭德득龍룡王왕 火황德득龍룡王왕 恐콩人신龍룡王왕 焰염光광龍룡王왕

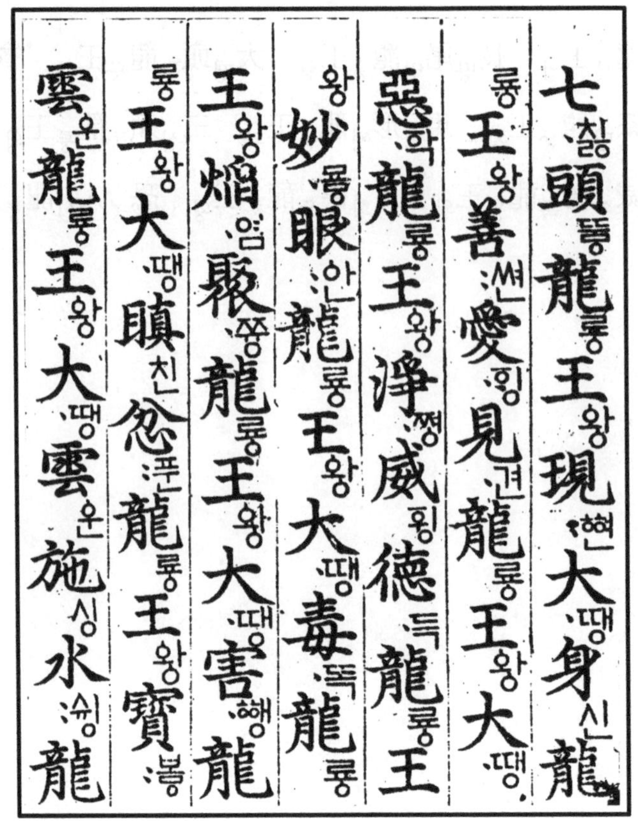

七칧頭뚱龍롱王왕現현大땡身신龍
롱王왕善쎤愛힝見견龍롱王왕大땡
惡학龍롱王왕淨쪙威휭德득龍롱王
왕妙묭眼안龍롱王왕大땡毒똑龍롱
王왕焰염聚쮱龍롱王왕大땡害햏龍
롱王왕大땡瞋친忿픈龍롱王왕寶봉
雲운龍롱王왕大땡雲운施싱水슁龍

七頭龍王(칠두용왕)·現大身龍王(현대신용왕)·善愛見龍王(선애견용왕)·大惡龍王(대악용왕)·淨威德龍王(정위덕용왕)·妙眼龍王(묘안용왕)·大毒龍王(대독용왕)·焰聚龍王(염취용왕)·大害龍王(대해용왕)·大瞋忿龍王(대진분용왕)·寶雲龍王(보운용왕)·大雲施水龍王(대운시수용왕)·

七칧頭뚱龍룡王왕 現혠大땡身신龍룡王왕 善션愛ᅙᅵᆼ見견龍룡王왕 大땡惡ᅙᅡᆨ龍룡王왕 淨쪙威ᅙᅱᆼ德득龍룡王왕 妙묠眼안龍룡王왕 大땡毒똑龍룡王왕 焰염聚쯍龍룡王왕 大땡害ᅘᆡᆼ龍룡王왕 大땡瞋친忿픈龍룡王왕 寶볼雲운龍룡王왕 大땡雲운施싱水슁龍룡王왕

[42 앞]

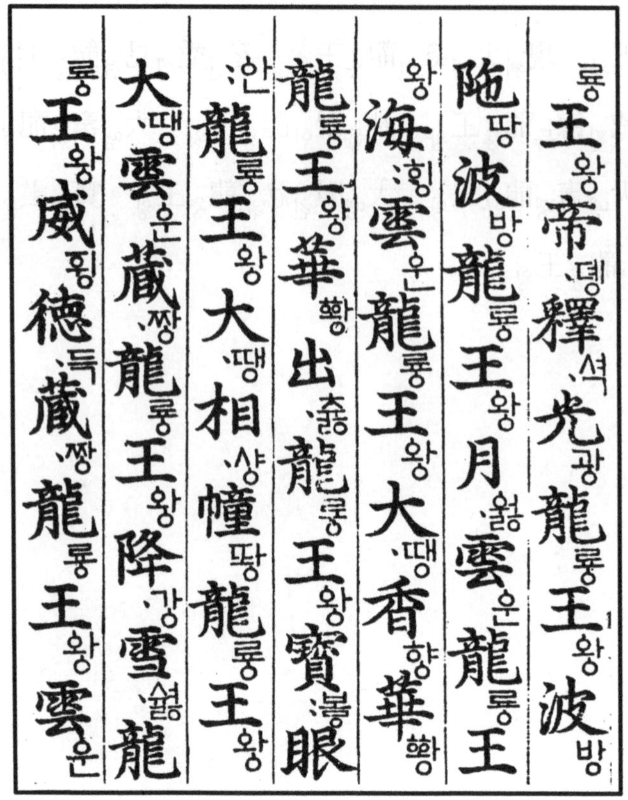

롱王왕帝뎽釋셕光광龍롱王왕[1]波방
陁땅波방龍롱王왕月웛雲운龍롱王
왕海ᄒᆡᆼ雲운龍롱王왕大땡香향華황
龍롱王왕華황出츓龍롱王왕寶봉眼
안龍롱王왕大땡相샹幢땅龍롱王왕
大땡雲운藏짱龍롱王왕降강雪숧龍
롱王왕威휭德득藏짱龍롱王왕雲운

帝釋光龍王(제석광룡왕)·波陁波龍王(파타파용왕)·月雲龍王(월운용왕)·海雲龍王(해운용왕)·大香華龍王(대향화용왕)·華出龍王(화출용왕)·寶眼龍王(보안용왕)·大相幢龍王(대상당용왕)·大雲藏龍王(대운장용왕)·降雪龍王(강설용왕)·威德藏龍王(위덕장용왕)·雲戟龍王(운극용왕)·

帝뎽釋셕光광龍룡王왕 波방陁땅波방龍룡王왕 月ᅌᅯᇙ雲운龍룡王왕 海ᄒᆡᆼ雲운龍룡王왕 大땡香향華ᅘᅪᆼ龍룡王왕 華ᅘᅪᆼ出ᄎᆔᇙ龍룡王왕 寶봏眼안龍룡王왕 大땡相샹幢뙁龍룡王왕 大땡雲운藏짱龍룡王왕 降강雪ᄉᆑᇙ龍룡王왕 威ᅙᅱᆼ德ᄃᆞᆨ藏짱龍룡王왕 雲운戟격龍룡王왕

[42 뒤]

持夜龍王(지야용왕)·降雨龍王(강우용왕)·雲雨龍王(운우용왕)·大雲雨龍王(대운우용왕)·火光龍王(화광용왕)·大雲主龍王(대운주용왕)·無瞋恚龍王(무진에용왕)·鳩鳩婆龍王(구구파용왕)·那伽首羅龍王(나가수라용왕)·闍隣提龍王(도린제용왕)·雲盖龍王(운개용왕)·

[42 뒤]

持띵夜양龍룡王왕 降강雨웅龍룡王왕 雲운雨웅龍룡王왕 大땡雲운雨웅龍룡王왕 火황光광龍룡王왕 大땡雲운主즁龍룡王왕 無뭉瞋친恚휭龍룡王왕 鳩궁鳩궁婆빵龍룡王왕 那낭伽꺙首슣羅랑龍룡王왕 闍썅隣린提똉龍룡王왕 雲운盖갱龍룡王왕

[43 앞]

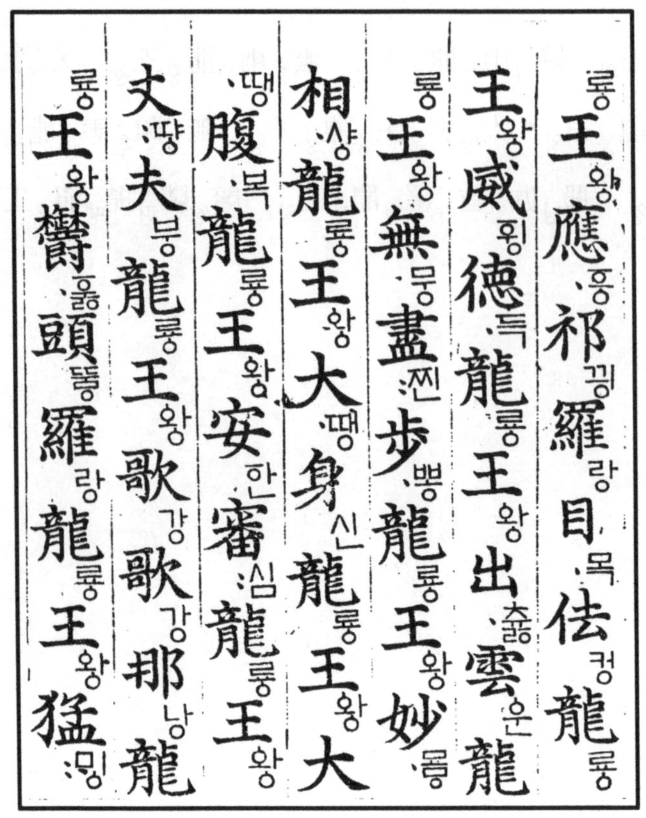
룡 王왕 應흥 祁낑 羅랑 目목 佉컹 龍룡
王왕 威휭 德득 龍룡 王왕 出츓 雲운 龍
룡 王왕 無뭉 盡찐 步뽕 龍룡 王왕 妙묭
相샹 龍룡 王왕 大땡 身신 龍룡 王왕 大
땡 腹복 龍룡 王왕 安한 審심 龍룡 王왕
丈땽 夫붕 龍룡 王왕 歌강 歌강 那낭 龍
룡 王왕 欝흞 頭뚷 羅랑 龍룡 王왕 猛밍

應祁羅目佉龍王(응기라목거용왕)·威德龍王(위덕용왕)·出雲龍王(출운용왕)·無盡步龍王(무진보용왕)·妙相龍王(묘상용왕)·大身龍王(대신용왕)·大腹龍王(대복용왕)·安審龍王(안심용왕)·丈夫龍王(장부용왕)·歌歌那龍王(가가나용왕)·鬱頭羅龍王(울두라용왕)·猛毒龍王(맹독용왕)·

應ᅙᅳᆼ祁낑羅랑目목佉컹龍룡王왕 威ᅙᅱᆼ德득龍룡王왕 出ᄎᆔᇙ雲운龍룡王왕 無뭉盡찐步뽕龍룡王왕 妙묳相샹龍룡王왕 大땡身신龍룡王왕 大땡腹복龍룡王왕 安ᅙᅡᆫ審심龍룡王왕 丈땽夫붕龍룡王왕 歌강歌강那낭龍룡王왕 鬱ᅙᅮᇙ頭뚷羅랑龍룡王왕 猛밍毒똑龍룡王왕

[43 뒤]

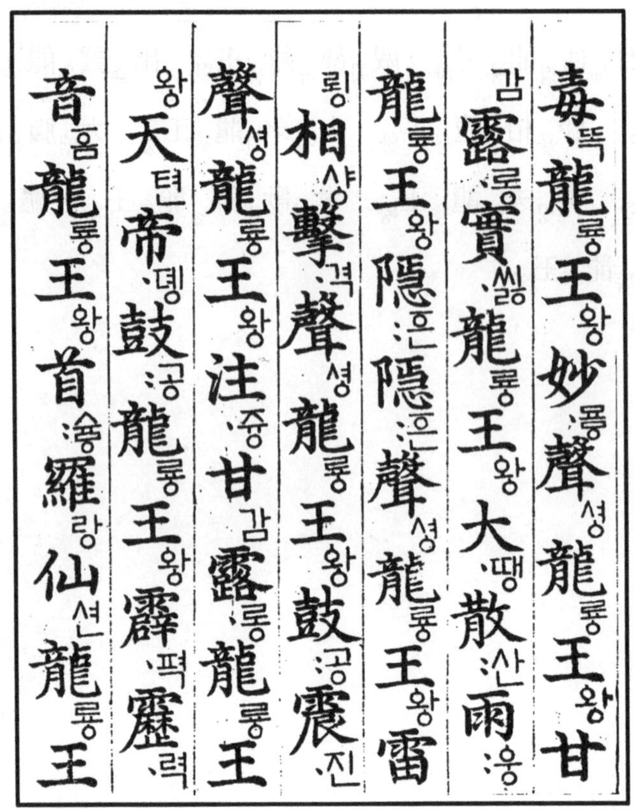

毒똑龍롱王왕 妙묭聲셩龍롱王왕 甘감露롱實씷龍롱王왕 大땡散산雨웅龍롱王왕隱흔隱흔聲셩龍롱王왕雷룅相샹擊격聲셩龍롱王왕鼓공震진聲셩龍롱王왕注즁甘감露롱龍롱王왕天텬帝뎽鼓공龍롱王왕霹퍅靂력音흠龍롱王왕首슣羅랑仙션龍롱王

妙聲龍王(묘성용왕)·甘露實龍王(감로실용왕)·大散雨龍王(대산우용왕)·隱隱聲龍王(은은성용왕)·雷相擊聲龍王(뇌상격성용왕)·鼓震聲龍王(고진성용왕)·注甘露龍王(주감로용왕)·天帝鼓龍王(천제고용왕)·霹靂音龍王(벽력음용왕)·首羅仙龍王(수라선용왕)·

[43 뒤]

妙묘ᇢ聲셔ᇰ龍료ᇰ王ᅌᅪᇰ 甘감露로ᇢ實씨ᇙ龍료ᇰ王ᅌᅪᇰ 大땡散산雨ᅌᅮᇢ龍료ᇰ王ᅌᅪᇰ 隱ᅙᅳᆫ隱ᅙᅳᆫ聲셔ᇰ龍료ᇰ王ᅌᅪᇰ 雷룅相샹擊격聲셔ᇰ龍료ᇰ王ᅌᅪᇰ 鼓고ᇢ震진聲셔ᇰ龍료ᇰ王ᅌᅪᇰ 注쥬ᇢ甘감露로ᇢ龍료ᇰ王ᅌᅪᇰ 天텬帝뎽鼓고ᇢ龍료ᇰ王ᅌᅪᇰ 霹퍽靂력音ᅙᅳᆷ龍료ᇰ王ᅌᅪᇰ 首스ᇢ羅랑仙션龍료ᇰ王ᅌᅪᇰ

[44앞]

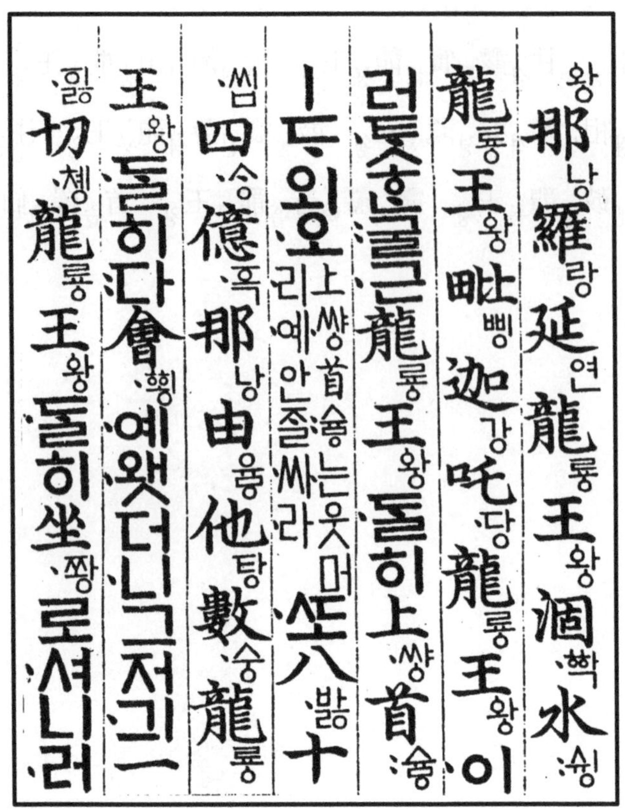

那낭羅랑延연龍룡王왕涸ᅘᅡᆨ水ᄉᆔᆼ龍룡王왕毗삥迦강吒당龍룡王왕이러틋ᄒᆞᆫ굴근龍룡王왕ᄃᆞᆯ히上썅首슣ㅣᄃᆞ외오上썅首슣ᄂᆞᆫ웃머리예안ᄌᆞᆯᄊᆞ라 또八밣十씹四ᄉᆞᆼ億흑那낭由윻他탕數숭龍룡王왕ᄃᆞᆯ히다會ᅘᅬᆼ예왯더니그저긔一잃切촁龍룡王왕ᄃᆞᆯ히坐쫭로셔니러

那羅延龍王(나라연용왕)·涸水龍王(학수용왕)·毗迦吒龍王(비가타용왕), 이렇듯 한 큰 龍王(용왕)들이 上首(상수)가 되고【上首(상수)는 윗머리에 앉는 것이다.】, 또 八十四億(팔십사억) 那由他(나유타) 數(수)의 龍王(용왕)들이 다 會(회)에 와 있더니, 그때에 一切(일체)의 龍王(용왕)들이 坐(좌)로부터서 일어나,

那낭羅랑延연龍룡王왕 涸ᅘᅡᆨ水슁龍룡王왕 毗삥迦강吒당龍룡王왕 이러ᄐᆞᆺ[39] ᄒᆞᆫ 굴근[40] 龍룡王왕ᄃᆞᆯ히[41] 上썅首슣ㅣ[42] ᄃᆞ외오[43]【上썅首슣는 웃머리예[44] 안즐 씨라】 ᄯᅩ[45] 八밣十씹四ᄉᆞᆼ億흑 那낭由융他탕[46] 數숭 龍룡王왕ᄃᆞᆯ히 다 會ᅘᅬᆼ예 왯더니[47] 그 저긔[48] 一ᅙᅵᇙ切촁 龍룡王왕ᄃᆞᆯ히 坐쫭로셔[49] 니러[50]

---

39) 이러ᄐᆞᆺ: 이러ᄒᆞ[← 이러ᄒᆞ다(이러하다, 如此): 이러(불어)- + -ᄒᆞ(형접)-]- + -ᄐᆞᆺ(← -듯: 연어, 흡사)

40) 굴근: 굵(크다, 굵다, 大)- + -Ø(현시)- + -은(관전)

41) 龍王ᄃᆞᆯ히: 龍王ᄃᆞᆯㅎ[용왕들: 龍王(용왕) + -ᄃᆞᆯㅎ(-들: 복접)] + -이(주조)

42) 上首ㅣ: 上首(상수) + -ㅣ(← -이: 보조) ※ '上首(상수)'는 윗머리에 앉는 사람, 곧 가장 높은 사람이다.

43) ᄃᆞ외오: ᄃᆞ외(되다, 爲)- + -오(← -고: 연어, 나열, 계기)

44) 웃머리예: 웃머리[윗머리: 우(← 우ㅎ: 위, 上) + -ㅅ(관조, 사잇) + 머리(머리, 首)] + -예(-에: 부조, 위치)

45) ᄯᅩ: 또, 又(부사)

46) 那由他: 나유타. 아승기(阿僧祇)의 만 배가 되는 수. 또는 그런 수의. 즉, 10의 60승을 이른다.

47) 왯더니: 오(오다, 來)- + -아(연어) + 잇(← 이시다: 보용, 완료 지속)- + -더(회상)- + -니(연어, 설명 계속) ※ '왯더니'는 '와 잇더니'가 축약된 형태이다.

48) 저긔: 적(적, 때, 時: 의명) + -의(-에: 부조, 위치, 시간)

49) 坐로셔: 坐(좌, 의자) + -로(부조, 방향) + -셔)(-서: 보조사, 위치 강조)

50) 니러: 닐(일어나다, 起)- + -어(연어)

各각各각 옷 고티고 올ᄒᆞᆫ녁 메밧ᄉᆞ고 올
ᄒᆞᆫ 무룹 우러 合ᄧᅡᆸ掌쟝ᄒᆞ야 부텨 向향
ᄒᆞᅀᆞᄫᅡ 種죵種죵 無뭉量량無뭉邊변
阿항僧승祇낑數숭 微밍妙묠香향 華
향塗똥香향과 ᄇᆞᄅᆞᄂᆞᆫ 香향이라 末맗香향과
ᄀᆞᄅᆞ 香향이라 華황冠관과 衣힁服뽁과 寶볼
幢뙁幡펀蓋갱와 龍룡華황 寶볼冠관

各各(각각) 옷을 고치고 (옷의) 오른녘을 벗어 메고, 오른 무릎을 꿇어 合掌(합장)하여, 부처를 向(향)하여 種種(종종)의 無量無邊(무량무변)한 阿僧祇(아승기) 數(수)의 微妙香(미묘향), 華塗香(화도향)과【 바르는 香(향)이다. 】末香(말향)과【 가루 香(향)이다. 】 華冠(화관)과 衣服(의복)과 寶幢(보당)·幡蓋(번개)와 龍華(용화)·寶冠(보관)과

各각各각 옷 고티고[51] 올ᄒᆞᆫ녁[52] 메밧고[53] 올ᄒᆞᆫ[54] 무룹[55] ᄭᅮ러[56] 合ᅘᅡᆸ掌쟝ᄒᆞ야[57] 부텨 向향ᄒᆞᅀᆞᄫᅡ[58] 種죵種죵 無뭉量량無뭉邊변[59] 阿ᅙᅡᆼ僧승祇낑[60] 數숭 微밍妙묠香향 華ᅘᅪᆼ塗똥香향과【ᄇᆞᄅᆞᄂᆞᆫ[61] 香향이라】 末마ᇙ香향과【ᄀᆞᄅᆞ[62] 香향이라】 華ᅘᅪᆼ冠관[63]과 衣ᅙᅴᆼ服뽁과 寶볼幢땅[64] 幡펀蓋갱[65]와 龍룡華ᅘᅪᆼ[66] 寶볼冠관[67]과

---

51) 고티고: 고티[고치다, 改: 곧(곧다, 直: 형사)- + -히(사접)-]- + -고(연어, 계기)

52) 올ᄒᆞᆫ녁: [오른쪽, 右: 옳(오른쪽이다, 右: 형사)- + -ᄋᆞᆫ(관전) + 녁(녘, 쪽, 便: 의명)] ※ 여기서 '올ᄒᆞᆫ녁'은 '오른쪽의 어깨 부분'의 뜻으로 쓰였다.

53) 메밧고: 메밧[벗어 메다, 偏袒: 메(메다, 負)- + 밧(← 밧다: 벗다, 脫)-]- + -고(연어, 나열, 계기) ※ '메밧다'는 상대방에 대한 대한 공경의 뜻으로 한쪽 어깨를 벗어서 메는 것이다.(=偏袒)

54) 올ᄒᆞᆫ: [오른쪽의, 右(관사): 올ᄒᆞ(오른쪽이다, 右: 형사)- + -ㄴ(관전▷관접)]

55) 무룹: 무룹(← 무뤂: 무릎, 膝)

56) ᄭᅮ러: ᄭᅮᆶ(꿇다, 跪)- + -어(연어)

57) 合掌ᄒᆞ야: 合掌ᄒᆞ[합장하다: 合掌(합장: 명사) + -ᄒᆞ(동접)-]- + -야(← -아: 연어) ※ '合掌(합장)'은 두 손바닥을 합하여 마음이 한결같음을 나타내는 것이나, 또는 그런 예법이다.

58) 向ᄒᆞᅀᆞᄫᅡ: 向ᄒᆞ[향하다: 向(향: 불어) + -ᄒᆞ(동접)-]- + -ᅀᆞᇦ(← -ᅀᆞᆸ-: 객높)- + -아(연어)

59) 無量無邊: 무량무변. 헤아릴 수 없고 끝도 없이 많음을 이르는 말이다.

60) 阿僧祇: 아승기. 엄청나게 많은 수로서 10의 64승의 수에 해당한다.

61) ᄇᆞᄅᆞᄂᆞᆫ: ᄇᆞᄅᆞ(바르다, 塗)- + -ᄂᆞ(현시)- + -ㄴ(관전)

62) ᄀᆞᄅᆞ: 가루, 粉.

63) 華冠: 화관. 아름답게 장식한 관이다. 혹은 부녀자가 쓰는 칠보로 꾸민 관이다.

64) 寶幢: 보당. 보배 구슬로 꾸민 짐대이다. 도량을 장엄하는 데 쓴다. ※ '짐대'는 절에서 당(幢)을 달아 세우는 대이다. 그리고 당(幢)은 법회 따위의 의식이 있을 때에, 절의 문 앞에 세우는 기. 장대 끝에 용머리를 만들고, 깃발에 불화(佛畫)를 그려 불보살의 위엄을 나타내는 장식 도구이다.

65) 幡蓋: 번개. 번(幡)과 개(蓋)를 아울러 이르는 말이다. 번(幡))은 부처와 보살의 성덕(盛德)을 나타내는 깃발이다. 꼭대기에 종이나 비단 따위를 가늘게 오려서 단다. 개(蓋)는 불좌 또는 높은 좌대를 덮는 장식품이다. 나무나 쇠붙이로 만들어 법회 때에 법사(法師)의 위를 덮는다. 원래는 인도에서 햇볕이나 비를 가리기 위하여 쓰던 우산 같은 것이었다.

66) 龍華: 용화. 석가모니가 그 아래에서 변함없이 진리를 깨달아 불도(佛道)를 이루었다고 하는 나무이다.(=龍華樹)

67) 寶冠: 보관. 보석으로 꾸민 관이다. 여기서 '용화 보관'은 법회에서 사용하는 보석으로 꾸민 관이다.

[45 앞]

과 眞진珠중瓔형珞락과 寶봉華황繒
쫑綵칭와 繒쯩綵칭는 기비라 眞진珠중羅랑網
망과 雜짭珮뼹旒륳蘇송로 珮뼹는 차는 玉옥이
라 旒륳蘇송는 五옹色식 빗난 거스로 어울워 드리우는 거시라 如영
來링ㅅ 우희 둡ᄉᆞᆸ고 여러 가짓 풍류ᄒᆞ
며 손ᄲᅧᆨ 티며 놀애 블러 讚잔嘆탄ᄒᆞᅀᆞ
ᄫᅡ 장 殷흔重뜡히 너기ᅀᆞᄫᆞ며 殷흔은 클

眞珠(진주) 瓔珞(영락)과 寶華(보화) 繒綵(증채)와【繒綵(증채)는 비단이다.】 眞珠(진주) 羅網(나망)과 雜珮(잡패) 旒蘇(유소)로【珮(패)는 차는 玉이다. 旒蘇(유소)는 五色(오색)의 빛난 것으로 어울러서 드리우는 것이다.】 如來(여래)의 위에 덮고, 여러 가지의 풍류를 하며 손벽을 치며 노래를 불러 讚嘆(찬탄)하여, (부처를) 대단히 殷重(은중)히 여기며【殷(은)은 큰 것이다.】

眞진珠즁 瓔ᅙᅧᆼ珞락[68]과 寶ᄇᆞᇢ華ᅘᅪᆼ[69] 繒쯩綵ᄎᆡᆼ[70]와【繒쯩綵ᄎᆡᆼᄂᆞᆫ 기비라[71]】 眞진珠즁 羅랑網망[72]과 雜짭珮뾩[73] 旒류ᇢ蘇송[74]로【珮뾩ᄂᆞᆫ ᄎᆞᄂᆞᆫ 玉옥이라 旒류ᇢ蘇송ᄂᆞᆫ 五ᅌᅩᆼ色ᄉᆡᆨ 빗난[75] 거스로[76] 어울워[77] 드리우ᄂᆞᆫ[78] 거시라】 如ᅀᅧᆼ來ᄅᆡᆼㅅ 우희[79] 둡ᄉᆞᆸ고[80] 여러 가짓 풍류[81] ᄒᆞ며 솏벽[82] 티며[83] 놀애[84] 블러[85] 讚잔嘆탄ᄒᆞᅀᆞᄫᅡ[86] ᄀᆞ장[87] 殷ᅙᅳᆫ重뜡히[88] 너기ᅀᆞᄫᆞ며[89]【殷ᅙᅳᆫ은 클 씨라】

---

68) 瓔珞: 영락. 구슬을 꿰어 만든 장신구로서, 목이나 팔 따위에 두른다.

69) 寶華: 보화. 모든 부처가 결가부좌하는 연꽃 좌대이다.

70) 繒綵: 증채. 비단의 일종이다.

71) 기비라: 깁(비단, 綵)-+-이(서조)-+-Ø(현시)-+-라(←-다: 평종)

72) 羅網: 나망. 구슬을 꿰어 그물처럼 만들어 불전(佛前)을 장식하는 기구이다.

73) 雜珮: 잡패. 허리에 차는 옥이다.

74) 旒蘇: 유소. 가마나 여자의 옷 같은 것에 장식으로 다는 여러 가닥의 실이다.

75) 빗난: 빗나[빛나다, 光: 빗(←빛: 빛, 光)+나(나다, 現)-]-+-Ø(과시)-+-ㄴ(관전)

76) 거스로: 것(것, 者: 의명)+-으로(부조, 방편)

77) 어울워: 어울우[합치다, 合: 어울(어울리다, 합쳐지다, 合: 자동)-+-우(사접)-]-+-어(연어)

78) 드리우ᄂᆞᆫ: 드리우(드리우다, 垂)-+-ᄂᆞ(현시)-+-ㄴ(관전)

79) 우희: 우ㅎ(위, 上)+-의(-에: 부조, 위치)

80) 둡ᄉᆞᆸ고: 둡(←둪다: 덮다, 彌覆)-+-ᄉᆞᆸ(객높)-+-고(연어, 계기)

81) 풍류: 풍류, 樂.

82) 솏벽: [손뼉, 手: 손(손, 手)+-ㅅ(관조, 사잇)+벽(벽, 壁)] ※ '솏벽'은 손바닥과 손가락을 합친 전체 바닥이다.

83) 티며: 티(치다, 擊)-+-며(연어, 나열)

84) 놀애: [노래, 歌: 놀(놀다, 遊)-+-애(명접)]

85) 블러: 블ㄹ(←브르다: 부르다, 歌)-+-어(연어)

86) 讚嘆ᄒᆞᅀᆞᄫᅡ: 讚嘆ᄒᆞ[찬탄하다: 讚嘆(찬탄: 명사)+-ᄒᆞ(동접)-]-+-ᅀᆞᇦ(←-ᅀᆞᆸ-: 객높)-+-아(연어) ※ '讚嘆(찬탄)'은 칭찬하며 감탄하는 것이다.

87) ᄀᆞ장: 대단히, 大(부사)

88) 殷重히: [은중히, 부사: 殷重(은중)+-ㅎ(←-ᄒᆞ-: 형접)-+-이(부접)] ※ '殷重(은중)'은 아주 정중한 것이다.

89) 너기ᅀᆞᄫᆞ며: 너기(여기다, 念)-+-ᅀᆞᇦ(←-ᅀᆞᆸ-: 객높)-+-ᄋᆞ며(연어, 나열)

[45 뒤]

ᄊᆡ라 奇끵特뜩히 너기ᅀᆞᄫᆞᆫ ᄆᆞᅀᆞᄆᆞᆯ 니르와다 百ᄇᆡᆨ千쳔 디위 감ᄯᆞᆸ고 ᄒᆞᆫ녁 面면에 믈러 住뜡ᄒᆞ니라 그제 龍룡王왕ᄃᆞᆯ히 다 發벓願원ᄒᆞ야 닐오ᄃᆡ 願원ᄒᆞᆫᄃᆞᆫ 一ᅙᅵᇙ切쳉 諸졍世솅界갱海ᄒᆡᆼ 微밍塵띤身신海ᄒᆡᆼ와 一ᅙᅵᇙ切쳉 諸졍佛뿛菩뽕薩삻衆쥬ᇰ海ᄒᆡᆼ왜 一ᅙᅵᇙ切쳉 諸졍

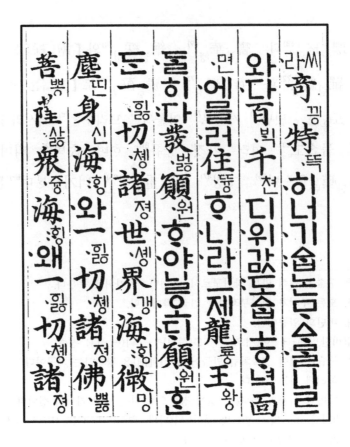

奇特(기특)히 여기는 마음을 일으켜서, (부처의 둘레를) 百千(백천) 번 감돌고 한쪽 面(면)에 물러나서 住(주)하였니라. ○ 그때에 龍王(용왕)들이 다 發願(발원)하여 이르되, "願(원)하건대, 一切(일체)의 諸世界海(제세계해), 微塵身海(미진신해)와 一切(일체)의 諸佛菩薩衆海(제불보살중해)가 一切(일체)의

[45 뒤]

奇끵特뜩히[90] 너기ᅀᆞᆸ논[91] ᄆᆞᅀᆞᄆᆞᆯ[92] 니르와다[93] 百ᄇᆡᆨ千쳔 디위[94] 감ᄯᅩᅀᆞᆸ고[95] ᄒᆞ녁[96] 面면에 믈러[97] 住뜡ᄒᆞ니라[98] 그제[99] 龍룡王왕ᄃᆞᆯ히 다 發벓願원ᄒᆞ야[1] 닐오ᄃᆡ[2] 願원ᄒᆞᆫᄃᆞᆫ[3] 一잃切쳉 諸졍世솅界갱海ᄒᆡᆼ 微밍塵띤[4] 身신海ᄒᆡᆼ와 一잃切쳉 諸졍佛뿛菩뽕薩삻衆즁海ᄒᆡᆼ왜[5] 一잃切쳉

---

90) 奇特히: [기특히, 부사: 奇特(기특) + -ㅎ(← -ᄒᆞ-: 형접)- + -이(부접)]

91) 너기ᅀᆞᆸ논: 너기(여기다, 念)- + -ᅀᆞᆸ(객높)- + -ㄴ(← -ᄂᆞ-: 현시)- + -오(화자)- + -ㄴ(관전)

92) ᄆᆞᅀᆞᄆᆞᆯ: ᄆᆞᅀᆞᆷ(마음, 心) + -ᄋᆞᆯ(목조)

93) 니르와다: 니르왇[일으키다, 興: 닐(일어나다, 起: 자동)- + -으(사접)- + -왇(강접)-]- + -아(연어)

94) 디위: 번, 帀(의명)

95) 감ᄯᅩᅀᆞᆸ고: 감ᄯᅩ[← 감ᄯᅩᆯ다(감돌다, 繞): 감(감다, 紮)- + ᄯᅩᆯ(← 돌다: 돌다, 廻)-]- + -ᅀᆞᆸ(객높)- + -고(연어, 나열, 계기)

96) ᄒᆞ녁: [← ᄒᆞᆫ녁(한 녘, 한쪽, 一便): ᄒᆞ(← ᄒᆞᆫ: 한, 一, 관사, 양수) + 녁(녘, 쪽, 便: 의명)]

97) 믈러: 믈ᄅ(← 므르다: 물러나다, 退)- + -어(연어)

98) 住ᄒᆞ니라: 住ᄒᆞ[주하다, 머물다: 住(주: 불어) + -ᄒᆞ(동접)-]- + -Ø(과시)- + -니(원칙)- + -라(← -다: 평종)

99) 그제: [그제, 그때에(부사): 그(그, 彼: 관사, 지시, 정칭) # 적(적, 때, 時: 의명) + -의(-에: 부조, 위치)]

1) 發願ᄒᆞ야: 發願ᄒᆞ[발원하다: 發願(발원: 명사) + -ᄒᆞ(동접)-]- + -야(← -아: 연어)

2) 닐오ᄃᆡ: 닐(← 니ᄅᆞ다: 이르다, 言)- + -오ᄃᆡ(-되: 연어, 설명 계속)

3) 願ᄒᆞᆫᄃᆞᆫ: 願ᄒᆞ[원하다: 願(원: 명사) -ᄒᆞ(동접)-]- + -ㄴᄃᆞᆫ(-건대: 연어, 주제 제시) ※ '-ㄴᄃᆞᆫ'은 [-ㄴ(관전) + ᄃᆞ(것, 者: 의명) + -ㄴ(← -ᄂᆞᆫ: 보조사, 주제)]으로 형성된 연결 어미이다. 뒤 절의 내용이 화자가 보거나 듣거나 바라거나 생각하는 따위의 내용임을 미리 밝히는 연결 어미이다.

4) 微塵: 미진. 아주 작은 티끌이나 먼지나 작고 변변치 못한 물건을 이른다.

5) 諸佛菩薩衆海왜: 諸佛菩薩衆海(제불보살중해) + -와(접조) + -ㅣ(← -이: 주조)

[46 앞]

世솅界갱海힝예셔 디나고 一힗切쳉
地띵水쉉火황風봉微밍塵띤等등海
힝와 一힗切쳉諸졍色식光광明명微
밍塵띤數숭海힝ᄅᆞᆯ 디나고 無뭉量량
不붏可캉思숭議읭 不붏可캉宣숸說
쉻 阿항僧승祇낑數숭ᄅᆞᆯ 디난 不붏可캉宣숸
說쉻은 어루 펴 니르디 몯ᄒᆞᇙ 씨라 諸졍身신等등海힝

諸世界海(제세계해)보다 낫고, 一切(일체)의 地水火風微塵等海(지수화풍미진등해)와 一切(일체)의 諸色光明微塵數海(제색광명미진수해)보다 낫고, 無量(무량)하고 不可思議(불가사의)하고 不可宣說(불가선설)한 阿僧祇(아승기)의 數(수)를 지난【不可宣說(불가선설)은 가히 펴 이르지 못하는 것이다.】諸身等海(제신등해)로써,

諸졍世솅界갱海힝예셔[6] 디나고[7] 一힗切쳉 地띵水슁火황風봉微밍塵띤等등海힝와 一힗切쳉 諸졍色식光광明명微밍塵띤數숭海힝ᄅᆞᆯ 디나고 無뭉量량[8] 不붏可캉思숭議읭[9] 不붏可캉宣숸說쉃[10] 阿항僧숭祇낑 數숭ᄅᆞᆯ 디난【不붏可캉宣숸說쉃은 어루[11] 펴 니ᄅᆞ디[12] 몯ᄒᆞᆯ[13] 씨라】 諸졍身신等등海힝로

---

6) 諸世界海예셔: 諸世界海(제세계해) + -예(←-에: 부조, 위치) + -셔(-서: 보조사, 위치 강조) ※ 여기서 '-예셔'는 문맥상 비교를 나타내므로, '-보다'로 의역한다.

7) 디나고: 디나(지나다, 낫다, 過, 勝)- + -고(연어, 나열) ※ 여기서 '디나다'는 '~보다 더 낫다(우수하다)'의 뜻으로 쓰였다.

8) 無量: 무량. 정도를 헤아릴 수 없을 만큼 많은 것이다.

9) 不可思議: 불가사의. 이루 생각할 수 없을 만한 것이다.

10) 不可宣說: 불가선설. 이루 널리 말로써 설명하기가 불가한 것이다.

11) 어루: 가히, 능히, 能(부사)

12) 니ᄅᆞ디: 니ᄅᆞ(이르다, 曰)- + -디(-지: 연어, 부정)

13) 몯ᄒᆞᆯ: 몯ᄒᆞ[못하다, 不能]: 몯(못, 不能: 부사, 부정) + -ᄒᆞ(동접)-]- + -ㄹ(관전)

[46 뒤]

몸마다 無뭉量랑阿항僧숭祇낑諸
졍手슝海ᄒᆡᆼ雲운을지ᅀᅥ十씹方방애
ᄀᆞᄃᆞᆨᄒᆞ며ᄯᅩ一ᅙᅵᇙ一ᅙᅵᇙ微밍塵띤分뿐
中듕에無뭉量량供공養양海ᄒᆡᆼ雲운
을지ᅀᅥ내야十씹方방애ᄀᆞᄃᆞᆨ게ᄒᆞ야
一ᅙᅵᇙ切쳉諸졍佛뿛菩뽕薩삻衆즁海
ᄒᆡᆼᄅᆞᆯ가져다가供공養양ᄒᆞᅀᆞᄫᅩᄃᆡ時

몸마다 無量(무량)한 阿僧祇(아승기)의 諸手海雲(제수해운)을 지어 十方(시방)에 가득하며, 또 一一(일일)의 微塵(미진) 分(분) 中(중)에 無量(무량) 供養海雲(공양해운)을 지어 내어 十方(시방)에 가득하게 하여, 一切(일체)의 諸佛菩薩衆海(제불보살중해)를 가져다가 供養(공양)하되 時常(시상)

몸마다 無뭉量량 阿항僧승祇낑 諸졍手슣海힝雲운을 지ᅀᅥ[14] 十씹方방[15]애 ᄀᆞ독ᄒᆞ며[16] ᄯᅩ 一힗一힗[17] 微밍塵띤[18] 分뿐[19] 中듕에 無뭉量량 供공養양海힝雲운을 지ᅀᅥ 내야 十씹方방애 ᄀᆞ독게[20] ᄒᆞ야 一힗切쳉 諸졍佛뿛菩뽕薩삻衆즁海힝ᄅᆞᆯ 가져다가[21] 供공養양ᄒᆞᅀᆞᄫᅩᄃᆡ[22] 時씽常썅[23]

---

14) 지ᅀᅥ: 지ᇫ(← 짓다, ㅅ불: 짓다, 만들다, 作)- + -어(연어)

15) 十方: 시방. 사방(四方), 사우(四隅), 상하(上下)를 통틀어 이르는 말이다. ※ '四方(사방)'은 '동·서·남·북'의 방향이다. 그리고 '四隅(사우)'는 네 모퉁이의 방위, 곧 '동남·동북·서남·서북'을 이른다.

16) ᄀᆞ독ᄒᆞ며: ᄀᆞ독ᄒᆞ[가득하다, 滿: ᄀᆞ독(가득: 불어) + -ᄒᆞ(형접)-]- + -며(연어, 나열)

17) 一一: 일일. 하나하나의, 낱낱의(관사, 양수)

18) 微塵: 미진. 아주 작고 변변치 못한 물건, 매우 보잘것없는 물건, 아주 작은 티끌이다. 물질의 극소를 극미(極微)라고 하고, 극미의 7배를 미진이라 하며, 미진의 7배는 금진이며, 금진은 금 가운데의 미세한 틈을 마음대로 다닐 수 있는 작은 알맹이를 말한다.

19) 分: 분. 길이, 무게, 시간(時間), 각도(角度), 화폐(貨幣) 따위의 단위(單位)이다.

20) ᄀᆞ독게: ᄀᆞ독[←ᄀᆞ독ᄒᆞ다(가득하다, 滿): ᄀᆞ독(가득: 불어) + -ᄒᆞ(형접)-]- + -게(연어, 사동)

21) 가져다가: 가지(가지다, 持)- + -어(연어) + -다가(보조사, 동작의 유지, 강조)

22) 供養ᄒᆞᅀᆞᄫᅩᄃᆡ: 供養ᄒᆞ[공양하다: 供養(공양: 명사) + -ᄒᆞ(동접)-]- + -ᅀᆞᇦ(← -ᅀᆞᆸ-: 객높)- + -오ᄃᆡ(-되: 연어, 설명 계속)

23) 時常: 시상. 언제나 늘, 평상시, 항상(부사)

[47 앞]

씽常썅 긋디아니케ᄒᆞ야이ᄀᆞᆮ티無뭉
量량不븛可캉思ᄉᆞᆼ議읭不븛可캉宣
숸說쉃阿항僧승祇낑數ᄉᆞᆼ普퐁賢현
菩뽕薩삻行ᅘᆡᆼ身신海ᄒᆡᆼ雲운이行ᅘᆡᆼ身신
은行ᅘᆡᆼ과몸괘라虛헝空콩애ᄀᆞᆨ득ᄒᆞ야住뜡
持띵ᄒᆞ야긋디아니케ᄒᆞ야住뜡持띵는머므러
가져이실씨라이ᄀᆞᆮᄒᆞᆫ菩뽕薩삻諸졍身신海

끊어지지 아니하게 하여, 이같이 無量(무량)하고 不可思議(불가사의)하고 不可宣說(불가선설)한 阿僧祇(아승기) 數(수)의 普賢菩薩行身海雲(보현보살행신해운)이【 行身(행신)은 行(행)과 몸이다.】 虛空(허공)에 가득하여 住持(주지)하여 끊어지지 아니하게 하여【 住持(주지)는 머물러서 가져 있는 것이다.】, ○ 이와 같은 菩薩諸身海雲(보살제신해운)이

긋디[24] 아니케[25] ᄒᆞ야 이[26] ᄀᆞ티[27] 無뭉量량 不붏可캉思ᄉᆞᆼ議읭 不붏可캉宣숸說쉻 阿앙僧승祇낑 數숭 普퐁賢현菩뽕薩삻行ᅘᆡᆼ身신海ᄒᆡᆼ雲운이【行ᅘᆡᆼ身신ᄋᆞᆫ 行ᅘᆡᆼ과 몸괘라[28]】 虛헝空콩애 ᄀᆞ독ᄒᆞ야 住뜡持띵[29]ᄒᆞ야 긋디 아니케 ᄒᆞ야【住뜡持띵ᄂᆞᆫ 머므러[30] 가져 이실 씨라】 이 ᄀᆞᆮᄒᆞᆫ[31] 菩뽕薩삻諸졍身신海ᄒᆡᆼ雲운이

24) 긋디: 긋(← 긏다: 끊어지다, 絶)- + -디(-지: 연어, 부정)

25) 아니케: 아니ㅎ[← 아니ᄒᆞ다(아니하다, 不: 보용, 부정): 아니(아니, 不: 부사, 부정) + -ᄒᆞ(동접)-]- + -게(연어, 사동)

26) 이: 이(이, 此: 지대) + -Ø(←-이: 부조, 비교)

27) ᄀᆞ티: [같이, 如(부사): ᄀᆞᇀ(같다, 如: 형사)- + -이(부접)]

28) 몸괘라: 몸(몸, 身) + -과(접조)- + -ㅣ(← -이-: 서조)- + -Ø(현시)- + -라(← -다: 평종)

29) 住持: 주지. 세상에 머물러 교법(教法)을 보존하고 유지하는 것이다.

30) 머므러: 머믈(머물다, 留)- + -어(연어)

31) ᄀᆞᆮᄒᆞᆫ: ᄀᆞᆮᄒᆞ(같다, 如)- + -Ø(현시)- + -ㄴ(관전)

[47 뒤]

ᄒᆡᆼ雲운이 一ᅙᅵᇙ切쳉輪륜相샹海ᄒᆡᆼ雲운 一ᅙᅵᇙ切쳉寶보ᇢ冠관海ᄒᆡᆼ雲운 一ᅙᅵᇙ切쳉大땡明명寶보ᇢ藏짱輦련海ᄒᆡᆼ雲운 一ᅙᅵᇙ切쳉末마ᇙ香향樹쓩藏짱海ᄒᆡᆼ雲운 一ᅙᅵᇙ切쳉香향煙ᅙᅧᆫ現현諸졍色ᄉᆡᆨ海ᄒᆡᆼ雲운 煙ᅙᅧᆫ은 ᄂᆡ라 一ᅙᅵᇙ切쳉諸졍樂ᅌᅡᆨ音ᅙᅳᆷ聲셩海ᄒᆡᆼ雲운 一ᅙᅵᇙ切쳉香향

一切(일체)의 輪相海雲(윤상해운)·一切(일체)의 寶冠海雲(보관해운)·一切(일체)의 大明寶藏輦海雲(대명보장련해운)·一切(일체)의 末香樹藏海雲(말향수장해운)·一切(일체)의 香煙現諸色海雲(향연현제색해운)【煙(연)은 연기이다.】·一切(일체)의 諸樂音聲海雲(제악음성해운)·一切(일체)의 香樹海雲(향수해운)·

一ᅙᅵᇙ切쳬ᇰ 輪륜相샹海ᄒᆡᆼ雲운 一ᅙᅵᇙ切쳬ᇰ 寶보ᇢ冠관海ᄒᆡᆼ雲운 一ᅙᅵᇙ切쳬ᇰ 大땡明명 寶보ᇢ藏짱輦련海ᄒᆡᆼ雲운 一ᅙᅵᇙ切쳬ᇰ 末마ᇙ香향樹쓔ᇢ藏짱海ᄒᆡᆼ雲운 一ᅙᅵᇙ切쳬ᇰ 香향煙연現ᅘᅧᆫ諸졍色ᄉᆡᆨ海ᄒᆡᆼ雲운【煙연은 ᄂᆡ라[32]】一ᅙᅵᇙ切쳬ᇰ 諸졍樂ᅌᅡᆨ音ᅙᅳᆷ聲셩海ᄒᆡᆼ雲운 一ᅙᅵᇙ切쳬ᇰ 香향樹쓔ᇢ海ᄒᆡᆼ雲운

---

32) ᄂᆡ라: ᄂᆡ(내, 연기, 煙) + -∅(-이-: 서조)- + -∅(현시)- + -라(← -다: 평종)

[48 앞]

樹海雲 이러ᄐᆞᆺᄒᆞᆫ 無量無
邊不可思議不可
宣說阿僧祇數ㅣ어든
이 ᄀᆞᆮᄒᆞᆫ 一切供養海雲
이 虛空애 ᄀᆞᄃᆞᆨᄒᆞ야 住持ᄒᆞ
야 긋디 아니케 ᄒᆞ야 一切諸佛
菩薩衆海ᄅᆞᆯ 供養恭

이렇듯 한 無量無邊(무량무변)하고 不可思議(불가사의)하고 不可宣說(불가선설)한 阿僧祇(아승기)의 數(수)이거든, 이와 같은 一切(일체)의 供養海雲(공양해운)이 虛空(허공)에 가득하여 住持(주지)하여 끊어지지 아니하게 하여, 一切(일체)의 諸佛菩薩衆海(제불보살중해)를 供養(공양)·恭敬(공경)·

[48 앞]

이러틋 ᄒᆞᆫ 無뭉量랑無뭉邊변 不붏可캉思ᄉᆞᆼ議읭 不붏可캉宣숸說쉃 阿항僧ᄉᆞᆼ祇낑 數ᄉᆞᆼㅣ어든[33] 이 ᄀᆞᆮᄒᆞᆫ 一힗切촁 供공養양海ᅙᅵᆼ雲운이 虛헝空공애 ᄀᆞ독ᄒᆞ야 住뜡持띵ᄒᆞ야 긋디 아니케 ᄒᆞ야 一힗切촁 諸졍佛뿛菩뽕薩삻衆즁海ᅙᅵᆼ를 供공養양[34] 恭공敬경

33) 數ㅣ어든: 數(수) + -ㅣ(← -이-: 서조) + -어든(← -ㄴ데 : 연어, 설명 계속)

34) 供養: 공양. 불(佛), 법(法), 승(僧)의 삼보(三寶)나 죽은 이의 영혼에게 음식, 꽃 따위를 바치는 일. 또는 그 음식이다.

[48 뒤]

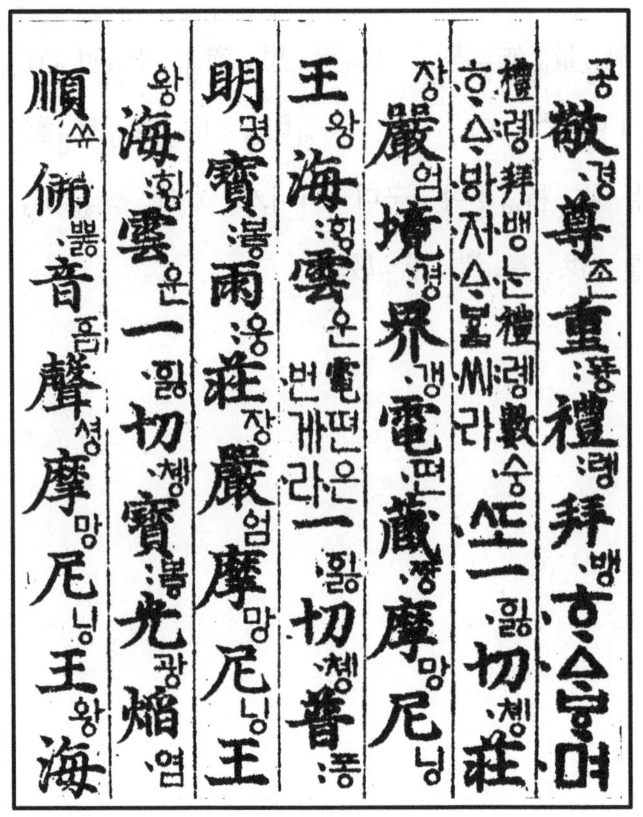

공敬경尊존重뜡禮롕拜뱅ᄒᆞᅀᆞᄫᆞ며 禮롕拜뱅ᄂᆞᆫ禮롕數숭ᄒᆞ야 저ᅀᆞᄫᆞᆯ씨라 또一힗切쳉莊장嚴엄境경界갱電뗜藏짱摩망尼닝王왕海ᄒᆡᆼ雲운 電뗜은 번게라 一힗切쳉普퐁明명寶봉雨웅莊장嚴엄摩망尼닝王왕海ᄒᆡᆼ雲운一힗切쳉寶봉光광焰염順쑨佛뿛音음聲셩摩망尼닝王왕海

尊重(존중)·禮拜(예배)하며【禮拜(예배)는 禮數(예수)하여 (부처에게) 절하는 것이다.】, ○ 또 一切(일체)의 莊嚴境界電藏摩尼王海雲(장엄경계전장마니왕해운)【電(전)은 번게이다.】·一切(일체)의 普明寶雨莊嚴摩尼王海雲(보명보우장엄마니왕해운)·一切(일체)의 寶光焰順佛音聲摩尼王海雲(보광염순불음성마니왕해운)

尊존重뜡 禮롕拜뱅ᄒᆞᅀᆞᄫᆞ며[35)]【禮롕拜뱅ᄂᆞᆫ 禮롕數숭ᄒᆞᅀᆞᄫᅡ[36)] 저ᅀᆞᄫᆞᆯ[37)] 씨라】 ᄯᅩ 一ᅙᅵᇙ切촁 莊장嚴ᅌᅥᆷ境경界갱電뗜藏짱摩마ᇰ尼니ᇰ王ᅌᅪᇰ海ᄒᆡᆼ雲운【電뗜은 번게라[38)]】 一ᅙᅵᇙ切촁 普퐁明명寶ᄇᆞᇢ雨ᅌᅮᆼ莊장嚴ᅌᅥᆷ摩마ᇰ尼니ᇰ王ᅌᅪᇰ海ᄒᆡᆼ雲운 一ᅙᅵᇙ切촁 寶ᄇᆞᇢ光광焰염順쓘佛뿛音ᅙᅳᆷ聲셩摩마ᇰ尼니ᇰ王ᅌᅪᇰ海ᄒᆡᆼ雲운

35) 禮拜ᄒᆞᅀᆞᄫᆞ며: 禮拜ᄒᆞ[예배하다: 禮拜(예배)+-ᄒᆞ(동접)-]-+-ᅀᆞᇦ(←-ᅀᆞᆸ-: 객높)-+-ᄋᆞ며(연어, 나열) ※ '禮拜(예배)'는 신이나 부처와 같은 초월적 존재 앞에 경배하는 의식이나, 또는 그런 의식을 행하는 것이다.

36) 禮數ᄒᆞᅀᆞᄫᅡ: 禮數ᄒᆞ[예수하다: 禮數(예수)+-ᄒᆞ(동접)-]-+-ᅀᆞᇦ(←-ᅀᆞᆸ-: 객높)-+-아(연어) ※ 주인이 손님에게 명성이나 지위에 알맞은 예의와 대우를 하는 것이다.

37) 저ᅀᆞᄫᆞᆯ: 저ᅀᆞᇦ[저ᅀᆞᇦ(←저ᅀᆞᆸ다, ㅂ불: 절하다, 拜): 저(←절, 拜: 명사)+-Ø(←-ᄒᆞ-: 동접)-+-ᅀᆞᆸ(객높)-]-+-ᄋᆞᆯ(관전) '저ᅀᆞᆸ다'는 신이나 부처에게 절하는 것이다.

38) 번게라: 번게(번게, 電)+-Ø(←-이-: 서조)-+-Ø(현시)-+-라(←-다: 평종)

[49 앞]

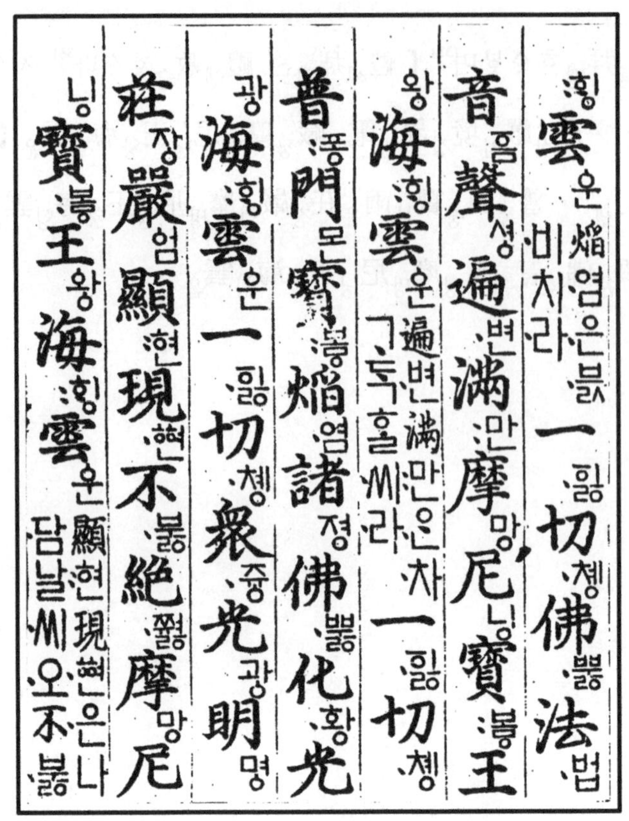

ᄒᆡᆼ雲운 焰염은 블비치라 一힗切쳉佛뿛法법音흠聲셩遍변滿만摩망尼닝寶봉王왕海ᄒᆡᆼ雲운 遍변滿만은 차 가ᄃᆞᆨᄒᆞᆯ 씨라 一힗切쳉普퐁門몬寶봉焰염諸졍佛뿛化황光광海ᄒᆡᆼ雲운 一힗切쳉衆즁光광明명莊장嚴엄顯현現현不붏絶쫧摩망尼닝寶봉王왕海ᄒᆡᆼ雲운 顯현現현은 나다날 씨오 不붏

【 焰(염)은 불빛이다. 】 ·一切(일체)의 佛法音聲遍滿摩尼寶王海雲(불법음성편만마니보왕해운) 【 遍滿(편만)은 차서 가득한 것이다. 】 ·一切(일체)의 普門寶焰諸佛化光海雲(보문보염제불화광해운) ·一切(일체)의 衆光明莊嚴顯現不絶摩尼寶王海雲(중광명장엄현현불절마니보왕해운) 【 顯現(현현)은 (거듭해서) 나타나는 것이요, 不絶(불절)은

【 焰ᅌᅧᆷ은 븘비치라[39] 】 一ᅙᅵᇙ切ᄎᆌᇰ 佛ᄬᅮᇙ法법音ᅙᅳᆷ聲셔ᇰ遍변滿만摩ᄆᆞᇰ尼니ᇰ寶보ᇢ王ᅌᅪᇰ海ᄒᆡᇰ雲운【 遍변滿만ᄋᆞᆫ 차[40] ᄀᆞᄃᆞᆨᄒᆞᆯ 씨라 】 一ᅙᅵᇙ切ᄎᆌᇰ 普포ᇰ門몬寶보ᇢ焰ᅌᅧᆷ諸져ᇰ佛ᄬᅮᇙ化ᅘᅪᇰ光광海ᄒᆡᇰ雲운 一ᅙᅵᇙ切ᄎᆌᇰ 衆쥬ᇰ光광明명莊장嚴ᅌᅥᆷ顯현現ᅘᅽᆫ不부ᇙ絶쭤ᇙ摩ᄆᆞᇰ尼니ᇰ寶보ᇢ王ᅌᅪᇰ海ᄒᆡᇰ雲운【 顯현現ᅘᅽᆫ은 나담[41] 날 씨오 不부ᇙ絶쭤ᇙ은

39) 븘비치라: 븘빛[불빛, 火光: 블(불, 火) + -ㅅ(관조, 사잇) + 빛(빛, 光)] + -이(서조)- + -Ø(현시)- + -라(← -다: 평종)

40) 차: ㅊ(← ᄎᆞ다: 차다, 滿)- + -아(연어)

41) 나담: 낟(나타나다, 現)- + -암(연어, 동작의 반복)

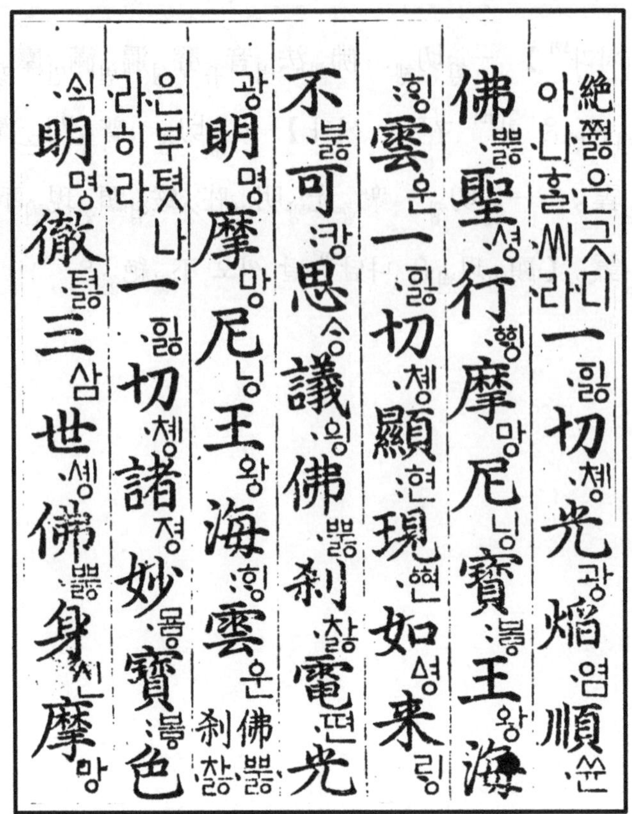

絶쭳은 긋디 아니홀 씨라 一힗切쳉光광焰염順쓘佛뿛聖셩行ᅘᆡᆼ摩망尼닁寶볼王왕海ᅘᆡᆼ雲운 一힗切쳉顯현現현如ᅀᅧᆼ來링不붏可캉思ᄉᆞᆼ議읭佛뿛刹찷電뗜光광明명摩망尼닁王왕海ᅘᆡᆼ雲운 佛뿛刹찷은 부텻 나라히라 一힗切쳉諸졍妙묭寶볼色식明명徹텷三삼世솅佛뿛身신摩망

끊어지지 아니하는 것이다.】·一切(일체)의 光焰順佛聖行摩尼寶王海雲(광염순불성행마니보왕해운)은 一切(일체)의 顯現如來不可思議佛刹電光明摩尼王海雲(현현여래불가사의불찰전광명마니왕해운)【佛刹(불찰)은 부처의 나라이다.】·一切(일체)의 諸妙寶色明徹三世佛身摩尼王海雲(제묘보색명철삼세불신마니왕해운)을

긋디 아니홀 씨라】 一힗切쳉 光광焰염順쓘佛뿛聖셩行행摩망尼닝寶볼王왕海힝雲운은 一힗切쳉 顯현現현如셩來링不붏可캉思숭議읭佛뿛刹찷電뗜光광明명摩망尼닝王왕海힝雲운【佛뿛刹찷[42]은 부텻 나라히라[43]】 一힗切쳉 諸졍妙몰寶볼色싁明명徹텷三삼世솅佛뿛身신摩망尼닝王왕海힝雲운을

42) 佛刹: 불찰. 승려가 불상을 모시고 불도(佛道)를 닦으며 교법을 펴는 집이다.(=절, 寺)

43) 나라히라: 나라ㅎ(나라, 國) + -이(서조)- + -Ø(현시)- + -라(← -다: 평종)

尼닝王왕海ᄒᆡᆼ雲운을 내야 明명徹텷은 ᄇᆞᆯ기 ᄉᆞᄆᆞᄎᆞᆯ 씨라 이러ᄐᆞᆫ 一ᅙᅵᇙ切쳉 諸졍寶ᄇᆞᇢ光광色ᄉᆡᆨ이 虛헝空콩애 ᄀᆞᄃᆞᆨᄒᆞ야 住뜡持띵ᄒᆞ야 긋디 아니케 ᄒᆞ야 一ᅙᅵᇙ切쳉 諸졍佛뿛菩뽕薩삻衆즁海ᄒᆡᆼ를 供공養양恭공敬경尊존重뜡禮롕拜ᄇᆡᆼᄒᆞ며 ᄯᅩ 一ᅙᅵᇙ切쳉不붏壞ᅘᅫᆼ妙묳寶

내어【明徹(명철)은 밝게 꿰뚫는 것이다.】, 이렇듯 한 一切(일체)의 諸寶光色(제보광색)이 虛空(허공)에 가득하여 住持(주지)하여 끊어지지 아니하게 하여, 一切(일체)의 諸佛菩薩衆海(제불보살중해)를 供養(공양)·恭敬(공경)·尊重(존중)·禮拜(예배)하며, ◯ 또 一切(일체)의

[50 앞]

내야[44]【明명徹텷은 ᄇᆞᆯ기[45] ᄉᆞᄆᆞᄎᆞᆯ[46] 씨라】 이러ᄐᆞᆺ ᄒᆞᆫ 一ᅙᅵᇙ切쳉 諸졍寶봉光광色식이 虛헝空콩애 ᄀᆞᄃᆞᆨᄒᆞ야 住뜡持띵ᄒᆞ야 ᄀᆞᆺ디 아니케 ᄒᆞ야 一ᅙᅵᇙ切쳉 諸졍佛뿛菩뽕薩삻衆즁海힝ᄅᆞᆯ 供공養양 恭공敬경 尊존重뜡 禮롕拜뱅ᄒᆞᅀᆞᄫᆞ며 ᄯᅩ 一ᅙᅵᇙ切쳉

44) 내야: 내[내다, 出: 나(나다, 現)- + -ㅣ(← -이-: 사접)-]- + -야(← -아: 연어)

45) ᄇᆞᆯ기: [밝게, 明(부사): ᄇᆞᆰ(밝다, 明)- + -이(부접)]

46) ᄉᆞᄆᆞᄎᆞᆯ: ᄉᆞᄆᆞᆾ(꿰뚫다, 관통하다, 徹)- + -ᄋᆞᆯ(관전)

[50 뒤]

寶봉香향華황輦련海힝雲운一힗切쳉
無무邊변色식摩망尼닝寶봉王왕莊
장嚴엄輦련海힝雲운一힗切쳉寶봉
燈등香향焰염光광輦련海힝雲운一
힗切쳉眞진珠중妙몽色식輦련海힝
雲운一힗切쳉華황臺띵輦련海힝雲
운一힗切쳉寶봉冠관莊장嚴엄輦련

不壞妙寶香華輦海雲(불괴묘보향화련해운)·一切(일체)의 無邊色摩尼寶王 莊嚴輦海雲(무변색마니보왕장엄련해운)·一切(일체)의 寶燈香焰光輦海雲(보등향염광련해운)·一切(일체)의 眞珠妙色輦海雲(진주묘색련해운)·一切(일체)의 華臺輦海雲(화대련해운)·一切(일체)의 寶冠莊嚴輦海雲(보관장엄련해운)·

[50 뒤]

不붏壞ᅘᅫᆼ妙묘ᇢ寶보ᇢ香향華ᅘᅪᆼ輦련海힝雲운 一힗切쳉 無뭉邊변色ᄉᆡᆨ摩망尼닝寶보ᇢ王왕 莊장嚴엄輦련海힝雲운 一힗切쳉 寶보ᇢ燈등 香향焰염光광輦련海힝雲운 一힗切쳉 眞진珠즁 妙묘ᇢ色ᄉᆡᆨ輦련海힝雲운 一힗切쳉 華ᅘᅪᆼ臺띵輦련海힝雲운 一힗切쳉 寶보ᇢ冠관莊장嚴엄輦련海힝雲운

[51 앞]

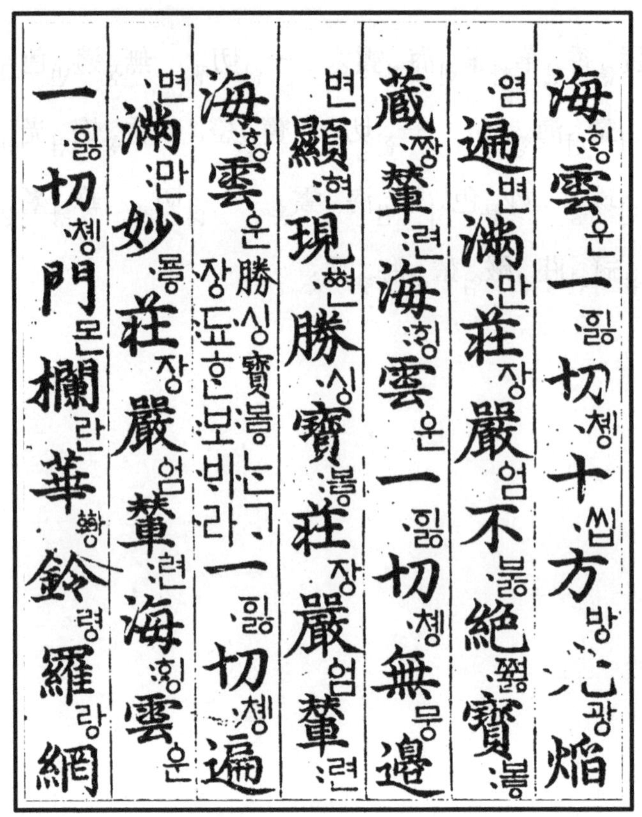

海힝雲운一ᅙᅵᇙ切쳉十씹方방光광焰
염遍변滿만莊장嚴엄不붏絶쭳寶봉
藏짱輦련海힝雲운一ᅙᅵᇙ切쳉無뭉邊
변顯현現현勝싱寶봉莊장嚴엄輦련
海힝雲운勝싱寶봉는 ᄀᆞ장 됴ᄒᆞᆫ 보ᄇᆡ라 一ᅙᅵᇙ切쳉遍
변滿만妙묭莊장嚴엄輦련海힝雲운
一ᅙᅵᇙ切쳉門몬欄란華황鈴령羅랑網

一切(일체)의 十方光焰遍滿莊嚴不絶寶藏輦海雲(시방광염편만장엄불절보장련해운)·一切(일체)의 無邊顯現勝寶莊嚴輦海雲(무변현현승보장엄련해운)【勝寶(승보)는 가장 좋은 보배이다.】·一切(일체)의 遍滿妙莊嚴輦海雲(편만묘장엄련해운)·一切(일체)의 門欄華鈴羅網輦海雲(문란화령나망련해운)을

一ᅙᅵᇙ切촁 十씹方방光광焰염遍변滿만莊장嚴엄不부ᇙ絶ᄍᆑᇙ寶보ᇢ藏짱輦련海힝雲운 一ᅙᅵᇙ切촁 無뭉邊변顯현現ᅘᅧᆫ勝싱寶보ᇢ莊장嚴엄輦련海힝雲운【勝싱寶보ᇢ는 ᄀᆞ장[47] 됴ᄒᆞᆫ[48] 보ᄇᆡ라[49]】 一ᅙᅵᇙ切촁 遍변滿만妙묘ᇢ莊장嚴엄輦련海힝雲운 一ᅙᅵᇙ切촁 門몬欄란華ᅘᅪᆼ鈴령羅랑網망輦련海힝雲운을

47) ᄀᆞ장: 가장, 매우, 勝(부사)

48) 됴ᄒᆞᆫ: 됴ᄒᆞ(좋다, 好)- + -Ø(현시)- + -ㄴ(관전)

49) 보ᄇᆡ라: 보ᄇᆡ(보배, 寶) + -Ø(← -이-: 서조)- + -Ø(현시)- + -라(← -다: 평종)

[51 뒤]

내야【 欄(난)은 나무 늘어뜨린 高欄(고란)이요 鈴(영)은 방울이요 羅網(나망)은 그물이다. 】, 이렇듯이 虛空(허공)에 가득하여 住持(주지)하여 끊어지지 아니하게 하여, 一切(일체)의 諸佛菩薩衆海雲(제불보살중해운)을 供養(공양)·恭敬(공경)·禮拜(예배)하며, ◯ 또 一切(일체)의 妙金寶瓔珞藏師子座海雲(묘금보영낙장사자좌해운)·

내야 【欄란[50]ᄋᆞᆫ 나모 느륜[51] 高고ᇢ欄란이오[52] 鈴령은 방오리오[53] 羅랑網망ᄋᆞᆫ 그므리라[54]】 이러ᄐᆞ시[55] 虛헝空콩애 ᄀᆞᄃᆞᆨᄒᆞ야 住뜡持띵ᄒᆞ야 긋디 아니케 ᄒᆞ야 一ᅙᅵᇙ切쳉 諸정佛뿛菩뽕薩삻衆즁海ᄒᆡᆼ雲운을 供공養양 恭공敬경 禮롕拜뱅ᄒᆞᅀᆞᄫᆞ며 ᄯᅩ 一ᅙᅵᇙ切쳉 妙묘ᇢ金금寶보ᇢ瓔ᅙᅧᆼ珞락藏짱師ᄉᆞᆼ子ᄌᆞᆼ座쫭海ᄒᆡᆼ雲운

50) 欄: 난. 누각(樓閣)이나 층계(層階)나 다리 등에서 떨어지지 않도록 가장자리를 막은 부분이다(=난간)

51) 느륜: 느리[늘이다, 늘어뜨리다, 垂: 늘(늘다, 引) + -이(사접)-]- + -Ø(과시)- + -우(대상)- + -ㄴ(관전)

52) 高欄이오: 高欄(고란) + -이(서조)- + -오(← -고: 연어, 나열) ※ '高欄(고란)'은 높게 설치한 난간이다.

53) 방오리오: 방올(방울, 鈴) + -이(서조)- + -오(← -고: 연어, 나열0

54) 그므리라: 그믈(그물, 網) + -이(서조)- + -Ø(현시)- + -라(← -다: 평종)

55) 이러ᄐᆞ시: 이렇(← 이러ᄒᆞ다: 이렇다, 此)- + -ᄃᆞ시(← -드시: 연어, 흡사)

子ᄌᆞᆼ座쫭海ᄒᆡᆼ雲운一ᅙᅵᇙ切촁華ᅘᅪᆼ明
명妙묭色ᄉᆡᆨ藏짱師ᄉᆞᆼ子ᄌᆞᆼ座쫭海ᄒᆡᆼ
雲운一ᅙᅵᇙ切촁紺감摩망尼닝閻염浮
뿡檀딴妙묭色ᄉᆡᆨ蓮련華ᅘᅪᆼ藏짱師ᄉᆞᆼ
子ᄌᆞᆼ座쫭海ᄒᆡᆼ雲운紺감ᄋᆞᆫ ᄀᆞ장 프른 거긔 블근 겨치 잇
ᄂᆞᆫ 비치라 一ᅙᅵᇙ切촁摩망尼닝燈등蓮련華
ᅘᅪᆼ藏짱師ᄉᆞᆼ子ᄌᆞᆼ座쫭海ᄒᆡᆼ雲운一ᅙᅵᇙ

一切(일체)의 華明妙色藏師子座海雲(화명묘색장사자좌해운)·一切(일체)의 紺摩尼閻浮檀妙色蓮華藏師子座海雲(감마니염부단묘색련화장사자좌해운)【紺(감)은 매우 푸른 데에 붉은 것이 있는 빛이다.】·一切(일체)의 摩尼燈蓮華藏師子座海雲(마니등련화장사자좌해운)·一切(일체)의

一힗切쳉 華ᅘᅪᆼ明명妙뮤ᇢ色식藏짱師ᄉᆞᆼ子ᄌᆞᆼ座쫭海ᄒᆡᆼ雲운 一힗切쳉 紺감摩망尼닝閻염浮뿌ᇢ檀딴妙뮤ᇢ色식蓮련華ᅘᅪᆼ藏짱師ᄉᆞᆼ子ᄌᆞᆼ座쫭海ᄒᆡᆼ雲운【紺감[56]ᄋᆞᆫ ᄀᆞ장 프른 거긔[57] 블근[58] 겨치[59] 잇ᄂᆞᆫ[60] 비치라[61]】 一힗切쳉 摩망尼닝燈ᄃᆼ蓮련華ᅘᅪᆼ藏짱師ᄉᆞᆼ子ᄌᆞᆼ座쫭海ᄒᆡᆼ雲운 一힗切쳉

---

56) 紺: 감. 검은 빛을 띤 푸른 색이다. 紺青色.

57) 그긔: 거기에(의명) ※ '프른 거긔'는 '푸른 데에'로 의역한다.

58) 블근: 븕(붉다, 赤) + -Ø(현시)- + -은(관전)

59) 겨치: 겿(겿) + -이(주조) ※ '겿'은 부수적이거나 덧붙이는 일, 또는 그런 물건이다.

60) 잇ᄂᆞᆫ: 잇(← 이시다: 있다, 有)- + -ᄂᆞ(현시)- + -ㄴ(관전)

61) 비치라: 빛(빛, 色) + -이(서조)- + -Ø(현시)- + -라(← -다: 평종)

切·촁摩망尼닝寶·봉幢똥火·황色·식妙·묠華황藏·짱師승子·쫑座·쫭海·힝雲운一·힗切·촁寶·봉莊장嚴엄妙·묠色·식蓮련華황藏·짱師승子·쫑座·쫭海·힝雲운一·힗切·촁樂·욯見·견因힌陁땅羅랑蓮련華황光광藏·짱師승子·쫑座·쫭海·힝雲운 樂·욯見·견은 즐겨 볼씨라 因힌陁땅羅랑는 天텬帝·뎽라 혼 마리라

摩尼寶幢火色妙華藏師子座海雲(마니보당화색묘화장사자좌해운)·一切(일체)의 寶莊嚴妙色蓮華藏師子座海雲(보장엄묘색연화장사자좌해운)·一切(일체)의 樂見因陁羅蓮華光藏師子座海雲(낙견인타라연화광장사자좌해운) 【樂見(낙견)은 즐겨 보는 것이다. 因陁羅(인타라)는 天帝(천제)라고 한 말이라.】·

摩망尼닁寶볼幢뙁火황色식妙묠華횅藏쨩師숭子중座쫭海힝雲운 一잃切쳉 寶볼莊장嚴엄妙묠色식蓮련華횅藏쨩師숭子중座쫭海힝雲운 一잃切쳉 樂욯見견因인陁땅羅랑蓮련華횅光광藏쨩師숭子중座쫭海힝雲운【樂욯見견은 즐겨[62] 볼 씨라 因인陁땅羅랑[63]는 天텬帝뎽라[64] 혼[65] 마리라[66] 】

---

62) 즐겨: 즐기[즐기다, 樂: 즑(즐거워하다, 喜: 자동)-+-이(사접)-]-+-어(연어)

63) 咽陀羅: 인타라. 천제(天帝). 불교에서는 도리천의 임금인 제석천(帝釋天)이라고 한다.

64) 天帝라: 天帝(천제)+-Ø(←-이-: 서조)+-Ø(현시)-+-라(←-다: 평종) ※ '天帝(천제)'는 하느님, 곧 우주를 창조하고 주재한다고 믿어지는 초자연적인 절대자이다.

65) 혼: ㅎ(←ᄒᆞ다: 하다, 曰)-+-Ø(과시)-+-오(대상)-+-ㄴ(관전)

66) 마리라: 말(말, 言)+-이(서조)-+-Ø(현시)-+-라(←-다: 평종)

一·힗切·쳉樂·욕見견無뭉盡·찐焰·염光광蓮련華황藏·짱師숭子·중座·쫭海·힝雲운 一·힗切·쳉寶·봏光광普·퐁照·쟣蓮련華황藏·짱師숭子·중座·쫭海·힝雲운【普·퐁照·쟣는 너비 비췰 씨라】一·힗切·쳉佛뿛音흠蓮련華황光광藏·짱師숭子·중座·쫭海·힝雲운을 :내야 ·이러·트시 虛헝空콩·애 ᄀᆞ

一切(일체)의 樂見無盡焰光蓮華藏師子座海雲(낙견무진염광련화장사자좌해운)·一切(일체)의 寶光普照蓮華藏師子座海雲(보광보조련화장사자좌해운)【普照(보조)는 널리 비추는 것이다.】·一切(일체)의 佛音蓮華光藏師子座海雲(불음연화광장사자좌해운)을 내어, 이렇듯이 虛空(허공)에 가득하여

一ᅙᅵᇙ切쳉 樂ᅌᅬᇷ見견無뭉盡찐焰염光광輦련華ᅘᅪᆼ藏짱師ᄉᆞᆼ子ᄌᆞᆼ座쫭海ᄒᆡᆼ雲운 一ᅙᅵᇙ切쳉 寶봉光광普퐁照ᅎᅳᇢ蓮련華ᅘᅪᆼ藏짱師ᄉᆞᆼ子ᄌᆞᆼ座쫭海ᄒᆡᆼ雲운【普퐁照ᅎᅳᇢᄂᆞᆫ 너비[67] 비췰[68] ᄡᅵ라[69]】 一ᅙᅵᇙ切쳉 佛뿌ᇙ音ᅙᅳᆷ蓮련華ᅘᅪᆼ光광藏짱師ᄉᆞᆼ子ᄌᆞᆼ座쫭海ᄒᆡᆼ雲운을 내야 이러ᄐᆞ시 虛헝空콩애 ᄀᆞ독ᄒᆞ야

67) 너비: [널리, 廣(부사): 넙(넓다, 廣)- + -이(부접)]

68) 비췰: 비치(비치다, 照)- + -ㄹ(관전)

69) ᄡᅵ라: ᄡ(← ᄉᆞ: 것, 의명) + -이(서조)- + -Ø(현시)- + -라(← -다: 평종)

독ᄒᆞ야住뜡持띵ᄒᆞ야긋디아니케ᄒᆞ
야一힗切쳉諸졍佛뿛菩뽕薩삻衆즁
海ᅙᆡᆼᄅᆞᆯ供공養양恭공敬경禮롕拜뱅
ᄒᆞᄉᆞᆸᄂᆞ며○또一힗切쳉妙묭音ᅙᅳᆷ摩망
尼닝樹쓩海ᅙᆡᆼ雲운一힗切쳉諸졍葉
엽周쥴匝잡合햅掌쟝出츓香향氣킝
樹쓩海ᅙᆡᆼ雲운諸졍葉엽은여러니피라周쥴匝잡ᄋᆞᆫ두를씨

住持(주지)하여 끊어지지 아니하게 하여, 一切(일체)의 諸佛菩薩衆海(제불보살중해)를 供養(공양)·恭敬(공경)·禮拜(예배)하며, ○ 또 一切(일체)의 妙音摩尼樹海雲(묘음마니수해운)·一切(일체)의 諸葉周匝合掌出香氣樹海雲(제엽주잡합장출향기수해운)【諸葉(제엽)은 여러 잎이다. 周匝(주잡)은 두르는 것이다.

住뜡持띵ᄒᆞ야 ᄀᆞᆺ디 아니케 ᄒᆞ야 一ᅙᅵᇙ切쳉 諸졍佛뿛菩뽕薩삻衆즁海힝ᄅᆞᆯ 供공養양 恭공敬경 禮롕拜뱅 ᄒᆞᅀᆞᄫᆞ며 ᄯᅩ 一ᅙᅵᇙ切쳉 妙묳音ᅙᅳᆷ摩망尼닝樹쓩 海힝雲운 一ᅙᅵᇙ切쳉 諸졍葉엽周즇匝잡 合ᅘᅡᆸ掌쟝 出츓香향氣킝樹쓩 海힝雲운【諸졍葉엽은 여러 니피라[70] 周즇匝잡[71]은 두를[72] ᄡᅵ라

---

70) 니피라: 닢(입, 葉) + -이(서조)- + Ø(현시)- + -라(← -다: 평종)

71) 周匝: 주잡. 두르는 것이다.

72) 두를: 두르(두르다, 周)- + -ㄹ(관전)

라出츓香향氣킝ᄂᆞᆫ香향ㅅ氣킝韻운을낼ᄊᆡ라 一힗切쳉莊
장嚴엄現현無뭉邊변明명色식樹쓩
海힝雲운一힗切쳉華황雲운出츓寶
봉樹쓩海힝雲운一힗切쳉出츓於헝
無뭉邊변莊장嚴엄藏짱樹쓩海힝雲
운於헝ᄂᆞᆫ입겨지라 一힗切쳉寶봉輪륜焰염
電뗜樹쓩海힝雲운一힗切쳉示씽現

出香氣(출향기)는 香(향)의 氣韻(기운)을 내는 것이다.】·一切(일체)의 莊嚴現無邊明色樹海雲(장엄현무변명색수해운)·一切(일체)의 華雲出寶樹海雲(화운출보수해운)·一切(일체)의 出於無邊莊嚴藏樹海雲(출어무변장엄장수해운)【於(어)는 '토'이다.】·一切(일체)의 寶輪焰電樹海雲(보륜염전수해운)·一切(일체)의

[54 앞]

出춿香향氣킝는 香향ㅅ 氣킝韻운을 낼 씨라】 一힗切쳉 莊장嚴엄現현無뭉邊변明명色식樹쓩海힝雲운 一힗切쳉 華황雲운出춿寶볼樹쓩海힝雲운 一힗切쳉出춿於헝無뭉邊변莊장嚴엄藏짱樹쓩海힝雲운【於헝는 입겨치라[73)]】 一힗切쳉寶볼輪륜焰염電뗜樹쓩海힝雲운 一힗切쳉

73) 입겨치라: 입겾(토, 토씨) + -이(서조)- + -Ø(현시)- + -라(← -다: 평종) ※ '입겾'은 한자 중에서 문법적인 형태소를 나타내는 글자를 이른다. 대체로 국어에서 '토'에 해당한다.

[54 뒤]

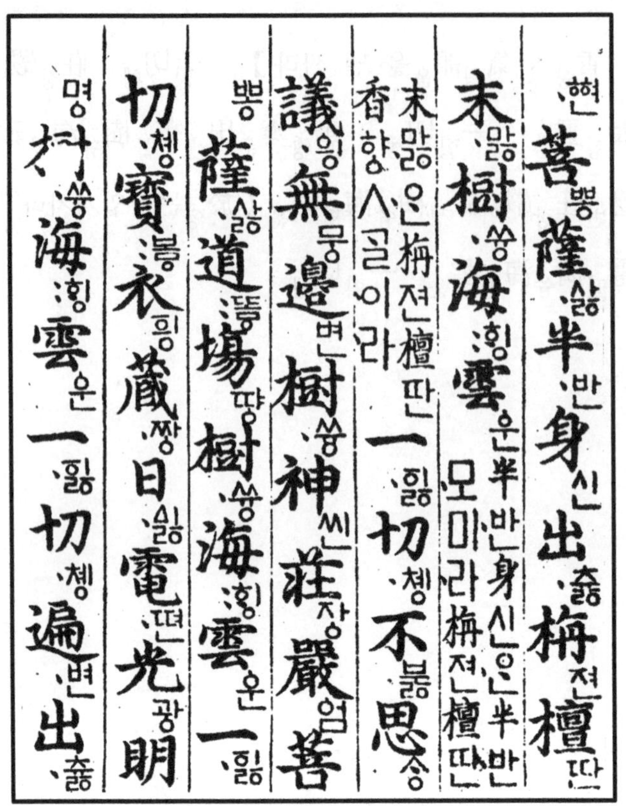

現현菩뽕薩삻半반身신出츓栴젼檀딴末맗樹쓩海힝雲운【半반身신은 半반 모미라 栴젼檀딴末맗은 栴젼檀딴香향ㅅ 골이라】一힗切쳉不붏思송議읭無뭉邊변樹쓩神씬莊장嚴엄菩뽕薩삻道똫場땽樹쓩海힝雲운一힗切쳉寶봉衣힁藏짱日싫電뗜光광明명樹쓩海힝雲운一힗切쳉遍변出츓

示現菩薩半身出栴檀末樹海雲(시현보살반신출전단말수해운) 【半身(반신)은 半(반) 몸이다. 栴檀末(전단말)은 栴檀香(전단향)의 가루이다.】·一切(일체)의 不思議無邊樹神莊嚴菩薩道場樹海雲(불사의무변수신장엄보살도량수해운)·一切(일체)의 寶衣藏日電光明樹海雲(보의장일전광명수해운)·一切(일체)의

[54 뒤]

示씽現현菩뽕薩삻半반身신出츓栴젼檀딴末맗樹쓩 海힝雲운【半반身신ᄋᆞᆫ 半반 모미라[74] 栴젼檀딴末맗[75]ᄋᆞᆫ 栴젼檀딴香향ㅅ ᄀᆞᆯ이라[76]】 一힗切촁 不붏思ᄉᆞᆼ議읭 無뭉邊변樹쓩神신莊장嚴엄菩뽕薩삻 道똫場땽樹쓩 海힝雲운 一힗切촁 寶봉衣힁藏짱日싫電뗜光광明명樹쓩 海힝雲운 一힗切촁

74) 모미라: 몸(몸, 身) + -이(서조)- + -Ø(현시)- + -라(← -다: 평종)

75) 栴檀末: 전단말. 전단향(栴檀香)의 가루이다.

76) ᄀᆞᆯ이라: ᄀᆞᆯ(← ᄀᆞᄅᆞ: 가루, 末) + -이(서조)- + -Ø(현시)- + -라(← -다: 평종)

眞진妙묭音흠聲셩喜힝見견樹쓩海
힝雲운을 내야 喜힝見견은 깃거 볼 씨라 이러ᄐᆞ시
虛헝空콩애 ᄀᆞᄃᆞᆨᄒᆞ야 住뜡持띵ᄒᆞ야
긋디 아니케 ᄒᆞ야 一힗切쳉諸졍佛뿛
菩뽕薩삻衆즁海힝ᄅᆞᆯ 供공養양恭공
敬경尊존重뜡禮롕拜뱅ᄒᆞᅀᆞᄫᆞ며 ᄯᅩ
一힗切쳉無뭉邊변寶볼色식蓮련華

遍出眞妙音聲喜見樹海雲을 내야【喜見(희견)은 기뻐하여 보는 것이다.】, 이렇듯이 虛空(허공)에 가득하여 住持(주지)하여 끊어지지 아니하게 하여, 一切(일체)의 諸佛菩薩衆海를 供養(공양)·恭敬(공경)·尊重(존중)· 禮拜(예배)하며, ◯ 또 一切(일체)의

遍변出츓眞진妙묳音흠聲셩喜힁見견樹쓩海힝雲운을 내야 【喜힁見견[77]은 깃거[78] 볼 씨라】 이러ᄐᆞ시 虛헝空콩애 ᄀᆞ득ᄒᆞ야 住뜡持띵ᄒᆞ야 긋디 아니케 ᄒᆞ야 一힗切쳉 諸졍佛뿛菩뽕薩삻衆즁海힝ᄅᆞᆯ 供공養양 恭공敬경 尊존重뜡 禮롕拜뱅 ᄒᆞᅀᆞᄫᆞ며 또 一힗切쳉

77) 喜見: 희견. 기뻐하면서 보는 것이다.
78) 깃거: 기ᇧ(기뻐하다, 喜)- + -어(연어)

[55 뒤]

藏師子座海雲一
切周匝摩尼王電藏
師子座海雲一切
瓔珞莊嚴藏師子座
海雲一切諸妙寶
冠燈焰藏師子座海
雲一切圓音出寶

藏師子座海雲(장사자좌해운)·一切(일체)의 周匝摩尼王電藏師子座海雲(주잡마니왕전장사자좌해운)·一切(일체)의 瓔珞莊嚴藏師子座海雲(영낙장엄장사자좌해운)·一切(일체)의 諸妙寶冠燈焰藏師子座海雲(제묘보관등염장사자좌해운)·一切(일체)의

藏짱師ᄉᆼ子ᄌᆼ座쫭海ᄒᆡᆼ雲운 一ᅙᅵᇙ切쳉 周즇匝잡摩망尼닝王왕電뗜藏짱師ᄉᆼ子ᄌᆼ座쫭 海ᄒᆡᆼ雲운 一ᅙᅵᇙ切쳉 瓔ᅙᅧᆼ珞락莊장嚴엄藏짱師ᄉᆼ子ᄌᆼ座쫭 海ᄒᆡᆼ雲운 一ᅙᅵᇙ切쳉 諸졍妙묳寶봏冠관燈등焰염藏짱師ᄉᆼ子ᄌᆼ座쫭 海ᄒᆡᆼ雲운 一ᅙᅵᇙ切쳉

[56앞]

雨웅藏짱師ᄉᆞᆼ子ᄌᆞᆼ座쫭海ᄒᆡᆼ雲운圓원
音흠은두려ᄫᅳᆫ소리라雨웅ᄂᆞᆫ비라一힗切쳉華뽱冠관
香향華뽱寶볼藏짱師ᄉᆞᆼ子ᄌᆞᆼ座쫭海
ᄒᆡᆼ雲운一힗切쳉佛뿛坐쫭現현莊장
嚴엄摩망尼닝王왕藏짱師ᄉᆞᆼ子ᄌᆞᆼ座
쫭海ᄒᆡᆼ雲운坐쫭ᄂᆞᆫ안ᄌᆞ실씨라一힗切쳉欄란
楯쓘垂쓍瓔형莊장嚴엄藏짱師ᄉᆞᆼ子

圓音出寶雨藏師子座海雲(원음출보우장사자좌해운)【圓音(원음)은 원만한 소리이다. 雨(우)는 비이다.】·一切(일체)의 華冠香華寶藏師子座海雲(화관향화보장사자좌해운)·一切(일체)의 佛坐現莊嚴摩尼王藏師子座海雲(불좌현장엄마니왕장사자좌해운)【坐(좌)는 앉으시는 것이다.】·一切(일체)의 欄楯垂瓔莊嚴藏師子座海雲(난순수영장엄장사자좌해운)

圓원音흠出츓寶볼雨웅藏짱師숭子중座쫭海힝雲운【圓원音흠[79]은 두려본[80] 소리라 雨웅는 비라】 一힗切촁 華홯冠관香향華홯寶볼藏짱師숭子중座쫭海힝雲운 一힗切촁 佛뿛坐쫭現현莊장嚴엄摩망尼닝王왕藏짱師숭子중座쫭海힝雲운【坐쫭는 안ᄌᆞ실[81] 씨라】 一힗切촁 欄란楯쓘垂쒕瓔형莊장嚴엄藏짱師숭子중座쫭海힝雲운

79) 圓音: 원음. 온전하거나 원만한 소리이다.

80) 두려본: 두렵(← 두렵다, ㅂ불: 둥글다, 원만하다, 圓)- + -Ø(현시)- + -은(관조)

81) 안ᄌᆞ실: 앉(앉다, 坐)- + -ᄋᆞ시(주높)- + -ㄹ(관전)

[56 뒤]

【垂(수)는 드리워지는 것이니, 垂瓔(수영)은 瓔珞(영락)을 드리우는 것이다.】·一切(일체)의 摩尼寶樹枝葉末香藏師子座海雲(마니보수지엽말향장사자좌해운)【枝(지)는 가지이다.】·一切(일체)의 妙香寶鈴羅網普莊嚴日電藏師子座海雲(묘향보령나망보장엄일전장사자좌해운)을 내어, 이렇듯이 虛空(허공)에 가득하여

【垂쒱는 드릴[82] 씨니 垂쒱瓔영은 瓔영珞락[83]을 드리울[84] 씨라】一힗切쳉 摩망尼닝寶볼樹쓩枝징葉엽末맗香향藏짱師승子중座쫭海힝雲운【枝징는 가지라】一힗切쳉 妙묭香향寶볼鈴령羅랑網망普퐁莊장嚴엄日싏電뗜藏짱師승子중座쫭海힝雲운을 내야 이러ᄐᆞ시 虛헝空콩애 ᄀᆞ독ᄒᆞ야

82) 드릴: 드리(드리워지다, 垂)- + -ㄹ(관전)

83) 瓔珞: 영락. 구슬을 꿰어 만든 장신구인데, 목이나 팔 따위에 두른다.

84) 드리울: 드리[드리우다, 垂: 드리(드리워지다, 자동)- + -우(사접)-]- + -ㄹ(관전)

[57 앞]

ᄒᆞ야 住뜡持띵ᄒᆞ야 긋디 아니케 ᄒᆞ야
一ᅙᅵᇙ切쳉諸졍佛뿛菩뽕薩삻衆즁海
ᄒᆡᆼᄅᆞᆯ 供공養양恭공敬경尊존重뜡禮
롕拜ᄇᆡᆼᄒᆞᅀᆞᄫᆞ며 ○ ᄯᅩ 一ᅙᅵᇙ切쳉如ᅀᅧᆼ意
ᅙᅴᆼ摩망尼닝寶ᄇᆞᇢ王왕帳댱海ᄒᆡᆼ雲운
一ᅙᅵᇙ切쳉因ᅙᅵᆫ陁땅羅랑寶ᄇᆞᇢ華ᅘᆈᆼ臺
ᄄᆡᆼ諸졍華ᅘᆈᆼ莊장嚴엄帳댱海ᄒᆡᆼ雲운

住持(주지)하여 끊어지지 아니하게 하여 一切(일체)의 諸佛菩薩衆海(제불보살중해)를 供養(공양)·恭敬(공경)·尊重(존중)·禮拜(예배)하며, ○ 또 一切(일체)의 如意摩尼寶王帳海雲(여의마니보왕장해운)·一切(일체)의 因陁羅寶華臺諸華莊嚴帳海雲(인타라보화대제화장엄장해운)·

[57 앞]

住뜡持띵ᄒᆞ야 긋디 아니케 ᄒᆞ야 一ᅙᅵᇙ切쳉 諸졍佛뿛菩뽕薩삻衆즁海ᄒᆡᆼ를 供공養양 恭공敬경 尊존重뜡 禮롕拜뱅ᄒᆞᅀᆞᄫᆞ며 ᄯᅩ 一ᅙᅵᇙ切쳉 如ᅀᅧᆼ意ᅙᅴᆼ摩망尼닝寶봉王왕帳댱海ᄒᆡᆼ雲운 一ᅙᅵᇙ切쳉 因ᅙᅵᆫ陁땅羅랑寶봉華ᅘᅪᆼ臺뜅諸졍華ᅘᅪᆼ莊장嚴엄帳댱海ᄒᆡᆼ雲운

[57 뒤]

一(힗)切(쳉)香(향)摩(망)尼(닝)帳(댱)海(힝)雲(운)一(힗)切(쳉)寶(봉)燈(등)焰(염)相(샹)帳(댱)海(힝)雲(운)一(힗)切(쳉)佛(뿛)神(씬)力(륵)出(츓)聲(셩)摩(망)尼(닝)寶(봉)王(왕)帳(댱)海(힝)雲(운)一(힗)切(쳉)顯(헌)現(현)摩(망)尼(닝)妙(묳)衣(힁)諸(졍)光(광)莊(장)嚴(엄)帳(댱)海(힝)雲(운)一(힗)切(쳉)華(황)光(광)焰(염)寶(봉)帳

一切(일체)의 香摩尼帳海雲(향마니장해운)·一切(일체)의 寶燈焰相帳海雲(보등염상장해운)·一切(일체)의 佛神力出聲摩尼寶王帳海雲(불신력출성마니보왕장해운)·一切(일체)의 顯現摩尼妙衣諸光莊嚴帳海雲(현현마니묘의제광장엄장해운)·一切(일체)의 華光焰寶帳海雲(화광염보장해운)·

一ᅙᅵᇙ切촁 香향摩망尼닝帳댱海ᅙᆡᆼ雲운 一ᅙᅵᇙ切촁 寶ᄇᆞᇢ燈ᄃᆞᆼ焰ᅌᅧᆷ相샹帳댱海ᅙᆡᆼ雲운 一ᅙᅵᇙ切촁 佛ᄬᅮᇙ神신力륵出ᄎᆔᇙ聲셩摩망尼닝寶ᄇᆞᇢ王ᅌᅪᆼ帳댱海ᅙᆡᆼ雲운 一ᅙᅵᇙ切촁 顯현現ᅘᅧᆫ摩망尼닝妙먜ᇢ衣ᅙᅴᆼ諸졍光광莊장嚴ᅌᅥᆷ帳댱海ᅙᆡᆼ雲운 一ᅙᅵᇙ切촁 華ᅘᅪᆼ光광焰ᅌᅧᆷ寶ᄇᆞᇢ帳댱海ᅙᆡᆼ雲운

[58 앞]

댱海:힝雲운一힗切쳉羅랑網:망妙·묳
鈴령出·츓聲셩遍·변滿:만帳·댱海:힝雲
운一힗切쳉無뭉盡·찐妙·묳色·식摩망
尼닝珠즁臺띵蓮련花황羅랑網:망帳
·댱海:힝雲운一힗切쳉金금華황臺띵
火:황光광寶:봉幢뙹帳·댱海:힝雲운一
힗切쳉不·붏思승議·읭莊장嚴엄諸졍

一切(일체)의 羅網妙鈴出聲遍滿帳海雲(나망묘령출성편만장해운)·一切(일체)의 無盡妙色摩尼珠臺蓮花羅網帳海雲(무진묘색마니주대련화나망장해운)·一切(일체)의 金華臺火光寶幢帳海雲(금화대화광보당장해운)·一切(일체)의 不思議莊嚴諸光瓔珞帳海雲(불사의장엄제광영낙장해운)을

一이ᇙ切쳉 羅랑網망妙묘ᇢ鈴령出ᄎᆔᇙ聲셩遍변滿만帳댱海ᄒᆡᆼ雲운 一이ᇙ切쳉 無뭉盡찐妙묘ᇢ色ᄉᆡᆨ摩망尼닝珠즁臺ᄄᆡᆼ蓮련花황羅랑網망帳댱海ᄒᆡᆼ雲운 一이ᇙ切쳉 金금華ᅘᅪᆼ臺ᄄᆡᆼ火황光광寶ᄇᆞᇢ幢ᄬᅪᆼ帳댱海ᄒᆡᆼ雲운 一이ᇙ切쳉 不부ᇙ思ᄉᆞᆼ議ᅌᅴᆼ莊장嚴ᅌᅥᆷ諸졍光광瓔ᅙᅧᆼ珞락帳댱海ᄒᆡᆼ雲운을

[58 뒤]

光광瓔형珞·락帳댱海:힝雲운을 내야

이러틋 시 虛헝空콩애 ᄀᆞ독ᄒᆞ야 住·뜡

持띵ᄒᆞ야 긋디 아니케 ᄒᆞ야 一·ᅙᅵᇙ切·쳉

諸졍佛·뿛菩뽕薩·삻衆·즁海:힝ᄅᆞᆯ 供공

養·양恭공敬·경尊존重:뜡禮:롕拜·뱅ᄒᆞ

ᅀᆞᄫᆞ며 ○ ᄯᅩ 一·ᅙᅵᇙ切·쳉雜·짭妙·묳摩망尼

닝寶:볼蓋·갱海:힝雲운 一·ᅙᅵᇙ切·쳉無뭉

내어, 이렇듯이 虛空(허공)에 가득하여 住持(주지)하여 끊어지지 아니하게 하여, 一切(일체)의 諸佛菩薩衆海(제불보살중해)를 供養(공양)·恭敬(공경)·尊重(존중)·禮拜(예배)하며, ○ 또 一切(일체)의 雜妙摩尼寶盖海雲(잡묘마니보개해운)·一切(일체)의 내야 이러ᄐᆞ시 虛헝空콩애 ᄀᆞ득ᄒᆞ야 住뜡持띵ᄒᆞ야 긋디 아니케 ᄒᆞ야 一ᅙᅵᇙ切쳉 諸정佛뿛菩뽕薩삻衆즁海ᄒᆡᆼᄅᆞᆯ 供공養양 恭공敬경 尊존重뜡 禮롕拜뱅ᄒᆞᅀᆞᄫᆞ며 ᄯᅩ 一ᅙᅵᇙ切쳉 雜짭妙묘ᇢ摩망尼닝寶보ᇢ蓋갱 海ᄒᆡᆼ雲운 一ᅙᅵᇙ切쳉

[59앞]

量光明莊嚴華蓋海
雲一切無邊色眞
珠藏妙蓋海雲一切
諸佛菩薩慈門音
摩尼王蓋海雲一切
妙色寶焰華冠妙
蓋海雲一切寶光明

無量光明莊嚴華蓋海雲(무량광명장엄화개해운)·一切(일체)의 無邊色眞珠藏妙蓋海雲(무변색진주장묘개해운)·一切(일체)의 諸佛菩薩慈門音摩尼王蓋海雲(제불보살자문음마니왕개해운)·一切(일체)의 妙色寶焰華冠妙蓋海雲(묘색보염화관묘개해운)·一切(일체)의

無뭉量량光광明명莊장嚴엄華ᅘᅪᆼ蓋갱海ᄒᆡᆼ雲운 一ᅙᅵᇙ切쳉 無뭉邊변色ᄉᆡᆨ眞진珠즁藏ᄍᆞᆼ妙묘ᇢ蓋갱海ᄒᆡᆼ雲운 一ᅙᅵᇙ切쳉 諸졍佛뿛菩뽕薩ᄉᆶ慈ᄍᆞᆼ門몬音ᅙᅳᆷ摩망尼닝王ᅌᅪᆼ蓋갱海ᄒᆡᆼ雲운 一ᅙᅵᇙ切쳉 妙묘ᇢ色ᄉᆡᆨ寶ᄇᆞᇢ焰염華ᅘᅪᆼ冠관妙묘ᇢ蓋갱海ᄒᆡᆼ雲운 一ᅙᅵᇙ切쳉

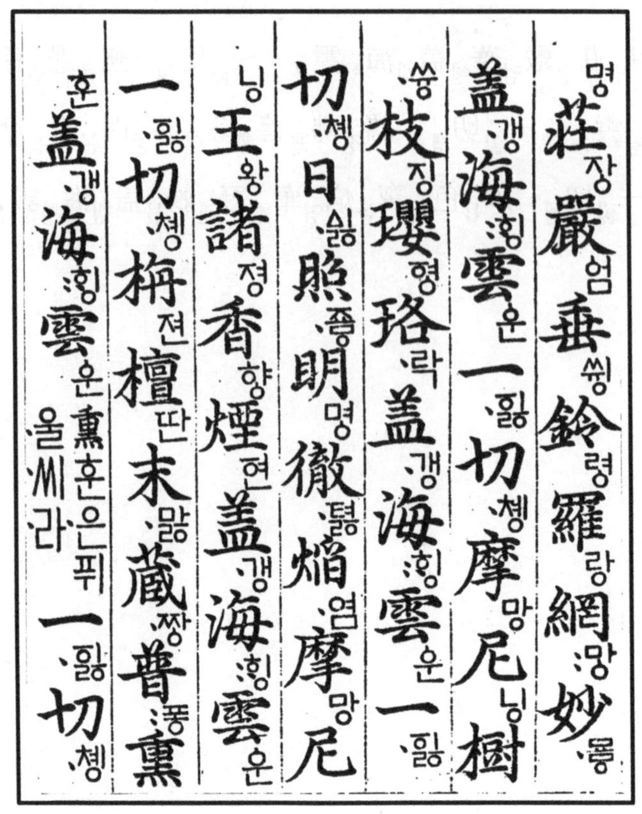

명莊장嚴엄垂쒸鈴령羅랑網망妙묳
蓋갱海ᄒᆡᆼ雲운一ᅙᅵᇙ切촁摩망尼닝樹
쓩枝징瓔ᅙᅧᆼ珞락蓋갱海ᄒᆡᆼ雲운一ᅙᅵᇙ
切촁日ᅀᅵᇙ照쟣明명徹텷焰염摩망尼
닝王왕諸졍香향煙ᅙᅧᆫ蓋갱海ᄒᆡᆼ雲운
一ᅙᅵᇙ切촁栴젼檀딴末맗藏짱普퐁熏
훈蓋갱海ᄒᆡᆼ雲운熏훈은퓌울씨라一ᅙᅵᇙ切촁

寶光明莊嚴垂鈴羅網妙蓋海雲(보광명장엄수령나망묘개해운)·一切(일체)의 摩尼樹枝瓔珞蓋海雲(마니수지영낙개해운)·一切(일체)의 日照明徹焰摩尼王諸香煙蓋海雲(일조명철염마니왕제향연개해운)·一切(일체)의 栴檀末藏普熏蓋海雲(전단말장보훈개해운)【熏(훈)은 피우는 것이다.】·一切(일체)의

寶보ᇢ光광明명莊장嚴엄垂ᄲᅱᆼ鈴령羅랑網망妙며ᇢ盖갱海ᄒᆡᆼ雲운 一ᅙᅵᇙ切촁 摩망尼닝樹ᄴᅲᆼ枝징瓔ᅙᅧᆼ珞락盖갱海ᄒᆡᆼ雲운 一ᅙᅵᇙ切촁 日ᅀᅵᇙ照져ᇢ明명徹텨ᇙ焰염摩망尼닝王왕諸졍香향煙연盖갱海ᄒᆡᆼ雲운 一ᅙᅵᇙ切촁 栴젼檀딴末뫄ᇙ藏짱普퐁熏훈盖갱海ᄒᆡᆼ雲운 【熏훈은 퓌울[85) 씨라】 一ᅙᅵᇙ切촁

85) 퓌울: 퓌우[피우다, 薰: 푸(← 피다: 피다, 發)- + -ㅣ(← -이-: 사접)- + -우(사접)-]- + -ㄹ(관전)

極끅佛뿛境경界갱電뗜光광焰염莊장嚴엄普퐁遍변蓋갱海힝雲운을내야【極끅은다ᄒᆞᆯ씨라】이러ᄐᆞ시虛헝空콩애ᄀᆞᄃᆨᄒᆞ야住뜡持띵ᄒᆞ야긋디아니케ᄒᆞ야一힗切쳉諸졍佛뿛菩뽕薩삻衆즁海힝雲운을供공養양恭공敬경尊존重뜡禮롕拜뱅ᄒᆞᅀᆞᄫᆞ며또一힗切쳉

極佛境界電光焰莊嚴普遍蓋海雲(극불경계전광염장엄보편개해운)을 내야【極(극)은 다하는 것이다.】, 이렇듯이 虛空에 가득하여 住持(주지)하여 끊어지지 아니하게 하여, 一切(일체)의 諸佛菩薩衆海(제불보살중해)를 供養(공양)·恭敬(공경)·尊重(존중)·禮拜(예배)하며, ◯ 또 一切(일체)의

極끅佛뿛境경界갱電뗜光광焰염莊장嚴엄普퐁遍변盖갱 海힝雲운을 내야【極끅은 다ᄒᆞᆯ[86] 씨라】 이러ᄐᆞ시 虛헝空콩애 ᄀᆞ득ᄒᆞ야 住뜡持띵ᄒᆞ야 긋디 아니케 ᄒᆞ야 一힗切쳉 諸졍佛뿛菩뽕薩삻衆즁海힝雲운을 供공養양 恭공敬경 尊존重뜡 禮롕拜뱅ᄒᆞᅀᆞᄫᆞ며 ᄯᅩ 一힗切쳉

86) 다ᄒᆞᆯ: 다ᄒᆞ[다하다, 盡: 다(다: 부사) + -ᄒᆞ(동접)-]- + -ㄹ(관전)

[60 뒤]

寶봉明명輪륜海ᄒᆡᆼ雲운一ᅙᅵᇙ切쳉寶
봉焰염相샹光광輪륜海ᄒᆡᆼ雲운一ᅙᅵᇙ
切쳉華ᅘᅪᆼ雲운焰염光광輪륜海ᄒᆡᆼ雲
운一ᅙᅵᇙ切쳉佛ᄲᅮᇙ花ᅘᅪᆼ寶봉光광明명
輪륜海ᄒᆡᆼ雲운一ᅙᅵᇙ切쳉佛ᄲᅮᇙ刹ᄎᆶ現
ᅘᅧᆫ入ᅀᅵᆸ光광明명輪륜海ᄒᆡᆼ雲운一ᅙᅵᇙ
切쳉諸졍佛ᄲᅮᇙ境경界갱普퐁門몬音

寶明輪海雲(보명륜해운)·一切(일체)의 寶焰相光輪海雲(보염상광륜해운)·一切(일체)의 華雲焰光輪海雲(화운염광륜해운)·一切(일체)의 佛花寶光明輪海雲(불화보광명륜해운)·一切(일체)의 佛刹現入光明輪海雲(불찰현입광명륜해운)·一切(일체)의 諸佛境界普門音聲寶枝光輪海雲(제불경계보문음성보지광륜해운)·

寶보ᇢ明명輪륜海힝雲운 一ᅙᅵᇙ切쳉 寶보ᇢ焰염相샹光광輪륜海힝雲운 一ᅙᅵᇙ切쳉 華ᅘᅪᆼ雲운焰염光광輪륜海힝雲운 一ᅙᅵᇙ切쳉 佛ᄲᅮᇙ花ᅘᅪᆼ寶보ᇢ光광明명輪륜海힝雲운 一ᅙᅵᇙ切쳉 佛ᄲᅮᇙ刹차ᇙ現ᅘᅧᆫ入ᅀᅵᆸ光광明명輪륜海힝雲운 一ᅙᅵᇙ切쳉 諸정佛ᄲᅮᇙ境경界갱普퐁門몬音ᅙᅳᆷ聲셩寶보ᇢ枝징光광輪륜海힝雲운

[61 앞]

一切(일체)의 琉璃寶性摩尼王焰光輪海雲(유리보성마니왕염광륜해운)·一切(일체)의 衆生於一念時現於色光輪海雲(중생어일념시현어색광륜해운)【於一念時現於色相(어일념시현어색상)은 一念(일념)할 時節(시절)에 色相(색상)을 나타내는 것이다.】·一切(일체)의

一ᅙᅵᇙ切쳉 琉류ᇢ璃링寶보ᇢ性셩摩망尼닝王왕焰염光광輪륜海ᄒᆡᆼ雲운 一ᅙᅵᇙ切쳉 衆즁生ᄉᆡᆼ於ᅙᅥᆼ一ᅙᅵᇙ念념時씽現ᅘᅧᆫ於ᅙᅥᆼ色ᄉᆡᆨ光광輪륜海ᄒᆡᆼ雲운【於헝一ᅙᅵᇙ念념時씽現ᅘᅧᆫ於ᅙᅥᆼ色ᄉᆡᆨ相샹ᄋᆞᆫ 一ᅙᅵᇙ念념ᄒᆞᆶ[87] 時씽節져ᇙ에 色ᄉᆡᆨ相샹[88]ᄋᆞᆯ 나톨[89] 씨라 】一ᅙᅵᇙ切쳉

87) 一念ᄒᆞᆶ: 一念ᄒᆞ[일념하다: 一念(일념) + -ᄒᆞ(동접)-]- + -ᅙᆶ(관전) ※ '一念(일념)'은 전심으로 염불하는 것이다.

88) 色相: 색상. 육안으로 볼 수 있는 모든 물질의 형상이다.

89) 나톨: 나토[나타내다, 現: 낟(나타나다, 現: 자동)- + -호(사접)-]- + -ㄹ(관전)

諸졍佛뿛大땡震진光광輪륜海힝雲운悅웛可캉ᄂᆞᆫ 깃거 맛당이 너기실 씨라 一힗切촁所송化황衆즁生싱衆즁會쫭妙묳音흠摩망尼닝王왕光광輪륜海힝雲운을 내야 衆즁會쫭ᄂᆞᆫ 모다 모ᄃᆞᆯ 씨라 이러ᄐᆞ시 虛헝空콩애 ᄀᆞᄃᆞᆨᄒᆞ야 住뜡持띵ᄒᆞ야 긋디 아니케 ᄒᆞ야 一힗切촁諸졍佛뿛菩뽕薩삻

音聲悅可諸佛大震光輪海雲(음성열가제불대진광륜해운)【悅可(열가)는 기뻐하여 마땅히 여기는 것이다.】·一切 所化衆生衆會妙音摩尼王光輪海雲(소화중생중회묘음마니왕광륜해운)을 내야【衆會(중회)는 모두 모이는 것이다.】, 이렇듯이 虛空(허공)에 가득하여 住持(주지)하여 끊어지지 아니하게 하여, 一切(일체)의 諸佛菩薩衆海雲(제불보살중해운)을

音흠聲셩悅웛可캉諸졍佛뿛大땡震진光광輪륜海힝雲운【悅웛可캉ᄂᆞᆫ 깃거 맛당이[90] 너기실[91] ᄯᆞ리라 】 一잃切쳉 所송化황衆즁生싱衆즁會횅妙묳音흠摩망尼닝王왕光광輪륜海힝雲운을 내야【 衆즁會횅ᄂᆞᆫ 모다[92] 모ᄃᆞᆯ[93] ᄯᆞ리라 】 이러ᄐᆞ시 虛헝空콩애 ᄀᆞᄃᆞᆨᄒᆞ야 住뜡持띵ᄒᆞ야 긋디 아니케 ᄒᆞ야 一잃切쳉 諸졍佛뿛菩뽕薩삻衆즁海힝雲운을

90) 맛당이: [마땅히, 當然(부사): 맛당(마땅: 불어) + -Ø(← -ᄒᆞ-: 형접)- + -이(부접)]

91) 너기실: 너기(여기다, 念)- + -시(주높)- + -ㄹ(관전)

92) 모다: [모두, 皆(부사): 몯(모이다, 會)- + -아(연어 ▻ 부접)]

93) 모ᄃᆞᆯ: 몯(모이다, 會)- + -ᄋᆞᆯ(관전)

[62 앞]

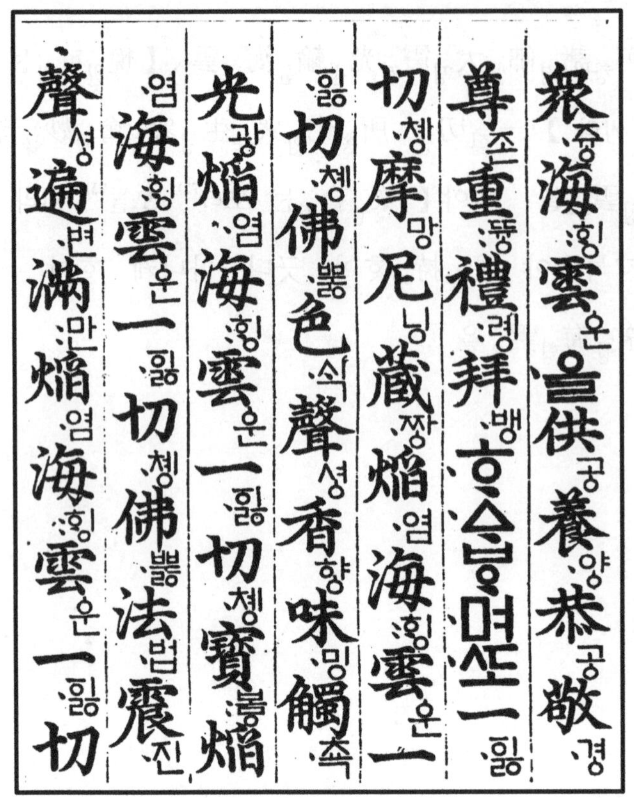

衆즁海ᄒᆡᆼ雲운을 供공養양恭공敬경
尊존重뜡禮롕拜뱅ᄒᆞᅀᆞᄫᆞ며 ᄯᅩ 一힗
切쳉摩망尼닝藏짱焰염海ᄒᆡᆼ雲운 一
힗切쳉佛뿛色ᄉᆡᆨ聲셩香향味밍觸쵹
光광焰염海ᄒᆡᆼ雲운 一힗切쳉寶봏焰
염海ᄒᆡᆼ雲운 一힗切쳉佛뿛法법震진
聲셩遍변滿만焰염海ᄒᆡᆼ雲운 一힗切

供養(공양)·恭敬(공경)·尊重(존중)·禮拜(예배)하며, ○ 또 一切(일체)의 摩尼藏焰海雲(마니장염해운)·一切(일체)의 佛色聲香味觸光焰海雲(불색성향미촉광염해운)·一切(일체)의 寶焰海雲(보염해운)·一切(일체)의 佛法震聲遍滿焰海雲(불법진성편만염해운)·一切(일체)의

[62 앞]

供공養양 恭공敬경 尊존重뜡 禮롕拜뱅ᄒᆞᅀᆞᄫᆞ며 ᄯᅩ 一ᅙᅵᇙ切쳉 摩망尼닝藏짱焰염海ᄒᆡᆼ雲운 一ᅙᅵᇙ切쳉 佛ᄲᅮᇙ色ᄉᆡᆨ聲셩香향味밍觸쵹光광焰염海ᄒᆡᆼ雲운 一ᅙᅵᇙ切쳉 寶ᄇᆞᇢ焰염海ᄒᆡᆼ雲운 一ᅙᅵᇙ切쳉 佛ᄲᅮᇙ法법震진聲셩遍변滿만焰염海ᄒᆡᆼ雲운 一ᅙᅵᇙ切쳉

솅佛뿛刹찷莊장嚴엄電뗜光광焰염
海힝雲운一힗切촁華황葷련光광焰
염海힝雲운一힗切촁寶볼笛뗙光광
焰염海힝雲운笛뗙은 피리라 一힗切촁劫겁
數숭佛뿛出츓音음聲셩敎꿍化황衆
즁生싱光광焰염海힝雲운一힗切촁
無뭉盡찐寶볼華황鬘만示씽現현衆

佛刹莊嚴電光焰海雲(불찰장엄전광염해운)·一切(일체)의 華葷光焰海雲(화련광염해운)·一切(일체)의 寶笛光焰海雲(보적광염해운)【笛(적)은 피리이다.】·一切(일체)의 劫數佛出音聲敎化衆生光焰海雲(겁수불출음성교화중생광염해운)·一切(일체)의 無盡寶華鬘示現衆生光焰海雲(무진보화만시현중생광염해운)·

佛뿛刹찷莊장嚴엄電뗜光광焰염海힝雲운 一읋切쳉 華ᅘᅪᆼ輦련光광焰염海힝雲운 一읋切쳉 寶봉笛뗙光광焰염海힝雲운【笛뗙은 뎌히라[94]】一읋切쳉 劫겁數숭 佛뿛出춣音흠聲셩敎골化황衆즁生싱光광焰염海힝雲운 一읋切쳉 無뭉盡찐寶봉 華ᅘᅪᆼ鬘만示씽現ᅘᅧᆫ衆즁生싱光광焰염海힝雲운

94) 뎌히라: 뎌ㅎ(저, 피리, 笛) + -이(서조)- + -Ø(현시)- + -라(← -다: 평종)

[63 앞]

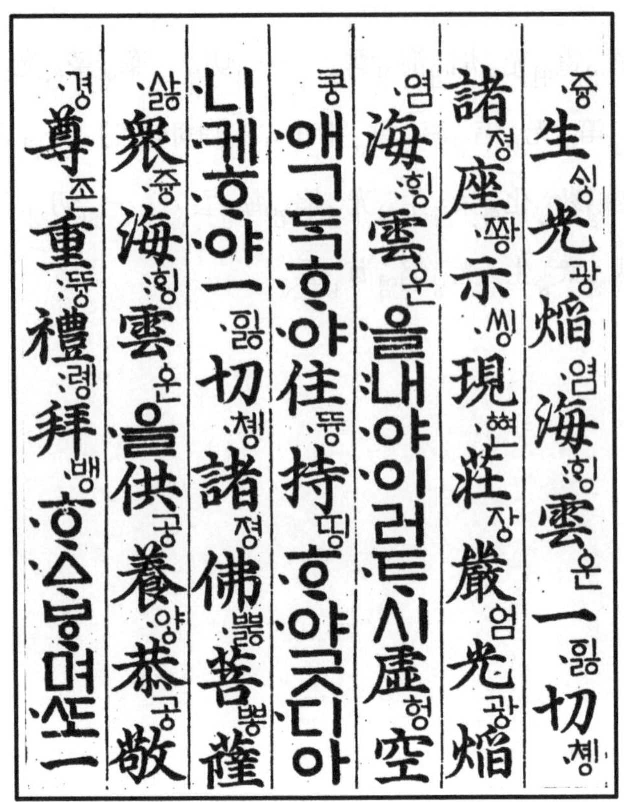

·즁生싱光광焰·염海:ᄒᆡᆼ雲운一·ᅙᅵᇙ切·쳉
諸졍座·쫭示·씽現·ᅘᅧᆫ莊장嚴엄光광焰
·염海:ᄒᆡᆼ雲운을내야이러ᄐᆞᆺ시虛헝空
콩애ᄀᆞᄃᆞᆨᄒᆞ야住·뜡持띵ᄒᆞ야ᄀᆞᆫ디아
니케ᄒᆞ야一·ᅙᅵᇙ切·쳉諸졍佛·뿛菩뽕薩
·삻衆·즁海:ᄒᆡᆼ雲운을供공養:양恭공敬
·경尊존重:뜡禮:롕拜·뱅ᄒᆞᅀᆞᄫᆞ며·또一

一切(일체)의 諸座示現莊嚴光焰海雲(제좌시현장엄광염해운)을 내어, 이렇듯이 虛空(허공)에 가득하여 住持(주지)하여 끊어지지 아니하게 하여, 一切(일체)의 諸佛菩薩衆海雲(제불보살중해운)를 供養(공양)·恭敬(공경)·尊重(존중)·禮拜(예배)하며, ○ 또 一切(일체)의

[63 앞]

一ᅙᅵᇙ切쳉 諸졍座쫭示씽現ᅘᅧᆫ莊장嚴엄光광焰염海ᄒᆡᆼ雲운을 내야 이러ᄐᆞ시 虛헝空콩애 ᄀᆞ득ᄒᆞ야 住뜡持띵ᄒᆞ야 긋디 아니케 ᄒᆞ야 一ᅙᅵᇙ切쳉 諸졍佛뿛菩뽕薩삻衆즁海ᄒᆡᆼ雲운을 供공養양 恭공敬경 尊존重뜡 禮롕拜뱅ᄒᆞᅀᆞᄫᅳ며 또 一ᅙᅵᇙ切쳉

[63 뒤]

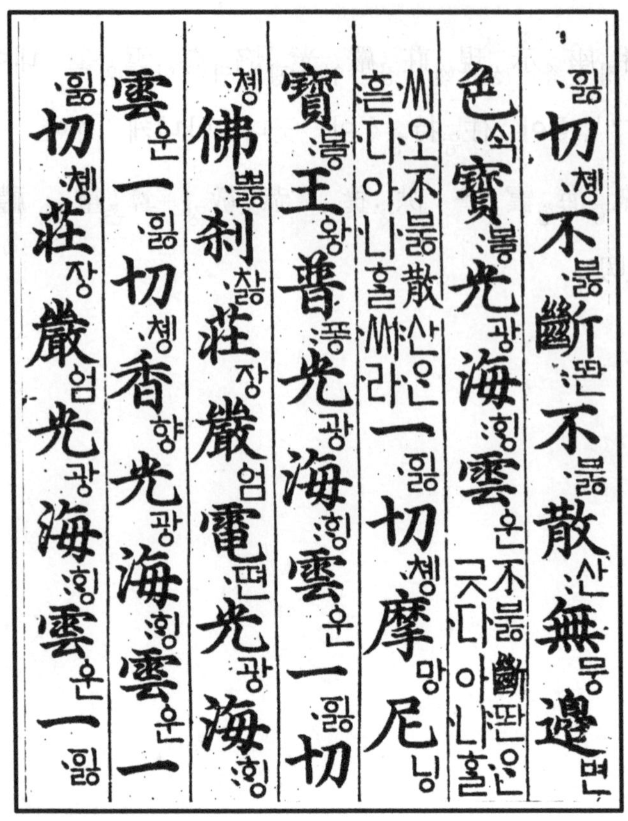

힗切촁不붏斷똰不붏散산無뭉邊변
色식寶봉光광海힝雲운不붏斷똰은 긋디 아니홀
씨오不붏散산은 흗디 아니홀씨라 一힗切촁摩망尼닝
寶봉王왕普퐁光광海힝雲운一힗切
촁佛뿛刹찷莊장嚴엄電뗜光광海힝
雲운一힗切촁香향光광海힝雲운一
힗切촁莊장嚴엄光광海힝雲운一힗

不斷不散無邊色寶光海雲(부단불산무변색보광해운)【不斷(부단)은 끊어지지 아니하는 것이요·不散(불산)은 흩어지지 아니하는 것이다.】·一切(일체)의 摩尼寶王光海雲(마니보왕광해운)·一切(일체)의 佛刹莊嚴電光海雲(불찰장엄전광해운)·一切(일체)의 香光海雲(향광해운)·一切(일체)의 莊嚴光海雲(장엄광해운)·一切(일체)의

不붏斷똰不붏散산無뭉邊변色ᄉᆡᆨ寶봏光광海ᄒᆡᆼ雲운【不붏斷똰ᄋᆞᆫ 긋디[95] 아니ᄒᆞᆯ 씨오 不붏散산ᄋᆞᆫ 흗디[96] 아니ᄒᆞᆯ 씨라】一ᅙᅵᇙ切촁 摩망尼닝寶봏王왕光광海ᄒᆡᆼ雲운 一ᅙᅵᇙ切촁 佛뿛刹ᄎᆞᇙ莊장嚴엄電뗜光광海ᄒᆡᆼ雲운 一ᅙᅵᇙ切촁 香향光광海ᄒᆡᆼ雲운 一ᅙᅵᇙ切촁 莊장嚴엄光광海ᄒᆡᆼ雲운 一ᅙᅵᇙ切촁

95) 긋디: 긋(← 긏다: 끊어지다, 斷)- + -디(-지: 연어, 부정)
96) 흗디: 흗(← 흩다: 흩어지다, 散)- + -디(-지: 연어, 부정)

[64 앞]

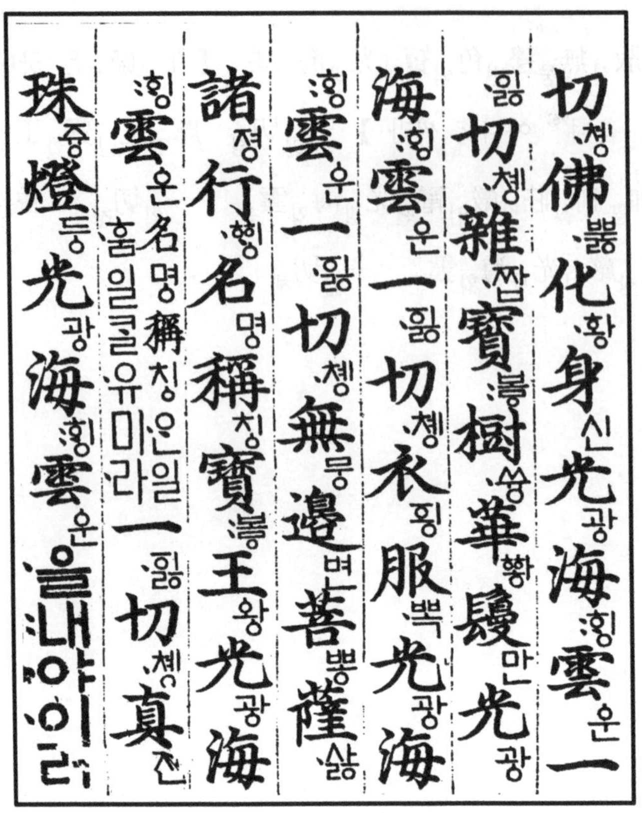

切촁佛뿛化황身신光광海ᄒᆡᆼ雲운一ᅙᅵᇙ切촁雜짭寶볼樹쓩華ᅘᅪᆼ鬘만光광海ᄒᆡᆼ雲운一ᅙᅵᇙ切촁衣ᅙᅴᆼ服뽁光광海ᄒᆡᆼ雲운一ᅙᅵᇙ切촁無뭉邊변菩뽕薩삻諸졍行ᅘᆡᆼ名명稱칭寶볼王왕光광海ᄒᆡᆼ雲운 名명稱칭은 일훔 일ᄏᆞᆯ유미라 一ᅙᅵᇙ切촁眞진珠즁燈등光광海ᄒᆡᆼ雲운을 내야 이러

佛化身光海雲(불화신광해운)·一切(일체)의 雜寶樹華鬘光海雲(잡보수화만광해운)·一切(일체)의 衣服光海雲(의복광해운)·一切(일체)의 無邊菩薩諸行(무변보살제행)·名稱寶王光海雲(명칭보왕광해운)【名稱(명칭)은 이름이 일컬어지는 것이다.】·一切(일체)의 眞珠燈光海雲(진주등광해운)을 내어, 이렇듯이

[64 앞]

佛뿛化황身신光광海힝雲운 一잃切쳉 雜짭寶봏樹쓩華뽱鬘만光광海힝雲운 一잃切쳉 衣힁服뽁光광海힝雲운 一잃切쳉 無뭉邊변菩뽕薩삸諸졍行혱名명稱칭寶봏王왕光광海힝雲운【名명稱칭은 일훔[97] 일ᄏᆞᆯ유미라[98]】 一잃切쳉 眞진珠즁燈등光광海힝雲운을 내야 이러ᄐᆞ시

97) 일훔: 이름, 名.

98) 일ᄏᆞᆯ유미라: 일ᄏᆞᆯ이[← 일컬어지다: 일컬(← 일컫다, ㄷ불: 일컫다, 말하다, 稱)- + -이(피접)-]- + -움(명전) + -이(서조)- + -∅(현시)- + -라(← -다: 평종)

[64 뒤]

ᄃᆞ시虛헝空콩애ᄀᆞᄃᆞᆨᄒᆞ야住뜡持띵
ᄒᆞ야긋디아니케ᄒᆞ야一ᅙᅵᇙ切쳉諸졍
佛뿛菩뽕薩삻衆즁海ᄒᆡᆼ雲운을供공
養양恭공敬경尊존重뜡禮롕拜뱅ᄒᆞ
ᅀᆞᄫᆞ며ᄯᅩ一ᅙᅵᇙ切쳉不붏可캉思ᄉᆞᆼ議
ᅌᅵᆼ種죵種죵諸졍雜짭香향華ᅘᅪᆼ海ᄒᆡᆼ
雲운一ᅙᅵᇙ切쳉寶봏焰염蓮련華ᅘᅪᆼ羅

虛空(허공)에 가득하여 住持(주지)하여 끊어지지 아니하게 하여, 一切(일체)의 諸佛菩薩衆海雲(제불보살중해운)을 供養(공양)·恭敬(공경)·尊重(존중)·禮拜(예배)하며, ◯ 또 一切(일체)의 不可思議種種諸雜香華海雲(불가사의종종제잡향화해운)·一切(일체)의 寶焰蓮華羅網海雲(보염련화나망해운)·

虛헝空콩애 ᄀᆞ독ᄒᆞ야 住뜡持띵ᄒᆞ야 긋디 아니케 ᄒᆞ야 一ᅙᅵᇙ切쳉 諸졍
佛뿛菩뽕薩삻衆즁海힝雲운을 供공養양 恭공敬경 尊존重뜡 禮롕拜뱅ᄒᆞᅀᆞᄫᆞ
며 ᄯᅩ 一ᅙᅵᇙ切쳉 不붏可캉思ᄉᆞᆼ議ᅌᅴᆼ種죵種죵諸졍雜짭香향華ᅘᅪᆼ海힝雲운 一ᅙᅵᇙ
切쳉 寶볼焰염蓮련華ᅘᅪᆼ羅랑網망海힝雲운

[65 앞]

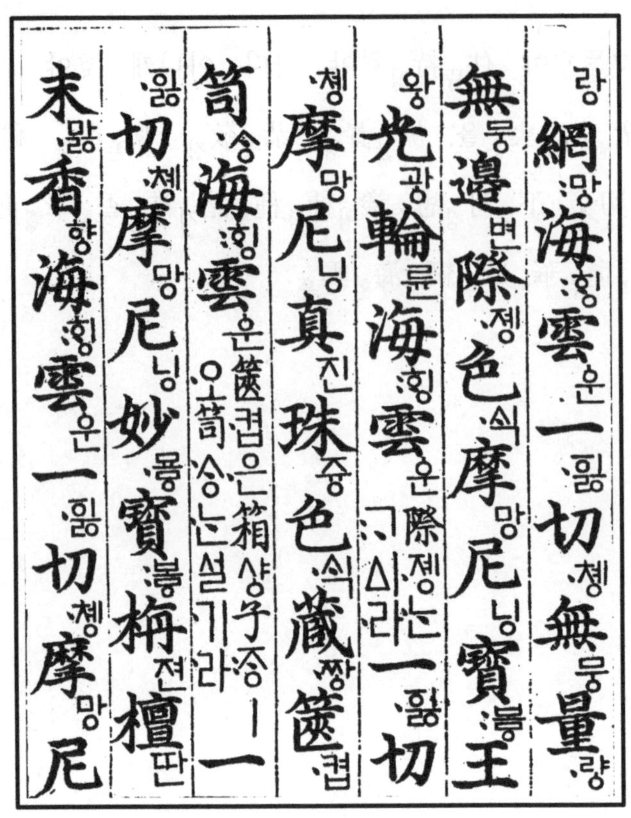

一切(일체)의 無量無邊除色摩尼寶王光輪海雲(무량무변제색마니보왕광륜해운)【除(제)는 가(邊)이다.】·一切(일체)의 摩尼眞珠色藏篋笥海雲(마니진주색장협사해운)【篋(협)은 箱子(상자)이요 笥(사)는 설기이다.】·一切(일체)의 摩尼妙寶栴檀末香海雲(마니묘보전단말향해운)·一切(일체)의

一ᅙᅵᇙ切쳉 無뭉量량無뭉邊변除졩色ᄉᆡᆨ摩망尼닝寶봏王왕光광輪륜海ᄒᆡᆼ雲운【除졩[99]ᄂᆞᆫ ᄀᆞᅀᅵ라[1]】 一ᅙᅵᇙ切쳉 摩망尼닝眞진珠즁色ᄉᆡᆨ藏짱篋켭笥ᄉᆞᆼ海ᄒᆡᆼ雲운【篋켭은 箱샹子ᄌᆞᆼㅣ오[2] 笥ᄉᆞᆼᄂᆞᆫ 설기라[3]】 一ᅙᅵᇙ切쳉 摩망尼닝妙묳寶봏栴젼檀딴末맗香향海ᄒᆡᆼ雲운 一ᅙᅵᇙ切쳉

---

99) 除: 제. 가, 주변, 邊.

1) ᄀᆞᅀᅵ라: ᄀᆞᇫ(← ᄀᆞᆺ: 가, 변두리, 邊) + -이(서조)- + -Ø(현시)- + -라(← -다: 평종)

2) 箱子ㅣ오: 箱子(상자) + -ㅣ(← -이-: 서조)- + -오(← -고: 연어, 나열)

3) 설기라: 섥(설기, 笥) + -이(서조)- + -Ø(현시)- + -라(← -다: 평종) ※ '섥(笥)'은 싸리채나 버들채 따위로 엮어서 만든 네모꼴의 상자이다. 아래위 두 짝으로 되어 위짝으로 아래짝을 엎어 덮게 되어 있다.

[65 뒤]

摩尼寶盖海雲(마니보개해운)·一切(일체)의 淸淨諸妙音聲悅可衆心寶王海雲(청정제묘음성열가중심보왕해운)·一切(일체)의 日光寶輪瓔珞旒蘇海雲(일광보륜영낙류소해운)·一切(일체)의 無邊寶藏海雲(무변보장해운)·一切(일체)의 普賢色身海雲(보현색신해운)을 내어, 이렇듯이 虛空(허공)에

[65 뒤]

摩마ᇰ尼니ᇰ寶보ᇢ蓋개ᇰ海ᄒᆡᇰ雲운 一ᅙᅵᇙ切쳬ᇰ 淸쳐ᇰ淨쪄ᇰ諸져ᇰ妙묘ᇢ音ᅙᅳᆷ聲셔ᇰ悅ᅌᅯᇙ可카ᇰ衆쥬ᇰ心심寶보ᇢ王와ᇰ 海ᄒᆡᇰ雲운 一ᅙᅵᇙ切쳬ᇰ 日ᅀᅵᇙ光과ᇰ寶보ᇢ輪륜瓔ᅙᅧᇰ珞락旒류ᇢ蘇소ᇰ海ᄒᆡᇰ雲운 一ᅙᅵᇙ切쳬ᇰ 無무ᇰ邊변寶보ᇢ藏짜ᇰ海ᄒᆡᇰ雲운 一ᅙᅵᇙ切쳬ᇰ 普포ᇰ賢ᅘᅧᆫ色ᄉᆡᆨ身신海ᄒᆡᇰ雲운을 내야 이러ᄐᆞ시 虛허ᇰ空코ᇰ애

[66 앞]

空애 ᄀᆞ독ᄒᆞ야 住持ᄒᆞ야 긋
디 아니케 ᄒᆞ야 一切 諸佛菩
薩衆海雲을 供養 恭
敬 尊重 禮拜ᄒᆞᅀᆞᄫᅡ지
이다 ᄒᆞ고 八十四億百千
那由他 龍王 돌히 부텨
ᄭᅴ 세 번 값도ᅀᆞᆸ고 머리 조ᅀᆞᄫᅡ 禮數

가득하여 住持(주지)하여 끊어지지 아니하게 하여, 一切(일체)의 諸佛菩薩衆海雲(제불보살중해운)을 供養(공양)·恭敬(공경)·尊重(존중)·禮拜(예배)하고 싶습니다.” 하고, 八十四億百千(팔십사억백천) 那由他(나유타)의 龍王(용왕)들이 부처께 세 번 감돌고, 머리를 조아려 禮數(예수)하고

[66 앞]

ᄀᆞᄃᆞᆨᄒᆞ야 住뜡持띵ᄒᆞ야 긋디 아니케 ᄒᆞ야 一ᅙᅵᇙ切쳉 諸졍佛뿛菩뽕薩삻
衆즁 海ᄒᆡᆼ雲운을 供공養양 恭공敬경 尊존重뜡 禮롕拜뱅ᄒᆞᅀᆞᄫᅡ 지이다[4]
ᄒᆞ고 八밣十씹四ᄉᆞᆼ億ᅙᅳᆨ百ᄇᆡᆨ千쳔 那낭由융他탕[5] 龍룡王왕ᄃᆞᆯ히[6] 부텨ᄭᅴ[7]
세번 값도ᅀᆞᆸ고[8] 머리 조ᅑᆞᄫᅡ[9] 禮롕數ᄉᆞᆼᄒᆞᅀᆞᆸ고[10]

---

4) 지이다: 지(싶다: 보용, 희망)- + -Ø(현시)- + -이(상높, 아주 높임)- + -다(평종)

5) 那由他: 나유타. 아승기(阿僧祇)의 만 배가 되는 수이다. 또는 그런 수의. 즉, 10의 60승을 이른다.

6) 龍王ᄃᆞᆯ히: 龍王ᄃᆞᆯㅎ[용왕들: 龍王(용왕) + -ᄃᆞᆯㅎ(-들: 복접)] + -이(주조)

7) 부텨ᄭᅴ: 부텨(부처, 佛) + -ᄭᅴ(-께: 부조, 상대, 높임)

8) 값도ᅀᆞᆸ고: 값도[← 값돌다, 匝(감돌다): 감(감다, 圍) + ᄯᅩᆯ(← 돌다: 돌다, 廻)-]- + -ᅀᆞᆸ(객높)- + -고(연어, 계기)

9) 조ᅑᆞᄫᅡ: 조(← 좇다: 좇다, 從)- + -ᅑᆞᇦ(← -ᄌᆞᆸ-: 객높)- + -아(연어)

10) 禮數ᄒᆞᅀᆞᆸ고: 禮數ᄒᆞ[예수하다: 禮數(예수: 명사) + -ᄒᆞ(동접)-]- + -ᅀᆞᆸ(객높)- + -고(연어, 계기)
※ '禮數(예수)'는 명성이나 지위에 알맞은 예의와 대우이다.

[66 뒤]

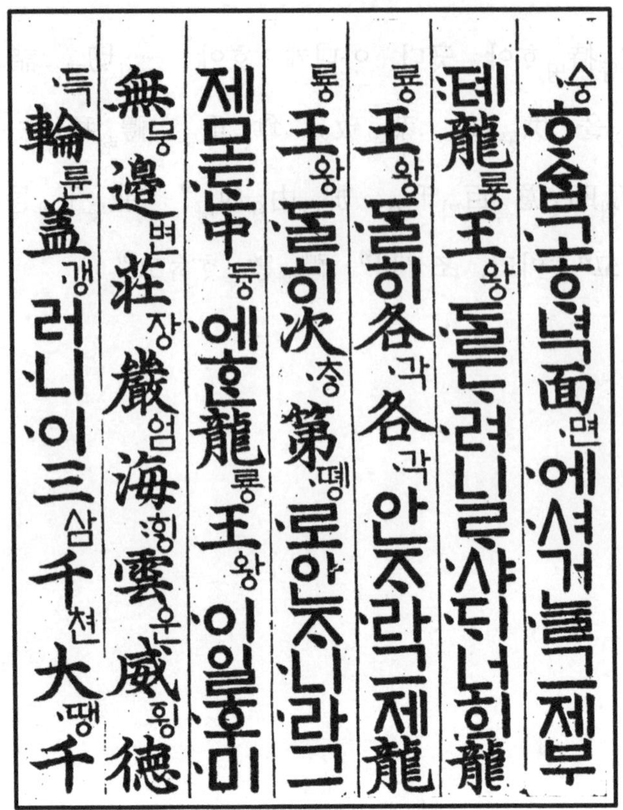

한쪽 面(면)에 서거늘, 그때에 부처가 龍王(용왕들)더러 이르시되, "너희 龍王(용왕)들이 各各(각각) 앉아라." 그때에 龍王(용왕)들이 次第(차제, 차례)로 앉았니라. 그때에 모인 (용왕) 中(중)에 한 龍王(용왕)이 이름이 無邊莊嚴海雲威德輪盖(무변장엄해운위덕윤개)이더니, 이 三千大千世界(삼천대천세계)의

[66 뒤]

ᄒᆞ녁[11] 面면에 셔거늘[12] 그제[13] 부텨 龍룡王왕ᄃᆞᆯᄃᆞ려[14] 니ᄅᆞ샤ᄃᆡ[15] 너희[16] 龍룡王왕ᄃᆞᆯ히 各각各각 안ᄌᆞ라[17] 그제 龍룡王왕ᄃᆞᆯ히 次ᄎᆞᆼ第뗑로 안ᄌᆞ니라[18] 그제 모ᄃᆞᆫ[19] 中듕에 ᄒᆞᆫ 龍룡王왕이 일후미 無뭉邊변莊장嚴엄海ᄒᆡᆼ雲운威ᅙᅱᆼ德득輪륜蓋갱러니[20] 이 三삼千쳔大땡千쳔世솅界갱[21]

---

11) ᄒᆞ녁: [한녘, 한쪽, 一便: ᄒᆞ(← ᄒᆞᆫ: 한, 一, 관사, 양수) + 녁(녘, 쪽, 便: 의명)]

12) 셔거늘: 셔(서다, 立)- + -거늘(연어, 상황)

13) 그제: [그제, 그때, 於時: 그(그, 彼: 관사, 지시, 정칭) + 제(제, 때, 時: 의명)] ※ '제'는 [적(때, 時) + -의(부조, 시간)]의 방식으로 형성된 의존 명사이다.

14) 龍王ᄃᆞᆯᄃᆞ려: 龍王ᄃᆞᆯ[← 龍王ᄃᆞᆯᄒ(용왕들): 龍王(용왕) + -ᄃᆞᆯᄒ(-들: 복접)] + -ᄃᆞ려(-더러, -에게) ※ '-ᄃᆞ려'는 [ᄃᆞ리(데리다, 伴)- + -어(연어 ▷ 조접)]과 같은 방식으로 형성된 파생 조사이다.

15) 니ᄅᆞ샤ᄃᆡ: 니ᄅᆞ(이르다, 曰)- + -ᄋᆞ샤(← -으시-: 주높)- + -ᄃᆡ(← -오ᄃᆡ: -되, 연어, 설명의 계속)

16) 너희: [너희, 汝等: 너(너, 汝: 인대, 2인칭) + -희(복접)]

17) 안ᄌᆞ라: 앉(앉다, 坐)- + -ᄋᆞ라(-아라: 명종)

18) 안ᄌᆞ니라: 앉(앉다, 坐)- + -Ø(과시)- + -ᄋᆞ니(원칙)- + -라(← -다: 평종)

19) 모ᄃᆞᆫ: 몯(모이다, 會)- + -Ø(과시)- + -ᄋᆞᆫ(관전)

20) 無邊莊嚴海雲威德輪蓋러니: 無邊莊嚴海雲威德輪蓋(무변장엄해운위덕윤개) + -Ø(← -이-: 서조)- + -러(← -더-: 회상)- + -니(연어, 설명 계속)

21) 三千大千世界: 삼천대천세계. 소천, 중천, 대천의 세 종류의 천세계가 이루어진 큰 세계이다.

[67 앞]

쳔世솅界갱龍룡王왕ㅅ中듕에ᄆᆞᆺ爲
윙頭뚷ᄒᆞ더니믈러디아니호ᄆᆞᆯ得득
ᄒᆞᄃᆡ本본願원力륵젼ᄎᆞ로이龍룡ᄋᆡ
모ᄆᆞᆯ受쓯ᄒᆞ얫더니如셩來링ㅅ긔供공
養양恭공敬경禮롕拜뱅ᄒᆞᅀᆞᄫᅡ正졍
法법을듣ᄌᆞᄫᅩ져ᄒᆞ야이閻염浮뿡提
똉內뇡예와나니라그제뎌龍룡王왕

龍王(용왕)의 中(중)에 가장 爲頭(위두)하더니, 물러나지 아니함을 得(득)하되 本願力(본원력)으로 이 龍(용)의 몸을 受(수)하여 있더니, 如來(여래)께 供養(공양)·恭敬(공경)·禮拜(예배)하여 正法(정법)을 듣고자 하여, 이 閻浮提(염부제)의 內(내)에 와서 났니라. 그때에 저 龍王(용왕)이

龍룡王왕ㅅ 中듕에 ᄆᆞᆺ[22] 爲윙頭뚷ᄒᆞ더니[23] ᄆᆞᄅᆞ디[24] 아니호ᄆᆞᆯ[25] 得득호ᄃᆡ 本본願원力륵[26] 젼ᄎᆞ로[27] 이 龍룡ᄋᆡ 모ᄆᆞᆯ 受쓯ᄒᆞ얫더니[28] 如셩來ᄅᆡᆼᄭᅴ 供공養양 恭공敬경 禮롕拜뱅ᄒᆞᅀᆞ바 正졍法법[29]을 듣ᄌᆞᆸ고져[30] ᄒᆞ야 이 閻염浮뿔提뗑[31] 內뇡예 와 나니라[32] 그제 뎌[33] 龍룡王왕이

---

22) ᄆᆞᆺ: 가장, 제일, 最(부사)

23) 爲頭ᄒᆞ더니: 爲頭ᄒᆞ[으뜸가다, 上首: 爲頭(으뜸: 명사) + -ᄒᆞ(동접)-]- + -더(회상)- + -니(연어, 설명 계속)

24) ᄆᆞᄅᆞ디: ᄆᆞᄅᆞ(물러나다, 退)- + -디(-지: 연어, 부정)

25) 아니호ᄆᆞᆯ: 아니ᄒᆞ[← 아니ᄒᆞ다(아니하다: 보용, 부정): 아니(부사, 不: 부정) + -ᄒᆞ(동접)-]- + -옴(명전) + -ᄋᆞᆯ(목조)

26) 本願力: 본원력. 부처가 되기 이전, 즉 보살(菩薩)로서 수행할 때에 세운 서원(誓願)의 힘이다. ※ '誓願(서원)'은 소원(所願)을 세우고, 그것을 이루고자 맹세하는 일이다.

27) 젼ᄎᆞ로: 젼ᄎᆞ(까닭, 由) + -로(부조, 방편) ※ '本願力 젼ᄎᆞ로'는 '본원력의 까닭으로'로 직역되나, 여기서는 '본원력으로'로 의역한다.

28) 受ᄒᆞ얫더니: 受ᄒᆞ[수하다, 받다: 受(수: 불어) + -ᄒᆞ(동접)-]- + -야(← -아: 연어) + 잇(← 이시다: 있다, 보용, 완료 지소) + -더(회상)- + -니(연어, 설명 계속)

29) 正法: 정법. 바른 교법(敎法)이다.

30) 듣ᄌᆞᆸ고져: 듣(듣다, 聞)- + -ᄌᆞᆸ(객높)- + -고져(-고자: 연어, 의도)

31) 閻浮提: 염부제. 사주(四洲)의 하나이다. 수미산 남쪽에 있다는 대륙으로, 인간들이 사는 곳이며, 여러 부처가 나타나는 곳은 사주(四洲) 가운데 이곳뿐이라고 한다. ※ '사주(四洲)'는 수미산을 중심으로 한 사방의 세계. 남쪽의 섬부주(贍部洲), 동쪽의 승신주(勝神洲), 서쪽의 우화주(牛貨洲), 북쪽의 구로주(俱盧洲)이다.

32) 나니라: 나(나다, 생기다, 出)- + -Ø(과시)- + -니(원칙)- + -라(← -다: 평종)

33) 뎌: 저, 彼(관사, 지시, 정칭)

[67 뒤]

이 坐쫭ᄅᆞ셔 니러 옷 고티고 올ᄒᆞᆫ 녁 메
밧고 올ᄒᆞᆫ 무룹 ᄭᅮ러 合합掌쟝ᄒᆞ야 부
텨 向향ᄒᆞᅀᆞ바 ᄉᆞᆯᄫᆞᄃᆡ 世솅尊존하 내
이제 疑읭心심 이이셔 如셩來링 至징
眞진 等등正졍覺각ᄭᅴ 묻ᄌᆞᆸ고져 ᄒᆞ노
니 至징眞진은 至징極끅 眞진實씷ᄒᆞ실 씨라 부텨옷 許헝
ᄒᆞ시면 묻ᄌᆞᄫᆞ리이다 ᄒᆞ고 ᄌᆞᆷᄌᆞᆷ코 잇

坐(좌)로부터서 일어나, 옷을 고치고 오른쪽을 벗어메고 오른 무릎을 꿇어 合掌(합장)하여, 부처를 向(향)하여 사로되 "世尊(세존)이시어, 내 이제 疑心(의심)이 있어서, 如來(여래)인 至眞(지진)한 等正覺(정등각)께 묻고자 하니【至眞(지진)은 至極(지극)히 眞實(진실)하신 것이다.】, 부처야말로 許(허)하시면 묻겠습니다." 하고 잠잠코 있거늘

坐쫭로셔 니러[34] 옷 고티고[35] 올ᄒᆞᆫ녁[36] 메밧고[37] 올ᄒᆞᆫ 무룹[38] ᄭᅮ러[39] 合합掌쟝ᄒᆞ야 부텨 向향ᄒᆞᅀᆞᄫᅡ[40] ᄉᆞᆯᄫᅩᄃᆡ[41] 世솅尊존하[42] 내 이제 疑읭心심이 이셔 如셩來링 至징眞진[43] 等등正졍覺각[44]ᄭᅴ 묻ᄌᆞᆸ고져 ᄒᆞ노니[45]【至징眞진은 至징極끅 眞진實씷ᄒᆞ실 씨라】 부텨옷[46] 許헝ᄒᆞ시면 묻ᄌᆞᄫᆞ리이다[47] ᄒᆞ고 ᄌᆞᆷᄌᆞᆷ코[48] 잇거늘

---

34) 니러: 닐(일어나다, 起)- + -어(연어)

35) 고티고: 고티[고치다, 改: 곧(곧다, 直: 형사)- + -히(사접)-]- + -고(연어, 계기)

36) 올ᄒᆞᆫ녁: [오른쪽, 右: 옳(옳다, 是: 형사)- + -ᄋᆞᆫ(관전▷관접) + 녁(녘, 쪽: 의명)]

37) 메밧고: 메밧[벗어 메다, 偏袒: 메(메다, 負)- + 밧(← 밧다: 벗다, 脫)-]- + -고(연어, 나열, 계기)
※ '메밧다'는 상대방에 대한 대한 공경의 뜻으로 한쪽 어깨를 벗어서 메는 것이다.(=偏袒)

38) 무룹: 무룹(← 무뤂: 무릎, 膝)

39) ᄭᅮ러: ᄭᅮᆯ(꿇다, 跪)- + -어(연어)

40) 向ᄒᆞᅀᆞᄫᅡ: 向ᄒᆞ[향하다: 向(향: 불어) + -ᄒᆞ(동접)-]- + -ᅀᆞᇦ(← -ᅀᆞᆸ-: 객높)- + -아(연어)

41) ᄉᆞᆯᄫᅩᄃᆡ: ᄉᆞᆲ(← ᄉᆞᆲ다, ㅂ불: 사뢰다, 白)- + -오ᄃᆡ(-되: 연어, 설명 계속)

42) 世尊하: 世尊(세존) + -하(-이시여: 호조, 아주 높임)

43) 至眞: 지극히 진실한 것이다.

44) 無上正等覺: 무상정등각. 산스크리트어 'anuttarā-samyak-saṃbodhi'의 음사인데, 부처의 깨달음의 경지를 나타내는 말이다. anuttarā는 무상(無上), samyak은 정(正)·정등(正等), saṃbodhi는 등각(等覺)·정각(正覺)이라고 번역한다. 곧, 위없는 바르고 원만한 깨달음이라는 뜻이다.

45) ᄒᆞ노니: ᄒᆞ(하다, 說)- + -ㄴ(← -ᄂᆞ-: 현시)- + -오(화자)- + -니(연어, 설명 계속)

46) 부텨옷: 부텨(부처, 佛) + -옷(← -곳: 보조사, 한정 강조)

47) 묻ᄌᆞᄫᆞ리이다: 묻(묻다, 問)- + -ᄌᆞᇦ(← -ᄌᆞᆸ-: 객높)- + -오(화자)- + -리(미시)- + -이(상높, 아주 높임)- + -다(평종)

48) ᄌᆞᆷᄌᆞᆷ코: [잠잠코, 말 없이, 默(부사): ᄌᆞᆷᄌᆞᆷ(잠잠: 불어) + -ㅎ(← -ᄒᆞ-: 형접)- + -고(연어▷부접)]

[68 앞]

거늘 그제 世솅尊존이 無뭉邊변莊장
嚴엄海ᄒᆡᆼ雲운威ᅙᅱᆼ德득輪륜蓋갱龍
룡王왕ᄃᆞ려 니ᄅᆞ샤ᄃᆡ 너 大땡龍룡王
왕아 疑읭心심곳 잇거든 무ᄅᅟᅮᇙ 야ᇰᄋᆞ로
무르라 내 너 爲윙ᄒᆞ야 ᄀᆞᆯᄒᆡ야 닐어 네
깃게 호리라 그제 無뭉邊변莊장嚴엄
海ᄒᆡᆼ雲운威ᅙᅱᆼ德득輪륜蓋갱龍룡王

그때에 世尊(세존)이 無邊莊嚴海雲威德輪盖龍王(무변장엄해운위덕윤개용왕)더러 이르시되, "너 大龍王(대용왕)아, 疑心(의심)이 있거든 (네가) 묻고 싶은 대로 물어라. 내가 너를 爲(위)하여 가려서 일러서, 네가 기뻐하게 하리라." 그때에 無邊莊嚴海雲威德輪盖龍王(무변장엄해운위덕윤개용왕)이

그제[49] 世솅尊존이 無뭉邊변莊장嚴엄海힝雲운威휭德득輪륜蓋갱龍룡王왕ᄃᆞ려 니ᄅᆞ샤ᄃᆡ[50] 너 大땡龍룡王왕아 疑읭心심곳[51] 잇거든 무룰[52] 양ᄋᆞ로[53] 무르라 내[54] 너 爲윙ᄒᆞ야 ᄀᆞᆯᄒᆡ야[55] 닐어[56] 네[57] 깃게[58] 호리라[59]

그제 無뭉邊변莊장嚴엄海힝雲운威휭德득輪륜蓋갱龍룡王왕이

---

49) 그제: [그제, 그때: 그(그, 彼: 관사, 정칭) + 제(때, 時: 의명)]

50) 니ᄅᆞ샤ᄃᆡ: 니ᄅᆞ(이르다, 말하다, 曰)- + -샤(← -시-: 주높)- + -ᄃᆡ(← 오ᄃᆡ: 연어, 설명 계속)

51) 疑心곳: 疑心(의심) + -곳(보조사, 한정 강조)

52) 무룰: 물(← 묻다, ㄷ불: 묻다, 問)- + -우(대상)- + -ㄹ(관전)

53) 양ᄋᆞ로: 양(양, 대로, 樣: 의명) + -ᄋᆞ로(부조, 방편) ※ '무룰 양ᄋᆞ로 무르라'는 '묻고 싶은 대로 물어라'로 의역한다.

54) 내: 나(나, 我: 인대, 1인칭) + -ㅣ(← -이: 주조)

55) ᄀᆞᆯᄒᆡ야: ᄀᆞᆯᄒᆡ(가리다, 分別)- + -야(← -아: 연어)

56) 닐어: 닐(← 니르다: 이르다, 말하다, 曰)- + -어(연어)

57) 네: 나(너, 汝: 인대, 1인칭) + -ㅣ(← -이: 주조)

58) 깃게: 깃(← 깄다: 기뻐하다, 歡)- + -게(연어, 도달)

59) 호리라: ㅎ(← ᄒᆞ다 : 하다, 보용, 의도)- + -오(화자)- + -리(미시)- + -라(← -다: 평종)

[68뒤]

왕이 부텨씌 ᄉᆞᆯᄫᆞᄃᆡ 世솅尊존하 엇뎨
ᄒᆞ야ᅀᅡ 能능히 龍룡王왕ᄃᆞᆯ히 一ᅙᅵᇙ切
쳉 苦콩ᄅᆞᆯ 滅멿ᄒᆞ야 安한樂락ᄋᆞᆯ 受쓯
케 ᄒᆞ며 安한樂락ᄋᆞᆯ 受쓯ᄒᆞ고 ᄯᅩ 이 閻
염浮뿡提똉內뇡예 時씽節졇로 ᄃᆞᆫ비
ᄅᆞᆯ ᄂᆞ리워 一ᅙᅵᇙ切쳉 樹쓩木목叢쫑林
림藥약草촣苗묭稼강ᄅᆞᆯ 내야 길어 樹쓩

부처께 사뢰되, "世尊(세존)이시어, 어찌하여야 能(능)히 龍王(용왕)들이 一切(일체)의 苦(고)를 滅(멸)하여 安樂(안락)을 受(수)하게 하며, (용왕들이) 安樂(안락)을 受(수)하고서 또 이 閻浮提(염부제)의 內(내)에 時節(시절)로 단비를 내리게 하여, 一切(일체)의 樹木(수목)·藂林(총림)·藥草(약초)·苗稼(묘가)를 내야 길러【樹木(수목)은 부텨ᄭᅴ ᄉᆞᆯᄫᅩᄃᆡ[60] 世솅尊존하[61] 엇뎨ᄒᆞ야ᅀᅡ[62] 能능히 龍룡王왕ᄃᆞᆯ히 一ᅙᅵᇙ切촁 苦콩ᄅᆞᆯ 滅멿ᄒᆞ야 安한樂락ᄋᆞᆯ 受쓯케[63] ᄒᆞ며 安한樂락ᄋᆞᆯ 受쓯ᄒᆞ고 ᄯᅩ 이 閻염浮뿧提똉[64] 內뇡예 時씽節젏로 ᄃᆞᆫ비ᄅᆞᆯ[65] ᄂᆞ리워[66] 一ᅙᅵᇙ切촁 樹쓩木목 藂쫑林림[67] 藥약草촣 苗묠稼강[68]ᄅᆞᆯ 내야 길어[69]【樹쓩木목ᄋᆞᆫ

---

60) ᄉᆞᆯᄫᅩᄃᆡ: ᄉᆞᇦ(← ᄉᆞᇦ다, ㅂ불: 사뢰다, 奏)- + -오ᄃᆡ(-되: 연어, 설명 계속)

61) 世尊하: 世尊(세존) + -하(-이시여: 호조, 아주 높임)

62) 엇뎨ᄒᆞ야ᅀᅡ: 엇뎨ᄒᆞ[어찌하다, 何: 엇뎨(어찌, 何: 부사) + -ᄒᆞ(동접)-]- + -야ᅀᅡ(← -아ᅀᅡ: 연어, 필연적 조건)

63) 受케: 受ㅎ[← 受ᄒᆞ다: 受(수: 불어) + -ᄒᆞ(동접)-]- + -게(연어, 사동)

64) 閻浮提: 염부제. 염부나무가 무성한 땅이라는 뜻으로, 수미사주(須彌四洲)의 하나이다. 수미산(須彌山)의 남쪽 칠금산과 대철위산 중간 바다 가운데에 있다는 섬으로 삼각형을 이루고, 가로 넓이 칠천 유순(七千由旬)이라 한다. 후(後)에 인간세계(人間世界)나 현세(現世)의 의미로 쓰인다.

65) ᄃᆞᆫ비ᄅᆞᆯ: ᄃᆞᆫ비[단비, 甘雨: ᄃᆞ(← ᄃᆞᆯ다: 달다, 甘)- + -ㄴ(관전) + 비(비, 雨)] + -ᄅᆞᆯ(목조)

66) ᄂᆞ리워: ᄂᆞ리우[내리게 하다, 降: ᄂᆞ리(내리다, 降)- + -우(사접)-]- + -어(연어)

67) 藂林: 총림. 잡목이 우거진 숲이다.

68) 苗稼: 묘가, 곡식(穀食)이다.

69) 길어: 길[← 기ᄅᆞ다(기르다, 養): 길(길다, 長)- + -ᄋᆞ(사접)-]- + -어(연어)

[69 앞]

木목ᄋᆞᆫ 남기오 叢쫑林림ᄋᆞᆫ 모다 난 수ᄒᆡ오 藥약草촣ᄂᆞᆫ 藥약 프리오 苗묠稼강ᄂᆞᆫ 穀곡食씩이라 閻염浮뿧提뗑 一잃切쳉 사ᄅᆞᆷᄃᆞᆯ히 다 快쾡樂락ᄋᆞᆯ 受쓩케 ᄒᆞ리잇고 그제 世솅尊존이 無뭉邊변莊장嚴엄海ᄒᆡᆼ雲운威ᅙᅱᆼ德득輪륜蓋갱大땡龍룡王왕ᄃᆞ려 니ᄅᆞ샤ᄃᆡ 됴타 됴타 네 이제 衆즁生ᄉᆡᆼᄃᆞᆯᄒᆞᆯ 爲윙ᄒᆞ야 利링益

나무이요, 藂林(총림)은 모여서 난 숲이요, 藥草(약초)는 藥(약) 플이요, 苗稼(묘가)는 穀食(곡식)이다.】, 閻浮提(염부제)의 一切(일체) 사람들이 다 快樂(쾌락)을 受(수)하게 하겠습니까? 그때에 世尊(세존)이 無邊莊嚴海雲威德輪盖大龍王((무변장엄해운위덕윤개용왕)더러 이르시되, "좋다, 좋다. 네가 이제 '衆生(중생)들을 爲(위)하여 利益(이익)을

[69 앞]

남기오[70] 蘩쫑林림ᄋᆞᆫ 모다[71] 난[72] 수히오[73] 藥약草ᄎᆞᇢᄂᆞᆫ 藥약 프리오[74] 苗묳稼강ᄂᆞᆫ 穀곡食씩이라 】 閻염浮뿔提똉 一ᅙᅵᇙ切쳉 사ᄅᆞᆷᄃᆞᆯ히[75] 다 快쾡樂락ᄋᆞᆯ 受쓯케[76] ᄒᆞ리잇고[77] 그제 世솅尊존이 無뭉邊변莊장嚴엄海힝雲운威휭德득輪륜盖갱大땡龍룡王왕ᄃᆞ려 니ᄅᆞ샤ᄃᆡ 됴타[78] 됴타 네 이제 衆즁生싱ᄃᆞᆯ홀 爲윙ᄒᆞ야 利링益혁을

---

70) 남기오: 낡(← 나모: 나무, 樹) + -이-(서조)- + -오(← -고: 연어, 나열)

71) 모다: 몯(모이다, 輯)- + -아(연어, 나열)

72) 난: 나(나다, 出)- + -Ø(과시)- + -ㄴ(관전)

73) 수히오: 숳(숲, 林) + -이(서조)- + -오(← -고: 연어, 나열)

74) 프리오: 플(풀, 草) + -이(서조)- + -오(← -고: 연어, 나열)

75) 사ᄅᆞᆷᄃᆞᆯ히: 사ᄅᆞᆷᄃᆞᆯㅎ[사람들, 人等: 사ᄅᆞᆷ(사람, 人) + -ᄃᆞᆯㅎ(-들: 복접)]- + -이(주조)

76) 受케: 受ㅎ[← 受ᄒᆞ다(수하다, 받다): 受(수: 불어) + -ᄒᆞ(동접)-]- + -게(연어, 사동)

77) ᄒᆞ리잇고: ᄒᆞ(하다, 爲)- + -리(미시)- + -잇(← -이-: 상높, 아주 높임)- + -고(의종, 설명)

78) 됴타: 둏(좋다, 好)- + -Ø(현시)- + -다(평종)

[69 뒤]

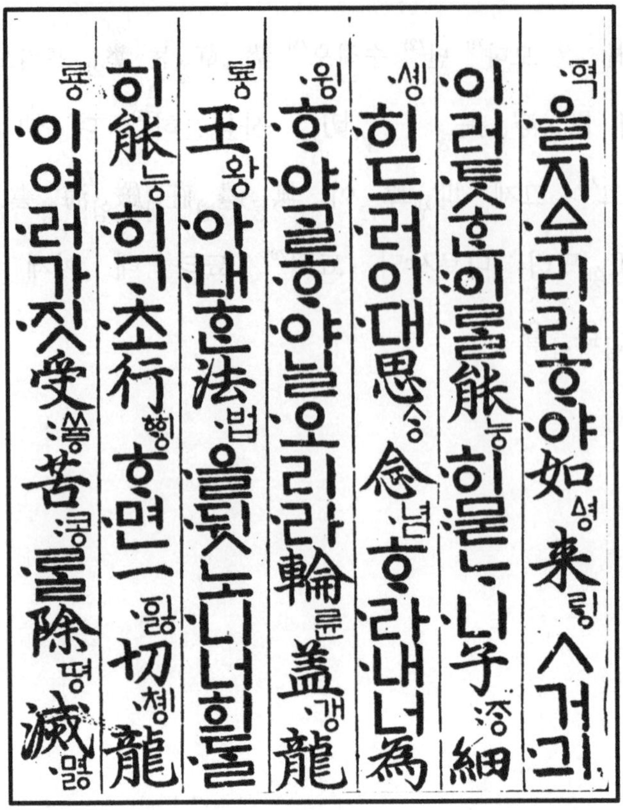
·혁·을지ᅀᅮ·리·라ᄒᆞ·야 如셩來ᄅᆡᆼㅅ거긔·
·이러틋ᄒᆞᆫ·이·ᄅᆞᆯ能능·히묻ᄂᆞ·니 子ᄌᆞᆼ細
·솅·히드러·이·대 思ᄉᆞᆼ念·념ᄒᆞ·라·내·너爲
·윙ᄒᆞ·야ᄀᆞᆯᄒᆡ·야닐·오리·라 輪륜蓋·갱龍
룡王왕·아·내ᄒᆞᆫ法법·을·뒷노·니·너·희·돌
·히 能능·히ᄀᆞ·초行ᅘᆡᆼᄒᆞ·면 一·잃切·쳉龍
룡·이·여러가·짓受·ᄊᆞᇢ苦·콩ᄅᆞᆯ除뗭滅·멿

지으리라.' 하여 如來(여래)께 이렇듯 한 일을 能(능)히 묻나니, 子細(자세)히 들어서 잘 思念(사념)하라. 내가 너를 爲(위)하여 가리어서 이르리라. 輪蓋龍王(윤개용왕)아, 내가 한 (가지의) 法(법)을 두고 있으니, 너희들이 能(능)히 갖추 行(행)하면 一切(일체)의 龍(용)이 여러 가지의 受苦(수고)를 除滅(제멸)하여

[69 뒤]

지수리라[79] ᄒᆞ야 如ᅀᅧᆼ來ᄅᆡᆼㅅ 거긔[80] 이러ᄐᆞᆺ ᄒᆞᆫ 이ᄅᆞᆯ 能ᄂᆞᆼ히[81] 묻ᄂᆞ니 子ᄌᆞᆼ細솅히[82] 드러 이대[83] 思ᄉᆞᆼ念념ᄒᆞ라 내 너 爲윙ᄒᆞ야 ᄀᆞᆯᄒᆡ야[84] 닐오리라[85] 輪륜盖갱龍룡王왕아 내 ᄒᆞᆫ 法법을 뒷노니[86] 너희ᄃᆞᆯ히 能ᄂᆞᆼ히 ᄀᆞ초[87] 行ᅘᆡᆼᄒᆞ면 一ᅙᅵᇙ切쳉 龍룡이 여러 가짓 受ᄊᆄᇢ苦콩ᄅᆞᆯ 除ᄄᆑᆼ滅몛ᄒᆞ야[88]

---

79) 지수리라: 짓(← 짓다, ㅅ불: 짓다, 作)- + -우(화자)- + -리(미시)- + -라(← -다: 평종)

80) 如來ㅅ 거긔: 如來(여래) + -ㅅ(-의: 관조) # 거긔(거기에, 彼處: 의명) ※ '如來ㅅ 거긔'는 '여래께'로 의역한다.

81) 能히: [능히(부사): 能(능: 불어) + -ㅎ(← -ᄒᆞ-: 형접)- + -이(부접)]

82) 子細히: [자세히(부사): 子細(자세: 불어) + -ㅎ(← -ᄒᆞ-: 형접)- + -이(부접)]

83) 이대: [잘, 善(부사): 읻(좋다, 곱다, 善: 형사)- + -애(부접)]

84) ᄀᆞᆯᄒᆡ야: ᄀᆞᆯᄒᆡ(← ᄀᆞᆯᄒᆡ다: 가리다, 分別)- + -아(연어)

85) 닐오리라: 닐(← 니ᄅᆞ다: 이르다, 說)- + -오(화자)- + -리(미시)- + -라(← -다: 평종)

86) 뒷노니: 두(두다, 置)- + -Ø(← -어: 연어) + 잇(← 이시다: 보용, 완료 지속)- + -ㄴ(← -ᄂᆞ-: 현시)- + -오(화자)- + -니(연어, 설명 계속) ※ '뒷노니'는 '두어 잇노니'가 축약된 형태이다.

87) ᄀᆞ초: [갖추, 고루 있는 대로, 詮(부사): ᄀᆞᆽ(갖추어져 있다, 具: 형사)- + -호(사접)- + -Ø(부접)]

88) 除滅ᄒᆞ야: 除滅ᄒᆞ[제멸하다: 除滅(제멸) + -ᄒᆞ(동접)-]- + -야(← -아: 연어) ※ '除滅(제멸)'은 송두리째 없애는 것이다.

[70앞]

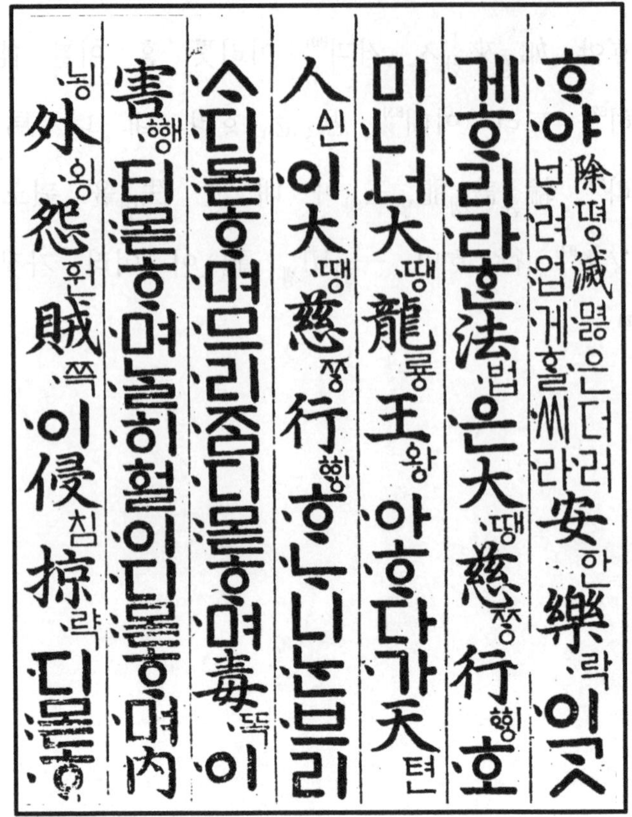

【除滅(제멸)은 덜어 버려서 없게 하는 것이다.】 安樂(안락)이 갖추어져 있게 하리라. 한 (가지의) 法(법)은 大慈(대자)를 行(행)하는 것이니, 너 大龍王(대용왕)아, 만일 天人(천인)이 大慈(대자)를 行(행)하면, 불이 (대자를 행하는 이를) 사르지 못하며 물이 잠그게 하지 못하며 毒(독)이 害(해)하지 못하며 (칼)날이 헐게 하지 못하며 內外(내외)의 怨賊(원적)이 侵掠(침략)하지 못하여

【除뗘ᇰ滅몛은 더러[89] ᄇᆞ려[90] 업게 ᄒᆞᆯ 씨라】 安한樂락이 ᄀᆞᆽ게[91] ᄒᆞ리라 ᄒᆞᆫ 法법은 大땡慈ᄍᆞᆼ[92] 行ᅘᆡᆼ호미니[93] 너 大땡龍룡王왕아 ᄒᆞ다가[94] 天텬人ᅀᅵᆫ[95]이 大땡慈ᄍᆞᆼ 行ᅘᆡᆼᄒᆞᄂᆞ니ᄂᆞᆫ[96] 브리[97] ᄉᆞ디[98] 몯ᄒᆞ며[99] 므리[1] ᄌᆞᆷ디[2] 몯ᄒᆞ며 毒똑이 害ᅘᆡᆼ티[3] 몯ᄒᆞ며 ᄂᆞᆯ히[4] 헐이디[5] 몯ᄒᆞ며 內ᄂᆡᆼ外ᅌᅬᆼ 怨ᅌᅯᆫ賊쯕[6]이 侵침掠략디[7] 몯ᄒᆞ야

---

89) 더러: 덜(덜다, 없애다, 除)- + -어(연어)

90) ᄇᆞ려: ᄇᆞ리(버리다, 棄)- + -어(연어)

91) ᄀᆞᆽ게: ᄀᆞᆽ(← ᄀᆞᆽ다: 갖추어져 있다, 具)- + -게(연어, 사동)

92) 大慈: 대자. 중생을 사랑하는 부처의 큰 자비가 있는 것이나, 또는 그런 마음이다.

93) 行호미니: 行ᄒ[← 行ᄒᆞ다(행하다): 行(행: 불어) + -ᄒᆞ(동접)-]- + -옴(명전) + -이(서조)- + -니(연어, 설명 계속)

94) ᄒᆞ다가: 만일, 만약, 若(부사)

95) 天人: 천인. 하늘과 사람을 아울러 이르는 말이다.

96) 行ᄒᆞᄂᆞ니ᄂᆞᆫ: 行ᄒᆞ[행하다: 行(행: 불어) + -ᄒᆞ(동접)-]- + -ᄂᆞ(현시)- + -ㄴ(관전) # 이(이, 者: 의명) + -ᄂᆞᆫ(보조사, 주제) ※ 'ᄒᆞ다가 天人이 大慈 行ᄒᆞᄂᆞ니ᄂᆞᆫ'을 직역하면 '만일 天人이 大慈를 行하는 이는'으로 직역할 수 있다. 그러나 이 경우에는 문맥을 감안하여 '만일 천인(天人)이 대자(大慈)를 행(行)하면'으로 의역한다.

97) 브리: 블(불, 火) + -이(주조)

98) ᄉᆞ디: ᄉᆞ(← ᄉᆞᆯ다: 사르다, 태우다, 燒)- + -디(-지: 연어, 부정)

99) 몯ᄒᆞ며: 몯ᄒᆞ[못하다, 不能(보용, 부정): 몯(못, 不能: 부사, 부정) + -ᄒᆞ(동접)-]- + -며(연어, 나열)

1) 므리: 믈(물, 水) + -이(주조)

2) ᄌᆞᆷ디: ᄌᆞᆷ(잠그다, 잠기게 하다, 浸)- + -디(-지: 연어, 부정)

3) 害티: 害ᄒ[← 害ᄒᆞ다(해하다, 해치다): 害(해) + -ᄒᆞ(동접)-]- + -디(-지: 연어, 부정)

4) ᄂᆞᆯ히: ᄂᆞᆶ(칼날, 날, 刃) + -이(주조)

5) 헐이디: 헐이[헐게하다, 毁: 헐(헐다, 毁)- + -이(사접)-]- + -디(-지: 연어, 부정)

6) 怨賊: 원적. 사람의 목숨을 해치고 재물을 빼앗는 도적이다.

7) 侵掠디: 侵掠[← 侵掠ᄒᆞ다(침략하다): 侵掠(침략) + -ᄒᆞ(동접)-]- + -디(-지: 연어, 부정)

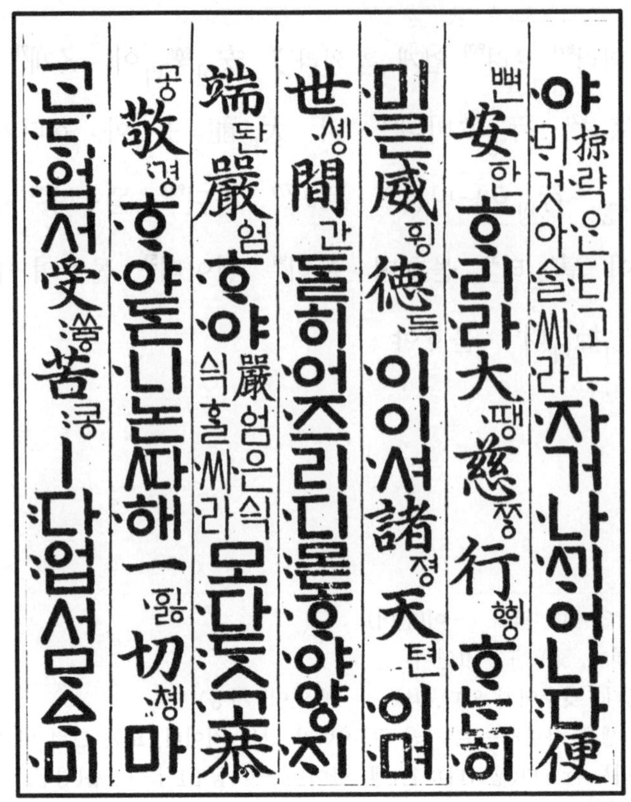
야 掠략ᄋᆞᆫ 티고 ᄂᆞ미 거ᄉᆞᆯ 아ᅀᆞᆯ씨라 자거나 ᄭᆡ어나 다 便
뼌安한ᄒᆞ리라 大땡慈ᄍᆞᆼ行ᅘᆡᆼᄒᆞᄂᆞᆫ 히
미 큰 威휭德득이 이셔 諸졍天텬이며
世솅間간ᄃᆞᆯ히 어즈리디 몯ᄒᆞ야 양지
端돤嚴엄ᄒᆞ야 嚴엄은 싁싁ᄒᆞᆯ씨라 모다 ᄃᆞᆺᄉᆞᄫᅡ 恭
공敬경ᄒᆞ야 ᄃᆞᆫ니논 ᄯᅡ해 一ᅙᅵᇙ切쳉 마
ᄀᆞᆫ ᄃᆡ 업서 受쓩苦콩ㅣ 다 업서 ᄆᆞᅀᆞ미

【掠(약)은 (남을) 치고 남의 것을 빼앗는 것이다.】, 자거나 깨거나 다 便安(편안)하리라. 大慈(대자)를 行(행)하는 힘이 큰 威德(위덕)이 있어, 諸天(제천)이며 世間(세간)들이 (위덕을) 어지럽히지 못하여 모습이 端嚴(단엄)하여【嚴(엄)은 엄정한 것이다.】, 모두 사랑하고 恭敬(공경)하여 다니는 곳에 一切(일체)의 막은 데가 없어, 受苦(수고)가 다 없어져서 마음이

【掠략ᄋᆞᆫ 티고[8] ᄂᆞᄆᆡ[9] 것 아ᅀᆞᆯ[10] 씨라】 자거나 ᄭᆡ어나[11] 다 便뼌安한ᄒᆞ리라 大땡慈ᄍᆼ 行ᅘᆡᆼᄒᆞᄂᆞᆫ 히미 큰 威ᅙᅱᆼ德득[12]이 이셔 諸졍天텬이며[13] 世솅間간ᄃᆞᆯ히[14] 어즈리디[15] 몯ᄒᆞ야 양ᄌᆡ[16] 端돤嚴엄ᄒᆞ야[17]【嚴엄은 싁싁ᄒᆞᆯ[18] 씨라】 모다[19] ᄃᆞᆺ고[20] 恭공敬경ᄒᆞ야 ᄃᆞᆮ니ᄂᆞᆫ[21] ᄯᅡ해[22] 一ᅙᅵᇙ切쳉 마ᄀᆞᆫ[23] ᄃᆡ[24] 업서 受쓩苦콩ㅣ 다 업서[25] ᄆᆞᅀᆞ미[26]

---

8) 티고: 티(치다, 伐)- + -고(연어, 나열, 계기)

9) ᄂᆞᄆᆡ: ᄂᆞᆷ(남, 他) + -ᄋᆡ(관조, 의미상 주격) ※ 'ᄂᆞᄆᆡ 지ᅀᅳᆫ'에서 'ᄂᆞᄆᆡ'는 의미상 주격으로 쓰였으므로 '남이 지은'으로 옮긴다.

10) 아ᅀᆞᆯ: 앗(← 앗다, ㅅ불: 빼앗다, 奪)- + -ᄋᆞᆯ(관전)

11) ᄭᆡ어나: ᄭᆡ(깨다, 寤)- + -어나(← -거나: 연어, 선택)

12) 威德: 위덕. 위엄과 덕망을 아울러 이르는 말이다.

13) 諸天이며: 諸天(제천) + -이며(접조) ※ '諸天(제천)'은 모든 하늘의 천신(天神)들이다. 욕계의 육욕천, 색계의 십팔천, 무색계의 사천(四天) 따위의 신을 통틀어 이르는데, 마음을 수양하는 경계를 따라 나뉜다.

14) 世間ᄃᆞᆯ히: 世間ᄃᆞᆶ[세간들, 世間等: 世間(세간) + -ᄃᆞᆶ(-들: 복접)] + -이(주조) ※ '世間(세간)'은 인간 세계에서 사는 사람이다.

15) 어즈리디: 어즈리[어지럽히다, 亂: 어즐(어질: 불어) + -이(사접)-]- + -디(-지: 연어, 부정)

16) 양ᄌᆡ: 양ᄌᆞ(모습, 모양, 樣子) + -ㅣ(← -이: 주조)

17) 端嚴ᄒᆞ야: 端嚴ᄒᆞ[단엄하다: 端嚴(단엄) + -ᄒᆞ(형접)-]- + -야(← -아: 연어) ※ '端嚴(단엄)'은 단정하고 엄숙한 것이다.

18) 싁싁ᄒᆞᆯ: 싁싁ᄒᆞ[장엄하다, 嚴: 싁싁(장엄, 嚴: 명사) + -ᄒᆞ(형접)-]- + -ㄹ(관전)

19) 모다: [모두, 皆(부사): 몯(모이다, 集: 동사)- + -아(연어▻부접)]

20) ᄃᆞᆺ고: ᄃᆞᆺ(애틋이 사랑하다, 愛)- + -고(연어, 나열)

21) ᄃᆞᆮ니ᄂᆞᆫ: ᄃᆞᆮ니[다니다, 行: ᄃᆞᆮ(닫다, 달리다, 走)- + 니(가다, 行)-]- + ㄴ(← -ᄂᆞ-: 현시)- + -오(대상)- + -ㄴ(관전)

22) ᄯᅡ해: ᄯᅡᇂ(곳, 데, 處) + -애(-에: 부조, 위치)

23) 마ᄀᆞᆫ: 막(막다, 礙)- + -Ø(과시)- + -ᄋᆞᆫ(관전)

24) ᄃᆡ: ᄃᆡ(데, 處: 의명) + -Ø(← -이: 주조)

25) 업서: 없(없어지다, 滅)- + -어(연어)

26) ᄆᆞᅀᆞ미: ᄆᆞᅀᆞᆷ(마음, 心) + -이(주조)

[71 앞]

歡환喜힁ᄒᆞ야즐거ᄫᅮ미ᄀᆞᄌᆞ리니大
땡慈쫑力륵젼ᄎᆞ로命명終즁ᄒᆞᆫ後ᅘᅮᇢ
에梵뻠天텬에나리라너大땡龍룡王
왕아만다가天텬人신이大땡慈쫑行
ᅘᆡᇰᄒᆞ니ᄂᆞᆫ이ᄀᆞᄐᆞᆫ無뭉量량無뭉邊
변利링益혁ᄒᆞᆫ이ᄅᆞᆯ얻ᄂᆞ니이럴ᄊᆡ龍
룡王왕아몸과입과ᄠᅳ뎃業업은샹녜

歡喜(환희)하여 즐거움이 갖추어지겠으니, 大慈力(대자력)으로 命終(명종) 한 後(후)에 梵天(범천)에 나리라. 너 大龍王(대용왕)아, 만일 天人(천인)이 大慈(대자)를 行(행)하면 이와 같은 無量無邊(무량무변)의 利益(이익)한 일을 얻나니, 이러므로 龍王(용왕)아, 몸과 입과 뜻으로 지은 業(업)은 늘

歡환喜힁ᄒᆞ야[27] 즐거부미[28] ᄀᆞᄌᆞ리니[29] 大땡慈ᄍᆞᆼ力륵 젼ᄎᆞ로 命명終즁ᄒᆞᆫ[30] 後ᅘᅮᇢ에 梵뻠天텬[31]에 나리라 너 大땡龍룡王왕아 ᄒᆞ다가 天텬人신이 大땡慈ᄍᆞᆼ 行ᅘᆡᇰ ᄒᆞᄂᆞ니ᄂᆞᆫ 이[32] ᄀᆞᆮᄒᆞᆫ[33] 無뭉量량無뭉邊변[34] 利링益ᅙᅧᆨᄒᆞᆫ[35] 이를 얻ᄂᆞ니 이럴ᄊᆡ[36] 龍룡王왕아 몸과 입과 ᄠᅳ뎃[37] 業업[38]은 샹녜[39]

---

27) 歡喜ᄒᆞ야: 歡喜ᄒᆞ[환희하다: 歡喜(환희: 명사) + -ᄒᆞ(동접)-]- + -야(← -아: 연어) ※ '歡喜(환희)'는 몸의 즐거움과 마음의 기쁨을 통틀어 이르는 말이다. 자기의 뜻에 알맞은 경계를 만났을 때의 기쁨, 죽어 극락왕생하는 것에 대한 기쁨, 불법(佛法)을 듣고 믿음을 얻어 느끼는 기쁨 따위를 이른다.

28) 즐거부미: 즐겁[← 즐겁다, ㅂ불(즐겁다, 樂): 즑(즐거워하다, 歡: 자동)- + -업(형접)-]- + -움(명전) + -이(주조)

29) ᄀᆞᄌᆞ리니: ᄀᆞᆽ(갖추어져 있다, 具)- + -ᄋᆞ리(미시)- + -니(연어, 설명 계속)

30) 命終ᄒᆞᆫ: 命終ᄒᆞ[명종하다, 죽다: 命終(명종) + -ᄒᆞ(동접)-]- + -Ø(과시)- + -ㄴ(관전)

31) 梵天: 범천. 십이천(十二天)의 하나이다. ※ '십이천(十二天)'은 인간 세상을 지키는 열두 하늘이나 그곳을 지킨다는 신(神)이다. 동방에 제석천(帝釋天), 남방에 염마천(閻魔天), 서방에 수천(水天), 북방에 비사문천(毘沙門天), 동남방에 화천(火天), 서남방에 나찰천(羅刹天), 서북방에 풍천(風天), 동북방에 대자재천(大自在天), 위에 범천(梵天), 아래에 지천(地天)과 일천(日天), 월천(月天)이 있다.

32) 이: 이(이것, 此: 지대, 정칭) + -Ø(← -이: -와, 부조, 비교)

33) ᄀᆞᆮᄒᆞᆫ: ᄀᆞᆮᄒᆞ(같다, 如)- + -Ø(현시)- + -ㄴ(관전)

34) 無量無邊: 무량무변. 헤아릴 수 없고 끝도 없이 많음을 이르는 말이다.

35) 利益ᄒᆞᆫ: 利益ᄒᆞ[이익되다: 利益(이익: 명사) + -ᄒᆞ(형접)-]- + -Ø(현시)- + -ㄴ(관전)

36) 이럴ᄊᆡ: 이러(← 이러ᄒᆞ다: 이러하다, 是故: 형사)- + -ㄹᄊᆡ(-므로: 연어, 이유)

37) ᄠᅳ뎃: ᄠᅳᆮ(뜻, 意) + -에(부조, 위치) + -ㅅ(-의: 관조) ※ 문맥을 감안하여 'ᄠᅳ뎃'을 '뜻으로 짓은'으로 의역한다.

38) 業: 업. 미래에 선악의 결과를 가져오는 원인이 된다고 하는, 몸과 입과 마음으로 짓는 선악의 소행이다.

39) 샹녜: 늘, 항상, 常(부사)

[71 뒤]

모로매 大땡慈ᄍᆞᆼ行ᅘᆡᇰ을 行ᅘᆡᇰᄒᆞ야ᅀᅡ
ᄒᆞ리라 ᄯᅩ 龍롱王왕아 陁땅羅랑尼닝
이쇼ᄃᆡ 일후미 施싱一힗切쳉衆즁生
ᄉᆡᇰ安한樂락이니 너희 龍롱ᄃᆞᆯ히 샹녜
모로매 讀똑誦쑝ᄒᆞ야 念념ᄒᆞ야 受쓯
持띵ᄒᆞ라 一힗切쳉龍롱ᄋᆡ 苦콩惱놓
ᄅᆞᆯ 能능히 滅몛ᄒᆞ야 安한樂락ᄋᆞᆯ 주리

모름지기 大慈行(대자행)을 行(행)하여야 하리라. 또 龍王(용왕)아, 陁羅尼(다라니)가 있되 (그) 이름이 施一切衆生安樂(시일체중생안락)이니, 너희 龍(용)들이 항상 모름지기 讀誦(독송)하여 念(염)하여 受持(수지)하라. (그 다라니가) 一切(일체)의 龍(용)의 苦惱(고뇌)를 能(능)히 滅(멸)하여 安樂(안락)을 주리니,

모로매[40] 大땡慈쫑行행ᄋᆞᆯ 行행ᄒᆞ야ᅀᅡ[41] ᄒᆞ리라 ᄯᅩ 龍룡王왕아 陁땅羅랑尼닝[42] 이쇼ᄃᆡ[43] 일후미 施싱一힗切쳉衆즁生싱安한樂락이니 너희 龍룡ᄃᆞᆯ히 샹녜 모로매 讀똑誦쑝[44]ᄒᆞ야 念념ᄒᆞ야 受쓯持띵ᄒᆞ라[45] 一힗切쳉龍룡ᄋᆡ 苦콩惱놓ᄅᆞᆯ 能능히 滅멿ᄒᆞ야 安한樂락ᄋᆞᆯ 주리니

---

40) 모로매: 모름지기, 반드시, 必(부사)

41) 行ᄒᆞ야ᅀᅡ: 行ᄒᆞ[행하다: 行(행: 불어) + -ᄒᆞ(동접)-]- + -야ᅀᅡ(← -아ᅀᅡ: 연어, 필연적 조건)

42) 陁羅尼: 陁羅尼(다라니) + -Ø(← -이: 주조) ※ '陁羅尼(다라니)'는 범문을 번역하지 아니하고 음(音) 그대로 외는 일이다. 자체에 무궁한 뜻이 있어 이를 외는 사람은 한없는 기억력을 얻고, 모든 재액에서 벗어나는 등 많은 공덕을 받는다고 한다. 선법(善法)을 갖추어 악법을 막는다는 뜻을 번역하여, 총지(總持)·능지(能持)·능차(能遮)라고도 이른다.

43) 이쇼ᄃᆡ: 이시(있다, 有)- + -오ᄃᆡ(-되: 연어, 설명 계속)

44) 讀誦: 독송. 소리 내어 읽거나 외우는 것이다.

45) 受持ᄒᆞ라: 受持ᄒᆞ[수지하다: 受持(수지) + -ᄒᆞ(동접)-]- + -라(명종) ※ '受持(수지)'는 경전이나 계율을 받아 항상 잊지 않고 머리에 새겨서 가지는 것이다.

[72 앞]

니뎌龍롱ᄃᆞᆯ히樂락ᄋᆞᆯ得득ᄒᆞ고사閻염浮뿡提똉예始싱作작ᄒᆞ야能능히時씽節졇을조차甘감雨웅를ᄂᆞ리워【甘감雨웅는ᄃᆞᆫ비라】一ᅙᅵᇙ切쳉樹쓩木목叢쭝林림藥약草촣苗몽稼강ㅣ다滋중味밍를나게ᄒᆞ리라그제龍롱王왕이부텨ᄭᅴᄉᆞᆯᄫᅩᄃᆡ어느施싱一ᅙᅵᇙ切쳉樂락陁

저 龍(용)들이 樂(낙)을 得(득)하고야 閻浮提(염부제)에서 始作(시작)하여 能(능)히 時節(시절)을 좇아 甘雨(감우)를 내리게 하여【甘雨(감주)는 단비이다.】, 一切(일체)의 樹木(수목)·叢林(총림)·藥草(약초)·苗稼(묘가)가 다 滋味(자미)를 나게 하리라. 그때에 龍王(용왕)이 부처께 사뢰되 “어느 施一切樂陁羅尼句(시일체다라니구)입니까?

뎌[46] 龍룡돌히 樂락올 得득ᄒᆞ고ᅀᅡ[47] 閻염浮뿧提똉예 始싱作작ᄒᆞ야 能능히 時씽節졇을 조차 甘감雨웅를 ᄂᆞ리워【甘감雨웅는 ᄃᆞᆫ비라[48]】 一잃切쳉 樹쓩木목 蘩쫑林림 藥약草촣 苗묳稼강ㅣ 다 滋중味밍[49]를 나게 ᄒᆞ리라 그제 龍룡王왕이 부텨ᄭᅴ ᄉᆞᆯᄫᆞᄃᆡ 어늬[50] 施싱一잃切쳉樂락陁땅羅랑尼닝句궁ㅣ잇고[51]

---

46) 뎌: 저, 彼(관사, 지시)

47) 得ᄒᆞ고ᅀᅡ: 得ᄒᆞ[득하다: 得(득: 불어) + -ᄒᆞ(동접)-]- + -고(연어, 나열, 계기) + -ᅀᅡ(-야: 보조사, 한정 강조)

48) ᄃᆞᆫ비라: ᄃᆞᆫ비[단비, 甘雨: ᄃᆞ(← ᄃᆞᆯ다: 달다, 甘)- + -ㄴ(관전) + 비(비, 雨)] + -Ø(← -이-: 서조)- + -Ø(현시)- + -라(← -다: 평종)

49) 滋味: 자미. 자양분이 많고 맛도 좋음. 또는 그런 음식이다.

50) 어늬: 어느(어느, 何: 지대, 미지칭) + -ㅣ(← -이: 주조)

51) 施一切樂陁羅尼句ㅣ잇고: 施一切樂陁羅尼句(시일체낙다라니구) + -ㅣ(← -이-: 서조) + -잇(← -이-: 상높, 아주 높임) + -고(의종, 설명)

땅羅랑尼닝句궁ㅣ 잇고 句궁는 말 그츤 ᄯᅡ히라
世솅尊존이 즉자히 呪쥼를 니ᄅᆞ샤ᄃᆡ
怛당緻징哆타 其呪字口傍作者轉舌讀之注引字者引聲讀
之 陁떠引 囉尼陁러니떠引 囉尼러니
一 優多힣더引 囉尼러니引二 三삼引 波
囉帝붜러디 諸呪帝皆丁利反 師郗숭치 攄利反 三
毗闍耶跋囒那삐쎠여뿷류나引 薩底

【 句(구)는 말이 끊어진 데이다. 】 世尊(세존)이 즉자히 呪(주)를 이르시되,

"怛緻哆당징타[그 주(呪, 다라니) 글자의 옆에 쓴 것은 轉舌(전설)로 읽고, (그 글자에) '引'자를 注(주)한 것은 끄는 소리로 읽는다.] 陁떠(引) 囉尼陁러니떠(引) 囉尼러니 【一】 優多힣더(引) 囉尼러니(引) 【二】 三삼(引) 波囉帝붜러디[여러 주(呪, 다라니)에서 '帝(뎨)'는 모두 丁(뎡)과 利(리)의 반절(反切)이다.] 師郗승치[攄(터)와 利(리)의 反切(반절)이다.] 【三】 毗闍耶跋囒那삐쎠여뿷류나(引) 薩底

【句궁는 말 그츤[52] ᄯᅡ히라[53]】 世솅尊존이 즉자히[54] 呪쥼[55]를 니ᄅᆞ샤ᄃᆡ

怛緻哋당짒타[其呪字口傍作者轉舌讀之注引字者引聲讀之][56]陁떠(引)囉尼陁러니떠(引) 囉尼러니【一】優多힐더(引)囉尼러니(引)【二】三삼(引)波囉帝붜러디[諸呪帝皆丁利反][57]師郗승치[攄利反][58]【三】毗闍耶跋讕那삐쎠여뽫류나(引)薩底

---

52) 그츤: 긏(끊어지다, 切)- + -Ø(과시)- + -은(관전)

53) ᄯᅡ히라: ᄯᅡㅎ(데, 곳, 處) + -이(서조)- + -Ø(현시)- + -라(← -다: 평종)

54) 즉자히: 즉시, 卽(부사)

55) 呪: 주. 주문(呪文). 다라니(陀羅尼)의 글이다.

56) 其呪字口傍作者轉舌讀之注引字者引聲讀之: 기주자구방작자전설독지주인자자인성독지. 그 주문(呪文, 다라니) 글자(한자)의 옆에 쓴 것은 轉舌(전설)로 읽고, '引'자를 注(주)한 것은 끄는 소리로 읽는다. ※ 전설음(轉舌音)은 권설음(捲舌音), 곧 혀말이 소리이다. ※ 이 구절의 내용은 다라니로 적힌 주(呪)의 본문 글자는 전설음(권설음)으로 읽고, 다라니의 왼쪽에 인(引)을 붙인 글자는 끄는 소리(인성, 引聲)로 읽는다는 뜻이다. ※ '引聲(인성)'은 끄는 소리이다. 아미타불(阿彌陀佛)의 명호(名號)나 경문(經文)·염불·게송(偈頌) 등을 목소리를 부드럽고 길게 끌어 창(唱)하는 일, 또는 그 소리이다.

57) 諸呪帝皆丁利反: 제주제개정리반. 여러 주(呪, 다라니)에서 '帝(뎨)'는 모두 丁(뎡)과 利(링)의 반절(反切)인 '디'이다. ※ '反(반)'은 반절(反切)'이다. '반절(反切)'은 특정한 한자(漢字)의 음을 다른 한자 두 글자로써 표기하는 방법이다. 첫 번째 한자는 초성을 빌리고, 두 번째 한자는 중성과 종성을 빌려서 표기한다. 곧 '東(/동/)'의 글자의 음을 德의 초성 /ㄷ/과 紅(/홍/)의 중성·종성인 /옹/으로 표시하는 것이다. 이를 "東德紅反"으로 표시한다.

58) 攄利反: 터리반. 攄(터)와 利(리)의 반절.

[73 앞]

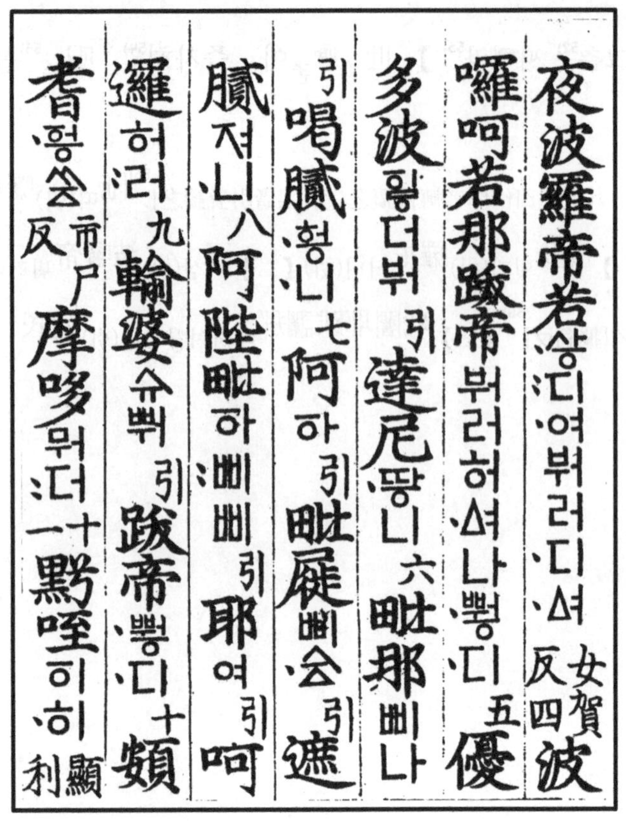

夜波羅帝若상디여뷔러디셔 女賀反 四 波
囉呵若那跋帝뷔러허셔나뿡디 五 優
多波읭더뷔 引 達尼땅니 六 毗那삐나
引 喝膩헝니 七 阿하 引 毗屣삐숭 引 遮
膩져니 八 阿陛毗하삐삐 引 耶여 引 呵
邏허러 九 輸婆슈뿨 引 跋帝뿡디 十 頞
者헝숭 市尸反 摩哆뭐더 十一 黔咥이히 顯利

夜波羅帝若상디여뷔러디셔[女(녀)와 賀(하)의 反切(반절)이다.]【四】波囉若那跋帝뷔러허셔나뿡디【五】優多波읭더뷔(引)達尼땅니【六】毗那삐나(引)喝膩헝니【七】阿하(引)毗屣삐숭(引)遮膩져니【八】阿陛毗하삐삐(引)耶여(引)呵邏허러【九】輸婆슈뿨(引)跋帝뿡디【十】頞者헝숭[市(시)와 尸(시)의 反切(반절)이다.]摩哆뭐더【十一】黔咥이히[顯(현)과 利(리)의 反切(반절)이다.]

夜波羅帝若샹디여붜러디셔[女賀反][59] 【四】 波囉若那跋帝붜러허셔나삥디 【五】 優多波힐더붜(引)達尼땋니 【六】 毗那삐나(引)喝膩헝니 【七】 阿하(引)毗㞒삐승(引)遮膩져니 【八】 阿陛毗하삐삐(引)耶여(引)呵邏허러 【九】 輸婆슈뿨(引)跋帝삥디 【十】 頞者헝씅[市尸反][60] 摩哆뭐더 【十一】 黔哸이히[顯利反][61]

59) 女賀反: 여하반. 女(녀)와 賀(하)의 反切(반절)이다.
60) 市尸反: 시시반. 市(시)와 尸(시)의 反切(반절)이다.
61) 顯利反: 현리반. 顯(현)과 利(리)의 反切(반절)이다.

【十二】宮婆羅궁뿨러(引)【十三】鞞咥삐히[香(향)과 利(리)의 反切(반절)이다.](引)婆呵뿨허【十四】摩羅吉梨舍뭐러깅리셔(引)達那땅나(引)波唅붜함【十五】輸슝[輸(수)와 律(률)의 反切(반절)이다.]陁떠(引)耶摩여뭐(引)伽尼梨呵迦達摩多꺄니리허갸땅뭐더(引)輸슝陁떠(引)盧迦루갸【十七】毗帝寐囉何囉闍婆獨佉賒摩那삐디믜러혀러쎠뿨뚱큐셔뭐나

【十二】宮婆羅궁뿨러(引)【十三】鞞咥삐히[香利反][62](引)婆呵뿨허【十四】摩羅吉梨舍뭐러깅리쎠(引)達那땅나(引)波唅뿨함【十五】輸슝[輸律反]陁떠(引)耶摩여뭐(引)伽尼梨呵迦達摩多꺄니리허갸땅뭐더【十六】輸슝陁떠(引)盧迦루꺄【十七】毗帝寐囉何囉闍婆獨佉賒摩那삐디믜러허러쎠뿨뚱큐셔뭐나

62) 香利反: 향리반. 香(향)과 利(리)의 反切(반절)이다.

[74 앞]

큐셔뮈나 十八 去聲 薩婆佛陁婆盧歌那 상
뿨뽛떠뿨루거나 十九 去聲 波羅闍若 붜러
쎠셔 引 闍那 쎠나 引 鞞醯莎 삐히서 引
呵 허 너 大 땡 龍 룡 王 왕 아 이 呪 쥼 ㅣ 일
후미 施 싱 一 힗 切 쳉 樂 락 陁 땅 羅 랑 尼
닝 句 궁 ㅣ니 諸 졍 佛 뿛 이디니시논거
시니 너희들히 샹녜 모로매 受 쓯 持 띵

(去聲)【十八】 薩婆佛陁婆盧歌那상뿨뽛떠뿨루거나(去聲)【十九】 波羅闍若붜러
쎠셔(引)闍那쎠나(引)鞞醯莎삐히서(引)呵허

너 大龍王(대용왕)아, 이 呪(주)가 일후미 施一切樂陁羅尼句(시일체락다라니구)이니, (이 呪는) 諸佛(제불)이 지니시는 것이니 너희들이 항상 모름지기 受持(수지)·

[74 앞]

(去聲)【十八】薩婆佛陁婆盧歌那상뿨뽕떠뿨루거나(去聲)【十九】波羅闍若붜러쎠셔(引)闍那쎠나(引)鞞醯莎삐히서(引)呵허

너 大땡龍롱王왕아 이 呪즇ㅣ[63] 일후미[64] 施싱一힗切쳉樂락陁땅羅랑尼닝句궁[65]ㅣ니 諸졍佛뿛이 디니시논[66] 거시니[67] 너희돌히[68] 샹녜[69] 모로매 受쓯持띵[70]

63) 呪ㅣ: 呪(주) + -ㅣ(← -이: 주조)

64) 일후미: 일훔(이름, 名) + -이(주조)

65) 施一切樂陁羅尼句: 시일체락다라니구. 일체의 즐거움을 베푸는 다라니의 구절(句節)이다.

66) 디니시논: 디니(지니다, 持)- + -시(주높)- + -ㄴ(← -ᄂᆞ-: 현시)- + -오(대상)- + -ㄴ(관전)

67) 거시니: 것(것, 者: 의명) + -이(서조)- + -니(연어, 설명 계속)

68) 너희돌히: 너희돌ㅎ[너희들, 汝等: 너(너, 汝: 인대, 2인칭) + -희(복접) + -돌ㅎ(-들: 복접)] + -이(주조)

69) 샹녜: 늘, 항상, 常(부사)

70) 受持: 수지. 경전이나 계율을 받아 항상 잊지 않고 머리에 새겨 가지는 것이다.

[74 뒤]

讀똑誦쑝ᄒᆞ라 吉긿ᄒᆞᆫ 이리 이러 法법
門몬애 시러 드러 便뼌安한ᄒᆞ고 즐거ᄫᅳ
믈 어드리라 ᄯᅩ 龍롱王왕아 大땡雲운
所송生싱威휭神씬莊장嚴엄功공德
득智딩相샹雲운輪륜水쉉藏짱化황
金금色식光광毗삥盧롱遮쟝那낭ㅣ
겨시니 ᄒᆞᆫ 터럭 굼긔셔 ᄒᆞᆫ 姓셩엣 諸졍

讀誦(독송)하라. (그리 하면) 吉(길)한 일이 이루어져 (너희들이) 法門(법문)에 능히 들어서 便安(편안)하고 즐거움을 얻으리라. 또 龍王(용왕)아, 大雲所生威神莊嚴功德智相雲輪水藏化金色光毗盧遮那(대운소생위신장엄공덕지상운윤수장화금색광비로자나)가 계시니, 하나의 터럭 구멍에서 한 姓(성)을 가진

讀똑誦쑝ᄒᆞ라[71] 吉긿ᄒᆞᆫ[72] 이리 이러[73] 法법門몬[74]애 시러[75] 드러 便뼌安한코[76] 즐거부믈[77] 어드리라[78] 또 龍룡王왕아 大땡雲운所송生싱威휭神씬莊장嚴엄功공德득智딩相샹雲운輪륜水쉉藏짱化황金금色식光광毗삥盧롱遮쟝那낭[79]ㅣ 겨시니[80] ᄒᆞᆫ 터럭[81] 굼긔셔[82] ᄒᆞᆫ 姓셩엣[83]

---

71) 讀誦ᄒᆞ라: 讀誦ᄒᆞ[독송하다: 讀誦(독송) + -ᄒᆞ(동접)-]- + -라(명종)

72) 吉ᄒᆞᆫ: 吉ᄒᆞ[길하다: 吉(길: 불어) + -ᄒᆞ(형접)-]- + -Ø(현시)- + -ㄴ(관전) ※ '吉(길)'은 운이 좋거나 일이 상서로운 것이다.

73) 이러: 일(이루어지다, 成)- + -어(연어)

74) 法門: 법문. 중생을 열반에 들게 하는 문이라는 뜻이다.

75) 시러: [능히, 能(부사): 실(← 싣다, ㄷ불: 싣다, 載)- + -어(연어 ▷ 부접)]

76) 便安코: 便安ㅎ[← 便安ᄒᆞ다(편안하다): 便安(편안: 명사)- + -ᄒᆞ(형접)-]- + -고(연어, 나열)

77) 즐거부믈: 즐겁[← 즐겁다, ㅂ불(즐겁다, 喜): 즑(즐거워하다, 歡: 불어) + -업(형접)-]- + -움(명전) + -을(목조)

78) 어드리라: 얻(얻다, 得)- + -으리(미시)- + -라(← -다: 평종)

79) 毗盧遮那: 비로자나. 연화장세계(蓮華藏世界)에 살면서 그 몸은 법계(法界)에 두루 차서 큰 광명을 내비치어 중생을 제도하는 부처이다. ※ '연화장((蓮華藏)'은 불교에서 그리는 세계의 모습이다. 연꽃에서 태어난 세계 또는 연꽃 속에 담겨 있는 세계라는 뜻으로, 그 모습은 교파(敎派)와 종파(宗派)에 따라 다르다.

80) 겨시니: 겨시(계시다, 有)- + -니(연어, 설명 계속)

81) 터럭: [터럭, 털, 毛: 털(털, 毛) + -억(명접)]

82) 굼긔셔: 굶(← 구무: 구멍, 孔) + -의(-에: 부조, 위치) + -셔(-서: 보조사, 위치 강조)

83) 姓엣: 姓(성) + -에(부조, 위치) + -ㅅ(-의: 관조) ※ '姓엣'은 '姓(성)을 가진'으로 의역한다.

[75앞]

佛뿛名명號ᅘᅡᇢㅣ 나시니 너희돌히 ᄯᅩ
모로매 念념ᄒᆞ야 受쓩持띵ᄒᆞᅀᆞᄫᆞ라
뎌 諸졍如ᅀᅧᆼ來ᄅᆡᆼㅅ 名명號ᅘᅡᇢ롤 디니
면 一ᅙᅵᇙ切촁 諸졍龍룡種죵姓셩과 種
죵ᄋᆞᆫ 가지라 一ᅙᅵᇙ切촁 龍룡王왕眷권屬쑉徒
똥衆즁과 徒똥衆즁ᄋᆞᆫ 무리라 龍룡女녕돌희 苦
콩惱놓롤 能능히 滅멿ᄒᆞ야 安한樂락

諸佛(제불)의 名號(명호)가 나시니 너희들이 또 모름지기 念(염)하여 受持(수지)하라. 저 諸如來(제여래)의 名號(명호)를 지니면, 一切(일체) 諸龍(제룡)의 種姓(종성)과【種(종)은 가지이다.】 一切(일체) 龍王(용왕)의 眷屬(권속)인 徒衆(도중)과【徒衆(도중)은 무리이다.】 龍女(용녀)들의 苦惱(고뇌)를 能(능)히 滅(멸)하여 安樂(안락)을

諸졍佛뿛 名명號흫ㅣ[84] 나시니 너희둘히 또 모로매 念념ᄒᆞ야 受쓯持띵ᄒᆞᅀᆞᄫᆞ라[85] 뎌 諸졍如셩來링ㅅ 名명號흫를 디니면 一힗切쳉 諸졍龍룡種죵姓셩과[86]【種죵ᄋᆞᆫ 가지라】一힗切쳉 龍룡王왕 眷권屬쑉[87] 徒똥衆즁[88]과【徒똥衆즁은 무리라】龍룡女녕둘히[89] 苦콩惱놓를 能능히 滅멿ᄒᆞ야 安한樂락ᄋᆞᆯ

---

84) 名號ㅣ: 名號(명호) + -ㅣ(← -이: 주조) ※ '名號(명호)'는 이름과 호를 아울러 이르는 말이다.

85) 受持ᄒᆞᅀᆞᄫᆞ라: 受持ᄒᆞ[수지하다: 受持(수지) + -ᄒᆞ(동접)-]- + -ᅀᆞᇦ(← -ᄉᆞᆸ-: 객높)- + -ᄋᆞ라(명종)

86) 種姓과: 種姓(종성) + -과(접조) ※ '種姓(종성)'은 인도의 카스트 제도이다. 인도의 세습적 계급 제도. 승려 계급인 브라만, 귀족과 무사 계급인 크샤트리아, 평민인 바이샤, 노예인 수드라의 네 계급을 기원으로, 현재는 2,500종 이상의 카스트와 부카스트로 나뉜다. 계급에 따라 결혼, 직업, 식사 따위의 일상생활에 엄중한 규제가 있다.

87) 眷屬: 권속. 한집에 거느리고 사는 식구이다.

88) 徒衆: 도중. 사람의 무리이다.

89) 龍女둘히: 龍女둘ㅎ[용녀들: 龍女(용녀) + -둘ㅎ(-들: 복접)] + -이(관조) ※ '龍女(용녀)'는 용궁에 산다는 선녀이다.

[75 뒤]

오ᄌᆞ리니 이럴ᄊᆡ 龍룡王왕아 뎌 如ᅀᅧᆼ
來ᄅᆡᆼㅅ 名명號ᅘᅩᇢ를 일ᄏᆞᄅᆞ ᄉᆞ방ᄉᆞᄫᆞ리
라 南남無뭉婆빵伽꺙婆빵帝뎽毗삥
盧롱遮쟝那낭藏짱大땡雲운如ᅀᅧᆼ來
ᄅᆡᆼ 婆빵伽꺙婆빵帝뎽ᄂᆞᆫ 우희 니ᄅᆞᆫ 薄빡伽꺙梵뻠이라 南남無
뭉 婆빵伽꺙婆빵帝뎽性셩現현出츓
雲운如ᅀᅧᆼ來ᄅᆡᆼ南남無뭉婆빵伽꺙婆

주겠으니, 이러므로 龍王(용왕)아, 저 如來(여래)의 名號(명호)를 일컬어야 하리라. 南無婆伽婆帝毗盧遮那藏大雲如來(나무바가바제비로자나장대운여래) 【 婆伽婆帝(바가바제)는 위에서 이른 薄伽梵(박가범)이다. 】· 南無婆伽婆帝性現出雲如來(나무바가바제성현출운여래)· 南無婆伽婆帝持雲雨如來(나무무바가바제지운우여래)·

주리니 이럴ᄊᆡ[90] 龍룡王왕아 뎌 如ᅀᅧᆼ來ᄅᆡᆼㅅ 名명號ᅘᅩᇢ를 일ᄏᆞᆮᄌᆞᄫᅡᅀᅡ[91] ᄒᆞ리라 南남無뭉婆ᄬᅡ伽꺙婆ᄬᅡ帝뎽毗ᄈᆡᆼ盧롱遮쟝那낭藏짱大땡雲운如ᅀᅧᆼ來ᄅᆡᆼ【婆ᄬᅡ伽꺙婆ᄬᅡ帝뎽ᄂᆞᆫ 우희[92] 닐온[93] 薄빡伽꺙梵뻠이라[94]】 南남無뭉婆ᄬᅡ伽꺙婆ᄬᅡ帝뎽性셩現ᅘᅧᆫ出츓雲운如ᅀᅧᆼ來ᄅᆡᆼ 南남無뭉婆ᄬᅡ伽꺙婆ᄬᅡ帝뎽持띵雲운雨웅如ᅀᅧᆼ來ᄅᆡᆼ

---

90) 이럴ᄊᆡ: 이러[← 이러ᄒᆞ다(이러하다, 如此): 이러(불어)- + -ᄒᆞ(형접)-]- + -ㄹᄊᆡ(-므로: 연어, 이유)

91) 일ᄏᆞᆮᄌᆞᄫᅡᅀᅡ: 일ᄏᆞᆮ(일컫다, 칭찬하다, 譽)- + -ᄌᆞᇦ(← -ᄌᆞᆸ-: 객높)- + -아ᅀᅡ(-아야: 연어, 필연적 조건)

92) 우희: 우ㅎ(위, 上) + -의(-에: 부조, 위치)

93) 닐온: 닐(← 니ᄅᆞ다: 이르다, 曰)- + -Ø(과시)- + -오(대상)- + -ㄴ(관전)

94) 薄伽梵이라: 薄伽梵(박가범) + -이(서조)- + -Ø(현시)- + -라(← -다: 평종) ※ '薄伽梵(박가범)'은 산스크리트어 bhagavat 복덕이 있는 자, 성스러운 자라는 뜻으로, 석가모니를 달리 이르는 말이다. 세존(世尊)으로 번역한다.

[76 앞]

빵帝뎽持띵雲운雨웅如셩來링南남
無뭉婆빵伽꺙婆빵帝뎽威휭德득雲
운如셩來링南남無뭉婆빵伽꺙婆빵
帝뎽大땡興흥雲운如셩來링興흥은니르와
돌씨라南남無뭉婆빵伽꺙婆빵帝뎽大
땡散산風봉雲운如셩來링南남無뭉
婆빵伽꺙婆빵帝뎽大땡雲운閃셤電

南無婆伽婆帝威德雲如來(나무바가바제위덕운여래)·南無婆伽婆帝大興雲如來(나무바가바제대흥운여래)【興(흥)은 일으키는 것이다.】·南無婆伽婆帝大散風雲如來(나무바가바제대산풍운여래)·南無婆伽婆帝大雲閃電如來(나무바가바제대운섬전여래)·

南남無뭉婆빵伽꺙婆빵帝뎽威휭德득雲운如셩來링 南남無뭉婆빵伽꺙婆빵帝뎽大땡興흥雲운如셩來링【興흥은 니르와ᄃᆞᆯ[95] 씨라[96]】 南남無뭉婆빵伽꺙婆빵帝뎽大땡散산風봉雲운如셩來링 南남無뭉婆빵伽꺙婆빵帝뎽大땡雲운閃셤電뎐如셩來링

95) 니르와ᄃᆞᆯ: 니르왇[일으키다, 起: 닐(일어나다, 起: 자동)- + -으(사접)- + -왇(강접)-]- + -ᄋᆞᆯ(관전)

96) 씨라: ᄊ(← ᄉᆞ: 것, 者, 의명) + -이(서조)- + -Ø(현시)- + -라(← -다: 평종)

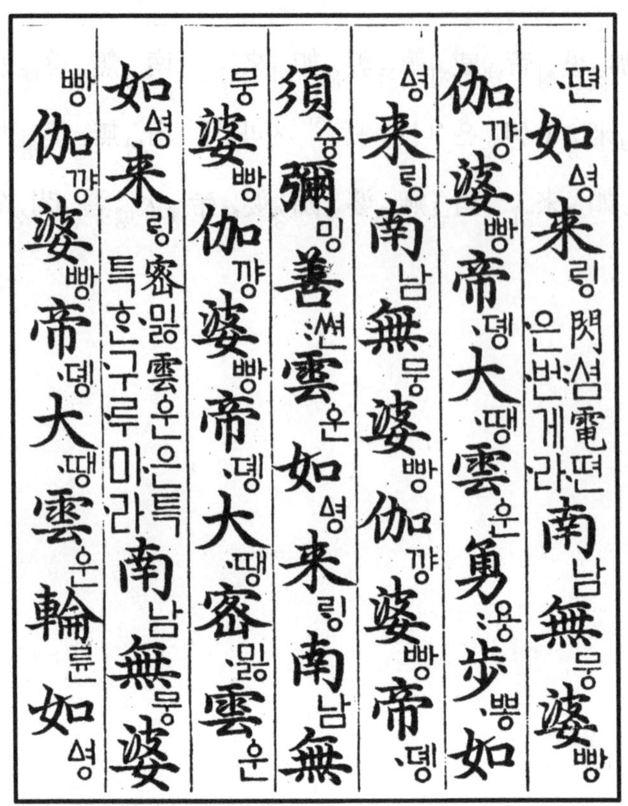

·뎐 如셩來링 閃셤電뗜은 번·게·라 南남無뭉婆빵
伽깡婆빵帝·뎽大·땡雲운勇·용步·뽕如
·셩來링南남無뭉婆빵伽깡婆빵帝·뎽
須숭彌밍善·쎤雲운如셩來링南남無
뭉婆빵伽깡婆빵帝·뎽大·땡密·밇雲운
如셩來링密밇雲운은 특흔 구루미라 南남無뭉婆
빵伽깡婆빵帝·뎽大·땡雲운輪륜如셩

【閃電(섬광)은 번개이다.】 南無婆伽婆帝大雲勇步如來(나무바가바제대운용보여래)·南無婆伽婆帝須彌善雲如來(나무바가바제수미선운여래), 南無婆伽婆帝大密雲如來(나무바가바제대밀운여래)【密雲(밀운)은 빽빽한 구름이다.】·南無婆伽婆帝大雲輪如來(나무바가바제대운륜여래)·

【閃$_{셤}$電$_{뎐}$[97]은 번게라[98]】 南$_{남}$無$_{뭉}$婆$_{빵}$伽$_{꺙}$婆$_{빵}$帝$_{뎽}$大$_{땡}$雲$_{운}$勇$_{용}$步$_{뽕}$如$_{셩}$來$_{링}$ 南$_{남}$無$_{뭉}$婆$_{빵}$伽$_{꺙}$婆$_{빵}$帝$_{뎽}$須$_{슝}$彌$_{밍}$善$_{쎤}$雲$_{운}$如$_{셩}$來$_{링}$ 南$_{남}$無$_{뭉}$婆$_{빵}$伽$_{꺙}$婆$_{빵}$帝$_{뎽}$大$_{땡}$密$_{맗}$雲$_{운}$如$_{셩}$來$_{링}$【密$_{밇}$雲$_{운}$[99]은 특특ᄒᆞᆫ[1] 구루미라[2]】 南$_{남}$無$_{뭉}$婆$_{빵}$伽$_{꺙}$婆$_{빵}$帝$_{뎽}$大$_{땡}$雲$_{운}$輪$_{륜}$如$_{셩}$來$_{링}$

97) 閃光: 섬광. 순간적으로 강렬히 번쩍이는 빛이다.

98) 번게라: 번게(번게, 電) + -Ø(← -이-: 서조)- + -Ø(현시)- + -라(← -다: 평종)

99) 密雲: 밀운. 두껍게 낀 구름이다.

1) 특특ᄒᆞᆫ: 특특ᄒᆞ[빽빽하다, 密: 특특(빽빽: 불어) + -ᄒᆞ(형접)-]- + -Ø(현시)- + -ㄴ(관전)

2) 구루미라: 구룸(구름, 雲) + -이(서조)- + -Ø(현시)- + -라(← -다: 평종)

[77 앞]

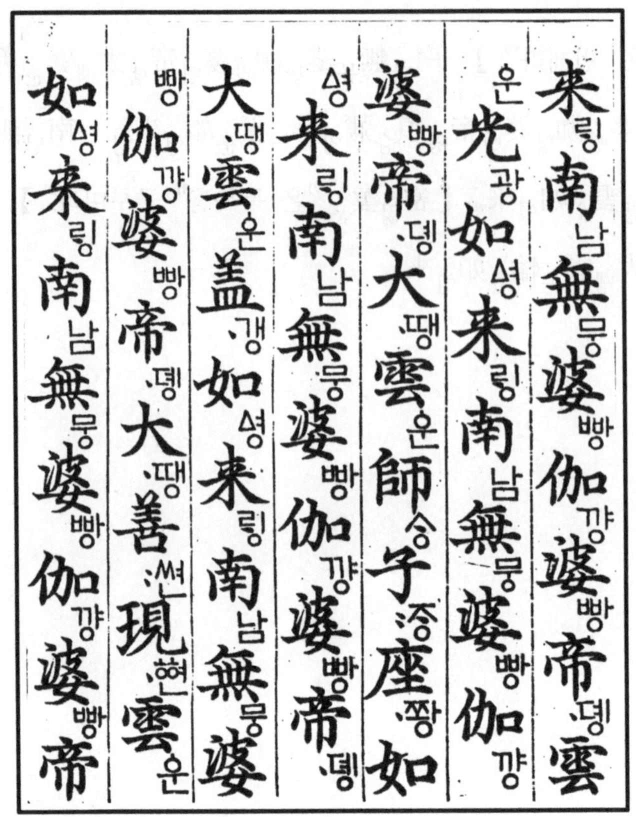

來링南남無뭉婆빵伽꺙婆빵帝뎽雲
운光광如셩來링南남無뭉婆빵伽꺙
婆빵帝뎽大땡雲운師승子중座쫭如
셩來링南남無뭉婆빵伽꺙婆빵帝뎽
大땡雲운盖갱如셩來링南남無뭉婆
빵伽꺙婆빵帝뎽大땡善쎤現현雲운
如셩來링南남無뭉婆빵伽꺙婆빵帝

南無婆伽婆帝雲光如來(나무바가바제운광여래)·南無婆伽婆帝大雲師子座如來(나무바가바제대운사자좌여래)·南無婆伽婆帝大雲盖如來(나무바가바제대운개여래)·南無婆伽婆帝大善現雲如來(나무바가바제대선현운여래)·南無婆伽婆帝雲覆如來(나무바가바제운복여래)·

南남無뭉婆빵伽꺙婆빵帝뎽雲운光광如셩來링 南남無뭉婆빵伽꺙婆빵帝뎽大땡雲운師숭子중座쫭如셩來링 南남無뭉婆빵伽꺙婆빵帝뎽大땡雲운盖갱如셩來링 南남無뭉婆빵伽꺙婆빵帝뎽大땡善썬現현雲운如셩來링 南남無뭉婆빵伽꺙婆빵帝뎽雲운覆풍如셩來링

[77 뒤]

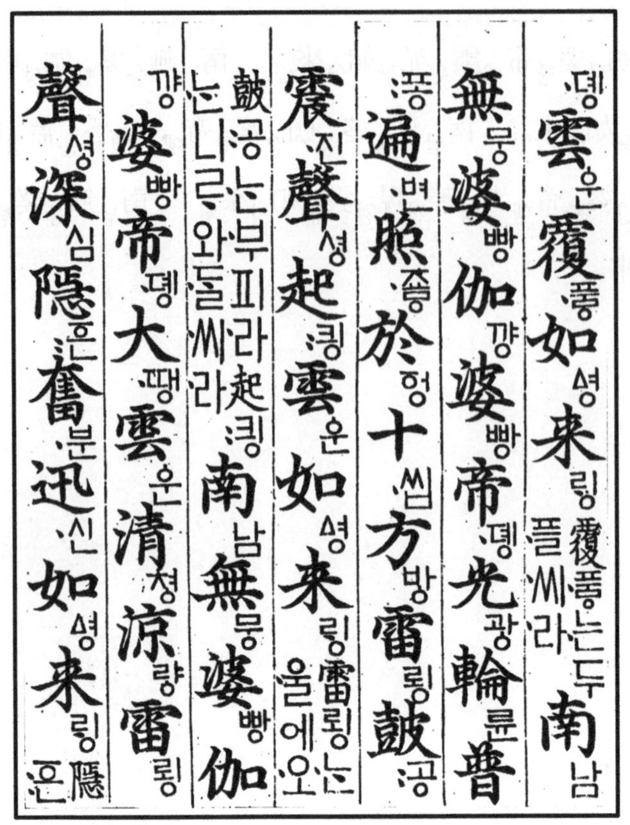

·뎽 雲운覆·풍如셩來링 覆·풍·는 두플·씨·라 南남
無뭉婆빵伽꺙婆빵帝·뎽光광輪륜普
·퐁遍·변照·쥫於헝十·씹方방雷룅鼓·공
震·진聲셩起·킝雲운如셩來링 雷룅·는 울에·오
鼓·공·는 부피·라 起·킝·는 니르·와돌·씨·라 南남無뭉婆빵伽
꺙婆빵帝·뎽大·땡雲운淸청涼량雷룅
聲셩深심隱·흔奮·분迅·신如셩來링 隱·흔

【覆(부)는 덮는 것이다.】 南無婆伽婆帝光輪普遍照於十方雷鼓震聲起雲如來(나무바가바제광륜보편조어십방뇌고진성기운여래)【雷(뇌)는 우레요, 鼓(고)는 북이다. 起(기)는 일으키는 것이다.】·南無婆伽婆帝大雲淸涼雷聲深隱奮迅如來(나무바가바제대운청량뇌성심은분신여래)·

【覆퓽는 두플[3] 씨라】 南남無뭉婆빵伽꺙婆빵帝뎽光광輪륜普퐁遍변照쭇於헝十씹方방雷룅鼓공震진聲셩起킝雲운如셩來릥【雷룅ᄂᆞᆫ 울에오[4] 鼓공ᄂᆞᆫ 부피라[5] 起킝ᄂᆞᆫ 니ᄅᆞ와ᄃᆞᆯ 씨라】 南남無뭉婆빵伽꺙婆빵帝뎽大땡雲운淸청涼량雷룅聲셩深심隱흔奮분迅신如셩來릥

---

3) 두플: 듶(덮다, 覆)- + -을(관전)

4) 울에오: 울에[우레, 雷: 울(울다, 鳴)- + -에(← -게: 명접)] + -Ø(← -이-: 서조)- + -오(← -고: 연어, 나열)

5) 부피라: 붚(북, 鼓) + -이(서조)- + -Ø(현시)- + -라(← -다: 평종)

[78 앞]

은 수믈 씨니 深심隱흔은 기피 수머셔
날 씨라 奮분은 매 ᄂᆞᆯ개 티ᄃᆞᆺ 가ᄇᆡ얍
고 ᄲᆞᄅᆞᆯ 씨오 迅신은 ᄲᆞᄅᆞᆯ 씨니 奮
분迅신은 니ᄅᆞ와다 ᄆᆡ볼 씨라 南남
無뭉婆빵伽꺙婆빵帝뎽布봉雲운如
셩來링 布봉ᄂᆞᆫ 펼 씨라 南남無뭉婆빵伽꺙婆
빵帝뎽虛헝空콩雨웅雲운如셩來링
南남無뭉婆빵伽꺙婆빵帝뎽疾찗行
ᅘᆡᆼ雲운如셩來링 疾찗은 ᄲᆞᄅᆞᆯ 씨라 南남無뭉

【 隱(은) 숨는 것이니, 深隱(심은)은 깊이 숨어서 나는 것이다. 奮(분)은 매가 날개를 치듯이 가볍고 빠른 것이요, 迅(신)은 빠른 것이니, 奮迅(분신)은 일으켜서 사나운 것이다. 】·南無婆伽婆帝布雲如來(나무바가바제포운여래)【 布(포)는 펴는 것이다. 】·南無婆伽婆帝虛空雨雲如來(나무바가바제허공우운여래)·南無婆伽婆帝疾行雲如來(나무바가바질행운여래)【 疾(질)은 빠른 것이다. 】·南無婆伽婆帝雲垂出聲如來(나무바가바제운수출성여래)·

【隱ᅙᅳᆫ은 수믈 ᄡᅵ니 深심隱ᅙᅳᆫ은 기피[6] 수머셔[7] 날 ᄡᅵ라[8] 奮분은 매[9] ᄂᆞᆯ애[10] 티ᄃᆞ시[11] 가ᄇᆡ얍고[12] ᄲᆞᄅᆞᆯ[13] ᄡᅵ오 迅신은 ᄲᆞᄅᆞᆯ ᄡᅵ니 奮분迅신[14]은 니ᄅᆞ와다 ᄆᆡᄫᆞᆯ[15] ᄡᅵ라】 南남無뭉婆빵伽꺙婆빵帝뎽布봉雲운如셩來링【布봉ᄂᆞᆫ 펼 ᄡᅵ라】 南남無뭉婆빵伽꺙婆빵帝뎽虛헝空콩雨웅雲운如셩來링 南남無뭉婆빵伽꺙婆빵帝뎽疾찚行ᅘᆡᇰ雲운如셩來링【疾찚은 ᄲᆞᄅᆞᆯ ᄡᅵ라】 南남無뭉婆빵伽꺙婆빵帝뎽雲운垂쒕出ᄎᆔᇙ聲셩如셩來링

---

6) 기피: [깊이, 深(부사): 깊(깊다, 深)- + -이(부접)]

7) 수머셔: 숨(숨다, 隱)- + -어(연어) + -셔(-서: 보조사, 강조)

8) ᄡᅵ라: ᄡ(← ᄉᆞ: 것, 者, 의명) + -이(서조)- + -Ø(현시)- + -라(← -다: 평종)

9) 매: 매(매, 鷹) + -Ø(← -이: 주조)

10) ᄂᆞᆯ애: [날개, 翼: ᄂᆞᆯ(날다, 飛)- + -애(← -개: 명접)

11) 티ᄃᆞ시: 티(치다, 動)- + -ᄃᆞ시(연어, 흡사)

12) 가ᄇᆡ얍고: 가ᄇᆡ얍(가볍다, 輕)- + -고(연어, 나열)

13) ᄲᆞᄅᆞᆯ: ᄲᆞᄅᆞ(빠르다, 急)- + -ㄹ(관전)

14) 奮迅: 분신. 맹렬한 기세로 일어나는 것이다.

15) ᄆᆡᄫᆞᆯ: ᄆᆡᇦ(← ᄆᆡᆸ다, ㅂ불: 맵다, 사납다, 猛)- + -ᄋᆞᆯ(관전)

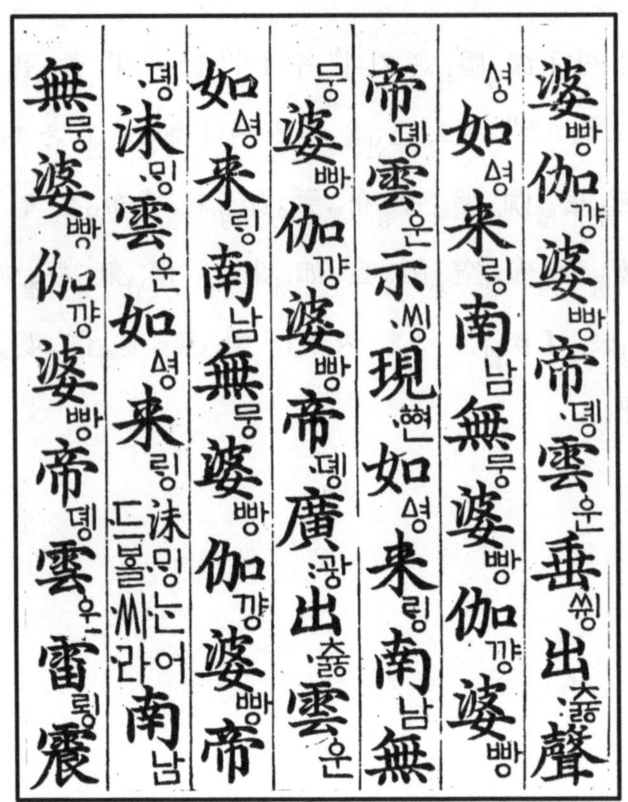
婆빵伽꺙婆빵帝뎽雲운垂쓍出춣聲셩如셩來링南남無뭉婆빵伽꺙婆빵帝뎽雲운示씽現현如셩來링南남無뭉婆빵伽꺙婆빵帝뎽廣광出춣雲운如셩來링南남無뭉婆빵伽꺙婆빵帝뎽沬밍雲운如셩來링沬밍눈 어드볼 씨라 南남無뭉婆빵伽꺙婆빵帝뎽雲운雷룅震

南無婆伽婆帝雲示現如來(나무바가바제운시현여래)·南無婆伽婆帝廣出雲如來(나무바가바제광출운여래)·南無婆伽婆帝沬雲如來(나무바가바제매운여래)【沬(매)는 어두운 것이다.】·南無婆伽婆帝雲雷震如來(나무바가바제운뇌진여래)·

南남無뭉婆빵伽꺙婆빵帝뎽雲운示씽現현如셩來링 南남無뭉婆빵伽꺙婆빵帝뎽廣광出츓雲운如셩來링 南남無뭉婆빵伽꺙婆빵帝뎽沬밍雲운如셩來링【沬밍ᄂᆞᆫ 어드ᄫᅳᆯ[16] 씨라】南남無뭉婆빵伽꺙婆빵帝뎽雲운雷룅震진如셩來링

16) 어드ᄫᅳᆯ: 어듷(← 어듭다, ㅂ불: 어듭다, 沬)- + -을(관전)

[79 앞]

·진 如셩來링南남無뭉婆빵伽꺙婆빵
帝뎽雲운際졩如셩來링南남無뭉婆
빵伽꺙婆빵帝뎽雲운如셩衣힁如셩
來링南남無뭉婆빵伽꺙婆빵帝뎽潤
슌生싱稼강雲운如셩來링 潤슌은 저즐씨라
南남無뭉婆빵伽꺙婆빵帝뎽乘씽上
썅雲운如셩來링 乘씽은 톨씨라 南남無뭉婆

南無婆伽婆帝雲際如來(나무바가바제운제여래)·南無婆伽婆帝雲如衣如來(나무바가바제운여의여래)·南無婆伽婆帝潤生稼雲如來(나무바가바제윤생가운여래)【 潤(윤)은 젖는 것이다. 】·南無婆伽婆帝乘上雲如來(나무바가바제승상운여래)【 乘(승)은 타는 것이다. 】·南無婆伽婆帝飛雲如來(나무바가바제비운여래),

[79앞]

南남無뭉婆빵伽꺙婆빵帝뎽雲운際졩如셩來릥 南남無뭉婆빵伽꺙婆빵帝뎽雲운如셩衣힁如셩來릥 南남無뭉婆빵伽꺙婆빵帝뎽潤슌生싱稼강雲운如셩來릥【潤슌은 저즐[17] 씨라】南남無뭉婆빵伽꺙婆빵帝뎽乘씽上썅雲운如셩來릥【乘씽은 틸[18] 씨라】南남無뭉婆빵伽꺙婆빵帝뎽飛빙雲운如셩來릥

17) 저즐: 젖(젖다, 潤)-+-을(관전)

18) 틸: ᄐᆞ(타다, 乘)-+-ㄹ(관전)

[79 뒤]

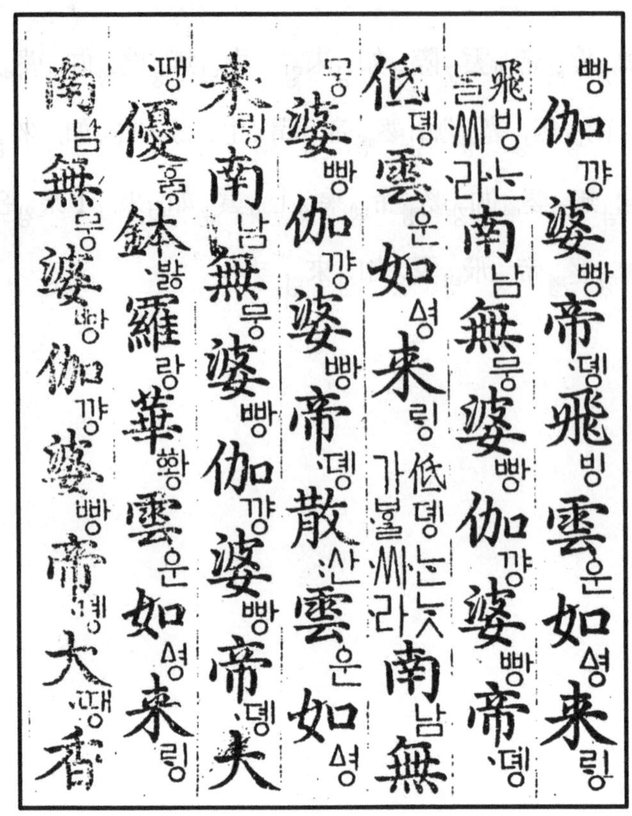

伽깡婆빵帝뎅飛빙雲운如셩來링 飛빙ᄂᆞᆫ ᄂᆞᆯ씨라 南남無뭉婆빵伽깡婆빵帝뎅低뎅雲운如셩來링 低뎅ᄂᆞᆫ ᄂᆞᆺ가ᄫᆞᆯ씨라 南남無뭉婆빵伽깡婆빵帝뎅散산雲운如셩來링南남無뭉婆빵伽깡婆빵帝뎅大땡優훙鉢밣羅랑華황雲운如셩來링南남無뭉婆빵伽깡婆빵帝뎅大땡香

【 飛(비)는 나는 것이다. 】·南無婆伽婆帝低雲如來(나무바가바제저운여래)【 低(저)는 낮은 것이다. 】·南無婆伽婆帝散雲如來(나무바가바제산운여래)·南無婆伽婆帝大優鉢羅華雲如來(나무바가바제대우발라화운여래)·南無婆伽婆帝大香體雲如來(나무바가바제대향체운여래)·

【飛빙ᄂᆞᆫ ᄂᆞᆯ[19] 씨라】 南남無뭉婆빵伽꺙婆빵帝뎽低뎽雲운如셩來링【低뎽ᄂᆞᆫ ᄂᆞᆽ가ᄫᆞᆯ[20] 씨라】 南남無뭉婆방伽꺙婆빵帝뎽 散산雲운如셩來링 南남無뭉婆빵伽꺙婆빵帝뎽大땡優ᅙᅮᇢ鉢밣羅랑華ᅘᅪᆼ雲운如셩來링 南남無뭉婆빵伽꺙婆빵帝뎽大땡香향體톙雲운如셩來링

19) ᄂᆞᆯ: ᄂᆞᆯ(날다, 飛)-+-ㄹ(관전)

20) ᄂᆞᆽ가ᄫᆞᆯ: ᄂᆞᆽ갑[← ᄂᆞᆽ갑다, ㅂ불(낮다, 低): ᄂᆞᆽ(← ᄂᆞᆽ다: 낮다, 低, 형사)-+-갑(형접)-]-+-ᄋᆞᆯ(관전)

[80 앞]

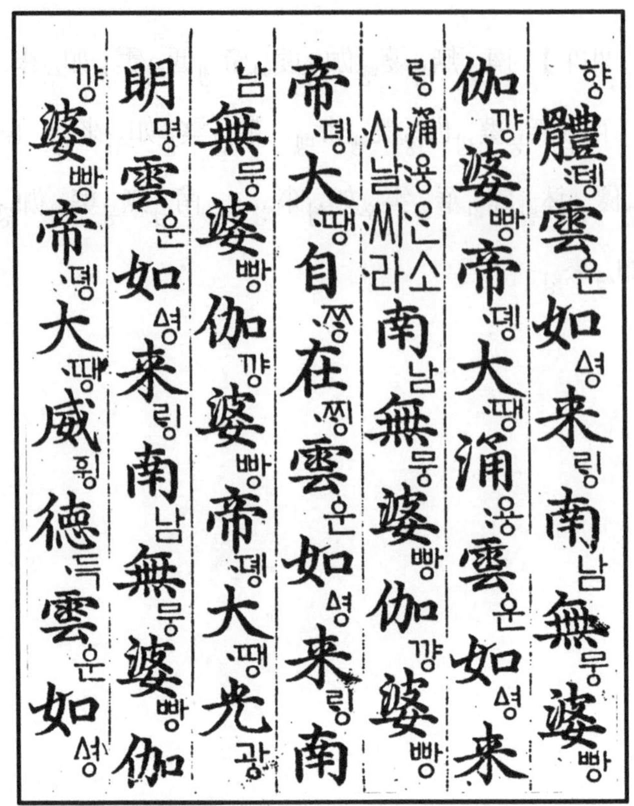

향體뗑雲운如셩來링南남無뭉婆빵
伽꺙婆빵帝뎽大땡涌용雲운如셩來
링涌용은소사날씨라南남無뭉婆빵伽꺙婆빵
帝뎽大땡自쫑在찡雲운如셩來링南
남無뭉婆빵伽꺙婆빵帝뎽大땡光광
明명雲운如셩來링南남無뭉婆빵伽
꺙婆빵帝뎽大땡威휭德득雲운如셩

南無婆伽婆帝大涌雲如來(나무바가바제대용운여래) 【涌(용)은 솟아나는 것이다.】·南無婆伽婆帝大自在雲如來(나무바가바제대자재운여래)·南無婆伽婆帝大光明雲如來(나무바가바제대광명운여래)·南無婆伽婆帝大威德雲如來(나무바가바제대위덕운여래)·

南남無뭉婆빵伽꺙婆빵帝뎽大땡涌ᅌᅭᆼ雲ᅌᅮᆫ如ᅀᅧᆼ來링【涌ᅌᅭᆼ은 소사날[21] 씨라】南남無뭉婆빵伽꺙婆빵帝뎽大땡自ᄍᆞᆼ在찡雲ᅌᅮᆫ如ᅀᅧᆼ來링　南남無뭉婆빵伽꺙婆빵帝뎽大땡光광明명雲ᅌᅮᆫ如ᅀᅧᆼ來링　南남無뭉婆빵伽꺙婆빵帝뎽大땡威ᅙᅱᆼ德득雲ᅌᅮᆫ如ᅀᅧᆼ來링

21) 소사날: 소사나[솟아나다, 涌: 솟(솟다, 涌)- + -아(연어) + 나(나다, 出)-]- + -ㄹ(관전)

[80 뒤]

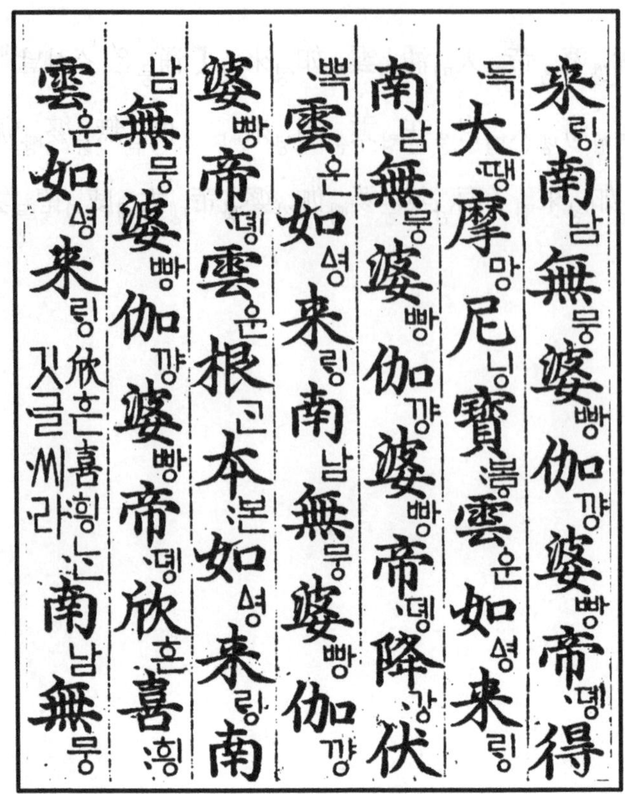

來링南남無뭉婆빵伽꺙婆빵帝뎽得
득大땡摩망尼닝寶봉雲운如셩來링
南남無뭉婆빵伽꺙婆빵帝뎽降강伏
뽁雲운如셩來링南남無뭉婆빵伽꺙
婆빵帝뎽雲운根끈本본如셩來링南
남無뭉婆빵伽꺙婆빵帝뎽欣흔喜힁
雲운如셩來링欣흔喜힁ᄂᆞᆫ 깃글씨라 南남無뭉

南無婆伽婆帝得大摩尼寶雲如來(나무바가바제득대마니보운여래)·南無婆伽婆帝降伏雲如來(나무바가바제강복운여래)·南無婆伽婆帝雲根本如來(나무바가바제운근본여래)·南無婆伽婆帝欣喜雲如來(나무바가바제흔희운여래)【欣喜(흔희)는 기뻐하는 것이다.】·南無婆伽婆帝散壞非時電雲如來(나무바가바제산괴비시전운여래)·

[80 뒤]

南남無뭉婆빵伽꺙婆빵帝뎽得득大땡摩망尼닝寶볼雲운如셩來링 南남無뭉婆빵伽꺙婆빵帝뎽降강伏뽁雲운如셩來링 南남無뭉婆빵伽꺙婆빵帝뎽雲운根근本본如셩來링 南남無뭉婆빵伽꺙婆빵帝뎽欣흔喜힁雲운如셩來링【欣흔喜힁[22]는 깃글[23] 씨라】 南남無뭉婆빵伽꺙婆빵帝뎽散산壞쾡非빙時씽電뗜雲운如셩來링

---

22) 欣喜: 흔희. 매우 기뻐하는 것이다.

23) 깃글: 깄(기뻐하다, 欣, 喜)- + -을(관전)

[81 앞]

婆빵伽꺙婆빵帝뎽散산壞횅非빙時
씽電뗜雲운如셩來링散산壞횅非빙時씽電뗜雲운
은時씽節졇아닌젯번게구루믈흐터ᄒᆞ야ᄇᆞ릴씨라南남無뭉
婆빵伽꺙婆빵帝뎽大땡空콩高골響
향雲운如셩來링高골響향ᄋᆞᆫ노ᄑᆞᆫ소리라南남無
뭉婆빵伽꺙婆빵帝뎽大땡發벓聲셩
雲운如셩來링南남無뭉婆빵伽꺙婆

【散壞非時電雲(산괴비시전운)은 時節(시절)이 아닌 때에 생긴 번게가 구름을 흩어 버리는 것이다.】·南無婆伽婆帝大空高響雲如來(나무바가바제대공고향운여래)【高響(고향)은 높은 소리이다.】·南無婆伽婆帝大發聲雲如來(나무바가바제대발성운여래)·南無婆伽婆帝大降雨雲如來(나무바가바제대강우운여래)·

【散산壞쾡非빙時씽電뗜雲운은 時씽節졇 아닌 젯[24] 번게[25] 구르믈 흐터 ᄒᆞ야ᄇᆞ릴[26] 씨라】 南남無뭉婆빵伽꺙婆빵帝뎽大땡空콩高골響향雲운如셩來링【高골響향ᄋᆞᆫ 노ᄑᆞᆫ 소리라】 南남無뭉婆빵伽꺙婆빵帝뎽大땡發벓聲셩雲운如셩來링 南남無뭉婆빵伽꺙婆빵帝뎽大땡降강雨웅雲운如셩來링

---

24) 젯: 제(때, 時: 의명) + -ㅅ(-의: 관조) ※ '제'는 [적(적, 때, 時: 의명) + -의(-에: 부조, 위치)]의 방식으로 형성된 의존 명사이다. 그리고 '젯'는 '때에 생긴'으로 의역한다.

25) 번게: 번게(번게, 電) + -∅(← -이: 주조)

26) ᄒᆞ야ᄇᆞ릴: ᄒᆞ야ᄇᆞ리(헐어버리다, 毁)- + -ㄹ(관전)

빵帝·뎽大·땡降강雨:웅雲운如셩來링
降강은 ᄂᆞ·릴·씨라 南남無뭉婆빵伽꺙婆빵帝
·뎽施싱色·싁力·륵雲운如셩來링南남
無뭉婆빵伽꺙婆빵帝·뎽雨:웅六·륙味
·밍雲운如셩來링南남無뭉婆빵伽꺙
婆빵帝·뎽大·땡力·륵雨:웅雲운如셩來
링南남無뭉婆빵伽꺙婆빵帝·뎽滿:만

【降(강)은 내리는 것이다.】·南無婆伽婆帝施色力雲如來(나무바가바제시색력운여래)·南無婆伽婆帝雨六味雲如來(나무바가바제우륙미운여래)·南無婆伽婆帝大力雨雲如來(나무바가바제대력우운여래)·南無婆伽婆帝滿(나무바가바제만해운여래)·

【降강ᄋᆞᆫ ᄂᆞ릴[27] 씨라】 南남無뭉婆빵伽꺙婆빵帝뎽施싱色싁力륵雲운如셩來링 南남無뭉婆빵伽꺙婆빵帝뎽雨웅六륙味밍雲운如셩來링 南남無뭉婆빵伽꺙婆빵帝뎽大땡力륵雨웅雲운如셩來링 南남無뭉婆빵伽꺙婆빵帝뎽滿만

27) ᄂᆞ릴: ᄂᆞ리(내리다, 降)-+-ㄹ(관전)

[82 앞] [82 뒤]

*南無婆伽婆帝陽炎旱時注雨雲如來·南無婆伽婆帝無邊色雲如來·南無婆伽婆帝一切差別大雲示現閻浮飛雲威德月光焰雲如來 等 應(供) 正遍知 三藐三佛陁
爾時 世尊說是諸佛如來名已 告於無邊莊嚴海雲威德輪蓋龍王 作如是言

南無婆伽婆帝陽炎旱時注雨雲如來(나무바가바제양염한시주우운여래)·南無婆伽婆帝無邊色雲如來(나무바가바제무변색운여래)·南無婆伽婆帝一切差別大雲示現閻浮飛雲威德月光焰雲如來(나무바가바제일체차별대운시현염부비운위덕월광염운여래)·應供(응공)·正遍知(정변지)·三藐三佛陀(삼막삼불타) 등이니라.

그때 世尊(세존)이 모든 如來(여래)의 名號(명호)를 말씀하시고, 無邊莊嚴海雲威德輪蓋龍王(무변장엄해운위덕윤개용왕)에게 말씀하셨다.

* 제82장의 앞장과 뒤장은 낙장(落張)이다. 한문 원전인 『대운륜청우경』(大雲輪請雨經)의 내용을 그대로 옮긴다.

南無婆伽婆帝滿海雲如來　南無婆伽婆帝陽炎旱時注雨雲如來　南無婆伽婆帝無邊色雲如來　南無婆伽婆帝一切差別大雲示現閻浮飛雲威德月光焰雲如來　等　應(供)[28]　正遍知[29]　三藐三佛陁[30]

爾時 世尊說是諸佛如來名已 告於無邊莊嚴海雲威德輪蓋龍王 作如是言

28) 應(供): 응공. 석가여래의 10가지 칭호 가운데 하나이다. 온갖 번뇌를 끊어서 인간, 천상의 모든 중생으로부터 공양을 받을 만한 사람이라는 뜻이다.

29) 正遍知: 정변지. 부처님의 열 가지 이름 중의 하나이다. 올바른 깨달음을 얻은 자. 정등각자(正等覺者). 무상정등각자(無上正等覺者). 정각자(正覺者)의 뜻이다.

30) 三藐三佛陁: 삼막불타. 부처 십호(十號)의 하나이다. 부처님이 깨달은 지혜(知慧)를 이름, 곧 부처의 깨달음인 정등각(正等覺)이라는 뜻이다.

[83앞]

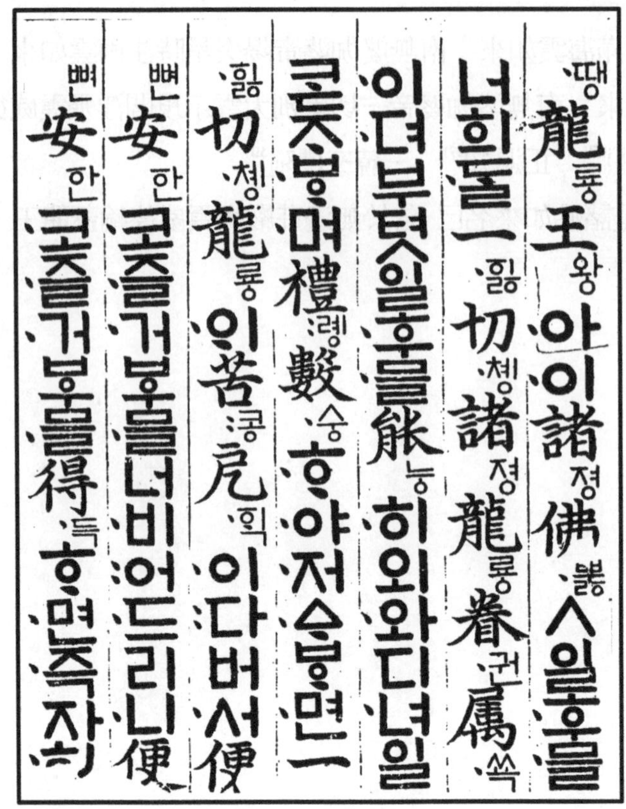

(너) 大龍王(대용왕)아, 이 諸佛(제불)의 이름을, 너희들 一切(일체)의 諸龍(제룡)과 眷屬(권속)이 저 부처의 이름을, 能(능)히 외워 지녀서 일컬으며 禮數(예수)하여 절하면, 一切(일체) 龍(용)의 苦戹(고액)이 다 벗어져서 便安(편안)하고 즐거움을 널리 얻으리니, 便安(편안)하고 즐거움을 得(득)하면 즉시

너 大땡龍룡王왕아 이 諸졍佛뿛ㅅ 일후믈 너희ᄃᆞᆯ 一힗切쳉 諸졍龍룡 眷권屬쑉이 뎌 부텻 일후믈 能능히 외와[31] 디녀[32] 일ᄏᆞᆮᄌᆞᄫᆞ며[33] 禮롕數숭ᄒᆞ야[34] 저ᄉᆞᄫᆞ면[35] 一힗切쳉 龍룡ᄋᆡ 苦콩戹힉[36]이 다 버서[37] 便뼌安한코[38] 즐거부믈[39] 너비[40] 어드리니 便뼌安한코 즐거부믈 得득ᄒᆞ면 즉자히[41]

31) 외와: 외오(외우다, 誦)-+-아(연어)

32) 디녀: 디니(지니다, 持)-+-어(연어) ※ "너 大龍王아 이 諸佛ㅅ 일후믈 너희ᄃᆞᆯ 一切 諸龍 眷屬이 뎌 부텻 일후믈 能히 외와 디녀"는 『대운륜청우경』(大雲輪請雨經)의 "汝大龍王, 此諸佛名, 汝等一切諸龍眷屬, 若能誦持"의 원문을 잘못 번역한 것이다. 이 문장은 '너 대용왕아, 너희들 일체의 제룡과 권속이 이 모든 부처의 이름을 능히 외어서 지닌다면'으로 번역해야 한다.

33) 일ᄏᆞᆮᄌᆞᄫᆞ며: 일ᄏᆞᆮ(일컫다, 稱)-+-ᄌᆞᇦ(←-ᄌᆞᆸ-: 객높)-+-ᄋᆞ며(연어, 나열)

34) 禮數ᄒᆞ야: 禮數ᄒᆞ[예수하다: 禮數(예수: 명사)+-ᄒᆞ(동접)-]-+-야(←-아: 연어) ※ '禮數(예수)'는 명성이나 지위에 알맞게 예의를 차리는 것이다.

35) 저ᄉᆞᄫᆞ면: 저ᄉᆞᇦ[←저ᄉᆞᆸ다(절하다, 拜): 저(←절: 절, 拜, 명사)+-Ø(←-ᄒᆞ-: 동접)-+-ᄉᆞᆸ(객높)-]-+-ᄋᆞ면(연어, 조건) ※ '저ᄉᆞᆸ다'는 '절하다'의 객체 높임말로서 주로 신이나 부처에게 절하는 것이다.

36) 苦戹: 고액. 괴로운 재앙이나 재난이다.

37) 버서: 벗(벗다, 벗어져서, 脫)-+-어(연어) ※ '一切 龍ᄋᆡ 苦戹이 다 버서'는 『대운륜청우경』(大雲輪請雨經)에서 "一切諸龍所有苦厄 皆悉解脫"을 직역한 것인데, 이 부분은 "모든 용들의 고난과 재액(災厄)이 다 벗어져서"로 해석된다. 따라서 본문의 '버서'를 '벗어져서'로 의역한다.

38) 便安코: 便安ㅎ[←便安ᄒᆞ다(편안하다): 便安(편안)+-ᄒᆞ(형접)-]-+-고(연어, 나열)

39) 즐거부믈: 즐거ᇦ[←즐겁다, ㅂ불(즐겁다, 樂): 즑(즐거워하다, 歡: 자동)-+-업(형접)-]-+-움(명전)+-을(목조)

40) 너비: [널리, 廣(부사): 넙(넙다, 廣: 형사)-+-이(부접)]

41) 즉자히: 즉시, 卽(부사)

[83 뒤]

能ᄂᆼ히 이 閻염浮뿡提똉예 ᄇᆞᄅᆞᆷ비를
時씽節졇로 ᄒᆞ야 藥약草촿樹쓩木목
叢쫑林림을 다 ᄌᆞ라게 ᄒᆞ며 五옹穀곡
이 ᄃᆞ외에 ᄒᆞ리라 그저긔 娑상婆빵三
삼千천大땡千쳔世솅界갱主즁無뭉
邊변莊장嚴엄海횡雲운威휭德득輪
륜盖갱龍룡王왕이 ᄯᅩ 부텨ᄭᅴ ᄉᆞᆯᄫᆞᄃᆡ

能(능)히 이 閻浮提(염부제)에 바람과 비를 時節(시절)에 맞추어서, 藥草(약초)·樹木(수목)·叢林(총림)을 다 자라게 하며 五穀(오곡)이 잘 익게 하리라."

그때에 娑婆三千大千世界主無邊莊嚴海雲威德輪盖龍王(사바삼천대천세계주무변장엄해운위덕윤개용왕)이 또 부처께 사뢰되,

能능히 이 閻염浮뿡提뗑[42]예 ᄇᆞᄅᆞᆷ[43] 비를 時씽節졇로[44] ᄒᆞ야[45] 藥약草촣 樹쓩木목 藂쫑林림ᄋᆞᆯ 다 ᄌᆞ라게[46] ᄒᆞ며 五옹穀곡[47]이 ᄃᆞ외에[48] ᄒᆞ리라 그 저긔 娑상婆빵[49]三삼千천大땡千천世솅界갱[50]主즁無뭉邊변莊장嚴엄海힝雲운威휭德득輪륜盖갱龍룡王왕이 또 부텨ᄭᅴ[51] ᄉᆞᆲᄫᆞᄃᆡ[52]

---

42) 閻浮提: 염부나무가 무성한 땅이라는 뜻으로, 수미사주(須彌四洲)의 하나이다. 수미산(須彌山)의 남쪽 칠금산과 대철위산 중간 바다 가운데에 있다는 섬으로 삼각형을 이루고, 가로 넓이 칠천 유순(七千由旬)이라 한다. 후(後)에 인간세계(人間世界)나 현세(現世)의 의미로 쓰인다.

43) ᄇᆞᄅᆞᆷ: 바람, 風.

44) 時節로: 時節(시절) + -로(부조, 방편) ※ '時節로'는 원문의 "風雨隨時"를 직역한 것으로 '때에 맞추어서'의 뜻으로 쓰였다.

45) ᄒᆞ야: ᄒᆞ이[← ᄒᆡ다(하게 하다, 시키다, 使): ᄒᆞ(하다, 爲)- + -이(사접)-]- + -아(연어) ※ 'ᄒᆞ이다'는 '하게 하다'나 '시키다'의 뜻을 나타내는데, 일반적으로 'ᄒᆡ다'의 형태로 실현된다. 여기서는 'ᄒᆞ이아'가 'ᄒᆞ야'로 축약된 형태로 처리한다. '시절에 맞추어서'로 의역한다.

46) ᄌᆞ라게: ᄌᆞ라(자라다, 長)- + -게(연어, 사동)

47) 五穀: 오곡. 다섯 가지 중요한 곡식. 쌀, 보리, 콩, 조, 기장을 이른다. 혹은 온갖 곡식을 통틀어 이르는 말이다.

48) ᄃᆞ외에: ᄃᆞ외(되다, 熟成)- + -에(← -게: 연어, 사동) ※ 'ᄃᆞ외에'는 '熟成'을 번역한 것인데, '잘 익게'의 뜻이다.

49) 娑婆: 사바. 괴로움이 많은 인간 세계이다. 석가모니불이 교화하는 세계를 이른다.

50) 三千大千世界: 삼천대천세계. 소천, 중천, 대천의 세 종류의 천세계가 이루어진 세계이다. 이 끝없는 세계가 부처 하나가 교화하는 범위가 된다.

51) 부텨ᄭᅴ: 부텨(부처, 佛) + -ᄭᅴ(-께: 부조, 상대, 높임)

52) ᄉᆞᆲᄫᆞᄃᆡ: ᄉᆞᆲ(← ᄉᆞᆲ다, ㅂ불: 사뢰다, 아뢰다, 奏)- + -오ᄃᆡ(-되: 연어, 설명 계속)

[84 앞]

世솅尊존하내이제諸졍佛뿛니르시
논陁땅羅랑尼닝句궁를엳ᄌᆞᄫᅡ請청
ᄒᆞᅀᆞᆸ노니未밍來링末맗世솅ㅅ時씽
節졇에閻염浮뿧提뗑內뇡예ᄒᆞ다가
ᄀᆞᄆᆞ라비아니오ᄂᆞᆫᄯᅡ히잇거든이神
씬呪즇ᄅᆞᆯ외오면즉자히비ᄅᆞᆯᄂᆞ리오
며주으리며모딘뉘예病뼝이만ᄒᆞ며

“世尊(세존)이시여, 내가 이제 諸佛(제불)이 이르시는 陁羅尼句(다라니구)를 엳쭈어 請(청)하니, 未來(미래)와 末世(말세)의 時節(시절)에 閻浮提(염부제)의 內(내)에 만일 가물어서 비가 아니 오는 데가 있거든, 이 神呪(신주)를 외우면 즉시 비를 내리게 하며 굶주리며 모진 세상에 病(병)이 많으며,

[84 앞]

世솅尊존하 내 이제 諸졍佛뿛 니ᄅᆞ시논53) 陁땅羅랑尼닝句궁54)를 엳ᄌᆞ바55) 請쳥ᄒᆞᅀᆞᆸ노니56) 未밍來링 末맗世솅ㅅ57) 時씽節졇에 閻염浮뿧提똉 內뇡예 ᄒᆞ다가 ᄀᆞᄆᆞ라58) 비 아니 오ᄂᆞᆫ ᄯᅡ히59) 잇거든 이 神씬呪즇60)를 외오면 즉자히 비를 ᄂᆞ리오며61) 주으리며62) 모딘63) 뉘예64) 病뼝이 만ᄒᆞ며65)

---

53) 니ᄅᆞ시논: 니ᄅᆞ(이르다, 曰)- + -시(주높)- + -ㄴ(←-ᄂᆞ-: 현시)- + -오(대상)- + -ㄴ(관전)

54) 陁羅尼句: 다라니구. 다라니의 구절이다. ※ '陁羅尼(다라니)'는 범문을 번역하지 아니하고 음(音) 그대로 외는 일이다. 자체에 무궁한 뜻이 있어 이를 외는 사람은 한없는 기억력을 얻고, 모든 재액에서 벗어나는 등 많은 공덕을 받는다고 한다. 선법(善法)을 갖추어 악법을 막는다는 뜻을 번역하여, '총지(總持)·능지(能持)·능차(能遮)'라고도 이른다.

55) 엳ᄌᆞ바: 엳ᄌᆞᇦ(←엳ᄌᆞᆸ다, ㅂ불: 어쭙다, 問)- + -아(연어)

56) 請ᄒᆞᅀᆞᆸ노니: 請ᄒᆞ[청하다: 請(청: 명사) + -ᄒᆞ(동접)-]- + -ᅀᆞᆸ(객높)- + -ㄴ(←-ᄂᆞ-: 현시)- + -오(화자)- + -니(연어, 설명 계속)

57) 末世ㅅ: 末世(말세) + -ㅅ(-의: 관조) ※ '末世(말세)'는 말법(末法)의 세상이다. 삼시법의 하나이다. 말세는 정법시, 상법시 다음에 오는 시기로 석가모니가 열반한 뒤 만 년 후에 온다. 이 시기에는 교법(教法)만 있고 수행(修行)과 증과(證果)가 없다.

58) ᄀᆞᄆᆞ라: ᄀᆞᄆᆞᆯ[가물다, 旱: ᄀᆞᄆᆞᆯ(가물, 가뭄, 旱: 명사) + -Ø(동접)-]- + -아(연어)

59) ᄯᅡ히: ᄯᅡㅎ(데, 곳, 處) + -이(주조)

60) 神呪: 신주. 음양가나 점술에 정통한 사람이 술법을 부리거나 귀신을 쫓을 때에 외는 글귀이다. (=주문, 呪文)

61) ᄂᆞ리오며: ᄂᆞ리오[내리게 하다, 降: ᄂᆞ리(내리다, 降)- + -오(사접)-]- + -며(연어, 나열)

62) 주으리며: 주으리(굶주리다, 飢)- + -며(연어, 나열)

63) 모딘: 모디(←모딜다: 모질다, 惡)- + -Ø(현시)- + -ㄴ(관전)

64) 뉘예: 뉘(세상, 때, 世) + -예(←-에: 부조, 위치)

65) 만ᄒᆞ며: 만ᄒᆞ(많다, 多)- + -며(연어, 나열)

[84 뒤]

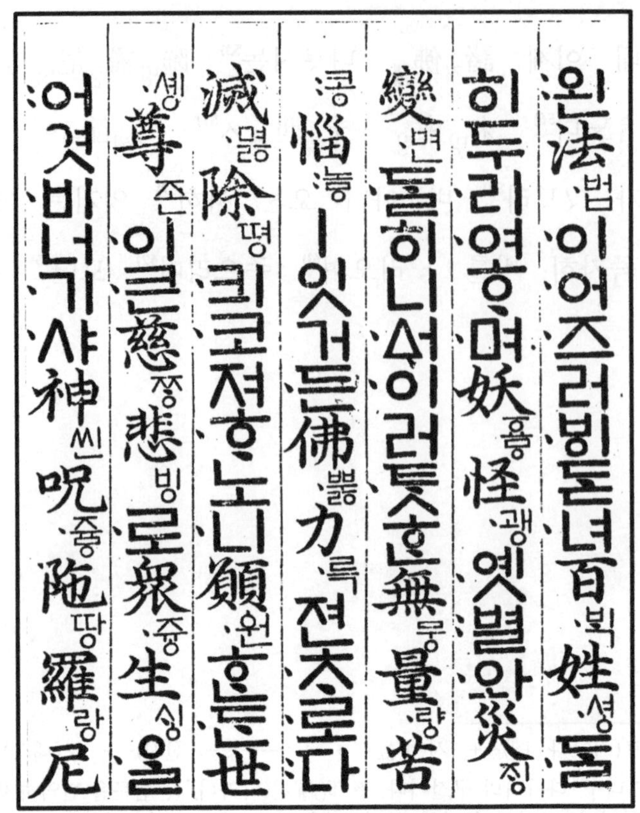

왼法법이어즈러ᄫᅵᄃᆞᆮ녀百ᄇᆡᆨ姓셩ᄃᆞᆯ
히두리여ᄒᆞ며妖ᅙᅭᇢ怪괭옛별와災ᄌᆡᆼ
變변ᄃᆞᆯ히니ᅀᅥ이러ᄐᆞᆺᄒᆞᆫ無뭉量량苦
콩惱ᇹ놓ㅣ잇거든佛뿛力륵젼ᄎᆞ로다
滅몛除띵킈코져ᄒᆞ노니願원ᄒᆞᆫᄃᆞᆫ世
솅尊존이큰慈ᄍᆞᆼ悲빙로衆즁生ᄉᆡᆼ올
어엿비너기샤神씬呪쥬ᇢ陁땅羅랑尼

그른 法(법)이 유행하여 다니어 百姓(백성)들이 두려워하며, 妖怪(요괴)스러운 별과 災變(재변)들이 이어서, 이렇듯한 無量(무량)의 苦惱(고뇌)가 있거든 佛力(불력)으로 다 滅除(멸제)하게 하고자 하니, 願(원)컨대 世尊(세존)이 큰 慈悲(자비)로 衆生(중생)을 불쌍히 여기시어 神呪(신주)인 陁羅尼句(다라니구)를 왼[66] 法법이 어즈러ᄫᅵ[67] ᄃᆞᆮ녀[68] 百ᄇᆡᆨ姓셩ᄃᆞᆯ히[69] 두리여[70] ᄒᆞ며 妖ᅙᅧᇢ怪괭옛[71] 별와 災ᄌᆡᆼ變변ᄃᆞᆯ히[72] 니ᅀᅥ[73] 이러틋 ᄒᆞᆫ 無뭉量량 苦콩惱놓ㅣ 잇거든 佛뿛力륵[74] 젼ᄎᆞ로75) 다 滅멿除뗭킈[76] 코져[77] ᄒᆞ노니[78] 願원ᄒᆞᆫᄃᆞᆫ[79] 世솅尊존이 큰 慈ᄍᆞᆼ悲빙로 衆즁生ᄉᆡᆼᄋᆞᆯ 어엿비[80] 너기샤[81] 神씬呪쥼 陁땅羅랑尼닝句궁를

---

66) 왼: 외(그르다, 誤)-+-Ø(현시)-+-ㄴ(관전)

67) 어즈러ᄫᅵ: [어지러이, 어지럽게, 耗(부사): 어즐(어질: 불어)-+-업(형접))-+-이(부접)]

68) ᄃᆞᆮ녀: ᄃᆞᆮ니[다니다, 行: ᄃᆞᆮ(달리다, 走)-+니(가다, 行)-]-+-어(연어) ※ 'ᄃᆞᆮ녀'는 '유행(流行)하여'로 의역한다.

69) 百姓ᄃᆞᆯ히: 百姓ᄃᆞᆶ[백성들: 百姓(백성)+-ᄃᆞᆶ(-들: 복접)]-+-이(주조)

70) 두리여: 두리(두려워하다, 恐)-+-여(←-어: 연어)

71) 妖怪옛: 妖怪(요괴)+-예(←-에: 부조, 위치)+-ㅅ(-의: 관조) ※ '妖怪옛'은 '요괴(妖怪)스러운'로 의역한다. '요괴스럽다'는 요사스럽고 괴이한 데가 있는 것이다.

72) 災變ᄃᆞᆯ히: 災變ᄃᆞᆶ[재변들: 災變(재변)+-ᄃᆞᆶ(-들: 복접)]+-이(주조) ※ '災變(재변)'은 재앙으로 인하여 생긴 변고이다.

73) 니ᅀᅥ: 닔(←닛다, ㅅ불: 잇다, 繼)-+-어(연어)

74) 佛力: 불력. 부처의 위력이나 공력이다.

75) 젼ᄎᆞ로: 젼ᄎᆞ(까닭, 由)+-로(부조, 방편) ※ '佛力 젼ᄎᆞ로'는 '불력으로'로 의역한다.

76) 滅除킈: 滅除ᄒᆞ[←滅除ᄒᆞ다(멸제하다): 滅除(멸제)+-ᄒᆞ(동접)-]-+-긔(-게: 연어, 사동) ※ '滅除(멸제)'는 없애는 것이다.

77) 코져: ㅎ(←ᄒᆞ다: 하다, 보용, 사동)-+-고져(-고자: 연어, 의도)

78) ᄒᆞ노니: ᄒᆞ(하다: 보용, 의도)-+-ㄴ(←-ᄂᆞ-: 현시)-+-오(화자)-+-니(연어, 설명 계속)

79) 願ᄒᆞᆫᄃᆞᆫ: 願ᄒᆞ[원하다: 願(원: 명사)+-ᄒᆞ(동접)-]-+-ㄴᄃᆞᆫ(-건대: 연어, 희망) ※ '-ㄴᄃᆞᆫ'은 [-ㄴ(관전)#ᄃᆞ(것, 者: 의명)+-ㄴ(←-ᄂᆞᆫ: 보조사, 주제)]의 방식으로 형성된 연결 어미이다.그리고 '-ㄴᄃᆞᆫ'은 뒤 절의 내용이 화자가 보거나 듣거나 바라거나 생각하는 따위의 내용임을 미리 밝히는 뜻을 나타낸다.

80) 어엿비: [가엾이, 불쌍히, 憐(부사): 어엿ㅂ(←어엿브다: 가엾다, 憐, 형사)-+-이(부접)]

81) 너기샤: 너기(여기다, 念)-+-샤(←-시-: 주높)-+-Ø(←-아: 연어)

[85 앞]

이르시어, 龍(용)이 알게 하시며 諸天(제천)이 歡喜踊躍(환희용약)하게 하시며 一切(일체)의 諸魔(제마)를 허시며 一切(일체)의 衆生(중생)의 몸에 있는 苦難(고난)과 모진 별(星)의 妖怪(요괴)와 災障(재장)을 다 덜게 하소서. 또 如來(여래)가 예전에 이르시던 五種(오종)의 雨障(우장)을 또 消滅(소멸)하게

[85 앞]

니ᄅᆞ샤 龍룡이 아ᅀᆞᆸ게[82] ᄒᆞ시며 諸졍天텬[83]이 歡환喜힁踊용躍약게[84] ᄒᆞ시며 一힔切쳉 諸졍魔망[85]ᄅᆞᆯ 허르시며[86] 一힔切쳉 衆즁生싱ᄋᆡ 모맷[87] 苦콩難난과 모딘 벼릐[88] 妖횽怪괭와 災징障쟝[89]ᄋᆞᆯ 다 덜에[90] ᄒᆞ쇼셔 ᄯᅩ 如셩來링 아래[91] 니ᄅᆞ시던 五옹種죵 雨웅障쟝[92]ᄋᆞᆯ ᄯᅩ 消숗滅멿킈[93]

---

82) 아ᅀᆞᆸ게: 아(← 알다: 알다, 知)- + -ᅀᆞᆸ(객높)- + -게(연어, 사동)

83) 諸天: 제천. 모든 하늘. 욕계의 육욕천, 색계의 십팔천, 무색계의 사천(四天) 따위를 통틀어 이른다. 마음을 수양하는 경계를 따라 나뉜다. 혹은 천상계의 모든 천신(天神)을 이른다.

84) 歡喜踊躍게: 歡喜踊躍[← 歡喜踊躍ᄒᆞ다(환희용약하다): 歡喜踊躍(환희용약: 명사구) + -ᄒᆞ(동접)-]- + -게(연어, 사동) ※ '歡喜踊躍(환희용약)'은 기뻐하여 날아서 솟는 것이다.

85) 諸魔: 제마. 모든 마(魔)이다. '마(魔)'는 산스크리트어 māra의 음사인 '마라(魔羅)'의 준말이다. 살자(殺者)·탈명(奪命)·장애(障礙)라고 번역한다. 첫째, 사람의 목숨을 빼앗고 수행을 방해하는 귀신으로서, 욕계를 지배하는 타화자재천(他化自在天)의 우두머리를 마왕(魔王)이라 한다. 둘째, 수행을 방해하고 중생을 괴롭히는 온갖 번뇌를 이르기도 한다. 여기서는 둘째의 뜻으로 쓰였다.

86) 허르시며: 헐(헐다, 毁)- + -으시(주높)- + -며(연어, 나열)

87) 모맷: 몸(몸, 身) + -애(-에: 부조, 위치) + -ㅅ(-의: 관조) ※ '모맷'은 '몸에 있는'으로 의역한다.

88) 벼릐: 별(별, 星) + -의(관조)

89) 災障: 재장. 재앙(災殃)과 장애(障礙)이다.

90) 덜에: 덜(덜다, 減)- + -에(← -게: 연어, 사동)

91) 아래: 예전, 昔.

92) 雨障: 우장. 비로 말미암아서 생기는 가뭄이나 홍수 등의 재난을 막는 것이다.

93) 消滅킈: 消滅ㅎ[← 消滅ᄒᆞ다(소멸하다): 消滅(소멸) + -ᄒᆞ(동접)-]- + -긔(-게: 연어,

[85 뒤]

滅멿킈ᄒᆞ쇼셔 雨웅障쟝ᄋᆞᆫ 비를 마ᄀᆞᆯ 씨니 ᄒᆞ나ᄒᆞᆫ 虛헝空콩 中듕에 구룸 니르와ᄃᆞ며 울에 번게 ᄒᆞ며 ᄇᆞᄅᆞ미 부러 서늘ᄒᆞ야 이 ᄀᆞ티 種죵種죵 다 비 올 相샹이라 ᄒᆞ마 비 오려다 ᄒᆞᇙ 저긔 羅랑睺흫阿항脩슣羅랑王왕이 두 소ᄂᆞ로 비와 구룸과 자바 바ᄅᆞᆳ 가온ᄃᆡ 더딜 씨오 둘ᄒᆞᆫ 웃 양ᄋᆞ로 ᄒᆞ마 비 오려다 ᄒᆞᇙ 저긔 火황界갱增증上썅力륵이 나면 비와 구룸괘 스라디여 업슬 씨오 세ᄒᆞᆫ 風봉界갱增증上썅力륵이 나면 구루믈 부러 迦강陵릉伽꺙磧쳑이어나

하소서. 【 雨障(우장)은 비를 막는 것이니, 하나는 虛空(허공) 中(중)에 구름을 일으키며 우레와 번게를 하며 바람이 불어 서늘하여, 이와 같이 種種(종종)으로 다 비가 올 相(상)이라서 곧 "비가 오겠다." 할 적에, 羅睺阿脩羅王(나후아수라왕)이 두 손으로 비와 구름을 잡아 바다의 가운데에 던지는 것이요, 둘은 위의 모양으로 곧 "비가 오겠다." 할 적에 火界(화계)의 增上力(증상력)이 나면 비와 구름이 사라져 없는 것이요, 셋은 風界(풍계)의 增上力(증산력)이 나면 구름을 불어 迦陵伽磧(가릉가적)이거나

ᄒᆞ쇼셔【雨웅障쟝ᄋᆞᆫ 비ᄅᆞᆯ 마ᄀᆞᆯ 씨니 ᄒᆞ나ᄒᆞᆫ[94] 虛헝空콩 中듕에 구룸 니르와ᄃᆞ며 울에 번게 ᄒᆞ며 ᄇᆞᄅᆞ미 부러 서늘ᄒᆞ야 이[95] ᄀᆞ티[96] 種죵種죵[97] 다 비 ᄋᆞᆶ 相샹이라[98] ᄒᆞ마 비 오려다[99] ᄒᆞᇙ 저긔 羅랑睺훟阿항脩슿羅랑王왕이 두 소ᄂᆞ로 비와 구룸과 자바 바ᄅᆞᆳ[1] 가온ᄃᆡ[2] 더딜[3] 씨오 둘ᄒᆞᆫ[4] 웃[5] 양ᄋᆞ로[6] ᄒᆞ마[7] 비 오려다 ᄒᆞᇙ 저긔 火황界갱[8] 增증上썅力륵[9]이 아니면 비와 구룸괘[10] ᄉᆞ라디여[11] 업슬 씨오 세ᄒᆞᆫ[12] 風봉界갱 增증上썅力륵이 나면 구루믈 부러[13] 迦강陵릉伽꺙磧쳑이어나[14]

---

94) ᄒᆞ나ᄒᆞᆫ: ᄒᆞ나ㅎ(하나, 一: 수사, 양수) + -ᄋᆞᆫ(보조사, 주제)
95) 이: 이(이, 이것: 지대, 정칭) + -Ø(← -이: 부조, 비교)
96) ᄀᆞ티: [같이, 如(부사): ᄀᆞᇀ(← ᄀᆞᇀᄒᆞ다: 같다, 如, 형사)- + -이(부접)]
97) 種種: 종종. 가지 가지이다.
98) 相이라: 相(상: 모양) + -이(서조)- + -Ø(현시)- + -라(← -아: 연어)
99) 오려다: 오(오다, 降)- + -리(미시)- + -어(확인)- + -다(평종)
1) 바ᄅᆞᆳ: 바ᄅᆞᆯ(바다, 海) + -ㅅ(-의: 관조)
2) 가온ᄃᆡ: 가온ᄃᆡ(가운데, 中) + -ᄋᆡ(-에: 부조, 위치)
3) 더딜: 더디(던지다, 投)- + -ㄹ(관전)
4) 둘ᄒᆞᆫ: 둘ㅎ(둘, 二: 수사, 양수) + -ᄋᆞᆫ(보조사, 주제)
5) 웃: 우(← 우ㅎ: 위, 上) + -ㅅ(-의: 관조)
6) 양ᄋᆞ로: 양(양, 모양, 樣) + -ᄋᆞ로(부조, 방편)
7) ᄒᆞ마: 곧, 卽(부사)
8) 火界: 화계. 사대(四大)의 하나로서 불의 세계를 이른다. ※ '사대(四大)'는 불교에서 주장하는 물질의 구성 요소로서, 지(地), 수(水), 화(火), 풍(風)의 4종류를 가리킨다.
9) 增上力: 증상력. 일체의 유정으로 하여금 활동을 가능하게 하는 뛰어난 힘이다.
10) 구룸괘: 구룸(구름, 雲) + -과(접조) + -ㅣ(← -이: 주조)
11) ᄉᆞ라디여: ᄉᆞ라디[사라지다, 消: ᄉᆞᆯ(불살다, 燒)- + -아(연어) + 디(지다, 落)-]- + -여(← -어: 연어)
12) 세ᄒᆞᆫ: 세ㅎ(셋, 三: 수사, 양수) + -ᄋᆞᆫ(보조사, 주제)
13) 부러: 불(불다, 吹)- + -어(연어)
14) 迦陵伽磧이어나: 迦陵伽磧(가릉가적) + -이어나(-이거나: 보조사, 선택)

[86 앞]

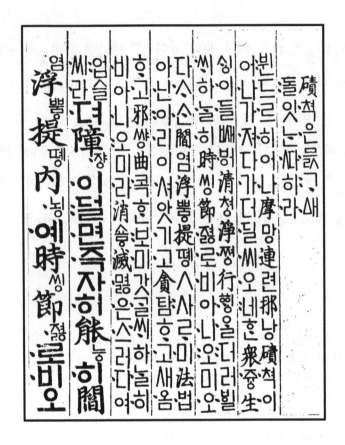

[磧(적)은 물가에 돌이 있는 땅이다.]

빈 들이거나 摩連那磧(마련나적)에 가져다가 던지는 것이요, 넷은 衆生(중생)이 경망(輕妄)하여 淸淨行(청정행)을 더럽히므로 하늘이 時節(시절)로 비가 아니 오는 것이요, 다섯은 閻浮提(염부제)의 사람이 法(법)이 아닌 일이 있어서 아끼고 貪(탐)하고 시샘하고 邪曲(사곡)하게 보는 것이 (도리에) 거꾸로 되므로 하늘이 비가 아니 오는 것이다. 消滅(소멸)은 사라지어 없는 것이다.】 저 障(장)이 덜어지면 즉자히 能(능)히 閻浮提(염부제)의 內(내)에 時節(시절)로 비가 오게

[磧쳑[15]은 믌ᄀᆞᅀᅢ[16] 돌 잇ᄂᆞᆫ ᄯᅡ히라[17]] 뷘[18] 드르히어나[19] 摩망連련那낭磧쳑이어나 가져다가[20] 더딜 씨오 네ᄒᆞᆫ[21] 衆즁生ᄉᆡᆼ이 들ᄧᅥᄫᅥ[22] 淸쳥淨쪙行ᅘᅧᆼᄋᆞᆯ 더러ᄫᅵᆯᄊᆡ[23] 하ᄂᆞᆯ히[24] 時씽節졇로 비 아니 오미오[25] 다ᄉᆞᄉᆞᆫ[26] 閻염浮뿌ᇢ提뗑ㅅ 사ᄅᆞ미 法법 아닌 이리 이셔 앗기고[27] 貪탐ᄒᆞ고[28] 새옴ᄒᆞ고[29] 邪쌰曲콕ᄒᆞᆫ[30] 보미[31] 갓ᄀᆞᆯᄊᆡ[32] 하ᄂᆞᆯ히 비 아니 오미라 消샤ᇢ滅몛은 스러디여[33] 업슬 씨라】 뎌 障쟝이 덜면[34] 즉자히 能능히 閻염浮뿌ᇢ提뗑 內뇡예 時씽節졇로 비 오게

---

15) 磧: 적. 서덜. 물 속에 모래나 돌이 쌓여서 된 섬이다.

16) 믌ᄀᆞᅀᅢ: 믌ᄀᆞᇫ[물가, 水邊: 믈(물, 水) + -ㅅ(관조, 사잇) + ᄀᆞᇫ(← ᄀᆞᆺ: 가, 邊)] + -애(-에: 부조, 위치)

17) ᄯᅡ히라: ᄯᅡㅎ(땅, 곳, 地, 處)- + -이(서조)- + -Ø(현시)- + -라(← -다: 평종)

18) 뷘: 뷔(비다, 空)- + -Ø(현시)- + -ㄴ(관전)

19) 드르히어나: 드르ㅎ(들, 野) + -이어나(-이거나: 연어, 선택)

20) 가져다가: 가지(가지다, 持)- + -어(연어) + -다가(보조사, 동작의 유지)

21) 네ᄒᆞᆫ: 네ㅎ(넷, 四: 수사, 양수) + -ᄋᆞᆫ(보조사, 주제)

22) 들ᄧᅥᄫᅥ: 들ᄧᅥᇦ(← 들ᄧᅥᆸ다, ㅂ불: 경망하다, 방정맞다)- + -어(연어)

23) 더러ᄫᅵᆯᄊᆡ: 더러ᄫᅵ[더럽히다: 더러ᇦ(← 더럽다, ㅂ불: 더럽다, 汚, 형사)- + -이(사접)-]- + -ㄹᄊᆡ(-므로: 연어, 이유)

24) 하ᄂᆞᆯ히: 하ᄂᆞᆶ(하늘, 天) + -이(주조)

25) 오미오: 오(오다, 來)- + -ㅁ(← -옴: 명전) + -이(서조)- + -오(← -고: 연어, 나열)

26) 다ᄉᆞᄉᆞᆫ: 다ᄉᆞᆺ(다섯, 五: 수사, 양수) + -ᄋᆞᆫ(보조사, 주제)

27) 앗기고: 앗기(아끼다, 惜)- + -고(연어, 나열)

28) 貪ᄒᆞ고: 貪ᄒᆞ[탐하다: 貪(탐: 불어) + -ᄒᆞ(동접)-]- + -고(연어, 나열) ※ '貪(탐)'은 육번뇌(六煩惱)의 하나이다. 자기의 뜻에 잘 맞는 사물에 집착하는 번뇌를 이른다.

29) 새옴ᄒᆞ고: 새옴ᄒᆞ[시샘하다, 猜: 새옴(샘, 猜) + -ᄒᆞ(동접)-]- + -고(연어, 나열)

30) 邪曲ᄒᆞᆫ: 邪曲ᄒᆞ[사곡하다(형사): 邪曲(사곡: 명사) + -ᄒᆞ(형접)-]- + -Ø(현시)- + -ㄴ(관전) ※ '邪曲(사곡)'은 요사스럽고 교활한 것이다.

31) 보미: 보(보다, 見)- + -ㅁ(← -옴: 명전) + -이(주조) ※ '邪曲ᄒᆞᆫ 봄'은 '邪曲하게 보는 것'으로 의역한다.

32) 갓ᄀᆞᆯᄊᆡ: 갓ᄀᆞᆯ(거꾸로 되다, 逆)- + -ㄹᄊᆡ(-므로: 연어, 이유) ※ '邪曲ᄒᆞᆫ 보미 갓ᄀᆞᆯᄊᆡ'는 '邪曲하게 보는 것이 도리에 역행(逆行)하므로'라는 뜻으로 쓰였다.

33) 스러디고: 스러디[스러지다, 사라지다, 消: 슬(스러지게 하다: 타동)- + -어(연어) + 디(지다: 보용, 피동)-]- + -고(연어, 나열, 계기)

34) 덜면: 덜(덜어지다, 減)- + -면(연어, 조건)

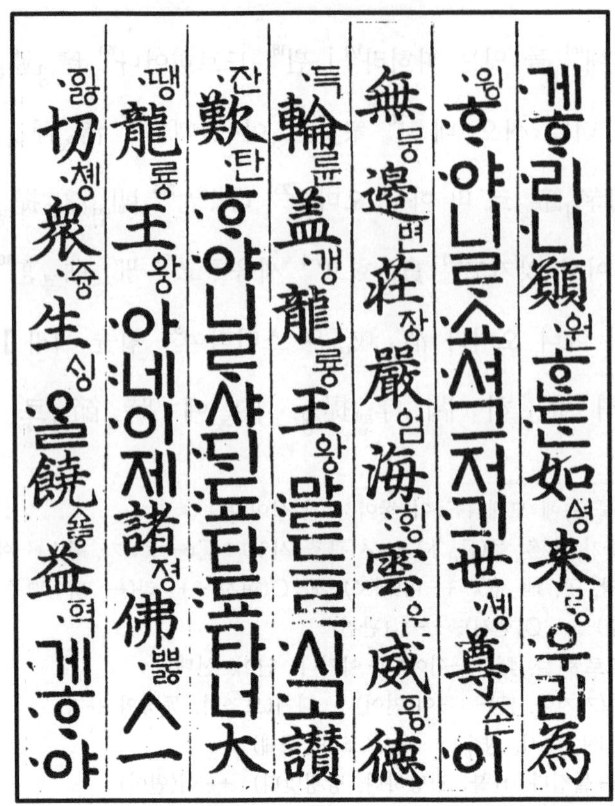

게ᄒᆞ리니 願ᅌᅯᆫᄒᆞᆫᄃᆞᆫ 如ᅀᅧᆼ來ᄅᆡᆼ 우리 爲ᅌᅱᆼᄒᆞ야 니ᄅᆞ쇼셔 그ᄢᅴ 世솅尊존이 無뭉邊변莊장嚴엄海ᄒᆡᆼ雲운威ᅙᅱᆼ德득輪륜蓋갱龍룡王왕 말ᄊᆞᄆᆞᆯ 드르시고 讚잔歎탄ᄒᆞ야 니ᄅᆞ샤ᄃᆡ 됴타 됴타 너 大땡龍룡王왕아 네 이제 諸졍佛뿛ㅅ 一힗切쳉衆즁生ᄉᆡᆼ ᄋᆞᆯ 饒ᅀᅲᇢ益ᅙᅧᆨ게 ᄒᆞ야

하겠으니, 願(원)컨대 如來(여래)가 우리를 爲(위)하여 이르소서. 그때에 世尊(세존)이 無邊莊嚴海雲威德輪盖龍王(무변장엄해운위덕윤개용왕)의 말을 들으시고, 讚歎(찬탄)하여 이르시되 "좋다, 좋다. 너 大龍王(대용왕)아, 네가 이제 諸佛(제불)의 一切(일체) 衆生(중생)을 饒益(요익)하게 하여,

ᄒᆞ리니 願원ᄒᆞᆫᄃᆞᆫ[35] 如ᅀᅧᆼ來ᄅᆡᆼ 우리 爲ᅌᅱᆼᄒᆞ야 니ᄅᆞ쇼셔[36] 그 저긔[37] 世솅尊존이 無뭉邊변莊장嚴엄海ᄒᆡᆼ雲운威ᅙᅱᆼ德득輪륜蓋갱龍룡王왕 말 드르시고 讚잔歎탄ᄒᆞ야[38] 니ᄅᆞ샤ᄃᆡ[39] 됴타[40] 됴타 너 大땡龍룡王왕아 네 이제 諸졍佛뿛ㅅ 一ᅙᅵᇙ切쳉 衆즁生ᄉᆡᆼᄋᆞᆯ 饒ᅀᅧᇢ益ᅙᅧᆨ게[41] ᄒᆞ야

35) 願ᄒᆞᆫᄃᆞᆫ: 願ᄒᆞ[원하다: 願(원: 명사) -ᄒᆞ(동접)-]- + -ㄴᄃᆞᆫ(-건대: 연어, 주제 제시)

36) 니ᄅᆞ쇼셔: 니ᄅᆞ(이르다, 說)- + -쇼셔(-으소서: 명종, 아주 높임)

37) 저긔: 적(적, 때, 時: 의명) + -의(부조, 위치)

38) 讚歎ᄒᆞ야: 讚歎ᄒᆞ[찬탄하다: 讚歎(찬탄: 명사) + -ᄒᆞ(동접)-]- + -야(← -아: 연어) ※ '讚歎(찬탄)'은 칭찬하며 감탄하는 것이다.

39) 니ᄅᆞ샤ᄃᆡ: 니ᄅᆞ(이르다, 告)- + -샤(← -시-: 주높)- + -ᄃᆡ(← -오ᄃᆡ: -되, 연어, 설명 계속)

40) 됴타: 둏(좋다, 善)- + -Ø(현시)- + -다(평종)

41) 饒益게: 饒益[← 饒益ᄒᆞ다(요익하다) : 饒益(요익) + -ᄒᆞ(동접)-]- + -게(연어, 사동) ※ '饒益(요익)'은 자비로운 마음으로 중생에게 넉넉하게 이익을 주는 것이나, 또는 그 이익이다.

[87 앞]

憐련愍민ᄒᆞ야 憐련愍민은 어엿비 너기실 씨라 安한
樂락긔 ᄒᆞ샴 ᄀᆞᆮᄒᆞ야 如셩來링ㅅ 거긔
神씬呪쥼 닐오ᄆᆞᆯ 能ᄂᆼ히 請쳥ᄒᆞᄂᆞ니
너 大땡龍룡王왕아 子ᄌᆞᆼ細솅히 드러
이대 思ᄉᆞᆼ念념ᄒᆞ라 내 너 爲윙ᄒᆞ야 닐
오리라 아래 大땡悲빙雲운生ᄉᆡᆼ如셩
來링ㅅ 거긔 震진吼ᅘᅮᇢ奮분迅신勇용

憐愍(연민)하여【憐愍(연민)은 불쌍히 여기는 것이다.】安樂(안락)하게 하시는 것과 같아, 如來(여래)께 神呪(신주)를 이르는 것을 能(능)히 請(청)하나니, 너 大龍王(대용왕)아, 子細(자세)히 들어 잘 思念(사념)하라. 내가 너를 爲(위)하여 이르리라. 예전에 大悲雲生如來(대비운생여래)께 震吼奮迅勇猛幢陁羅尼(진후분신용맹당다라니)를

憐련愍민ᄒᆞ야[42) 【憐련愍민은 어엿비[43) 너기실 씨라】 安한樂락긔[44) ᄒᆞ샴[45) ᄀᆞᆮᄒᆞ야[46) 如셩來링ㅅ 거긔[47) 神씬呪쥬ᇢ 닐오ᄆᆞᆯ[48) 能능히 請청ᄒᆞᄂᆞ니[49) 너 大땡龍룡王왕아 子ᄌᆞᆼ細솅히[50) 드러 이대[51) 思ᄉᆞᆼ念념ᄒᆞ라[52) 내 너 爲윙ᄒᆞ야 닐오리라[53) 아래 大땡悲빙雲운生싱如셩來링ㅅ 거긔 震진吼후ᇢ奮분迅신勇용猛ᄆᆡᆼ幢뙁陁땅羅랑尼닝ᄅᆞᆯ

---

42) 憐愍ᄒᆞ야: 憐愍ᄒᆞ[연민하다: 憐愍(연민) + -ᄒᆞ(동접)-]- + -야(←-아: 연어) ※ '憐愍(연민)'은 불쌍하고 가련하게 여기는 것이다.

43) 어엿비: [불쌍히, 憐愍(부사): 어엿ㅂ(←어엿브다: 불쌍하다)- + -이(부접)]

44) 安樂긔: 安樂[←安樂ᄒᆞ다(안락하다): 安樂(안락: 명사) + -ᄒᆞ(형접)-]- + -긔(-게: 연어, 사동)

45) ᄒᆞ샴: ᄒᆞ(하다: 보용, 사동사)- + -샤(←-시-: 주높)- + -ㅁ(←-옴: 명전)

46) ᄀᆞᆮᄒᆞ야: ᄀᆞᆮᄒᆞ(같다, 如)- + -야(←-아: 연어)

47) 如來ㅅ 거긔: 如來(여래) + -ㅅ(의: 관조) # 거긔(거기에, 彼處: 의명) ※ '如來ㅅ 거긔'는 '如來께'로 의역한다. ※ '如來(여래)'는 여래 십호(如來 十號)의 하나이다. 진리로부터 진리를 따라서 온 사람이라는 뜻으로 '부처(佛)'를 달리 이르는 말이다.

48) 닐오ᄆᆞᆯ: 닐(←니ᄅᆞ다: 이르다, 說)- + -옴(명전) + -ᄋᆞᆯ(목조)

49) 請ᄒᆞᄂᆞ니: 請ᄒᆞ[청하다: 請(청: 명사) + -ᄒᆞ(동접)-]- + -ᄂᆞ(현시)- + -니(연어, 설명 계속)

50) 子細히: [자세히(부사): 子細(자세: 명사) + -ㅎ(←-ᄒᆞ-: 형접)- + -이(부접)]

51) 이대: [잘, 善(부사): 읻(좋다, 곱다, 善: 형사)- + -애(부접)]

52) 思念ᄒᆞ라: 思念ᄒᆞ[사념하다: 思念(사념) + -ᄒᆞ(동접)-]- + -라(명종, 아주 낮춤) ※ '思念(사념)'은 근심하고 염려하는 따위의 여러 가지 생각을 하는 것이다.

53) 닐오리라: 닐(←니ᄅᆞ다: 이르다, 說)- + -오(화자)- + -리(미시)- + -라(←-다: 평종)

猛밍幢땅陁땅羅랑尼닝ᄅᆞᆯ 듣ᄌᆞᄫᆞ니 過광去컹諸졍佛뿛이 아래 니르샤 威휭神씬으로 加강護홍ᄒᆞ시니 加강ᄂᆞᆫ 더을씨니 힘 므를 니펴 護홍持띵ᄒᆞ실씨라 내 이제 ᄯᅩ 隨쒱順쓘ᄒᆞ야 닐어 隨쒱順쓘ᄋᆞᆫ 조ᄎᆞᆯ씨니 衆즁生싱이 ᄠᅳ들 조ᄎᆞ실씨라 一힗切쳉衆즁生싱ᄋᆞᆯ 利링益혁ᄒᆞ며 未밍來링世솅ᄅᆞᆯ 어엿비 너겨 즐거ᄫᅮ

들으니, 過去(과거)의 諸佛(제불)이 예전에 이르시어 威神(위신)으로 加護(가호)하시니【加(가)는 더하는 것이니 힘을 입혀 護持(호지)하시는 것이다.】, 내가 이제 또 隨順(수순)하여 일러【隨順(수순)은 좇는 것이니, 衆生(중생)의 뜻을 좇으시는 것이다.】一切(일체)의 衆生(중생)을 利益(이익)이 되게 하며, 未來世(미래세)를 불쌍히 여겨 즐거움을 듣ᄌᆞᄫᆞ니[54] 過광去컹 諸졍佛뿛이 아래 니ᄅᆞ샤 威휭神씬[55]ᄋᆞ로 加강護ᅘᅩᆼᄒᆞ시니[56]【加강ᄂᆞᆫ 더을[57] 씨니 히믈 니펴[58] 護ᅘᅩᆼ持띵ᄒᆞ실[59] 씨라】, 내 이제 ᄯᅩ 隨쒕順쓘ᄒᆞ야[60] 닐어【隨쒕順쓘은 조ᄎᆞᆯ[61] 씨니 衆즁生ᄉᆡᆼ이 ᄠᅳ들[62] 조ᄎᆞ실 씨라】一ᅙᅵᇙ切촁 衆즁生ᄉᆡᆼ을 利링益혁ᄒᆞ며[63] 未밍來ᄅᆡᆼ世솅[64]ᄅᆞᆯ 어엿비 너겨 즐거ᄫᅮ믈[65]

54) 듣ᄌᆞᄫᆞ니: 듣(듣다, 聞)- + -ᄌᆞᇦ(← -ᄌᆞᆸ-: 객높)- + -오(화자)- + -니(연어, 설명 계속)

55) 威神: 위신. 부처가 가진, 인간의 지식으로는 헤아릴 수 없는 영묘하고도 불가사의한 힘이다.

56) 加護ᄒᆞ시니: 加護ᄒᆞ[가호하다: 加護(가호) + -ᄒᆞ(동접)-]- + -시(주높)- + -니(연어, 설명 계속) ※ '加護(가호)'는 신 또는 부처가 힘을 베풀어 보호하고 도와주는 것이다.

57) 더을: 더으(더하다, 加)- + -ㄹ(관전)

58) 니펴: 니피[입히다, 가하다: 닙(입다, 被)- + -히(사접)-]- + -어(연어)

59) 護持ᄒᆞ실: 護持ᄒᆞ[호지하다: 護持(호지) + -ᄒᆞ(동접)-]- + -시(주높)- + -ㄹ(관전) ※ '護持(호지)'는 보호하여 지니는 것이다.

60) 隨順ᄒᆞ야: 隨順ᄒᆞ[수순하다: 隨順(수순) + -ᄒᆞ(동접)-]- + -야(← -아: 연어) ※ '隨順(수순)'은 남의 뜻에 맞추거나 순순히 따르는 것이다.

61) 조ᄎᆞᆯ: 좇(좇다, 따르다 隨)- + -ᄋᆞᆯ(관전)

62) ᄠᅳ들: ᄠᅳᆮ(뜻, 義趣) + -을(목조)

63) 利益ᄒᆞ며: 利益ᄒᆞ[이익하다, 이익이 되게 하다: 利益(이익) + -ᄒᆞ(동접)-]- + -며(연어, 나열) ※ '利益(이익)'은 부처의 가르침을 받음으로써 은혜나 행복을 얻는 것이다.

64) 未來世: 미래세. 삼세(三世)의 하나로서, 죽은 뒤에 다시 태어나 산다는 미래의 세상을 이른다.

65) 즐거ᄫᅮ믈: 즐거ᄫᅮᆷ[즐거움, 歡喜: 즑(즐거워하다, 歡: 동사)- + -어ᇦ(← -업-: 형접)- + -움(명접)] + -을(목조)

[88 앞]

ᄅᆞᆯ주어ᄀᆞ몬저긔能ᄂᆞᆼ히비오긔ᄒᆞ며
비한저긔ᄯᅩ能ᄂᆞᆼ히개에ᄒᆞ며飢긩饉
끈疾찛疫웍을다能ᄂᆞᆼ히업긔ᄒᆞ며【飢긩
饉끈은주으릴씨오疾찛疫웍은病뼝이라】龍룡ᄃᆞᆯᄒᆞᆯ다들
긔ᄒᆞ며諸졍天텬이歡환喜힁踊용躍
약긔ᄒᆞ며一힗切쳉魔망ᄅᆞᆯᄒᆞ야ᄇᆞ려
衆중生ᄉᆡᆼ을便뼌安한긔ᄒᆞ리라ᄒᆞ시

주어, 가문 적에 能(능)히 비가 오게 하며, 비가 많을 적에 또 能(능)히 (비가) 개게 하며, 飢饉(기근)과 疾疫(질역)을 다 能(능)히 없게 하며 【飢饉(기근)은 굶주리는 것이요 疾疫(질역)은 病(병)이다.】, 龍(용)들을 다 듣게 하며, 諸天(제천)이 歡喜踊躍(환희용약)하게 하며, 一切(일체)의 魔(마)를 헐어버려, 衆生(중생)을 便安(편안)하게 하리라." 하시고 주어 ᄀᆞ믄[66] 저긔 能능히[67] 비 오긔 ᄒᆞ며 비 한[68] 저긔 ᄯᅩ 能능히 개에[69] ᄒᆞ며 飢긩饉끈[70] 疾찛疫윅[71]을 다 能능히 업게 ᄒᆞ며【飢긩饉끈은 주으릴[72] 씨오 疾찛疫윅은 病뼝이라】 龍룡ᄃᆞᆯᄒᆞᆯ[73] 다 듣게 ᄒᆞ며 諸졍天텬이 歡환喜힁踊용躍약게 ᄒᆞ며 一힗切쳉 魔망ᄅᆞᆯ ᄒᆞ야ᄇᆞ려[74] 衆즁生싱ᄋᆞᆯ 便뼌安한케 호리라[75] ᄒᆞ시고

---

66) ᄀᆞ믄: ᄀᆞ므(← ᄀᆞ믈다: 가물다, 旱)- + -Ø(과시)- + -ㄴ(관전)
67) 能히: [능히(부사): 能(능: 불어) + -ㅎ(← -ᄒᆞ-: 형접)- + -이(부접)]
68) 한: 하(많다, 多)- + -Ø(현시)- + -ㄴ(관전)
69) 개에: 개(개다, 霽)- + -에(← -게: 연어, 사동)
70) 飢饉: 기근. 흉년으로 먹을 양식이 모자라 굶주리는 것이다.
71) 疾疫: 질역. 유행하는 병이다.
72) 주으릴: 주으리(주리다, 餓)- + -ㄹ(관전)
73) 龍ᄃᆞᆯᄒᆞᆯ: 龍ᄃᆞᆶ[용들: 龍(용) + -ᄃᆞᆶ(-들: 복접)] + -ᄋᆞᆯ(목조)
74) ᄒᆞ야ᄇᆞ려: ᄒᆞ야ᄇᆞ리(헐어버리다, 破)- + -어(연어)
75) 호리라: ㅎ(← ᄒᆞ다 : 하다, 爲, 보용, 사동)- + -오(화자)- + -리(미시)- + -라(← -다: 평종)

[88 뒤]

즉시 呪(주)를 이르시되,

> 怛緻他당징타 摩訶若那뭐허셔나(引) 婆婆뿨뿨(引) 薩尼尼梨伍殊상니니리디쓔(引) 洛敧彌랑키미(去聲) 【二】 提利茶띠리쨔(去聲)(引) 毗迦囉摩跋闍羅삐갸러뭐뿅쎠러(引) 僧伽怛膩숭꺄당니 【三】 波羅摩毗囉闍붜러뭐삐러쎠 【四】 涅摩求那雞니뭐낑나기

즉자히 呪쥬ᇹ를 니ᄅᆞ샤ᄃᆡ

怛緻他당ᅀᅵᆼ타摩訶若那뭐허셔나(引)婆婆뿨뿨(引)薩尼尼梨佤殊상니니리디쓔(引)

洛皷彌랗키미(去聲)【二】提利茶띠리쨔(引)毗迦囉摩跋闍羅삐갸러뭐뻥쎠러(引)

僧伽怛膩승꺄당니【三】波羅摩毗囉闍붜러뭐삐러쎠【四】涅摩求那雞니뭐낑나기

[89 앞]

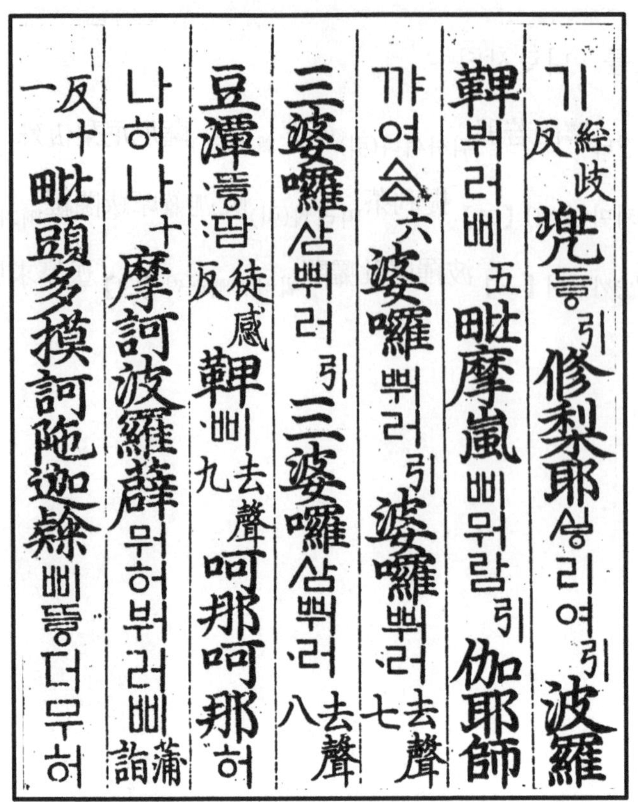

기經岐反兜듷引修梨耶싷리여引波羅
鞞뷔러뼤五毗摩嵐삐뭐람引伽耶師
꺄여슿六婆囉뿨러引婆囉뿨러去聲七
三婆囉삼뿨러引三婆囉삼뿨러去聲八
豆潭뜽땀徒感反鞞삐去聲九呵那呵那허
나허나十摩訶波羅薛뭐허붜러뼤蒲詣
反十一毗頭多摸訶陁迦𥿭삐뜽더무허

[經(경)과 岐(기)의 反切(반절)이다.]兜듷(引)修梨耶싷리여(引)波羅鞞붜러뼤【五】毗摩嵐삐뭐람(引)伽耶師꺄여슿【六】婆囉뿨러(去聲)【七】三婆羅삼뿨러(引)三婆羅삼뿨러(去聲)【八】豆潭뜽땀[徒(도)와 感(감)의 反切(반절)이다.]鞞삐(去聲)【九】呵那呵那허나허나【十】摩訶波羅薛뭐허붜러뼤[蒲(포)와 □의 反切(반절)이다]【十一】毗頭多摸訶陁迦□삐뜽더무허떠갸리【十二】

[89 앞]

[經岐反][76]兜듷(引)修梨耶실리여(引)波羅鞞붜러뻬【五】毗摩嵐뻬뭐람(引)伽耶師꺄여슷【六】婆囉뿨러(去聲)【七】三婆羅삼뿨러(引)三婆羅삼뿨러(去聲)【八】豆潭뜽땀[徒感反][77]鞞뻬(去聲)【九】呵那呵那허나허나【十】摩訶波羅薜뭐허붜러뻬[蒲□反][78]【十一】毗頭多摸訶陁迦□뻬뜽더무허떠갸리【十二】

76) 經岐反: 경기반. 經(경)과 岐(기)의 反切(반절)이다.

77) 徒感反: 도감반. 徒(도)와 感(감)의 反切(반절)이다.

78) 蒲□反: 포예반. 蒲(포)와 □의 反切(반절)이다.

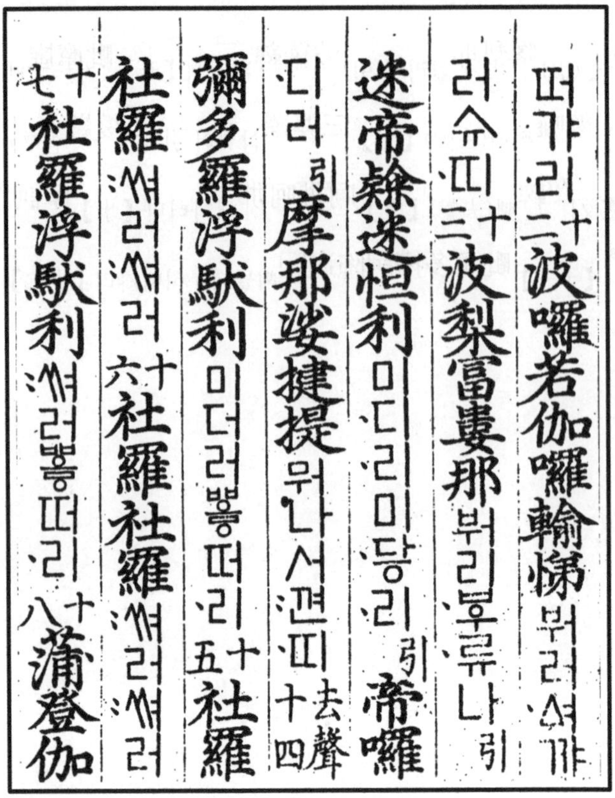

波囉若伽囉輸悌뷔러셔꺄러슈띠【十三】 波梨富婁那뷔리부류나(引)迷帝□迷怛利미디리미당리(引)帝囉디러(引)摩那娑揵提뭐나서견띠(去聲)【十四】 彌多羅浮□利미더러뿔떠리【十五】 社羅社羅쎠러쎠러【十六】 社羅社羅쎠러쎠러【十七】 社羅浮□利쎠러뿔떠리【十八】 蒲登伽俱蘇迷뿌둥꺄규수미(去聲)【十九】

[89 뒤]

波囉若伽囉輸悌뷔러셔꺄러슈띠【十三】波梨富婁那뷔리부류나(引)迷帝□迷怛利미디리미당리(引)帝囉디러(引)摩那婆揵提뭐나서껸띠(去聲)【十四】彌多羅浮□利미더러뿡떠리【十五】社羅社羅쌰러쌰러【十六】社羅社羅쌰러쌰러【十七】社羅浮□利쌰러뿡떠리【十八】蒲登伽俱蘇迷뿌둥꺄규수미(去聲)【十九】

[90 앞]

達舍婆利땅셔뿨리【二十】 遮鬪薨䤻져듷홍셔(引)何囉提혀러띠【二十一】 頞瑟吒達舍毗尼迦佛陁헝승차땅셔삐갸뽕뗘(引)達迷땅미(去聲)【二十二】 輸頻摩帝슈뿨뭐디【二十三】 分若羅翅본셔러슷【二十四】 叔迦羅숭갸러(引)達摩땅뭐(引)三摩泥比삼뭐【二十五】

達舍婆利땅셔뿨리【二十】遮鬪蔑睒져듷훙셔(引)何囉提혀러띠【二十一】頞瑟吒達舍毗尼迦佛陁헝승차땅셔뻬갸뽕떠(引)達迷땅미(去聲)【二十二】輸頗摩帝슈풔뭐디【二十三】分若羅翅븐셔러승【二十四】叔迦羅숭갸러(引)達摩땅뭐(引)三摩泥比삼뭐(引)【二十五】

[90 뒤]

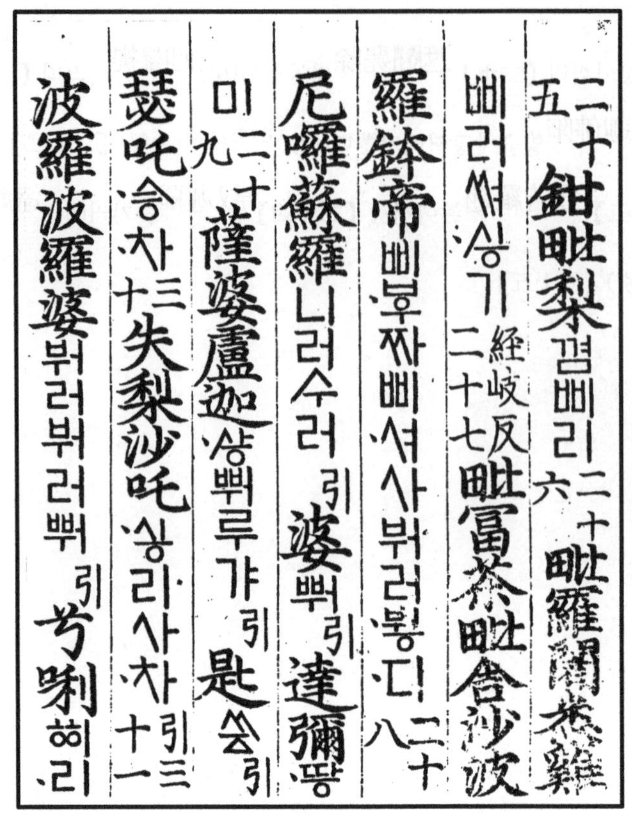

二十五 鉗毗梨겸삐리 二十六 毗羅闍悉雞
삐러쎠싱기 經岐反 二十七 毗富茶毗舍沙波
羅鉢帝삐부짜삐셔사붜러붷디 二十八
尼囉蘇羅니러수러 引 婆뿨 引 達彌땅
미 二十九 薩婆盧迦상뿨루갸 引 毘쓩 引
瑟吒슳차 三十 失梨沙吒싷리사차 引 三十一
波羅波羅婆붜러붜러뿨 引 兮唎히리

鉗毗梨겸삐리 【二十六】 毗羅闍悉雞삐러쎠싱기[經(경)과 岐(기)의 反切(반절)] 【二十七】 毗富茶毗舍沙波羅鉢帝삐부짜삐셔사붜러붷디 【二十八】 尼囉蕭羅니러수러(引) 婆뿨(引) 達彌땅미 【二十九】 薩婆盧迦상뿨루갸(引) 毘쓩(引) 瑟吒슳차 【三十】 失梨沙吒싷리사차(引) 【三十一】 波羅波羅婆붜러붜러뿨(引) 兮唎히리 【三十二】

[90 뒤]

鉗毗梨겸삐리【二十六】毗羅闍悉雞삐러셔싱기[經岐反][79]【二十七】毗富茶毗舍沙波羅鉢帝삐부짜삐셔사붜러붱디【二十八】尼囉蕭羅니러수러(引)婆뿨(引)達彌땅미【二十九】薩婆盧迦상뿨루갸(引)毘쓩(引)瑟吒슳차【三十】失梨沙吒싱리사차(引)【三十一】波羅波羅婆붜러붜러뿨(引)兮唎혜리【三十二】

79) 經岐反: 경기반. 經(경)과 岐(기)의 反切(반절)이다.

[91 앞]

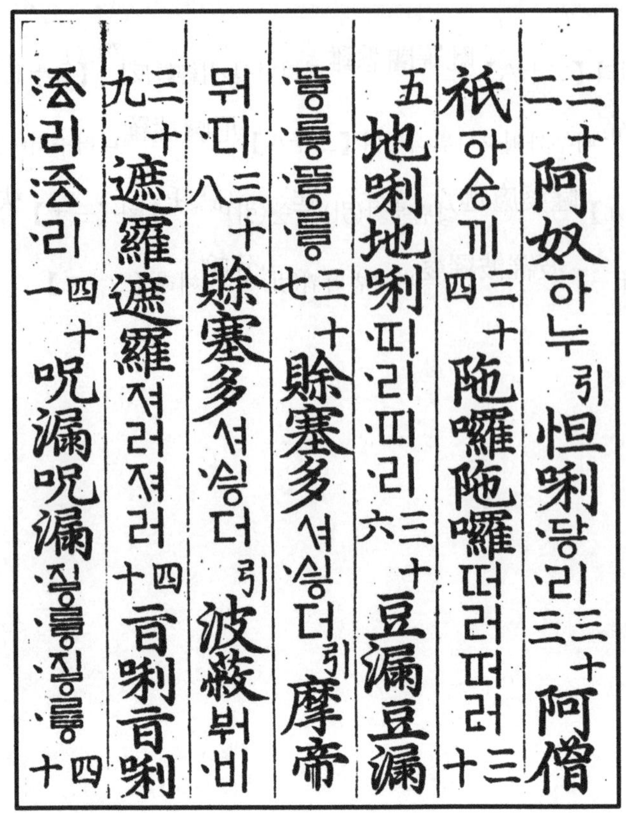

阿奴하누(引)怛唎당리【三十三】阿僧祇하숭끼【三十四】陁囉陁囉떠러떠러【三十五】地唎地唎띠리띠리【三十六】豆漏豆漏뜰릉뜰릉【三十七】賖塞多셔싱더(引)摩帝뭐디【三十八】賖塞多셔싱더(引)波蔽붜비【三十九】遮羅遮羅져러져러【四十】旨唎旨唎즈리즈리【四十一】呪漏呪漏질릉질릉【四十二】

阿奴하누(引)怛唎당리【三十三】阿僧祇하숭끼【三十四】陁囉陁囉떠러떠러【三十五】地唎地唎띠리띠리【三十六】豆漏豆漏뜽릉뜽릉【三十七】睮塞多셔싱더(引)摩帝뭐디【三十八】睮塞多셔싱더(引)波蔽붜비【三十九】遮羅遮羅져러져러【四十】旨唎旨唎즈ᇫ리즈ᇫ리【四十一】呪漏呪漏징릉징릉【四十二】

二波羅遮붜러져引佛陁喃뿡떠남引喃引去聲摩帝뭐디四十三摩訶般利若뭐허번리셔引波붜引羅러引蜜帝莎밍디서引呵허四十四南남無뭉智딩海힝毗삥盧롱遮쟝那낭藏짱如셩來링南남無뭉一힗切쳉諸졍菩뽕提뗑薩삻埵뚱

그제 一힗切쳉龍룡王왕돌히 비ᄂᆞ리

波羅遮붜러져(引)佛陁喃뿡떠남(引)喃(去聲)摩帝뭐디【四十三】摩訶般利若뭐허번리셔(引)波붜(引)羅러(引)蜜帝莎밍디서(引)呵허【四十四】

南無智海毗盧遮那藏如來(나무지해비로자나장여래), 南無一切諸菩提薩埵(나무일체제보리살타).

그때에 一切(일체)의 龍王(용왕)들이 비를 내리게 하는 것을

波羅遮뷖러져(引)佛陁喃뿛떠남(引)喃(去聲)摩帝뭐디【四十三】摩訶般利若뭐허번리셔(引)波뷖(引)羅러(引)蜜帝莎밍디서(引)】呵허【四十四】 南남無뭉智딩海힝毗삥盧롱遮쟝那낭藏짱如셩來링 南남無뭉一힗切쳉諸경菩뽕提뗑薩삻埵똥

그제[80] 一힗切쳉 龍룡王왕돌히 비 느리오믈[81]

80) 그제: [그때, 爾時: 그(그, 彼: 관사) + 제(제, 때, 時: 의명)]

81) 느리오믈: 느리오[내리다, 降下: 느리(내리다, 降)- + -오(사접)-]- + -ㅁ(← -옴: 명전) + -올(목조)

[92앞]

오ᄋᆞᆯ爲윙ᄒᆞ야이呪쥬ᇢᄅᆞᆯ受쓯持띵ᄒᆞ
야ᄒᆞ다가後ᅘᅮᇢ末맗世솅예모딘災ᄌᆡᆼ
禍ᅘᅪᆼ 돌니ᇙ저긔能능히니디아니케ᄒᆞ
며ᄯᅩ一ᅙᅵᇙ切쳉諸졍佛뿛菩뽕薩삻眞
진實씷力륵젼ᄎᆞ로ᄯᅩ一ᅙᅵᇙ切쳉龍룡
ᄃᆞᆯᄒᆞᆯ勅틱ᄒᆞ샤 勅틱은警경戒갱ᄒᆞ신씨라 閻염浮
뿡提뗑祈낑請청處청에 祈낑請청은비러請청ᄒᆞᆯ

爲(위)하여 이 呪(주)를 受持(수지)하여, 만일 後末世(후말세)에 모진 災禍(재화)가 유행(流行)할 적에 能(능)히 다니지 아니하게 하며, 또 一切(일체)의 諸佛菩薩(제불보살)의 眞實力(진실력)으로 또 一切(일체)의 龍(용)들을 勅(칙)하시어【勅(칙)은 警戒(경계)하시는 것이다.】, "閻浮提(염부제)의 祈請處(기청처)에【祈請(기청)은 빌어 請(청)하는 것이요,

爲윙ᄒᆞ야 이 呪즇를 受쓯持띵ᄒᆞ야[82] ᄒᆞ다가[83] 後ᅘᅮᇢ末맗世솅[84]에 모딘 災징禍ᅘᅪᆼ[85] ᄃᆞᆫ닗[86] 저긔 能능히 니디[87] 아니케 ᄒᆞ며 ᄯᅩ 一ᅙᅵᇙ切쳉 諸졍佛뿛菩뽕薩삻[88] 眞진實씷力륵[89] 젼ᄎᆞ로[90] ᄯᅩ 一ᅙᅵᇙ切쳉 龍룡ᄃᆞᆯᄒᆞᆯ 勅틱ᄒᆞ샤[91] 【勅틱은 警경戒갱ᄒᆞ실 씨라】 閻염浮뿧提똉 祈끵請청處청[92]에 【祈끵請청은 비러[93] 請청ᄒᆞᆯ 씨오

82) 受持ᄒᆞ야: 受持ᄒᆞ[수지하다: 受持(수지) + -ᄒᆞ(동접)-]- + -야(→ -아: 연어) ※ '受持(수지)'는 경전이나 계율을 받아 항상 잊지 않고 머리에 새겨 가지는 것이다.

83) ᄒᆞ다가: 만일, 若(부사). ※『대운륜청우경』(大雲輪請雨經)에는 '若後末世惡災行時'으로 기술되어 있다. 여기서 'ᄒᆞ다가'는 'ᄃᆞᆫ닗 저긔'와 호응하는데, 한문 원문의 내용을 감안하면 'ᄃᆞᆫ닗 저긔'는 '다니면'으로 의역할 수 있다.

84) 後末世: 후말세. 말세(末世)는 불법(佛法)이 쇠퇴하여 수행자도 없고 깨달음을 이루는 자도 없는 시기이다. 따라서 후말세 말세 중에서 후기의 시기를 이른다.

85) 災禍: 재화. 재앙(災殃)과 화난(禍難)을 아울러 이르는 말이다.

86) ᄃᆞᆫ닗: ᄃᆞᆫ니[다니다, 行: ᄃᆞᆮ(닫다, 달리다, 走)- + 니(가다, 行)-]- + -ㅭ(관전) ※ 여기서 'ᄃᆞᆫ니다'는 '유행(流行)하다'의 뜻으로 쓰였다.

87) 니디: 니(가다, 다니다, 行)- + -디(-지: 연어, 부정)

88) 諸佛菩薩: 제불보살. 모든 부처(佛)와 보살(菩薩)이다.

89) 眞實力: 진실력. 참되고 변하지 아니하는 영원한 진리를 방편으로 베푸는 교의(教義)의 힘이다.

90) 젼ᄎᆞ로: 젼ᄎᆞ(까닭, 이유, 由) + -로(부조, 방편) ※ '眞實力 젼ᄎᆞ로'는 '眞實力의 까닭으로'로 직역되는데, 여기서는 '眞實力으로'로 의역한다.

91) 勅ᄒᆞ샤: 勅ᄒᆞ[칙하다: 勅(칙) + -ᄒᆞ(동접)-]- + -샤(← -시-: 주높)- + -∅(← -아: 연어) ※ '勅(칙)은 단단히 타일러서 경계하는 것이다.

92) 祈請處: 기청처. 빌고 기원하는 장소이다.

93) 비러: 빌(빌다, 祈)- + -어(연어)

ᄡᅵ오 處쳥ᄂᆞᆫ 고디라 降강澍즁大땡雨웅ᄒᆞ야 降강
澍즁ᄂᆞᆫ ᄂᆞ리워 브ᅀᅳᆯ ᄡᅵ라 다ᄉᆞᆺ 가지 비옛 障쟝㝵ᅌᆡᆼ
를 업긔 ᄒᆞ라 ᄒᆞ시고 呪즇를 니ᄅᆞ샤ᄃᆡ
多緻他 더징타 一 娑邏娑邏 서러서러
二 四唎四唎 ᄉᆖ리ᄉᆖ리 三 素漏素漏 수
릏수릏 四 那 나 引 伽喃 꺄남 去聲 五 闍婆
闍婆 쎠뿨쎠뿨 一句並去聲 六 侍毗侍毗 씽삐

處(처)는 곳이다.】 降澍大雨(강주대우)하여【降澍(강수)는 내리게 하여 (퍼) 붓는 것이다.】 다섯 가지의 비에 대한 障碍(장애)를 없게 하라." 하시고, 呪(주)를 이르시되,

多緻他더질타【一】娑邏娑邏서러서러【二】四唎四唎ᄉᆖ리ᄉᆖ리【三】素漏素漏수릏수릏【四】那나(引)伽喃꺄남(去聲)【五】闍婆闍婆쎠뿨쎠뿨[한 구(句)가 모두 去聲]【六】侍毗侍毗씽삐씽삐(모두 去聲)【七】

處청ᄂᆞᆫ 고디라[94)] 】 降강澍쥬大땡雨웅ᄒᆞ야[95)] 【 降강澍쥬ᄂᆞᆫ ᄂᆞ리워[96)] 브슬[97)] 씨라 】 다ᄉᆞᆺ 가짓 비옛[98)] 障쟝礙앵ᄅᆞᆯ 업긔[99)] ᄒᆞ라 ᄒᆞ시고 呪쥼ᄅᆞᆯ 니ᄅᆞ샤ᄃᆡ[1)]

多緻他더짒타【一】娑邏娑邏서러서러【二】四唎四唎ᄉᆞ리ᄉᆞ리【三】素漏素漏수릏수릏【四】那나(引)伽喃꺄남(去聲)【五】闍婆闍婆쎠뽜쎠뽜[一句並去聲][2)]【六】侍毗侍毗쑹삐쑹삐(並去聲)[3)]【七】

---

94) 고디라: 곧(곳, 處)+-이(서조)-+-Ø(현시)-+-라(→-다: 평종)

95) 降澍大雨ᄒᆞ야: 降澍大雨ᄒᆞ[강수대우하다: 降澍大雨(강주대우)+-ᄒᆞ(동접)-]-+-야(←-아: 연어) ※ '降澍大雨(강주대우)'는 큰 비를 내리 퍼붓는 것이다.

96) ᄂᆞ리워: ᄂᆞ리우[내리다, 降: ᄂᆞ리(내리다, 降: 자동)-+-우(사접)-]-+어(연어)

97) 브슬: 븟(←븟다, ㅅ불: 붓다, 澍)-+-을(관전)

98) 비옛: 비(비, 雨)+-예(←-에: 부조, 위치)+-ㅅ(-의: 관조) ※ '비옛'는 '비에 대한'으로 의역한다.

99) 업긔: 업(←없다: 없다, 無)-+-긔(-게: 연어, 사동)

1) 니ᄅᆞ샤ᄃᆡ: 니ᄅᆞ(이르다, 曰)-+-샤(←-시-: 주높)-+-ᄃᆡ(←-오ᄃᆡ: -되, 연어, 설명의 계속)

2) 一句並去聲: 일구병거성. 한 구(句)가 모두 거성(去聲)이다.

3) 並去聲: 병거성. 모두 거성(去聲)이다.

[93 앞]

樹附樹附쓔뿌쓔뿌【八】

“부처의 實力(실력)으로 大龍王(대용왕)들이 閻浮提(염부제)의 內(내)에 빨리 와서, 祈請處(기청처)에 降澍大雨(강주대우)하라.” 하시고, 呪(주)를 이르시되,

遮羅遮羅져러져러(모두 去聲)【一】 至利至利죵리죵리【二】 朱漏朱漏쥬릏쥬릏

【三】

“부처의 實力(실력)으로

樹附樹附쓔뿌쓔뿌【八】

부텻 實씷力륵[4] 젼ᄎᆞ로[5] 大땡龍룡王왕ᄃᆞᆯ히 閻염浮뿧提뗑 內뇡예 ᄲᆞᆯ리[6] 와 이셔[7] 祈끵請쳥處쳥[8]에 降강澍쓔大땡雨웅ᄒᆞ라[9] ᄒᆞ시고 呪즇를 니ᄅᆞ샤ᄃᆡ

遮羅遮羅쟈러쟈러(並去聲)【一】至利至利즈리즈리【二】朱漏朱漏쥬릏쥬릏【三】

부텻 實씷力륵

---

4) 實力: 실력. 실제로 갖추고 있는 힘이나 능력이다.

5) 實力 젼ᄎᆞ로: '實力 젼ᄎᆞ로'는 '實力의 까닭으로'로 직역되는데, 여기서는 '실력으로'로 의역한다.

6) ᄲᆞᆯ리: [빨리, 速(부사): ᄲᆞᆯㄹ(←ᄲᆞᄅᆞ다: 빠르다, 速, 형사)- + -이(부접)]

7) 와 이셔: 오(오다, 來)- + -아(연어) # 이시(있다: 보용, 완료 지속)- + -어(연어) ※ '와 이셔'는 '와서'로 의역한다.

8) 祈請處: 기청처. 빌고 기원하는 장소이다.

9) 降澍大雨ᄒᆞ라: 降澍大雨ᄒᆞ[강주대우하다: 降澍大雨(강주대우) + -ᄒᆞ(동접)-]- + -라(명종, 아주 낮춤) ※ '降澍大雨(강주대우)'는 큰 비를 내리 퍼붓는 것이다.

'咄(돌)' 諸龍王(제용왕)이【咄(돌)은 호통치시는 소리이다.】閻浮提(염부제) 請雨國(청우국)의 內(내)에 降澍大雨(강주대우)하라." 하시고 呪(주)를 이르시되,

婆邏婆邏뿨러뿨러(모두 去聲(거성)【一】避利避利삐리삐리[避字(벽자)는 모두 白(백)과 利(이)의 半切(반절)이다.]【二】復漏復漏뿧릏뿧릏【三】

"諸佛菩薩(제불보살)의 威神力(위신력)과 大乘(대승)의 眞實(진실)한

젼ᄎᆞ로 咄돓[10] 諸졍龍룡王왕이【咄돓ᄋᆞᆫ 우리티시ᄂᆞᆫ[11] 소리라】閻염浮뿧提똉 請청雨웅國귁[12] 內뇡예 降강澍즁大땡雨웅ᄒᆞ라 ᄒᆞ시고 呪즇를 니ᄅᆞ샤ᄃᆡ

婆邏婆邏뿨러뿨러(並去聲)【一】避利避利삐리삐리[避字並白利反]【二】復漏復漏뿔릏뿔릏【三】

諸졍佛뿛菩뽕薩삻 威횡神씬力륵[13]과 大땡乘씽[14] 眞진實씷

---

10) 咄: 돌. 놀라서 내지르는 소리이다. 곧, 주문을 외우고 난 다음에 주의를 환기하기 위한 말이다.

11) 우리티시ᄂᆞᆫ: 우리티[호통을 치다, 咄: 우르(소리치다, 포효하다, 吽)- + -이(부접) + 티(치다, 소리치다)-]- + -시(주높)- + -ᄂᆞ(현시)- + -ㄴ(관전)

12) 請雨國: 청우국. 비가 내리기를 비는 나라이다.

13) 威神力: 위신력. 불도(佛道)를 닦아 이르는 부처의 지위(地位)에 있는 존엄하고 헤아릴수 없는 불가사의한 힘이다.

14) 大乘: 대승. 중생을 제도하여 부처의 경지에 이르게 하는 것을 이상으로 하는 불교나 그 교리이다. 이상이나 목적이 모두 크고 깊으며 그것을 받아들이는 중생의 능력도 큰 그릇이라 하여 이렇게 이른다. 소승을 비판하면서 일어난 유파로서 한국, 중국, 일본의 불교가 이에 속한다.

實씷行·ᅘᆡᆼ業·업力·륵·젼ᄎᆞ·로諸졍龍롱
王왕·ᄃᆞᆯ·히ᄲᆞᆯ·리·와諸졍如셩來ᄅᆡᆼㅅ法
법·과菩뽕薩·삻行·ᅘᆡᆼ·ᄋᆞᆯ各·각各·각念·념
ᄒᆞ야慈ᄍᆞᆼ心심悲빙心심喜·ᄒᆡᆼ心심捨
·샹心심·ᄋᆞᆯ니ᄅᆞ·완ᄂᆞ·라ᄒᆞ시·고呪·쥼·ᄅᆞᆯ
니ᄅᆞ·샤·ᄃᆡ婆邏婆邏뿨러뿨러 一 毗梨
毗梨삐리삐리 二 蒲盧蒲盧뿌루뿌루

行業力(행업력)으로 諸龍王(제용왕)들이 빨리 와서 諸如來(제여래)의 法(법)과 菩薩行(보살행)을 各各(각각) 念(염)하여, 慈心(자심)·悲心(비심)·喜心(희심)·捨心(사심)을 일으켜라." 하시고, 呪(주)를 이르시되,

婆邏婆邏뿨러뿨러【一】 毗梨毗梨삐리삐리【二】 蒲盧蒲盧뿌루뿌루【三】

行혱業업力륵[15] 젼ᄎᆞ로 諸졍龍룡王왕ᄃᆞᆯ히 샐리 와 諸졍如셩來링ㅅ 法법과 菩뽕薩삻行혱[16]ᄋᆞᆯ 各각各각 念념ᄒᆞ야 慈쭝心심[17] 悲빙心심[18] 喜힁心심[19] 捨샹心심[20]을 니ᄅᆞ와ᄃᆞ라[21] ᄒᆞ시고 呪쥼를 니ᄅᆞ샤ᄃᆡ

婆邏婆邏뿨러뿨러【一】 毗梨毗梨삐리삐리【二】 蒲盧蒲盧뿌루뿌루【三】

---

15) 行業力: 행업력. 행업(行業)으로 이루는 힘이다. ※ '行業(행업)'은 고락의 과보를 받을 선악의 행위이다. 곧 몸, 입, 뜻으로 짓는 모든 행위이다.

16) 菩薩行: 보살행. 보살이 부처가 되려고 수행하는, 자기와 남을 이롭게 하는 원만한 행동이다.

17) 慈心: 자심. 자무량심(慈無量心)은 모든 중생에게 즐거움을 베풀어 주는 마음가짐이다. ※ 四無量心(사무량심)은 모든 중생에게 즐거움을 주고 괴로움과 미혹을 없애 주는 '자(慈)·비(悲)·희(喜)·사(捨)'의 네 가지 무량심을 의미한다.

18) 悲心: 비심. 비무량심(悲無量心)은 중생을 불쌍히 여기는 마음으로, 중생을 고통의 세계로부터 구해 내어 깨달음의 해탈락(解脫樂)을 주려는 마음가짐이다

19) 喜心: 희심. 희무량심(喜無量心)은 중생으로 하여금 고통을 버리고 낙을 얻어 희열하게 하려는 마음가짐이다.

20) 捨心: 사심. 사무량심(捨無量心)은 탐욕이 없음을 근본으로 하여 모든 중생을 평등하게 보고 미움과 가까움에 대한 구별을 두지 않는 마음가짐이다.

21) 니ᄅᆞ와ᄃᆞ라: 니ᄅᆞ왇[일으키다: 닐(일어나다, 起: 자동)-+-ᄋᆞ(사접)-+-왇(강접)-]-+-ᄋᆞ라(명종)

三大땡意힁氣킝龍룡王왕이 大땡意힁氣킝는 ᄠᅳᆮ과 氣킝韻운괘 클 씨라 慈쫑心심으로 妙묠密밇 佛뿛法법을 正졍히 念념ᄒᆞ야 큰 雲운雨웅 가져 ᄲᆞᆯ리 오라 ᄒᆞ시고 呪쥴를 니ᄅᆞ샤ᄃᆡ 伽茶伽茶 꺄쨔꺄쨔 一 祁攞祁攞 끼찡끼찡 二 瞿厨瞿厨 뀨쮸뀨쮸 三 一ᅙᅵᇙ切쳉諸졍佛뿛眞진實씷力륵

"大意氣龍王(대의기용왕)이【大意氣(대의기)는 뜻과 氣韻(기운)이 큰 것이다.】 慈心(자심)으로 妙密(묘밀)한 佛法(불법)을 正(정)히 念(염)하여, 큰 雲雨(운우)를 가져 빨리 오라." 하시고 呪(주)를 이르시되,

伽茶伽茶꺄쨔꺄쨔【一】 祁繒祁繒끼찡끼찡【二】 瞿厨瞿厨뀨쮸뀨쮸【三】

"一切(일체) 諸佛(제불)의 眞實力(진실력)으로

大땡意힁氣킝龍룡王왕이 【大땡意힁氣킝ᄂᆞᆫ ᄠᅳ든[22]과 氣킝韻운괘[23] 클 씨라】 慈쫑心심으로 妙묘ᇦ密밇[24] 佛뿛法법을 正졍히[25] 念념ᄒᆞ야 큰 雲운雨웅[26] 가져 ᄲᆞᆯ리 오라 ᄒᆞ시고 呪쥴를 니ᄅᆞ샤ᄃᆡ

伽茶伽茶꺄짜꺄짜【一】 祁繒祁繒끼찡끼찡【二】 瞿厨瞿厨뀨쮸뀨쮸【三】

一힗切촁 諸졍佛뿛 眞진實씷力륵

---

22) ᄠᅳᆮ: 뜻, 意.

23) 氣韻괘: 氣韻(기운) + -과(접조) + -ㅣ(← -이: 주조)

24) 妙密: 묘밀. 미묘하고 은밀한 것이다.

25) 正히: [정히, 진짜로(부사): 正(정: 명사) + -ㅎ(← -ᄒᆞ-: 형접)- + -이(부접)]

26) 雲雨: 운우. 구름과 비이다.

[95 앞]

젼ᄎᆞ로 大땡健껀瞋친者쟝ᅌᅪ 健껀은 힘셀 씨

라 大땡疾찗行ᅘᆡᆼ者쟝ᅌᅪ 疾찗行ᅘᆡᆼ은 ᄲᆞᆯ리 ᄃᆞᆫ닐 씨

라 睒셤電뗜舌쎯者쟝ㅣ 睒셤電뗜은 번게라 舌쎯은 혀

라 여러 가짓 모딘 毒똑ᄋᆞᆯ 다ᄉᆞ려 와

慈ᄍᆞᆼ心심ᄋᆞᆯ 니르와다 閻염浮뿡提뗑

請청雨ᅌᅮᆼ國귁內ᄂᆞᆼ예 降강澍즁大땡

雨ᅌᅮᆼ莎상呵항ᄒᆞ시고 ᄯᅩ 呪즁를 니

大健瞋者(대건진자)와【健(건)은 힘센 것이다.】 大疾行者(대질행자)와【疾行(질행)은 빨리 다니는 것이다.】 睒電舌者(섬전설자)가【睒電(섬전)은 번게이다. 舌(설)은 혀이다.】 여러 가지의 모진 毒(독)을 다스려 와서, 慈心(자심)을 일으켜서 閻浮提(염부제)의 請雨國(청우국) 內(내)에 降澍大雨(강주대우). 莎呵(사하).” 하시고, 또 呪(주)를 이르시되

젼ᄎᆞ로 大땡健껀瞋친者쟝와【健껀은 힘셀 씨라】 大땡疾찚行헹者쟝와【疾찚行헹은 ᄲᆞᆯ리 ᄃᆞᆫ닐[27] 씨라】 睒셤電뗜舌쎯者쟝ㅣ【睒셤電뗜은 번게라[28] 舌쎯은 혜라[29]】 여러 가짓 모딘 毒똑ᄋᆞᆯ 다ᄉᆞ려[30] 와 慈쫑心심ᄋᆞᆯ 니ᄅᆞ와다 閻염浮뿔提뗑 請청雨웅國귁 內뇡예 降강澍쓩大땡雨웅 莎상呵항ᄒᆞ시고[31] ᄯᅩ[32] 呪즇를 니ᄅᆞ샤ᄃᆡ

27) ᄃᆞᆫ닐: ᄃᆞᆫ니[다니다, 行: ᄃᆞᆮ(닫다, 달리다, 走)- + 니(가다, 行)-]- + -ㄹ(관전)

28) 번게라: 번게(번게, 電) + -Ø(← -이-: 서조)- + -Ø(현시)- + -라(← -다: 평종)

29) 혜라: 혀(혀, 舌) + -ㅣ(← -이-: 서조)- + -Ø(현시)- + -라(← -다: 평종)

30) 다ᄉᆞ려: 다ᄉᆞ리[다스리다, 治: 다ᄉᆞᆯ(다스려지다, 治: 자동)- + -이(사접)-]- + -어(연어)

31) 莎呵: '莎呵(사하)'는 사바하(娑婆訶)·사하(娑訶)·사하(莎訶)·사하(沙訶)라고도 하는데, 진언(眞言)의 끝에 붙여 성취(成就)를 구하는 말이다.

32) ᄯᅩ: 또, 又(부사)

[95 뒤]

ᄅᆞ샤ᄃᆡ 怛吒怛吒당차당차吒並去聲 一 底
致底致딩징딩징 二 鬪書鬪書듷징듷징
징 三 金금剛강密밇迹젹眞진實씷力
륵 젼ᄎᆞ로 머리우희 大땡摩망尼닝天
텬冠관 쓰고 ᄇᆡ야ᄆᆡ 몸가지니 三삼寶
봉念념ᄒᆞ논 히ᄆᆞ로 閻염浮뿔提똉請
청雨웅國귁內ᄂᆡᆼ예 降강澍즁大땡雨

怛吒怛吒당차당차[吒(타)는 모두 去聲(거성)이다.]【一】底致底致디징디징【二】鬪書鬪書듷징듷징【三】

"金剛密迹(금강밀적)의 眞實力(진실력)으로 머리 위에 大摩尼天冠(대마니천광)을 쓰고 뱀의 몸을 가진 이가, 三寶(삼보)를 念(염)하는 힘으로 閻浮提(염부제)의 請雨國(청우국) 內(내)에 降澍大雨(강주대우).

怛吒怛吒당차당차[吒並去聲]【一】底致底致디지ᇫ디지ᇫ【二】闘書闘書등징등징【三】

金금剛강密미ᇙ迹젹[33] 眞진實씨ᇙ力륵 젼ᄎᆞ로 머리 우희[34] 大땡摩망尼닝天텬冠관[35] 쓰고 ᄇᆞ야ᄆᆡ[36] 몸 가지니[37] 三삼寶보ᇦ[38] 念념ᄒᆞ논[39] 히ᄆᆞ로 閻염浮뿌ᇦ提똉 請쳥雨웅國귁 內뇡예 降강澍즁大땡雨웅

---

33) 金剛密迹: 금강밀적. 손에 금강저(金剛杵)를 지니고 부처를 보호한다는 신(神)이다. 항상 부처 곁에서 그의 비밀스러운 행적을 들으려고 하므로 밀적(密迹)이라고 한다.

34) 우희: 웋(위, 上) + -의(-에: 부조, 위치)

35) 大摩尼天冠: 대마니천관. 부처가 쓰는 마니로 꾸민 큰 관이다. ※ '摩尼(마니)'는 '보주(寶珠)'를 일상적으로 이르는 말이다. 불행과 재난을 없애 주고 더러운 물을 깨끗하게 하며, 물을 변하게 하는 따위의 덕이 있다. 그리고 '天冠(천관)'은 구슬과 옥 따위로 꾸미어 만든, 부처가 쓰는 관이다.

36) ᄇᆞ야ᄆᆡ: ᄇᆞ얌(뱀, 蛇) + -ᄋᆡ(-의: 관조)

37) 가지니: 가지(가지다, 持)- + -Ø(과시)- + -ㄴ(관전) # 이(이, 者: 의명) + -Ø(← -이: 주조)

38) 三寶: 삼보. 불보(佛寶), 법보(法寶), 승보(僧寶)를 이르는 말이다. ※ '佛寶(불보)'는 석가모니불과 모든 부처를 높여 이르는 말. 부처는 스스로 진리를 깨닫고, 또 다른 사람을 깨닫게 하므로 세상의 귀중한 보배와 같다 하여 이르는 말이다. '法寶(법보)'는 깊고 오묘한 불교의 진리를 적은 불경을 보배에 비유하여 이르는 말이다.

39) 念ᄒᆞ논: 念ᄒᆞ[염하다, 생각하다: 念(염) + -ᄒᆞ(동접)-]- + -ㄴ(← -ᄂᆞ-: 현시)- + -오(대상)- + -ㄴ(관전)

[96 앞]

娑상呵항ᄒᆞ시고 ᄯᅩ 呪즇를 니ᄅᆞ
샤ᄃᆡ 迦羅迦羅갸러갸러 一 繼利繼利
기리기리 二 句漏句漏규릏규릏 三 부
텻 實씷力륵으로 金금剛강密밇迹
젹이 一잃切쳉大땡水슁 븟ᄂᆞ니와 大
땡雲운 ᄐᆞ니를 勅틱ᄒᆞ야 慈ᄍᆞᆼ悲빙心
심 ᄋᆞᆯ 니ᄅᆞ와다 다 예와 閻염浮뿧提똉

娑呵(사하).” 하시고, 또 呪(주)를 이르시되,

迦羅迦羅갸러갸러【一】繼利繼利기리기리【二】句漏句漏규릏규릏【三】

“부처의 實力(실력)으로 金剛密迹(금강밀적)이 一切(일체)의 大水(대수)를 붓는 이와 大雲(대운)을 탄 이를 勅(칙)하여, 慈悲心(자비심)을 일으켜서 다 여기에 와서, 閻浮提(염부제)의

莎상(引)呵항ᄒᆞ시고 또 呪즇를 니ᄅᆞ샤ᄃᆡ

迦羅迦羅갸러갸러【一】繼利繼利기리기리【二】句漏句漏규릏규릏【三】

부텻 實씛力륵 젼ᄎᆞ로 金금剛강密밇迹젹이 一힗切쳉 大땡水쉉 붓ᄂᆞ니와[40] 大땡雲운 ᄐᆞ니ᄅᆞᆯ[41] 勅틱ᄒᆞ야[42] 慈ᄍᆞᆼ悲빙心심[43]을 니ᄅᆞ와다 다 예[44] 와 閻염浮뿛提뗑

---

40) 붓ᄂᆞ니와: 붓(붓다, 澍)- + -ᄂᆞ(현시)- + -ㄴ(관전) # 이(이, 者: 의명) + -와(접조)

41) ᄐᆞ니ᄅᆞᆯ: ᄐᆞ(타다, 乘)- + -Ø(과시)- + -ㄴ(관전) # 이(이, 者: 의명) + -ᄅᆞᆯ(목조)

42) 勅ᄒᆞ야: 勅ᄒᆞ[칙하다: 勅(칙) + -ᄒᆞ(동접)-]- + -야(← -아: 연어) ※ '勅(칙)'은 단단히 타일러서 경계하는 것이다.

43) 慈悲心: 자비심. 중생을 사랑하고 가엾게 여기는 마음이다.

44) 예: 여기, 此處(지대)

[96 뒤]

中듕請쳥雨웅國귁內뇡예降강澍쥼
大땡雨웅ᄒᆞ라ᄒᆞ시고ᄯᅩ呪쥼를니
ᄅᆞ샤ᄃᆡ何邏邏何邏羅ᅘᅥ러러ᅘᅥ러러 一
兮利履兮利履ᅘᅵ리리ᅘᅵ리리 二 候
漏塿흫릏릏 婁苟反 候漏塿흫릏릏 三
삼世솅諸졍佛뿛眞진實씷力륵젼ᄎᆞ
로一힗切쳉諸졍龍룡眷권屬쑉이ᄌᆞ

中(중) 請雨國(청우국)의 內(내)에 降澍大雨(강주대우)하게 하라." 하시고, 또 呪(주)를 이르시되

何邏邏何邏羅허러러허러러【一】兮利履兮利履히리리히리리【二】候漏塿흫릏릏[婁(루)와 苟(구)의 反切(반절)이다.]候漏塿흫릏릏【三】

三世(삼세) 諸佛(제불)의 眞實力(진실력)으로 一切(일체)의 諸龍(제용)의 眷屬(권속)이

中듕 請쳥雨웅國귁 內뇡예 降강澍즇大땡雨웅케 ᄒᆞ라 ᄒᆞ시고 ᄯᅩ 呪즇를 니ᄅᆞ샤ᄃᆡ

何邏邏何邏羅ᅘᅧ러러ᅘᅧ러러【一】兮利履兮利履ᅘᅧ리리ᅘᅧ리리【二】候漏塿ᅘᅳᇢᄅᆕᇢ릏[婁苟反][45]候漏塿ᅘᅳᇢ릏릏【三】

三삼世솅[46] 諸졍佛뿛 眞진實씷力륵 젼ᄎᆞ로 一ᅙᅵᇙ切쳉 諸졍龍룡 眷권屬쑉[47]이

45) 婁苟反: 루구반. 婁(루)와 苟(구)의 反切(반절)이다.

46) 三世: 삼세. 전세(前世), 현세(現世), 내세(來世)의 세 가지이다.

47) 眷屬: 권속. 한집에 거느리고 사는 식구이다.

[97 앞]

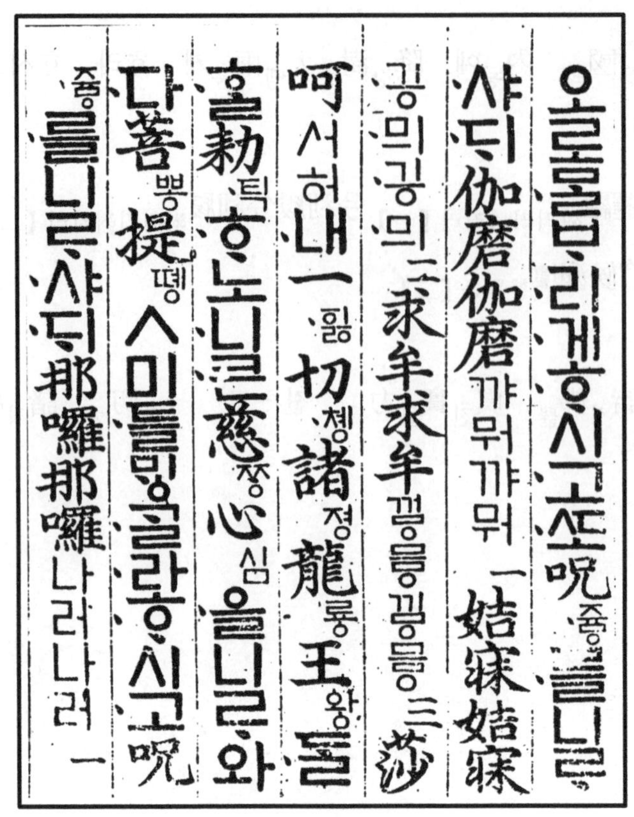

오ᄅᆞᆷ ᄇᆞ리게 ᄒᆞ시고 ᄯᅩ 呪즁ᄅᆞᆯ 니ᄅᆞ샤ᄃᆡ 伽磨伽磨꺄뭐꺄뭐 一 姞寐姞寐깅믜깅믜 二 求牟求牟끃믕끃믕 三 莎呵서허 내 一ᅙᅵᇙ切쳉 諸졍龍룡王왕ᄃᆞᆯᄒᆞᆯ 勅틱ᄒᆞ노니 큰 慈ᄍᆞᆼ心심을 니ᄅᆞ와다 菩뽕提똉ㅅ 미틀 ᄆᆡᆼᄀᆞᆯ라 ᄒᆞ시고 呪즁를 니ᄅᆞ샤ᄃᆡ 那囉那囉나러나러 一

졸음을 버리게 하시고, 또 呪(주)를 이르시되

伽磨伽磨꺄뭐꺄뭐【一】姞寐姞寐깅믜깅믜【二】求牟求牟끃믕끃믕【三】莎呵서허

“내가 一切(일체)의 諸龍王(제용왕)들을 勅(칙)하니, 큰 慈心(자심)을 일으켜서 菩提(보리)의 밑(本, 근본)을 만들라.” 하시고, 呪(주)를 이르시되

那囉那囉나러나러【一】

ᄌᆞ오로ᄆᆞᆯ[48] ᄇᆞ리게[49] ᄒᆞ시고 ᄯᅩ 呪쥬ᇢ를 니ᄅᆞ샤ᄃᆡ

伽磨伽磨꺄뭐꺄뭐【一】姞寐姞寐깅믜깅믜【二】求牟求牟꼉믈꼉믈【三】莎呵서허

내 一힗切쳉 諸졍 龍룡王왕ᄃᆞᆯᄒᆞᆯ[50] 勅틱ᄒᆞ노니[51] 큰 慈ᄍᆞᆼ心심을 니ᄅᆞ와다 菩뽕提뗑ㅅ 미틀[52] ᄆᆡᆼᄀᆞ라[53] ᄒᆞ시고, 呪쥬ᇢ를 니ᄅᆞ샤ᄃᆡ

那囉那囉나러나러【一】

---

48) ᄌᆞ오로ᄆᆞᆯ: 조오롬[졸음, 寐: ᄌᆞ올(졸다, 眠: 동사)- + -옴(명접)] + -ᄋᆞᆯ(목조)

49) ᄇᆞ리게: ᄇᆞ리(버리다, 棄)- + -게(연어, 사동)

50) 諸 龍王ᄃᆞᆯᄒᆞᆯ: 諸(제, 모든: 관사) # 龍王ᄃᆞᆯㅎ[용왕들: 龍王(용왕) + -ᄃᆞᆯㅎ(-들: 복접)] + -ᄋᆞᆯ(목조)

51) 勅ᄒᆞ노니: 勅ᄒᆞ[칙하다: 勅(칙) + -ᄒᆞ(동접)-]- + -ㄴ(← -ᄂᆞ-: 현시)- + -오(화자)- + -니(연어, 설명 계속)

52) 밑(밑, 근본, 本) + -을(목조)

53) ᄆᆡᆼᄀᆞ라: ᄆᆡᆼᄀᆞᆯ(만들다, 作)- + -라(명종)

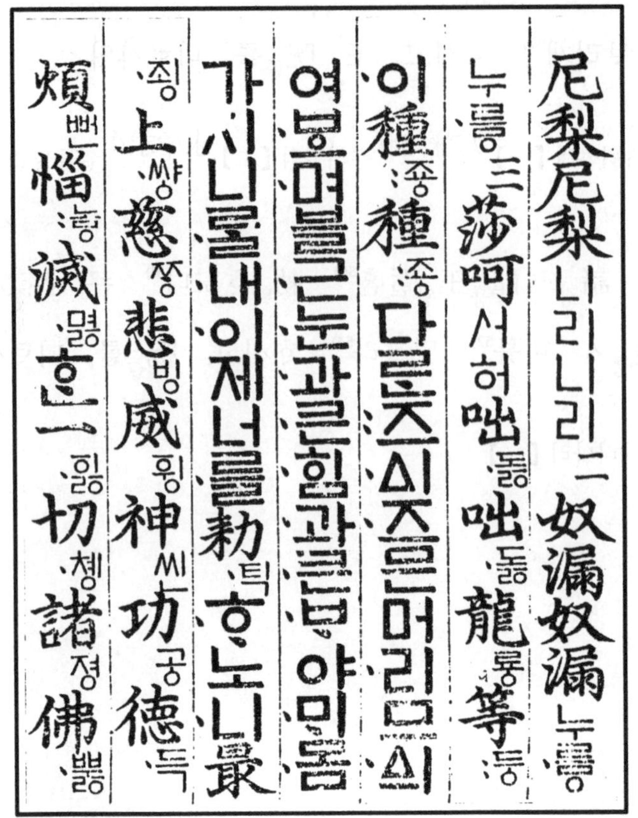

尼梨尼梨니리니리 二 奴漏奴漏누릏
누릏 三 莎呵서허 咄돓咄돓 龍룡等등
이 種죵種죵 다ᄅᆞᆫ 즈ᅀᅳ로 즈믄 머리 므ᅀᅵ
여ᄫᅳ며 블근 눈과 큰 힘과 큰 ᄇᆡ야미 몸
가지니 내 이제 너를 勅틱ᄒᆞ노니 最
죙上썅 慈ᄍᆞᆼ悲빙 威ᅙᅱᆼ神씬 功공德득
煩뻔惱ᇹ놓 滅멿ᄒᆞᆫ 一ᅙᅵᇙ切촁 諸졍佛뿛

尼梨尼梨니리니리【二】奴漏奴漏누릏누릏【三】莎呵서허

“咄咄(돌돌)! 龍等(용등)이 種種(종종)의 다른 모습으로, 천(千)의 머리가 무서우며, 붉은 눈과 큰 근육과 큰 뱀의 몸을 가졌는데, 내가 이제 너(=용등)를 勅(칙)하니, 最上(최상)의 慈悲(자비)·威神(위신)·功德(공덕)으로 煩惱(번뇌)를 滅(멸)한 一切(일체)의 諸佛(제불)과

尼梨尼梨니리니리【二】奴漏奴漏누릉누릉【三】莎呵서허

咄돓咄돓[54] 龍룡等등이[55] 種죵種죵 다ᄅᆞᆫ[56] 즈ᅀᅵ[57] 즈믄[58] 머리[59] 므싀여ᄫᅳ며[60] 블근[61] 눈과 큰 힘[62]과 큰 ᄇᆡ야ᄆᆡ[63] 몸 가지니ᄅᆞᆯ[64] 내 이제 너를 勅틱ᄒᆞ노니[65] 最죙上썅 慈쫑悲빙 威휭神씬[66] 功공德득[67] 煩뻔惱놓[68] 滅멿ᄒᆞᆫ 一힗切쳉 諸졍佛뿛

---

54) 咄咄: 돌돌. 괴이(怪異)하게 여겨서 놀라는 모양이다.

55) 龍等이: 龍等[용등, 용들: 龍(용) + -等(-들: 복접)] + -이(주조)

56) 다ᄅᆞᆫ: [다른, 他(관사): 다ᄅᆞ(다르다, 異)- + -ㄴ(관전▷관접)]

57) 즈ᅀᅵ: 즛(←즛: 모양, 모습, 樣) + -이(주조)

58) 즈믄: 천(千)의(관사)

59) 머리: 머리(머리, 頭) + Ø(← -이: 주조)

60) 므싀여ᄫᅳ며: 믜싀엽[←믜싀엽다, ㅂ불(무섭다, 恐怖): 믜싀(무서워하다, 畏: 동사)- + -엽(← -업-: 형접)-]- + -으며(연어, 나열)

61) 블근: 븕(붉다, 赤)- + -Ø(현시)- + -은(관전)

62) 힘: 근육(筋肉) ※ 중세 국어에서 '힘'은 '힘(力)'과 '근육(筋肉)'의 두 가지 뜻으로 쓰였는데, 여기서는 '근육'의 뜻으로 쓰였다.

63) ᄇᆡ야ᄆᆡ: ᄇᆡ얌(뱀, 蛇) + -ᄋᆡ(관조)

64) 가지니ᄅᆞᆯ: 가지(가지다, 持)- + -Ø(과시)- + -ㄴ(관전) # 이(이, 者: 의명) + -ᄅᆞᆯ(목조)

65) 龍等이 種種 다ᄅᆞᆫ 즈ᅀᅵ 즈믄 머리 므싀여ᄫᅳ며 블근 눈과 큰 힘과 큰 ᄇᆡ야ᄆᆡ 몸 가지니ᄅᆞᆯ 내 이제 너를 勅ᄒᆞ노니: 이 부분은 문장이 구조가 비정상적으로 형성되었다. 『대운륜청우경』(大雲輪請雨經)에는 "龍等種種異形千頭可畏赤眼大力大蛇身者 我今勅汝(용들의 갖가지 괴이한 형상, 즉 공포감을 주는 천 개의 머리·붉은 눈·큰 힘·큰 뱀의 몸을 한 자들에게, '내가 지금 너희들에게 칙명하니')"로 되어 있다. 문맥을 고려하여 "용등(龍等)이 종종의 다른 모습으로 천(千) 개의 머리가 무서우며 붉은 눈과 큰 근육과 큰 뱀의 몸을 가졌는데, 내가 너(용등)에게 칙(勅)하니"로 의역할 수 있다.

66) 威神: 위신. 부처가 가진, 인간의 지식으로는 헤아릴 수 없는 영묘하고도 불가사의한 힘이다.

67) 功德: 공덕. 좋은 일을 행한 덕으로 훌륭한 결과를 가져오게 하는 능력이다. 종교적으로 순수한 것을 진실공덕(眞實功德)이라 이르고, 세속적인 것을 부실공덕(不實功德)이라 한다.

68) 煩惱: 번뇌. 마음이나 몸을 괴롭히는 노여움이나 욕망 따위의 망념(妄念)이다.

如ᅌᅧᆼ來ᄅᆡᆼㅅ 일후믈 念념ᄒᆞ라 ᄒᆞ시고
最죙上썅ᅌᅳᆫ ᄆᆞᆺ 노ᄑᆞᆯ 씨라 呪즇를 니ᄅᆞ샤ᄃᆡ 揭꼥 其謁
反 茶짜 去聲 揭茶꼥짜 一 者穉者穉 끼찡
끼찡 二 崛住崛住꿇쮸꿇쮸 三 莎呵서허
허 막ᄃᆞᆫ ᄃᆡ 업시 勇용健껀ᄒᆞᆫ 世솅間간
ㅅ 사ᄅᆞ미 色ᄉᆡᆨ力륵 앗ᄂᆞ니 閻염浮뿧
提똉 請쳥雨웅國귁內뇡예 降강澍즁

如來(여래)의 이름을 念(염)하라." 하시고【最上(최상)은 가장 높은 것이다.】 呪(주)를 이르시되

揭꼥[(其(기)와 謁(알)의 反切(반절)이다.] 茶짜(去聲) 揭茶꼥짜【一】者穉者穉끼찡끼찡【二】崛住崛住꿇쮸꿇쮸【三】莎呵서허

"막은 데가 없이 勇健(용건)함으로 世間(세간)에 있는 사람의 色力(색력)을 빼앗는 이가 閻浮提(염부제) 請雨國(청우국)의 內(내)에 降澍大雨(강주대우)하라."

如ᅀᅧᆼ來ᄅᆡᆼㅅ 일후믈 念념ᄒᆞ라 ᄒᆞ시고【最ᄌᆈᆼ上쌰ᇰᄋᆞᆫ ᄆᆞᆺ[69] 노ᄑᆞᆫ 씨라】呪쥬ᇢ를 니ᄅᆞ샤ᄃᆡ

揭꼉[其謁反]茶짜(去聲)揭茶꼉짜【一】者穉者穉끼찡끼찡【二】崛住崛住꿇쮸꿇쮸【三】莎呵서허

마ᄀᆞᆫ ᄃᆡ[70] 업시[71] 勇용健껀ᄒᆞᆫ[72] 世솅間간ㅅ 사ᄅᆞᄆᆡ 色ᄉᆡᆨ力륵[73] 앗ᄂᆞ니[74] 閻염浮뿧提똉 請쳥雨웅國귁 內ᄂᆞᆼ예 降강澍쥼大땡雨웅ᄒᆞ라

---

69) ᄆᆞᆺ: 가장, 제일, 最(부사)

70) ᄃᆡ: ᄃᆡ(데, 處: 의명) + -Ø(← -이: 주조)

71) 업시: [없이, 無(부사): 없(없다, 無)- + -이(부접)]

72) 勇健ᄒᆞᆫ: 勇健ᄒᆞ[용건하다: 勇健(용건) + -ᄒᆞ(형접)-]- + -Ø(현시)- + -ㄴ(관전) ※ '健(용건)'은 용감하고 건실한 것이다. ※ '마ᄀᆞᆫ ᄃᆡ 업시 勇健ᄒᆞᆫ 世間ㅅ 사ᄅᆞᄆᆡ 色力 앗ᄂᆞ니'에 대응되는 『大輪請雨經』의 원문은 '無导勇健 奪於世間人色力者(막은 데가 없이 용건함으로 세간 사람의 힘을 빼앗는 자가)'로 되어 있다. 이를 감안하면 는데, 이 구절은 '마ᄀᆞᆫ 데 없이 勇健호ᄆᆞ로'로 언해해야 한다.

73) 色力: 색력. 물질적인 힘이다.

74) 앗ᄂᆞ니: 앗(앗다, 빼앗다, 奪)- + -ᄂᆞ(현시)- + -ㄴ(관전) # 이(이, 사람, 者) + -Ø(← -이: 주조)

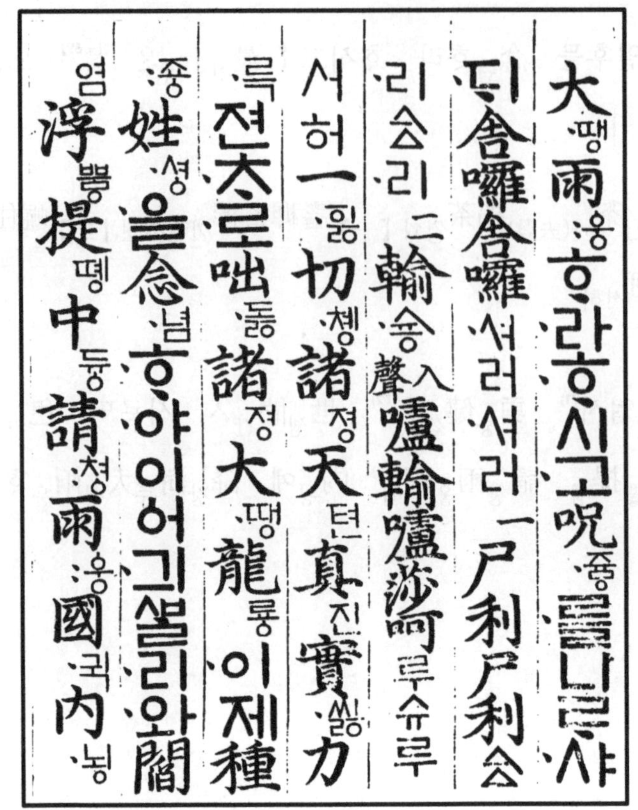

大땡雨웅ᄒᆞ라ᄒᆞ시고呪즇ᄅᆞᆯ니ᄅᆞ샤
ᄃᆡ舍囉舍囉셔러셔러一尸利尸利슳
리슳리二輪슝入聲嚧輪嚧莎呵루슈루
서허一힗切쳉諸졍天텬眞진實씷力
륵젼ᄎᆞ로咄돓諸졍大땡龍룡이제種
죵姓셩을念념ᄒᆞ야이어긔ᄲᆞᆯ리와閻
염浮뿡提뗑中듕請쳥雨웅國귁內뇡

하시고, 呪(주)를 이르시되

舍囉舍囉셔러셔러【一】尸利尸利슳리슳리【二】輪슝(入聲)嚧輪嚧莎呵루슈루서허

"一切(일체) 諸天(제천)의 眞實力(진실력)으로, '咄(돌)' 諸大龍(제대룡)이 자기의 種姓(종성)을 念(염)하여, 여기에 빨리 와서 閻浮提(염부제) 中(중)의 請雨國(청우국) 內(내)에

[98 뒤]

ᄒᆞ시고 呪즇를 니ᄅᆞ샤ᄃᆡ

舍囉舍囉셔러셔러【一】尸利尸利ᅀᅴ리ᅀᅴ리【二】輸슝[入聲]嚧輸嚧莎呵루슈루서허

一ᅙᅵᇙ切촁 諸졍天텬 眞진實씷力륵 젼ᄎᆞ로[75] 咄돓[76] 諸졍大땡龍룡이 제[77] 種죵姓셩[78]을 念념ᄒᆞ야 이어긔[79] 섈리 와 閻염浮뿔提똉 中듕 請쳥雨웅 國귁 內뇡예

75) 眞實力 젼ᄎᆞ로: '진실력의 까닭으로'로 직역되는데, 여기서는 문맥을 고려하면 '진실력으로'로 의역한다.

76) 咄: 돌. 놀라서 내지르는 소리이다. 곧, 주문을 외우고 난 다음에 주의를 환기하기 위한 말이다.

77) 제: 저(저, 자기, 己: 인대, 재귀칭)+-ㅣ(←-의: 관조)

78) 種姓: 종성. 카스트제도이다. 인도의 세습적 계급 제도이다. 승려 계급인 브라만, 귀족과 무사 계급인 크샤트리아, 평민인 바이샤, 노예인 수드라의 네 계급을 기원으로 현재는 2,500종 이상의 카스트와 부카스트로 나뉜다. 계급에 따라 결혼, 직업, 식사 따위의 일상생활에 엄중한 규제가 있다.

79) 이어긔: 여기, 此處(지대, 정칭)

[99앞]

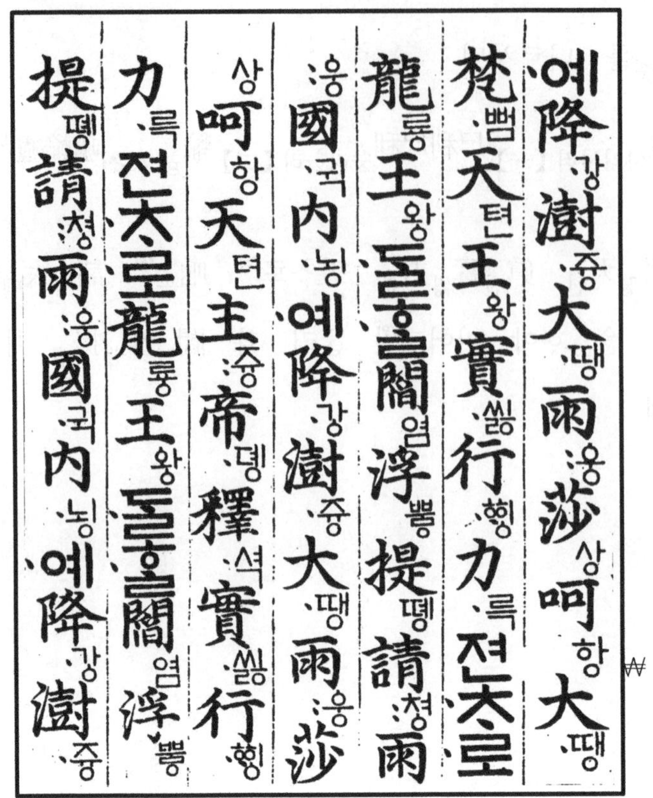

降澍大雨(강주대우). 莎呵(사하)."

"大梵天王(대범천왕)의 實行力(실행력)으로 龍王(용왕)들에게 閻浮提(염부제)의 請雨國(청우국) 內(내)에 降澍大雨(강주대우). 莎呵(사하)."

"天主帝釋(천주제석)의 實行力(실행력)으로 龍王(용왕)들에게 閻浮提(염부제)의 請雨國(청우국) 內(내)에 降澍大雨(강주대우).

降강澍즁大땡雨웅 娑상呵항 大땡梵뻠天텬王왕[80] 實씷行ᅘᆡᇰ力륵 젼ᄎᆞ로 龍룡王왕ᄃᆞᆯ홀 閻염浮뿧提똉 請쳥雨웅國귁 內뇡예 降강澍즁大땡雨웅 娑상呵항 天텬主즁帝뎽釋셕[81] 實씷行ᅘᆡᇰ力륵 젼ᄎᆞ로 龍룡王왕ᄃᆞᆯ홀 閻염浮뿧提똉 請쳥雨웅國귁 內뇡예 降강澍즁大땡雨웅

80) 大梵天王: 대범천왕. 대범천에 있으면서 사바세계를 다스리는 천왕이다.

81) 天主帝釋: 천주제석. 천주(天主)는 하늘의 주인이다. 그리고 帝釋(제석)은 십이천의 하나이다. 수미산 꼭대기에 있는 도리천의 임금으로, 사천왕과 삼십이천을 통솔하면서 불법과 불법에 귀의하는 사람을 보호하고 아수라의 군대를 정벌한다고 한다.

[99 뒤]

大ᄯᅢᆼ雨:웅莎상呵항四·ᄉᆼ大·ᄯᅢᆼ天텬王
왕實씷行·ᅘᆼ力·륵젼ᄎᆞ로龍롱王왕ᄃᆞᆯ
ᄒᆞᆫ閻염浮뿧提똉請:쳥雨:웅國·귁內·ᄂᆡᆼ
예降강澍·즁大·ᄯᅢᆼ雨:웅莎상呵항八·밣
人ᅀᅵᆫ實씷行·ᅘᆼ力·륵젼ᄎᆞ로龍롱王왕
ᄃᆞᆯ·ᄒᆞᆫ閻염浮뿧提똉請:쳥雨:웅國·귁內
·ᄂᆡᆼ·예降강澍·즁大·ᄯᅢᆼ雨:웅莎상呵항須

莎呵(사하).”

“四大天王(사대천왕)의 實行力(실행력)으로 龍王(용왕)들에게 閻浮提(염부제)의 請雨國(청우국) 內(내)에 降澍大雨(강주대우). 莎呵(사하).”

“八人(팔인)의 實行力(실행력)으로 龍王(용왕)들에게 閻浮提(염부제)의 請雨國(청우국) 內(내)에 降澍大雨(강주대우). 莎呵(사하).”

[99 뒤]

莎상呵항 四ᄉᆞᆼ大땡天텬王왕[82] 實씷行ᅘᆡᆼ力륵 젼ᄎᆞ로 龍룡王왕ᄃᆞᆯ홀 閻염浮뿧提똉 請청雨ᅌᅮᆼ國귁 內ᄂᆡᆼ예 降강澍쥬ᇰ大땡雨ᅌᅮᆼ 莎상呵항 八밣人ᅀᅵᆫ[83] 實씷行ᅘᆡᆼ力륵 젼ᄎᆞ로 龍룡王왕ᄃᆞᆯ홀 閻염浮뿧提똉 請청雨ᅌᅮᆼ國귁 內ᄂᆡᆼ예 降강澍쥬ᇰ大땡雨ᅌᅮᆼ 莎상呵항 須슝陁땅洹ᅘᅪᆫ[84]

82) 四大天王: 사대천왕. 세계의 중심에 수미산(須彌山)이 있다. 사대천왕은 수미산의 중턱에 있는 사왕천(四王天)의 주신(主神)인 네 명의 외호신(外護神)으로서, 욕계육천(欲界六天)의 최하위를 차지한다. 수미산 정상의 중앙부에 있는 제석천(帝釋天)을 섬기며, 불법(佛法)뿐 아니라, 불법에 귀의하는 사람들을 수호하는 호법신이다. 동쪽의 지국천왕(持國天王), 서쪽의 광목천왕(廣目天王), 남쪽의 증장천왕(增長天王), 북쪽의 다문천왕(多聞天王, 毘沙門天王)을 말한다.

83) 八人: 팔인. 보살의 수행 과정 가운데의 한 단계이다.

84) 須陀洹: 수타환. 성문사과(聲聞四果) 중에서 첫 번째 단계이다. 곧 사체(四諦)를 깨달아 욕계(欲界)의 탐(貪)·진(瞋)·치(癡)의 삼독(三毒)을 버리고 성자(聖者)의 무리에 들어가는 성문(聲聞)의 지위이다. 산스크리트어 srota-āpanna 팔리어 sota-āpanna의 음사이다. 욕계·색계·무색계의 견혹(見惑)을 끊은 성자이다. 처음으로 성자의 계열에 들었으므로 예류·입류하고 한다. ※ '聲聞四果(성문사과)'는 불법 수행의 정도에 따라 얻는 지위이다. 곧, 수타환(須陁洹)·사타함(斯陁含)·아나함(阿那含)·아라한(阿羅漢) 등이 있다.

[100 앞]

“須陁洹(수타환)의 實行力(실행력)으로 龍王(용왕)들에게 閻浮提(염부제)의 請雨國(청우국) 內(내)에 降澍大雨(강주대우). 莎呵(사하).”

“斯陁含(사다함)의 實行力(실행력)으로 龍王(용왕)들에게 閻浮提(염부제)의 請雨國(청우국) 內(내)에 降澍大雨(강주대우). 莎呵(사하).”

“阿那含(아나함)의 實行力(실행력)으로

實씷行ᅘᆡᆼ力륵 젼ᄎᆞ로 龍룡王왕ᄃᆞᆯᄒᆞᆯ 閻염浮뿡提똉 請쳥雨웅國귁 內ᄂᆈᆼ예 降강澍즁大땡雨웅 莎상呵항 斯ᄉᆞᆼ陁땅含ᅘᅡᆷ[85] 實씷行ᅘᆡᆼ力륵 젼ᄎᆞ로 龍룡王왕ᄃᆞᆯᄒᆞᆯ 閻염浮뿡提똉 請쳥雨웅國귁 內ᄂᆈᆼ예 降강澍즁大땡雨웅 莎상呵항 阿ᅙᅡᆼ那낭含ᅘᅡᆷ[86] 實씷行ᅘᆡᆼ力륵

---

85) 斯陁含: 사다함. 성문 사과(聲聞四果)의 둘째이다. 곧, 욕계(欲界)의 수혹 구품(修惑九品) 중 위의 육품(六品)을 끊은 이가 얻는 증과(證果)이다.

86) 阿那含: 아나함. 성문사과(聲聞四果) 중에서 세 번째 단계이다. 욕계의 수혹(修惑)을 완전히 끊은 성자. 이 성자는 색계·무색계의 경지에 이르고 다시 욕계로 되돌아오지 않는다고 하여 불환(不還)이라 함. 이 경지를 아나함과(阿那含果)·불환과(不還果), 이 경지에 이르기 위해 수행하는 단계를 아나함향(阿那含向)·불환향(不還向)이라 한다.

[100 뒤]

力륵젼ᄎᆞ로龍롱王왕ᄃᆞᆯᄒᆞᆯ閻염浮뿡
提뗑請쳥雨웅國귁內뇡예降강澍즁
大땡雨웅莎상呵항阿항羅랑漢한ㅅ實
씷行혱力륵젼ᄎᆞ로龍롱王왕ᄃᆞᆯᄒᆞᆯ閻
염浮뿡提뗑請쳥雨웅國귁內뇡예降
강澍즁大땡雨웅莎상呵항辟벽支징
佛뿛實씷行혱力륵젼ᄎᆞ로龍롱王왕

龍王(용왕)들에게 閻浮提(염부제)의 請雨國(청우국) 內(내)에 降澍大雨(강주대우). 莎呵(사하)."

"阿羅漢(아라한)의 실행력(實行力)으로 龍王(용왕)들에게 閻浮提(염부제)의 請雨國(청우국) 內(내)에 降澍大雨(강주대우). 莎呵(사하)."

"辟支佛(벽지불)의 실행력(實行力)으로 龍王(용왕)들에게 젼ᄎᆞ로 龍룡王왕ᄃᆞᆯ홀 閻염浮뿡提뗑 請청雨웅國귁 內뇡예 降강澍즁大땡雨웅 莎상呵항 阿항羅랑漢한[87] 實씷行혱力륵 젼ᄎᆞ로 龍룡王왕ᄃᆞᆯ홀 閻염浮뿡提뗑 請청雨웅國귁 內뇡예 降강澍즁大땡雨웅 莎상呵항 辟벽支징佛뿛[88] 實씷行혱力륵 젼ᄎᆞ로 龍룡王왕ᄃᆞᆯ홀

87) 阿羅漢: 아라한. 소승(小乘)의 교법을 수행하는 성문(聲聞)의 수행자들이 얻는 네 가지 성위(聖位) 가운데 최고의 경지이다. 아라한은 그 의미에 따라 다양한 명칭으로 이해되기도 하는데, 공양을 받을 만큼 존경스러운 사람이라는 의미에서 '응공(應供)'이라고 하며, 수행의 적인 모든 번뇌를 없앴다는 의미에서 '살적(殺賊)', 진리에 상응하는 사람이라는 의미에서 '응진(應眞)', 모든 번뇌를 끊어 더이상 닦을 것이 없는 경지라는 점에서 '무학(無學)'이라고도 한다. 그 외에 '불생(不生)'이나 '진인(眞人)' 등으로 의역하는데, 보통은 나한(羅漢)이라고 칭한다.

88) 碧支佛: 벽지불. 산스크리트어 pratyeka-buddha 팔리어 pacceka-buddha의 음사이다. 홀로 깨달은 자라는 뜻. 독각(獨覺)·연각(緣覺)이라 번역한다. 스승 없이 홀로 수행하여 깨달은 자. 가르침에 의하지 않고 독자적으로 깨달은 자. 홀로 연기(緣起)의 이치를 주시하여 깨달은 자. 홀로 자신의 깨달음만을 구하는 수행자이다.

[101 앞]

ᄃᆞᆯ閻염浮뿡提똉請:쳥雨:웅國귁內
:뇡예降강澍:즁大:땡雨:웅娑상呵항菩
뽕薩삻實씷行ᅘᆡᇰ力륵젼ᄎᆞ로龍룡王
왕ᄃᆞᆯ閻염浮뿡提똉請:쳥雨:웅國귁
內:뇡예降강澍:즁大:땡雨:웅娑상呵항
諸졍佛뿛實씷行ᅘᆡᇰ力륵젼ᄎᆞ로龍룡
王왕ᄃᆞᆯ閻염浮뿡提똉請:쳥雨:웅國

閻浮提(염부제)의 請雨國(청우국) 內(내)에 降澍大雨(강주대우). 莎呵(사하).”

“菩薩(보살)의 실행력(實行力)으로 龍王(용왕)들을 閻浮提(염부제)의 請雨國(청우국) 內(내)에 降澍大雨(강주대우). 莎呵(사하).”

“諸佛(제불)의 實行力(실행력)으로 龍王(용왕)들에게 閻浮提(염부제)의 請雨國(청우국) 內(내)에

[101 앞]

閻염浮뿔提뗑 請청雨웅國귁 內뇡예 降강澍즁大땡雨웅 莎상呵항 菩뽕薩삻[89] 實씷行혱力륵 젼ᄎ로 龍룡王왕ᄃ᷄ᄒ᷄ 閻염浮뿔提뗑 請청雨웅國귁 內뇡예 降강澍즁大땡雨웅 莎상呵항 諸졍佛뿛[90] 實씷行혱力륵 젼ᄎ로 龍룡王왕ᄃ᷄ᄒ᷄ 閻염浮뿔提뗑 請청雨웅國귁 內뇡예

89) 菩薩: 보살. 구도자. 특히 대승불교에 있어서의 이상적인 인간상이다. 산스크리트어 보디사트바(Bodhisattva)의 음사(音寫)인 보리살타(菩提薩埵)의 준말이다. 그 뜻은 일반적으로 '깨달음을 구해서 수도하는 중생', '구도자', '지혜를 가진 자' 등으로 풀이된다.

90) 諸佛: 제불. 여러 부처이다. 부처는 불도를 깨달은 성인을 뜻한다.

[101 뒤]

內예 降澍大雨莎呵
一切諸天實行力
젼ᄎᆞ로 災障苦惱ᄅᆞᆯ ᄲᆞᆯ리 업
긔ᄒᆞ라 莎呵 一切諸龍
實行力 젼ᄎᆞ로 能히 ᄲᆞᆯ리 비
ᄂᆞ리와 이 大地ᄅᆞᆯ 저지라 莎
呵 一切夜叉實行力

降澍大雨(강주대우). 莎呵(사하).”

“一切(일체) 諸天(제천)의 실행력(實行力)으로 災障(재장)과 苦惱(고뇌)를 빨리 없게 하라. 莎呵(사하).”

“一切(일체) 諸龍(제용)의 실행력(實行力)으로 能히(능히) 빨리 비를 내리게 하여 이 大地(대지)를 적셔라. 莎呵(사하).”

“一切(일체) 夜叉(야차)의 實行力(실행력)으로

降강澍즁大땡雨ᅌᅮᆼ 莎상呵항 一ᅙᅵᇙ切쳉 諸졍天텬[91] 實씷行ᅘᆡᆼ力륵 젼ᄎᆞ로 災징障쟝苦콩惱놓ᄅᆞᆯ ᄉᆞᆯ리[92] 업긔 ᄒᆞ라 莎상呵항 一ᅙᅵᇙ切쳉 諸졍龍룡 實씷行ᅘᆡᆼ力륵 젼ᄎᆞ로 能능히 ᄉᆞᆯ리 비ᄅᆞᆯ ᄂᆞ리와 이 大땡地띵ᄅᆞᆯ 저지라[93] 莎상呵항 一ᅙᅵᇙ切쳉 夜양叉창[94] 實씷行ᅘᆡᆼ力륵

91) 諸天: 제천. 모든 하늘. 천상계의 모든 부처님이다.

92) 업긔: 업(← 없다: 없다, 無)- + -긔(-게: 연어, 사동)

93) 저지라: 저지[적시다, 涵: 젖(젖다, 涵)- + -이(사접)-]- + -라(명종, 아주 낮춤)

94) 夜叉: 야차. 팔부(八部)의 하나로서, 사람을 괴롭히거나 해친다는 사나운 귀신이다. 모습이 흉측하고, 하늘을 날아다니며 사람을 잡아먹고, 상해를 입힌다는 잔인·혹독한 귀신이다. ※ '八部(팔부, =八部衆)'는 불법(佛法)을 지키는 여덟 신장(神將)이다. '천(天), 용(龍), 야차(夜叉), 건달바(乾闥婆), 아수라(阿修羅), 가루라(迦樓羅), 긴나라(緊那羅), 마후라가(摩睺羅迦)'이다.

能(능)히 빨리 一切(일체)의 衆生(중생)을 덮어 護持(호지)하라. 莎呵(사하)."

"一切(일체) 揵闥婆(건달바)의 實行力(실행력)으로 一切(일체) 衆生(중생)의 시름을 能(능)히 빨리 없게 하라. 莎呵(사하)."

"一切(일체) 阿脩羅(아수라)의 實行力(실행력)으로 모진 별의 變怪(변괴)를 能(능)히

젼ᄎᆞ로 能능히 ᄲᆞᆯ리 一ᅙᅵᇙ切쳉 衆즁生싱ᄋᆞᆯ 두퍼[95)] 護ᅘᅩᆼ持띵ᄒᆞ라 莎상呵항 一ᅙᅵᇙ切쳉 揵껀闥탏婆빵[96)] 實씷行ᅘᅵᇰ力륵 젼ᄎᆞ로 一ᅙᅵᇙ切쳉 衆즁生싱ᄋᆡ 시르믈[97)] 能능히 ᄲᆞᆯ리 업긔 ᄒᆞ라 莎상呵항 一ᅙᅵᇙ切쳉 阿항脩슣羅랑[98)] 實씷行ᅘᅵᇰ力륵 젼ᄎᆞ로 모딘 벼릐[99)] 變변怪괭ᄅᆞᆯ 能능히

---

95) 차 두퍼: ㅊ(← ᄎᆞ다: 차다, 滿)- + -아(연어) # 둪(덮다, 蔽)- + -어(연어)

96) 揵闥婆: 건달바. 팔부중(八部衆)의 하나이다. 수미산 남쪽의 금강굴에 살며 제석천(帝釋天)의 아악(雅樂)을 맡아보는 신이다.

97) 시르믈: 시름(시름, 근심, 愁) + -을(목조)

98) 阿脩羅: 아수라. 팔부중(八部衆)의 하나이다. 싸우기를 좋아하는 귀신으로, 항상 제석천(帝釋天)과 싸움을 벌인다.

99) 벼릐: 별(별, 星) + -의(관조)

[102 뒤]

ᄲᆞᆯ리횟도로혀라莎상訶항一ᅙᅵᇙ切쳉
迦강樓릏羅랑實씷行ᅘᆡᆼ力륵젼ᄎᆞ로
龍룡이게큰慈ᄍᆞᆼ悲빙를니ᄅᆞ와다降
강澍즁大땡雨웅莎상訶항一ᅙᅵᇙ切쳉
緊긴那낭羅랑實씷行ᅘᆡᆼ力륵젼ᄎᆞ로
一ᅙᅵᇙ切쳉衆즁生ᄉᆡᆼ이여러가짓重뜡
ᄒᆞᆫ罪쬥業업을ᄲᆞᆯ리能능히업긔ᄒᆞ야

빨리 돌이켜라. 莎呵(사하).”

“一切(일체) 迦樓羅(가루라)의 實行力(실행력)으로 龍(용)에게 큰 慈悲(자비)를 일으켜서 降澍大雨(강주대우). 莎呵(사하).”

“一切(일체) 緊那羅(긴나라)의 實行力(실행력)으로 一切(일체) 衆生(중생)의 여러 가지의 重(중)한 罪業(죄업)을 빨리 能(능)히 없게 하여,

샐리 횟도로ᅘᅧ라[1] 莎상呵항 一ᅙᅵᇙ切쳉 迦강樓룽羅랑[2] 實ᄴᅵᇙ行ᅘᆡᇰ力륵 전ᄎᆞ로 龍룡ᄋᆡ게[3] 큰 慈ᄍᆼ悲빙ᄅᆞᆯ 니ᄅᆞ와다 降강澍즁大땡雨웅 莎상呵항 一ᅙᅵᇙ切쳉 緊긴那낭羅랑[4] 實ᄴᅵᇙ行ᅘᆡᇰ力륵 전ᄎᆞ로 一ᅙᅵᇙ切쳉 衆즁生싱이 여러 가짓 重뜡ᄒᆞᆫ 罪쬥業업[5]을 샐리 能능히 업긔 ᄒᆞ야

---

1) 횟도로ᅘᅧ라: 횟도로ᅘᅧ[힘차게 돌이키다: 횟(← 휘- : 접두, 강조)- + 돌(돌다, 回)- + -오(사접)- + -ᅘᅧ(강접)-]- + -라(명종, 아주 낮춤)

2) 迦樓羅: 가루라. '迦樓羅(가루라)'는 인도의 신화에 나오는 상상의 새이다. 모습은 독수리와 비슷하고 날개는 봉황의 날개와 같다. 한 번 날개를 펴면 360리나 펼쳐진다고 한다. 머리와 날개가 황금빛인 탓에 황금빛 날개라는 뜻의 새수파르나(suparna)와 동일시하여 금시조(金翅鳥)라 부르며, 묘한 날개를 지녔다해서 묘시조(妙翅鳥)라고도 한다. 사는 곳은 수미산 사해(四海)로 전해진다.

3) 龍ᄋᆡ게: 龍(용) + -ᄋᆡ(관조) # 게(거기에, 彼處: 의명) ※ '龍ᄋᆡ게'는 '용의 거기에'로 직역되나, 여기서는 '용에게'로 의역한다.

4) 緊那羅: 긴나라(iṃnara). 의인(疑人)·인비인(人非人)이라 번역한다. 팔부중(八部衆)의 하나로서, 노래하고 춤추는 신(神)으로 형상은 사람인지 아닌지 애매하다고 한다.

5) 罪業: 죄업. 악행을 통해 악한 과보를 받을 업이다. 인간은 몸과 입과 마음의 삼업(三業)으로 죄를 짓게 된다. 그 죄업의 근본은 탐·진·치(貪瞋癡)이므로 마음에 이 삼독심을 그대로 두게 되면 죄업이 멸할 날이 없게 된다. 결국 사용하는 마음이 청정할 때 죄업이 소멸되게 된다.

[103 앞]

踊躍게 ᄒᆞ라 莎呵 一切
摩睺羅伽 實行力 젼
ᄎᆞ로 能히 大雨를 ᄂᆞ리워 너비
充足게 ᄒᆞ야 充은 ᄀᆞᄃᆞᆨᄒᆞᆯ 씨라 다ᄉᆞᆺ 가짓
비옛 障㝵를 업긔 ᄒᆞ라 莎呵
一切 善男子 善女人
신 實行力 젼ᄎᆞ로 一切 衆

踊躍(용약)하게 하라. 莎呵(사하)."

"一切(일체) 摩睺羅伽(마후라가)의 實行力(실행력)으로 能(능)히 大雨(대우)를 내리게 하여 널리 充足(충족)하게 하여【充(충)은 가득한 것이다.】, 다섯 가지의 비로 생긴 障碍(장애)를 없게 하라. 莎呵(사하)."

"一切(일체) 善男子(선남자)와 善女人(선여인)의 實行力(실행력)으로 一切(일체) 衆生(중생)을

[103 앞]

踊용躍약게[6] ᄒᆞ라 莎상呵항 一힗切쳉 摩망睺흫羅랑伽꺙[7] 實씷行뼹力륵 젼ᄎᆞ로 能능히 大땡雨웋를 ᄂᆞ리워 너비[8] 充츙足쭉게 ᄒᆞ야【充츙은 ᄀᆞ ᄃᆞᆨ홀[9] 씨라】 다ᄉᆞᆺ 가짓 비옛[10] 障쟝碍앵를 업긔 ᄒᆞ라 莎상呵항 一힗切쳉 善쎤男남子중[11] 善쎤女녕人신[12] 實씷行뼹力륵 젼ᄎᆞ로 一힗切쳉 衆즁生싱ᄋᆞᆯ

---

6) 踊躍게: 踊躍[← 踊躍ᄒᆞ다(용약하다); 踊躍(용약) + -ᄒᆞ(동접)-]- + -게(연어, 사동)

7) 摩睺羅伽: 마후라가. 불법을 수호하는 팔부신중(八部神衆)의 하나이다. 몸은 사람과 같고 머리는 뱀이라고 하며 용의 무리에 속하는 악신이며 묘신(廟神)이다. 막호락(莫呼洛), 모호락(牟呼洛)이라 쓰며, 대복행(大腹行)이라 번역한다.

8) 너비: [널리, 廣(부사): 넙(넓다, 廣)- + -이(부접)]

9) ᄀᆞᄃᆞᆨ홀: ᄀᆞᄃᆞᆨᄒᆞ[가득하다, 滿: ᄀᆞᄃᆞᆨ(가득: 부사) + -ᄒᆞ(형접)-]- + -ㄹ(관전)

10) 비옛: 비(비, 雨) + -예(← -에: 부조, 위치) + -ㅅ(-의: 관조) ※ '비옛'은 '비로 생긴'으로 의역한다.

11) 善男子: 선남자. 불법에 귀의한 남자이다.

12) 善女人: 선여인. 불법에 귀의한 여자이다.

[103 뒤]

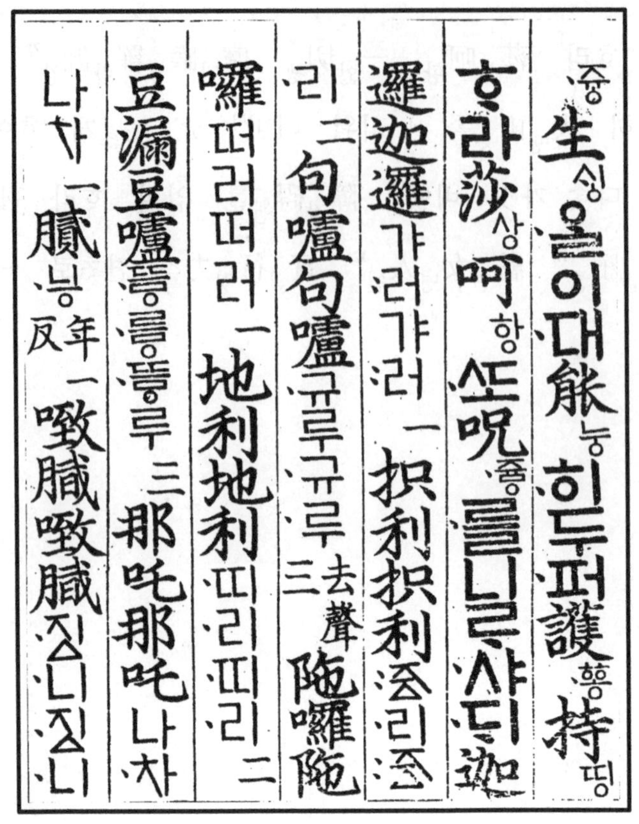

잘 能(능)히 덮어 護持(호지)하라. 莎呵(사하).” 또 呪(주)를 이르시되

迦邏迦邏갸러갸러【一】 抧利抧利ᅀᅳᆼ리ᅀᅳᆼ리【二】 句嚧句嚧규루규루(거성)【三】 陁囉陁囉떠러떠러【一】 地利地利띠리띠리【二】 豆漏豆嚧뜽릉뜽루【三】 那吒那吒나차나차【一】 膩닝[年(년)과 一(잃)의 反節(반절)이다.]口致膩口致膩지ᇫ니지ᇫ니【二】

이대[13] 能능히 두펴 護ᅘᅩᆼ持띵ᄒᆞ라 莎상呵항 또 呪쥬ᇢ를 니ᄅᆞ샤ᄃᆡ

迦邏迦邏갸러갸러【一】 抧利抧利즈리즈리【二】 句嚧句嚧규루규루(去聲)【三】 陁囉陁囉떠러떠러【一】 地利地利띠리띠리【二】 豆漏豆嚧뜽릉뜽루【三】 那吒那吒나차나차【一】 膩닝[年一反][14]口致膩口致膩ᄌᆝᇫ니ᄌᆝᇫ니【二】

13) 이대: [잘, 善(부사): 읻(좋다, 곱다, 善: 형사)- + -애(부접)]

14) 年一反: 년일반. 年(년)과 一(잀)의 反切(반절)이다.

二 奴書奴書누징누징 三 持띵大땡雲
운雨웅疾찛行횅者쟝如셩雲운者쟝
著뗙雲운衣힁者쟝生싱雲운中듕者
쟝能능作작雲운者쟝 能능作작雲운은 구루믈 잘 지
서 낼 씨라 雲운雷룅響향者쟝 雷룅響향은 울엣소리라
住뜡雲운中듕者쟝雲운天텬冠관者
쟝雲운莊장嚴엄者쟝乘씽大땡雲운

奴書奴書누징누징【三】

“持大雲雨疾行者(지대운우질행자)·如雲者(여운자)·著雲衣者(저운의자)·生雲中者(생운중자)·能作雲者(능작운자)【能作雲(능작운)은 구름을 잘 지어 내는 것이다.】·雲雷響者(운뇌향자)【雷響(뇌향)은 우레의 소리이다.】·住雲中者(주운중자)·雲天冠者(운천관자)·雲莊嚴者(운장엄자)·乘大雲者(승대운자)·

奴書奴書누질누질【三】

持띵大땡雲운雨웅疾찛行혱者쟈[15] 如셩雲운者쟈[16] 著땩雲운衣읭者쟈[17] 生싱雲운中듕者쟈[18] 能능作작雲운者쟈[19]【能능作작雲운은 구루믈 잘 지ᅀᅥ[20] 낼[21] ᄊᆡ라[22]】 雲운雷룅響향者쟈[23]【雷룅響향ᄋᆞᆫ 울엣[24] 소리라】 住뜡雲운中듕者쟈[25] 雲운天텬冠관者쟈[26] 雲운莊장嚴엄者쟈[27] 乘씽大땡雲운者쟈[28]

---

15) 持大雲雨疾行者: 지대운우질행자. 큰 비구름을 가지고 빨리 달려가는 자이다.
16) 如雲者: 여운자. 구름 같은 자이다.
17) 著雲衣者: 저운의자. 구름 옷을 입은 자이다.
18) 生雲中者: 생운중자. 구름 속에서 태어나는 자이다.
19) 能作雲者: 능작운자. 구름을 일으키는 자이다.
20) 지ᅀᅥ: 짓(←짓다, ㅅ불: 짓다, 作)-+-어(연어)
21) 낼: 내[내다, 出(보용, 완료): 나(나다, 出)-+-ㅣ(←-이-: 사접)-]-+-ㄹ(관전)
22) ᄊᆡ라: ᄊ(←ᄉᆞ: 것, 者, 의명)+-이(서조)-+-Ø(현시)-+-라(←-다: 평종)
23) 雲雷響者: 운뢰향자. 구름 속에서 번개를 치는 자이다.
24) 울엣: 울에[우레, 雷: 울(울다, 鳴)-+-에(←-게: 명접)]-+-ㅅ(-의: 관조)
25) 住雲中者: 주운중자. 구름 속에서 머무는 자이다.
26) 雲天冠者: 운천관자. 구름으로 천관(天冠)을 삼는 자이다.
27) 雲莊嚴者: 운장엄자. 구름으로 장엄한 자이다.
28) 乘大雲者: 승대운자. 큰 구름을 탄 자이다.

[104 뒤]

雲中隱者(운중은자)【隱(은)은 숨는 것이다.】·雲中藏者(운중장자)·被雲髮者(피운발자)【被(피)는 입는 것이요 髮(발)은 머리털이다.】·耀雲光者(요운광자)【耀(요)는 빛나는 것이다.】·雲圍繞者(운위요자)·處大雲者(처대운자)【處(처)는 거기에 있는 것이다.】·雲瓔珞者(운영락자)·能奪五穀精氣者(능탈오곡정기자)【能奪(능탈)은 잘 빼앗는 것이다.】·

雲운中듕隱ᅙᅳᆫ者쟝[29)]【隱ᅙᅳᆫ은 수믈 씨라】 雲운中듕藏짱者쟝[30)] 被삥雲운髮벓者쟝[31)]【被삥ᄂᆞᆫ 니블[32)] 씨오 髮벓ᄋᆞᆫ 머리 터러기라[33)]】 耀ᅌᅭᇢ雲운光광者쟝[34)]【耀ᅌᅭᇢᄂᆞᆫ 빗날[35)] 씨라】 雲운圍윙繞ᅀᅭᇢ者쟝[36)] 處쳥大땡雲운者쟝[37)]【處쳥는 그에[38)] 이실 씨라】 雲운瓔ᅙᅧᆼ珞락者쟝[39)] 能능奪똻五ᅌᅩᆼ穀곡精졍氣킝者쟝[40)]【能능奪똻ᄋᆞᆫ 잘 아ᅀᆞᆯ[41)] 씨라】

29) 雲中隱者: 운중은자. 구름 속에 숨은 자이다.

30) 雲中藏者: 운중장자. 구름 속에 간직된 자이다.

31) 被雲髮者: 피운발자. 구름으로 머리카락을 삼은 자이다.

32) 니블: 닙(입다, 당하다, 被)- + -을(관전)

33) 터러기라: 터럭[터럭, 털, 毛: 털(털, 毛) + -억(명접)] + -이(서조)- + -Ø(현시)- + -라(← -다: 평종)

34) 耀雲光者: 요운광자. 구름 같은 광명을 비추는 자이다.

35) 빗날: 빗나[빛나다, 光: 빗(← 빛: 빛, 光) + 나(나다, 出)-]- + -ㄹ(관전)

36) 雲圍繞者: 운위요자. 구름으로 둘러싸인 자이다.

37) 處大雲者: 처대운자. 큰 구름에 처한 자이다.

38) 그에: 거기에, 處(지대, 정칭)

39) 雲瓔珞者: 운영락자. 구름으로 영락을 삼은 자이다.

40) 能奪五穀精氣者: 능탈오곡정기자. 오곡의 정기를 빼앗는 자이다.

41) 아ᅀᆞᆯ: 앗(← 앗다, ㅅ불: 앗다, 빼앗다, 奪)- + -ᄋᆞᆯ(관전)

산 叢쫑林림中듕者쟝尊존者쟝龍룡
母뭏ㅣ 일훔 分분陁땅羅랑 龍룡母뭏는 龍룡ᄋᆡ 어미라
大땡雲운威휭德득喜힁樂락尊
존大땡龍룡王왕이 모미 淸청涼량ᄒᆞ
고 涼량은 서늘홀 씨라 큰 風봉輪륜 가지니 諸졍
佛뿛實씷行혱力륵 젼ᄎᆞ로 六륙味밍
雨웅를 ᄂᆞ리오라 ᄒᆞ시고 呪쥼를 니르

住在深山叢林中者(주재심산총림중자)·尊者(존자)·龍母(용모)의 이름이 分陁羅(분타라) 【龍母(용모)는 龍(용)의 어미이다.】인 大雲威德喜樂尊大龍王(대운위덕희락존대용왕)이 몸이 淸涼(청량)하고【涼(양)은 서늘한 것이다.】 큰 風輪(풍륜)을 가졌으니, 諸佛(제불)의 實行力(실행력)으로 六味雨(육미우)를 내리게 하라." 하시고, 呪(주)를 이르시되

住뜡在찡深심山산叢쭝林림中듕者쟝[42] 尊존者쟝[43] 龍룡母뭏ㅣ[44] 일훔 分분陁땅羅랑【龍룡母뭏ᄂᆞᆫ 龍룡ᄋᆡ 어미라[45]】 大땡雲운威휭德득喜힁樂락尊존大땡龍룡王왕이 모미 淸쳥涼랑ᄒᆞ고【涼랑ᄋᆞᆫ 서늘ᄒᆞᆯ[46] ᄡᅵ라】 큰 風봉輪륜[47] 가지니[48] 諸졍佛뿛 實씷行ᅘᆡᆼ力륵 젼ᄎᆞ로 六륙味밍雨웅[49]를 ᄂᆞ리오라[50] ᄒᆞ시고 呪즇를 니ᄅᆞ샤ᄃᆡ

---

42) 住在深山叢林中者: 주재심산총림중자. 깊은 산 숲속에 머무는 자이다.

43) 尊者: 존자. 존귀한 자이다.

44) 龍母ㅣ: 龍母(용모) + -ㅣ(←-ᄋᆡ: 관조) ※ '龍母(용모)'는 용의 어미이다.

45) 어미라: 어미(어머니, 어미, 母) + -Ø(←-이-: 서조)- + -Ø(현시)- + -라(←-다: 평종)

46) 서늘ᄒᆞᆯ: 서늘ᄒᆞ[서늘하다, 涼: 서늘(불어) + -ᄒᆞ(형접)-]- + -ㄹ(관전)

47) 風輪: 풍륜. 사륜(四輪)의 하나이다. 이 세상을 받치고 있는 층 가운데 수륜(水輪)의 아래, 공륜(空輪)의 위에 있는 바람이다. 삼륜(三輪)의 하나이기도 하다.

48) 가지니: 가지(가지다, 持)- + -니(연어, 설명 계속, 이유)

49) 六味雨: 육미우. ※ '六味雨(육미우)'는 여섯 가지의 맛이 나는 비이다. 곧, 고(苦), 산(酸), 감(甘), 신(辛), 함(鹹), 담(淡)의 맛이 난다.

50) ᄂᆞ리오라: ᄂᆞ리오[내리게 하다, 降: ᄂᆞ리(내리다, 降)- + -오(사접)-]- + -라(명종, 아주 낮춤)

[105 뒤]

샤ᄃᆡ 伽邏伽邏꺄러꺄러 一 岐利岐利
끼리끼리 二 求漏求漏낄릉낄릉 三 其
利尼其利尼끼리니끼리니 四 求磨求
磨求磨求磨求磨求磨求磨求磨求磨
낌뭐낌뭐낌뭐낌뭐낌뭐낌뭐낌뭐낌
뭐낌뭐磨五九九求 九궇頭뚷龍룡母뭏 一
首슣冠관大땡雲운睒섬電뗜華뽱冠

伽邏伽邏꺄러꺄러【一】 岐利岐利끼리끼리【二】 求漏求漏낄릉낄릉【三】 其利尼其利尼끼리니끼리니【四】 求磨求磨求磨求磨求磨求磨求磨求磨求磨낌뭐낌뭐낌뭐낌뭐낌뭐낌뭐낌뭐낌뭐낌뭐[九九(구구)로 磨(마)를 求한다.]【五】

“九頭龍母(구두용모)가 首冠大雲睒電華冠者(수관대운섬전화관자)·

伽邏伽邏 꺄러꺄러【一】岐利岐利 끼리끼리【二】求漏求漏 낑릉낑릉【三】其利尼其利尼 끼리니끼리니【四】求磨求磨求磨求磨求磨求磨求磨求磨求磨 낑뭐낑뭐낑뭐낑뭐낑뭐낑뭐낑뭐낑뭐낑뭐[九九求磨]【五】

九구ᇹ頭뚜ᇹ龍룡母무ᇹ ㅣ[51] 首슈ᇹ冠관大땡雲운睒셤電뗜華ᅘᅪᆼ冠관者쟝[52]

51) 九頭龍母(구두용모) + - ㅣ (← -이: 주조) ※ '九頭龍母(구두용모)'는 머리가 아홉 개인 용의 어미(龍母)이다.

52) 首冠大雲睒電華冠者: 수관대운섬전화관자. 머리에 큰 구름의 번갯불이 번쩍이는 화관(華冠)을 쓴 자이다.

[106 앞]

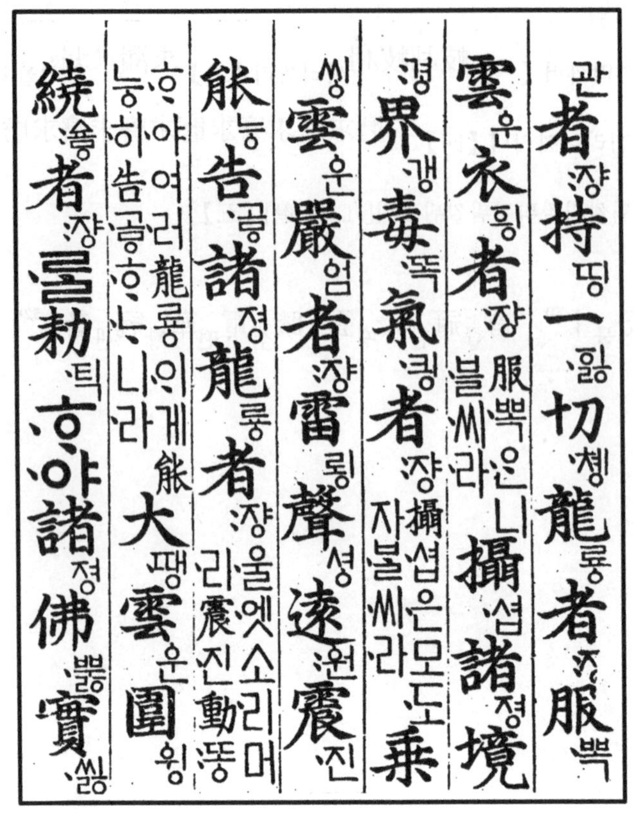

持一切龍者(지일체용자)·服雲衣者(복운의자)【服(복)은 입는 것이다.】·攝諸境界毒氣者(섭제경계독기자)【攝(섭)은 모아서 잡는 것이다.】·乘雲嚴者(승운엄자)·雷聲遠震能告諸龍者(뇌성원진능고제용자)【우레의 소리가 멀리 震動(진동)하여, 여러 龍(용)에게 能(능)히 告(고)하느니라.】·大雲圍繞者(대운위요자)를 勅(칙)하여, 諸佛(제불)의 實行力(실행력)으로

持띵一읋切쳉龍룡者쟝[53] 服뽁雲운衣힁者쟝[54]【服뽁ᄋᆞᆫ 니블[55] 씨라】 攝셥諸졍境경界갱毒똑氣킹者쟝[56]【攝셥은 모도자ᄇᆞᆯ[57] 씨라】 乘씽雲운嚴엄者쟝[58] 雷뢩聲셩遠원震진能능告곻諸졍龍룡者쟝[59]【울엣[60] 소리 머리[61] 震진動똥ᄒᆞ야 여러 龍룡ᄋᆡ 게[62] 能능히 告곻ᄒᆞᄂᆞ니라[63]】 大땡雲운圍윙繞ᅀᅹᇢ者쟝[64]ᄅᆞᆯ 勅틱ᄒᆞ야 諸졍佛뿛 實씷行ᅘᆡᆼ力륵

53) 持一切龍者: 지일체룡자. 모든 용을 거느린 자이다.

54) 服雲衣者: 복운의자. 구름옷을 입은 자이다.

55) 니블: 닙(입다, 服)- + -을(관조)

56) 攝諸境界毒氣者: 섭제경계독기자. 모든 경계의 독기(毒氣)를 거두는 자이다.

57) 모도자ᄇᆞᆯ: 모도잡[모아서 잡다, 총괄하다, 摠: 몯(모이다, 集: 자동)- + -오(부접) + 잡(잡다, 執)-]- + -ᄋᆞᆯ(관전)

58) 乘雲嚴者: 승운엄자. 장엄한 구름을 탄 자이다.

59) 雷聲遠震能告諸龍者: 뇌성원진능고제룡자. 천둥소리를 멀리까지 진동시켜 많은 용들에게 알리는 자이다.

60) 울엣: 울에[우레, 雷: 울(울다, 鳴)- + -에(← -게: 명접)] + -ㅅ(-의: 관조)

61) 머리: [멀리, 遠(부사): 멀(멀다, 遠)- + -이(부접)]

62) 龍ᄋᆡ 게: 龍(용) + -ᄋᆡ(관조) + 게(거기에: 의명) ※ '龍ᄋᆡ 게'는 '龍(용)에게'로 의역한다.

63) 告ᄒᆞᄂᆞ니라: 告ᄒᆞ[고하다, 알리다: 告(고: 불어) + -ᄒᆞ(동접)-]- + -ᄂᆞ(현시)- + -니(원칙)- + -라(← -다: 평종)

64) 大雲圍繞者: 대운위요자. 큰 구름으로 둘러싸인 자이다.

[106 뒤]

行힝力륵 젼ᄎᆞ로 閻염浮뿡提똉請쳥雨웅國귁內뇡예 降강澍쥬大땡雨웅ᄒᆞ야 充츙足죡게 ᄒᆞ라 莎상呵항 ᄯᅩ 呪쥼ᄅᆞᆯ 니ᄅᆞ샤ᄃᆡ 野邏野邏여러여러 一 逸利逸利잃리잃리 二 喩屢喩屢유류유류 三 樹屢樹屢쓔류쓔류 四 嗜利嗜利씃리씃리 五 社邏社邏社社邏쎠러

閻浮提(염부제)의 請雨國(청우국) 內(내)에 降澍大雨(강주대우)하여 充足(충족)하게 하라. 莎呵(사하).” 또 呪(주)를 이르시되,

野邏野邏여러여러【一】逸利逸利잉리잉리【二】喩屢喩屢유류유류【三】樹屢樹屢쓔류쓔류【四】嗜利嗜利씃리씃리【五】社邏社邏社社邏쎠러써러써써러【六】

젼ᄎᆞ로 閻염浮뿌ᇢ提똉 請청雨웅國귁 內뇡예 降강澍즁大땡雨웅ᄒᆞ야 充츙足쪽게[65] ᄒᆞ라 莎상呵항 ᄯᅩ 呪즇ᄅᆞᆯ 니ᄅᆞ샤ᄃᆡ

野邏野邏여러여러【一】逸利逸利잉리잉리【二】喩屢喩屢유류유류【三】樹屢樹屢쓔류쓔류【四】嗜利嗜利씅리씅리【五】社邏社邏社社邏쎠러써러써써러【六】

65) 充足게: 充足[← 充足ᄒᆞ다(충족하다): 充足(충족) + -ᄒᆞ(동접)-]- + -게(연어, 사동)

[107 앞]

求茶求茶求求茶낑짜낑짜낑낑짜【七】伽茶伽茶꺄짜꺄짜【八】耆遲耆遲끼ᄍᆡᇫ끼찌ᇫ【九】呵邏呵邏허러허러【十】醯利醯利히리히리【十一】牟漏牟漏믕릉믕릉【十二】多邏多邏더러더러【十三】帝利帝利디리디리【十四】兜漏兜漏등릉등릉【十五】阿那阿那하나하나【十六】陁呵陁呵떠허떠허【十七】

求茶求茶求求茶끼ᇰ짜끼ᇰ짜끼ᇰ끼ᇰ짜【七】伽茶伽茶까짜까짜【八】耆遲耆遲끼찌ᇫ끼찌ᇫ【九】呵邏呵邏허러허러【十】醯利醯利히리히리【十一】牟漏牟漏므ᇰ르ᇰ므ᇰ르ᇰ【十二】多邏多邏더러더러【十三】帝利帝利디리디리【十四】兜漏兜漏드ᇰ르ᇰ드ᇰ르ᇰ【十五】阿那阿那하나하나【十六】陁呵陁呵떠허떠허【十七】

[107 뒤]

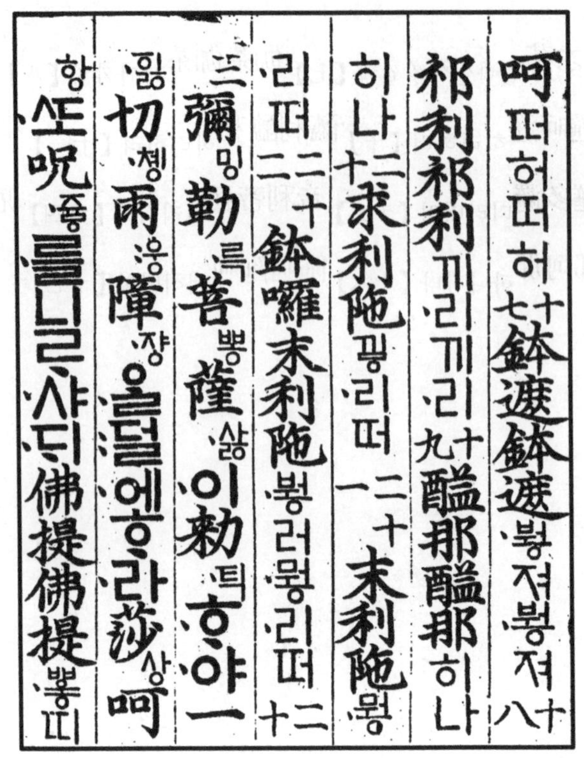
呵떠허떠허 十七 鉢遮鉢遮뷣져뷣져 十八 祁利祁利끼리끼리 十九 醯那醯那히나히나 二十 求利陁낑리떠 二十一 末利陁뭃리떠 二十二 鉢囉末利陁뷣러뭃리떠 二十三 彌밍勒륵菩뽕薩삻이 勅틱ᄒᆞ야 一切쳉 雨웅障쟝ᄋᆞᆯ 덜에ᄒᆞ라 莎상呵항 ᄯᅩ 呪즇를 니ᄅᆞ샤ᄃᆡ 佛提佛提뿛띠

鉢遮鉢遮뷣져뷣져【十八】 祁利祁利끼리끼리【十九】 醯那醯那히나히나【二十】
求利陁낑리떠【二十一】 末利陁뭃리떠【二十二】 鉢囉末利陁뷣러뭃리떠【二十三】

"彌勒菩薩(미륵보살)이 勅(칙)하여 一切(일체)의 雨障(우장)을 덜게 하라. 莎呵(사하)." 또 呪(주)를 이르시되,

佛提佛提뿛띠뿛띠【一】

鉢遮鉢遮뷩져뷩져【十八】 祁利祁利끼리끼리【十九】 醯那醯那히나히나【二十】

求利陁낑리떠【二十一】 末利陁뮝리뗘【二十二】 鉢囉末利陁뷩러뮝리뗘【二十三】

彌밍勒륵菩뽕薩삻[66]이 勅틱ᄒᆞ야 一힔切촁 雨웅障쟝[67]ᄋᆞᆯ 덜에[68] ᄒᆞ라 莎상呵항 ᄯᅩ 呪즇를 니ᄅᆞ샤ᄃᆡ

佛提佛提뿛띠뿛띠【一】

66) 彌勒菩薩: 미륵보살. 사보살(四菩薩)의 하나이다. 내세에 성불하여 사바세계에 나타나서 중생을 제도하리라는 보살이다. 인도 파라나국의 브라만 집안에서 태어나 석가모니의 교화를 받고, 미래에 부처가 될 수기(受記)를 받은 후에 도솔천에 올라갔다.

67) 雨障: 우장. 비로 말미암아서 생기는 가뭄이나 홍수 등의 재난을 막는 것이다.

68) 덜에: 덜(덜다, 減)- + -에(← -게: 연어, 사동)

[108 앞]

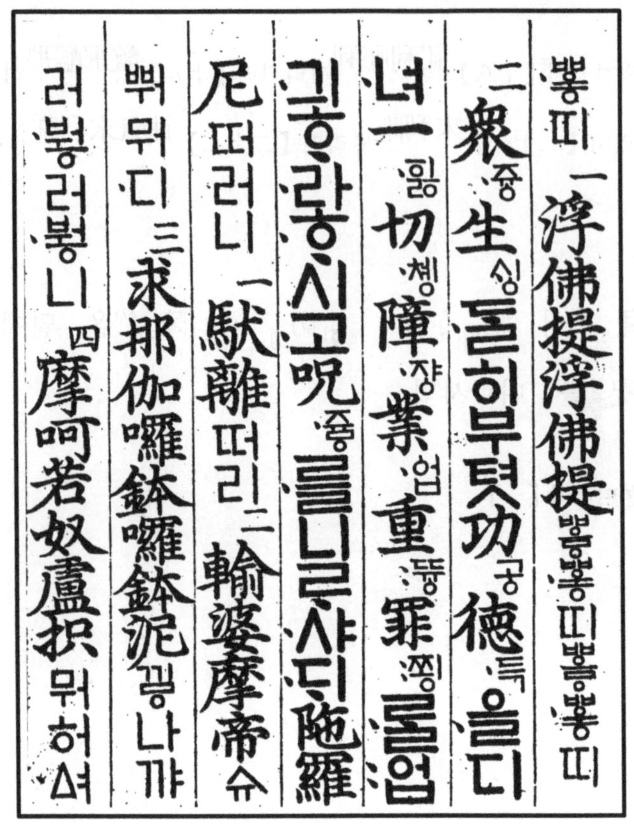

뿛띠 一 浮佛提浮佛提뿛뿛띠뿛뿛띠
二 衆즁生싱ᄃᆞᆯ히 부텻 功공德득을 디
녀 一ᅙᅵᇙ切쳉障쟝業업重뜡罪쬥ᄅᆞᆯ 업
긔 ᄒᆞ라 ᄒᆞ시고 呪즇ᄅᆞᆯ 니ᄅᆞ샤ᄃᆡ 陁羅
尼떠러니 一 馱離떠리 二 輸婆摩帝슈
뿨뭐디 三 求那伽囉鉢囉鉢泥낑나꺄
러뷩러뷩니 四 摩呵若奴盧抧뭐허셔

浮佛提浮佛提뿛뿛띠뿛뿛띠 【二】

“衆生(중생)들이 부처의 功德(공덕)을 지녀 一切(일체)의 障業(장업)과 重罪(중죄)를 없게 하라.” 하시고, 呪(주)를 이르시되,

陁羅尼떠러니 【一】 □離떠리 【二】 輸婆摩帝슈뿨뭐디 【三】 求那伽囉鉢囉鉢尼낑나꺄러뷩러뷩니 【四】 摩呵若奴盧抧뭐허셔누루즘(去聲) 【五】

浮佛提浮佛提뿧뿧띠뿧뿧띠【二】

衆즁生싱ᄃᆞᆯ히 부텻 功공德득[69]을 디녀 一읋切쳉 障쟝業업[70] 重뜡罪쬥ᄅᆞᆯ 업긔 ᄒᆞ라 ᄒᆞ시고 呪즇를 니ᄅᆞ샤ᄃᆡ

陁羅尼떠러니【一】□離떠리【二】輸婆摩帝슈뿨뭐디【三】求那伽囉鉢囉鉢尼낂나꺄러붱러붱니【四】摩呵若奴盧抧뭐허셔누루즈(去聲)【五】

69) 功德: 공덕. 좋은 일을 행한 덕으로 훌륭한 결과를 가져오게 하는 능력이다. 종교적으로 순수한 것을 진실공덕(眞實功德)이라 이르고, 세속적인 것을 부실공덕(不實功德)이라 한다.

70) 障業: 장업. 말, 동작 또는 마음으로 지은 악업에 의한 장애를 이른다.

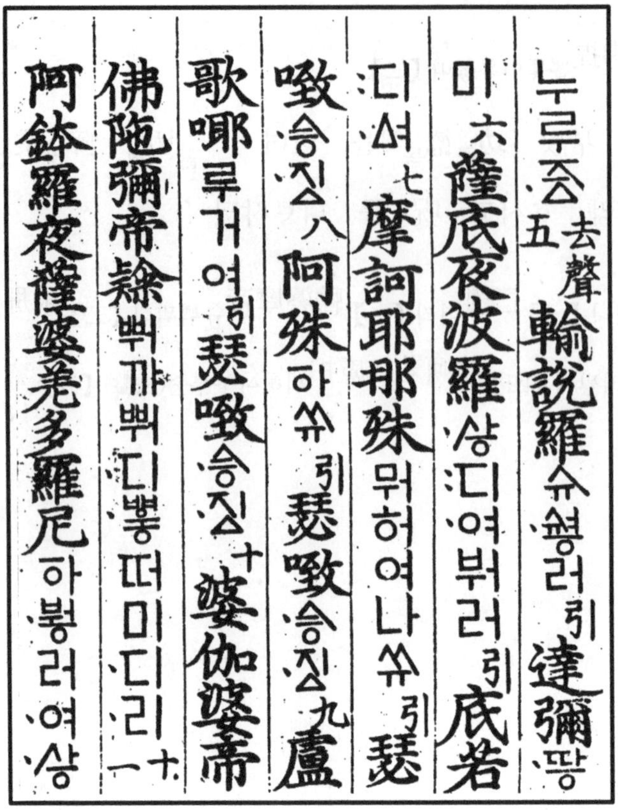

輸說羅슈쉥러(引)達彌땅미【六】薩底夜波羅상디여붜러(引)底若디셔【七】摩訶耶那殊뭐허여나쓔(引)瑟□승징【八】阿殊하쓔(引)瑟□승징【九】盧歌□루거여(引)瑟□승징【十】婆伽婆帝佛陁彌帝□뿨꺄뿨디뿅떠미디리【十一】阿鉢羅夜薩婆差多羅尼하뿅러여상뿨차더러니【十二】

輸說羅슈슁러(引)達彌뙁미【六】薩底夜波羅상디여붜러(引)底若디셔【七】摩訶耶那殊뭐허여나쓔(引)瑟□승짆【八】阿殊하쓔(引)瑟□승짆【九】盧歌□루거여(引)瑟□승짆【十】婆伽婆帝佛陁彌帝□뿨꺄뿨디뿛떠미디리【十一】阿鉢羅夜薩婆差多羅尼하뷩러여상뿨차더러니【十二】

[109 앞]

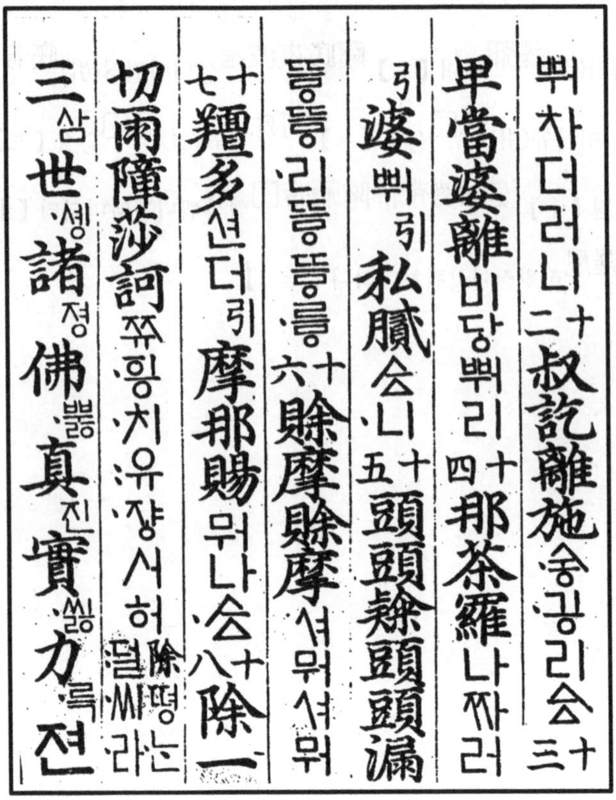

叔訖離施숭깅리싀【十三】 卑當婆離비당뻥리【十四】 那茶羅나쨔러(引) 婆뻥(引) 私膩승니【十五】 頭頭□頭頭漏뜽뜽리뜽뜽릉【十六】 賒摩賒摩셔뭐셔뭐【十七】 羶多션더(引) 摩那賜뭐나싀【十八】 除一切雨障莎訶쮸휭치유쟝서허【除(제)는 더는 것이다.】

“三世(삼세) 諸佛(제불)이 眞實力(진실력)으로,

叔訖離施숭깅리ᄉᆞᆼ【十三】卑當婆離비당뿨리【十四】那茶羅나짜러(引)婆뿨(引)私膩ᄉᆞᆼ니【十五】頭頭□頭頭漏뜽뜽리뜽뜽릏【十六】賒摩賒摩셔뭐셔뭐【十七】羶多션더(引)摩那賜뭐나ᄉᆞᆼ【十八】除一切雨障莎訶쮸힝치유쟝서허【除떵ᄂᆞᆫ 덜 씨라】

三삼世솅 諸졍佛뿛 眞진實씷力륵 젼ᄎᆡ며[71]

71) 젼ᄎᆡ며: 젼ᄎᆞ(까닭, 故) + -ㅣ며(← -이며: 접조) ※ '젼ᄎᆡ며'는 '까닭과'로 의역해서 옮긴다.

[109 뒤]

치며 大땡慈쫑心심 젼치며 正졍行혱
正졍業업 精졍進진心심 젼ᄎᆞ로 一힗
切쳉 大땡龍룡王왕ᄃᆞᄅᆞᆯ 勅틱ᄒᆞ야 브
르니 莎상呵항 내 無뭉邊변海ᄒᆡᆼ莊
장嚴엄威휭德득輪륜蓋갱龍룡王왕
ᄋᆞᆯ 勅틱ᄒᆞ노니 閻염浮뿡提뗑請쳥雨
웅國귁內뇡예 降강澍즁大땡雨웅莎

大慈心(대자심)으로, 正行(정행)·正業(정업)·精進心(정진심)으로, 一切(일체)의 大龍王(대용왕)들을 勅(칙)하여 부르니 莎呵(사하)."

"내가 無邊海莊嚴威德輪蓋龍王(무변해장엄위덕륜개용왕)을 勅(칙)하니, 閻浮提(염부제)의 請雨國(청우국) 內(내)에 降澍大雨(강주대우). 莎呵(사하)."

大땡慈ᄍᆞᆼ心심[72] 젼ᄎᆡ며 正졍行ᅘᆡᆼ[73] 正졍業업[74] 精졍進진心심[75] 젼ᄎᆞ로 一ᅙᅵᇙ切쳉 大땡龍룡王왕ᄃᆞᆯᄒᆞᆯ 勅틱ᄒᆞ야 브르노니[76] 莎상呵항 내 無뭉邊변海ᅙᆡᆼ莊장嚴엄威ᅙᅱᆼ德득輪륜蓋갱龍룡王왕ᄋᆞᆯ 勅틱ᄒᆞ노니 閻염浮뿧提똉 請청雨웅國귁 內ᄂᆞᆼ예 降강澍쓩大땡雨웅 莎상呵항

72) 大慈心: 대자심. 적극적으로 즐거움을 주는 큰 마음이다.

73) 正行: 정행. 극락세계로 갈 마음을 닦는 바른 행업(行業)이다.

74) 正業: 정업. 팔정도(八正道)의 하나로서, 바른 행위. 살생이나 도둑질 등 문란한 행위를 하지 않은 것이다.

75) 精進心: 정진심. 몸을 깨끗이 하고 마음을 가다듬는 마음이다.

76) 브르노니: 브르(부르다, 呼)-+-ㄴ(←-ᄂᆞ-: 현시)-+-오(화자)-+-니(연어, 설명 계속) ※『大輪請雨經』(대륜청우경)의 원문에는 "三世諸佛眞實力故大慈心故正行正業精進心故 勅召一切諸大龍王 莎呵(3세의 제불이 진실하게 행하는 힘·대자심(大慈心)·바르게 정진하는 마음으로 모든 대용왕들을 명령하여 부르니, 사바하.)"로 기술되어 있다.

[110앞]

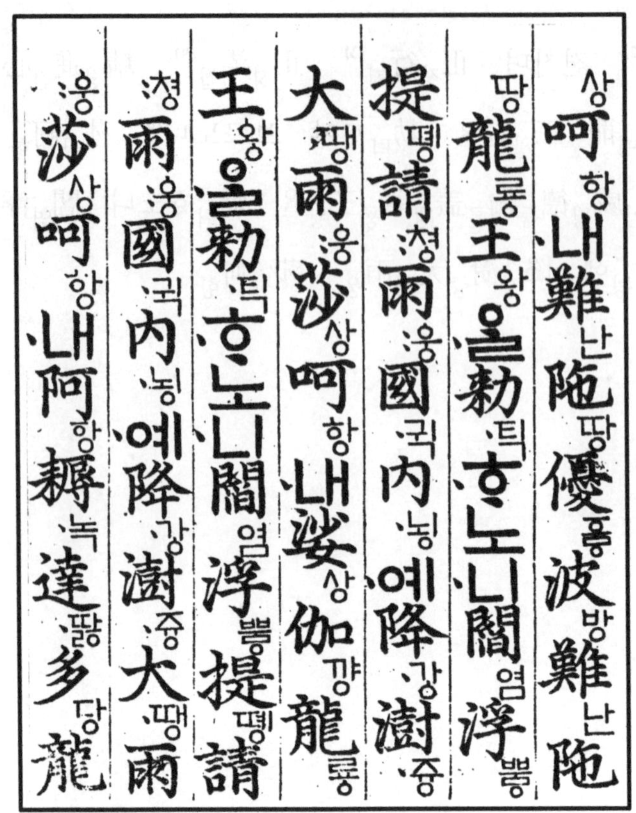

상呵항·내難난陁땅優흫波방難난陁
땅龍룡王왕·ᄋᆞᆯ勅·틱ᄒᆞ·노·니閻염浮뿡
提뗑請쳥雨웅國·귁內·뇡·예降·강澍·쥬
大·땡雨웅娑상呵항·내娑상伽꺙龍룡
王왕·ᄋᆞᆯ勅·틱ᄒᆞ·노·니閻염浮뿡提뗑請
쳥雨웅國·귁內·뇡·예降·강澍·쥬大·땡雨
웅娑상呵항·내阿항耨·녹達·딿多당龍

"내가 難陁優波難陁龍王(난타우바난타용왕)을 勅(칙)하니 閻浮提(염부제)의 請雨國(청우국) 內(내)에 降澍大雨(강주대우). 莎呵(사하)."

"내가 娑伽龍王(사가용왕)을 勅(칙)하니 閻浮提(염부제)의 請雨國(청우국) 內(내)에 降澍大雨(강주대우). 莎呵(사하)."

"내가 阿耨達多龍王(아누달다용왕)을

내 難난陁땅優ᅙᅮᇢ波방難난陁땅龍룡王왕ᄋᆞᆯ 勅ᄐᆡᆨᄒᆞ노니 閻염浮뿌ᇢ提뗑 請청雨ᅌᅮᆼ國귁 內뇡예 降강澍쯍大땡雨ᅌᅮᆼ 莎상呵항 내 娑상伽꺙龍룡王왕ᄋᆞᆯ 勅ᄐᆡᆨᄒᆞ노니 閻염浮뿌ᇢ提뗑 請청雨ᅌᅮᆼ國귁 內뇡예 降강澍쯍大땡雨ᅌᅮᆼ 莎상呵항 내 阿항耨녹達ᄄᆞᇙ多당龍룡王왕ᄋᆞᆯ

[110 뒤]

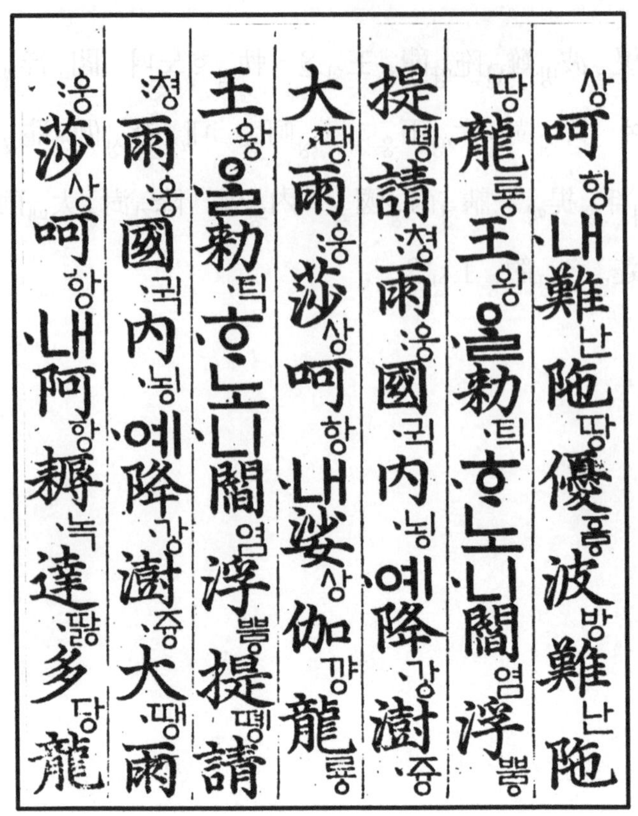

상呵항내難난陀땅優흫波방難난陀땅龍룡王왕ᄋᆞᆯ勅틱ᄒᆞ노니閻염浮뿡提뗑請쳥雨웅國귁內뇡예降강澍쥭大땡雨웅莎상呵항내娑상伽꺙龍룡王왕ᄋᆞᆯ勅틱ᄒᆞ노니閻염浮뿡提뗑請쳥雨웅國귁內뇡예降강澍쥭大땡雨웅莎상呵항내阿항耨녹達땷多당龍

勅(칙)하니 閻浮提(염부제)의 請雨國(청우국) 內(내)에 降澍大雨(강주대우). 莎呵(사하).”

“내가 摩那斯龍王(마나사용왕)을 勅(칙)하니 閻浮提(염부제)의 請雨國(청우국) 內(내)에 降澍大雨(강주대우). 莎呵(사하).

“내가 婆婁那龍王(바루나용왕)을 勅(칙)하니 閻浮提(염부제)의 請雨國(청우국) 內(내)에

[110 뒤]

勅틱ᄒᆞ노니 閻염浮쁳提뗑 請쳥雨웅國귁 內뇡에 降강澍즇大땡雨웅 莎상呵항 내 摩망那낭斯승龍룡王왕ᄋᆞᆯ 勅틱ᄒᆞ노니 閻염浮쁳提뗑 請쳥雨웅國귁 內뇡예 降강澍즇大땡雨웅 莎상呵항내 婆빵婁룽那낭龍룡王왕ᄋᆞᆯ 勅틱ᄒᆞ노니 閻염浮쁳提뗑 請쳥雨웅國귁 內뇡예

[111 앞]

雨웅國귁內뇡예降강澍즁大땡雨웅莎상呵항ㅣ내德득叉창迦강龍룡王왕올勅틱ᄒᆞ노니閻염浮뿡提뗑請쳥雨웅國귁內뇡예降강澍즁大땡雨웅莎상呵항ㅣ내提뗑頭뚤賴랭吒당龍룡王왕올勅틱ᄒᆞ노니閻염浮뿡提뗑請쳥雨웅國귁內뇡예降강澍즁大땡雨웅

降澍大雨(강주대우). 莎呵(사하)."

"내가 德叉迦龍王(덕차가용왕)을 勅(칙)하니 閻浮提(염부제)의 請雨國(청우국) 內(내)에 降澍大雨(강주대우). 莎呵(사하)."

"내가 提頭賴吒龍王(제두뢰타용왕)을 勅(칙)하니 閻浮提(염부제)의 請雨國(청우국) 內(내)에 降澍大雨(강주대우).

降강澍즇大땡雨웅 莎상呵항내 德득 叉창迦강龍룡王왕ᄋᆞᆯ 勅틱ᄒᆞ노니 閻염浮뿧提뗑 請청雨웅國귁 內뇡예 降강澍즇大땡雨웅 莎상呵항 내 提뗑頭뚷賴랭吒당龍룡王왕ᄋᆞᆯ 勅틱ᄒᆞ노니 閻염浮뿧提뗑 請청雨웅國귁 內뇡예 降강澍즇大땡雨웅

[111 뒤]

莎상呵항ᄂᆡ婆빵修슝吉깅龍룡王왕
ᄋᆞᆯ勅틱ᄒᆞ노니閻염浮뿡提똉請쳥雨
웅國귁內뇡예降강澍즁大땡雨웅莎
상呵항ᄂᆡ目목眞진隣린陁땅龍룡王
왕ᄋᆞᆯ勅틱ᄒᆞ노니閻염浮뿡提똉請쳥
雨웅國귁內뇡예降강澍즁大땡雨웅
莎상呵항ᄂᆡ伊잉羅랑跋빯那낭龍룡

莎呵(사하)."

"내가 婆修吉龍王(바수길용왕)을 勅(칙)하니 閻浮提(염부제)의 請雨國(청우국) 內(내)에 降澍大雨(강주대우). 莎呵(사하)."

"내가 目眞隣陁龍王(목진린타용왕)을 勅(칙)하니 閻浮提(염부제)의 請雨國(청우국) 內(내)에 降澍大雨(강주대우). 莎呵(사하)."

"내가 伊羅跋那龍王(이라발나용왕)을

莎상呵항 내 婆빵修슝吉긿龍룡王왕올 勅틱ᄒᆞ노니 閻염浮뿧提뗑 請청雨웅國귁 內뇡예 降강澍쓩大땡雨웅 莎상呵항 내 目목眞진隣린陁땅龍룡王왕올 勅틱ᄒᆞ노니 閻염浮뿧提뗑 請청雨웅國귁 內뇡예 降강澍쓩大땡雨웅 莎상呵항 내 伊잉羅랑跋빯那낭龍룡王왕올

[112 앞]

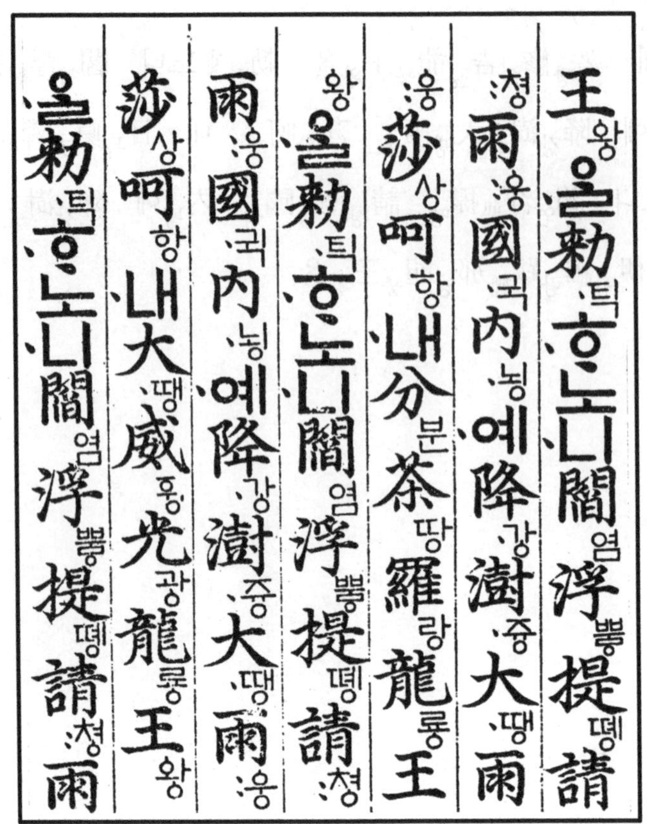
王왕을 勅틱ᄒᆞ노니 閻염浮뿡提똉請
쳥雨웅國귁內뇡예 降강澍즁大땡雨
웅莎상呵항 내 分분茶땅羅랑龍롱王
왕을 勅틱ᄒᆞ노니 閻염浮뿡提똉請쳥
雨웅國귁內뇡예 降강澍즁大땡雨웅
莎상呵항 내 大땡威흥光광龍롱王왕
을 勅틱ᄒᆞ노니 閻염浮뿡提똉請쳥雨

勅(칙)하니 閻浮提(염부제)의 請雨國(청우국) 內(내)에 降澍大雨(강주대우). 莎呵(사하).”

“내가 分茶羅龍王(분차라용왕)을 勅(칙)하니 閻浮提(염부제)의 請雨國(청우국) 內(내)에 降澍大雨(강주대우). 莎呵(사하).”

“내가 大威光龍王(대위광용왕)을 勅(칙)하니 閻浮提(염부제)의 請雨國(청우국) 內(내)에

勅틱ᄒᆞ노니 閻염浮뿌ᇢ提뗑 請청雨웅國귁 內뇡예 降강澍즁大땡雨웅 莎상呵항 내 分분茶땅羅랑龍룡王왕ᄋᆞᆯ 勅틱ᄒᆞ노니 閻염浮뿌ᇢ提뗑 請청雨웅國귁 內뇡예 降강澍즁大땡雨웅 莎상呵항 내 大땡威휭光광龍룡王왕ᄋᆞᆯ 勅틱ᄒᆞ노니 閻염浮뿌ᇢ提뗑 請청雨웅國귁 內뇡예

[112 뒤]

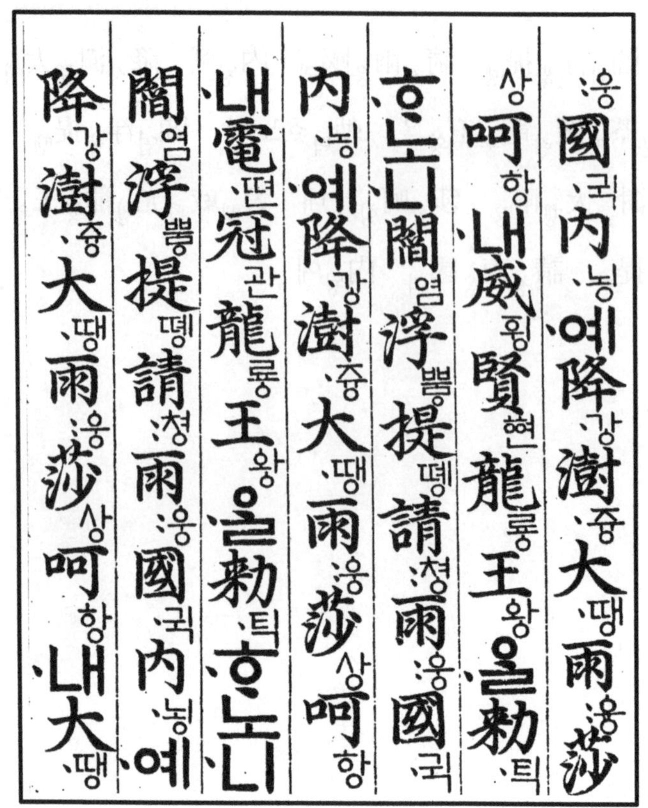

ᅌᅮᆼ國귁內ᄂᆞᆼ예降강澍즁大땡雨ᅌᅮᆼ莎
상呵항내威ᅙᅱᆼ賢현龍룡王왕ᄋᆞᆯ勅틱
ᄒᆞ노니閻염浮뿡提뗑請청雨ᅌᅮᆼ國귁
內ᄂᆞᆼ예降강澍즁大땡雨ᅌᅮᆼ莎상呵항
내電뗜冠관龍룡王왕ᄋᆞᆯ勅틱ᄒᆞ노니
閻염浮뿡提뗑請청雨ᅌᅮᆼ國귁內ᄂᆞᆼ예
降강澍즁大땡雨ᅌᅮᆼ莎상呵항내大땡

降澍大雨(강주대우). 莎呵(사하)."

"내가 威賢龍王(위현용왕)을 勅(칙)하니 閻浮提(염부제)의 請雨國(청우국) 內(내)에 降澍大雨(강주대우). 莎呵(사하)."

"내가 電冠龍王(전관용왕)을 勅(칙)하니 閻浮提(염부제)의 請雨國(청우국) 內(내)에 降澍大雨(강주대우). 莎呵(사하)."

"내가 大摩尼髻龍王(대마니계용왕)을

降강澍즁大땡雨웅 莎상呵항내 威휭賢현龍룡王왕ᄋᆞᆯ 勅틱ᄒᆞ노니 閻염浮뿧提똉 請청雨웅國귁 內뇡예 降강澍즁大땡雨웅 莎상呵항 내 電뗜冠관龍룡王왕ᄋᆞᆯ 勅틱ᄒᆞ노니 閻염浮뿧提똉 請청雨웅國귁 內뇡예 降강澍즁大땡雨웅 莎상呵항 내 大땡摩망尼닝髻곙龍룡王왕ᄋᆞᆯ

[113 앞]

摩망尼닝髻곙龍롱王왕을勅틱ᄒᆞ노
니閻염浮뿧提똉請쳥雨웅國귁內뉭
예降강澍쥼大땡雨웅莎상呵항내戴
딩摩망尼닝髻곙龍롱王왕을勅틱ᄒᆞ
노니閻염浮뿧提똉請쳥雨웅國귁內
뉭예降강澍쥼大땡雨웅莎상呵항내
光광髻곙龍롱王왕을勅틱ᄒᆞ노니閻

勅(칙)하니 閻浮提(염부제)의 請雨國(청우국) 內(내)에 降澍大雨(강주대우). 莎呵(사하)."

"내가 載摩尼髻龍王(재마니계용왕)을 勅(칙)하니 閻浮提(염부제)의 請雨國(청우국) 內(내)에 降澍大雨(강주대우). 莎呵(사하)."

"내가 光髻龍王(광계용왕)을 勅(칙)하니 閻浮提(염부제)의 請雨國(청우국) 內(내)에

勅ᄐᆡᆨᄒᆞ노니 閻염浮뿡提뗑 請청雨웅國귁 內뇡예 降ᄀᆞᆼ澍즁大땡雨웅 莎ᄉᆞᆼ呵ᄒᆞᆼ 내 載ᄃᆡᆼ摩ᄆᆞᆼ尼ᄂᆡᆼ髻겡龍룡王왕ᄋᆞᆯ 勅ᄐᆡᆨᄒᆞ노니 閻염浮뿡提뗑 請청雨웅國귁 內뇡예 降ᄀᆞᆼ澍즁大땡雨웅 莎ᄉᆞᆼ呵ᄒᆞᆼ 내 光광髻겡龍룡王왕ᄋᆞᆯ 勅ᄐᆡᆨᄒᆞ노니 閻염浮뿡提뗑 請청雨웅國귁 內뇡예

염浮뿡提뗑請쳥雨웅國귁內뇡예降
강澍즁大땡雨웅莎상呵항내이等등
엣一힗切쳉龍롱王왕ᄋᆞᆯ勅틱ᄒᆞ야閻
염浮뿡提뗑請쳥雨웅國귁內뇡예降
강澍즁大땡雨웅莎상呵항ᄒᆞ시고ᄯᅩ
呪즇ᄅᆞᆯ니ᄅᆞ샤ᄃᆡ那祇那祇瞿羅나끼
나끼뀨러引摩뭐引奈賜내ᅀᆖ三那伽

降澍大雨(강주대우). 莎呵(사하)."

"내 이와 같은 一切(일체)의 龍王(용왕)을 勅(칙)하니 閻浮提(염부제)의 請雨國(청우국) 內(내)에 降澍大雨(강주대우). 莎呵(사하)." 하시고 또 呪(주)를 이르시되,

那祇那祇瞿羅나끼나끼뀨러(引)摩뭐(引)奈賜내ᅀᆖ【三】那伽呬나꺄히[喜(희)와 梨(리)의 反切(반절)이다.]【四】

降강澍즇大땡雨웅 莎상呵항 내 이 等등엣[77] 一힗切쳉 龍룡王왕ᄋᆞᆯ 勑틱 ᄒᆞ야 閻염浮뿔提똉 請청雨웅國귁 內뇡예 降강澍즇大땡雨웅 莎상呵항 ᄒᆞ시고 ᄯᅩ 呪즇를 니ᄅᆞ샤ᄃᆡ

那祇那祇瞿羅나끼나끼뀨러(引)摩뭐(引)奈賜내ᄉᆞᆼ【三】那伽呬나꺄히[喜梨反][78]

【四】

77) 等엣: 等(등: 의명) + -에(부조, 위치) + -ㅅ(-의: 관조) ※ '等엣'는 '等(등)에 속한'의 뜻인데, 여기서는 문맥을 고려하여 '이와 같은'으로 의역한다.

78) 喜梨反: 희리반. 喜(희)와 梨(리)의 反切(반절)이다.

梨陁易頭摩鳩□리떠이뜽뭐깅리【五】郁伽羅盂路曬훙꺄러이유루새【六】波羅栴陁佤鼓뷔러젼떠디쑳【七】毗㲧姞利삐류깅리【八】阿尸하숭(引)毗師삐숭【九】阿咥하히(引)瞿뀨【十】訖栗瑟那깅링승나(去聲)崩봉(引)伽□꺄리【十一】旃젼(引)遮□져리【十二】盧羅루러(引)啫薜쑳삐【十三】

梨陁易頭摩鳩□리떠이뜽뭐깅리【五】郁伽羅盂路矖흉꺄러이유루새【六】波羅梅陁伍鼓뷔러젼떠디쓰ᇫ【七】毗魹姞利삐류깅리【八】阿尸하ᅀᅳ(引)毗師삐ᅀᅳ【九】 阿咥하히(引)瞿뀨【十】訖栗瑟那깅링슬나{去}崩봉(引)伽□꺄리【十一】旃젼(引)遮□져리【十二】盧羅루러(引)啫薜쓰ᇫ삐【十三】

[114 뒤]

薛쏭뼤【三十】摩訶頻那뭐허뿨나引 呿
羅큐리큐러引 波施붜숭【十四】嵭陁羅
랑떠러引 波붜引 尸膩숭니【十五】頭沖薛
뜽충뼤【十六】波羅波羅붜러붜러【十七】庇利
庇利비리비리【十八】富路富路부루부루
【十九】毗私뼤숭引 呼핑四尢反 婁闍膩류쎠
니【二十】浮路浮路뿧루뿧루【二十一】摩訶蒲

摩訶頻那뭐허뿨나(引) □羅큐리큐러(引)波施붜숭【十四】嵭陁羅랑떠러(引)波붜(引)尸膩숭니【十五】頭沖薛뜽충뼤【十六】波羅波羅붜러붜러【十七】庇利庇利비리비리【十八】富路富路부루부루【十九】毗私뼤숭(引)呼핑[필(匹)과 우(尤)의 반절(反切)이다.]婁闍膩류쎠니【二十】浮路浮路뿧루뿧루【二十一】摩訶蒲祇뭐허뿌끼【二十二】

[114 뒤]

摩訶頻那뭐허뭐나(引)□ 羅큐리큐러(引)波施붜슨【十四】 勞陁羅랄떠러(引)波붜(引)尸膩슨니【十五】 頭沖薛뜽충뻬【十六】 波羅波羅붜러붜러【十七】 庇利庇利비리비리【十八】 富路富路부루부루【十九】 毗私삐슨(引)哹필[匹尤反][79] 婁闍膩류쎠니【二十】 浮路浮路뿔루뿔루【二十一】 摩訶蒲祇뭐허뿌끼【二十二】

79) 匹尤反: 필우반. 匹(필)과 尤(우)의 反切(반절)이다.

祇뭐허뿌끼二十二 摩尼達□뭐니땅리二十三 匹利匹利핑리핑리四二十 副漏副漏뿔릏뿔릏五二十 破邏破邏풔러풔러二十六 跋利沙跋利沙뿅리사뿅리사二十七 闍藍浮염람뿔引 陁□떠리八二十 睒浮睒浮섬뿔섬뿔九二十 婆羅뿨러引 訶翅허승三十 那吒나차引 碪薛짐뼤一三十

摩尼達 □ 뭐니땅리【二十三】匹利匹利핑리핑리【二十四】副漏副漏뿔릏뿔릏【二十五】破邏破邏풔러풔러【二十六】跋利沙跋利沙뿅리사뿅리사【二十七】闍藍浮염람뿔(引)陁 □ 떠리【二十八】睒浮睒浮섬뿔섬뿔【二十九】婆羅뿨러(引)訶翅허승【三十】那吒나차(引)碪薛짐뼤【三十一】

摩尼達□뭐니땋리【二十三】匹利匹利핑리핑리【二十四】副漏副漏봉릉봉릉【二十五】破邏破邏풔러풔러【二十六】跋利沙跋利沙뿅리사뿅리사【二十七】閻藍浮염람뿡(引)陁□떠리【二十八】睒浮睒浮섬뿡섬뿡【二十九】婆羅뿨러(引)訶翅허승【三十】那吒나차(引)碪薜짐삐【三十一】

[115 뒤]

那吒나차(引)碪薜짐뼤【三十二】忡忡忡忡薜츙츙츙츙뼤【三十三】彌伽波羅미꺄붜러(引)薜뼤【三十四】彌伽婆미꺄뿨(引)咥膩히니【三十五】茶迦茶迦茶迦쨔갸쨔갸쨔갸【三十六】茶沉薜쨔찜뼤【三十七】伽那꺄나(去聲)伽那꺄나(去聲)【三十八】尸棄膩싀키니【三十九】迦那迦那갸나갸나【四十】伽那伽那꺄나꺄나【四十一】

那吒나차(引)碪薛짐뻬【三十二】忡忡忡忡薛충충충충뻬【三十三】彌伽波羅미꺄뷔러(引)薛뻬【三十四】彌伽婆미꺄뿨(引)咥膩히니【三十五】茶迦茶迦茶迦짜갸짜갸짜갸【三十六】茶沈薛짜찜뻬【三十七】伽那꺄나(去)伽那꺄나(去)【三十八】尸棄膩슷키니【三十九】迦那迦那갸나갸나【四十】伽那伽那꺄나꺄나【四十一】

摩訶那伽뭐허나꺄(引) 伽那꺄나(去)【四十二】尼囉니러(引) 怛藍당람【四十三】糅싱(引) 波闍羅뷔셔러【四十四】得迦紇唎딩갸ᅘᅳᆼ리【四十五】摩訶那伽뭐허나꺄(引) 紇利陁ᅘᅳᆼ리떠(引) 曳이【四十六】瞿摩瞿摩瞿摩波뀨뭐뀨뭐뀨뭐붜(引) 耶여【四十七】頞悉侄迦헝싱디갸(引) 承伽唎찡꺄리【四十八】

[116 앞]

摩訶那伽뭐허나갸(引)伽那갸나(去)【四十二】尼囉니러(引)怛藍당람【四十三】糅실(引)波闍羅붜셔러【四十四】得迦紇唎딩갸ᅘᅳᆼ리【四十五】摩訶那伽뭐허나갸(引)紇利陁ᅘᅳᆼ리떠(引)曳이【四十六】瞿摩瞿摩瞿摩波뀨뭐뀨뭐뀨뭐붜(引)耶여【四十七】頞悉佤迦헝싱디갸(引)承伽唎찡꺄리【四十八】

[116 뒤]

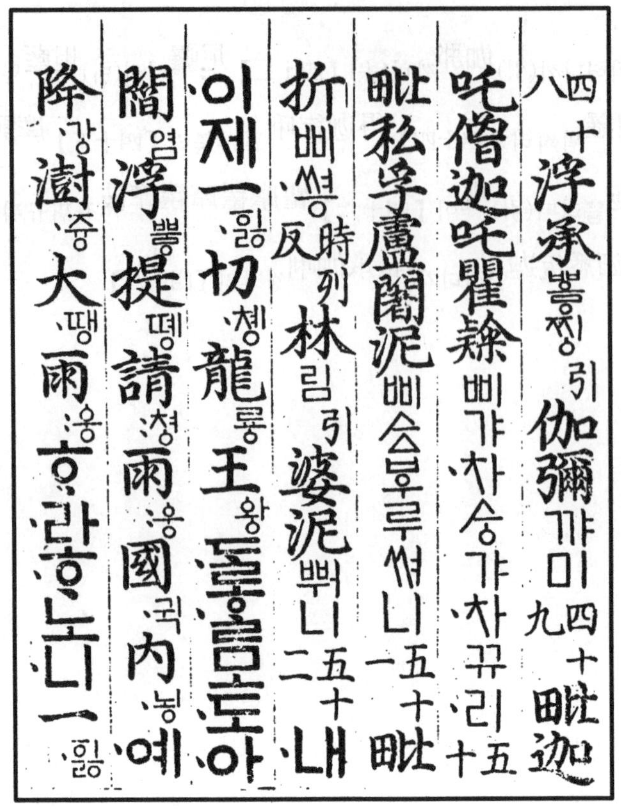

四十八 浮承뿡찡引 伽彌꺄미 四十九 毗迦
吒僧迦吒瞿𨌹삐갸차승갸차뀨리 五十
毗私孚盧闍泥삐승부루쎠니 五十一 毗
折삐쎵 時列反 林림引 婆泥뿨니 五十二 내
이제 一切쳉龍룡王왕ᄃᆞᆯᄒᆞᆯ 모도아
閻염浮뿡提뗑請쳥雨웅國귁內뇡예
降강澍즁大땡雨웅ᄒᆞ라 ᄒᆞᄂᆞ니 一

浮承뿡찡(引) 伽彌꺄미【四十九】毗迦吒僧迦吒瞿□삐갸차승갸차뀨리【五十】毗私孚盧闍泥삐승부루쎠니【五十一】毗折삐쎵[時(시)와 列(렬)의 반절(反切)이다.] 林림(引) 婆泥뿨니【五十二】

내가 이제 一切(일체)의 龍王(용왕)들을 모아서 “閻浮提(염부제)의 請雨國(청우국) 內(내)에 降澍大雨(강주대우)하라.” 하는 것이 一切(일체)의

浮承뿔찡(引)伽彌꺄미【四十九】毗迦吒僧迦吒瞿□삐갸차승갸차뀨리【五十】毗私孚盧闍泥삐슺부루쎠니【五十一】毗折삐쎵[時列反[80]]林림(引)婆泥뿨니【五十二】

내 이제[81] 一힗切쳉 龍룡王왕돌홀 모도아[82] 閻염浮뿔提뗑 請청雨웅國귁 內뇡예 降강澍즁大땡雨웅ᄒᆞ라 ᄒᆞ노니[83] 一힗切쳉

80) 時列反: 시렬반. 時(시)와 列(렬)의 反切(반절)이다.

81) 이제: [이제, 이때에, 今(부사): 이(이, 此: 관사, 지시, 정칭) # 적(적, 때, 時: 의명) + -의(-에: 부조, 위치)] ※ '이제'는 '이 저긔'가 축약되어서 형성된 파생 부사이다.

82) 모도아: 모도[모으다, 集: 몯(모이다: 자동) + -오(사접)-]- + -아(연어)

83) ᄒᆞ노니: ᄒᆞ(하다, 謂)- + -ㄴ(← -ᄂᆞ-)- + -오(대상)- + -ㄴ(관전) # 이(이: 의명) + -Ø(← -이: 주조) ※ 『大輪請雨經』(대륜청우경)의 한문 원문인 "我今召集此會一切諸龍王等, 於閻浮提, 請雨國內, 降澍大雨, 一切諸佛如來力故, 三世諸佛眞實力故, 慈悲心故 莎呵(내가 지금 이 모임에 모든 용왕들을 불러 모아 염부제의 비 내리기를 간청하는 나라에 큰 비를 내리도록 하는 것은 모든 부처님 여래의 힘과 3세 모든 부처님의 진실한 힘과 자비한 마음 때문이니라. 사바하.)"를 감안하면 "내 이제 一切 龍王돌홀 모도아 閻浮提 請雨國 內예 降澍大雨ᄒᆞ라 ᄒᆞ노니"는 전체 문장의 주어에 해당한다.

[117 앞]

切쳉諸졍佛뿛如셩來링力륵젼ᄎᆞ며
三삼世솅諸졍佛뿛眞진實씷力륵젼
ᄎᆞ며慈ᄍᆞᆼ悲빙心심젼ᄎᆞ니莎상呵항
그저긔世솅尊존이이呪쥼니ᄅᆞ시고
龍룡王왕ᄃᆞ려니ᄅᆞ샤ᄃᆡᄒᆞ다가ᄀᆞᄆᆞᆫ
時씽節졇에비빌오져ᄒᆞᇙ사ᄅᆞᄆᆞᆫ모로
매ᄒᆞᆫᄃᆡ實씷ᄒᆞᆫ조ᄒᆞᆫᄯᅡ우희沙상礫력

諸佛如來(제불여래)의 力(역) 때문이며, 三世(삼세) 諸佛(제불)의 眞實力(진실력) 때문이며, 慈悲心(자비심) 때문이니라. 莎呵(사하).

그때에 世尊(세존)이 이 呪(주)를 이르시고, 龍王(용왕)더러 이르시되, “만일 (날이) 가문 時節(시절)에 비를 빌고자 할 사람은 모름지기 한데에 (있는) 實(실)한 깨끗한 땅의 위에 沙礫(사력)과

諸졍佛뿛 如셩來링[84] 力륵 젼차며 三삼世솅 諸졍佛뿛 眞진實씷力륵 젼차며 慈쫑悲빙心심 젼ᄎᆞ니[85] 莎상呵항 그 저긔[86] 世솅尊존이 이 呪즇 니ᄅᆞ시고 龍룡王왕ᄃᆞ려[87] 니ᄅᆞ샤ᄃᆡ[88] ᄒᆞ다가[89] ᄀᆞᄆᆞᆫ[90] 時씽節졇에 비 빌오져[91] 흙 사ᄅᆞᄆᆞᆫ 모로매[92] 한ᄃᆡ[93] 實씷ᄒᆞᆫ[94] 조ᄒᆞᆫ[95] ᄊᆞ[96] 우희[97] 沙상礫력[98]과

---

84) 如來: 여래. '여래 십호(如來十號)'의 하나이다. 진리로부터 진리를 따라서 온 사람이라는 뜻으로 '부처'를 달리 이르는 말이다.

85) 젼ᄎᆞ니: 젼ᄎᆞ(까닭, 故)+-ㅣ(←-이-: 서조)-+-니(연어, 설명 계속, 이유) ※ 이 문장의 문맥을 감안하면 '젼ᄎᆞ니'는 '젼ᄎᆞ니라'로 언해해야 한다.

86) 저긔: 적(적, 때, 時: 의명)+-의(-에: 부조, 위치, 시간)

87) 龍王ᄃᆞ려: 龍王(용왕)+-ᄃᆞ려(-더러, -에게: 부조, 상대) ※ '-ᄃᆞ려'는 [ᄃᆞ리(데리다, 同伴)-+-어(연어▷부접)]의 방식으로 형성된 파생 조사이다.

88) 니ᄅᆞ샤ᄃᆡ: 니ᄅᆞ(이르다, 曰)-+-샤(←-시-: 주높)-+-ᄃᆡ(←-오ᄃᆡ: -되, 연어, 설명의 계속)

89) ᄒᆞ다가: 만약, 儻(부사)

90) ᄀᆞᄆᆞᆫ: ᄀᆞᄆᆞ(←ᄀᆞᄆᆞᆯ다: 가물다, 旱)-+-Ø(과시)-+-ㄴ(관전)

91) 빌오져: 빌(빌다, 祈)-+-오져(←-고져: -고자, 연어, 의도)

92) 모로매: 모름지기, 반드시, 必(부사)

93) 한ᄃᆡ: [한데, 空地: 하(하다, 大)-+-ㄴ(관전)+ᄃᆡ(데: 의명) ※ '한ᄃᆡ'는 사방, 상하를 덮거나 가리지 아니한 곳이다. 곧 집채의 바깥을 이른다.(실외, 室外)

94) 實ᄒᆞᆫ: 實ᄒᆞ[실하다, 實: 實(실: 불어)+-ᄒᆞ(형접)-]-+-Ø(현시)-+-ㄴ(관전) ※ '實ᄒᆞ다'는 실속 있고 넉넉한 상태이다.

95) 조ᄒᆞᆫ: 조ᄒᆞ(깨끗하다, 맑다, 淨)-+-Ø(현시)-+-ㄴ(관전)

96) ᄊᆞ: ᄊᆞ(←ᄊᆞㅎ: 흙, 土) ※『大輪請雨經』(대륜청우경)에는 'ᄊᆞ'가 '土'로 표현되어 있다.

97) 우희: 우ㅎ(위, 上)+-의(-에: 부조, 위치) ※ '實ᄒᆞᆫ 조ᄒᆞᆫ ᄊᆞ 우희'에는 '實ᄒᆞᆫ'과 '조ᄒᆞᆫ'는 둘 다 'ᄊᆞㅎ'를 수식하므로, 여기서는 '實하고 깨끗한 흙의 위에'로 의역할 수 있다.

98) 沙礫: 사력. 자갈. 사람이 손으로 쥘 수 있을 만한 정도의 크기를 가진 작은 돌이다. 특히, 냇물이나 강의 바닥에서 오랜 세월에 걸쳐 깎이고 갈려 표면(表面)이 반들반들해진 돌이다.

과 棘극草ᄎᆞᇢ와ᄅᆞᆯ 앗고 沙상ᄂᆞᆫ 몰애오 礫력은 혀근 돌히오 棘극草ᄎᆞᇢᄂᆞᆫ 가시와 프성귀왜라 方방ᄒᆞᆫ 열두 步뽕ᄅᆞᆯ 道똫場땽 ᄆᆡᇰᄀᆞᆯ오 場땽ㅅ 가온ᄃᆡ 壇딴ᄋᆞᆯ 니르와도ᄃᆡ 方방이 열 步뽕ㅣ오 노ᄑᆡᄂᆞᆫ ᄒᆞᆫ 자히오 獉찐牛웅糞분ᄋᆞᆯ 새 조ᄒᆞᆫ니로 壇딴애 횟도라 ᄇᆞᄅᆞ고 獉찐은 쇠 일후미오 糞분은 ᄯᅩᇰ이라 가온ᄃᆡ ᄒᆞᆫ 노ᄑᆞᆫ 座쫭

棘草(극초)를 앗고【沙(사)는 모래요 礫(역)은 작은 돌이요 棘草(극초)는 가시와 푸성귀이다.】, 方(방)한 열두 步(보) 넓이로 道場(도량)을 만들고, 場(장)의 가운데에 壇(단)을 세우되 方(방)이 열 步(보)이요 높이는 한 자이요, 獉牛糞(진우분)을 새 깨끗한 것으로 壇(단)에 빙둘러 바르고【獉(진)은 소의 이름이요 糞(분) 똥이다.】, 가운데에 한 높은 座(좌)를

棘극草촣와ᄅᆞᆯ[99] 앗고[1]【沙상ᄂᆞᆫ 몰애오[2] 礫력은 혀근[3] 돌히오[4] 棘극草촣ᄂᆞᆫ 가ᄉᆡ와[5] 프ᅀᅥᆼ귀왜라[6]】方방ᄒᆞᆫ[7] 열두 步뽕ᄅᆞᆯ[8] 道똫場땽[9] ᄆᆡᇰᄀᆞᆯ오[10] 場땽ㅅ 가온ᄃᆡ 壇딴[11]ᄋᆞᆯ 니ᄅᆞ와도ᄃᆡ[12] 方방이 열 步뽕ㅣ오 노ᄑᆡᄂᆞᆫ[13] ᄒᆞᆫ 자히오[14] □찐牛읗糞분을 새[15] 조ᄒᆞ니로[16] 壇딴애 휫도로[17] ᄇᆞᄅᆞ고[18]【犪찐은 쇠[19] 일후미오[20] 糞분은 ᄯᅩᆼ이라[21]】 가온ᄃᆡ[22] ᄒᆞᆫ 노ᄑᆞᆫ 座쫭ᄅᆞᆯ

---

99) 棘草와ᄅᆞᆯ: 棘草(극초) + -와(←-과: 접조) + -ᄅᆞᆯ(목조) ※ '棘草(극초)'는 가시풀이다.
1) 앗고: 앗(없애다, 滅)- + -고(연어, 나열, 계기)
2) 몰애오: 몰애(모래, 沙) + -Ø(←-이-: 서조)- + -오(←-고: 연어, 나열)
3) 혀근: 혁(작다, 小)- + -Ø(현시)- + -은(관전)
4) 돌히오: 돌ㅎ(돌, 石)- + -이(서조)- + -오(←-고: 연어, 나열)
5) 가ᄉᆡ와: 가ᄉᆡ(가시, 棘) + -와(←-과: 접조)
6) 프ᅀᅥᆼ귀왜라: 프ᅀᅥᆼ귀[푸성귀, 草: 프(←플: 풀, 草) + -ᅀᅥᆼ귀(접미)] + -와(←-과: 접조) + -ㅣ(←-이-: 서조)- + -Ø(현시)- + -라(←-다: 평종)
7) 方ᄒᆞᆫ: 方ᄒᆞ[방하다, 네모지다: 方(방, 네모) + -ᄒᆞ(동접)-]- + -Ø(과시)- + -ㄴ(관전)
8) 步ᄅᆞᆯ: 步(보) + -ᄅᆞᆯ(목조) ※ '步(보)'는 길이의 단위이다. 그리고 이때의 '步ᄅᆞᆯ'은 '步의 넓이로'로 의역한다.
9) 道場: 도량. 부처나 보살이 도를 얻는 곳, 또는 도를 얻으려고 수행하는 곳이다.
10) ᄆᆡᇰᄀᆞᆯ오: ᄆᆡᇰᄀᆞᆯ(만들다, 作)- + -오(←-고: 연어, 나열)
11) 壇: 단. 제사를 지내기 위하여 흙이나 돌로 쌓아 올린 터이다.
12) 니ᄅᆞ와도ᄃᆡ: 니ᄅᆞ왇[일으키다, 세우다: 닐(일어나다, 起: 자동)- + -ᄋᆞ(사접)- + -왇(강접)-]- + -오ᄃᆡ(-되: 연어, 설명 계속)
13) 노ᄑᆡᄂᆞᆫ: 노ᄑᆡ[높이, 高(명사): 높(높다, 高)- + -ᄋᆡ(명접)] + -ᄂᆞᆫ(보조사, 주제)
14) 자히오: 자ㅎ(자, 尺) + -이(서조)- + -오(←-고: 연어, 나열)
15) 새: 새, 新(관사)
16) 조ᄒᆞ니로: 조ᄒᆞ(깨끗하다, 淨)- + -Ø(현시)- + -ㄴ(관전) # 이(것, 者: 의명) + -로(부조, 방편)
17) 휫도로: [휘돌아서, 旋回(부사): 휫(휘-: 접두, 강조)- + 돌다(돌다, 回)- + -오(부접)]
18) ᄇᆞᄅᆞ고: ᄇᆞᄅᆞ(바르다, 塗)- + -고(연어, 나열, 계기)
19) 쇠: 쇼(소, 牛) + -ㅣ(←-ᄋᆡ: 관조)
20) 일후미오: 일훔(이름, 名) + -이(서조)- + -오(←-고: 연어, 나열)
21) ᄯᅩᆼ이라: ᄯᅩᆼ(똥, 糞) + -이(서조)- + -Ø(현시)- + -라(←-다: 평종)
22) 가온ᄃᆡ: 가온ᄃᆡ(가운데, 中) + -ᄋᆡ(부조, 위치)

[118앞]

롤밍ᄀᆞᆯ오座쫭우희새ᄑᆞ른褥쇽ᄋᆞᆯᄭᆞᆯ
오새ᄑᆞ른帳댱두르고노ᄑᆞᆫ座쫭ㅅ東
동녀긔세肘듛밧맛감肘듛ᄂᆞᆫᄇᆞᆯᄆᆞᄃᆡ니사ᄅᆞᄆᆞᆫ周즇
尺쳑으로ᄒᆞᆫ자여듧치오부텨ᄂᆞᆫ석자여슷치시니라牛웅糞분
汁집으로龍룡王왕ᄋᆞᆯᄒᆞᆫ모미오세머
리에그리고龍룡王왕ㅅ左장右웋에
種죵種죵앳龍룡ᄃᆞᆯᄒᆞᆯ圍윙繞ᅀᅣᇢ케그

만들고, 座(좌) 위에 새 푸른 褥(욕)을 깔고, 새 푸른 帳(장)을 두르고, 높은 座(좌)의 東(동)쪽에 세 肘(주) 남짓하게【肘(주)는 발의 마디이니, 사람은 周尺(주척)으로 한 자 여덟 치이요, 부처는 석 자 여섯 치이시니라.】 牛糞汁(우분즙)으로 龍王(용왕)을 한 몸이면서 세 머리(頭)이게 그리고, 龍王(용왕)의 左右(좌우)에 種種(종종)의 龍(용)들을 圍繞(위요)하게 그리고,

ᄆᆡᇰᄀᆞᆯ오 座쫭 우희 새 프른 褥ᅀᅭᆨᄋᆞᆯ[23] ᄭᆞᆯ오[24] 새 프른 帳댱[25] 두르고 노ᄑᆞᆫ 座쫭ㅅ 東동녀긔[26] 세 肘듛[27] 밧맛감[28]【肘듛는 ᄇᆞᆳ[29] ᄆᆞᄃᆡ니[30] 사ᄅᆞ민 周즁尺쳑[31]ᄋᆞ로 ᄒᆞᆫ 자 여듧 치오[32] 부텨는 석 자 여슷 치시니라[33]】 牛ᅌᅳᇢ糞분汁집[34]으로 龍룡王왕ᄋᆞᆯ ᄒᆞᆫ 모미오[35] 세 머리에[36] 그리고[37] 龍룡王왕ㅅ 左장右ᅌᅮᇢ에 種죵種죵앳[38] 龍룡ᄃᆞᆯ홀 圍윙繞ᅀᅭᇢ케[39] 그리고

---

23) 褥ᄋᆞᆯ: 褥(ᅀᅭᆨ, 요) + -ᄋᆞᆯ(목조) ※ '褥(ᅀᅭᆨ)'은 침구의 하나로서, 사람이 앉거나 누울 때 바닥에 깐다. (=요)

24) ᄭᆞᆯ오: ᄭᆞᆯ(깔다, 藉)- + -오(←-고: 연어, 나열)

25) 帳: 장. 휘장(揮帳). 피륙을 여러 폭으로 이어서 빙 둘러치는 장막이다.

26) 東녀긔: 東녁[동녘, 동쪽: 東(동) + 녁(녘, 쪽: 의명)] + -의(-에: 부조, 위치)

27) 肘: 주. 길이의 단위이다.

28) 밧맛감: 밧(←밨: 밖, 外) + -맛감(-만큼: 부조, 비교) ※ '밧맛감'은 '남짓하게'로 의역한다.

29) ᄇᆞᆳ: ᄇᆞᆯ(발, 足) + -ㅅ(-의: 관조)

30) ᄆᆞᄃᆡ니: 마ᄃᆡ(마디, 寸) + -Ø(←-이: 서조)- + -니(연어, 설명 계속)

31) 周尺: 주척. 자(尺)의 하나이다. 주례(周禮)에 규정된 자로서, 한 자가 곱자의 여섯 치 육 푼, 즉 23.1cm이다.

32) 치오: 치(치, 의명) + -Ø(←-이-: 서조)- + -오(←-고: 연어, 나열) ※ '치'는 길이의 단위이다. 한 치는 한 자의 10분의 1 또는 약 3.03cm에 해당한다.

33) 치시니라: 치(치: 의명) + -Ø(←-이-: 서조)- + -시(주높)- + -니(원칙)- + -라(←-다: 평종)

34) 牛糞汁: 우분즙. 우분(牛糞, 쇠똥)으로 만든 즙이다.

35) 모미오: 몸(몸, 身) + -이(서조)- + -오(←-고: 연어, 나열) ※ '모미오'는 문맥을 감안하여 '몸이면서'로 의역한다.

36) 머리에: 머리(머리, 頭) + -Ø(←-이-: 서조)- + -에(←-게: 연어, 도달) ※ '머리에'는 문맥상 '머리로'로 의역한다.

37) 그리고: 그리(그리다, 畫)- + -고(연어, 나열)

38) 種種앳: 種種(종종) + -애(-에: 부조, 위치) + -ㅅ(-의: 관조)

39) 圍繞케: 圍繞ㅎ[←圍繞ᄒᆞ다: 圍繞(위요) + -ᄒᆞ(동접)-]- + -게(연어, 도달) ※ '圍繞(위요)'는 부처의 둘레를 돌아다니는 것이다.

[118뒤]

리고 노ᄑᆞᆫ 座쫭ㅅ 南남녀긔 다ᄉᆞᆺ 肘듛
밧맛감 龍룡王왕ᄋᆞᆯ ᄒᆞᆫ 모미오 다ᄉᆞᆺ 머
리에 그리고 ᄯᅩ 龍룡 ᄃᆞᆯ히 左장右ᅌᅮᇰ에
圍윙繞ᅀᅳᇢ케 그리고 西셩ㅅ 녀긔 닐굽
肘듛 밧맛감 龍룡王왕ᄋᆞᆯ ᄒᆞᆫ 모미오 닐
굽머리에 그리고 ᄯᅩ 龍룡 ᄃᆞᆯ히 左장右
ᅌᅮᇰ에 圍윙繞ᅀᅳᇢ케 그리고 北븍 녀긔 아

높은 座(좌)의 南(남)쪽에 다섯 肘(주) 남짓하게 龍王(용왕)을 한 몸이면서 다섯 머리이게 그리고, 또 龍王(용왕)들이 左右(좌우)에 圍繞(위요)하게 그리고, 西(남)쪽에 일곱 肘(주) 남짓하게 龍王(용왕)을 한 몸이면서 일곱 머리이게 그리고, 또 龍(용)들이 左右(좌우)에 圍繞(위요)하게 그리고, 北(북)쪽에 아홉 노ᄑᆞᆫ 座쫭ㅅ 南남녀긔[40] 다ᄉᆞᆺ[41] 肘듛 밧맛감 龍룡王왕ᄋᆞᆯ ᄒᆞᆫ 모미오 다ᄉᆞᆺ 머리에 그리고 ᄯᅩ 龍룡王왕ᄃᆞᆯ히 左장右ᅌᅮᇢ에 圍윙繞ᅀᅭᇢ케 그리고 西셍ㅅ녀긔[42] 닐굽[43] 肘듛 밧맛감 龍룡王왕ᄋᆞᆯ ᄒᆞᆫ 모미오 닐굽 머리에 그리고 ᄯᅩ 龍룡ᄃᆞᆯ히 左장右ᅌᅮᇢ에 圍윙繞ᅀᅭᇢ케 그리고 北븍녀긔 아ᄒᆞᆸ

40) 南녀긔: 南녁[남녘, 남쪽: 南(남) + 녁(녘, 쪽, 偏: 의명)] + -의(-에: 부조, 위치)
41) 다ᄉᆞᆺ: 다섯, 六(관사, 양수)
42) 西녀긔: 西녁[남쪽: 南(동) + 녁(녘, 쪽: 의명)] + -의(-에: 부조, 위치)
43) 닐굽: 일곱, 七(관사, 양수)

홉肘듛 밧맛감龍룡王왕ᄋᆞᆯ ᄒᆞᆫ모미오
아홉머리에 그리고 ᄯᅩ 龍룡ᄃᆞᆯ히 左장
右ᅌᅮᇢ에 圍윙繞ᅀᅸᇢ케 그리고 그 壇딴 네
ᄲᅳ레 各각各각 서되드릀 華황甁뼝ᄋᆞᆯ
노코 金금精졍이어나 靑청黛뗑어나
므레 ᄃᆞ마 ᄆᆞᆯ게 ᄒᆞ야 다 甁뼝에 ᄀᆞᄃᆞᆨ게
ᄒᆞ고 種죵種죵 草촣木목 華황蘂ᅀᅱᆼ ᄅᆞᆯ

肘(주) 남짓하게 龍王(용왕)을 한 몸이면서도 아홉 머리이게 그리고, 또 龍(용)들이 左右(좌우)에 圍繞(위요)하게 그리고, 그 壇(단)의 네 모서리에 各各(각각) (금정이나 청대) 서 되가 들어가게 할 華甁(화병)을 놓고, 金精(금정)이거나 靑黛(청대)이거나 물에 담가 맑게 하여 다 甁(병)에 가득하게 하고, 種種(종종)의 草木(초목)과 華蘂(화예)를

肘듛 밧맛감 龍룡王왕ᄋᆞᆯ ᄒᆞᆫ 모미오 아홉 머리에 그리고 ᄯᅩ 龍룡 ᄃᆞᆯ히 左장右웋에 圍윙繞숗케 그리고 그 壇딴 네 ᄲᅳ레[44] 各각各각 서[45] 되[46] 드릾[47] 華뽱甁뼝을 노코[48] 金금精졍이어나[49] 靑청黛떵어나[50] 므레[51] ᄃᆞ마[52] ᄆᆞᆰ게 ᄒᆞ야 다 甁뼝에 ᄀᆞᄃᆞᆨ게[53] ᄒᆞ고 種죵種죵 草촐木목 華뽱蘂쉉[54]ᄅᆞᆯ

---

44) ᄲᅳ레: ᄲᅳᆯ(뿔, 角, 모서리) + -에(부조, 위치) ※ 'ᄲᅳᆯ(뿔)'은 문맥상 '모서리'로 옮긴다.

45) 서: 서(← 세ㅎ: 세, 三, 관사, 양수)

46) 되: 되, 升(의명)

47) 드릾: 드리[들이다, 들게 하다, 入: 들(들다, 入)- + -이(사접)-]- + -ㅭ(← -ㅭ: 관전)

48) 노코: 놓(놓다, 置)- + -고(연어, 나열)

49) 金精이어나: 金精(금정) + -이어나(보조사, 선택) ※ '金精(금정)'은 금빛의 도정한 쌀이다.

50) 靑黛어나: 靑黛(청대, 쪽물) + -어나(← -이어나: 보조사, 선택)

51) 므레: 믈(물, 水) + -에(부조, 위치)

52) ᄃᆞ마: ᄃᆞᆷ(담그다, 浸)- + -아(연어)

53) ᄀᆞᄃᆞᆨ게: ᄀᆞᄃᆞᆨ[← ᄀᆞᄃᆞᆨᄒᆞ다(가득하다): ᄀᆞᄃᆞᆨ(가득, 滿: 부사) + -ᄒᆞ(형접)-]- + -게(연어, 사동)

54) 華蘂: 화예. 화려한 꽃밭이다.

蘂ᅀᅵᆼ는 곳 안히라 甁뼝의 곶고 道똫場땽 네 門몬이 各각各각 큰 香향爐롱 노코 種죵種죵앳 香향薰훈陸륙과 沈띰水슁와 蘇송合합과 栴젼檀딴과 安한息식 等등을 퓌우고 四ᄉᆞᆼ面면에 各각各각 靑쳥幡펀 닐굽곰 ᄃᆞ로ᄃᆡ 기릐 ᄒᆞᆫ 丈땽이에 ᄒᆞ고 丈땽은 열 자히라 蘇송油융燈등을 ᄒᆡ᠆

【蘂(예)는 꽃 정원(庭園)이다.】 甁(병)에 꽂고, 道場(도량)의 네 門(문)에 各各(각각) 큰 香爐(향로)를 놓고, 種種(종종)의 香熏陸(향훈륙)과 沉水(침수)와 蘇合(소합)과 栴檀(전단)과 安息(안식) 等(등)을 피우고, 四面(사면)에 各各(각각) 靑幡(청번) 일곱씩 달되 길이가 한 丈(장)이게 하고【 丈(장)은 열 자이다.】, 蘇油燈(소유등)을 켜되

【蘂쉉ᄂᆞᆫ 곳[55] 안히라[56]】 甁뼝의 곳고[57] 道똫場땽 네 門몬ᄋᆡ 各각各각 큰 香향爐롱 노코 種죵種죵앳 香향熏훈陸륙[58]과 沉띰水쉉[59]와 蘇송合햅[60]과 栴젼檀딴[61]과 安한息식[62] 等등을 퓌우고[63] 四ᄉᆞᆼ面면에 各각各각 靑쳥幡펀[64] 닐굽곰[65] ᄃᆞ로ᄃᆡ[66] 기릐[67] ᄒᆞᆫ 丈땽이에[68] ᄒᆞ고【丈땽ᄋᆞᆫ 열 자히라[69]】 蘇油燈[70]을 혀ᄃᆡ[71]

---

55) 곳: 곳(← 곶: 꽃, 蘂)
56) 안히라: 안ㅎ(정원, 庭園) + -이(서조)- + -∅(현시)- + -라(← -다: 평종)
57) 곳고: 곳(← 곶다: 꽂다, 插)- + -고(연어, 나열)
58) 香熏陸: 향훈륙. 향(香)의 일종이다.
59) 沉水: 침수. 향(香)의 이름이다.
60) 蘇合: 소합. 향(香)의 이름이다.
61) 栴檀: 전단. 향(香)의 이름이다.
62) 安息: 안식. 향(香)의 이름이다.
63) 퓌우고: 퓌우[피우다, 焚: 프(← 픠다: 피다, 發)- + -ㅣ(← -이-: 사접)- + -우(사접)-]- + -고(연어, 나열)
64) 靑幡: 청번. 설법할 때에 절 안에 세우는 푸른 색의 깃발이다.
65) 닐굽곰: 닐굽(일곱, 七: 수사, 양수) + -곰(-씩: 보조사, 각자)
66) ᄃᆞ로ᄃᆡ: ᄃᆞᆯ(달다, 懸)- + -오ᄃᆡ(-되: 연어, 설명 계속)
67) 기릐: 기릐[길이, 丈: 길(길다, 長)- + -의(명접)] + -∅(← -이: 주조)
68) 丈이에: 丈(장: 의명) + -이(서조)- + -에(← -게: 연어, 사동)
69) 자이라: 자(자, 尺: 의명) + -이(서조)- + -∅(현시)- + -라(← -다: 평종)
70) 蘇油燈: 소유등. 들깨 기름으로 켜는 등이다.
71) 혀ᄃᆡ: 혀(켜다, 點火)- + -ᄃᆡ(← -오ᄃᆡ: -되, 연어, 설명 계속)

[120 앞]

디 蘇송油윻ᄂᆞᆫ 두리ᄭᆡ 기르미라 또 幡펀ㅅ 數숭에 맛
게 ᄒᆞ고 여러 가짓 雜짭果광實씷와 蘇
송酪락 乳ᅀᅲᆼ糜밍ᄅᆞᆯ 酪락ᄋᆞᆫ 타酪락이오 乳ᅀᅲᆼ糜밍ᄂᆞᆫ 졋
粥쥭이라 四ᄉᆞᆼ面면 龍룡王왕 알ᄑᆡᆫ 노ᄒᆞ곳
비ᄒᆞ며 香향 퓌우믈 그치디 아니케 ᄒᆞ
고 果광實씷와 飮흠食씩과 甁뼝엣 므
를 나날 모로매 새로 ᄒᆞ디 每믱日ᅀᅵᇙ ᄒᆡ

【蘇油(소유)는 들깨의 기름이다.】 또 幡(번)의 數(수)에 맞게 하고, 여러 가지의 雜果實(잡과실)과 蘇酪(소락)과 乳糜(유마)를【酪(낙)은 타酪(타락)이요 乳糜(유마)는 젖粥(죽)이다.】 四面(사면)에 있는 龍王(용왕)의 앞에 놓고, 꽃을 흩뿌리며 香(향)을 피우는 것을 그치지 아니하게 하고, 果實(과실)과 飮食(음식)과 甁(병)에 있는 물을 나날이 모름지기 새로 하되, 每日(매일) 해가

【 蘇송油융는 두리쌔[72] 기르미라[73] 】 또 幡펀ㄷ[74] 數숭에 맛게[75] ᄒᆞ고 여러 가짓 雜짭果광實씷와 蘇송酪락[76] 乳슝糜밍[77]를 【 酪락은 타酪락이오 乳슝糜밍는 졋粥쥭이라[78] 】 四ᄉᆞᆼ面면[79] 龍룡王왕 알ᄑᆡ[80] 노코 곳 비ᄒᆞ며[81] 香향 퓌우믈[82] 그치디[83] 아니케 ᄒᆞ고 果광實씷와 飮흠食씩과 甁뼝엣[84] 므를 나날[85] 모로매 새로[86] 호ᄃᆡ[87] 每밍日싫 ᄒᆡ[88]

72) 두리쌔: [들깨, 蘇: 두리(어근 ?) + 쌔(깨, 藤)]

73) 기르미라: 기름(기름, 油) + -이(서조)- + -Ø(현시)- + -라(← -다: 평종)

74) 幡ㄷ: 幡(번) + -ㄷ(-의: 관조) ※ '幡(번)'은 부처와 보살의 성덕(盛德)을 나타내는 깃발이다. 꼭대기에 종이나 비단 따위를 가늘게 오려서 단다.

75) 맛게: 맛(← 맞다: 맞다, 當)- + -게(연어, 사동)

76) 蘇酪: 소락. 차조기죽. 들깨죽. 또는 타락. 자소즙(紫蘇汁)이다.

77) 乳糜: 암죽. 곡식이나 밤의 가루로 묽게 쑨 죽이다. 어린아이에게 젖 대신 먹인다.

78) 졋粥이라: 졋粥[젖죽: 졋(← 졎: 젖, 乳) + 粥(죽)] + -이(서조)- + -Ø(현시)- + -라(← -다: 평종)

79) 四面: 사면. 문맥에 맞추어서 '사면에 있는'으로 의역한다.

80) 알ᄑᆡ: 앒(앞, 前) + -ᄋᆡ(-에: 부조, 위치)

81) 비ᄒᆞ며: 빟(흩뿌리다, 散)- + -ᄋᆞ며(연어, 나열)

82) 퓌우믈: 퓌우[피우다, 焚: 프(← 피다: 피다, 發)- + -ㅣ(← -이-: 사접)- + -우(사접)-]- + -움(명전)

83) 그치디: 그치[그치다, 止: 긏(끊어지다, 斷: 자동)- + -이(사접)-]- + -디(-지: 연어, 부정)

84) 甁엣: 甁(병) + -에(부조, 위치) + -ㅅ(-의: 관조) ※ '甁엣'은 '병에 있는'으로 의역한다.

85) 나날: 나날[나날이, 날마다, 日日: 나(← 날: 날, 日) + 날(날, 日)]

86) 새로: [새로, 新(부사): 새(새것, 新: 명사) + -로(부조▷부접)]

87) 호ᄃᆡ: ㅎ(← ᄒᆞ다: 하다, 爲)- + -오ᄃᆡ(-되: 연어, 설명 계속)

88) ᄒᆡ: ᄒᆡ(해, 日) + -Ø(← -이: 주조)

[120 뒤]

돋을 때에 供養(공양)에 쓸 것을 벌이고, 經(경)을 읽을 사람이 比丘(비구)거나 比丘尼(비구니)거나 모름지기 戒行(계행)이 淸淨(청정)하여야 하겠으니, 俗(속)에 있는 사람은 나날이 八禁齋戒(팔금재계)를 受持(수지)하여 하루 세 때로 香湯(향탕)에 沐浴(목욕)하여, 새 푸른 옷을 입어 齋戒(재계)를 지니어

도ᄫᆞᇙ[89] ᄣᅴ[90] 供공養양앳[91] 거슬 버리고[92] 經경 닐긇[93] 사ᄅᆞ미 比삥丘쿻ㅣ어나[94] 比삥丘쿻尼닝어나[95] 모로매 戒갱行ᅘᅢᆼ[96]이 淸쳥淨쪙ᄒᆞ야ᅀᅡ[97] ᄒᆞ리니 俗쑉[98]애 잇ᄂᆞᆫ 사ᄅᆞᄆᆞᆫ 나날 八밣禁금齋쟁戒갱[99]ᄅᆞᆯ 受쓯持띵ᄒᆞ야 ᄒᆞᄅᆞ[1] 세 ᄣᅳ로[2] 香향湯탕애 沐목浴욕ᄒᆞ야 새 프른 옷 니버[3] 齋쟁戒갱 디녀[4]

---

89) 도ᄫᆞᇙ: 돋(돋다, 出)-+-ᄋᆞᇙ(관전)

90) ᄣᅴ: ᄣᅵ(←ᄣᅳ: 때, 時)+-의(-에: 부조, 위치)

91) 供養앳: 供養(공양)+-애(-에: 부조, 위치)+-ㅅ(-의: 관조) ※ '供養앳'은 문맥을 감안하여 '공양에 쓸'로 의역한다.

92) 버리고: 버리[벌이다, 設: 벌(벌리어지다, 開)-+-이(사접)-]-+-고(연어, 나열)

93) 닐긇: 닑(읽다, 讀)-+-읋(관전)

94) 比丘ㅣ어나: 比丘(비구)+-ㅣ어나(←-이어나: -이거나, 연어, 선택) ※ '比丘(비구)'는 출가하여 구족계를 받은 남자 승려이다.

95) 比丘尼어나: 比丘尼(비구니)+-어나(←-이어나: -이거나, 연어, 선택) ※ '比丘尼(비구니)'는 출가하여 구족계를 받은 여자 승려이다.

96) 戒行: 계행. 계를 받은 뒤에 계법(戒法)의 조목에 따라 이를 실천·수행하는 것이다.

97) 淸淨ᄒᆞ야ᅀᅡ: 淸淨ᄒᆞ[청정하다: 淸淨(청정)+-ᄒᆞ(형접)-]-+-야ᅀᅡ(←-아ᅀᅡ: -아야, 연어, 필연적 조건)

98) 俗: 속. 속세(俗世). 불가(佛家)에서 일반 사회를 이르는 말이다.

99) 八禁齋戒: 팔금계재. 집에 있는 이가 하루 밤·낮 동안 받아 지키는 계율이다. ※ '齋戒(재계)'는 종교적 의식 따위를 치르기 위하여 몸과 마음을 깨끗이 하고 부정(不淨)한 일을 멀리하는 것이다.

1) ᄒᆞᄅᆞ: 하루, 일일(一日)

2) ᄣᅳ로: ᄣᅳ(때, 時)+-로(부조, 방편)

3) 니버: 닙(입다, 服)-+-어(연어)

4) 디녀: 디니(지니다, 持)-+-어(연어)

녀 寂쩍靜쪙히 ᄉᆞ랑ᄒᆞᇙ디니 比삥丘쿻
도 ᄯᅩ 이리 ᄒᆞᇙ디니라 오직 蘇송酪락과
乳슝糜밍와 粳깅米몡와 果광菜칭ᄲᅮᆫ
먹고 大땡小숗便뼌ᄒᆞ야든 모로매 沐
목浴욕ᄒᆞᇙ디니라 노ᄑᆞᆫ 座쫭애 오ᄅᆞᇙ 저
긔 十씹方방 一ᅙᅵᇙ切촁 諸졍佛뿛ᄭᅴ 몬
져 禮롕數숭ᄒᆞᅀᆞᆸ고 香향 퓌우며 곳비

寂靜(적정)히 생각할 것이니, 比丘(비구)도 또 이리 할 것이니라. 오직 蘇酪(소락)과 乳糜(유미)와 粳米(갱미)와 果菜(과채)만 먹고, 大小便(대소변)을 하거든 모름지기 沐浴(목욕)할 것이니라. 높은 座(좌)에 오를 적에 十方(시방)에 있는 一切(일체)의 諸佛(제불)께 먼저 禮數(예수)하고 香(향)을 피우며 꽃을 흩뿌리고,

[121 앞]

寂쩍靜쪙히[5] ᄉᆞ랑호ᇙ[6] 디니[7] 比삥丘쿨도 ᄯᅩ 이리[8] 호ᇙ 디니라[9] 오직 蘇송酪락과 乳ᅀᅲᆼ糜밍와 粳깅米몡[10]와 果광菜ᄎᆡᆼ ᄲᅮᆫ[11] 먹고 大땡小ᄉᆖᇢ便뼌ᄒᆞ야든[12] 모로매 沐목浴욕호ᇙ 디니라 노ᄑᆞᆫ 座쫭애 오ᄅᆞᇙ 저긔 十씹方방[13] 一ᅙᅵᇙ切촁 諸졍佛뿛ᄭᅴ 몬져[14] 禮롕數ᄉᆠᆼᄒᆞᅀᆞᆸ고[15] 香향 퓌우며 곳 비코

5) 寂靜히: [적정히(부사): 寂靜(적정) + -ㅎ(← -ᄒᆞ-: 형접)- + -이(부접)] ※ '寂靜(적정)'은 마음에 번뇌가 없고, 몸에 괴로움이 사라진 해탈·열반의 경지이다.

6) ᄉᆞ랑호ᇙ: ᄉᆞ랑ㅎ[← ᄉᆞ랑ᄒᆞ다(생각하다, 思): ᄉᆞ랑(생각, 思) + -ᄒᆞ(동접)-]- + -오(대상)- + -ᇙ(관전)

7) 디니: ㄷ(← ᄃᆞ: 것, 者, 의명) + -이(서조)- + -니(연어, 설명 계속)

8) 이리: [이리, 然(부사, 지시): 이(이, 此: 지대, 정칭) + -리(부접, 방향)]

9) 디니라: ㄷ(← ᄃᆞ: 것, 者, 의명) + -이(서조)- + -Ø(현시)- + -니(원칙)- + -라(← -다: 평종)

10) 粳米: 갱미. 멥쌀. 메벼를 찧은 쌀이다.

11) 果菜 ᄲᅮᆫ: 果菜(과채) # ᄲᅮᆫ(뿐: 의명) ※ '果菜(과채)'는 과일과 채소를 아울러 이르는 말이다.

12) ᄒᆞ야든: ᄒᆞ(하다, 設)- + -야든(← -아든: -거든, 연어, 조건)

13) 十方: 시방. 사방(四方), 사우(四隅), 상하(上下)를 통틀어 이르는 말이다. ※ '사우(四隅)'는 방 따위의 네 모퉁이의 방위이다. 곧 '동남, 동북, 서남, 서북'을 이른다.

14) 몬져: 먼저, 先(부사)

15) 禮數ᄒᆞᅀᆞᆸ고: 禮數ᄒᆞ[예수하다: 禮數(예수: 명사) + -ᄒᆞ(동접)-]- + -ᅀᆞᆸ(객높)- + -고(연어, 계기) ※ '禮數(예수)'는 명성이나 지위에 알맞은 예의와 대우이다.

코十씹方방一ᅙᅵᇙ切쳉諸졍佛뿛와諸
졍大땡菩뽕薩삻와ᄯᅩ一ᅙᅵᇙ切쳉諸졍
天텬龍룡王왕ᄋᆞᆯ請청ᄒᆞ야衆즁生ᄉᆡᇰ
爲윙ᄒᆞ야샹녜慈ᄍᆞᆼ心심ᄋᆞᆯ니ᄅᆞ와다
모딘念념을내디아니ᄒᆞ야이부텻ᄭᅴ
禮롕數숭ᄒᆞᅀᆞᄫᆞ며ᄯᅩ여러가짓功공
德득으로一ᅙᅵᇙ切쳉諸졍天텬龍룡王

十方(시방)에 있는 一切(일체)의 諸佛(제불)과 諸大菩薩(제대보살)과 또 一切(일체) 諸天(제천)과 龍王(용왕)을 請(청)하여, 衆生(중생)을 爲(위)하여 항상 慈心(자심)을 일으켜서 모진 念(염)을 내지 아니하여 이 부처께 禮數(예수)하며, 또 여러 가지의 功德(공덕)으로 一切(일체)의 諸天(제천)과 龍王(용왕)과

十씹方방 一힗切쳉 諸졍佛뿛와 諸졍大땡菩뽕薩삻[16]와 ᄯᅩ 一힗切쳉 諸졍天텬 龍룡王왕ᄋᆞᆯ 請청ᄒᆞ야 衆즁生싱 爲윙ᄒᆞ야 샹녜[17] 慈쫑心심을 니ᄅᆞ와다 모딘[18] 念념을 내디 아니ᄒᆞ야 이 부텨ᄭᅴ[19] 禮롕數숭ᄒᆞᅀᆞᄫᆞ며 ᄯᅩ 여러 가짓 功공德득[20]으로 一힗切쳉 諸졍天텬 龍룡王왕과

16) 諸大菩薩: 제대보살. 여러 큰 보살이다.

17) 샹녜: 늘, 항상, 常(부사)

18) 모딘: 모디(← 모딜다: 모질다, 惡)- + -Ø(현시)- + -ㄴ(관전)

19) 부텨ᄭᅴ: 부텨(부처, 佛) + -ᄭᅴ(-께: 부조, 상대, 높임)

20) 功德: 공덕. 좋은 일을 행한 덕으로 훌륭한 결과를 가져오게 하는 능력이다.

[122 앞]

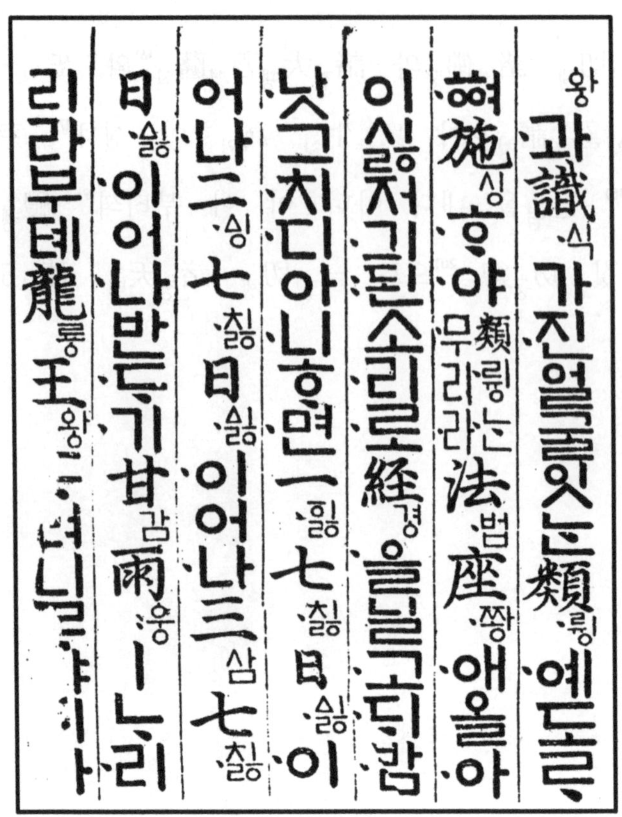

왕과識식가진얼굴잇ᄂᆞᆫ類륑예도ᄅᆞ
ᅘᅧ施싱ᄒᆞ야類륑ᄂᆞᆫ무리라法법座쫭애올아
이실쩌긔큰소리로經경을닐그며밤
나ᄌᆞᆯ그치디아니ᄒᆞ면一힗七칧日싏이
어나二싱七칧日싏이어나三삼七칧
日싏이어나반ᄃᆞ기甘감雨웅ㅣᄂᆞ리
리라부텨龍룡王왕ᄃᆞ려니ᄅᆞ샤ᄃᆡ

識(식)을 가진 형체가 있는 類(유)에 돌이켜서 施(시)하여【類(유)는 무리이다.】, 法座(법좌)에 올라 있을 적에 큰소리로 經(경)을 읽고 밤낮으로 그치지 아니하면, 一七日(일칠일)이거나 二七日(이칠일)이거나 三七日(삼칠일)이거나 반드시 甘雨(감우)가 내리리라. 부처가 龍王(용왕)더러 이르시되,

[122 앞]

識식[21] 가진 얼굴[22] 잇ᄂᆞᆫ 類륑예 도ᄅᆞᅘᅧ[23] 施싱ᄒᆞ야[24]【類륑ᄂᆞᆫ 무리라[25]】 法법座쫭[26]애 올아[27] 이시ᇙ[28] 저긔[29] 된소리로[30] 經경을 닐고ᄃᆡ[31] 밤낫[32] 그치디[33] 아니ᄒᆞ면 一ᅙᅵᇙ七치ᇙ日ᅀᅵᇙ이어나[34] 二ᅀᅵᆼ七치ᇙ日ᅀᅵᇙ이어나 三삼七치ᇙ日ᅀᅵᇙ이어나 반ᄃᆞ기[35] 甘감雨웋ㅣ[36] ᄂᆞ리리라[37] 부톄[38] 龍룡王왕ᄃᆞ려 니ᄅᆞ샤ᄃᆡ

---

21) 識: 식. 십이 연기의 하나이다. 대상을 다르게 아는 마음의 작용을 이른다.

22) 얼굴: 모습, 형체(形體), 형상(形相)

23) 도ᄅᆞᅘᅧ: [도리어, 反(부사): 돌(돌다, 回: 자동)- + -ᄋᆞ(사접)- + -ᅘᅧ(강접)- + -어(연어 ▹부접)]

24) 施ᄒᆞ야: 施ᄒᆞ[시하다, 은혜를 베풀다: 施(시: 불어) + -ᄒᆞ(동접)-]- + -야(← -아: 연어) ※ '施(시)'는 은혜를 베푸는 것이다.

25) 무리라 : 무리(무리, 類) + -Ø(← -이-: 서조)- + -Ø(현시)- + -라(← -다: 평종)

26) 法座: 법좌. 설법, 독경, 강경(講經), 법화(法話) 따위를 행하는 자리이다.(=법석, 法席)

27) 올아: 올(← 오ᄅᆞ다: 오르다, 登)- + -아(연어)

28) 이시ᇙ: 이시(있다: 보용, 완료 지속)- + -ᇙ(관전)

29) 저긔: 적(적, 때, 時: 의명) + -의(-에: 부조, 위치0

30) 된소리로: 된소리[큰소리, 大聲: 되(되다, 크다, 大)- + -ㄴ(관전) + 소리(소리, 聲)] + -로(부조, 방편)

31) 닐고ᄃᆡ: 닑(읽다, 讀)- + -오ᄃᆡ(-되: 연어, 설명 계속)

32) 밤낫: 밤낫[← 밤낮(밤낮, 晝夜): 밤(夜) + 낮(낮, 晝)]

33) 그치디: 그치[그치다, 止: 긏(끊다, 斷)- + -이(피접)-]- + -디(-지: 연어, 부정0

34) 一七日이어나: 一七日(일칠일) + -이어나(-이거나: 보조사, 선택) ※ '一七日(일칠일)'은 어떤 일이 생긴 지 만 7일째 되는 날이다.

35) 반ᄃᆞ기: [반듯이, 반듯하게, 直(부사): 반ᄃᆞᆨ(불어) + -Ø(← -ᄒᆞ-: 형접)- + -이(부접)]

36) 甘雨ㅣ: 甘雨(감우) + -ㅣ(← -이: 주조) ※ '甘雨(감우)'는 때를 잘 맞추어 알맞게 내리는 비이다.

37) ᄂᆞ리리라: ᄂᆞ리(내리다, 降)- + -리(미시)- + -라(← -다: 평종)

38) 부톄: 부텨(부처, 佛) + -ㅣ(← -이: 주조)

"바닷물 밀고당기기는 오히려 盈縮(영축)이 있거니와【盈(영)은 가득한 것이요 縮(축)은 주는 것이다.】, 이 말은 眞實(진실)하여 決定(결정)히 虛(허)하지 아니하니라.【決定(결정)은 決斷(결단)하여 一定(일정)하는 것이다.】 그때에 龍王(용왕)들이 부처의 말을 듣고 歡喜踊躍(환희용약)하여 頂禮(정례)하여 奉行(봉행)하였니라.【奉行(봉행)은 받아서 行(행)하는 것이다.】

바룴믈[39] 밀혀기ᄂᆞᆫ[40] 오히려[41] 盈縮[42]이 □시려니와[43]【盈영은 ᄀᆞ독ᄒᆞᆯ[44] 씨오 縮슉은 졸[45] 씨라】 이 말ᄊᆞᄆᆞᆫ[46] 眞진實씷ᄒᆞ야 決궗定뗭히[47] 虛헝티[48] 아니ᄒᆞ니라[49]【決궗定뗭은 決궗斷돤ᄒᆞ야 一힗定뗭ᄒᆞᆯ[50] 씨라】 그제[51] 龍룡王왕ᄃᆞᆯ히 부텻 말 듣ᄌᆞᆸ고 歡환喜흥踊용躍약ᄒᆞ야[52] 頂뎡禮롕ᄒᆞᅀᆞ바[53] 奉뽕行ᅘᆡᇰᄒᆞᅀᆞᄫᆞ니라[54]【奉뽕行ᅘᆡᇰ은 받ᄌᆞ바[55] 行ᅘᆡᇰᄒᆞᆯ 씨라】

---

39) 바룴믈: [바닷물, 海水: 바ᄅᆞᆯ(바다, 海) + -ㅅ(사잇) + 믈(물, 水)]

40) 밀혀기ᄂᆞᆫ: 밀혀[밀고 끌고 하다: 밀(밀다, 推)- + 혀(끌다, 당기다, 引)-]- + -기(명전) + -ᄂᆞᆫ(보조사, 주제)

41) 오히려: 오히려(부사). ※ 글자의 형태와 문맥을 감안하여서 이 부분의 글자를 '오히려'로 추정한다.

42) 盈縮: 영축. 남음과 모자람이다.

43) □시려니와: 이시(있다, 有)- + -리(미시)- + -어니와(← -거니와: 연어, 인정 전환) ※ '-거니와'는 앞 절의 사실을 인정하면서 관련된 다른 사실을 이어 주는 연결 어미이다.

44) ᄀᆞ독ᄒᆞᆯ: ᄀᆞ독ᄒᆞ[가득하다, 滿: ᄀᆞ독(가득, 滿: 부사) + -ᄒᆞ(형접)-]- + -ㄹ(관전)

45) 졸: 졸(줄다, 縮)- + -ㄹ(관전)

46) 말ᄊᆞᄆᆞᆫ: 말ᄊᆞᆷ[말, 言: 말(말, 言) + -ᄊᆞᆷ(-씀: 접미)] + -ᄋᆞᆫ(보조사, 주제)

47) 決定히: [결정히, 확실히(부사): 決定(결정) + -ㅎ(← -ᄒᆞ-: 동접)- + -이(부접)]

48) 虛티: 虛ㅎ[← 虛ᄒᆞ다(허하다): 虛(허: 불어) + -ᄒᆞ(형접)-]- + -디(-지: 연어, 부정)

49) 아니ᄒᆞ니라: 아니ᄒᆞ[아니하다, 不: 아니(아니, 不: 부사) + -ᄒᆞ(형접)-]- + -Ø(현시)- + -니(원칙)- + -라(← -다: 평종)

50) 一定ᄒᆞᆯ: 一定ᄒᆞ[일정하다: 一定(일정: 명사) + -ᄒᆞ(동접)-]- + -ㄹ(관전) ※ '一定(일정)'은 어떠한 대상이나 일을 하나로 정하는 것이다.

51) 그제: [그때, 爾時: 그(그, 彼: 관사) + 제(제, 때, 時: 의명)]

52) 歡喜踊躍ᄒᆞ야: 歡喜踊躍ᄒᆞ[환희용약하다: 歡喜踊躍(환희용약) + -ᄒᆞ(동접)-]- + -야(← -아: 연어) ※ '歡喜踊躍(환희용약)'은 기뻐하여 날아서 솟는 것이다.

53) 頂禮ᄒᆞᅀᆞ바: 頂禮ᄒᆞ[정례하다: 頂禮(정례) + -ᄒᆞ(동접)-]- + -ᅀᆞᇦ(← -ᄉᆞᆸ-: 객높)- + -아(연어) ※ '頂禮(정례)'는 가장 공경하는 뜻으로 이마가 땅에 닿도록 몸을 구부려 절을 하는 것이다. 또는 그렇게 하는 절이다.

54) 奉行ᄒᆞᅀᆞᄫᆞ니라: 奉行ᄒᆞ[봉행하다: 奉行(봉행) + -ᄒᆞ(동접)-]- + -ᅀᆞᇦ(← -ᄉᆞᆸ-: 객높)- + -Ø(과시)- + -ᄋᆞ니(원칙)- + -라(← -다: 평종) ※ '奉行(봉행)'은 뜻을 받들어 행하하는 것이다.

55) 받ᄌᆞ바: 받(받다, 受)- + -ᄌᆞᇦ(← -ᄌᆞᆸ-: 객높)- + -아(연어)

부록

'원문과 번역문의 벼리' 및 '문법 용어의 풀이'

부록 1. 원문과 번역문의 벼리

『월인석보 제십』의 원문 벼리

『월인석보 제십』의 번역문 벼리

부록 2. 문법 용어의 풀이

1. 품사
2. 불규칙 활용
3. 어근
4. 파생 접사
5. 조사
6. 어말 어미
7. 선어말 어미

[부록 1] 원문과 번역문의 벼리

『월인석보 제구』 원문의 벼리

[1앞 月웛印힌千쳔江강之징曲콕 第똉十씹

釋셕譜봉詳썅節졇 第똉十씹

其끵二ᅀᅵᆼ百ᄇᆡᆨ六륙十씹一ᅙᅵᇙ

아바님 셔울 겨샤 아ᄃᆞᆯ와 孫손子ᄌᆞᆼ 그리샤 病뼝中듕에 보고져 ᄒᆞ시니

부텨 靈령鷲쥩山산애 겨샤 아ᅀᆞ와 아ᄃᆞᆯ ᄃᆞ리샤 空콩中듕에 ᄂᆞ라오시니 [1뒤

其끵二ᅀᅵᆼ百ᄇᆡᆨ六륙十씹二ᅀᅵᆼ

첫 放방光광 보ᅀᆞᆸ고 百ᄇᆡᆨ姓셩ᄃᆞᆯ히 우ᅀᆞᆸ거늘 生ᄉᆡᆼ死ᄉᆞᆼ 受쓯苦콩ᄅᆞᆯ 如ᅀᅥᆼ來ᄅᆡᆼ 니ᄅᆞ시니

세 光광明명 보시고 아바님 便뼌安한커시ᄂᆞᆯ 부텨 오샤ᄆᆞᆯ 大땡稱칭王왕이 ᄉᆞᆯᄫᆞ니 [2앞

其끵二ᅀᅵᆼ百ᄇᆡᆨ六륙十씹三삼

아바님이 손 드르샤 부텻 발 ᄀᆞᄅᆞ치샤 셜ᄫᅳᆫ ᄠᅳᆮ 업다 ᄒᆞ시니

부텨 손 드르샤 아바님 머리 ᄆᆞ니샤 됴ᄒᆞᆫ 法법 ᄉᆞᆯᄫᆞ시니

其끵二ᅀᅵᆼ百ᄇᆡᆨ六륙十씹四ᄉᆞᆼ [2뒤

아바닚 가ᄉᆞᆷ 우희 부텻 손 연ᄌᆞ샤도 날을 몯 믈려 淨쪙居겅에 가시니

ᄒᆞᄆᆞᆯ며 貪탐欲욕 계워 목숨 催쵱促쵹ᄒᆞ고 人ᅀᅵᆫ生ᄉᆡᆼ 앗기리 긔 아니 어리니

其끵二밍百빅六륙十씹五옹

小숗千쳔界갱 中듕千쳔界갱 大땡千쳔界갱 [3앞 드러치며 欲욕界갱天텬이 또 오ᅀᆞᄫᆞ니
毗삥沙상門몬 維윙提똉賴랭吒당 毗삥樓룰勒륵叉창ㅣ 몯ᄌᆞᄫᆞ며 毗삥留륭波방叉창ㅣ 또 오ᅀᆞᄫᆞ니

其끵二ᅀᅵᆼ百빅六륙十씹六륙

天텬王왕이 棺관 메ᅀᆞᄫᅡ 國귁人ᅀᅵᆫ이 [3뒤 다 울어늘 墓뫃애 가ᄉᆞᆶ 제 부톄 앒 셔시니
羅랑漢한이 檀딴香향 가져와 國귁人ᅀᅵᆫ이 더욱 울어늘 블에 ᄉᆞᅀᆞᆸ고 부톄 法법 니ᄅᆞ시니

淨쪙飯뻔王왕이 病뼝이 되더시니 白뵉飯뻔王왕과 斛혹飯뻔王왕과 大땡稱칭王왕과 [4앞 한 臣씬下항ᄃᆞᆯ히 모다 ᄉᆞᆯᄫᅩᄃᆡ 大땡王왕이 모딘 이ᄅᆞᆯ 즐기디 아니ᄒᆞ샤 彈딴指징ᄒᆞᇙ ᄉᆞᅀᅵ예도 德득 심고ᄆᆞᆯ ᄒᆞ나 낟비 너기샤 百빅姓셩을 어엿비 너기실ᄊᆡ 十씹方방앳 사ᄅᆞ미 다 아ᅀᆞᆸᄂᆞ니 오ᄂᆞᆳ나래 엇더 시르믈 ᄒᆞ시ᄂᆞ니잇고

王왕이 니ᄅᆞ샤ᄃᆡ [4뒤 내 命명 그추미ᅀᅡ 므더니 너기가니와 내 아ᄃᆞᆯ 悉싫達땷이와 버근 아ᄃᆞᆯ 難난陁땅와 斛혹飯뻔王왕 아ᄃᆞᆯ 阿항難난陁땅와 孫손子ᄌᆞᆼ 羅랑雲운이와 이 네흘 몯 보아 ᄒᆞ노라 모다 이 말 듣ᄌᆞᆸ고 아니 울리 업더라

白뵉飯뻔王왕이 ᄉᆞᆯᄫᅩᄃᆡ 世솅尊존이 王왕舍샹城쎵 [5앞 耆낑闍쌍崛꿇山산애 겨시다 듣노니 이에셔 쉰 由율旬쓘이니 王왕ㅅ 病뼝이 되샤 사ᄅᆞᆷ 브려도 몯 미츠리니 그리 너기디 마ᄅᆞ쇼셔 淨쪙飯뻔王왕이 울며 니ᄅᆞ샤ᄃᆡ 世솅尊존이 샹녜 神씬通통 三삼昧밍 ᄒᆞ샤 天텬眼안ᄋᆞ로 ᄉᆞᄆᆞᆺ 보시며 天텬耳ᅀᅵᆼ로 ᄉᆞᄆᆞᆺ 드르샤 [5뒤 大땡慈ᄍᆞᆼ悲빙心심ᄋᆞ로 衆즁生ᄉᆡᆼᄋᆞᆯ 濟졩渡똥ᄒᆞ샤 百빅千쳔萬먼億흑 衆즁이 므레 ᄌᆞᄆᆡᆺ거든 慈ᄍᆞᆼ愍민心심ᄋᆞ로 ᄇᆡᄅᆞᆯ ᄆᆡᇰᄀᆞ라 벗겨 내시ᄂᆞ니 내 世솅尊존 보ᅀᆞᆸ고져 ᄇᆞ라미 또 이 ᄀᆞᆮᄒᆞ니라

그 저긔 世솅尊존이 靈령鷲쓯山산애 겨샤 難난陁땅와 阿항難난과 [6앞 羅랑雲운과 ᄃᆞ려 니ᄅᆞ샤ᄃᆡ 父뿡王왕이 病뼝ᄒᆞ야 겨시니 우리 미처 가 보ᅀᆞ바 ᄆᆞᅀᆞᄆᆞᆯ 훤히 너기시게 ᄒᆞ져라 ᄒᆞ시고 즉자히 세 사ᄅᆞᆷ ᄃᆞ리샤 神씬足죡ᄋᆞ로 虛헝空콩애 ᄂᆞ라오ᄅᆞ샤 迦강毗삥羅랑國귁에 믄득 現현ᄒᆞ샤 ᄀᆞ장 放방光광ᄒᆞ시니 나랏 百ᄇᆡᆨ姓셩이 [6뒤 부텨 오시거늘 ᄇᆞ라ᅀᆞᆸ고 울며 ᄉᆞᆯ보ᄃᆡ 어셔 드르샤 미처 보쇼셔 ᄒᆞ고 제 瓔형珞락 그처 ᄇᆞ리고 ᄡᅡ해 그울며 ᄒᆞᆰ 무텨 우더니 부톄 니ᄅᆞ샤ᄃᆡ 無뭉常썅ᄒᆞᆫ 여희유미 녜로브터 잇ᄂᆞ니 너희ᄃᆞᆯ히 혜여 보라 生싱死ᄉᆞᆼ ㅣ 受쓯苦콩ᄅᆞᆸ고 오직 道ᄄᆞᇢ理링옷 眞진實씷ㅅ 이리라

그 저긔 [7앞 世솅尊존이 十씹力륵과 四ᄉᆞᆼ無뭉畏휭와 十씹八밣不붏共꽁 여러 부텻 法법으로 큰 光광明명을 펴시며 ᄯᅩ 三삼十씹二싱相샹 八밣十씹種죵好홓로 큰 光광明명을 펴시며 ᄯᅩ 無뭉量량 阿항僧승祇낑 劫겁브터 지ᅀᅳ샨 功공德득으로 큰 光광明명을 펴시니 그 光광明명이 [7뒤 안팟ᄀᆞᆯ ᄉᆞᄆᆞᆺ 비취여 나라ᄒᆞᆯ 차 비취샤 王왕 모매 비취시니 病뼝이 便뼌安한커시ᄂᆞᆯ 王왕이 荒황唐땅히 너기샤 니ᄅᆞ샤ᄃᆡ 이 엇던 光광明명고 諸졍天텬ㅅ 光광明명인가 ᄒᆡᄃᆞᆳ 光광明명인가 내 아ᄃᆞᆯ 悉싫達땷이 오ᄂᆞᆫ 딘댄 몬져 光광明명 뵈요미 이 샹녯 祥썅瑞쒱라 [8앞

그 저긔 大땡稱칭王왕이 밧그로셔 드러 ᄉᆞᆯᄫᆞ샤ᄃᆡ 世솅尊존이 弟뗑子ᄌᆞᆼ 阿항難난 羅랑雲운이 ᄃᆞᆯ 더브르샤 虛헝空콩ᄋᆞ로 ᄒᆞ마 오시ᄂᆞ이다 王왕이 드르시고 恭공敬경ᄒᆞ샤 自ᄍᆞᆼ然션히 니러 안ᄌᆞ시니 이슥고 부톄 드러오나시ᄂᆞᆯ 王왕이 ᄇᆞ라시고 두 소ᄂᆞᆯ 드르샤 [8뒤 부텻 바ᄅᆞᆯ 向향ᄒᆞ야 니ᄅᆞ샤ᄃᆡ 如셩來링 소ᄂᆞᆯ 내 모매 다히샤 나ᄅᆞᆯ 便뼌安한케 ᄒᆞ쇼셔 이제 世솅尊존ᄋᆞᆯ ᄆᆞᄌᆞ막 보ᅀᆞ보니 측ᄒᆞᆫ ᄆᆞᅀᆞ미 업거이다 부톄 니ᄅᆞ샤ᄃᆡ 父뿡王왕이 道똫德득이 ᄀᆞᄌᆞ시니 시름 마ᄅᆞ쇼셔 ᄒᆞ시고 金금色식

ᄇᆞᆯᄒᆞᆯ 내시니 ᄉᆞᆾ바다이 [9앞 蓮련ㅅ곶 ᄀᆞᆮ더시니 王왕ㅅ 니마해 연ᄌᆞ시고 ᄉᆞᆯᄫᆞ샤ᄃᆡ 王왕이 조히 戒갱行ᅘᆡᆼᄒᆞ시ᄂᆞᆫ 사ᄅᆞ미샤 ᄆᆞᅀᆞ맷 ᄢᅴ ᄒᆞ마 업스시니 시름 말오 기ᄢᅥᄒᆞ시며 믈읫 經경엣 ᄠᅳ들 子ᄌᆞᆼ細솅히 ᄉᆞ랑ᄒᆞ샤 굳디 아니ᄒᆞᆫ 게 구든 ᄠᅳ들 머그샤 됴ᄒᆞᆫ 根근源원을 ᄆᆡᆼᄀᆞᄅᆞ쇼셔

淨쪙飯뻔王왕이 깃그샤 [9뒤 부텻 소ᄂᆞᆯ 손소 자ᄇᆞ샤 ᄌᆞ갸 가ᄉᆞ매 다히시고 누ᄫᅳᆫ 자리예 겨샤 合ᅘᅡᆸ掌쟝ᄒᆞ샤 안ᄆᆞᅀᆞ므로 世솅尊존ㅅ 바래 禮롕數숭ᄒᆞ더시니 命명終즁커시ᄂᆞᆯ 諸졍釋셕ᄃᆞᆯ히 슬허 ᄯᅡ홀 두드리며 닐오ᄃᆡ 王왕ㅅ 中듕엣 尊존ᄒᆞ신 王왕이 업스시니 나라히 威ᅙᅱᆼ神씬을 일허다 ᄒᆞ고 [10앞 七ᄎᆶ寶봉 獅ᄉᆞᆼ子ᄌᆞᆼ座쫭애 眞진珠즁 그믈 두르고 棺관ᄋᆞᆯ 우희 엱ᄌᆞᆸ고 부텨와 難난陁땅와ᄂᆞᆫ 머리마티 셔시고 阿ᅙᅡᆼ難난과 羅랑雲운은 바치 셋ᄉᆞᆸ더니 難난陁땅ㅣ 부텨ᄭᅴ ᄉᆞᆯᄫᅩᄃᆡ 내 아바닚 棺관ᄋᆞᆯ 메ᅀᆞ바 지이다 阿ᅙᅡᆼ難난이 나ᅀᅡ 드러 ᄉᆞᆯᄫᅩᄃᆡ 내 [10뒤 아자바닚 棺관ᄋᆞᆯ 메ᅀᆞ바 지이다 羅랑雲운이 ᄉᆞᆯᄫᅩᄃᆡ 내 한아바닚 棺관ᄋᆞᆯ 메ᅀᆞ바 지이다

世솅尊존이 너기샤ᄃᆡ 來ᄅᆡᆼ世솅옛 父뿡母뭏ㅅ 恩ᅙᅳᆫ德득 몰라 不붏孝흫ᄒᆞᄂᆞᆫ 衆즁生ᄉᆡᆼᄋᆞᆯ 爲윙ᄒᆞ야 法법을 뵈요리라 ᄒᆞ샤 ᄌᆞ개 손소 메ᅀᆞᄫᅩ리라 ᄒᆞ더시니 即즉時씽예 [11앞 三삼千쳔大땡千쳔世솅界갱 六륙種죵震진動똥ᄒᆞ고 欲욕界갱 諸졍天텬이 無뭉數숭 百ᄇᆡᆨ千쳔 眷권屬쑉 ᄃᆞ려오며 北븍方방天텬王왕 毗삥沙상門몬王왕ᄋᆞᆫ 夜양叉창 鬼귕神씬 億ᅙᅳᆨ百ᄇᆡᆨ千쳔 衆즁 ᄃᆞ려오며 東동方방天텬王왕 提뗑頭뚷賴랭吒당ᄂᆞᆫ 乾껀闥타ᇙ婆빵 鬼귕神씬 [11뒤 億ᅙᅳᆨ百ᄇᆡᆨ千쳔 衆즁 ᄃᆞ려오며 南남方방天텬王왕 毗삥留륳勒륵叉창ᄂᆞᆫ 鳩궁槃빤茶땅 鬼귕神씬 億ᅙᅳᆨ百ᄇᆡᆨ千쳔 衆즁 ᄃᆞ려오며 西솅方방天텬王왕 毗삥留륳博박叉창ᄂᆞᆫ 龍룡神씬 億ᅙᅳᆨ百ᄇᆡᆨ千쳔 衆즁 ᄃᆞ려와 다 목내야 우더라

四ᄉᆞᆼ天텬王왕이 서르 議ᅌᅴᆼ論론호ᄃᆡ [12앞 부톄 當당來ᄅᆡᆼ世솅예 父뿡母뭏 不붏孝흫

ᄒᆞᇙ 사ᄅᆞᆷ 爲윙ᄒᆞ샤 大땡慈쭝悲빙로 父뿡王왕ㅅ 棺관ᄋᆞᆯ 손ᅀᅩ 메ᅀᆞᄫᆞ려 ᄒᆞ시ᄂᆞᆺ다 ᄒᆞ고 四ᄉᆞᆼ天텬王왕이 ᄒᆞᆫᄢᅴ 소리 내야 부텨ᄭᅴ ᄉᆞᆯᄫᆞᄃᆡ 우리ᄃᆞᆯ히 부텻 弟뗑子ᄌᆞᆼ ㅣ ᄃᆞ외ᅀᆞᄫᅡ 부텨ᄭᅴ 法법을 듣ᄌᆞᄫᅡ 須슝陁땅洹뽠ᄋᆞᆯ 일우ᅀᆞᄫᆞ니 [12뒤 우리ᄃᆞᆯ히 父뿡王왕ㅅ 棺관ᄋᆞᆯ 메ᅀᆞᄫᅡᅀᅡ ᄒᆞ리이다 부톄 그리ᄒᆞ라 ᄒᆞ신대 四ᄉᆞᆼ天텬王왕이 모ᄆᆞᆯ 고텨 사ᄅᆞᄆᆡ 양ᄌᆡ ᄃᆞ외야 棺관ᄋᆞᆯ 메ᅀᆞᄫᆞ니 나랏 사ᄅᆞ미 굴그니여 혀그니여 우디 아니ᄒᆞ리 업더라

그 ᄢᅴ 부텻 威윙光광이 더욱 顯현ᄒᆞ샤 一ᅙᅵᇙ萬먼 [13앞 ᄒᆡ ᄒᆞᆫᄢᅴ 도ᄃᆞᆫ ᄃᆞᆺ ᄒᆞ더시니 부톄 손ᅀᅩ 香향爐롱 바ᄃᆞ샤 앒셔 길 자바 墓뫃所송로 가시니라 靈령鷲쯯山산애 잇ᄂᆞᆫ 一ᅙᅵᇙ千쳔 阿ᅙᅡᆼ羅랑漢한이 虛헝空콩애 ᄂᆞ라와 부텻긔 머리 좃ᄉᆞᆸ고 ᄉᆞᆯᄫᆞᄃᆡ 부텨하 우리ᄅᆞᆯ 아못 이리나 시기쇼셔 부톄 니ᄅᆞ샤ᄃᆡ 너희 ᄲᆞᆯ리 [13뒤 바ᄅᆞᆳᄀᆞᅀᅢ 가아 牛ᅌᅮᇢ頭뚷栴젼檀단 種죵種죵 香향木목ᄋᆞᆯ ᄀᆞᅀᅡ 오라

羅랑漢한ᄃᆞᆯ히 彈딴指징ᄒᆞᇙ ᄉᆞᅀᅵ예 바ᄅᆞ래 가아 香향木목 ᄀᆞᅀᅡ 즉자히 도라오나ᄂᆞᆯ 부톄 大땡衆즁과 ᄒᆞ샤 그 香향나모 ᄡᅡᄒᆞ시고 棺관ᄋᆞᆯ 드러 연ᄍᆞᆸ고 브를 브티시니 그 저긔 모ᄃᆞᆫ 사ᄅᆞ미 [14앞 부텨 向향ᄒᆞᅀᆞᄫᅡ 더욱 그울며 우더니 得득道똫ᄒᆞᆫ 사ᄅᆞᄆᆞᆫ 吉긿慶켱ᄃᆞᄫᅵ 너겨 ᄒᆞ더라 부톄 四ᄉᆞᆼ衆즁ᄃᆞ려 니ᄅᆞ샤ᄃᆡ 世솅間간이 無뭉常썅ᄒᆞ야 구든 주리 업서 곡도 노ᄅᆞᆺ ᄀᆞᆮᄒᆞ야 목숨 오라디 몯호미 므레 비췬 ᄃᆞᆯ ᄀᆞᆮᄒᆞ니 너희 이 브를 보고 더ᄫᅳᆫ가 너기건마ᄅᆞᆫ 믈읫 貪탐欲욕앳 [14뒤 브리 이 블라와 더으니라 너희ᄃᆞᆯ히 生ᄉᆡᆼ死ᄉᆞᆼ 버술 이ᄅᆞᆯ 힘ᄡᅥ 求끃ᄒᆞ야ᅀᅡ ᄒᆞ리라

그 ᄢᅴ 다 ᄉᆞᅀᆞᆸ고 諸졍王왕ᄃᆞᆯ히 各각各각 五ᅌᅩᆼ百ᄇᆡᆨ 甁뼝ㄱ 져ᄌᆞ로 블 ᄢᅳᄉᆞᆸ고 ᄉᆡ를 金금函함 담ᅀᆞᄫᅡ 塔탑 셰여 供공養양ᄒᆞᅀᆞᆸ더라 그 ᄢᅴ 모다 부텨ᄭᅴ 묻ᄌᆞᄫᆞᄃᆡ 王이 어드러 [15앞 가시니잇고 世솅尊존이 니ᄅᆞ샤ᄃᆡ 父뿡王왕이 淸청淨쪙ᄒᆞᆫ 사ᄅᆞ미실ᄊᆡ 淨쪙居겅天텬으로 가시니라

祐울 律률師ᄉᆞㅣ 닐오ᄃᆡ 無뭉常썅ᄒᆞᆫ 이리 甚씸ᄒᆞᆯ써 形혱禮롕옷 이시면 몯 免면ᄒᆞᄂᆞᆫ 거시라 天텬尊존ᄋᆞ로 겨샤 侍씽病뼝ᄒᆞ샤 [15뒤 소ᄂᆞᆯ 가ᄉᆞ매 다혀 겨샤ᄃᆡ 목수믈 머믈우들 몯ᄒᆞ시니 이럴ᄊᆡ 聖셩人신ᄋᆞᆫ 長땽壽쓯ᄒᆞᆫ 果광報볼ᄅᆞᆯ 닷ᄀᆞ시고 므렛 더품 ᄀᆞᆮᄒᆞᆫ 모ᄆᆞᆯ 아니 치시ᄂᆞ니라

其끵二싱百빅六륙十씹七칧

겨지븨 머리 갓길 부톄 슬히 너기실ᄊᆡ [16앞 大땡愛ᅙᅵᆼ道똫ㅅ 請쳥을 세 번 마ᄀᆞ시니

大땡愛ᅙᅵᆼ道똫ㅅ 우룸 소릴 阿항難난이 感감動똥ᄒᆞᆯᄊᆡ 겨집 出츓家강ᄅᆞᆯ ᄆᆞᄎᆞ매 許헝ᄒᆞ시니

부톄 迦강維윙衛윙國귁에 오나시ᄂᆞᆯ 大땡愛ᅙᅵᆼ道똫ㅣ 머리 조ᅀᆞᄫᅡ 禮롕數숭ᄒᆞᅀᆞᆸ고 [16뒤 ᄉᆞᆯᄫᅩᄃᆡ 나ᄂᆞᆫ 드로니 겨집도 精졍進진ᄒᆞ면 沙상門몬ㅅ 四ᄉᆞᆼ道똫ᄅᆞᆯ 得득ᄒᆞᄂᆞ다 ᄒᆞᆯᄊᆡ 부텻 法법律률을 受쓯ᄒᆞᅀᆞᄫᅡ 出츓家강ᄒᆞ야 지이다 부톄 니ᄅᆞ샤ᄃᆡ 말라 겨지비 내 法법律률에 드러 法법衣ᅙᅴᆼᄅᆞᆯ 니버도 죽ᄃᆞ록 淸쳥淨쪙ᄒᆞᆫ 힝뎌글 ᄉᆞ뭇 몯ᄒᆞ리라 [17앞 大땡愛ᅙᅵᆼ道똫ㅣ 세 번 請쳥ᄒᆞᅀᆞᆸ다가 몯ᄒᆞ야 禮롕數숭ᄒᆞᅀᆞᆸ고 믈러나니라

부톄 後ᅘᅮᇢ에 迦강維윙衛윙예 다시 오나시ᄂᆞᆯ 大땡愛ᅙᅵᆼ道똫ㅣ 몯젯 양ᄌᆞ로 出츓家강ᄅᆞᆯ 請쳥ᄒᆞᅀᆞᄫᅡᄂᆞᆯ 부톄 ᄯᅩ 듣디 아니ᄒᆞ시니라 부톄 석 ᄃᆞᆯ 사ᄅᆞ시고 나아가거시ᄂᆞᆯ [17뒤 大땡愛ᅙᅵᆼ道똫ㅣ 여러 할미 ᄃᆞ리고 부텨를 미조ᄍᆞᄫᅡ 河ᅘᅡᆼ水ᄉᆔᆼㅅ 우희 가 부텻긔 드러 禮롕數숭ᄒᆞᅀᆞᆸ고 ᄯᅩ 出츓家강ᄅᆞᆯ 請쳥ᄒᆞᅀᆞᄫᅡᄂᆞᆯ 부톄 ᄯᅩ 듣디 아니ᄒᆞ신대 大땡愛ᅙᅵᆼ道똫ㅣ 禮롕數숭ᄒᆞᅀᆞᆸ고 부텨ᄭᅴ 값도ᅀᆞᆸ고 믈러나 헌옷 닙고 발 밧고 ᄂᆞᄎᆡ ᄣᅵ 무티고 門몬 밧긔 셔어 [18앞 이셔 우더니 阿항難난이 무ᄍᆞᄫᆞᆫ대 對됭答답호ᄃᆡ 내 겨지비론 젼ᄎᆞ로 出츓家강 몯 ᄒᆞ야 슬허ᄒᆞ노라 阿항難난이 ᄉᆞᆯᄫᅩᄃᆡ 우디 마ᄅᆞ시고 ᄆᆞᅀᆞᄆᆞᆯ 누기쇼셔 내 부텻긔 ᄉᆞᆯᄫᅡ 보리이다 ᄒᆞ고 즉자히 드러 머리 조ᅀᆞᆸ고 ᄉᆞᆯᄫᅩᄃᆡ 내 부텻긔 듣ᄌᆞᄫᅩ니 겨집도 精졍進진ᄒᆞ면 [18뒤 四ᄉᆞᆼ道똫ᄅᆞᆯ 得득ᄒᆞᄂᆞ니라 ᄒᆞ더시니

이제 大땡愛ᅙᅵᆼ道똫ㅣ 至징極끅ᄒᆞᆫ ᄆᆞᅀᆞ모로 法법律륧을 受쓯ᄒᆞᅀᆞᆸ고져 ᄒᆞ시ᄂᆞ니 부텨하 드르쇼셔

부톄 니ᄅᆞ샤ᄃᆡ 말라 겨집 出츓家강ᄒᆞ기를 즐기디 말라 부텻 淸청淨쪙ᄒᆞᆫ 道똫理링 오래 盛쎵티 몯ᄒᆞ리니 가ᄌᆞᆯ벼 니르건댄 샹녜 ᄯᅡᆯ [19앞 하고 아ᄃᆞᆯ 져근 지비 盛쎵티 몯ᄒᆞᆺ ᄒᆞ며 노내 기ᅀᆞ미 기ᅀᅥ 나ᄃᆞᆯ ᄒᆞ야ᄇᆞ리ᄃᆺ ᄒᆞ니라

阿항難난이 다시 ᄉᆞᆯᄫᅩᄃᆡ 大땡愛ᅙᅵᆼ道똫ㅣ 善쎤ᄒᆞᆫ ᄠᅳ디 하시며 부톄 처ᅀᅥᆷ 나거시ᄂᆞᆯ 손ᅀᅩ 기르ᅀᆞᄫᆞ시니이다 如ᅀᅧᆼ來ᄅᆡᆼ 니ᄅᆞ샤ᄃᆡ 그 올ᄒᆞ니라 大땡愛ᅙᅵᆼ道똫ㅣᅀᅡ 眞진實씷로 善쎤ᄒᆞᆫ [19뒤 ᄠᅳ디 하며 내 그에도 恩ᅙᅳᆫ惠ᅘᆌ 잇거니와 내 이제 成쎵佛뿛ᄒᆞ야 大땡愛ᅙᅵᆼ道똫의 게 ᄯᅩ 한 恩ᅙᅳᆫ惠ᅘᆌ 잇노니 大땡愛ᅙᅵᆼ道똫ㅣ 내 德득으로 三삼寶볼애 歸귕依ᅙᅴᆼᄒᆞ야 四ᄉᆞᆼ諦뎽를 疑ᅌᅴᆼ心심 아니ᄒᆞ며 五ᅌᅩᆼ根근을 信신ᄒᆞ며 五ᅌᅩᆼ戒갱를 受쓯ᄒᆞ야 디니ᄂᆞ니 阿항難난아 [20앞 아ᄆᆞ란 사ᄅᆞ미나 옷과 飮ᅙᅳᆷ食씩과 臥ᅌᅪᆼ具꿍와 醫ᅙᅴᆼ藥약ᄋᆞᆯ 죽ᄃᆞ록 받ᄌᆞ다도 내 恩ᅙᅳᆫ德득만 몯ᄒᆞ니라 阿항難난아 겨지비 沙상門몬 ᄃᆞ외오져 홇 사ᄅᆞᄆᆞᆫ 八밣敬경法법을 너므디 아니ᄒᆞ야 죽ᄃᆞ록 行ᅘᆡᆼᄒᆞ야ᅀᅡ 律륧法법에 어루 들리라 [20뒤 [21앞

阿항難난이 나와 大땡愛ᅙᅵᆼ道똫ᄭᅴ ᄉᆞᆯᄫᆞᆫ대 大땡愛ᅙᅵᆼ道똫ㅣ 깃거 닐오ᄃᆡ 阿항難난아 내 ᄒᆞᆫ 말 드러라 가ᄌᆞᆯ벼 니르건댄 네 姓셩엣 ᄯᆞ리 [21뒤 沐목浴욕ᄒᆞ고 香향 ᄇᆞᄅᆞ고 빗어 莊장嚴엄ᄒᆞ얫거든 ᄂᆞ미 ᄯᅩ 됴ᄒᆞᆫ 곳과 香향과 貴귕ᄒᆞᆫ 보ᄇᆡ로 步뽕搖욯 ᄆᆡᇰᄀᆞ라 주면 어드리 [22앞 아니 기ᄲᅥ 머릴 내와다 바ᄃᆞ료 부텨 니르시논 여듧 가짓 恭공敬경을 나도 깃ᅀᆞ바 머리로 받ᄌᆞᆸ노라 그제ᅀᅡ 大땡愛ᅙᅵᆼ道똫ㅣ 出츓家강ᄒᆞ야 큰 戒갱를 受쓯ᄒᆞ야 比삥丘쿻尼닝 ᄃᆞ외야 應ᅙᅳᆼ眞진ᄋᆞᆯ 得득ᄒᆞ니라

부톄 니ᄅᆞ샤ᄃᆡ [22뒤 未밍來ᄅᆡᆼ世셩예 ᄉᆞ이며 겨집ᄃᆞᆯ히 샹녜 고죽ᄒᆞᆫ ᄆᆞᅀᆞ모로 阿항難난ᄋᆡ 恩ᅙᅳᆫ德득을 念념ᄒᆞ야 일후믈 일ᄏᆞ라 供공養양 恭공敬경 尊존重뚱 讚잔嘆

탄ᄒᆞ야 긋디 아니케 ᄒᆞᇙ 디니 時씽常썅곳 몯거든 밤낫 여슷 ᄣᅢ 닛디 마라ᅀᅡ ᄒᆞ리라 阿항難난이 큰 威휭神씬ᄋᆞ로 즉자히 [23앞 護ᅘᅩᆼ持띵ᄒᆞ리라 [26뒤

其끵二ᅀᅵᆼ百ᄇᆡᆨ六륙十씹八밣

化ᅘᅪᆼ人ᅀᅵᆫ 方방便뼌力륵이 單단騎끵로 기피 드르샤 五ᅌᅩᆼ百ᄇᆡᆨ 群꾼賊쯕이 ᄒᆞᆫ 사래 다 디니

世솅尊존 大땡光광明명이 十씹方방ᄋᆞᆯ [27앞 ᄉᆞᄆᆞᆺ 비취샤 一ᅙᅵᇙ切쳉 衆즁生ᄉᆡᆼ이 ᄒᆞᆫ 病뼝도 다 업스니

如ᅀᅧᆼ來ᄅᆡᆼㅅ 慈ᄍᆞᆼ悲빙 方방便뼌 神씬力륵이 不붏可캉思ᄉᆞᆼ議ᅌᅴᆼ시니 부텨 舍샹衛ᅌᅱᆼ國귁에 겨시거늘 崛꿇山산 中듕에 五ᅌᅩᆼ百ᄇᆡᆨ 도ᄌᆞ기 이셔 길헤 나 사ᄅᆞᆷ 티고 [27뒤 도ᄌᆞᆨᄒᆞ더니 如ᅀᅧᆼ來ᄅᆡᆼ 方방便뼌力륵으로 ᄒᆞᆫ 사ᄅᆞᄆᆞᆯ ᄆᆡᇰᄀᆞᄅᆞ샤 큰 일훔난 象썅 ᄐᆞ시고 甲갑 니브시고 활살 ᄎᆞ시고 槍창 자ᄇᆞ시고 ᄐᆞ신 象썅ᄋᆞᆯ 다 七칧寶볼로 ᄭᅮ미시고 ᄯᅩ 七칧寶볼로 ᄌᆞ개 莊장嚴엄ᄒᆞ샤 구스리며 莊장嚴엄엣 거시 다 光광明명을 내더니 ᄒᆞ오ᅀᅡ 嶮험ᄒᆞᆫ [28앞 길헤 드르샤 崛꿇山산ᄋᆞ로 가시더니 五ᅌᅩᆼ百ᄇᆡᆨ 羣꾼賊쯕이 ᄇᆞ라ᅀᆞᆸ고 서르 닐오ᄃᆡ 우리ᄃᆞᆯ히 여러 ᄒᆡᄅᆞᆯ 도ᄌᆞᆨ호ᄃᆡ 이 ᄀᆞᆮᄒᆞ니 본 적 업다 ᄒᆞ고 爲ᅌᅱᆼ頭뚷 도ᄌᆞ기 무로ᄃᆡ 너희ᄃᆞᆯ히 므스글 보ᄂᆞᆫ다 對됭答답호ᄃᆡ ᄒᆞᆫ 노미 큰 象썅 ᄐᆞ고 오시며 瓔ᅙᅧᆼ珞락이며 象썅ᄋᆡ [28뒤 연ᄌᆞ이 純쓘ᄒᆞᆫ 七칧寶볼ㅣ라 큰 光광明명 펴 天텬地띵ᄅᆞᆯ 비취오 길ᄒᆞᆯ 조차오ᄃᆡ ᄯᅩ ᄒᆞ나히로소니 우리ᄃᆞᆯ히 이 노ᄆᆞᆯ 자ᄇᆞ면 사ᄅᆞᆷ 옷 바비ᅀᅡ 닐굽 뉘라도 긋디 아니ᄒᆞ리로소이다

爲ᅌᅱᆼ頭뚷 도ᄌᆞ기 기ᄢᅥ ᄀᆞ마니 出츓令령호ᄃᆡ 쳔만 버히며 쏘디 마오 ᄌᆞᄂᆞᆨᄌᆞᄂᆞ기 자ᄇᆞ라 [29앞 ᄒᆞ고 ᄒᆞᆫᄢᅴ 고함코 나거늘 그제 化ᅘᅪᆼ人ᅀᅵᆫ이 慈ᄍᆞᆼ悲빙力륵으로 어엿비 너기샤 쏘시니 五ᅌᅩᆼ百ᄇᆡᆨ 도ᄌᆞ기 저마다 ᄒᆞᆫ 살옴 마자 즉자히 다 ᄣᅡ해 디여 하 셜버 그우다가 니러 모다 사ᄅᆞᆯ ᄲᅢ혀다가 몯 ᄒᆞ야 五ᅌᅩᆼ百ᄇᆡᆨ 도ᄌᆞ기 두리여 우리ᄃᆞᆯ히

疑읭心심 업시 오ᄂᆞᆯ 다 주그리로다 [29뒤 이 사ᄅᆞᆷ ᄀᆞ티 거스디 어려부미 네로브터 업스니라 ᄒᆞ고 모다 偈꼥로 무로ᄃᆡ 그듸 엇던 사ᄅᆞ민다 呪즇術쓣 힘가 龍룡 鬼귕 神씬가 ᄒᆞᆫ 사래 五옹百ᄇᆡᆨ ᄋᆞᆯ 쏘니 셜부믈 몯내 니르리로다 우리ᄃᆞᆯ히 歸귕依힁ᄒᆞ노니 毒똑ᄒᆞᆫ 사ᄅᆞᆯ 내면 조차 順쓘ᄒᆞ야 거스디 아니호리라 [30앞

그제 化황人신이 偈꼥로 對됭答답ᄒᆞ샤ᄃᆡ 베텨도 모디로미 업고 쏘아도 怒농ㅣ 업소니 이 壯장ᄋᆞᆯ ᄲᅢ혀리 업스니 오직 해 드로ᄆᆞᆯ 조차ᅀᅡ 덜리라 ᄒᆞ시고 즉자히 부텻 모미 ᄃᆞ외샤 ᄀᆞ장 放방光광ᄒᆞ샤 十씹方방 一ᅙᅵᇙ切쳉 衆즁生ᄉᆡᆼᄋᆞᆯ 차 비취시니 이 光광明명 맛나ᅀᆞᄫᆞ니 [30뒤 눈 머러니도 보며 구브니도 펴며 손발 저니도 ᄡᅳ며 邪쌍曲콕고 迷몡惑홱ᄒᆞ니도 眞진言언을 보ᅀᆞᄫᆞ며 모도아 니르건댄 ᄠᅳ데 몯 마ᄌᆞᆫ 이리 다 願원 ᄀᆞ티 ᄃᆞ외더라

그제 如셩來ᄅᆡᆼ 五옹百ᄇᆡᆨ 사ᄅᆞᆷ 爲윙ᄒᆞ샤 利링益혁ᄒᆞ며 깃븐 이ᄅᆞᆯ ᄀᆞᄅᆞ치샤 種죵種죵 法법을 닐어시ᄂᆞᆯ [31앞 五옹百ᄇᆡᆨ 사ᄅᆞ미 法법 듣ᄌᆞᆸ고 깃거ᄒᆞ니 모미 암ᄀᆞᆯ오 피져지 ᄃᆞ외어ᄂᆞᆯ 즉자히 阿항耨녹多당羅랑三삼藐막三삼菩뽕提뗑心심ᄋᆞᆯ 發벓ᄒᆞ야 모다 偈꼥로 ᄉᆞᆯᄫᆞᄃᆡ 우리ᄃᆞᆯ히 ᄒᆞ마 發벓心심ᄒᆞ야 衆즁生ᄉᆡᆼᄃᆞᆯᄒᆞᆯ 너비 利링케 호리니 샹녜 恭공敬경ᄒᆞᅀᆞ바 諸졍佛뿛을 [31뒤 좃ᄌᆞ바 ᄇᆡ호ᅀᆞᄫᆞ리이다 부톄 慈쫑悲빙力륵으로 受쓥苦콩애 ᄲᅢ혀 便뼌安한케 ᄒᆞ시니 부텻 恩ᅙᅳᆫ德득과 菩뽕薩삻와 어딘 벋과 스ᄉᆞᆼ과 父뿡母뭏와 ᄯᅩ 衆즁生ᄉᆡᆼᄃᆞᆯᄒᆞᆯ 念념ᄒᆞ야 寃훤讐쓥와 아ᅀᆞᆷ과애 ᄆᆞᅀᆞ미 平뼝等등ᄒᆞ야 恩ᅙᅳᆫ德득이 다ᄅᆞ디 아니토소이다 [32앞

그제 虛헝空콩 中듕에 欲욕界갱 諸졍天텬 憍굥尸싱迦강ᄃᆞᆯ히 [32뒤 여러 가짓 하ᄂᆞᆳ 곳 비흐며 하ᄂᆞᆳ 風봉流륳 ᄒᆞ야 如셩來ᄅᆡᆼ 供공養양ᄒᆞᅀᆞᆸ고 ᄒᆞᆫ 목소리로 偈꼥ᄅᆞᆯ ᄉᆞᆯᄫᆞᄃᆡ 우리ᄃᆞᆯ히 아랫 뉘옛 福복ᄋᆞ로 光광明명이 甚씸히 싁싀기 ᄭᅮ며 한 微밍妙묳

ᄒᆞᆫ 供공養양앳 거스로 一힗切쳉ᄅᆞᆯ 利링益혁게 ᄒᆞ노니 世솅尊존이 甚씸히 맛나ᅀᆞᄫᅩ미 어려ᄫᅳ며 妙묳法법이 [33앞 ᄯᅩ 듣ᄌᆞᄫᅩ미 어렵거늘 아래브터 여러 德득 根근源원을 시믈씨 오ᄂᆞᆯ 釋셕中듕神씬을 맛나ᅀᆞᄫᆞ니 우리ᄃᆞᆯ히 부텻 恩ᅙᅳᆫ德득을 念념ᄒᆞᅀᆞᄫᅡ ᄯᅩ 道ᄄᆞᇢ理링ㅅ ᄆᆞᅀᆞᄆᆞᆯ 發벓ᄒᆞᅀᆞᆸ노니 내 이제 부텨를 보ᅀᆞᄫᅡ 뒷논 三삼業업 善션을 [33뒤 衆즁生ᄉᆡᇰᄃᆞᆯ 爲윙ᄒᆞ야 無뭉上썅道ᄄᆞᇢ애 도ᄅᆞ혀 向향ᄒᆞ노이다 ᄒᆞ고 百ᄇᆡᆨ千쳔 디위 값도ᅀᆞᆸ고 조ᅀᅡ 禮롕數숭ᄒᆞᅀᆞᆸ고 虛헝空콩애 ᄂᆞ라가니라

其끵二ᅀᅵᆼ百ᄇᆡᆨ六륙十씹九궇

難난陁땅 龍룡王왕宮궁에 眞진實씷力륵 [34앞 내샤 一힗切쳉 龍룡王왕ᄋᆞᆯ 다 모도시니
輪륜盖갱龍룡王왕의 게 陁땅羅랑尼닝ᄅᆞᆯ 니ᄅᆞ샤 五옹種죵 雨웅障쟝ᄋᆞᆯ 다 업게 ᄒᆞ시니

其끵二ᅀᅵᆼ百ᄇᆡᆨ七칧十씹

龍룡王왕이 憐련愍민心심으로 衆즁生ᄉᆡᇰᄋᆞᆯ [34뒤 爲윙ᄒᆞ야 閻염浮쁳提똉예 비 줄 일 묻ᄌᆞᄫᆞ니
世솅尊존이 威휭神씬力륵으로 龍룡王왕ᄋᆞᆯ 勑틱ᄒᆞ샤 祈끵雨웅國귁에 비 줄 일 니ᄅᆞ시니

其끵二ᅀᅵᆼ百ᄇᆡᆨ七칧十씹一힗

大땡慈ᄍᆞᆼ行ᅘᆡᇰ 니ᄅᆞ시니 行ᅘᆡᇰᄒᆞ리 [35앞 이시면 內뇡外욍 怨훤賊쯕이 다 侵침掠략 몯 ᄒᆞ리
諸졍佛뿛號ᅘᅩᇢ 니ᄅᆞ시니 디니리 이시면 無뭉量량 苦콩惱놓ㅣ 다 滅멿除띵ᄒᆞ리

부톄 難난陁땅 優ᅙᅮᇢ婆빵難난陁땅 龍룡王왕宮궁 內뇡 大땡威휭德득摩망尼닝藏짱大땡雲운輪륜殿뗜 [35뒤 寶볼樓릏閣각 中듕에 겨샤 큰 比삥丘쿻와 菩뽕薩삻 摩망訶항薩삻 衆즁ᄃᆞᆯ히 값도로 圍윙繞ᅀᅳᇢᄒᆞᅀᆞᄫᅡ 이시며 ᄯᅩ 그지업슨 큰 龍룡王왕ᄃᆞᆯ히 그 일

후미 難난陁땅龍룡王왕 優흫鉢밣難난陁땅龍룡王왕 娑상伽꺙羅랑龍룡王왕 [36앞 阿항那낭婆빵達땷多당龍룡王왕 摩망那낭斯승龍룡王왕 婆빵婁룽那낭龍룡王왕 德득叉창迦강龍룡王왕 提뗑頭뚷賴랭吒당龍룡王왕 婆빵修슣吉긿龍룡王왕 目목眞진隣린陁땅龍룡王왕 伊힝羅랑跋빯那낭龍룡王왕 分분陁땅利링龍룡王왕 威휭光광龍룡王왕 [36뒤 德득賢현龍룡王왕 電뗜冠관龍룡王왕 大땡摩망尼닝寶볼髻곙龍룡王왕 摩망尼닝珠즁髻곙龍룡王왕 光광耀욯頂뎡龍룡王왕 帝뎽釋셕鋒퐁伏뽁龍룡王왕 帝뎽釋셕幢뙁龍룡王왕 帝뎽釋셕杖땅龍룡王왕 閻염浮뿧金금幢뙁龍룡王왕 善션和황龍룡王왕 大땡輪륜龍룡王왕 [37앞 大땡蟒망蛇쌍龍룡王왕 火황光광味밍龍룡王왕 月웛耀욯龍룡王왕 慧쀙威휭龍룡王왕 善션見견龍룡王왕 大땡善션見견龍룡王왕 善션住뜡龍룡王왕 摩망尼닝瓔영龍룡王왕 興흥雲운龍룡王왕 持띵雨웅龍룡王왕 大땡忿푼吒당聲셩龍룡王왕 [37뒤 小숗忿푼吒당聲셩龍룡王왕 奮분迅신龍룡王왕 大땡頻삔拏낭龍룡王왕 大땡項향龍룡王왕 深심聲셩龍룡王왕 大땡深심聲셩龍룡王왕 大땡雄훙猛밍龍룡王왕 優흫鉢밣羅랑龍룡王왕 大땡步뽕龍룡王왕 螺랑髮벓龍룡王왕 質짏多당羅랑斯승那낭龍룡王왕 [38앞 持띵大땡羂권索삭龍룡王왕 伊힝羅랑樹쓩葉엽龍룡王왕 先션慰휭問문龍룡王왕 驢령耳싱龍룡王왕 海힝貝뱅龍룡王왕 達땷陁땅羅랑龍룡王왕 優흫波방達땷陁땅羅랑龍룡王왕 安한隱흔龍룡王왕 大땡安한隱흔龍룡王왕 毒똑蛇쌍龍룡王왕 大땡毒똑蛇쌍龍룡王왕 [38뒤 大땡力륵龍룡王왕 呼홍婁룽茶땅龍룡王왕 阿항波방羅랑龍룡王왕 藍람浮뿧龍룡王왕 吉긿利彌밍睒샹龍룡王왕 黑흑色식龍룡王왕 因힌陁땅羅랑軍군龍룡王왕 那낭茶땅龍룡王왕 優흫波방那남茶땅龍룡王왕 甘감浮뿧紇흟利링那낭龍룡王왕 [39앞 陁땅毗삥茶땅龍룡王왕 端돤正졍龍룡王왕 象쌍耳싱龍룡王왕 猛밍利링龍룡王왕 黃황目목龍룡王왕 電뗜光광龍룡王왕 大땡電뗜光광龍룡王왕 天텬力륵龍룡王왕 金금婆빵羅랑龍룡王왕 妙묠盖갱龍룡王왕 甘감露

룡龍룡王왕 得득道똫泉쪈龍룡王왕 [39뒤 琉륳璃링光광龍룡王왕 金금色식髮벓龍룡王왕 金금光광龍룡王왕 月웛光광相샹龍룡王왕 日싏光광龍룡王왕 始싱興흥龍룡王왕 牛읗頭뚷龍룡王왕 白뻭相샹龍룡王왕 黑흑相샹龍룡王왕 耶양摩망龍룡王왕 沙상彌밍龍룡王왕 蝦행蟆망龍룡王왕 [40앞 僧승伽꺙茶땅龍룡王왕 尼닝民민陁땅羅랑龍룡王왕 持띵地띵龍룡王왕 千쳔頭뚷龍룡王왕 寶볼頂뎡龍룡王왕 滿만願원龍룡王왕 細솅雨웅龍룡王왕 須슝彌밍那낭龍룡王왕 瞿꿍波방羅랑龍룡王왕 仁신德득龍룡王왕 善쎤行혱龍룡王왕 宿슉德득龍룡王왕 [40뒤 金금毗삥羅랑龍룡王왕 金금毗삥羅랑頭뚷龍룡王왕 持띵毒똑龍룡王왕 蛇썅身신龍룡王왕 蓮련華황龍룡王왕 大땡尾밍龍룡王왕 騰뜽轉뒨龍룡王왕 可캉畏휭龍룡王왕 善쎤威휭德득龍룡王왕 五옹頭뚷龍룡王왕 婆빵利링羅랑龍룡王왕 妙묠車챵龍룡王왕 [41앞 優훟多당羅랑龍룡王왕 長땽尾밍龍룡王왕 大땡頭뚷龍룡王왕 賓빈畢빓迦강龍룡王왕 毗삥茶땅龍룡王왕 馬망形혱龍룡王왕 三삼頭뚷龍룡王왕 龍룡仙션龍룡王왕 大땡威휭德득龍룡王왕 火황德득龍룡王왕 恐콩人신龍룡王왕 焰염光광龍룡王왕 [41뒤 七칧頭뚷龍룡王왕 現현大땡身신龍룡王왕 善쎤愛힝見견龍룡王왕 大땡惡학龍룡王왕 淨쪙威휭德득龍룡王왕 妙묠眼안龍룡王왕 大땡毒똑龍룡王왕 焰염聚쭁龍룡王왕 大땡害행龍룡王왕 大땡瞋친忿픈龍룡王왕 寶볼雲운龍룡王왕 大땡雲운施싱水슁龍룡王왕 [42앞 帝뎽釋셕光광龍룡王왕 波방陁땅波방龍룡王왕 月웛雲운龍룡王왕 海힝雲운龍룡王왕 大땡香향華황龍룡王왕 華황出츓龍룡王왕 寶볼眼안龍룡王왕 大땡相샹幢뙁龍룡王왕 大땡雲운藏짱龍룡王왕 降강雪숋龍룡王왕 威휭德득藏짱龍룡王왕 雲운戟격龍룡王왕 [42뒤 持띵夜양龍룡王왕 降강雨웅龍룡王왕 雲운雨웅龍룡王왕 大땡雲운雨웅龍룡王왕 火황光광龍룡王왕 大땡雲운主즁龍룡王왕 無뭉瞋친恚휭龍룡王왕 鳩궇鳩궇婆빵龍룡王왕 那낭伽꺙首슣羅랑龍룡王왕 闍썅隣린提뗑龍룡王왕 雲운盖갱龍룡王왕 [43앞 應흥祁낑羅랑目

목佉컹龍룡王왕 威휭德득龍룡王왕 出츓雲운龍룡王왕 無뭉盡찐步뽕龍룡王왕 妙묠相샹龍룡王왕 大땡身신龍룡王왕 大땡腹복龍룡王왕 安한審심龍룡王왕 丈땽夫붕龍룡王왕 歌강歌강那낭龍룡王왕 鬱흟頭뚷羅랑龍룡王왕 猛밍毒똑龍룡王왕 [43뒤 妙묠聲셩龍룡王왕 甘감露롱實씷龍룡王왕 大땡散산雨웅龍룡王왕 隱흔隱흔聲셩龍룡王왕 雷뢩相샹擊격聲셩龍룡王왕 鼓공震진聲셩龍룡王왕 注즁甘감露롱龍룡王왕 天텬帝뎽鼓공龍룡王왕 霹퍅靂력音흠龍룡王왕 首슣羅랑仙션龍룡王왕 [44앞 那낭羅랑延연龍룡王왕 涸핵水싕龍룡王왕 毗삥迦강吒당龍룡王왕 이러ᄐᆞᆺ ᄒᆞᆫ 굴근 龍룡王왕ᄃᆞᆯ히 上썅首슣ㅣ ᄃᆞ외오 ᄯᅩ 八밣十씹四ᄉᆞᆼ億흑 那낭由융他탕 數ᄉᆞᆼ 龍룡王왕ᄃᆞᆯ히 다 會ᅘᅫᆼ예 왯더니

그 저긔 一ᅙᅵᇙ切쳉 龍룡王왕ᄃᆞᆯ히 坐쫭로셔 니러 [44뒤 各각各각 옷 고티고 올ᄒᆞᆫ녁 메밧고 올ᄒᆞᆫ 무릅 ᄭᅮ러 合ᅘᅡᇝ掌쟝ᄒᆞ야 부텨 向향ᄒᆞᅀᆞ바 種죵種죵 無뭉量량無뭉邊변 阿항僧ᄉᆞᆼ祇낑 數ᄉᆞᆼ 微밍妙묠香향 華ᅘᅪᆼ塗똥香향과 末맗香향과 華ᅘᅪᆼ冠관과 衣힁服뽁과 寶볼幢똥 幡펀 蓋갱와 龍룡華ᅘᅪᆼ 寶볼冠관과 [45앞 眞진珠즁 瓔졍珞락과 寶볼華ᅘᅪᆼ 繒쯩綵칭와 眞진珠즁 羅랑網망과 雜짭珮뼁 旒륳蘇송로 如ᅀᅧᆼ來링ㅅ 우희 둡ᄉᆞᆸ고 여러 가짓 풍류 ᄒᆞ며 숑벽 티며 놀애 블러 讚잔嘆탄ᄒᆞᅀᆞ바 ᄀᆞ장 殷ᅙᅳᆫ重뜡히 너기ᅀᆞᄫᆞ며 [45뒤 奇낑特뜩히 너기ᅀᆞᆸ논 ᄆᆞᅀᆞᄆᆞᆯ 니르와다 百빅千쳔 디위 값도ᅀᆞᆸ고 ᄒᆞᆫ녁 面면에 믈러 住뜡ᄒᆞ니라

그제 龍룡王왕ᄃᆞᆯ히 다 發벓願원ᄒᆞ야 닐오ᄃᆡ 願원ᄒᆞᆫᄃᆞᆫ 一ᅙᅵᇙ切쳉 諸졍世솅界갱海ᄒᆡᆼ 微밍塵띤身신海ᄒᆡᆼ와 一ᅙᅵᇙ切쳉 諸졍佛뿛菩뽕薩삻衆즁海ᄒᆡᆼ왜 一ᅙᅵᇙ切쳉 [46앞 諸졍世솅界갱海ᄒᆡᆼ예셔 디나고 一ᅙᅵᇙ切쳉 地띵水싕火황風봉微밍塵띤等등海ᄒᆡᆼ와 一ᅙᅵᇙ切쳉 諸졍色식光광明명微밍塵띤數ᄉᆞᆼ海ᄒᆡᆼᄅᆞᆯ 디나고 無뭉量량 不붏可캉思ᄉᆞᆼ議읭 不붏可캉宣숸說쉃 阿항僧ᄉᆞᆼ祇낑 數ᄉᆞᆼᄅᆞᆯ 디난 諸졍身신等등海ᄒᆡᆼ로 [46뒤 몸마다 無뭉量량 阿항僧

ᄉᆞᆼ祇낑 諸졍手슝海힝雲운을 지어 十씹方방애 ᄀᆞᄃᆞᆨᄒᆞ며 ᄯᅩ 一힗一힗 微밍塵띤 分뿐中듕에 無뭉量량 供공養양海힝雲운을 지어 내야 十씹方방애 ᄀᆞᄃᆞᆨ게 ᄒᆞ야 一힗切쳉 諸졍佛뿛菩뽕薩삻衆즁海힝ᄅᆞᆯ 가져다가 供공養양ᄒᆞᅀᆞᄫᅩᄃᆡ 時씽常썅 [47앞 긋디 아니케 ᄒᆞ야 이 ᄀᆞ티 無뭉量량 不붏可캉思ᄉᆞᆼ議읭 不붏可캉宣션說쉻 阿앙僧ᄉᆞᆼ祇낑 數ᄉᆞᆼ 普퐁賢현菩뽕薩삻行ᅘᆡᆼ身신海힝雲운이 虛헝空콩애 ᄀᆞᄃᆞᆨᄒᆞ야 住뜡持띵ᄒᆞ야 긋디 아니케 ᄒᆞ야

이 ᄀᆞᄐᆞᆫ 菩뽕薩삻諸졍身신海힝雲운이 [47뒤 一힗切쳉 輪륜相샹海힝雲운 一힗切쳉 寶볼冠관海힝雲운 一힗切쳉 大땡明명 寶볼藏짱輦련海힝雲운 一힗切쳉 末맗香향樹쓩藏짱海힝雲운 一힗切쳉 香향煙현現현諸졍色식海힝雲운 一힗切쳉 諸졍樂악音음聲셩海힝雲운 一힗切쳉 香향樹쓩海힝雲운 [48앞 이러ᄐᆞᆺ ᄒᆞᆫ 無뭉量량無뭉邊변 不붏可캉思ᄉᆞᆼ議읭 不붏可캉宣션說쉻 阿앙僧ᄉᆞᆼ祇낑 數ᄉᆞᆼㅣ어든 이 ᄀᆞᄐᆞᆫ 一힗切쳉 供공養양海힝雲운이 虛헝空콩애 ᄀᆞᄃᆞᆨᄒᆞ야 住뜡持띵ᄒᆞ야 긋디 아니케 ᄒᆞ야 一힗切쳉 諸졍佛뿛菩뽕薩삻衆즁海힝ᄅᆞᆯ 供공養양 恭공敬경 [48뒤 尊존重뜡 禮롕拜뱅ᄒᆞᅀᆞᄫᆞ며

ᄯᅩ 一힗切쳉 莊장嚴엄境경界갱電뗜藏짱摩망尼닝王왕海힝雲운 一힗切쳉 普퐁明명寶볼雨웅莊장嚴엄摩망尼닝王왕海힝雲운 一힗切쳉 寶볼光광焰염順쑨佛뿛音음聲셩摩망尼닝王왕海힝雲운 [49앞 一힗切쳉 佛뿛法법音음聲셩遍변滿만摩망尼닝寶볼王왕海힝雲운 一힗切쳉 普퐁門몬寶볼焰염諸졍佛뿛化황光광海힝雲운 一힗切쳉 衆즁光광明명莊장嚴엄顯현現현不붏絶쫧摩망尼닝寶볼王왕海힝雲운 [49뒤 一힗切쳉 光광焰염順쑨佛뿛聖셩行ᅘᆡᆼ摩망尼닝寶볼王왕海힝雲운은 一힗切쳉 顯현現현如셩來ᄛᆡᆼ不붏可캉思ᄉᆞᆼ議읭佛뿛刹찷電뗜光광明명摩망尼닝王왕海힝雲운 一힗切쳉 諸졍妙묳寶볼色식明명徹텷三삼世솅佛뿛身신摩망尼닝王왕海힝雲운을 [50앞 내야 이러ᄐᆞᆺ ᄒᆞᆫ 一힗切쳉 諸졍寶볼光광色식이

虛헝空콩애 ᄀᆞ득ᄒᆞ야 住뜡持띵ᄒᆞ야 긋디 아니케 ᄒᆞ야 一힗切쳉 諸졍佛뿛菩뽕薩삻衆즁海힝ᄅᆞᆯ 供공養양 恭공敬경 尊존重뜡 禮롕拜뱅ᄒᆞᅀᆞᄫᆞ며

쏘 一힗切쳉 [50뒤 不붏壞횅妙묳寶봉香향華횅輦련海힝雲운 一힗切쳉 無뭉邊변色식摩망尼닝寶봉王왕 莊장嚴엄輦련海힝雲운 一힗切쳉 寶봉燈등 香향焰염光광輦련海힝雲운 一힗切쳉 眞진珠즁 妙묳色식輦련海힝雲운 一힗切쳉 華횅臺띵輦련海힝雲운 一힗切쳉 寶봉冠관莊장嚴엄輦련海힝雲운 [51앞 一힗切쳉 十씹方방光광焰염遍변滿만莊장嚴엄不붏絶쭳寶봉藏짱輦련海힝雲운 一힗切쳉 無뭉邊변顯현現혠勝싱寶봉莊장嚴엄輦련海힝雲운 一힗切쳉 遍변滿만妙묳莊장嚴엄輦련海힝雲운 一힗切쳉 門몬欄란華횅鈴령羅랑網망輦련海힝雲운을 [51뒤 내야 이러ᄐᆞ시 虛헝空콩애 ᄀᆞ득ᄒᆞ야 住뜡持띵ᄒᆞ야 긋디 아니케 ᄒᆞ야 一힗切쳉 諸졍佛뿛菩뽕薩삻衆즁海힝雲운을 供공養양 恭공敬경 禮롕拜뱅ᄒᆞᅀᆞᄫᆞ며

쏘 一힗切쳉 妙묳金금寶봉瓔형珞락藏짱師ᄉᆞᆼ子ᄌᆞᆼ座쫭海힝雲운 [52앞 一힗切쳉 華횅明명妙묳色식藏짱師ᄉᆞᆼ子ᄌᆞᆼ座쫭海힝雲운 一힗切쳉 紺감摩망尼닝閻염浮뿧檀딴妙묳色식蓮련華횅藏짱師ᄉᆞᆼ子ᄌᆞᆼ座쫭海힝雲운 一힗切쳉 摩망尼닝燈등蓮련華횅藏짱師ᄉᆞᆼ子ᄌᆞᆼ座쫭海힝雲운 一힗切쳉 [52뒤 摩망尼닝寶봉幢뙁火황色식妙묳華횅藏짱師ᄉᆞᆼ子ᄌᆞᆼ座쫭海힝雲운 一힗切쳉 寶봉莊장嚴엄妙묳色식蓮련華횅藏짱師ᄉᆞᆼ子ᄌᆞᆼ座쫭海힝雲운 一힗切쳉 樂욯見견因힌陁땅羅랑蓮련華횅光광藏짱師ᄉᆞᆼ子ᄌᆞᆼ座쫭海힝雲운 [53앞 一힗切쳉 樂욯見견無뭉盡찐焰염光광輦련華횅藏짱師ᄉᆞᆼ子ᄌᆞᆼ座쫭海힝雲운 一힗切쳉 寶봉光광普퐁照죻蓮련華횅藏짱師ᄉᆞᆼ子ᄌᆞᆼ座쫭海힝雲운 一힗切쳉 佛뿛音흠蓮련華횅光광藏짱師ᄉᆞᆼ子ᄌᆞᆼ座쫭海힝雲운을 내야 이러ᄐᆞ시 虛헝空콩애 ᄀᆞ득ᄒᆞ야 [53뒤 住뜡持띵ᄒᆞ야 긋디 아니케 ᄒᆞ야 一힗切쳉 諸졍佛뿛菩뽕薩삻衆즁海힝ᄅᆞᆯ 供공養양 恭공敬경 禮롕拜뱅 ᄒᆞᅀᆞᄫᆞ며

또 一힗切쳉 妙묳音흠摩망尼닝樹쓩 海힝雲운 一힗切쳉 諸졍葉엽周즇匝잡 合햅掌쟝出츓香향氣킝樹쓩 海힝雲운 [54앞 一힗切쳉 莊장嚴엄現혠無뭉邊변明명色식樹쓩海힝雲운 一힗切쳉 華황雲운出츓寶볼樹쓩海힝雲운 一힗切쳉 出츓於헝無뭉邊변莊장嚴엄藏짱樹쓩海힝雲운 一힗切쳉 寶볼輪륜焰염電뗜樹쓩海힝雲운 一힗切쳉 [54뒤 示씽現혠菩뽕薩삻半반身신出츓栴젼檀딴末맗樹쓩 海힝雲운 一힗切쳉 不붏思ᄉᆞᆼ議읭 無뭉邊변樹쓩神신莊장嚴엄菩뽕薩삻 道똫場땽樹쓩 海힝雲운 一힗切쳉 寶볼衣힁藏짱日싏電뗜光광明명樹쓩 海힝雲운 一힗切쳉 [55앞 遍변出츓眞진妙묳音흠聲셩喜힁見견樹쓩海힝雲운을 내야 이러ᄐᆞ시 虛헝空콩애 ᄀᆞᄃᆞᆨᄒᆞ야 住뜡持띵ᄒᆞ야 긋디 아니케 ᄒᆞ야 一힗切쳉 諸졍佛뿛菩뽕薩삻衆즁海힝ᄅᆞᆯ 供공養양 恭공敬경 尊존重뜡 禮롕拜뱅 ᄒᆞᅀᆞᄫᆞ며

또 一힗切쳉 [55뒤 藏짱師ᄉᆞᆼ子ᄌᆞᆼ座쫭海힝雲운 一힗切쳉 周즇匝잡摩망尼닝王왕電뗜藏짱師ᄉᆞᆼ子ᄌᆞᆼ座쫭 海힝雲운 一힗切쳉 瓔형珞락莊장嚴엄藏짱師ᄉᆞᆼ子ᄌᆞᆼ座쫭 海힝雲운 一힗切쳉 諸졍妙묳寶볼冠관燈둥焰염藏짱師ᄉᆞᆼ子ᄌᆞᆼ座쫭 海힝雲운 一힗切쳉 [56앞 圓원音흠出츓寶볼雨웅藏짱師ᄉᆞᆼ子ᄌᆞᆼ座쫭海힝雲운 一힗切쳉 華황冠관香향華황寶볼藏짱師ᄉᆞᆼ子ᄌᆞᆼ座쫭海힝雲운 一힗切쳉 佛뿛坐쫭現혠莊장嚴엄摩망尼닝王왕藏짱師ᄉᆞᆼ子ᄌᆞᆼ座쫭海힝雲운 一힗切쳉 欄란楯쓘垂쓍瓔형莊장嚴엄藏짱師ᄉᆞᆼ子ᄌᆞᆼ座쫭海힝雲운 [56뒤 一힗切쳉 摩망尼닝寶볼樹쓩枝징葉엽末맗香향藏짱師ᄉᆞᆼ子ᄌᆞᆼ座쫭海힝雲운 一힗切쳉 妙묳香향寶볼鈴령羅랑網망普퐁莊장嚴엄日싏電뗜藏짱師ᄉᆞᆼ子ᄌᆞᆼ座쫭海힝雲운을 내야 이러ᄐᆞ시 虛헝空콩애 ᄀᆞᄃᆞᆨᄒᆞ야 [57앞 住뜡持띵ᄒᆞ야 긋디 아니케 ᄒᆞ야 一힗切쳉 諸졍佛뿛菩뽕薩삻衆즁海힝ᄅᆞᆯ 供공養양 恭공敬경 尊존重뜡 禮롕拜뱅ᄒᆞᅀᆞᄫᆞ며

또 一힗切쳉 如셩意힁摩망尼닝寶볼王왕帳댱海힝雲운 一힗切쳉 因힌陁땅羅랑寶볼華황臺띵諸졍華황莊장嚴엄帳댱海힝雲운 [57뒤 一힗切쳉 香향摩망尼닝帳댱海힝雲운 一힗

切쳉 寶볼燈둥焰염相샹帳댱海힝雲운 一힗切쳉 佛뿛神신力륵出츓聲셩摩망尼닝寶볼王왕帳댱海힝雲운 一힗切쳉 顯현現혠摩망尼닝妙묳衣힁諸졍光광莊장嚴엄帳댱海힝雲운 一힗切쳉 華홯光광焰염寶볼帳댱海힝雲운 [58앞 一힗切쳉 羅랑網망妙묳鈴령出츓聲셩遍변滿만帳댱海힝雲운 一힗切쳉 無뭉盡찐妙묳色싁摩망尼닝珠즁臺띵蓮련花황羅랑網망帳댱海힝雲운 一힗切쳉 金금華홯臺띵火황光광寶볼幢뙁帳댱海힝雲운 一힗切쳉 不붏思승議읭莊장嚴엄諸졍光광瓔졍珞락帳댱海힝雲운을 [59앞 無뭉量량光광明명莊장嚴엄華홯蓋갱海힝雲운 一힗切쳉 無뭉邊변色싁眞진珠즁藏짱妙묳蓋갱海힝雲운 一힗切쳉 諸졍佛뿛菩뽕薩삻慈쫑門몬音흠摩망尼닝王왕蓋갱海힝雲운 一힗切쳉 妙묳色싁寶볼焰염華홯冠관妙묳蓋갱海힝雲운 一힗切쳉 [59뒤 寶볼光광明명莊장嚴엄垂쒱鈴령羅랑網망妙묳蓋갱海힝雲운 一힗切쳉 摩망尼닝樹쓩枝징瓔졍珞락蓋갱海힝雲운 一힗切쳉 日싏照죻明명徹텷焰염摩망尼닝王왕諸졍香향煙현蓋갱海힝雲운 一힗切쳉 栴젼檀딴末맗藏짱普퐁熏훈蓋갱海힝雲운 一힗切쳉 [60앞 極끅佛뿛境경界갱電뗜光광焰염莊장嚴엄普퐁遍변蓋갱 海힝雲운을 내야 이러ᄐᆞ시 虛헝空콩애 ᄀᆞᄃᆞᆨᄒᆞ야 住뜡持띵ᄒᆞ야 긋디 아니케 ᄒᆞ야 一힗切쳉 諸졍佛뿛菩뽕薩삻衆즁海힝雲운을 供공養양 恭공敬경 尊존重즁 禮롕拜뱅ᄒᆞᅀᆞᄫᆞ며

또 一힗切쳉 [60뒤 寶볼明명輪륜海힝雲운 一힗切쳉 寶볼焰염相샹光광輪륜海힝雲운 一힗切쳉 華홯雲운焰염光광輪륜海힝雲운 一힗切쳉 佛뿛花황寶볼光광明명輪륜海힝雲운 一힗切쳉 佛뿛刹챯現혠入십光광明명輪륜海힝雲운 一힗切쳉 諸졍佛뿛境경界갱普퐁門몬音흠聲셩寶볼枝징光광輪륜海힝雲운 [61앞 一힗切쳉 琉륳璃링寶볼性셩摩망尼닝王왕焰염光광輪륜海힝雲운 一힗切쳉 衆즁生싱於헝一힗念념時씽現혠於헝色싁光광輪륜海힝雲운 一힗切쳉 [61뒤 音흠聲셩悅웛可캉諸졍佛뿛大땡震진光광輪륜海힝雲운 一힗切쳉 所송化황衆즁生싱衆즁會횅妙묳音흠摩망尼닝王왕光광輪륜海힝雲운을 내야 이러ᄐᆞ시

虛헝空콩애 ᄀᆞ독ᄒᆞ야 住뜡持띵ᄒᆞ야 긋디 아니케 ᄒᆞ야 一힗切쳉 諸졍佛뿛菩뽕薩삻衆즁海힝雲운을 [62앞 供공養양 恭공敬경 尊존重뜡 禮롕拜뱅ᄒᆞᅀᆞᄫᆞ며

또 一힗切쳉 摩망尼닝藏짱焰염海힝雲운 一힗切쳉 佛뿛色식聲셩香향味밍觸쵹光광焰염海힝雲운 一힗切쳉 寶볼焰염海힝雲운 一힗切쳉 佛뿛法법震진聲셩遍변滿만焰염海힝雲운 一힗切쳉 [62뒤 佛뿛刹찷莊장嚴엄電뗜光광焰염海힝雲운 一힗切쳉 華황輦련光광焰염海힝雲운 一힗切쳉 寶볼笛뗙光광焰염海힝雲운 一힗切쳉 劫겁數숭佛뿛出츓音흠聲셩敎굘化황衆즁生싱光광焰염海힝雲운 一힗切쳉 無뭉盡찐寶볼華황鬘만示씽現현衆즁生싱光광焰염海힝雲운 [63앞 一힗切쳉 諸졍座쫭示씽現현莊장嚴엄光광焰염海힝雲운을 내야 이러ᄐᆞ시 虛헝空콩애 ᄀᆞ독ᄒᆞ야 住뜡持띵ᄒᆞ야 긋디 아니케 ᄒᆞ야 一힗切쳉 諸졍佛뿛菩뽕薩삻衆즁海힝雲운을 供공養양 恭공敬경 尊존重뜡 禮롕拜뱅ᄒᆞᅀᆞᄫᆞ며

또 一힗切쳉 [63뒤 不붏斷똰不붏散산無뭉邊변色식寶볼光광海힝雲운 一힗切쳉 摩망尼닝寶볼王왕光광海힝雲운 一힗切쳉 佛뿛刹찷莊장嚴엄電뗜光광海힝雲운 一힗切쳉 香향光광海힝雲운 一힗切쳉 莊장嚴엄光광海힝雲운 一힗切쳉 [64앞 佛뿛化황身신光광海힝雲운 一힗切쳉 雜짭寶볼樹쓩華황鬘만光광海힝雲운 一힗切쳉 衣힁服뽁光광海힝雲운 一힗切쳉 無뭉邊변菩뽕薩삻諸졍行행名명稱칭寶볼王왕光광海힝雲운 一힗切쳉 眞진珠즁燈등光광海힝雲운을 내야 이러ᄐᆞ시 [64뒤 虛헝空콩애 ᄀᆞ독ᄒᆞ야 住뜡持띵ᄒᆞ야 긋디 아니케 ᄒᆞ야 一힗切쳉 諸졍佛뿛菩뽕薩삻衆즁海힝雲운을 供공養양 恭공敬경 尊존重뜡 禮롕拜뱅ᄒᆞᅀᆞᄫᆞ며

또 一힗切쳉 不붏可캉思숭議읭種종種종諸졍雜짭香향華황海힝雲운 一힗切쳉 寶볼焰염蓮련華황羅랑網망海힝雲운 [65앞 一힗切쳉 無뭉量량無뭉邊변除졩色식摩망尼닝寶볼王왕光광輪륜海힝雲운 一힗切쳉 摩망尼닝眞진珠즁色식藏짱篋켭笥숭海힝雲운 一힗切

쳉 摩망尼닁妙묳寶볼栴젼檀딴末맗香향海힝雲운 一힗切쳉 [65뒤 摩망尼닁寶볼蓋갱海힝雲운 一힗切쳉 淸청淨쪙諸정妙묳音흠聲셩悅웛可캉衆즁心심寶볼王왕 海힝雲운 一힗切쳉 日싏光광寶볼輪륜瓔졍珞락旒률蘇송海힝雲운 一힗切쳉 無뭉邊변寶볼藏짱海힝雲운 一힗切쳉 普퐁賢현色식身신海힝雲운을 내야 이러ᄐᆞ시 虛헝空콩애 [66앞 ᄀᆞᄃᆞᆨᄒᆞ야 住뜡持띵ᄒᆞ야 긋디 아니케 ᄒᆞ야 一힗切쳉 諸정佛뿛菩뽕薩삻衆즁 海힝雲운을 供공養양 恭공敬경 尊존重뜡 禮롕拜뱅ᄒᆞᅀᆞ바 지이다 ᄒᆞ고 八밣十씹四ᄉᆞᆼ億흑百빅千쳔 那낭由윻他탕 龍룡王왕ᄃᆞᆯ히 부텨ᄭᅴ 세번 값도ᅀᆞᆸ고 머리 조ᅀᆞ바 禮롕數숭ᄒᆞᅀᆞᆸ고 [66뒤 ᄒᆞᆫ녁 面면에 셔거늘 그제 부톄 龍룡王왕ᄃᆞᆯᄃᆞ려 니ᄅᆞ샤ᄃᆡ 너희 龍룡王왕ᄃᆞᆯ히 各각各각 안ᄌᆞ라 그제 龍룡王왕ᄃᆞᆯ히 次ᄎᆞᆼ第뗑로 안ᄌᆞ니라

그제 모ᄃᆞᆫ 中듕에 ᄒᆞᆫ 龍룡王왕이 일후미 無뭉邊변莊장嚴엄海힝雲운威귕德득輪륜蓋갱러니 이 三삼千쳔大땡千쳔世솅界갱 [67앞 龍룡王왕ㅅ 中듕에 ᄆᆞᆺ 爲윙頭뚷ᄒᆞ더니 므르디 아니호ᄆᆞᆯ 得득호ᄃᆡ 本본願원力륵 젼ᄎᆞ로 이 龍룡ᄋᆡ 모ᄆᆞᆯ 受쓯ᄒᆞ얫더니 如셩來링ᄭᅴ 供공養양 恭공敬경 禮롕拜뱅ᄒᆞᅀᆞ바 正졍法법을 듣ᄌᆞᆸ고져 ᄒᆞ야 이 閻염浮뿧提뗑 內뇡예 와 나니라 그제 뎌 龍룡王왕이 [67뒤 坐쫭로셔 니러 옷 고티고 올ᄒᆞᆫ녁 메밧고 올ᄒᆞᆫ 무룹 수러 合햅掌쟝ᄒᆞ야 부텨 向향ᄒᆞᅀᆞ바 ᄉᆞᆯ보ᄃᆡ 世솅尊존하 내 이제 疑읭心심이 이셔 如셩來링 至징眞진 等둥正졍覺각ᄋᆡ 묻ᄌᆞᆸ고져 ᄒᆞ노니 부텨옷 許헝ᄒᆞ시면 묻ᄌᆞ보리이다 ᄒᆞ고 ᄌᆞᆷᄌᆞᆷ코 잇거늘 [68앞

그제 世솅尊존이 無뭉邊변莊장嚴엄海힝雲운威귕德득輪륜蓋갱龍룡王왕ᄃᆞ려 니ᄅᆞ샤ᄃᆡ 너 大땡龍룡王왕아 疑읭心심곳 잇거든 무룰 양ᄋᆞ로 무르라 내 너 爲윙ᄒᆞ야 ᄀᆞᆯᄒᆡ야 닐어 네 깃게 호리라

그제 無뭉邊변莊장嚴엄海힝雲운威귕德득輪륜蓋갱龍룡王왕이 [68뒤 부텨ᄭᅴ ᄉᆞᆯ보ᄃᆡ

世솅尊존하 엇뎨ᄒᆞ야ᅀᅡ 能능히 龍룡王왕ᄃᆞᆯ히 一ᅙᅵᇙ切쳉 苦콩ᄅᆞᆯ 滅멿ᄒᆞ야 安한樂락ᄋᆞᆯ 受쓯케 ᄒᆞ며 安한樂락ᄋᆞᆯ 受쓯ᄒᆞ고 ᄯᅩ 이 閻염浮뿡提똉 內뇡예 時씽節졇로 ᄃᆞᆫ비ᄅᆞᆯ ᄂᆞ리워 一ᅙᅵᇙ切쳉 樹쓩木목 叢쫑林림 藥약草초ᇢ 苗묘ᇢ稼강ᄅᆞᆯ 내야 길어 [69앞 閻염浮뿡提똉 一ᅙᅵᇙ切쳉 사ᄅᆞᆷᄃᆞᆯ히 다 快쾡樂락ᄋᆞᆯ 受쓯케 ᄒᆞ리잇고

그제 世솅尊존이 無뭉邊변莊장嚴엄海ᄒᆡᆼ雲운威휭德득輪륜蓋갱大땡龍룡王왕ᄃᆞ려 니ᄅᆞ샤ᄃᆡ 됴타 됴타 네 이제 衆즁生ᄉᆡᆼᄃᆞᆯ홀 爲윙ᄒᆞ야 利링益혁을 [69뒤 지수리라 ᄒᆞ야 如ᅀᅧᆼ來ᄅᆡᆼㅅ 거긔 이러ᄐᆞᆺ ᄒᆞᆫ 이ᄅᆞᆯ 能능히 묻ᄂᆞ니 子ᄌᆞᆼ細솅히 드러 이대 思ᄉᆞᆼ念념ᄒᆞ라 내 너 爲윙ᄒᆞ야 ᄀᆞᆯᄒᆞ야 닐오리라

輪륜蓋갱龍룡王왕아 내 ᄒᆞᆫ 法법을 뒷노니 너희ᄃᆞᆯ히 能능히 ᄀᆞ초 行ᅘᆡᆼᄒᆞ면 一ᅙᅵᇙ切쳉 龍룡이 여러 가짓 受쓯苦콩ᄅᆞᆯ 除띵滅멿ᄒᆞ야 [70앞 安한樂락이 ᄀᆞᆺ게 ᄒᆞ리라 ᄒᆞᆫ 法법은 大땡慈ᄍᆞᆼ 行ᅘᆡᆼ호미니 너 大땡龍룡王왕아 ᄒᆞ다가 天텬人ᅀᅵᆫ이 大땡慈ᄍᆞᆼ 行ᅘᆡᆼᄒᆞᄂᆞ니ᄂᆞᆫ 브리 ᄉᆞ디 몯ᄒᆞ며 므리 ᄌᆞᆷ디 몯ᄒᆞ며 毒똑이 害ᅘᆡᆼ티 몯ᄒᆞ며 ᄂᆞᆯ히 헐이디 몯ᄒᆞ며 內뇡外욍 怨원賊쯕이 侵침掠략디 몯ᄒᆞ야 [70뒤 자거나 ᄭᆡ어나 다 便뼌安한ᄒᆞ리라 大땡慈ᄍᆞᆼ 行ᅘᆡᆼᄒᆞᆫ 히미 큰 威휭德득이 이셔 諸졍天텬이며 世솅間간ᄃᆞᆯ히 어즈리디 몯ᄒᆞ야 양ᄌᆡ 端돤嚴엄ᄒᆞ야 모다 ᄃᆞᆺ고 恭공敬경ᄒᆞ야 ᄃᆞᆫ니논 ᄡᅡ해 一ᅙᅵᇙ切쳉 마근 ᄃᆡ 업서 受쓯苦콩ㅣ 다 업서 ᄆᆞᅀᆞ미 [71앞 歡환喜힁ᄒᆞ야 즐거부미 ᄀᆞᄌᆞ리니 大땡慈ᄍᆞᆼ力륵 젼ᄎᆞ로 命명終즁ᄒᆞᆫ 後ᅘᅮᇢ에 梵뻠天텬에 나리라

너 大땡龍룡王왕아 ᄒᆞ다가 天텬人ᅀᅵᆫ이 大땡慈ᄍᆞᆼ 行ᅘᆡᆼᄒᆞᄂᆞ니ᄂᆞᆫ 이 ᄀᆞᄐᆞᆫ 無뭉量량無뭉邊변 利링益혁ᄒᆞᆫ 이ᄅᆞᆯ 얻ᄂᆞ니 이럴ᄊᆡ 龍룡王왕아 몸과 입과 ᄠᅳ뎃 業업은 샹녜 [71뒤 모로매 大땡慈ᄍᆞᆼ行ᅘᆡᆼ을 行ᅘᆡᆼᄒᆞ야ᅀᅡ ᄒᆞ리라

ᄯᅩ 龍룡王왕아 陁땅羅랑尼닝 이쇼ᄃᆡ 일후미 施싱一ᅙᅵᇙ切쳉衆즁生ᄉᆡᆼ安한樂락이니

너희 龍룡ᄃᆞᆯ히 샹녜 모로매 讀똑誦쑝ᄒᆞ야 念념ᄒᆞ야 受쓯持띵ᄒᆞ라 一ᅙᅵᇙ切촁 龍룡ᄋᆡ 苦콩惱놓ᄅᆞᆯ 能능히 滅멿ᄒᆞ야 安한樂락ᄋᆞᆯ 주리니 [72앞 뎌 龍룡ᄃᆞᆯ히 樂락ᄋᆞᆯ 得득ᄒᆞ고ᅀᅡ 閻염浮뿧提똉예 始싱作작ᄒᆞ야 能능히 時씽節졇을 조차 甘감雨웅를 ᄂᆞ리워 一ᅙᅵᇙ切촁 樹쓩木목 叢쫑林림 藥약草촐 苗묠稼강ㅣ 다 滋ᄌᆞᆼ味밍ᄅᆞᆯ 나게 ᄒᆞ리라

그제 龍룡王왕이 부텨ᄭᅴ ᄉᆞᆯ보ᄃᆡ 어늬 施싱一ᅙᅵᇙ切촁樂락陁땅羅랑尼닝句궁ㅣ 잇고 [72뒤 世솅尊존이 즉자히 呪쥼를 니ᄅᆞ샤ᄃᆡ

怛緻哋당징타[其呪字口傍作者轉舌讀之注引字者引聲讀之]陁떠(引)囉尼陁러니떠(引)囉尼러니【一】優多힝더(引)囉尼러니【二】(引)三삼(引)波囉帝붜러디[諸呪帝皆丁利反]師郗ᄉᆞ치[攄利反]【三】毗闍耶跋讕那삐쎠여뿡류나(引)薩底 [73앞 夜波羅帝若상디여붜러디셔[女賀反]【四】波囉若那跋帝붜러허셔나뿡디【五】優多波힝더붜(引)達尼땅니【六】毗那삐나(引)喝膩헝니【七】阿하(引)毗屣삐ᄉᆞ(引)遮膩져니【八】阿陛毗하삐삐(引)耶여(引)呵邏허러【九】輸婆슈뿨(引)跋帝뿡디【十】頞者헝ᄊᆞ[市尸反]摩哆뭐더【十一】黔咥히히[顯利反] [73뒤 【十二】宮婆羅궁뿨러(引)【十三】鞞咥삐히[香利反](引)婆呵뿨허【十四】摩羅吉梨舍뭐러깅리쎠(引)達那땅나(引)波啥붜햠【十五】輸슗[輸律反陁떠(引)耶摩여뭐(引)伽尼梨呵迦達摩多꺄니리허갸땅뭐더【十六】輸슗陁떠(引)盧迦루꺄【十七】毗帝寐囉何囉闍婆獨佉賖摩那삐디믜러ᅘᅥ러쎠뿨뚱큐셔뭐나 [74앞 (去聲)【十八】薩婆佛陁婆盧歌那상뿨뿛떠뿨루거나(去聲)【十九】波羅闍若붜러쎠셔(引)闍那쎠나(引)鞞醯莎삐히서(引)呵허

너 大땡龍룡王왕아 이 呪쥼ㅣ 일후미 施싱一ᅙᅵᇙ切촁樂락陁땅羅랑尼닝句궁ㅣ니 諸졍佛뿛이 디니시논 거시니 너희ᄃᆞᆯ히 샹녜 모로매 受쓯持띵 [74뒤 讀똑誦쑝ᄒᆞ라 吉긿

ᄒᆞᆫ 이리 이러 法법門몬애 시러 드러 便뼌安한코 즐거ᄫᅳᆷ믈 어드리라 ᄯᅩ 龍룡王왕아 大땡雲운所송生싱威휭神씬莊장嚴엄功공德득智딩相샹雲운輪륜水쉉藏짱化황金금色식光광毗뼁盧롱遮쟝那낭ㅣ 겨시니 ᄒᆞᆫ 터럭 굼긔셔 ᄒᆞᆫ 姓셩엣 [75앞 諸졍佛뿛 名명號흫ㅣ 나시니 너희ᄃᆞᆯ히 ᄯᅩ 모로매 念념ᄒᆞ야 受쓯持띵ᄒᆞᅀᆞᄫᆞ라 뎌 諸졍如셩來링ㅅ 名명號흫ᄅᆞᆯ 디니면 一힗切쳉 諸졍龍룡種죵姓셩과 一힗切쳉 龍룡王왕 眷권屬쑉 徒똥衆즁과 龍룡女녕ᄃᆞᆯ히 苦콩惱놓ᄅᆞᆯ 能능히 滅멿ᄒᆞ야 安한樂락ᄋᆞᆯ [75뒤 주리니 이럴ᄊᆡ 龍룡王왕아 뎌 如셩來링ㅅ 名명號흫ᄅᆞᆯ 일ᄏᆞᆮᄌᆞᄫᆞ사 ᄒᆞ리라

南남無뭉婆빵伽깡婆빵帝뎽毗뼁盧롱遮쟝那낭藏짱大땡雲운如셩來링 南남無뭉婆빵伽깡婆빵帝뎽性셩現현出츓雲운如셩來링 南남無뭉婆빵伽깡婆빵帝뎽持띵雲운雨웅如셩來링 [76앞 南남無뭉婆빵伽깡婆빵帝뎽威휭德득雲운如셩來링 南남無뭉婆빵伽깡婆빵帝뎽大땡興흥雲운如셩來링 南남無뭉婆빵伽깡婆빵帝뎽大땡散산風봉雲운如셩來링 南남無뭉婆빵伽깡婆빵帝뎽大땡雲운閃셤電뗜如셩來링 [76뒤 南남無뭉婆빵伽깡婆빵帝뎽大땡雲운勇용步뽕如셩來링 南남無뭉婆빵伽깡婆빵帝뎽須슝彌밍善션雲운如셩來링 南남無뭉婆빵伽깡婆빵帝뎽大땡密밇雲운如셩來링 南남無뭉婆빵伽깡婆빵帝뎽大땡雲운輪륜如셩來링 [77앞 南남無뭉婆빵伽깡婆빵帝뎽雲운光광如셩來링 南남無뭉婆빵伽깡婆빵帝뎽大땡雲운師ᄉᆞᆼ子ᄌᆞᆼ座쫭如셩來링 南남無뭉婆빵伽깡婆빵帝뎽大땡雲운盖갱如셩來링 南남無뭉婆빵伽깡婆빵帝뎽大땡善션現현雲운如셩來링 南남無뭉婆빵伽깡婆빵帝뎽雲운覆풍如셩來링 [77뒤 南남無뭉婆빵伽깡婆빵帝뎽光광輪륜普퐁遍변照쥴於형十씹方방雷뢩鼓공震진聲셩起킝雲운如셩來링 南남無뭉婆빵伽깡婆빵帝뎽大땡雲운淸청涼량雷뢩聲셩深심隱흔奮분迅신如셩來링 [78앞 南남無뭉婆빵伽깡婆빵帝뎽布봉雲운如셩來링 南남無뭉婆빵伽깡婆빵帝뎽虛헝空콩雨웅雲운如셩來링 南남無뭉婆빵伽깡婆빵帝뎽疾찛行혱雲운如셩來링

南남無뭉婆빵伽꺙婆빵帝뎽雲운垂쒱出츓聲셩如셩來링 [78뒤 南남無뭉婆빵伽꺙婆빵帝뎽雲운示씽現현如셩來링 南남無뭉婆빵伽꺙婆빵帝뎽廣광出츓雲운如셩來링 南남無뭉婆빵伽꺙婆빵帝뎽沫밍雲운如셩來링 南남無뭉婆빵伽꺙婆빵帝뎽雲운雷룅震진如셩來링 [79앞 南남無뭉婆빵伽꺙婆빵帝뎽雲운際졩如셩來링 南남無뭉婆빵伽꺙婆빵帝뎽雲운如셩衣힁如셩來링 南남無뭉婆빵伽꺙婆빵帝뎽潤숸生싱稼강雲운如셩來링 南남無뭉婆빵伽꺙婆빵帝뎽乘씽上썅雲운如셩來링 南남無뭉婆빵伽꺙婆빵帝뎽飛빙雲운如셩來링 [79뒤 南남無뭉婆빵伽꺙婆빵帝뎽低뎽雲운如셩來링 南남無뭉婆방伽꺙婆빵帝뎽 散산雲운如셩來링 南남無뭉婆빵伽꺙婆빵帝뎽大땡優훟鉢밣羅랑華횅雲운如셩來링 南남無뭉婆빵伽꺙婆빵帝뎽大땡香향體톙雲운如셩來링 [80앞 南남無뭉婆빵伽꺙婆빵帝뎽大땡涌용雲운如셩來링 南남無뭉婆빵伽꺙婆빵帝뎽大땡自쫑在찡雲운如셩來링 南남無뭉婆빵伽꺙婆빵帝뎽大땡光광明명雲운如셩來링 南남無뭉婆빵伽꺙婆빵帝뎽大땡威휭德득雲운如셩來링 [80뒤 南남無뭉婆빵伽꺙婆빵帝뎽得득大땡摩망尼닝寶봉雲운如셩來링 南남無뭉婆빵伽꺙婆빵帝뎽降강伏뽁雲운如셩來링 南남無뭉婆빵伽꺙婆빵帝뎽雲운根근本본如셩來링 南남無뭉婆빵伽꺙婆빵帝뎽欣흔喜힁雲운如셩來링 南남無뭉婆빵伽꺙婆빵帝뎽散산壞횅非빙時씽電뗜雲운如셩來링 [81앞 南남無뭉婆빵伽꺙婆빵帝뎽大땡空콩高곻響향雲운如셩來링 南남無뭉婆빵伽꺙婆빵帝뎽大땡發벓聲셩雲운如셩來링 南남無뭉婆빵伽꺙婆빵帝뎽大땡降강雨웅雲운如셩來링 [81뒤 南남無뭉婆빵伽꺙婆빵帝뎽施싱色식力륵雲운如셩來링 南남無뭉婆빵伽꺙婆빵帝뎽雨웅六륙味밍雲운如셩來링 南남無뭉婆빵伽꺙婆빵帝뎽大땡力륵雨웅雲운如셩來링 南남無뭉婆빵伽꺙婆빵帝뎽滿만海雲운如셩來링 [82앞 [82뒤 [83앞 南無婆伽婆帝陽炎旱時注雨雲如來 南無婆伽婆帝無邊色雲如來 南無婆伽婆帝一切差別大雲示現閻浮飛雲威德月光焰雲如來 等 應供 正遍知 三藐三佛陁

爾時, 世尊說是諸佛如來名已, 告於無邊莊嚴海雲威德輪蓋龍王, 作如是言 너 大땡

龍룡王왕아 이 諸졍佛뿛ㅅ 일후믈 너희둘 一힗切쳉 諸졍龍룡 眷권屬쑉이 뎌 부텻 일후믈 能능히 외와 디녀 일ᄏᆞᆮᄌᆞᄫᆞ며 禮롕數숭ᄒᆞ야 저ᅀᆞᄫᆞ면 一힗切쳉 龍룡이 苦콩厄ᅙᅵᆨ이 다 버서 便뼌安한코 즐거부믈 너비 어드리니 便뼌安한코 즐거부믈 得득ᄒᆞ면 즉자히 [83뒤 能능히 이 閻염浮뿔提똉예 ᄇᆞᄅᆞᆷ 비를 時씽節젏로 ᄒᆞ야 藥약草촐樹쓩木목 藂쫑林림ᄋᆞᆯ 다 ᄌᆞ라게 ᄒᆞ며 五옹穀곡이 ᄃᆞ외에 ᄒᆞ리라

그 저긔 娑상婆빵三삼千쳔大땡千쳔世솅界갱主즁無뭉邊변莊장嚴엄海ᅙᅵᆼ雲운威ᅙᅱᆼ德득輪륜蓋갱龍룡王왕이 또 부텨씌 ᄉᆞᆯᄫᅩ딕 [84앞

世솅尊존하 내 이제 諸졍佛뿛 니ᄅᆞ시논 陁땅羅랑尼닝句궁를 엳ᄌᆞᄫᅡ 請쳥ᄒᆞᅀᆞᆸ노니 未밍來ᄙᆡᆼ 末맗世솅ㅅ 時씽節젏에 閻염浮뿔提똉 內ᄂᆡᆼ예 ᄒᆞ다가 ᄀᆞ므라 비 아니 오ᄂᆞᆫ ᄢᅡ히 잇거든 이 神씬呪즇를 외오면 즉자히 비를 ᄂᆞ리오며 주으리며 모딘 뉘예 病뼝이 만ᄒᆞ며 [84뒤 왼 法법이 어즈러ᄫᅵ ᄃᆞᆫ녀 百ᄇᆡᆨ姓셩ᄃᆞᆯ히 두리여 ᄒᆞ며 妖ᅙᅧᇢ怪괭옛 별와 災징變변ᄃᆞᆯ히 니ᅀᅥ 이러ᄐᆞᆺ ᄒᆞᆫ 無뭉量량 苦콩惱ᇹ놓ㅣ 잇거든 佛뿛力륵 젼ᄎᆞ로 다 滅몋除떵킈 코져 ᄒᆞ노니 願원ᄒᆞᆫᄃᆞᆫ 世솅尊존이 큰 慈ᄍᆞᆼ悲빙로 衆즁生ᄉᆡᆼᄋᆞᆯ 어엿비 너기샤 神씬呪즇 陁땅羅랑尼닝句궁를 [85앞 니ᄅᆞ샤 龍룡이 아ᅀᆞᆸ게 ᄒᆞ시며 諸졍天텬이 歡환喜ᅙᅵᆼ踊용躍약게 ᄒᆞ시며 一힗切쳉 諸졍魔망를 허르시며 一힗切쳉 衆즁生ᄉᆡᆼᄋᆡ 모맷 苦콩難난과 모딘 벼릐 妖ᅙᅧᇢ怪괭와 災징障쟝ᄋᆞᆯ 다 덜에 ᄒᆞ쇼셔 또 如셩來ᄙᆡᆼ 아래 니ᄅᆞ시던 五옹種죵 雨웅障쟝ᄋᆞᆯ 또 消숗滅몋킈 [85뒤 ᄒᆞ쇼셔 [86앞 뎌 障쟝이 덜면 즉자히 能능히 閻염浮뿔提똉 內ᄂᆡᆼ예 時씽節젏로 비 오게 [86뒤 ᄒᆞ리니 願원ᄒᆞᆫᄃᆞᆫ 如셩來ᄙᆡᆼ 우리 爲윙ᄒᆞ야 니ᄅᆞ쇼셔

그 저긔 世솅尊존이 無뭉邊변莊장嚴엄海ᅙᅵᆼ雲운威ᅙᅱᆼ德득輪륜蓋갱龍룡王왕 말 드르시고 讚잔歎탄ᄒᆞ야 니ᄅᆞ샤ᄃᆡ 됴타 됴타 너 大땡龍룡王왕아 네 이제 諸졍佛뿛ㅅ 一

힗切쳉 衆즁生싱ᄋᆞᆯ 饒숗益혁게 ᄒᆞ야 [87앞 憐련愍민ᄒᆞ야 安한樂락긔 ᄒᆞ샴 곧ᄒᆞ야 如셩來링ㅅ 거긔 神씬呪즇 닐오ᄆᆞᆯ 能능히 請쳥ᄒᆞᄂᆞ니 너 大땡龍룡王왕아 子중細솅히 드러 이대 思ᄉᆞᆼ念념ᄒᆞ라 내 너 爲윙ᄒᆞ야 닐오리라 아래 大땡悲빙雲운生싱如셩來링ㅅ 거긔 震진吼훃奮분迅신勇용猛밍幢뙁陁땅羅랑尼닝ᄅᆞᆯ [87뒤 듣ᄌᆞᄫᆞ니 過광去컹 諸졍佛뿛이 아래 니ᄅᆞ샤 威휭神씬으로 加강護홍ᄒᆞ시니, 내 이제 ᄯᅩ 隨쒕順쓘ᄒᆞ야 닐어 一힗切쳉 衆즁生싱ᄋᆞᆯ 利링益혁ᄒᆞ며 末망來링世솅ᄅᆞᆯ 어엿비 너겨 즐거ᄫᅮ믈 [88앞 주어 ᄀᆞᄆᆞᆯ 저긔 能능히 비 오긔 ᄒᆞ며 비 한 저긔 ᄯᅩ 能능히 개에 ᄒᆞ며 飢긩饉끈 疾찛疫윅을 다 能능히 업게 ᄒᆞ며 龍룡ᄃᆞᆯᄒᆞᆯ 다 듣게 ᄒᆞ며 諸졍天텬이 歡환喜힁踊용躍약게 ᄒᆞ며 一힗切쳉 魔망ᄅᆞᆯ ᄒᆞ야ᄇᆞ려 衆즁生싱ᄋᆞᆯ 便뼌安한케 호리라 ᄒᆞ시고 [88뒤 즉자히 呪즇ᄅᆞᆯ 니ᄅᆞ샤ᄃᆡ

怛緻他당짏타摩訶若那뭐허셔나(引)婆婆뿨뿨(引)薩尼尼梨佤殊상니니리디쓔(引)洛敲彌랑키미(去聲)【二】提利茶띠리쨔(引)毗迦囉摩跋闍羅삐갸러뭐뿷쎠러(引)僧伽怛膩숭꺄당니【三】波羅摩毗囉闍뿨러뭐삐러쎠【四】涅摩求那雞니뭐낗나기 [89앞 [經岐反]兜듷(引)修梨耶싈리여(引)波羅鞞뿨러삐【五】毗摩嵐삐뭐람(引)伽耶師꺄여ᄉᆖ【六】婆囉뿨러[去聲【七】三婆羅삼뿨러(引)三婆羅삼뿨러(去聲)【八】豆潭뚤땀[徒感反]鞞삐(去聲)【九】呵那呵那허나허나【十】摩訶波羅薜뭐허뿨러삐[蒲□反]【十一】毗頭多摸訶陁迦□삐뚤더무허떠갸리【十二】 [89뒤 波囉若伽囉輸悌뿨러셔꺄러슈띠【十三】波梨富婁那뿨리부류나(引)迷帝□迷怛利미디리미당리(引)帝囉디러(引)摩那婆揵提뭐나서껸띠(去聲)【十四】彌多羅浮□利미더러뿔떠리【十五】社羅社羅쎠러쎠러【十六】社羅社羅쎠러쎠러【十七】社羅浮□利쎠러뿔떠리【十八】蒲登伽俱蘇迷뿌둥꺄규수미(去聲)【十九】 [90앞 達舍婆利땋셔뿨리【二十】遮鬪虆賒

져등홍셔(引)何囉提혀러띠【二十一】頞瑟吒達舍毗尼迦佛陁헝승차땅셔삐갸뿛떠(引)達迷땅미(去聲)【二十二】輸頗摩帝슈풔뭐디【二十三】分若羅翅븐셔러싀【二十四】叔迦羅숭갸러(引)達摩땅뭐(引)三摩泥比삼뭐(引)【二十五】[90뒤 鉗毗梨곔삐리【二十六】毗羅闍悉雞삐러쎠싱기[經岐反]【二十七】毗富荼毗舍沙波羅鉢帝삐부쨔삐셔사붜러붷디【二十八】尼囉蕭羅니러수러(引)婆뿨(引)達彌땅미【二十九】薩婆盧迦상뿨루갸(引)匙쏘(引)瑟吒승차【三十】失梨沙吒싱리사차(引)【三十一】波羅波羅婆붜러붜러뿨(引)兮唎혀리【三十二】[91앞 阿奴하누(引)怛唎당리【三十三】阿僧祇하숭끼【三十四】陁囉陁囉떠러떠러【三十五】地唎地唎띠리띠리【三十六】豆漏豆漏뚷릏뚷릏【三十七】賖塞多셔싱더(引)摩帝뭐디【三十八】賖塞多셔싱더(引)波蔽붜비【三十九】遮羅遮羅져러져러【四十】旨唎旨唎즈리즈리【四十一】呪漏呪漏징릏징릏【四十二】[91뒤 波羅遮붜러져(引)佛陁喃뿛떠남(引)喃(去聲)摩帝뭐디【四十三】摩訶般利若뭐허번리셔(引)波붜(引)羅러(引)蜜帝莎밍디서(引)】呵허【四十四】

南남無뭉智딩海힝毗삥盧롱遮쟝那낭藏짱如셩來링 南남無뭉一힗切쳉諸졍菩뽕提똉薩삻埵뒁

그제 一힗切쳉 龍룡王왕돌히 비 ᄂᆞ리오ᄆᆞᆯ [92앞 爲윙ᄒᆞ야 이 呪즇를 受쓯持띵ᄒᆞ야 ᄒᆞ다가 後쁗末맗世솅예 모딘 災징禍뽱 ᄃᆞ닔 저긔 能능히 니디 아니케 ᄒᆞ며 ᄯᅩ 一힗切쳉 諸졍佛뿛菩뽕薩삻 眞진實씷力륵 젼ᄎᆞ로 ᄯᅩ 一힗切쳉 龍룡ᄃᆞᆯ홀 勅틱ᄒᆞ샤 閻염浮뿧提똉 祈끵請쳥處쳥에 [92뒤 降강澍즇大땡雨웅ᄒᆞ야 다ᄉᆞᆺ 가짓 비옛 障쟝碍앵ᄅᆞᆯ 업긔 ᄒᆞ라 ᄒᆞ시고 呪즇를 니ᄅᆞ샤ᄃᆡ

多緻他더짌타【一】娑邏娑邏서러서러【二】四唎四唎ᄉᆞ리ᄉᆞ리【三】素漏素漏수

릏수릏【四】 那나(引)伽喃꺄남(去聲)【五】 闍婆闍婆쌰뽜쌰뽜(一句並去聲)【六】 侍毗侍毗쑹삐쑹삐(並去聲)【七】 [93앞 樹附樹附쓔뿌쓔뿌【八】

부텻 實씷力륵 젼ᄎᆞ로 大땡龍룡王왕ᄃᆞᆯ히 閻염浮뿧提똉 內뇡예 ᄲᆞᆯ리 와 이셔 祈끵請청處청에 降강澍쓔大땡雨웅ᄒᆞ라 ᄒᆞ시고 呪즇를 니ᄅᆞ샤ᄃᆡ

遮羅遮羅쟈러쟈러(並去聲)【一】 至利至利즈리즈리【二】 朱漏朱漏쥬릏쥬릏【三】

부텻 實씷力륵 [93뒤 젼ᄎᆞ로 咄돓 諸졍龍룡王왕이 閻염浮뿧提똉 請청雨웅國귁 內뇡예 降강澍즇大땡雨웅ᄒᆞ라 ᄒᆞ시고 呪즇를 니ᄅᆞ샤ᄃᆡ

婆邏婆邏뿨러뿨러(並去聲)【一】 避利避利삐리삐리[避字並白利反]【二】 復漏復漏뿔릏뿔릏【三】

諸졍佛뿛菩뽕薩삻 威휭神씬力륵과 大땡乘씽 眞진實씷 [94앞 行ᅘᆡᆼ業업力륵 젼ᄎᆞ로 諸졍龍룡王왕ᄃᆞᆯ히 ᄲᆞᆯ리 와 諸졍如셩來ᄅᆡᆼㅅ 法법과 菩뽕薩삻行ᅘᆡᆼ올 各각各각 念념ᄒᆞ야 慈ᄍᆞᆼ心심 悲빙心심 喜힁心심 捨샹心심을 니ᄅᆞ와ᄃᆞ라 ᄒᆞ시고 呪즇를 니ᄅᆞ샤ᄃᆡ

婆邏婆邏뿨러뿨러【一】 毗梨毗梨삐리삐리【二】 蒱盧蒱盧뿌루뿌루【三】 [94뒤

大땡意힁氣킝龍룡王왕이 慈ᄍᆞᆼ心심으로 妙묳密밇 佛뿛法법을 正졍히 念념ᄒᆞ야 큰 雲운雨웅 가져 ᄲᆞᆯ리 오라 ᄒᆞ시고 呪즇를 니ᄅᆞ샤ᄃᆡ

伽荼伽荼꺄짜꺄짜【一】 祇繒祇繒끼찡끼찡【二】 瞿厨瞿厨뀨쮸뀨쮸【三】

一힗切쳉 諸졍佛뿛 眞진實씷力륵 [95앞 젼ᄎᆞ로 大땡健껀瞋친者쟝와 大땡疾찛行ᅘᆡᆼ者쟝와 睒셤電뗜舌쎯者쟝ㅣ 여러 가짓 모딘 毒똑올 다ᄉᆞ려 와 慈ᄍᆞᆼ心심올 니ᄅᆞ와

다 閻염浮뿡提똉 請청雨웅國귁 內뇡예 降강澍즁大땡雨웅 莎상呵항ᄒᆞ시고 ᄯᅩ 呪즇를 니ᄅᆞ샤ᄃᆡ [95뒤

怛吒怛吒당차당차(吒並去聲)【一】底致底致디징디징【二】鬪書鬪書듷질듷질【三】

金금剛강密밇迹젹 眞진實씷力륵 젼ᄎᆞ로 머리 우희 大땡摩망尼닝天텬冠관 쓰고 ᄇᆞ야ᄆᆡ 몸 가지니 三삼寶볼 念념ᄒᆞ논 히ᄆᆞ로 閻염浮뿡提똉 請청雨웅國귁 內뇡예 降강澍즁大땡雨웅 [96앞 莎상(引)呵항 ᄒᆞ시고 ᄯᅩ 呪즇를 니ᄅᆞ샤ᄃᆡ

迦羅迦羅갸러갸러【一】繼利繼利기리기리【二】句漏句漏규릏규릏【三】

부텻 實씷力륵 젼ᄎᆞ로 金금剛강密밇迹젹이 一힗切쳉 大땡水쉉 븟ᄂᆞ니와 大땡雲운 ᄐᆞ니를 勑틱ᄒᆞ야 慈쫑悲빙心심올 니ᄅᆞ와다 다 예 와 閻염浮뿡提똉 [96뒤 中듕 請청雨웅國귁 內뇡예 降강澍즁大땡雨웅케 ᄒᆞ라 ᄒᆞ시고 ᄯᅩ 呪즇를 니ᄅᆞ샤ᄃᆡ

何邏邏何邏羅혀러러혀러러【一】兮利履兮利履혜리리혜리리【二】候漏塿흫릏릏[婁苟反]候漏塿흫릏릏【三】

三삼世솅 諸졍佛뿛 眞진實씷力륵 젼ᄎᆞ로 一힗切쳉 諸졍龍룡 眷권屬쑉이 [97앞 ᄌᆞ오로ᄆᆞᆯ ᄇᆞ리게 ᄒᆞ시고 ᄯᅩ 呪즇를 니ᄅᆞ샤ᄃᆡ

伽磨伽磨꺄뭐꺄뭐【一】姞寐姞寐낑믜낑믜【二】求牟求牟껼믈껼믈【三】莎呵서허

내 一힗切쳉 諸졍 龍룡王왕ᄃᆞᆯ홀 勑틱ᄒᆞ노니 큰 慈쫑心심을 니ᄅᆞ와다 菩뽕提똉ㅅ 미틀 ᄆᆡᆼᄀᆞᆯ라 ᄒᆞ시고 呪즇를 니ᄅᆞ샤ᄃᆡ

那囉那囉나러나러【一】[97뒤 尼梨尼梨니리니리【二】奴漏奴漏누릏누릏【三】莎呵서허

咄돓咄돓 龍룡等등이 種죻種죻 다ᄅᆞᆫ ᄌᆞᅀᅵ ᄌᆞᄆᆞᆫ 머리 ᄆᆞᅀᆡ여ᄫᅩ며 블근 눈과 큰 힘과 큰 ᄇᆞ야ᄆᆡ 몸 가지니ᄅᆞᆯ 내 이제 너를 勅틱ᄒᆞ노니 最죙上썅 慈쫑悲빙 威휭神씬 功공德득 煩뻔惱놓 滅멿ᄒᆞᆫ 一힗切쳉 諸졍佛뿛 [98앞 如셩來링ㅅ 일후믈 念념ᄒᆞ라 ᄒᆞ시고 呪즇ᄅᆞᆯ 니ᄅᆞ샤ᄃᆡ

揭꼉[其謁反 茶짜(去聲) 揭茶꼉짜【一】者穉者穉끼찡끼찡【二】崛住崛住꿍쮸꿍쮸【三】莎呵서허

마ᄀᆞᆫ ᄃᆡ 업시 勇용健껀ᄒᆞᆫ 世솅間간ㅅ 사ᄅᆞᄆᆡ 色식力륵 앗ᄂᆞ니 閻염浮뿧提뗑 請청雨웅國귁 內뇡예 降강澍즇大땡雨웅ᄒᆞ라 [98뒤 ᄒᆞ시고 呪즇ᄅᆞᆯ 니ᄅᆞ샤ᄃᆡ

舍囉舍囉셔러셔러【一】尸利尸利싀리싀리【二】輸슝(入聲) 嚧輸嚧莎呵루슈루서허

一힗切쳉 諸졍天텬 眞진實씷力륵 젼ᄎᆞ로 咄돓 諸졍大땡龍룡이 제 種죻姓셩을 念념ᄒᆞ야 이어긔 ᄲᆞᆯ리 와 閻염浮뿧提뗑 中듕 請청雨웅國귁 內뇡예 [99앞 降강澍즇大땡雨웅 莎상呵항 大땡梵뻠天텬王왕 實씷行ᅘᆡᆼ力륵 젼ᄎᆞ로 龍룡王왕ᄃᆞᆯ홀 閻염浮뿧提뗑 請청雨웅國귁 內뇡예 降강澍즇大땡雨웅 莎상呵항 天텬主즁 帝뎽釋셕 實씷行ᅘᆡᆼ力륵 젼ᄎᆞ로 龍룡王왕ᄃᆞᆯ홀 閻염浮뿧提뗑 請청雨웅國귁 內뇡예 降강澍즇大땡雨웅 [99뒤 莎상呵항 四ᄉᆞᆼ大땡天텬王왕 實씷行ᅘᆡᆼ力륵 젼ᄎᆞ로 龍룡王왕ᄃᆞᆯ홀 閻염浮뿧提뗑 請청雨웅國귁 內뇡예 降강澍즇大땡雨웅 莎상呵항 八밣人신 實씷行ᅘᆡᆼ力륵 젼ᄎᆞ로 龍룡王왕ᄃᆞᆯ홀 閻염浮뿧提뗑 請청雨웅國귁 內뇡예 降강澍즇大땡雨웅 莎상呵항 須슝陁땅洹퐌

[100앞 實씷行헹力륵 젼ᄎᆞ로 龍룡王왕ᄃᆞᆯ홀 閻염浮뿡提뗑 請청雨웅國귁 內뇡예 降강澍즁大땡雨웅 莎상呵항 斯숭陁땅含함 實씷行헹力륵 젼ᄎᆞ로 龍룡王왕ᄃᆞᆯ홀 閻염浮뿡提뗑 請청雨웅國귁 內뇡예 降강澍즁大땡雨웅 莎상呵항 阿항那낭含함 實씷行헹力륵 [100뒤 젼ᄎᆞ로 龍룡王왕ᄃᆞᆯ홀 閻염浮뿡提뗑 請청雨웅國귁 內뇡예 降강澍즁大땡雨웅 莎상呵항 阿항羅랑漢한 實씷行헹力륵 젼ᄎᆞ로 龍룡王왕ᄃᆞᆯ홀 閻염浮뿡提뗑 請청雨웅國귁 內뇡예 降강澍즁大땡雨웅 莎상呵항 辟벽支징佛뿛 實씷行헹力륵 젼ᄎᆞ로 龍룡王왕ᄃᆞᆯ홀 [101앞 閻염浮뿡提뗑 請청雨웅國귁 內뇡예 降강澍즁大땡雨웅 莎상呵항 菩뽕薩삻 實씷行헹力륵 젼ᄎᆞ로 龍룡王왕ᄃᆞᆯ홀 閻염浮뿡提뗑 請청雨웅國귁 內뇡예 降강澍즁大땡雨웅 莎상呵항 諸졍佛뿛 實씷行헹力륵 젼ᄎᆞ로 龍룡王왕ᄃᆞᆯ홀 閻염浮뿡提뗑 請청雨웅國귁 內뇡예 [101뒤 降강澍즁大땡雨웅 莎상呵항 一힔切쳉 諸졍天텬 實씷行헹力륵 젼ᄎᆞ로 災징障쟝苦콩惱놓ᄅᆞᆯ ᄲᆞᆯ리 업긔 ᄒᆞ라 莎상呵항 一힔切쳉 諸졍龍룡 實씷行헹力륵 젼ᄎᆞ로 能능히 ᄲᆞᆯ리 비ᄅᆞᆯ ᄂᆞ리와 이 大땡地띵ᄅᆞᆯ 저지라 莎상呵항 一힔切쳉 夜양叉창 實씷行헹力륵 [102앞 젼ᄎᆞ로 能능히 ᄲᆞᆯ리 一힔切쳉 衆즁生싱ᄋᆞᆯ 두퍼 護홍持띵ᄒᆞ라 莎상呵항 一힔切쳉 揵껀闥탏婆빵 實씷行헹力륵 젼ᄎᆞ로 一힔切쳉 衆즁生싱이 시르믈 能능히 ᄲᆞᆯ리 업긔 ᄒᆞ라 莎상呵항 一힔切쳉 阿항脩슝羅랑 實씷行헹力륵 젼ᄎᆞ로 모딘 벼릐 變변怪괭ᄅᆞᆯ 能능히 [102뒤 ᄲᆞᆯ리 횟도로혀라 莎상呵항 一힔切쳉 迦강樓룽羅랑 實씷行헹力륵 젼ᄎᆞ로 龍룡이게 큰 慈쫑悲빙ᄅᆞᆯ 니ᄅᆞ와다 降강澍즁大땡雨웅 莎상呵항 一힔切쳉 緊긴那낭羅랑 實씷行헹力륵 젼ᄎᆞ로 一힔切쳉 衆즁生싱이 여러 가짓 重뜡ᄒᆞᆫ 罪쬥業업을 ᄲᆞᆯ리 能능히 업긔 ᄒᆞ야 [103앞 踊용躍약게 ᄒᆞ라 莎상呵항 一힔切쳉 摩망睺훃羅랑伽꺙 實씷行헹力륵 젼ᄎᆞ로 能능히 大땡雨웅ᄅᆞᆯ ᄂᆞ리워 너비 充츙足죡게 ᄒᆞ야 다ᄉᆞᆺ 가짓 비옛 障쟝礙앵ᄅᆞᆯ 업긔 ᄒᆞ라 莎상呵항 一힔切쳉 善션男남子ᄌᆞᆼ 善션

女녕人신 實씷行혱力륵 젼ᄎᆞ로 一힗切쳉 衆즁生싱ᄋᆞᆯ [103뒤 이대 能능히 두퍼 護홍持띵ᄒᆞ라 莎상呵항

또 呪즇를 니ᄅᆞ샤ᄃᆡ

迦邏迦邏갸러갸러【一】 抧利抧利즈리즈리【二】 句嚧句嚧규루규루(去聲)【三】 陁囉陁囉떠러떠러【一】 地利地利띠리띠리【二】 豆漏豆嚧뜰를뜰루【三】 那吒那吒나차나차【一】 膩닝[年一反]口致膩口致膩짛니짛니【二】 [104앞 奴晝奴晝누짛누짛【三】

持띵大땡雲운雨웅疾찚行행者쟝 如셩雲운者쟝 著땩雲운衣힁者쟝 生싱雲운中듕者쟝 能능作작雲운者쟝 雲운雷룅響향者쟝 住뜡雲운中듕者쟝 雲운天텬冠관者쟝 雲운莊장嚴엄者쟝 乘씽大땡雲운者쟝 [104뒤 雲운中듕隱흔者쟝 雲운中듕藏짱者쟝 被삥雲운髮벓者쟝 耀욯雲운光광者쟝 雲운圍웡繞숗者쟝 處쳥大땡雲운者쟝 雲운瓔영珞락者쟝 能능奪똻五옹穀곡精졍氣킝者쟝 [105앞 住뜡在찡深심山산叢쫑林림中듕者쟝 尊존者쟝 龍룡母뭏ㅣ 일훔 分분陁땅羅랑 大땡雲운威휭德득喜힁樂락尊존大땡龍룡王왕이 모미 淸쳥涼량ᄒᆞ고 큰 風봉輪륜 가지니 諸졍佛뿛 實씷行혱力륵 젼ᄎᆞ로 六륙味밍雨웅를 ᄂᆞ리오라 ᄒᆞ시고 呪즇를 니ᄅᆞ샤ᄃᆡ [105뒤

伽邏伽邏꺄러꺄러【一】 岐利岐利끼리끼리【二】 求漏求漏낗를낗를【三】 其利尼其利尼끼리니끼리니【四】 求磨求磨求磨求磨求磨求磨求磨求磨求磨낗뭐낗뭐낗뭐낗뭐낗뭐낗뭐낗뭐낗뭐낗뭐[九九求磨【五】

九궁頭뚷龍룡母뭏ㅣ 首슣冠관大땡雲운睒셤電뗜華황冠관者쟝 [106앞 持띵一힗切쳉龍

룡者쟝 服뽁雲운衣힁者쟝 攝셥諸졍境경界갱毒똑氣킝者쟝 乘씽雲운嚴엄者쟝 雷룅聲셩遠원震진能능告곻諸졍龍룡者쟝 大땡雲운圍윙繞숗者쟝ᄅᆞᆯ 勅틱ᄒᆞ야 諸졍佛뿛實씷行ᅘᆡᆼ力륵 [106뒤 젼ᄎᆞ로 閻염浮뿧提똉 請청雨웅國귁 內뇡예 降강澍즁大땡雨웅ᄒᆞ야 充츙足죡게 ᄒᆞ라 莎상呵항 ᄯᅩ 呪즇를 니ᄅᆞ샤ᄃᆡ

野邏野邏여러여러【一】逸利逸利잃리잃리【二】喩屢喩屢유류유류【三】樹屢樹屢쓔류쓔류【四】嗜利嗜利씅리씅리【五】社邏社邏社社邏쎠러써러써써러【六】[107앞 求茶求茶求求茶낗짜낗짜낗낗짜【七】伽茶伽茶꺄쨔꺄쨔【八】耆遲耆遲끼찡끼찡【九】呵邏呵邏허러허러【十】醯利醯利히리히리【十一】牟漏牟漏믈릏믈릏【十二】多邏多邏더러더러【十三】帝利帝利디리디리【十四】兜漏兜漏듷릏듷릏【十五】阿那阿那하나하나【十六】陁呵陁呵떠허떠허【十七】[107뒤 鉢遮鉢遮붱져붱져【十八】祁利祁利끼리끼리【十九】醯那醯那히나히나【二十】求利陁낗리떠【二十一】末利陁뭥리떠【二十二】鉢囉末利陁붱러뭥리떠【二十三】

彌밍勒륵菩뽕薩삻이 勅틱ᄒᆞ야 一읧切쳉 雨웅障쟝ᄋᆞᆯ 덜에 ᄒᆞ라 莎상呵항 ᄯᅩ 呪즇를 니ᄅᆞ샤ᄃᆡ

佛提佛提뽕띠뽕띠【一】[108앞 浮佛提浮佛提뽛뽕띠뽛뽕띠【二】

衆즁生싱ᄃᆞᆯ히 부텻 功공德득을 디녀 一읧切쳉 障쟝業업 重뜡罪쬥ᄅᆞᆯ 업긔 ᄒᆞ라 ᄒᆞ시고 呪즇를 니ᄅᆞ샤ᄃᆡ

陁羅尼떠러니【一】□離떠리【二】輸婆摩帝슈뻐뭐디【三】求那伽囉鉢囉鉢尼낗나꺄러붱러붱니【四】摩呵若奴盧抧뭐허셔누루즹(去聲)【五】[108뒤 輸說羅슈쉃러

(引)達彌땅미【六】薩底夜波羅상디여붜러(引)底若디셔【七】摩訶耶那殊뭐허여나쓔(引)瑟□승짛【八】阿殊하쓔(引)瑟□승짛【九】盧歌□루거여(引)瑟□승짛【十】婆伽婆帝佛陁彌帝□뿨꺄뿨디뿛떠미디리【十一】阿鉢羅夜薩婆差多羅尼하붷러여상뿨차더러니【十二】[109앞 叔訖離施숙깅리슿【十三】卑當婆離비당뿨리【十四】那荼羅나짜러(引)婆뿨(引)私膩숭니【十五】頭頭□頭頭漏뜰뜰리뜰뜰릏【十六】賖摩賖摩셔뭐셔뭐【十七】擅多션더(引)摩那賜뭐나슿【十八】除一切雨障莎訶쮸힗치유쟝서허

三삼世셰 諸졍佛뿛 眞진實씷力륵 젼ᄎᆞ며 [109뒤 大땡慈쫑心심 젼ᄎᆞ며 正졍行ᅘᆡᇰ 正졍業업 精졍進진心심 젼ᄎᆞ로 一힗切쳉 大땡龍롱王왕ᄃᆞᆯᄒᆞᆯ 勅틱ᄒᆞ야 브르노니 莎상呵항 내 無뭉邊변海ᅙᅵᆼ莊장嚴엄威ᅙᅱᆼ德득輪륜盖갱龍롱王왕ᄋᆞᆯ 勅틱ᄒᆞ노니 閻염浮뿧提뗑 請청雨웅國귁 內뇡예 降강澍쥼大땡雨웅 莎상呵항 [110앞 내 難난陁땅優흫波방難난陁땅龍롱王왕ᄋᆞᆯ 勅틱ᄒᆞ노니 閻염浮뿧提뗑 請청雨웅國귁 內뇡예 降강澍쥼大땡雨웅 莎상呵항 내 娑상伽꺙龍롱王왕ᄋᆞᆯ 勅틱ᄒᆞ노니 閻염浮뿧提뗑 請청雨웅國귁 內뇡예 降강澍쥼大땡雨웅 莎상呵항 내 阿항耨녹達�ᇙ多당龍롱王왕ᄋᆞᆯ [110뒤 勅틱ᄒᆞ노니 閻염浮뿧提뗑 請청雨웅國귁 內뇡에 降강澍쥼大땡雨웅 莎상呵항 내 摩망那낭斯ᄉᆞᆼ龍롱王왕ᄋᆞᆯ 勅틱ᄒᆞ노니 閻염浮뿧提뗑 請청雨웅國귁 內뇡예 降강澍쥼大땡雨웅 莎상呵항내 婆빵婁릉那낭龍롱王왕ᄋᆞᆯ 勅틱ᄒᆞ노니 閻염浮뿧提뗑 請청雨웅國귁 內뇡예 [111앞 降강澍쥼大땡雨웅 莎상呵항내 德득 叉창迦강龍롱王왕ᄋᆞᆯ 勅틱ᄒᆞ노니 閻염浮뿧提뗑 請청雨웅國귁 內뇡예 降강澍쥼大땡雨웅 莎상呵항 내 提뗑頭뚷賴랭吒당龍롱王왕ᄋᆞᆯ 勅틱ᄒᆞ노니 閻염浮뿧提뗑 請청雨웅國귁 內뇡예 降강澍쥼大땡雨웅 莎상呵항 [111뒤 내 婆빵修슣吉깂龍롱王왕ᄋᆞᆯ 勅틱ᄒᆞ노니 閻염浮뿧提뗑 請청雨웅國귁 內뇡예 降강澍쥼大땡雨웅

莎상呵항 내 目목眞진隣린陁땅龍룡王왕ᄋᆞᆯ 勅틱ᄒᆞ노니 閻염浮뿋提똉 請쳥雨웅國귁 內뇡예 降강澍즁大땡雨웅 莎상呵항 내 伊힝羅랑跋빯那낭龍룡王왕ᄋᆞᆯ [112앞 勅틱ᄒᆞ노니 閻염浮뿋提똉 請쳥雨웅國귁 內뇡예 降강澍즁大땡雨웅 莎상呵항 내 分분茶땅羅랑龍룡王왕ᄋᆞᆯ 勅틱ᄒᆞ노니 閻염浮뿋提똉 請쳥雨웅國귁 內뇡예 降강澍즁大땡雨웅 莎상呵항 내 大땡威휭光광龍룡王왕ᄋᆞᆯ 勅틱ᄒᆞ노니 閻염浮뿋提똉 請쳥雨웅國귁 內뇡예 [112뒤 降강澍즁大땡雨웅 莎상呵항내 威휭賢현龍룡王왕ᄋᆞᆯ 勅틱ᄒᆞ노니 閻염浮뿋提똉 請쳥雨웅國귁 內뇡예 降강澍즁大땡雨웅 莎상呵항 내 電뎐冠관龍룡王왕ᄋᆞᆯ 勅틱ᄒᆞ노니 閻염浮뿋提똉 請쳥雨웅國귁 內뇡예 降강澍즁大땡雨웅 莎상呵항 내 大땡摩망尼닝髻곙龍룡王왕ᄋᆞᆯ [113앞 勅틱ᄒᆞ노니 閻염浮뿋提똉 請쳥雨웅國귁 內뇡예 降강澍즁大땡雨웅 莎상呵항 내 載ᄌᆡᇰ摩망尼닝髻곙龍룡王왕ᄋᆞᆯ 勅틱ᄒᆞ노니 閻염浮뿋提똉 請쳥雨웅國귁 內뇡예 降강澍즁大땡雨웅 莎상呵항 내 光광髻곙龍룡王왕ᄋᆞᆯ 勅틱ᄒᆞ노니 閻염浮뿋提똉 請쳥雨웅國귁 內뇡예 [113뒤 降강澍즁大땡雨웅 莎상呵항 내 이 等둥엣 一힗切쳉 龍룡王왕ᄋᆞᆯ 勅틱ᄒᆞ야 閻염浮뿋提똉 請쳥雨웅國귁 內뇡예 降강澍즁大땡雨웅 莎상呵항 ᄒᆞ시고 ᄯᅩ 呪즇를 니ᄅᆞ샤ᄃᆡ

那祇那祇瞿羅나끼나끼뀨러(引)摩뭐(引)奈賜내쏘【三】那伽呬나꺄히[喜梨反【四】[114앞 梨陁易頭摩鳩□리떠이뜰뭐깋리【五】郁伽羅盂路矖홍꺄러이유루새【六】波羅栴陁佤鼓뷔러젼떠디쏳【七】毗髴姞利삐류깋리【八】阿尸하쏘(引)毗師삐쏘【九】阿呬하히(引)瞿뀨【十】訖栗瑟那깋링슨나(去)崩봉(引)伽□꺄리【十一】旃젼(引)遮□져리【十二】盧羅루러(引)嗜辟쏫삐【十三】[114뒤 摩訶頻那뭐허뿨나(引)□羅큐리큐러(引)波施뷔쏘【十四】勞陁羅랗떠러(引)波뷔(引)尸膩쏘니【十五】頭沖辟뜰충삐【十六】波羅波羅뷔러뷔러【十七】庇利庇利비리비리【十八】富路富路부루

부루【十九】毗私삐슾(引)呼필[匹尤反]婁闍膩류쎠니【二十】浮路浮路뿧루뿧루【二十一】摩訶蒲祇뭐허뿌끼【二十二】[115앞 摩尼達□뭐니땅리【二十三】匹利匹利핑리핑리【二十四】副漏副漏봉릏봉릏【二十五】破邏破邏풔러풔러【二十六】跋利沙跋利沙뺑리사뺑리사【二十七】閻藍浮염람뿧(引)陁□떠리【二十八】睒浮睒浮셤뿧셤뿧【二十九】婆羅뿨러(引)訶翅허슾【三十】那吒나차(引)碪薛짐삐【三十一】[115뒤 那吒나차(引)碪薛짐삐【三十二】忡忡忡忡薛충충충충삐【三十三】彌伽波羅미꺄붜러(引)薛삐【三十四】彌伽婆미꺄뿨(引)啌膩히니【三十五】茶迦茶迦茶迦짜갸짜갸짜갸【三十六】茶沈薛짜짐삐【三十七】伽那꺄나(去)伽那꺄나(去)【三十八】尸棄膩싀키니【三十九】迦那迦那갸나갸나【四十】伽那伽那꺄나꺄나【四十一】[116앞 摩訶那伽뭐허나꺄(引)伽那꺄나(去)【四十二】尼囉니러(引)怛藍당람【四十三】糅싫(引)波闍羅붜쎠러【四十四】得迦紇唎딍갸흫리【四十五】摩訶那伽뭐허나꺄(引)紇利陁흫리떠(引)曳이【四十六】瞿摩瞿摩瞿摩波뀨뭐뀨뭐뀨뭐붜(引)耶여【四十七】頞悉佤迦헝싱디갸(引)承伽唎찡꺄리【四十八】[116뒤 浮承뿧찡(引)伽彌꺄미【四十九】毗迦吒僧迦吒瞿□삐갸차숭갸차뀨리【五十】毗私孚盧闍泥삐슾부루쎠니【五十一】毗折삐쎯[時列反林림(引)婆泥뿨니【五十二】

내 이제 一힗切쳉 龍룡王왕돌홀 모도아 閻염浮뿧提뗑 請청雨웅國귁 內뇡예 降강澍즁大땡雨웅ᄒᆞ라 ᄒᆞ노니 一힗切쳉 [117앞 諸졍佛뿛 如셩來링 力륵 젼치며 三삼世솅 諸졍佛뿛 眞진實씷力륵 젼치며 慈쫑悲빙心심 젼치니 莎상呵항

그 저긔 世솅尊존이 이 呪즇 니ᄅᆞ시고 龍룡王왕ᄃᆞ려 니ᄅᆞ샤ᄃᆡ ᄒᆞ다가 ᄀᆞᄆᆞᆫ 時씽節졇에 비 빌오져 홇 사ᄅᆞᄆᆞᆫ 모로매 한ᄃᆡ 實씷ᄒᆞᆫ 조ᄒᆞᆫ 짜 우희 沙상礫력과 [117뒤 棘극草촐와ᄅᆞᆯ 앗고 方방ᄒᆞᆫ 열두 步뽕ᄅᆞᆯ 道똥場땽 밍ᄀᆞᆯ오 場땽ㅅ 가온ᄃᆡ 壇딴ᄋᆞᆯ 니

ᄅᆞ와도ᄃᆡ 方방이 열 步뽕ㅣ오 노ᄑᆡᄂᆞᆫ ᄒᆞᆫ 자히오 □찐牛ᅌᅮᇢ糞분을 새 조ᄒᆞ니로 壇딴애 횟도로 ᄇᆞᄅᆞ고 가온ᄃᆡ ᄒᆞᆫ 노ᄑᆞᆫ 座쫭ᄅᆞᆯ [118앞 ᄆᆡᇰᄀᆞᆯ오 座쫭 우희 새 ᄑᆞ른 褥쇽올 ᄭᆞᆯ오 새 ᄑᆞ른 帳댱 두르고 노ᄑᆞᆫ 座쫭ㅅ 東동녀긔 세 肘듷 밧맛감 牛ᅌᅮᇢ糞분汁집으로 龍룡王왕ᄋᆞᆯ ᄒᆞᆫ 모미오 세 머리에 그리고 龍룡王왕ㅅ 左장右ᇢ에 種죵種죵앳 龍룡ᄃᆞᆯ ᄒᆞᆯ 圍윙繞ᅀᅸᇢ케 그리고 [118뒤 노ᄑᆞᆫ 座쫭ㅅ 南남녀긔 다ᄉᆞᆺ 肘듷 밧맛감 龍룡王왕ᄋᆞᆯ ᄒᆞᆫ 모미오 다ᄉᆞᆺ 머리에 그리고 ᄯᅩ 龍룡王왕ᄃᆞᆯ히 左장右ᇢ에 圍윙繞ᅀᅸᇢ케 그리고 西셍ㅅ녀긔 닐굽 肘듷 밧맛감 龍룡王왕ᄋᆞᆯ ᄒᆞᆫ 모미오 닐굽 머리에 그리고 ᄯᅩ 龍룡ᄃᆞᆯ히 左장右ᇢ에 圍윙繞ᅀᅸᇢ케 그리고 北븍녀긔 아홉 [119앞 肘듷 밧맛감 龍룡王왕ᄋᆞᆯ ᄒᆞᆫ 모미오 아홉 머리에 그리고 ᄯᅩ 龍룡ᄃᆞᆯ히 左장右ᇢ에 圍윙繞ᅀᅸᇢ케 그리고 그 壇딴 네 ᄆᆡ레 各각各각 서 되 드릶 華ᅘᅪᇰ甁뼝을 노코 金금精졍이어나 靑쳥黛ᄄᆡᆼ어나 므레 ᄃᆞ마 ᄆᆞᆰ게 ᄒᆞ야 다 甁뼝에 ᄀᆞᄃᆞᆨ게 ᄒᆞ고 種죵種죵 草ᄎᆞᇢ木목 華ᅘᅪᇰ藥ᅀᅣᆨ을 [119뒤 甁뼝의 곳고 道ᄄᆞᇢ場땽 네 門몬이 各각各각 큰 香향爐롱 노코 種죵種죵앳 香향熏훈陸륙과 沉띰水쉉와 蘇송合햅과 栴젼檀딴과 安한息식 等등을 퓌우고 四ᄉᆞᆼ面면에 各각各각 靑쳥幡펀 닐굽곰 ᄃᆞ로ᄃᆡ 기릐 ᄒᆞᆫ 丈땽이에 ᄒᆞ고 蘇油燈을 혀ᄃᆡ [120앞 ᄯᅩ 幡펀ᄃᆞ 數숭에 맛게 ᄒᆞ고 여러 가짓 雜짭果광實씷와 蘇송酪락 乳ᅀᅲᇢ糜밍ᄅᆞᆯ 四ᄉᆞᆼ面면 龍룡王왕 알ᄑᆡ 노코 곳 비ᄒᆞ며 香향 퓌우믈 그치디 아니케 ᄒᆞ고 果광實씷와 飮흠食씩과 甁뼝엣 므를 나날 모로매 새로 호ᄃᆡ 每ᄆᆡᆼ日ᅀᅵᇙ 히 [120뒤 도ᇙ ᄢᅵ 供공養양앳 거슬 버리고 經경 닐긇 사ᄅᆞ미 比삥丘쿻ㅣ어나 比삥丘쿻尼닝어나 모로매 戒갱行ᅘᅢᇰ이 淸쳥淨쪙ᄒᆞ야ᅀᅡ ᄒᆞ리니 俗쑉애 잇ᄂᆞᆫ 사ᄅᆞᄆᆞᆫ 나날 八밣禁금齋쟁戒갱ᄅᆞᆯ 受쓯持띵ᄒᆞ야 ᄒᆞᄅᆞ 세 ᄢᅵ로 香향湯탕애 沐목浴욕ᄒᆞ야 새 ᄑᆞ른 옷 니버 齋쟁戒갱 디녀 [121앞 寂쩍靜쪙히 ᄉᆞ랑홇 디니 比삥丘쿻도 ᄯᅩ 이리 홇 디니라 오직 蘇송酪락과 乳ᅀᅲᇢ糜밍

와 粳깅米몡와 果광菜칭 ᄲᅵᆫ 먹고 大땡小숗便뼌 ᄒᆞ야ᄃᆞᆫ 모로매 沐목浴욕ᄒᆞᇙ 디니라 노ᄑᆞᆫ 座쫭애 오ᄅᆞᇙ 저긔 十씹方방 一ᅙᅵᇙ切쳉 諸졍佛뿛ᄭᅴ 몬져 禮롕數숭ᄒᆞᅀᆞᆸ고 香향 퓌우며 곳 비코 [121뒤 十씹方방 一ᅙᅵᇙ切쳉 諸졍佛뿛와 諸졍大땡菩뽕薩삻와 ᄯᅩ 一ᅙᅵᇙ切쳉 諸졍天텬 龍룡王왕ᄋᆞᆯ 請쳥ᄒᆞ야 衆즁生ᄉᆡᆼ 爲윙ᄒᆞ야 샹녜 慈ᄍᆞᆼ心심을 니ᄅᆞ와다 모딘 念념을 내디 아니ᄒᆞ야 이 부텨ᄭᅴ 禮롕數숭ᄒᆞᅀᆞᄫᆞ며 ᄯᅩ 여러 가짓 功공德득으로 一ᅙᅵᇙ切쳉 諸졍天텬 龍룡王왕과 [122앞 識식 가진 얼굴 잇ᄂᆞᆫ 類륑예 도ᄅᆞ혀 施싱ᄒᆞ야 法법座쫭애 올아 이싫 저긔 된소리로 經경을 닐고ᄃᆡ 밤낫 그치디 아니ᄒᆞ면 一ᅙᅵᇙ七칧日ᅀᅵᇙ이어나 二ᅀᅵᆼ七칧日ᅀᅵᇙ이어나 三삼七칧日ᅀᅵᇙ이어나 반ᄃᆞ기 甘감雨웅ㅣ ᄂᆞ리리라 [122뒤

부톄 龍룡王왕ᄃᆞ려 니ᄅᆞ샤ᄃᆡ 바ᄅᆞᆳ믈 밀ᅘᅧ기ᄂᆞᆫ 오히려 盈縮이 이시려니와 이 말ᄊᆞ믄 眞진實씷ᄒᆞ야 決궗定뗑히 虛헝티 아니ᄒᆞ니라 그제 龍룡王왕ᄃᆞᆯ히 부텻 말 듣ᄌᆞᆸ고 歡환喜흥踊용躍약ᄒᆞ야 頂뎡禮롕ᄒᆞᅀᆞ바 奉뽕行ᅘᆡᆼᄒᆞᅀᆞᄫᆞ니라

[1앞月印千江之曲(월인천강지곡) 第十(제십)

釋譜詳節(석보상절) 第十(제십)

其二百六十一(기이백육십일)

아버님이 서울에 계시어, 아들과 孫子(손자)를 그리워하시어, 病中(병중)에 보고자 하셨으니.

부처가 靈鷲山(영취산)에 계시어, 아우와 아들을 데리시어 空中(공중)에 날아오셨으니.

[1뒤其二百六十二(기이백육십이)

첫 放光(방광)을 보고 百姓(백성)들이 울거늘, 生死(생사)의 受苦(수고)를 如來(여래)가 이르셨으니.

세 光明(광명)을 보시고 아버님이 便安(편안)하시거늘, 부처가 오신 것을 大稱王(대칭왕)이 사뢰었으니.

[2앞其二百六十三(기이백육십삼)

아버님이 손을 드시어 부처의 발을 가르키시어, "서러운 뜻이 없다." 하셨으니.

부처가 손을 드시어 아버님의 머리를 만지시어, 좋은 法(법)을 사뢰셨으니.

其二百六十四(기이백육십사) [2뒤

아버님의 가슴 위에 부처의 손을 얹으셔도, 날(日)을 못 물려 淨居(정거)에 가셨으니.

하물며 貪欲(탐욕)을 못 이겨 목숨을 催促(최촉)하고 人生(인생)을 아끼는 것이, 그것이 아니 어리석으니?

其二百六十五(기이백육십오)

小千界(소천계)·中千界(중천계)·大千界(대천계)가 [3앞 진동하며 欲界天(욕계천)이 또 왔으니.

毗沙門(비사문)·維提賴吒(유제뢰타)·毗樓勒叉(비루늑차)가 모이며, 毗留波叉(비류파차)가 또 왔으니.

其二百六十六(기이백육십육)

天王(천왕)이 棺(관)을 메어 國人(국인)이 [3뒤 다 울거늘, 墓(묘)에 가실 때에 부처가 앞에 서셨으니.

羅漢(나한)이 檀香(단향)을 가져와 國人(국인)이 더욱 울거늘, (단향을) 불에 사르고 부처가 法(법)을 이르셨으니.

淨飯王(정반왕)이 病(병)이 되시더니, 白飯王(백반왕)과 斛飯王(곡반왕)과 大稱王(대칭왕)과 [4앞 많은 臣下(신하)들이 모두 사뢰되, "大王(대왕)이 모진 일을 즐기지 아니하시어 彈指(탄지)할 사이에도 德(덕)을 심는 일을 하지만, (마음에) 흡족지 못하게 여기시어 百姓(백성)을 불쌍히 여기시므로, 十方(시방)에 있는 사람이 (대왕이 하신 일을) 다 아니, 오늘날에 (대왕께서) 어찌 시름을 하십니까?"

王(왕)이 이르시되, [4뒤 "나의 命(명)이 끊이지는 것이야 대수롭지 않게 여기거니와, 나의 아들인 悉達(실달)이와 작은 아들인 難陀(난타)와 斛飯王(곡반왕)의 아들인 阿難陀(아난타)와 孫子(손자)인 羅雲(나운)이, 이 넷을 못 보아서 (내가 시름을) 한다." 모두 이 말을 듣고 아니 우는 이가 없더라.

白飯王(백반왕)이 사뢰되, "世尊(세존)이 王舍城(왕사성)의 [5앞 耆闍崛山(기사굴산)에 계시다고 듣나니, (기사굴산이) 여기에서 쉰 由旬(유순)이니, 王(왕)이 病(병)이 드시어서 사람을 부려도 (왕이 기사굴산에) 못 미치겠으니, 그리 여기지 마십시오." 淨飯王(정반왕)이 울며 이르시되, "世尊(세존)이 늘 神通(신통)을 三昧(삼매)하시어, 天眼(천안)으로 꿰뚫어 보시며 天耳(천이)로 꿰뚫어 들으시어, [5뒤 大慈悲心(대자비심)으로 衆生(중생)을 濟渡(제도)하시어, 百千萬億(백천만억)의 衆生(중생)이 물에 잠기어 있거든 慈愍心(자민심)으로 배(船)를 만들어 (백천만억의 중생을) 건져 내시나니, 내가 世尊(세존)을 보고자 바라는 것이 또 이와 같으니라."

그때에 世尊(세존)이 靈鷲山(영취산)에 계시어 難陀(난타)와 阿難(아난)과 [6앞 羅雲(나운)에게 이르시되, "父王(부왕)이 病(병)하여 계시니, 우리가 (부왕이 있는 곳에) 미치어 가서 (부왕을) 보아서, (부왕이) 마음을 훤히 여기시게 하자." 하시고, 즉시 세 사람을 데리시어 神足(신족)으로 虛空(허공)에 날아오르시어, 迦毗羅國(가비라국)에 문득 現(현)하시어 크게 放光(방광)하시니, 나라의 百姓(백성)이 [6뒤 부처가 오시거늘 바라보고 울며 사뢰되, "어서 드시어 (아버님이 있는 곳에) 이르러 (아버님을)

보십시오.” 하고, 자기의 瓔珞(영락)을 끊어 버리고 땅에 구르며 흙을 묻히어 울더니, 부처가 이르시되 “無常(무상)한 이별(離別)이 예로부터 있나니 너희들이 헤아려 보아라. 生死(생사)가 受苦(수고)롭고 오직 道理(도리)야말로 眞實(진실)의 일이다.”

그때에 [7앞 世尊(세존)이 十力(십력)과 四無畏(사무외)와 十八不共(십팔불공) (등) 여러 (가지) 부처의 法(법)으로 큰 光明(광명)을 펴시며, 또 三十二相(삼십이상)과 八十種好(팔십종호)로 큰 光明(광명)을 펴시며, 또 無量(무량)한 阿僧祇(아승기)의 劫(겁)부터 지으신 功德(공덕)으로 큰 光明(광명)을 펴시니, 그 光明(광명)이 [7뒤 안팎을 꿰뚫어 비추어 나라를 (가득) 차게 비추시어, (그 광명이) 王(왕)의 몸에 비치시니 病(병)이 便安(편안)하시거늘, 王(왕)이 荒唐(황당)히 여기시어 이르시되, “이것이 어떤 光明(광명)인가? 諸天(제천)의 光明(광명)인가? 해달의 光明(광명)인가? 나의 아들 悉達(실달)이 오는 것이면, 먼저 光明(광명)을 보이는 것이 (이것이) 보통의 祥瑞(상서)이다.” [8앞

그때에 大稱王(대칭왕)이 밖으로부터서 (안으로) 들어서 사뢰시되, “世尊(세존)이 弟子(제자)인 阿難(아난)과 羅雲(나운)이 들(等)을 더불으시고, 虛空(허공)으로 곧 오십니다.” 王(왕)이 들으시고 恭敬(공경)하시어 自然(자연)히 일어나 앉으시니, 이윽고 부처가 들어오시거늘 王(왕)이 바라보시고 두 손을 드시어 [8뒤 부처의 발을 向(향)하여 이르시되, “如來(여래)가 손을 내 몸에 대시어 나를 便安(편안)하게 하소서. 이제 世尊(세존)을 마지막으로 보니 측(惻)한 마음이 없어졌습니다.” 부처가 이르시되 “父王(부왕)이 道德(도덕)이 갖추어져 있으시니 시름을 마소서.” 하시고, 金色(금색)의 팔을 내시니 손바닥이 [9앞 연(蓮)꽃과 같으시더니, (세존이 손을) 王(왕)의 이마에 얹으시고 사뢰시되 “王(왕)이 깨끗하게 戒行(계행)하시는 사람이셔서 마음에 있는 때(垢)가 이미 없으시니, 시름을 말고 기뻐하시며 모든 經(경)에 있는 뜻을 子細(자세)히 생각하시어, 굳지 않은 데에 굳은 뜻을 먹으시어 좋은 根源(근원)을 만드소서.”

淨飯王(정반왕)이 기뻐하시어 [9뒤 부처의 손을 손수 잡으시어 당신의 가슴에 대시고, 누운 자리에 계시어 合掌(합장)하시어 속마음으로 世尊(세존)의 발에 禮數(예수)하시더니, (정반왕이) 命終(명종)하시거늘, 諸釋(제석)들이 슬퍼하여 땅을 두드리

며 이르되, "王(왕)의 中(중)에서 尊(존)하신 王(왕)이 사라지시니 나라가 威神(위신)을 잃었다." 하고, [10앞 七寶(칠보)의 獅子座(사자좌)에 眞珠(진주)의 그물을 두르고 棺(관)을 (그) 위에 얹고, 부처와 難陀(난타)는 머리맡에 서시고 阿難(아난)과 羅雲(나운)은 발치에 서 있더니, 難陀(난타)가 부처께 사뢰되 "내가 아버님의 棺(관)을 메고 싶습니다." 阿難(아난)이 나아 들어 사뢰되, "내가 [10뒤 아주버님의 棺(관)을 메고 싶습니다. 羅雲(나운)이 사뢰되 "내가 할아버님의 棺(관)을 메고 싶습니다."

世尊(세존)이 여기시되 "來世(내세)에 있을 父母(부모)의 恩德(은덕)을 몰라서 不孝(불효)하는 衆生(중생)을 爲(위)하여 내가 法(법)을 보이리라." 하시어, 자기가 "손수 관을 메리라." 하시더니, 卽時(즉시)에 [11앞 三千大千世界(삼천대천세계)가 六種震動(육종진동)하고, 欲界(욕계)의 諸天(제천)이 無數(무수)한 百千(백천)의 眷屬(권속)을 데려오며, 北方天王(북방천왕)인 毗沙門王(비사문왕)은 夜叉(야차) 鬼神(귀신)의 億百千(억백천) 衆(중)을 데려오며, 東方天王(동방천왕)인 提頭賴吒(제두뢰타)는 乾闥婆(건달파) 鬼神(귀신)의 [11뒤 億百千(억백천)의 衆(중)을 데려오며, 南方天王(남방천왕)인 毗留勒叉(비류륵차)는 鳩槃茶(구반다) 鬼神(귀신)의 億百千(억백천) 衆(중)을 데려오며, 西方天王(서방천왕) 毗留愽叉(비류박차)는 龍神(용신)의 億百千(억백천) 衆(중)을 데려와, 다 목내어 울더라.

四天王(사천왕)이 서로 議論(의논)하되, [12앞 "부처가 當來世(당내세)에 父母(부모)에게 不孝(불효)할 사람을 爲(위)하시어, 大慈悲(대자비)로 父王(부왕)의 棺(관)을 손수 메려 하시는구나." 하고, 四天王(사천왕)이 함께 소리를 내어 부처께 사뢰되, "우리들이 부처의 弟子(제자)가 되어서 부처께 法(법)을 들어서 須陀洹(수타환)을 이루니, [12뒤 우리들이 父王(부왕)의 棺(관)을 메어야 하겠습니다." 부처가 "그리하라." 하시니, 四天王(사천왕)이 몸을 고쳐 사람의 모습이 되어서 棺(관)을 메니, 나라의 사람이 큰 이(者)며 작은 이며 울지 아니하는 이가 없더라.

그때에 부처의 威光(위광)이 더욱 顯(현)하시어 一萬(일만) [13앞 해가 함께 돋은 듯하시더니, 부처가 손수 香爐(향로)를 받으시어 앞서서 길을 잡아 墓所(묘소)로 가셨니라. 靈鷲山(영취산)에 있는 一千(일천) 阿羅漢(아라한)이 虛空(허공)에 날아와 부처께 머리를 조아리고 사뢰되, "부처시여, 우리에게 아무의 일이나 시키소서." 부처가 이르시되 "너희가 빨리 [13뒤 바다의 가에 가서, 牛頭栴檀(우두전단)의 種種

(종종) 香木(향목)을 잘라 오라."

羅漢(나한)들이 彈指(탄지)할 사이에 바다에 가서 香木(향목)을 잘라 즉시 돌아오거늘, 부처가 大衆(대중)과 함께하여 그 香(향)나무를 쌓으시고 棺(관)을 들어 (향나무 위에) 얹고 불을 붙이시니, 그때에 모인 사람이 [14앞 부처를 向(향)하여 더욱 구르며 울더니, 得道(득도)한 사람은 吉慶(길경)스럽게 여겨 생각하더라. 부처가 四衆(사중)더러 이르시되, "世間(세간)이 無常(무상)하여 굳은 것이 없어 환영의 노릇과 같아서 목숨이 오래지 못한 것이 물에 비친 달과 같으니, 너희가 이 불을 보고 더운가 여기건마는, 모든 貪欲(탐욕)에서 생기는 [14뒤 불이 이 불보다 더하니라. 너희들이 生死(생사)를 벗을 일을 힘써 求(구)하여야 하리라."

그때에 (정반왕의 시신을) 다 불사르고, 諸王(제왕)들이 各各(각각) 五百(오백) 甁(병)의 젖으로 불을 끄고, 뼈를 金函(금함)에 담아 塔(탑)을 세워 供養(공양)하더라. 그때에 모두 부처께 묻되 "王(왕)이 어디로 [15앞 가셨습니까?" 世尊(세존)이 이르시되 "父王(부왕)이 淸淨(청정)한 사람이시므로 淨居天(정거천)으로 가셨니라."

祐律師(우율사)가 이르되 "無常(무상)한 일이 甚(심)하구나. 形體(형체)만 있으면 (죽음을) 못 免(면)하는 것이라서, (세존이) 天尊(천존)으로 계시어 (부왕을) 侍病(시병)하시어 [15뒤 손을 가슴에 대어 계시되, 목숨을 머물게 하지 못하시니, 이러므로 聖人(성인)은 長壽(장수)한 果報(과보)를 닦으시고, 물에 있는 거품 같은 몸을 아니 기르시느니라.

其二百六十七(기이백육십칠)

여자가 머리를 깎는 것을 부처가 싫게 여기시므로 [16앞 大愛道(대애도)의 請(청)을 세 번 막으셨으니.

大愛道(대애도)의 울음소리를 阿難(아난)이 感動(감동)하므로, 여자의 出家(출가)를 마침내 許(허)하셨으니.

부처가 迦維衛國(가유위국)에 오시거늘 大愛道(대애도)가 머리를 조아려 禮數(예수)하고 [16뒤 사뢰되, "나는 들으니 여자도 精進(정진)하면 沙門(사문)의 四道(사도)를 得(득)한다고 하므로, 부처의 法律(법률)을 受(수)하여 出家(출가)하고 싶습니다."

부처가 이르시되 "말라. 여자가 나의 法律(법률)에 들어 法衣(법의)를 입어도, 죽도록 淸靜(청정)한 행적(行蹟)을 완전히 못하리라. [17앞 大愛道(대애도)가 세 번 請(청)하다가 못 하여 禮數(예수)하고 물러났니라.

부처가 後(후)에 迦維衛(가유위)에 다시 오시거늘, 大愛道(대애도)가 먼저의 모습으로 出家(출가)를 請(청)하거늘, 부처가 또 (대애도의 청을) 듣지 아니하셨니라. 부처가 석 달을 사시고 나가시거늘, [17뒤 大愛道(대애도)가 여러 할머니를 데리고 부처를 뒤미쳐 좇아서 河水(하수)의 위에 가, 부처께 들어가서 禮數(예수)하고 또 出嫁(출가)를 請(청)하거늘, 부처가 또 듣지 아니하시니, 大愛道(대애도)가 禮數(예수)하고 부처께 감돌고 물러나, 헌옷을 입고 발을 벗고 낯에 때를 묻히고 門(문) 밖에 서 [18앞 있어 울더니, 阿難(아난)이 (대애도께 우는 이유를) 물으니 (대애도가) 對答(대답)하되, "내가 여자인 까닭으로 出家(출가)를 못 하여 슬퍼한다." 阿難(아난)이 사뢰되 "울지 마시고 마음을 눅이소서. 내가 부처께 사뢰어 보겠습니다." 하고, 즉시 (부처께) 들어가서 머리를 조아리고 사뢰되, "내가 부처께 들으니 '여자도 精進(정진)하면 [18뒤 四道(사도)를 得(득)하느니라.' 하시더니, 이제 大愛道(대애도)가 至極(지극)한 마음으로 法律(법률)을 受(수)하고자 하시나니, 부처시여 들으소서."

부처가 이르시되 "말라. 여자가 出家(출가)하기를 즐기지 말라. 부처의 淸淨(청정)한 道理(도리)가 오래 盛(성)하지 못하겠으니, 비유해서 이르면 항상 딸이 [19앞 많고 아들이 적은 집이 盛(성)하지 못하듯 하며, 논에 기음이 무성하여 낟알을 헐어버리듯 하니라."

阿難(아난)이 다시 사뢰되 "大愛道(대애도)가 善(선)한 뜻이 많으시며, 부처가 처음 나시거늘 손수 기르셨습니다."

如來(여래)가 이르시되 "그것이 옳으니라. 大愛道(대애도)야말로 眞實(진실)로 善(선)한 [19뒤 뜻이 많으며 나에게도 恩惠(은혜)가 있거니와, 내가 이제 成佛(성불)하여 大愛道(대애도)에게 또 많은 恩惠(은혜)가 있으니, 大愛道(대애도)가 나의 德(덕)으로 三寶(삼보)에 歸依(귀의)하여 四諦(사체)를 疑心(의심)하지 아니하며, 五根(오근)을 信(신)하며 五戒(오계)를 受(수)하여 지니나니, 阿難(아난)아 [20앞 이무런 사람이나 옷과 飮食(음식)과 臥具(와구)와 醫藥(의약)을 죽도록 주어도 나의 恩德(은덕)만 못하니라.

阿難(아난)아, 여자가 沙門(사문)이 되고자 할 사람은 八敬法(팔경법)을 넘기지(=어기지) 아니하여 죽도록 行(행)하여야 律法(율법)에 가히 들리라. [20뒤 [21앞

阿難(아난)이 나와서 大愛道(대애도)께 사뢰니, 大愛道(대애도)가 기뻐하여 이르되 "阿難(아난)아, 내가 한 말을 들어라. 비유하여 이르면 네 (가지의) 姓(성)을 가진 딸이 [21뒤 沐浴(목욕)하고 香(향)을 바르고 꾸미어 莊嚴(장엄)하여 있거든, 남이 또 좋은 꽃과 香(향)과 貴(귀)한 보배로 步搖(보요)를 만들어 주면 어찌 [22앞 기뻐하여 머리를 내밀어 받지 않으랴? 부처가 이르시는 여덟 가지의 恭敬(공경)을 나도 기뻐하여 머리로 받는다." 그제야 大愛道(대애도)가 出家(출가)하여, 큰 戒(계)를 受(수)하여 比丘尼(비구니)가 되어 應眞(응진)을 得(득)하였니라.

부처가 이르시되, [22뒤 "未來世(미래세)에 승(僧)이며 여자들이 항상 골똘한 마음으로 阿難(아난)의 恩德(은덕)을 念(염)하여, 이름을 일컬어 供養(공양)·恭敬(공경)·尊重(존중)·讚嘆(찬탄)하여 끊어지지 아니하게 할 것이니, 時常(시상)으로야 (이런 일을) 못 하겠거든 밤낮 여섯 때를 잊지 말아야 하리라." 阿難(아난)이 큰 威神(위신)으로 즉시 [23앞 護持(호지)하리라." [23뒤, [24앞, [24뒤, [25앞, [25뒤, [26앞, [26뒤

其二百六十八(기이백육십팔)

化人(화인)의 方便力(방편력)이 單騎(단기)로 깊이 드시어서, 五百(오백) 群賊(군적)이 한 (화)살에 다 쓰러졌으니

世尊(세존)의 大光明(대광명)이 十方(시방)을 [27앞 꿰뚫어 비추시어 一切(일체) 衆生(중생)이 한 病(병)도 다 없어졌으니.

如來(여래)의 慈悲(자비)와 方便(방편)의 神力(신력)이 不可思議(불가사의)이시니, 부처가 舍衛國(사위국)에 계시거늘 崛山(굴산)의 中(중)에 五百(오백) 도적이 있어서 길에 나타나서 사람을 치고 [27뒤 도적질하더니, 如來(여래)가 方便力(방편력)으로 한 사람(=화인, 化人)을 만드시어, (그 화인이) 큰 이름난 象(상)을 타시고 甲(갑)옷을 입으시고 화살을 차시고 槍(창)을 잡으시고 타신 象(상)을 다 七寶(칠보)로 꾸미시고, 또 七寶(칠보)로 스스로 莊嚴(장엄)하시어 구슬이며 莊嚴(장엄)한 것이 다 光明(광명)을 내더니, (그 화인이) 혼자 嶮(험)한 [28앞 길에 드시어 崛山(굴산)으로 가시더니, 五百(오백) 羣賊(군적)이 (화인을) 바라보고 서로 이르되, "우리들이 여러 해

를 도적질하되 이와 같은 이를 본 적이 없다." 하고, 爲頭(위두) 도적이 (부하들에게) 묻되 "너희들이 무엇을 보는가?" (도적들이) 對答(대답)하되 "한 사람이 큰 象(상)을 타고 오시며, 瓔珞(영락)이며 象(상)의 [28뒤 치장(治粧)이 純(순)한 七寶(칠보)라서 큰 光明(광명)을 펴서 天地(천지)를 비추고, (그 화인이) 길을 좇아오되 또 한 사람뿐이니, 우리들이 이 사람을 잡으면 (앞으로 우리들이) 살아갈 옷과 밥이야 일곱 세상이라도 끊어지지 아니하겠습니다.

爲頭(위두) 도적이 기뻐하여 가만히 出令(출령)하되, "재물만 빼앗고 (그 사람을) 쏘지 말고 천천히 잡아라." [29앞 하고 함께 고함치고 나가거늘, 그때에 化人(화인)이 慈悲力(자비력)으로 불쌍히 여기시어 화살을 쏘시니, 五百(오백) 도적이 저마다 한 화살씩 맞아, 즉시 다 땅에 쓰러지어 대단히 괴로워서 구르다가 일어나, 모두 화살을 (몸에서) 빼다가 못하여 五百(오백) 도적이 두려워하여, "우리들이 疑心(의심) 없이 오늘 다 죽겠구나. [29뒤 이 사람 같이 거스르지 어려운 것이 예로부터 없으니라." 하고 모두 偈(게)로 묻되, "그대가 어떤 사람인가? 呪術(주술)의 힘인가? 龍(용)과 鬼神(귀신)인가? 한 화살에 五百(오백)을 쏘니 괴로움을 끝내 못 이르겠구나. 우리들이 (그대에게) 歸依(귀의)하니 毒(독)한 화살을 (우리 몸에서) 빼어내면 (우리가 그대를) 좇아서 順(순)하여 (그대를) 거스르지 아니하리라." [30앞

그때에 化人(화인)이 偈(게)로 對答(대답)하시되, "마구 베어도 해치는 것이 없고 (화살을) 쏘아도 怒(노)가 없으니 이 壯(장)을 뺄 이가 없으니, 오직 (부처님의 말씀을) 많이 듣는 것을 좇아야 (고통을) 덜리라." 하시고, 즉시 부처의 몸이 되시어 몸에 放光(방광)하시어 十方(시방)의 一切(일체) 衆生(중생)을 차 비추시니, 이 光明(광명)을 만난 이가 [30뒤 눈이 먼 이도 (세상을) 보며, (몸이) 굽은 이도 (몸을) 펴며, 손발을 전 이도 (손발을) 쓰며, 邪曲(사곡)하고 迷惑(미혹)한 이도 眞言(진언)을 보며, (이들을 한꺼번에) 모아서 이른다면 "뜻에 못 맞은 일이 다 願(원) 같이 되더라."

그때에 如來(여래)가 五百(오백) 사람을 爲(위)하시여, 利益(이익)되며 기쁜 일을 가르치시어 種種(종종)의 法(법)을 이르시거늘, [31앞 五百(오백) 사람이 法(법)을 듣고 기뻐하니 몸이 아물고 피가 젖이 되거늘, 즉시 阿耨多羅三藐三菩提心(아뇩다라삼먁삼보리심)을 發(발)하여 모여서 偈(게)로 사뢰되, "우리들이 곧 發心(발심)하여 衆生(중생)들을 널리 利(이)하게 하겠으니, 항상 恭敬(공경)하여 諸佛(제불)을 [31뒤 좇아서

배우겠습니다. 부처가 慈悲力(자비력)으로 (우리들을) 受苦(수고)에서 빼어서 便安(편안)하게 하시니, 부처의 恩德(은덕)과 菩薩(보살)과 어진 벗과 스승과 父母(부모)와 또 衆生(중생)들을 念(염)하여, 寃讐(원수)와 친척(親戚)에게 마음이 平等(평등)하여 恩德(은덕)이 다르지 아니합니다." [32앞

그때에 虛空(허공) 中(중)에 欲界(욕계)의 諸天(제천)인 憍尸迦(교시가)들이 여러 가지의 하늘의 [32뒤 꽃을 흩뿌리며 하늘의 風流(풍류)를 하여 如來(여래)를 供養(공양)하고, 한 목소리로 偈(게)를 사뢰되 "우리들이 예전의 세상에 있은 福(복)으로 光明(광명)이 甚(심)히 엄정하게 꾸며져서, 큰 微妙(미묘)한 供養(공양)을 드리는 것으로 一切(일체)를 利益(이익)하게 하니, 世尊(세존)은 만나는 것이 甚(심)히 어려우며 妙法(묘법)은 [33앞 또 듣는 것이 어렵거늘, 예전부터 여러 德(덕)의 根源(근원)을 심으므로 오늘 釋中神(석중신)을 만났으니, 우리들이 부처의 恩德(은덕)을 念(염)하여 또 道理(도리)의 마음을 發(발)하니, 내가 이제 부처를 보아서 (쌓아) 둔 三業(삼업)의 善(선)을 [33뒤 衆生(중생)들을 爲(위)하여 無上道(무상도)에 돌이켜서 向(향)합니다." 하고, (교시가들이 여래의 주위를) 百千(백천) 번 감돌고 머리를 조아려 禮數(예수)하고 虛空(허공)에 날아갔니라.

其二百六十九(기이백육십구)

難陁(난타) 龍王宮(용왕궁)에 眞實力(진실력)을 [34앞 내시어 一切(일체)의 龍王(용왕)을 다 모으셨으니.

輪盖(윤개) 龍王(용왕)에게 陁羅尼(다라니)를 이르시어, 五種(오종) 雨障(우장)을 다 없어지게 하셨으니.

其二百七十(기이백칠십)

龍王(용왕)이 憐愍心(연민심)으로 衆生(중생)을 [34뒤 爲(위)하여 閻浮提(염부제)에 비를 줄 일을 물었으니.

世尊(세존)이 威神力(위신력)으로 龍王(용왕)을 勅(칙)하시어 祈雨國(기우국)에 비를 줄 일을 이르셨으니.

其二百七十一(기이백칠십일)

大慈行(대자행)을 이르시니 行(행)할 이가 [35앞 있으면, 內外(내외) 怨賊(원적)이 다 侵掠(침략)을 못 하리.

諸佛號(제불호)를 이르시니 (제불호를) 지닐 이가 있으면, 無量(무량) 苦惱(고뇌)가 다 滅除(멸제)하리.

부처가 難陁(난타)와 優婆難陁(우바난타) 龍王宮(용왕궁)의 內(내)에 大威德摩尼藏大雲輪殿(대위덕마니장대운륜전)의 [35뒤 寶樓閣(보루각) 中(중)에 계시어, 큰 比丘(비구)와 菩薩(보살) 摩訶薩(마하살)의 衆(중)들이 감돌아 圍繞(위요)하여 있으며, 또 그지없는 큰 龍王(용왕)들이 그 이름이 難陁龍王(난타용왕)·優鉢難陁龍王(우발난타용왕)·娑伽羅龍王(사가라용왕)·[36앞 阿那婆達多龍王(아나바달다용왕)·摩那斯龍王(마나사용왕)·婆婁那龍王(바루나용왕)·德叉迦龍王(덕차가용왕)·提頭賴吒龍王(제두뢰타용왕)·婆修吉龍王(바수길용왕)·目眞隣陁龍王(목진린타용왕)·伊羅跋那龍王(이라발나용왕)·分陁利龍王(분타리용왕)·威光龍王(위광용왕)·[36뒤 德賢龍王(덕현용왕)·電冠龍王(전관용왕)·大摩尼寶髻龍王(대마니보계용왕)·摩尼珠髻龍王(마니주계용왕)·光耀頂龍王(광요정용왕)·帝釋鋒伏龍王(제석봉복용왕)·帝釋幢龍王(제석당용왕)·帝釋杖龍王(제석장용왕)·閻浮金幢龍王(염부금당용왕)·善和龍王(선화용왕)·大輪龍王(대륜용왕)·[37앞 大蟒蛇龍王(대망사용왕)·火光味龍王(화광미용왕)·月耀龍王(월요용왕)·慧威龍王(혜위용왕)·善見龍王(선견용왕)·大善見龍王(대선견용왕)·善住龍王(선주용왕)·摩尼瓔龍王(마니영용왕)·興雲龍王(흥운용왕)·持雨龍王(지우용왕)·大忿吒聲龍王(대분타성용왕)·[37뒤 小忿吒聲龍王(소분타성용왕)·奮迅龍王(분신용왕)·大頻拏龍王(대빈나용왕)·大項龍王(대항용왕)·深聲龍王(심성용왕)·大深聲龍王(대심성용왕)·大雄猛龍王(대웅맹용왕)·優鉢羅龍王(우발라용왕)·大步龍王(대보용왕)·螺髮龍王(나발용왕)·質多羅斯那龍王(질다나사나용왕)·[38앞 持大羂索龍王(지대견삭용왕)·伊羅樹葉龍王(이라수엽용왕)·先慰問龍王(선위문용왕)·驢耳龍王(여이용왕)·海貝龍王(해패용왕)·達陁羅龍王(달타라용왕)·優波達陁羅龍王(우바달타라용왕)·安隱龍王(안은용왕)·大安隱龍王(대안은용왕)·毒蛇龍王(독사용왕)·大毒蛇龍王(대독사용왕)·[38뒤 大力龍王(대력용왕)·呼婁茶龍王(호루다용왕)·阿波羅龍王(아파라용왕)·藍浮龍王(남부용왕)·吉利彌賒龍王(길리미사용왕)·黑色龍王(흑색용왕)·因陁羅軍龍

王(인타라군용왕)·那茶龍王(나차용왕)·優波那茶龍王(우파나차용왕)·甘浮紇利那龍王(감부흘리나용왕)·[39앞 阤毗茶龍王(타비다용왕)·端正龍王(단정용왕)·象耳龍王(상이용왕)·猛利龍王(맹리용왕)·黃目龍王(황목용왕)·電光龍王(전광용왕)·大電光龍王(대전광용왕)·天力龍王(천력용왕)·金婆羅龍王(금파라용왕)·妙盖龍王(묘개용왕)·甘露龍王(감로용왕)·得道泉龍王(득도천용왕)·[39뒤 琉璃光龍王(유리광용왕)·金色髮龍王(금색발용왕)·金光龍王(금광용왕)·月光相龍王(월광상용왕)·日光龍王(일광용왕)·始興龍王(시흥용왕)·牛頭龍王(우두용왕)·白相龍王(백상용왕)·黑相龍王(흑상용왕)·耶摩龍王(야마용왕)·沙彌龍王(사미용왕)·蝦蟆龍王(하마용왕)·[40앞 僧伽茶龍王(승가다용왕)·尼民阤羅龍王(이민타라용왕)·持地龍王(지지용왕)·千頭龍王(천두용왕)·寶頂龍王(보정용왕)·滿願龍王(만원용왕)·細雨龍王(세우용왕)·須彌那龍王(수미나용왕)·瞿波羅龍王(구파라용왕)·仁德龍王(인덕용왕)·善行龍王(선행용왕)·宿德龍王(숙덕용왕)·[40뒤 金毗羅龍王(금비라용왕)·金毗羅頭龍王(금비라두용왕)·持毒龍王(지독용왕)·蛇身龍王(사신용왕)·蓮華龍王(연화용왕)·大尾龍王(대미용왕)·騰轉龍王(등전용왕)·可畏龍王(가외용왕)·善威德龍王(선위덕용왕)·五頭龍王(오두용왕)·婆利羅龍王(파리라용왕)·妙車龍王(묘거용왕)·[41앞 優多羅龍王(우다라용왕)·長尾龍王(장미용왕)·大頭龍王(대두용왕)·賓畢迦龍王(빈필가용왕)·毗茶龍王(비다용왕)·馬形龍王(마형용왕)·三頭龍王(삼두용왕)·龍仙龍王(용선용왕)·大威德龍王(대위덕용왕)·火德龍王(화덕용왕)·恐人龍王(공인용왕)·焰光龍王(염광용왕)·[41뒤 七頭龍王(칠두용왕)·現大身龍王(현대신용왕)·善愛見龍王(선애견용왕)·大惡龍王(대악용왕)·淨威德龍王(정위덕용왕)·妙眼龍王(묘안용왕)·大毒龍王(대독용왕)·焰聚龍王(염취용왕)·大害龍王(대해용왕)·大瞋忿龍王(대진분용왕)·寶雲龍王(보운용왕)·大雲施水龍王(대운시수용왕)·[42앞 帝釋光龍王(제석광룡왕)·波阤波龍王(파타파용왕)·月雲龍王(월운용왕)·海雲龍王(해운용왕)·大香華龍王(대향화용왕)·華出龍王(화출용왕)·寶眼龍王(보안용왕)·大相幢龍王(대상당용왕)·大雲藏龍王(대운장용왕)·降雪龍王(강설용왕)·威德藏龍王(위덕장용왕)·雲戟龍王(운극용왕)·[42뒤 持夜龍王(지야용왕)·降雨龍王(강우용왕)·雲雨龍王(운우용왕)·大雲雨龍王(대운우용왕)·火光龍王(화광용왕)·大雲主龍王(대운주용왕)·無瞋恚龍王(무진에용왕)·鳩鳩婆龍王(구구파용왕)·那伽首羅龍王(나가수라용왕)·闍隣提龍王(도린제용왕)·雲盖龍王(운개용왕)·[43앞 應祁羅目佉龍王(응기라목거용왕)·威德龍王(위덕용왕)·出雲龍王(출운용왕)·無盡步龍王(무진보용왕)·妙相龍王(묘상용왕)·大身龍王(대신용왕)·大腹龍王

(대복용왕)·安審龍王(안심용왕)·丈夫龍王(장부용왕)·歌歌那龍王(가가나용왕)·鬱頭羅龍王(울두라용왕)·猛毒龍王(맹독용왕)·[43뒤 妙聲龍王(묘성용왕)·甘露實龍王(감로실용왕)·大散雨龍王(대산우용왕)·隱隱聲龍王(은은성용왕)·雷相擊聲龍王(뇌상격성용왕)·鼓震聲龍王(고진성용왕)·注甘露龍王(주감로용왕)·天帝鼓龍王(천제고용왕)·霹靂音龍王(벽력음용왕)·首羅仙龍王(수라선용왕)·[44앞 那羅延龍王(나라연용왕)·涸水龍王(학수용왕)·毗迦吒龍王(비가타용왕), 이렇듯 한 큰 龍王(용왕)들이 上首(상수)가 되고 또 八十四億(팔십사억) 那由他(나유타) 數(수)의 龍王(용왕)들이 다 會(회)에 와 있더니,

그때에 一切(일체)의 龍王(용왕)들이 坐(좌)로부터서 일어나 [44뒤 各各(각각) 옷을 고치고 (옷의) 오른녘을 벗어 메고 오른 무릎을 꿇어 合掌(합장)하여, 부처를 向(향)하여 種種(종종)의 無量無邊(무량무변)한 阿僧祇(아승기) 數(수)의 微妙香(미묘향), 華塗香(화도향)과 末香(말향)과 華冠(화관)과 衣服(의복)과 寶幢(보당) 幡蓋(번개)와 龍華(용화) 寶冠(보관)과 [45앞 眞珠(진주) 瓔珞(영락)과 寶華(보화) 繒綵(증채)와 眞珠(진주) 羅網(나망)과 雜珮(잡패) 旒蘇(유소)로 如來(여래)의 위에 덮고, 여러 가지의 풍류를 하며 손벽을 치며 노래를 불러 讚嘆(찬탄)하여, (부처를) 대단히 殷重(은중)히 여기며 [45뒤 奇特(기특)히 여기는 마음을 일으켜서 (부처의 둘레를) 百千(백천) 번 감돌고 한쪽 面(면)에 물러나서 住(주)하였니라.

○ 그때에 龍王(용왕)들이 다 發願(발원)하여 이르되, "願(원)하건대, 一切(일체)의 諸世界海(제세계해), 微塵身海(미진신해)와 一切(일체)의 諸佛菩薩衆海(제불보살중해)가 一切(일체)의 [46앞 諸世界海(제세계해)보다 낫고, 一切(일체)의 地水火風微塵等海(지수화풍미진등해)와 一切(일체)의 諸色光明微塵數海(제색광명미진수해)보다 낫고, 無量(무량)하고 不可思議(불가사의)하고 不可宣說(불가선설)한 阿僧祇(아승기)의 數(수)를 지난 諸身等海(제신등해)로써, [46뒤 몸마다 無量(무량)한 阿僧祇(아승기)의 諸手海雲(제수해운)을 지어 十方(시방)에 가득하며, 또 一一(일일)의 微塵分(미진분) 中(중)에 無量(무량) 供養海雲(공양해운)을 지어 내어 十方(시방)에 가득하게 하여, 一切(일체)의 諸佛菩薩衆海(제불보살중해)를 가져다가 供養(공양)하되 時常(시상) [47앞 끊어지지 아니하게 하여, 이같이 無量(무량)하고 不可思議(불가사의)하고 不可宣說(불가선설)한 阿僧祇(아승기) 數(수)의 普賢菩薩行身海雲(보현보살행신해운)이 虛空(허공)에 가득하여 住持(주지)하여 끊어지지 아니하게 하여,

○ 이와 같은 菩薩諸身海雲(보살제신해운)이 [47뒤 一切(일체)의 輪相海雲(윤상해운), 一切(일체)의 寶冠海雲(보관해운), 一切(일체)의 大明寶藏輦海雲(대명보장련해운), 一切(일체)의 末香樹藏海雲(말향수장해운), 一切(일체)의 香煙現諸色海雲(향연현제색해운), 一切(일체)의 諸樂音聲海雲(제악음성해운), 一切(일체)의 香樹海雲(향수해운), [48앞 이렇듯 한 無量無邊(무량무변)하고 不可思議(불가사의)하고 不可宣說(불가선설)한 阿僧祇(아승기)의 數(수)이거든, 이와 같은 一切(일체)의 供養海雲(공양해운)이 虛空(허공)에 가득하여 住持(주지)하여 끊어지지 아니하게 하여, 一切(일체)의 諸佛菩薩衆海(제불보살중해)를 供養(공양)·恭敬(공경)·[48뒤 尊重(존중)·禮拜(예배)하며,

○ 또 一切(일체)의 莊嚴境界電藏摩尼王海雲(장엄경계전장마니왕해운) 一切(일체)의 普明寶雨莊嚴摩尼王海雲(보명보우장엄마니왕해운), 一切(일체)의 寶光焰順佛音聲摩尼王海雲(보광염순불음성마니왕해운) [49앞 一切(일체)의 佛法音聲遍滿摩尼寶王海雲(불법음성편만마니보왕해운), 一切(일체)의 普門寶焰諸佛化光海雲(보문보염제불화광해운), 一切(일체)의 衆光明莊嚴顯現不絶摩尼寶王海雲(중광명장엄현현불절마니보왕해운) [49뒤 一切(일체)의 光焰順佛聖行摩尼寶王海雲(광염순불성행마니보왕해운)은 一切(일체)의 顯現如來不可思議佛刹電光明摩尼王海雲(현현여래불가사의불찰전광명마니왕해운) 一切(일체)의 諸妙寶色明徹三世佛身摩尼王海雲(제묘보색명철삼세불신마니왕해운)을 [50앞 내어, 이렇듯 한 一切(일체)의 諸寶光色(제보광색)이 虛空(허공)에 가득하여 住持(주지)하여 끊어지지 아니하게 하여, 一切(일체)의 諸佛菩薩衆海(제불보살중해)를 供養(공양)·恭敬(공경)·尊重(존중)·禮拜(예배)하며,

○ 또 一切(일체)의 [50뒤 不壞妙寶香華輦海雲(불괴묘보향화련해운), 一切(일체)의 無邊色摩尼寶王 莊嚴輦海雲(무변색마니보왕장엄련해운), 一切(일체)의 寶燈香焰光輦海雲(보등향염광련해운), 一切(일체)의 眞珠妙色輦海雲(진주묘색련해운), 一切(일체)의 華臺輦海雲(화대련해운), 一切(일체)의 寶冠莊嚴輦海雲(보관장엄련해운), [51앞 一切(일체)의 十方光焰遍滿莊嚴不絶寶藏輦海雲(시방광염편만장엄불절보장련해운), 一切(일체)의 無邊顯現勝寶莊嚴輦海雲(무변현현승보장엄련해운), 一切(일체)의 遍滿妙莊嚴輦海雲(편만묘장엄련해운), 一切(일체)의 門欄華鈴羅網輦海雲(문란화령나망련해운)을 [51뒤 내야, 이렇듯이 虛空(허공)에 가득하여 住持(주지)하여 끊어지지 아니하게 하여 一切(일체)의 諸佛菩薩衆海雲(제불보살중해운)을 供養(공양)·恭敬(공경)·禮拜(예배)하며,

○ 또 一切(일체)의 妙金寶瓔珞藏師子座海雲(묘금보영낙장사자좌해운), [52앞 一切(일체)의 華明妙色藏師子座海雲(화명묘색장사자좌해운), 一切(일체)의 紺摩尼閻浮檀妙色蓮華藏師子座海雲(감마니염부단묘색련화장사자좌해운), 一切(일체)의 摩尼燈蓮華藏師子座海雲(마니등련화장사자좌해운), 一切(일체)의 [52뒤 摩尼寶幢火色妙華藏師子座海雲(마니보당화색묘화장사자좌해운), 一切(일체)의 寶莊嚴妙色蓮華藏師子座海雲(보장엄묘색연화장사자좌해운), 一切(일체)의 樂見因陁羅蓮華光藏師子座海雲(낙견인타라연화광장사자좌해운), [53앞 一切(일체)의 樂見無盡焰光蘤華藏師子座海雲(낙견무진염광련화장사자좌해운), 一切(일체)의 寶光普照蓮華藏師子座海雲(보광보조련화장사자좌해운), 一切(일체)의 佛音蓮華光藏師子座海雲(불음연화광장사자좌해운)을 내어, 이렇듯이 虛空(허공)에 가득하여 [53뒤 住持(주지)하여 끊어지지 아니하게 하여, 一切(일체)의 諸佛菩薩衆海(제불보살중해)를 供養(공양)·恭敬(공경)·禮拜(예배)하며,

○ 또 一切(일체)의 妙音摩尼樹海雲(묘음마니수해운), 一切(일체)의 諸葉周匝合掌出香氣樹海雲(제엽주잡합장출향기수해운) [54앞 一切(일체)의 莊嚴現無邊明色樹海雲(장엄현무변명색수해운), 一切(일체)의 華雲出寶樹海雲(화운출보수해운), 一切(일체)의 出於無邊莊嚴藏樹海雲(출어무변장엄장수해운), 一切(일체)의 寶輪焰電樹海雲(보륜염전수해운), 一切(일체)의 [54뒤 示現菩薩半身出栴檀末樹海雲(시현보살반신출전단말수해운), 一切(일체)의 不思議無邊樹神莊嚴菩薩道場樹海雲(불사의무변수신장엄보살도량수해운), 一切(일체)의 寶衣藏日電光明樹海雲(보의장일전광명수해운), 一切(일체)의 [55앞 遍出眞妙音聲喜見樹海雲을 내야, 이렇듯이 虛空(허공)에 가득하여 住持(주지)하여 끊어지지 아니하게 하여, 一切(일체)의 諸佛菩薩衆海를 供養(공양)·恭敬(공경)·尊重(존중)· 禮拜(예배)하며,

○ 또 一切(일체)의 [55뒤 藏師子座海雲(장사자좌해운), 一切(일체)의 周匝摩尼王電藏師子座海雲(주잡마니왕전장사자좌해운), 一切(일체)의 瓔珞莊嚴藏師子座海雲(영낙장엄장사자좌해운), 一切(일체)의 諸妙寶冠燈焰藏師子座海雲(제묘보관등염장사자좌해운), 一切(일체)의 [56앞 圓音出寶雨藏師子座海雲(원음출보우장사자좌해운), 一切(일체)의 華冠香華寶藏師子座海雲(화관향화보장사자좌해운), 一切(일체)의 佛坐現莊嚴摩尼王藏師子座海雲(불좌현장엄마니왕장사자좌해운), 一切(일체)의 欄楯垂瓔莊嚴藏師子

座海雲(난순수영장엄장사자좌해운), [56뒤 一切(일체)의 摩尼寶樹枝葉末香藏師子座海雲(마니보수지엽말향장사자좌해운), 一切(일체)의 妙香寶鈴羅網普莊嚴日電藏師子座海雲(묘향보령나망보장엄일전장사자좌해운)을 내어, 이렇듯이 虛空(허공)에 가득하여 [57앞 住持(주지)하여 끊어지지 아니하게 하여, 一切(일체)의 諸佛菩薩衆海(제불보살중해)를 供養(공양)·恭敬(공경)·尊重(존중)·禮拜(예배)하며,

○ 또 一切(일체)의 如意摩尼寶王帳海雲(여의마니보왕장해운), 一切(일체)의 因陁羅寶華臺諸華莊嚴帳海雲(인타라보화대제화장엄장해운), [57뒤 一切(일체)의 香摩尼帳海雲(향마니장해운), 一切(일체)의 寶燈焰相帳海雲(보등염상장해운), 一切(일체)의 佛神力出聲摩尼寶王帳海雲(불신력출성마니보왕장해운), 一切(일체)의 顯現摩尼妙衣諸光莊嚴帳海雲(현현마니묘의제광장엄장해운), 一切(일체)의 華光焰寶帳海雲(화광염보장해운), [58앞 一切(일체)의 羅網妙鈴出聲遍滿帳海雲(나망묘령출성편만장해운), 一切(일체)의 無盡妙色摩尼珠臺蓮花羅網帳海雲(무진묘색마니주대련화나망장해운), 一切(일체)의 金華臺火光寶幢帳海雲(금화대화광보당장해운), 一切(일체)의 不思議莊嚴諸光瓔珞帳海雲(불사의장엄제광영낙장해운)을 [58뒤 내어, 이렇듯이 虛空(허공)에 가득하여 住持(주지)하여 끊어지지 아니하게 하여, 一切(일체)의 諸佛菩薩衆海(제불보살중해)를 供養(공양)·恭敬(공경)·尊重(존중)·禮拜(예배)하며,

○ 또 一切(일체)의 雜妙摩尼寶盖海雲(잡묘마니보개해운), 一切(일체)의 [59앞 無量光明莊嚴華盖海雲(무량광명장엄화개해운), 一切(일체)의 無邊色眞珠藏妙盖海雲(무변색진주장묘개해운), 一切(일체)의 諸佛菩薩慈門音摩尼王盖海雲(제불보살자문음마니왕개해운), 一切(일체)의 妙色寶焰華冠妙盖海雲(묘색보염화관묘개해운), 一切(일체)의 [59뒤 寶光明莊嚴垂鈴羅網妙盖海雲(보광명장엄수령나망묘개해운), 一切(일체)의 摩尼樹枝瓔珞盖海雲(마니수지영낙개해운), 一切(일체)의 日照明徹焰摩尼王諸香煙盖海雲(일조명철염마니왕제향연개해운), 一切(일체)의 栴檀末藏普熏盖海雲(전단말장보훈개해운), 一切(일체)의 [60앞 極佛境界電光焰莊嚴普遍盖海雲(극불경계전광염장엄보편개해운)을 내야, 이렇듯이 虛空(허공)에 가득하여 住持(주지)하여 끊어지지 아니하게 하여, 一切(일체)의 諸佛菩薩衆海(제불보살중해)를 供養(공양)·恭敬(공경)·尊重(존중)·禮拜(예배)하며,

○ 또 一切(일체)의 [60뒤 寶明輪海雲(보명륜해운), 一切(일체)의 寶焰相光輪海雲(보염상광륜해운), 一切(일체)의 華雲焰光輪海雲(화운염광륜해운), 一切(일체)의 佛花

寶光明輪海雲(불화보광명륜해운), 一切(일체)의 佛刹現入光明輪海雲(불찰현입광명륜해운), 一切(일체)의 諸佛境界普門音聲寶枝光輪海雲(제불경계보문음성보지광륜해운), [61앞 一切(일체)의 琉璃寶性摩尼王焰光輪海雲(유리보성마니왕염광륜해운), 一切(일체)의 衆生於一念時現於色光輪海雲(중생어일념시현어색광륜해운), 一切(일체)의 [61뒤 音聲悅可諸佛大震光輪海雲(음성열가제불대진광륜해운), 一切 所化衆生衆會妙音摩尼王光輪海雲(소화중생중회묘음마니왕광륜해운)을 내야, 이렇듯이 虛空(허공)에 가득하여 住持(주지)하여 끊어지지 아니하게 하여, 一切(일체)의 諸佛菩薩衆海雲(제불보살중해운)을 [62앞 供養(공양)·恭敬(공경)·尊重(존중)·禮拜(예배)하며,

○ 또 一切(일체)의 摩尼藏焰海雲(마니장염해운), 一切(일체)의 佛色聲香味觸光焰海雲(불색성향미촉광염해운), 一切(일체)의 寶焰海雲(보염해운), 一切(일체)의 佛法震聲遍滿焰海雲(불법진성편만염해운), 一切(일체)의 [62뒤 佛刹莊嚴電光焰海雲(불찰장엄전광염해운), 一切(일체)의 華輦光焰海雲(화련광염해운), 一切(일체)의 寶笛光焰海雲(보적광염해운), 一切(일체)의 劫數佛出音聲敎化衆生光焰海雲(겁수불출음성교화중생광염해운), 一切(일체)의 無盡寶華鬘示現衆生光焰海雲(무진보화만시현중생광염해운), [63앞 一切(일체)의 諸座示現莊嚴光焰海雲(제좌시현장엄광염해운)을 내어, 이렇듯이 虛空(허공)에 가득하여 住持(주지)하여 끊어지지 아니하게 하여, 一切(일체)의 諸佛菩薩衆海雲(제불보살중해운)를 供養(공양)·恭敬(공경)·尊重(존중)·禮拜(예배)하며,

○ 또 一切(일체)의 [63뒤 不斷不散無邊色寶光海雲(부단불산무변색보광해운), 一切(일체)의 摩尼寶王光海雲(마니보왕광해운), 一切(일체)의 佛刹莊嚴電光海雲(불찰장엄전광해운), 一切(일체)의 香光海雲(향광해운), 一切(일체)의 莊嚴光海雲(장엄광해운), 一切(일체)의 [64앞 佛化身光海雲(불화신광해운), 一切(일체)의 雜寶樹華鬘光海雲(잡보수화만광해운), 一切(일체)의 衣服光海雲(의복광해운), 一切(일체)의 無邊菩薩諸行(무변보살제행), 名稱寶王光海雲(명칭보왕광해운), 一切(일체)의 眞珠燈光海雲(진주등광해운)을 내어, 이렇듯이 [64뒤 虛空(허공)에 가득하여 住持(주지)하여 끊어지지 아니하게 하여, 一切(일체)의 諸佛菩薩衆海雲(제불보살중해운)을 供養(공양)·恭敬(공경)·尊重(존중)·禮拜(예배)하며,

○ 또 一切(일체)의 不可思議種種諸雜香華海雲(불가사의종종제잡향화해운), 一切(일체)의 寶焰蓮華羅網海雲(보염련화나망해운), [65앞 一切(일체)의 無量無邊除色摩尼寶王

光輪海雲(무량무변제색마니보왕광륜해운), 一切(일체)의 摩尼眞珠色藏篋笥海雲(마니진주색장협사해운), 一切(일체)의 摩尼妙寶栴檀末香海雲(마니묘보전단말향해운), 一切(일체)의 [65뒤 摩尼寶盖海雲(마니보개해운), 一切(일체)의 淸淨諸妙音聲悅可衆心寶王海雲(청정제묘음성열가중심보왕해운), 一切(일체)의 日光寶輪瓔珞旒蘇海雲(일광보륜영낙류소해운), 一切(일체)의 無邊寶藏海雲(무변보장해운), 一切(일체)의 普賢色身海雲(보현색신해운)을 내어, 이렇듯이 虛空(허공)에 [66앞 가득하여 住持(주지)하여 끊어지지 아니하게 하여, 一切(일체)의 諸佛菩薩衆海雲(제불보살중해운)을 供養(공양)·恭敬(공경)·尊重(존중)·禮拜(예배)하고 싶습니다." 하고, 八十四億百千(팔십사억백천) 那由他(나유타)의 龍王(용왕)들이 부처께 세 번 감돌고, 머리를 조아려 禮數(예수)하고 [66뒤 한쪽 面(면)에 서거늘,

그때에 부처가 龍王(용왕들)더러 이르시되, "너희 龍王(용왕)들이 各各(각각) 앉아라." 그때에 龍王(용왕)들이 次第(차례)로 앉았니라.

그때에 모인 (용왕) 中(중)에 한 龍王(용왕)이 이름이 無邊莊嚴海雲威德輪盖(무변장엄해운위덕윤개)이더니, 이 三千大千世界(삼천대천세계)의 [67앞 龍王(용왕)의 中(중)에 가장 爲頭(위두)하더니, 물러나지 아니함을 得(득)하되 本願力(본원력)의 까닭으로 이 龍(용)의 몸을 受(수)하여 있더니, 如來(여래)께 供養(공양)·恭敬(공경)·禮拜(예배)하여 正法(정법)을 듣고자 하여, 이 閻浮提(염부제)의 內(내)에 와서 났니라. 그때에 저 龍王(용왕)이 [67뒤 坐(좌)로부터서 일어나, 옷을 고치고 오른쪽을 벗어메고 오른 무릎을 꿇어 合掌(합장)하여, 부처를 向(향)하여 사로되 "世尊(세존)이시어, 내 이제 疑心(의심)이 있어서, 如來(여래)인 至眞(지진)한 等正覺(정등각)께 묻고자 하니, 부처야말로 許(허)하시면 묻겠습니다." 하고 잠잠코 있거늘 [68앞

그때에 世尊(세존)이 無邊莊嚴海雲威德輪盖龍王(무변장엄해운위덕윤개용왕)더러 이르시되, "너 大龍王(대용왕)아, 疑心(의심)이 있거든 네가 묻고 싶은 대로 물어라. 내가 너를 爲(위)하여 가려서 일러서, 네가 기뻐하게 하리라."

그때에 無邊莊嚴海雲威德輪盖龍王(무변장엄해운위덕윤개용왕)이 [68뒤 부처께 사뢰되, "世尊(세존)이시어, 어찌하여야 能(능)히 龍王(용왕)들이 一切(일체)의 苦(고)를 滅(멸)하여 安樂(안락)을 受(수)하게 하며, (용왕들이) 安樂(안락)을 受(수)하고서 또 이 閻浮提(염부제)의 內(내)에 時節(시절)로 단비를 내리게 하여, 一切(일체)의 樹木

(수목)·叢林(총림)·藥草(약초)·苗稼(묘가)를 내야 길러, [69앞 閻浮提(염부제)의 一切(일체) 사람들이 다 快樂(쾌락)을 受(수)하게 하겠습니까?

그때에 世尊(세존)이 無邊莊嚴海雲威德輪盖大龍王((무변장엄해운위덕윤개용왕)더러 이르시되, "좋다, 좋다. 네가 이제 '衆生(중생)들을 爲(위)하여 利益(이익)을 [69뒤 지으리라.' 하여 如來(여래)께 이렇듯 한 일을 能(능)히 묻나니, 子細(자세)히 들어서 잘 思念(사념)하라. 내가 너를 爲(위)하여 가리어서 이르리라.

輪盖龍王(윤개용왕)아, 내가 한 (가지의) 法(법)을 두고 있으니, 너희들이 能(능)히 갖추 行(행)하면 一切(일체)의 龍(용)이 여러 가지의 受苦(수고)를 除滅(제멸)하여 [70앞 安樂(안락)이 갖추어져 있게 하리라. 한 (가지의) 法(법)은 大慈(대자)를 行(행)하는 것이니, 너 大龍王(대용왕)아, 만일 天人(천인)이 大慈(대자)를 行(행)하면, 불이 (대자를 행하는 이를) 사르지 못하며 물이 잠그게 하지 못하며 毒(독)이 害(해)하지 못하며 (칼)날이 헐게 하지 못하며 內外(내외)의 怨賊(원적)이 侵掠(침략)하지 못하여, [70뒤 자거나 깨거나 다 便安(편안)하리라. 大慈(대자)를 行(행)하는 힘이 큰 威德(위덕)이 있어, 諸天(제천)이며 世間(세간)들이 (위덕을) 어지럽히지 못하여 모습이 端嚴(단엄)하여, 모두 사랑하고 恭敬(공경)하여 다니는 곳에 一切(일체)의 막은 데가 없어, 受苦(수고)가 다 없어져서 마음이 [71앞 歡喜(환희)하여 즐거움이 갖추어지겠으니, 大慈力(대자력)으로 命終(명종)한 後(후)에 梵天(범천)에 나리라.

너 大龍王(대용왕)아, 만일 天人(천인)이 大慈(대자)를 行(행)하면 이와 같은 無量無邊(무량무변)의 利益(이익)한 일을 얻나니, 이러므로 龍王(용왕)아, 몸과 입과 뜻으로 지은 業(업)은 늘 [71뒤 모름지기 大慈行(대자행)을 行(행)하여야 하리라.

또 龍王(용왕)아, 陁羅尼(다라니)가 있되 (그) 이름이 施一切衆生安樂(시일체중생안락)이니, 너희 龍(용)들이 항상 모름지기 讀誦(독송)하여 念(염)하여 受持(수지)하라. (그 다라니가) 一切(일체)의 龍(용)의 苦惱(고뇌)를 能(능)히 滅(멸)하여 安樂(안락)을 주리니, [72앞 저 龍(용)들이 樂(낙)을 得(득)하고야 閻浮提(염부제)에서 始作(시작)하여 能(능)히 時節(시절)을 좇아 甘雨(감우)를 내리게 하여, 一切(일체)의 樹木(수목)·叢林(총림)·藥草(약초)·苗稼(묘가)가 다 滋味(자미)를 나게 하리라.

그때에 龍王(용왕)이 부처께 사뢰되, "어느 施一切樂陁羅尼句(시일체다라니구)입니까? [72뒤 世尊(세존)이 즉자히 呪(주)를 이르시되,

"怛緻哋당징타[그 주(呪, 다라니) 글자의 옆에 쓴 것은 轉舌(전설)로 읽고, (글자의 앞에) '引'자를 注(주)한 것은 끄는 소리로 읽는다.] 陁떠(引)囉尼陁러니떠(引)囉尼러니【一】優多힐더(引)囉尼러니【二】(引)三삼(引)波囉帝붜러디[여러 주(呪, 다라니)에서 '帝(뎨)'는 모두 丁(뎡)과 利(리)의 반절(反切)이다.] 師郗승치[攄(터)와 利(리)의 反切(반절)이다.]【二】毗闍耶跋讕那삐셔여뿅류나(引)薩底 [73앞 夜波羅帝若상디여붜러디셔[女(녀)와 賀(하)의 反切(반절)이다.]【四】波囉若那跋帝붜러허셔나뿅디【五】優多波힐더붜(引)達尼땅니【六】毗那삐나(引)喝膩헝니【七】阿하(引)毗屣삐승(引)遮膩져니【八】阿陛毗하삐삐(引)耶여(引)呵邏허러【九】輸婆슈뿨(引)跋帝뿅디【十】頞者헝쏭[市(시)와 尸(시)의 反切(반절)이다.]摩哆뭐더【十一】黔哐히히[顯(현)과 利(리)의 反切(반절)이다.] [73뒤 【十二】宮婆羅궁뿨러(引)【十三】鞞哐삐히[香(향)과 利(리)의 反切(반절)이다.](引)婆呵뿨허【十四】摩羅吉梨舍뭐러깅리셔(引)達那땅나(引)波唅붜함【十五】輸슝[輸(수)와 律(륟)의 反切(반절)이다.]陁떠(引)耶摩여뭐(引)伽尼梨呵迦達摩多갸니리허갸땅뭐더(引)輸슝陁떠(引)盧迦루갸【十七】毗帝寐囉何囉闍婆獨佉賒摩那삐디믜러혀러셔뿨뚱큐셔뭐나 [74앞 (去聲)【十八】薩婆佛陁婆盧歌那상뿨뿛떠뿨루거나(去聲)【十九】波羅闍若붜러셔셔(引)闍那셔나(引)鞞醯莎삐히서(引)呵허

너 大龍王(대용왕)아, 이 呪(주)의 일후미 施一切樂陁羅尼句(시일체낙다라니구)이니, (이 呪는) 諸佛(제불)이 지니시는 것이니, 너희들이 항상 모름지기 受持(수지)·[74뒤 讀誦(독송)하라. 吉(길)한 일이 이루어져 法門(법문)에 능히 들어서 便安(편안)하고 즐거움을 얻으리라. 또 龍王(용왕)아, 大雲所生威神莊嚴功德智相雲輪水藏化金色光毗盧遮那(대운소생위신장엄공덕지상운윤수장화금색광비로자나)가 계시니, 하나의 털 구멍에서 한 姓(성)을 가진 [75앞 諸佛(제불)의 名號(명호)가 나시니 너희들이 또 모름지기 念(염)하여 受持(수지)하라. 저 諸如來(제여래)의 名號(명호)를 지니면, 一切(일체)의 諸龍(제룡)과 種姓(종성)과 一切(일체)의 龍王(용왕)의 眷屬(권속) 徒衆(도중)과 龍女(용녀)들이 苦惱(고뇌)를 能(능)히 滅(멸)하여 安樂(안락)을 [75뒤 주겠으니, 이러므로 龍王(용왕)아, 저 如來(여래)의 名號(명호)를 일컬어야 하리라.

南無婆伽婆帝毗盧遮那藏大雲如來(나무바가바제비로자나장대운여래)·南無婆伽婆帝性現出雲如來(나무바가바제성현출운여래)·南無婆伽婆帝持雲雨如來(나무무바가바제지운우여래)·[76앞 南無婆伽婆帝威德雲如來(나무바가바제위덕운여래)·南無婆伽婆帝大興雲如來(나무바가바제대홍운여래)·南無婆伽婆帝大散風雲如來(나무바가바제대산풍운여래)·南無婆伽婆帝大雲閃電如來(나무바가바제대운섬전여래)·[76뒤 南無婆伽婆帝大雲勇步如來(나무바가바제대운용보여래)·南無婆伽婆帝須彌善雲如來(나무바가바제수미선운여래)·南無婆伽婆帝大密雲如來(나무바가바제대밀운여래)·南無婆伽婆帝大雲輪如來(나무바가바제대운륜여래)·[77앞 南無婆伽婆帝雲光如來(나무바가바제운광여래)·南無婆伽婆帝大雲師子座如來(나무바가바제대운사자좌여래)·南無婆伽婆帝大雲盖如來(나무바가바제대운개여래)·南無婆伽婆帝大善現雲如來(나무바가바제대선현운여래)·南無婆伽婆帝雲覆如來(나무바가바제운복여래)·[78앞 南無婆伽婆帝布雲如來(나무바가바제포운여래)·南無婆伽婆帝虛空雨雲如來(나무바가바제허공우운여래)·南無婆伽婆帝疾行雲如來(나무바가바질행운여래)·南無婆伽婆帝雲垂出聲如來(나무바가바제운수출성여래)·[78뒤 南無婆伽婆帝雲示現如來(나무바가바제운시현여래)·南無婆伽婆帝廣出雲如來(나무바가바제광출운여래)·南無婆伽婆帝沫雲如來(나무바가바제매운여래)·南無婆伽婆帝雲雷震如來(나무바가바제운뇌진여래)·[79앞 南無婆伽婆帝雲際如來(나무바가바제운제여래)·南無婆伽婆帝雲如衣如來(나무바가바제운여의여래)·南無婆伽婆帝潤生稼雲如來(나무바가바제윤생가운여래)·南無婆伽婆帝乘上雲如來(나무바가바제승상운여래)·南無婆伽婆帝飛雲如來(나무바가바제비운여래)·[79뒤 南無婆伽婆帝低雲如來(나무바가바제저운여래)·南無婆伽婆帝散雲如來(나무바가바제산운여래)·南無婆伽婆帝大優鉢羅華雲如來(나무바가바제대우발라화운여래)·南無婆伽婆帝大香體雲如來(나무바가바제대향체운여래)·[80앞 南無婆伽婆帝大涌雲如來(나무바가바제대용운여래)·南無婆伽婆帝大自在雲如來(나무바가바제대자재운여래)·南無婆伽婆帝大光明雲如來(나무바가바제대광명운여래)·南無婆伽婆帝大威德雲如來(나무바가바제대위덕운여래)·[80뒤 南無婆伽婆帝得大摩尼寶雲如來(나무바가바제득대마니보운여래)·南無婆伽婆帝降伏雲如來(나무바가바제강복운여래)·南無婆伽婆帝雲根本如來(나무바가바제운근본여래)·南無婆伽婆帝欣喜雲如來(나무바가바제흔희운여래)·南無婆伽婆帝散壞非時電雲如來(나무바가바제산괴비시전운여래)·[81앞 南無婆伽婆帝大空高響雲如來(나무바가바제대공고향운여래)·南無婆伽婆帝大發聲雲如來(나무바가바제대발성운여래)·南無婆伽婆帝大降雨雲如來(나무바가바제대강우운여래)·[81뒤 南無婆伽婆帝施色力雲如來(나무바가바제시색력운여래)·南無婆伽婆帝雨六味雲如來(나무바가바제우륙미운여래)·南無婆伽婆帝大力雨雲如來(나무바가바제대력우운여래)·南無婆伽婆帝滿(나무바가바제만)·[82앞·[82뒤·[83앞 南無婆伽婆帝陽炎旱時注雨雲如來(나무바가바제양염한시주우운여래)·南無婆伽婆帝無邊色雲如來(나무바가바제무변색운여래)·南無婆伽婆帝一切差別大雲示現閻浮飛雲威德月光焰雲如來(나무바가바제일체차별대운시현염부비운위덕월광염운여래)·應供(응공)·正遍知(정변지)·三藐三佛陀(삼막삼불타) 등이니라.

그때 世尊(세존)이 모든 如來(여래)의 名號(명호)를 말씀하시고, 無邊莊嚴海雲威德輪蓋龍王(무변장엄해운위덕윤개용왕)에게 말씀하셨다. 龍王(용왕)아, 이 諸佛(제불)의 이름을, 너희들 一切(일체)의 諸龍(제룡)과 眷屬(권속)이 저 부처의 이름을, 能(능)히 외워 지니어서 일컬으며 禮數(예수)하여 절하면, 一切(일체) 龍(용)의 苦戹(고액)이 다 벗어 便安(편안)하고 즐거움을 널리 얻으리니, 便安(편안)하고 즐거움을 得(득)하면 즉시 [83뒤 能(능)히 이 閻浮提(염부제)에 바람과 비를 時節(시절)로 하여, 藥草(약초)·樹木(수목)·蘗林(총림)을 다 자라게 하며 五穀(오곡)이 되게 하리라."

그때에 娑婆三千大千世界主無邊莊嚴海雲威德輪盖龍王(사바삼천대천세계주무변장엄해운위덕윤개용왕)이 또 부처께 사뢰되, [84앞

"世尊(세존)하, 내가 이제 諸佛(제불)이 이르시는 陁羅尼句(다라니구)를 엳쭈어 請(청)하니, 未來(미래)와 末世(말세)의 時節(시절)에 閻浮提(염부제)의 內(내)에 만일 가물어서 비가 아니 오는 데가 있거든, 이 神呪(신주)를 외우면 즉시 비를 내리게 하며 굶주리며 모진 세상에 病(병)이 많으며, [84뒤 그른 法(법)이 어지럽게 유행(流行)하여 百姓(백성)들이 두려워하며, 妖怪(요괴)스러운 별과 災變(재변)들이 이어서, 이렇듯한 無量(무량)의 苦惱(고뇌)가 있거든 佛力(불력)으로 다 滅除(멸제)하게 하고자 하니, 願(원)컨대 世尊(세존)이 큰 慈悲(자비)로 衆生(중생)을 불쌍히 여기시어, 神呪(신주)인 陁羅尼句(다라니구)를 [85앞 이르시어, 龍(용)이 알게 하시며 諸天(제천)이 歡喜踊躍(환희용약)하게 하시며 一切(일체)의 諸魔(제마)를 허시며 一切(일체)의 衆生(중생)의 몸에 있는 苦難(고난)과 모진 별의 妖怪(요괴)와 災障(재장)을 다 덜게 하소서. 또 如來(여래)가 예전에 이르시던 五種(오종)의 雨障(우장)을 또 消滅(소멸)하게 [85뒤 하소서. [86앞 저 障(장)이 덜어지면 즉자히 能(능)히 閻浮提(염부제)의 內

(내)에 時節(시절)로 비가 오게 [86뒤 하겠으니, 願(원)컨대 如來(여래)가 우리를 爲(위)하여 이르소서."

그때에 世尊(세존)이 無邊莊嚴海雲威德輪盖龍王(무변장엄해운위덕윤개용왕)의 말을 들으시고, 讚歎(찬탄)하여 이르시되 "좋다, 좋다. 너 大龍王(대용왕)아, 네가 이제 諸佛(제불)의 一切(일체) 衆生(중생)을 饒益(요익)하게 하여, [87앞 憐愍(연민)하여 安樂(안락)하게 하시는 것과 같아, 如來(여래)께 神呪(신주)를 이르는 것을 能(능)히 請(청)하나니, 너 大龍王(대용왕)아, 子細(자세)히 들어 잘 思念(사념)하라. 내가 너를 爲(위)하여 이르리라. 예전에 大悲雲生如來(대비운생여래)께 震吼奮迅勇猛幢陁羅尼(진후분신용맹당다라니)를 [87뒤 들으니, 過去(과거)의 諸佛(제불)이 예전에 이르시어 威神(위신)으로 加護(가호)하시니, 내가 이제 또 隨順(수순)하여 일러 一切(일체)의 衆生(중생)을 利益(이익)하며, 未來世(미래세)를 불쌍히 여겨 즐거움을 [88앞 주어, 가문 적에 能(능)히 비가 오게 하며, 비가 많을 적에 또 能(능)히 개게 하며, 飢饉(기근)과 疾疫(질역)을 다 能(능)히 없게 하며, 龍(용)들을 다 듣게 하며, 諸天(제천)이 歡喜踊躍(환희용약)하게 하며, 一切(일체)의 魔(마)를 헐어버려, 衆生(중생)을 便安(편안)하게 하리라." 하시고 [88뒤

즉시 呪(주)를 이르시되,

怛緻他당짏타摩訶若那뭐허셔나(引)婆婆뿨뿨(引)薩尼尼梨佤殊상니니리디쓔(引)洛鼓彌랗키미(去聲)【二】提利茶띠리쨔(去聲)(引)毗迦囉摩跋闍羅삐갸러뭐뿅쎠러(引)僧伽怛膩승꺄당니【三】波羅摩毗囉闍붜러뭐삐러쎠【四】涅摩求那雞니뭐낗나기[89앞 [經(경)과 岐(기)의 反切(반절)이다.]兜듷(引)修梨耶싈리여(引)波羅鞞붜러삐【五】毗摩嵐삐뭐람(引)伽耶師꺄여씃【六】婆囉뿨러(去聲)【七】三婆羅삼뿨러【引】三婆羅삼뿨러[去聲]【八】豆潭뜰땀[徒(도)와 感(감)의 反切(반절)이다.]鞞삐[去聲【九】呵那呵那허나허나【十】摩訶波羅薜뭐허붜러삐[蒲(포)와 □의 反切(반절)이다.]【十一】毗頭多摸訶陁迦□삐뜰더무허떠갸리【十二】[89뒤 波囉若伽囉輸悌붜러셔꺄러슈띠【十三】波梨富婁那붜리부류나(引)迷帝□迷怛利미디리미당리(引)帝囉디러(引)摩那婆揵提뭐나서견띠(去聲)【十四】彌多羅浮□利미더러뿔떠리【十五】社羅

社羅쎠러쎠러【十六】社羅社羅쎠러쎠러【十七】社羅浮□利쎠러뿧떠리【十八】蒲登伽俱蘇迷뿌둥꺄규수미(去聲)【十九】[90앞 達舍婆利땋셔뿨리【二十】遮闘蔑賖져듷훙셔(引)何囉提혀러띠【二十一】頞瑟吒達舍毗尼迦佛陁헝승차땋셔삐갸뿡떠(引)達迷땋미(去聲)【二十二】輸頻摩帝슈삔뭐디【二十三】分若羅翅븐셔러승【二十四】叔迦羅숭갸러(引)達摩땋뭐(引)三摩泥比삼뭐【二十五】[90뒤 鉗毗梨껌삐리【二十六】毗羅闍悉雞삐러쎠싱기[經(경)과 岐(기)의 反切(반절)이다.]【二十七】毗富茶毗舍沙波羅鉢帝삐부쨔삐셔사뿨러봥디【二十八】尼囉蕭羅니러수러(引)婆뿨(引)達彌땋미【二十九】薩婆盧迦상뿨루갸(引)匙쓩(引)瑟吒승차【三十】失梨沙吒싱리사차(引)【三十一】波羅波羅婆뿨러뿨러뿨(引)兮唎혜리【三十二】[91앞 阿奴하누(引)怛唎당리【三十三】阿僧祇하숭끼【三十四】陁囉陁囉떠러떠러【三十五】地唎地唎띠리띠리【三十六】豆漏豆漏뜰릏뜰릏【三十七】賖塞多셔싱더(引)摩帝뭐디【三十八】賖塞多셔싱더(引)波蔽뿨비【三十九】遮羅遮羅져러져러【四十】旨唎旨唎즈리즈리【四十一】呪漏呪漏질릏질릏【四十二】[91뒤 波羅遮뿨러져(引)佛陁喃뿡떠남(引)喃(去聲)摩帝뭐디【四十三】摩訶般利若뭐허번리셔(引)波뿨(引)羅러(引)蜜帝莎밍디서(引)呵허【四十四】

南無智海毗盧遮那藏如來(나무지해비로자나장여래), 南無一切諸菩提薩埵(나무일체제보리살타).

그때에 一切(일체)의 龍王(용왕)들이 비를 내리게 하는 것을 [92앞 爲(위)하여 이 呪(주)를 受持(수지)하여, 만일 後末世(후말세)에 모진 災禍(재화)가 유행(流行)할 적에 能(능)히 다니지 아니하게 하며, 또 一切(일체)의 諸佛菩薩(제불보살)의 眞實力(진실력)으로 또 一切(일체)의 龍(용)들을 勅(칙)하시어, "閻浮提(염부제)의 祈請處(기청처)에 [92뒤 降澍大雨(강주대우)하여, 다섯 가지의 비에 대한 障碍(장애)를 없게 하라." 하시고, 呪(주)를 이르시되

多緻他더징타【一】娑邏娑邏서러서러【二】四唎四唎승리승리【三】素漏素漏수릏수릏【四】那나(引)伽南갸남(去聲)【五】闍婆闍婆쎠뿨쎠뿨[한 구(句)가 모두 去聲

(거성)이다.] 【六】 侍毗侍毗쓩삐쓩삐[모두 去聲(거성)이다.] 【七】 [93앞 樹附樹附쓔뿌쓔뿌 【八】

"부처의 實力(실력)으로 大龍王(대용왕)들이 閻浮提(염부제)의 內(내)에 빨리 와 있어서, 祈請處(기청처)에 降澍大雨(강주대우)하라." 하시고, 呪(주)를 이르시되,

遮羅遮羅쟈러쟈러(모두 去聲) 【一】 至利至利즈리즈리 【二】 朱漏朱漏쥬릏쥬릏 【三】

"부텻 實力(실력)으로 [93뒤 '咄(돌)' 諸龍王(제용왕)이 閻浮提(염부제) 請雨國(청우국)의 內(내)에 降澍大雨(강주대우)하라." 하시고, 呪(주)를 이르시되

婆邏婆邏뿨러뿨러[並去聲 【一】 避利避利삐리삐리[避字(피자)는 모두白(백)과 利(리)의 反切(반절)이다.] 【二】 復漏復漏뽛릏뽛릏 【三】

"諸佛菩薩(제불보살)의 威神力(위신력)과 大乘(대승)의 眞實(진실)한 [94앞 行業力(행업력)으로, "諸龍王(제용왕)들이 빨리 와서 諸如來(제여래)의 法(법)과 菩薩行(보살행)을 各各(각각) 念(염)하여, 慈心(자심)·悲心(비심)·喜心(희심)·捨心(사심)을 일으켜라." 하시고, 呪(주)를 이르시되,

婆邏婆邏뿨러뿨러 【一】 毗梨毗梨삐리삐리 【二】 蒲盧蒲盧뿌루뿌루 【三】 [94뒤

"大意氣龍王(대의기용왕)이 慈心(자심)으로 妙密(묘밀)한 佛法(불법)을 正(정)히 念(염)하여, 큰 雲雨(운우)를 가져 빨리 오라." 하시고, 呪(주)를 이르시되

伽茶伽茶꺄쨔꺄쨔 【一】 祁繒祁繒끼찡끼찡 【二】 瞿厨瞿厨뀨쮸뀨쮸 【三】

"一切(일체) 諸佛(제불)의 眞實力(진실력)으로 [95앞 大健瞋者(대건진자)와 大疾行者(대질행자)와 睒電舌者(섬전설자)가 여러 가지의 모진 毒(독)을 다스려 와서, 慈心(자

심)을 일으켜서 閻浮提(염부제)의 請雨國(청우국) 內(내)에 降澍大雨(강주대우). 莎呵(사하)." 하시고, 또 呪(주)를 이르시되 [95뒤

怛吒怛吒당차당차[吒(타)는 모두 去聲(거성)이다.]【一】底致底致디지ᇫ디지ᇫ【二】鬪書鬪書듷질듷질【三】

"金剛密迹(금강밀적)의 眞實力(진실력)으로 머리 위에 大摩尼天冠(대마니천광)을 쓰고 뱀의 몸을 가진 이가, 三寶(삼보)를 念(염)하는 힘으로 閻浮提(염부제)의 請雨國(청우국) 內(내)에 降澍大雨(강주대우). [96앞 莎呵(사하)." 하시고, 또 呪(주)를 이르시되

迦羅迦羅갸러갸러【一】繼利繼利기리기리【二】句漏句漏규르ᇹ규르ᇹ【三】

"부처의 實力(실력)으로 金剛密迹(금강밀적)이 一切(일체)의 大水(대수)를 붓는 이와 大雲(대운)을 탄 이를 勅(칙)하여, 慈悲心(자비심)을 일으켜서 다 여기에 와서, 閻浮提(염부제)의 [96뒤 中(중) 請雨國(청우국)의 內(내)에 降澍大雨(강주대우)하게 하라." 하시고, 또 呪(주)를 이르시되

何邏邏何邏羅ᅘᅧ러러ᅘᅧ러러【一】兮利履兮利履ᅘᅧ리리ᅘᅧ리리【二】候漏塿ᅘᅳᇹ르ᇹ르ᇹ[婁(루)와 苟(구)의 反切(반절)이다.]候漏塿ᅘᅳᇹ르ᇹ르ᇹ【三】

三世(삼세) 諸佛(제불)의 眞實力(진실력)으로 一切(일체)의 諸龍(제용)의 眷屬(권속)이 [97앞 졸음을 버리게 하시고, 또 呪(주)를 이르시되

伽磨伽磨꺄뭐꺄뭐【一】姞寐姞寐깅믜깅믜【二】求牟求牟껑믕껑믕【三】莎呵서허

"내가 一切(일체)의 諸龍王(제용왕)들을 勅(칙)하니, 큰 慈心(자심)을 일으켜서 菩提(보리)의 밑을 만들라." 하시고, 呪(주)를 이르시되

那囉那囉나러나러【一】[97뒤 尼梨尼梨니리니리【二】奴漏奴漏누르ᇹ누르ᇹ【三】莎

呵서허

"咄咄(돌돌), 龍等(용등)이 種種(종종)의 다른 모습으로, 천(千)의 머리가 무서우며 붉은 눈과 큰 힘과 큰 뱀의 몸을 가졌는데, 내가 이제 너를 勅(칙)하니 最上(최상)의 慈悲(자비)·威神(위신)·功德(공덕)으로 煩惱(번뇌)를 滅(멸)한 一切(일체)의 諸佛(제불)과 [98앞] 如來(여래)의 이름을 念(염)하라." 하시고 呪(주)를 이르시되

揭꼉[其(기)와 謁(알)의 反切(반절)이다.]茶쨔(去聲)揭茶꼉쨔【一】者稺者稺끼찡끼찡【二】崛住崛住끓쮸끓쮸【三】莎呵서허

"막은 데가 없이 勇健(용건)함으로 世間(세간) 사람의 色力(색력)을 빼앗는 이가 閻浮提(염부제) 請雨國(청우국)의 內(내)에 降澍大雨(강주대우)하라." [98뒤 하시고, 呪(주)를 이르시되

舍囉舍囉셔러셔러【一】尸利尸利싀리싀리【二】輸슝(入聲)嚧輸嚧莎呵루슈루서허

"一切(일체) 諸天(제천)의 眞實力(진실력)으로 '咄(돌)' 諸大龍(제대룡)이 자기의 種姓(종성)을 念(염)하여, 여기에 빨리 와서 閻浮提(염부제) 中(중)의 請雨國(청우국) 內(내)에 [99앞 降澍大雨(강주대우). 莎呵(사하). 大梵天王(대범천왕)의 實行力(실행력)으로 龍王(용왕)들을 閻浮提(염부제)의 請雨國(청우국) 內(내)에 降澍大雨(강주대우). 莎呵(사하). 主帝釋(천주제석)의 實行力(실행력)으로 龍王(용왕)들을 閻浮提(염부제)의 請雨國(청우국) 內(내)에 降澍大雨(강주대우). [99뒤 莎呵(사하). 四大天王(사대천왕)의 實行力(실행력)으로 龍王(용왕)들을 閻浮提(염부제)의 請雨國(청우국) 內(내)에 降澍大雨(강주대우). 莎呵(사하). 八人(팔인)의 實行力(실행력)으로 龍王(용왕)들을 閻浮提(염부제)의 請雨國(청우국) 內(내)에 降澍大雨(강주대우). 莎呵(사하). 須陁洹(수타환) [100앞 實行力(실행력)으로 龍王(용왕)들을 閻浮提(염부제)의 請雨國(청우국) 內(내)에 降澍大雨(강주대우). 莎呵(사하). 斯陁含(사다함)의 實行力(실행력)으로 龍王(용왕)들을 閻浮提(염부제)의 請雨國(청우국) 內(내)에 降澍大雨(강주대우). 莎呵(사하). 阿那含(아나함)의 實行力(실행력)으로 [100뒤 龍王(용왕)들을 閻浮提(염부제)의 請雨國(청우국)

內(내)에 降澍大雨(강주대우). 莎呵(사하). 阿羅漢(아라한)의 實行力(실행력)으로 龍王(용왕)들을 閻浮提(염부제)의 請雨國(청우국) 內(내)에 降澍大雨(강주대우). 莎呵(사하). 辟支佛(벽지불)의 實行力(실행력)으로 龍王(용왕)들을 [101앞 閻浮提(염부제)의 請雨國(청우국) 內(내)에 降澍大雨(강주대우). 莎呵(사하). 菩薩(보살)의 實行力(실행력)으로 龍王(용왕)들을 閻浮提(염부제)의 請雨國(청우국) 內(내)에 降澍大雨(강주대우). 莎呵(사하). 諸佛(제불)의 實行力(실행력)으로 龍王(용왕)들을 閻浮提(염부제)의 請雨國(청우국) 內(내)에 [101뒤 降澍大雨(강주대우). 莎呵(사하). 一切(일체) 諸天(제천)의 實行力(실행력)으로 災障(재장)과 苦惱(고뇌)를 빨리 없게 하라. 莎呵(사하). 一切(일체) 諸龍(제용)의 실행력(實行力)으로, 能히(능히) 빨리 비를 내리게 하여 이 大地(대지)를 적셔라. 莎呵(사하). 一切(일체) 夜叉(야차)의 實行力(실행력)으로 [102앞 能(능)히 빨리 一切(일체)의 衆生(중생)을 덮어 護持(호지)하라. 莎呵(사하). 一切(일체) 揵闥婆(건달바)의 實行力(실행력)으로 一切(일체) 衆生(중생)의 시름을 能(능)히 빨리 없게 하라. 莎呵(사하). 一切(일체) 阿脩羅(아수라)의 實行力(실행력)으로 모진 별의 變怪(변괴)를 能(능)히 [102뒤 빨리 돌이켜라. 莎呵(사하). 一切(일체) 迦樓羅(가루라)의 實行力(실행력)의 까닭으로, 龍(용)에게 큰 慈悲(자비)를 일으켜서 降澍大雨(강주대우). 莎呵(사하). 一切(일체) 緊那羅(긴나라)의 實行力(실행력)으로 一切(일체) 衆生(중생)의 여러 가지의 重(중)한 罪業(죄업)을 빨리 能(능)히 없게 하여, [103앞 踊躍(용약)하게 하라. 莎呵(사하). 一切(일체) 摩睺羅伽(마후라가)의 實行力(실행력)으로 能(능)히 大雨(대우)를 내리게 하여 널리 充足(충족)하게 하여, 다섯 가지의 비로 생긴 障碍(장애)를 없게 하라. 莎呵(사하). 一切(일체) 善男子(선남자)와 善女人(선여인)의 實行力(실행력)으로 一切(일체) 衆生(중생)을 [103뒤 잘 能(능)히 덮어 護持(호지)하라. 莎呵(사하)."

또 呪(주)를 이르시되

迦邏迦邏갸러갸러【一】抧利抧利즈ᇫ리즈ᇫ리【二】句嚧句嚧규루규루(去聲)【三】陁囉陁囉떠러떠러【一】地利地利띠리띠리【二】豆漏豆嚧뜽릉뜽루【三】那吒那吒나차나차【一】膩닝[年(년)과 一(일)의 反切(반절)이다.]口致膩口致膩지ᇫ니지ᇫ니【二】[104앞 奴書奴書누징누징【三】

持大雲雨疾行者(지대운우질행자)·如雲者(여운자)·著雲衣者(저운의자)·生雲中者(생운중자)·能作雲者(능작운자)·雲雷響者(운뇌향자)·住雲中者(주운중자)·雲天冠者(운천관자)·雲莊嚴者(운장엄자)·乘大雲者(승대운자) [104뒤 雲中隱者(운중은자)·雲中藏者(운중장자)·被雲髮者(피운발자)·耀雲光者(요운광자)·雲圍繞者(운위요자)·處大雲者(처대운자)·雲瓔珞者(운영락자)·能奪五穀精氣者(능탈오곡정기자), [105앞 住在深山叢林中者(주재심산총림중자)·尊者(존자), 龍母(용모)가 이름이 分陁羅(분타라)인 大雲威德喜樂尊大龍王(대운위덕희락존대용왕)이 몸이 淸凉(청량)하고 큰 風輪(풍륜)을 가지니, 諸佛(제불)의 實行力(실행력)으로 "六味雨(육미우)를 내리게 하라." 하시고, 呪(주)를 이르시되 [105뒤

伽邏伽邏 꺄러꺄러【一】岐利岐利 끼리끼리【二】求漏求漏 낄릏낄릏【三】其利尼其利尼 끼리니끼리니【四】求磨求磨求磨求磨求磨求磨求磨求磨求磨 낌뭐낌뭐낌뭐낌뭐낌뭐낌뭐낌뭐낌뭐낌뭐[九九(구구)로 磨(마)를 求한다.]【五】

九頭龍母(구두용모)가 首冠大雲睒電華冠者(수관대운섬전화관자)·[106앞 持一切龍者(지일체용자)·服雲衣者(복운의자)·攝諸境界毒氣者(섭제경계독기자)·乘雲嚴者(승운엄자)·雷聲遠震能告諸龍者(뇌성원진능고제용자)·大雲圍繞者(대운위요자)를 勅(칙)하여, 諸佛(제불)의 實行力(실행력)으로 [106뒤 閻浮提(염부제)의 請雨國(청우국) 內(내)에 降澍大雨(강주대우)하여 充足(충족)하게 하라. 莎呵(사하). 또 呪(주)를 이르시되,

野邏野邏 여러여러【一】逸利逸利 잉리잉리【二】喩屢喩屢 유류유류【三】樹屢樹屢 쓔류쓔류【四】嗜利嗜利 씅리씅리【五】社邏社邏社社邏 쎠러쎠러쎠쎠러【六】[107앞 求茶求茶求求茶 낌짜낌짜낌낌짜【七】伽茶伽茶 꺄짜꺄짜【八】者遲者遲 끼찡끼찡【九】呵邏呵邏 허러허러【十】醯利醯利 히리히리【十一】牟漏牟漏 믈릏믈릏【十二】多邏多邏 더러더러【十三】帝利帝利 디리디리【十四】兜漏兜漏 듷릏듷릏【十五】阿那阿那 하나하나【十六】陁呵陁呵 떠허떠허【十七】[107뒤 鉢遮鉢遮 뷩져뷩져【十八】祁利祁利 끼리끼리【十九】醯那醯那 히나히나【二十】求利陁 낄리떠【二十一】末利陁 뮝리떠【二十二】鉢囉末利陁 뷩러뮝리떠【二十三】

彌勒菩薩(미륵보살)이 勅(칙)하여 一切(일체)의 雨障(우장)을 덜게 하라. 莎呵(사하). 또 呪(주)를 이르시되

佛提佛提뿡띠뿡띠【一】[108앞 浮佛提浮佛提뿧뿡띠뿧뿡띠【二】

衆生(중생)들이 부처의 功德(공덕)을 지녀 一切(일체)의 障業(장업)과 重罪(중죄)를 없게 하라 하시고, 呪(주)를 이르시되

陁羅尼떠러니【一】□離떠리【二】輸婆摩帝슈뿨뭐디【三】求那伽囉鉢囉鉢尼낑나꺄러뷩러뷩니【四】摩呵若奴盧抧뭐허셔누루즁(去聲)【五】[108뒤 輸說羅슈쉉러(引)達彌땅미【六】薩底夜波羅상디여붜러(引)底若디셔【七】摩訶耶那殊뭐허여나쓔(引)瑟□승징【八】阿殊하쓔(引)瑟□승징【九】盧歌□루거여(引)瑟□승징【十】婆伽婆帝佛陁彌帝□뿨꺄뿨디뿡떠미디리【十一】阿鉢羅夜薩婆差多羅尼하뷩러여상뿨차더러니【十二】[109앞 叔訖離施슝깅리싀【十三】卑當婆離비당뿨리【十四】那茶羅나짜러(引)婆뿨(引)私膩싀니【十五】頭頭□頭頭漏뜰뜰리뜰뜰릃【十六】賖摩賖摩셔뭐셔뭐【十七】擅多션더(引)摩那賜뭐나싀【十八】除一切雨障莎訶쮸힝치유쟝서허

"三世(삼세) 諸佛(제불)이 眞實力(진실력)으로, [109뒤 大慈心(대자심)으로, 正行(정행)·正業(정업)·精進心(정진심)으로, 一切(일체)의 大龍王(대용왕)들을 勅(칙)하여 부르니라. 莎呵(사하), 내가 無邊海莊嚴威德輪盖龍王(무변해장엄위덕륜개용왕)을 勅(칙)하니 閻浮提(염부제)의 請雨國(청우국) 內(내)에 降澍大雨(강주대우). 莎呵(사하)." [110앞 내가 難陁優波難陁龍王(난타우바난타용왕)을 勅(칙)하니 閻浮提(염부제)의 請雨國(청우국) 內(내)에 降澍大雨(강주대우). 莎呵(사하). 내가 娑伽龍王(사가용왕)을 勅(칙)하니 閻浮提(염부제)의 請雨國(청우국) 內(내)에 降澍大雨(강주대우). 莎呵(사하). 내가 阿耨達多龍王(아누달다용왕)을 [110뒤 勅(칙)하니 閻浮提(염부제)의 請雨國(청우국) 內(내)에 降澍大雨(강주대우). 莎呵(사하). 내가 摩那斯龍王(마나사용왕)을 勅(칙)하니 閻

浮提(염부제)의 請雨國(청우국) 內(내)에 降澍大雨(강주대우). 莎呵(사하). 내가 婆婁那龍王(바루나용왕)을 勅(칙)하니 閻浮提(염부제)의 請雨國(청우국) 內(내)에 [111앞 降澍大雨(강주대우). 莎呵(사하). 내가 德叉迦龍王(덕차가용왕)을 勅(칙)하니 閻浮提(염부제)의 請雨國(청우국) 內(내)에 降澍大雨(강주대우). 莎呵(사하). 내가 提頭賴吒龍王(제두뢰타용왕)을 勅(칙)하니 閻浮提(염부제)의 請雨國(청우국) 內(내)에 降澍大雨(강주대우). 莎呵(사하). [111뒤 내가 婆修吉龍王(바수길용왕)을 勅(칙)하니 閻浮提(염부제)의 請雨國(청우국) 內(내)에 降澍大雨(강주대우). 莎呵(사하). 내가 目眞隣陁龍王(목진린타용왕)을 勅(칙)하니 閻浮提(염부제)의 請雨國(청우국) 內(내)에 降澍大雨(강주대우). 莎呵(사하). 내가 伊羅跋那龍王(이나발나용왕)을 [112앞 勅(칙)하니 閻浮提(염부제)의 請雨國(청우국) 內(내)에 降澍大雨(강주대우). 莎呵(사하). 내가 分茶羅龍王(분차라용왕)을 勅(칙)하니 閻浮提(염부제)의 請雨國(청우국) 內(내)에 降澍大雨(강주대우). 莎呵(사하). 내가 大威光龍王(대위광용왕)을 勅(칙)하니 閻浮提(염부제)의 請雨國(청우국) 內(내)에 [112뒤 降澍大雨(강주대우). 莎呵(사하). 내가 威賢龍王(위현용왕)을 勅(칙)하니 閻浮提(염부제)의 請雨國(청우국) 內(내)에 降澍大雨(강주대우). 莎呵(사하). 내가 電冠龍王(전관용왕)을 勅(칙)하니 閻浮提(염부제)의 請雨國(청우국) 內(내)에 降澍大雨(강주대우). 莎呵(사하). 내가 大摩尼髻龍王(대마니계용왕)을 [113앞 勅(칙)하니 閻浮提(염부제)의 請雨國(청우국) 內(내)에 降澍大雨(강주대우). 莎呵(사하). 내가 載摩尼髻龍王(재마니계용왕)을 勅(칙)하니 閻浮提(염부제)의 請雨國(청우국) 內(내)에 降澍大雨(강주대우). 莎呵(사하). 내가 光髻龍王(광계용왕)을 勅(칙)하니 閻浮提(염부제)의 請雨國(청우국) 內(내)에 [113뒤 降澍大雨(강주대우). 莎呵(사하). 내 이 等(등)에 속한 一切(일체)의 龍王(용왕)을 勅(칙)하니 閻浮提(염부제)의 請雨國(청우국) 內(내)에 降澍大雨(강주대우). 莎呵(사하)" 하시고, 또 呪(주)를 이르시되,

那祇那祇瞿羅나끼나끼뀨러(引)摩뭐(引)奈賜내슿【三】那伽咥나꺄히[喜(희)와 梨(리)의 反切(반절)이다.]【四】[114앞 梨陁易頭摩鳩□리떠이뜰뭐깋리【五】郁伽羅盂路曬훙꺄러이유루새【六】波羅栴陁佤鼓뭐러젼떠디쑶【七】毗뾻姞利삐류깋리【八】阿尸하슿(引)毗師삐슿【九】阿咥하히(引)瞿뀨【十】訖栗瑟那깋링슳나{거성)崩봉(引)伽□꺄리【十一】旃젼(引)遮□져리【十二】盧羅루러(引)啫薛쑶삐【十三】

[114뒤 摩訶頻那뭐허뭐나(引) □羅큐리큐러(引)波施뷔슷【十四】勞陁羅랄떠러(引)波뷔(引)尸膩슷니【十五】頭沖薛뜰충삐【十六】波羅波羅뷔러뷔러【十七】庇利庇利비리비리【十八】富路富路부루부루【十九】毗私삐슷(引)呼필[필(匹)과 우(尤)의 반절(反切)이다.]婁闍膩류쎠니【二十】浮路浮路뿔루뿔루【二十一】摩訶蒲祇뭐허뿌끼【二十二】[115앞 摩尼達□뭐니딸리【二十三】匹利匹利핑리핑리【二十四】副漏副漏볼릉볼릉【二十五】破邏破邏뿨러뿨러【二十六】跋利沙跋利沙뺑리사뺑리사【二十七】閻藍浮염람뿔(引)陁□떠리【二十八】睒浮睒浮셤뿔셤뿔【二十九】婆羅뿨러(引)訶翅허슷【三十】那吒나차(引)碪薛짐삐【三十一】[115 뒤 那吒나차(引)碪薛짐삐【三十二】忡忡忡忡薛충충충충삐【三十三】彌伽波羅미꺄뷔러(引)薛삐【三十四】彌伽婆미꺄뿨(引)咥膩히니【三十五】荼迦荼迦荼迦쨔가쨔가쨔가【三十六】荼沈薛쨔짐삐【三十七】伽那꺄나(去)伽那꺄나(거성)【三十八】尸棄膩슷키니【三十九】迦那迦那갸나갸나【四十】伽那伽那꺄나꺄나【四十一】[116앞 摩訶那伽뭐허나꺄(引)伽那꺄나(去)【四十二】尼囉니러(引)怛藍당람【四十三】糅실(引)波闍羅뷔쎠러【四十四】得迦紇唎딍갸흫리【四十五】摩訶那伽뭐허나꺄(引)紇利陁흫리떠(引)曳이【四十六】瞿摩瞿摩瞿摩波뀨뭐뀨뭐뀨뭐뷔(引)耶여【四十七】頞悉佤迦헝싱디갸(引)承伽唎찡꺄리【四十八】[116뒤 浮承뿔찡(引)伽彌꺄미【四十九】毗迦吒僧迦吒瞿□삐갸차승갸차뀨리【五十】毗私孚盧闍泥삐슷부루쎠니【五十一】毗折삐쎯[時(시)와 列(렬)의 반절(反切)이다.]林림(引)婆泥뿨니【五十二】

내가 이제 一切(일체)의 龍王(용왕)들을 모아서 "閻浮提(염부제)의 請雨國(청우국) 內(내)에 降澍大雨(강주대우)하라." 하니, "一切(일체)의 [117앞 諸佛如來(제불여래)의 力(역) 때문이며, 三世(삼세) 諸佛(제불)의 眞實力(진실력) 때문이며, 慈悲心(자비심) 때문이니, 莎呵(사하)."

그때에 世尊(세존)이 이 呪(주)를 이르시고, 龍王(용왕)더러 이르시되 "만일 (날이) 가문 時節(시절)에 비를 빌고자 할 사람은, 모름지기 한데에 (있는) 實(실)한 깨끗한 땅의 위에 沙礫(사력)과 [117뒤 棘草(극초)를 앗고, 方(방)한 열두 步(보) 넓이의

道場(도량)을 만들고, 場(장)의 가운데에 壇(단)을 세우되 方(방)이 열 步(보)이요 높이는 한 자이요, 榛牛糞(진우분)을 새 깨끗한 것으로 壇(단)에 빙둘러 바르고, 가운데에 한 높은 座(좌)를 [118앞 만들고, 座(좌) 위에 새 푸른 褥(욕)을 깔고, 새 푸른 帳(장)을 두르고, 높은 座(좌)의 東(동)쪽에 세 肘(주) 남짓하게 牛糞汁(우분즙)으로 龍王(용왕)을 한 몸이면서 세 머리(頭)이게 그리고, 龍王(용왕)의 左右(좌우)에 種種(종종)의 龍(용)들을 圍繞(위요)하게 그리고, [118뒤 높은 座(좌)의 南(남)쪽에 다섯 肘(주) 남짓하게 龍王(용왕)을 한 몸이면서 다섯 머리이게 그리고, 또 龍王(용왕)들이 左右(좌우)에 圍繞(위요)하게 그리고, 西(남)쪽에 일곱 肘(주) 남짓하게 龍王(용왕)을 한 몸이면서 일곱 머리이게 그리고, 또 龍(용)들이 左右(좌우)에 圍繞(위요)하게 그리고, 北(북)쪽에 아홉 [119앞 肘(주) 남짓하게 龍王(용왕)을 한 몸이면서도 아홉 머리이게 그리고, 또 龍(용)들이 左右(좌우)에 圍繞(위요)하게 그리고, 그 壇(단)의 네 모서리에 各各(각각) (금정이나 청대) 서 되가 들어가게 할 華甁(화병)을 놓고, 金精(금정)이거나 青黛(청대)이거나 물에 담가 맑게 하여 다 甁(병)에 가득하게 하고, 種種(종종)의 草木(초목)과 華蘂(화예)를 [119뒤 甁(병)에 꽂고, 道場(도량)의 네 門(문)에 各各(각각) 큰 香爐(향로)를 놓고, 種種(종종)의 香熏陸(향훈륙)과 沉水(침수)와 蘇合(소합)과 栴檀(전단)과 安息(안식) 等(등)을 피우고, 四面(사면)에 各各(각각) 青幡(청번) 일곱씩 달되 길이가 한 丈(장)이게 하고, 蘇油燈(소유등)을 켜되 [120앞 또 幡(번)의 數(수)에 맞게 하고, 여러 가지의 雜果實(잡과실)과 蘇酪(소락)과 乳糜(유마)를 四面(사면)에 있는 龍王(용왕)의 앞에 놓고, 꽃을 흩뿌리며 香(향)을 피우는 것을 그치지 아니하게 하고, 果實(과실)과 飮食(음식)과 甁(병)에 들어 있는 물을 나날이 모름지기 새로 하되, 每日(매일) 해가 [120뒤 돋을 때에 供養(공양)에 쓸 것을 벌이고, 經(경)을 읽을 사람이 比丘(비구)거나 比丘尼(비구니)거나 모름지기 戒行(계행)이 淸淨(청정)하여야 하겠으니, 俗(속)에 있는 사람은 나날이 八禁齋戒(팔금재계)를 受持(수지)하여 하루 세 때로 香湯(향탕)에 沐浴(목욕)하여, 새 푸른 옷을 입어 齋戒(재계)를 지니어 [121앞 寂靜(적정)히 생각할 것이니, 比丘(비구)도 또 이리 할 것이니라. 오직 蘇酪(소락)과 乳糜(유미)와 粳米(갱미)와 果菜(과채)만 먹고, 大小便(대소변)을 하거든 모로매 沐浴(목욕)할 것이니라. 높은 座(좌)에 오를 적에 十方(시방)에 있는 一切(일체)의 諸佛(제불)께 먼저 禮數(예수)하고 香(향)을 피우며 꽃을 흩뿌리고, [121뒤 十方(시방)에 있는 一切(일체)의 諸佛(제불)과 諸大菩薩(제대보살)과 또 一切(일체) 諸天(제천)과 龍王(용왕)을 請(청)하여, 衆生(중생)을 爲(위)하여 항상 慈心(자심)을 일으켜서 모진 念(염)을 내지 아니하여 이 부처께 禮數(예수)하며, 또 여러 가지의 功德(공덕)으로 一切(일체)의 諸天(제천)과 龍王(용왕)과 [122앞 識(식)을 가진 형체가 있는 類(유)에 돌이켜서 施(시)하여, 法座(법좌)에 올라 있을 적에 큰소리로 經(경)을 읽고 밤낮으로 그치지 아니하면, 一七日(일칠일)이거나 二七日(이칠일)이거나 三七日(삼칠일)이거나 반드시 甘雨(감우)가 내리리라."

[122뒤 부처가 龍王(용왕)더러 이르시되, "바닷물은 밀고당기는 盈縮(영축)이 있거니와, 이 말은 眞實(진실)하여 決定(결정)히 虛(허)하지 아니하니라."

그때에 龍王(용왕)들이 부처의 말을 듣고 歡喜踊躍(환희용약)하여 頂禮(정례)하여 奉行(봉행)하였니라.

[부록 2] 문법 용어의 풀이

1. 품사

한 언어에 속하는 수많은 단어를 문법적인 특징에 따라서 갈래지어서 그 범주를 설정한 것이다.

가. 체언

'체언(體言, 임자씨)'은 어떠한 대상의 이름이나 수량(순서)을 나타내거나 명사를 대신하는 단어들의 부류들이다. 이러한 체언에는 '명사', '대명사', '수사'가 있다.

① 명사(명사): 어떠한 '대상, 일, 상황' 등의 이름을 나타내는 단어이다.

- 자립 명사: 문장 내에서 관형어의 도움 없이 홀로 쓰일 수 있는 명사이다.

(1) ㄱ. 國은 나라히라 (나라ㅎ+-이-+-다) [훈언 2]

ㄴ. 國(국)은 나라이다.

- 의존 명사(의명): 홀로 쓰일 수 없어서 반드시 관형어와 함께 쓰이는 명사이다.

(2) ㄱ. 어린 百姓이 니르고져 홇 배 이셔도 (바+-이) [훈언 2]

ㄴ. 어리석은 百姓(백성)이 이르고자 할 바가 있어도…

② 인칭 대명사(인대): 사람을 직시하거나 대용하는 대명사이다.

(3) ㄱ. 내 太子를 셤기ᅀᆞ보ᄃᆡ (나+-이) [석상 6:4]

ㄴ. 내가 太子(태자)를 섬기되…

③ 지시 대명사(지대): 명사를 직접 가리키거나 대용하는 말이다.

(4) ㄱ. 내 이를 爲ᄒᆞ야 어엿비 너겨 (이+-를) [훈언 2]

ㄴ. 내가 이를 위하여 불쌍히 여겨…

---

* 이 책에서 사용된 문법 용어와 약어에 대하여는 '경진출판'에서 간행한 『학교 문법의 이해』와 『중세 국어의 이해』, 『중세 근대 국어의 강독』의 내용을 참조하기 바란다.

④ 수사(수사): 사람이나 사물의 수량이나 차례를 나타내는 체언이다.

(5) ㄱ. 點이 둘히면 上聲이오 (둘ㅎ + -이- + -면) [훈언 14]
ㄴ. 點(점)이 둘이면 上聲(상성)이고…

나. 용언

'용언(用言, 풀이씨)'은 문장 속에서 서술어로 쓰여서 주어로 표현되는 대상(주체)의 움직임이나 상태, 혹은 존재의 유무(有無)를 풀이한다. 이러한 용언에는 문법적 특징에 따라서 '동사'와 '형용사', '보조 용언' 등으로 분류한다.

① 동사(동사): 주어로 쓰인 대상의 움직임을 표현하는 용언이다. 동사에는 목적어를 취하는 타동사(=타동)와 목적어를 취하지 않는 자동사(=자동)가 있다.

(6) ㄱ. 衆生이 福이 다ᄋᆞ거다 (다ᄋᆞ- + -거- + -다) [석상 23:28]
ㄴ. 衆生(중생)이 福(복)이 다했다.

(7) ㄱ. 어마님이 毘藍園을 보라 가시니 (보- + -라) [월천 기17]
ㄴ. 어머님이 毘藍園(비람원)을 보러 가셨으니.

② 형용사(형사): 주어로 표현되는 대상의 성질이나 상태를 풀이하는 용언이다.

(8) ㄱ. 이 東山ᄋᆞᆫ 남기 됴ᄒᆞᆯᄊᆡ (둏- + -ᄋᆞᆯᄊᆡ) [석상 6:24]
ㄴ. 이 東山(동산)은 나무가 좋으므로…

③ 보조 용언(보용): 문장 안에서 홀로 설 수 없어서 반드시 그 앞의 다른 용언에 붙어서 문법적인 뜻을 더해 주는 기능을 하는 용언이다.

(9) ㄱ. 勞度差ㅣ ᄯᅩ ᄒᆞᆫ 쇼ᄅᆞᆯ 지ᅀᅥ 내니 (내- + -니) [석상 6:32]
ㄴ. 勞度差(노도차)가 또 한 소(牛)를 지어 내니…

다. 수식언

'수식언(修飾言, 꾸밈씨)'은 체언이나 용언 등을 수식(修飾)하면서 그 의미를 한정(限定)한다. 이러한 수식언으로는 '관형사'와 '부사'가 있다.

① 관형사(관사): 체언을 수식하면서 체언의 의미를 제한(한정)하는 단어이다.

(10) ㄱ. 녯 대예 새 竹筍이 나며 [금삼 3:23]

ㄴ. 옛날의 대(竹)에 새 竹筍(죽순)이 나며…

② 부사(부사): 특정한 용언이나 부사, 관형사, 체언, 절, 문장 등 여러 가지 문법적인 단위를 수식하여, 그들 문법적 단위의 의미를 한정하거나 특정한 말을 다른 말에 이어 준다.

(11) ㄱ. 이거시 더듸 떠러딜시 [두언 18:10]

ㄴ. 이것이 더디게 떨어지므로

(12) ㄱ. 반ᄃᆞ기 甘雨ㅣ ᄂᆞ리리라 [월석 10:122]

ㄴ. 반드시 甘雨(감우)가 내리리라.

(13) ㄱ. ᄒᆞ다가 술옷 몯 먹거든 너덧 번에 ᄂᆞᆫ화 머기라 [구언 1:4]

ㄴ. 만일 술을 못 먹거든 너덧 번에 나누어 먹이라.

(14) ㄱ. 道國王과 밋 舒國王은 實로 親ᄒᆞᆫ 兄弟니라 [두언 8:5]

ㄴ. 道國王(도국왕) 및 舒國王(서국왕)은 實(실로)로 親(친)한 兄弟(형제)이니라.

라. 독립언

감탄사(감사): 문장 속의 다른 말과 문법적인 관계를 맺지 않고 독립적으로 쓰인다.

(15) ㄱ. 의 丈夫ㅣ여 엇뎨 衣食 爲ᄒᆞ야 이 ᄀᆞᆮ호매 니르뇨 [법언 4:39]

ㄴ. 아아, 丈夫여, 어찌 衣食(의식)을 爲(위)하여 이와 같음에 이르렀느냐?

(16) ㄱ. 舍利佛이 ᄉᆞᆯᄫᅩᄃᆡ 엥 올ᄒᆞ시이다 [석상 13:47]

ㄴ. 舍利佛(사리불)이 사뢰되, "예, 옳으십니다."

2. 불규칙 용언

용언의 활용에는 어간이나 어미가 불규칙적(개별적)으로 바뀌어서 교체되어) 일반적인 변동 규칙으로는 설명할 수 없는 것이 있다. 이처럼 불규칙하게 활용하는 용언을 '불규칙 용언'이라고 한다. 여기서는 'ㄷ 불규칙 용언, ㅂ 불규칙 용언, ㅅ 불규칙 용언'만 별도로 밝힌다.

① 'ㄷ' 불규칙 용언(ㄷ불): 어간이 /ㄷ/으로 끝나는 용언 중에서, 어간에 모음으로 시작하는 어미가 붙어서 활용할 때에, 어간의 끝 소리 /ㄷ/이 /ㄹ/로 바뀌는 용언이다.

(1) ㄱ. 甁의 므를 기러 두고ᅀᅡ 가리라 (긷- + -어)　　　[월석 7:9]
　　ㄴ. 甁(병)에 물을 길어 두고야 가겠다.

② 'ㅂ' 불규칙 용언(ㅂ불): 어간이 /ㅂ/으로 끝나는 용언 중에서, 어간에 모음으로 시작하는 어미가 붙어서 활용할 때에, 어간의 끝 소리 /ㅂ/이 /ㅸ/으로 바뀌는 용언이다.

(2) ㄱ. 太子ㅣ 性 고ᄫᆞ샤 (곱- + -ᄋᆞ시- + -아)　　　[월석 21:211]
　　ㄴ. 太子(태자)가 性(성)이 고우시어…
(3) ㄱ. 벼개 노피 벼여 누우니 (눕- + -으니)　　　[두언 15:11]
　　ㄴ. 베개를 높이 베어 누우니…

③ 'ㅅ' 불규칙 용언(ㅅ불): 어간이 /ㅅ/으로 끝나는 용언 중에서, 어간에 모음으로 시작하는 어미가 붙어서 활용할 때에, 어간의 끝 소리인 /ㅅ/이 /ㅿ/으로 바뀌는 용언이다.

(4) ㄱ. (道士ᄃᆞᆯ히) … 表 지ᅀᅥ 엳ᄌᆞᄫᆞ니 (짓- + -어)　　　[월석 2:69]
　　ㄴ. 道士(도사)들이 … 表(표)를 지어 여쭈니…

3. 어근

어근은 단어 속에서 중심적이면서 실질적인 의미를 나타내는 실질 형태소이다.

(1) ㄱ. ᄀᆞᆯ가마괴 (ᄀᆞᆯ- + ᄀᆞ마괴), ᄉᆡ어미 (ᄉᆡ- + 어미)
　　ㄴ. 무덤 (묻- + -엄), ᄂᆞᆯ개 (ᄂᆞᆯ- + -개)
(2) ㄱ. 밤낮 (밤 + 낮), ᄡᆞᆯ밥 (ᄡᆞᆯ + 밥), 불뭇골 (불무 + -ㅅ + 골)
　　ㄴ. 검븕다 (검- + 븕-), 오ᄅᆞᄂᆞ리다 (오ᄂᆞ- + ᄂᆞ리-), 도라오다 (돌- + -아 + 오-)

- 불완전 어근(불어): 품사가 불분명하며 단독으로 쓰이는 일이 없고, 다른 말과의 통합에 제약이 많은 특수한 어근이다(=특수 어근, 불규칙 어근).

(3) ㄱ. 功德이 이러 당다이 부텨 ᄃᆞ외리러라 (당당 + -이)　　　[석상 19:34]
　　ㄴ. 功德(공덕)이 이루어져 마땅히 부처가 되겠더라.

(4) ㄱ. 그 부텨 住ᄒᆞ신 ᄯᅡ히…常寂光이라 (住 + -ᄒᆞ- + -시- + -ㄴ) [월석 서:5]

ㄴ. 그 부처가 住(주)하신 땅이 이름이 常寂光(상적광)이다.

4. 파생 접사

접사 중에서 어근에 새로운 의미를 더하거나 단어의 품사를 바꿈으로써, 새로운 단어를 만들어 주는 것을 '파생 접사'라고 한다.

가. 접두사(접두)

접두사는 어근의 앞에 붙어서 새로운 단어를 형성하는 파생 접사이다.

(1) ㄱ. 아ᅀᆞ와 아ᄎᆞᆫ아ᄃᆞᆯ왜 비록 이시나 (아ᄎᆞᆫ- + 아ᄃᆞᆯ) [두언 11:13]

ㄴ. 아우와 조카가 비록 있으나…

나. 접미사(접미)

접미사는 어근의 뒤에 붙어서 새로운 단어를 형성하는 파생 접사이다.

① 명사 파생 접미사(명접): 어근에 뒤에 붙어서 명사를 파생하는 접미사이다.

(2) ㄱ. ᄇᆞᄅᆞᆷ가비(ᄇᆞᄅᆞᆷ + -가비), 무덤(묻- + -엄), 노ᄑᆡ(높- + -ᄋᆡ)

ㄴ. 바람개비, 무덤, 높이

② 동사 파생 접미사(동접): 어근의 뒤에 붙어서 동사를 파생하는 접미사이다.

(3) ㄱ. 풍류ᄒᆞ다(풍류 + -ᄒᆞ- + -다), 그르ᄒᆞ다(그르 + -ᄒᆞ- + -다), ᄀᆞᄆᆞᆯ다(ᄀᆞᄆᆞᆯ + -∅- + -다)

ㄴ. 열치다, 벗기다; 넓히다; 풍류하다; 잘못하다; 가물다

③ 형용사 파생 접미사(형접): 어근의 뒤에 붙어서 형용사를 파생하는 접미사이다.

(4) ㄱ. 녇갑다(녙- + -갑- + -다), 골ᄑᆞ다(곯- + -ᄇᆞ- + -다), 受苦ᄅᆞᇦ다(受苦 + -ᄅᆞᇦ- + -다), 외ᄅᆞᇦ다(외 + -ᄅᆞᇦ- + -다), 이러ᄒᆞ다(이러 + -ᄒᆞ- + -다)

ㄴ. 얕다, 고프다, 수고롭다, 외롭다

④ 사동사 파생 접미사(사접): 어근의 뒤에 붙어서 사동사를 파생하는 접미사이다.

(5) ㄱ. 밧기다(밧-+-기-+-다), 너피다(넙-+-히-+-다)
ㄴ. 벗기다, 넓히다

⑤ 피동사 파생 접미사(피접): 어근의 뒤에 붙어서 피동사를 파생하는 접미사이다.

(6) ㄱ. 두피다(둪-+-이-+-다), 다티다(닫-+-히-+-다), 담기다(담-+-기-+-다), ᄃᆞᆷ기다(ᄃᆞᆷ-+-기-+-다)
ㄴ. 덮이다, 닫히다, 담기다, 잠기다

⑥ 관형사 파생 접미사(관접): 어근의 뒤에 붙어서 부사를 파생하는 접미사이다.

(7) ㄱ. 모ᄃᆞᆫ(몯-+-ᄋᆞᆫ), 오ᄋᆞᆫ(오ᄋᆞᆯ-+-ㄴ), 이런(이러-+-ㄴ)
ㄴ. 모든, 온, 이런

⑦ 부사 파생 접미사(부접): 어근의 뒤에 붙어서 부사를 파생하는 접미사이다.

(8) ㄱ. 몯내(몯+-내), 비르서(비릇-+-어), 기리(길-+-이), 그르(그르-+-Ø)
ㄴ. 못내, 비로소, 길이, 그릇

⑧ 조사 파생 접미사(조접): 어근의 뒤에 붙어서 조사를 파생하는 접미사이다.

(9) ㄱ. 阿鼻地獄브터 有頂天에 니르시니 (븥-+-어) [석상 13:16]
ㄴ. 阿鼻地獄(아비지옥)부터 有頂天(유정천)에 이르시니…

⑨ 강조 접미사(강접): 어근의 뒤에 붙어서 강조의 뜻을 더하면서 새로운 단어를 파생하는 접미사이다.

(10) ㄱ. 니르완다(니르-+-왇-+-다), 열티다(열-+-티-+-다), 니ᄅᆞ혀다(니ᄅᆞ-+-혀-+-다)
ㄴ. 받아일으키다, 열치다, 일으키다

⑩ 높임 접미사(높접): 어근의 뒤에 붙어서 높임의 뜻을 더하면서 새로운 단어를 파생하는 접미사이다.

(11) ㄱ. 아바님(아비+-님), 어마님(어미+-님), 그듸(그+-듸), 어마님내(어미+

-님 + -내), 아기씨(아기 + -씨)

ㄴ. 아버님, 어머님, 그대, 어머님들, 아기씨

5. 조사

'조사(助詞, 관계언)'는 주로 체언에 결합하여, 그 체언이 문장 속의 다른 단어와 맺는 관계를 나타내거나 특별한 뜻을 더해 주는 단어이다.

가. 격조사

그 앞에 오는 말이 문장 안에서 일정한 문장 성분으로서의 기능함을 나타내는 조사이다.

① 주격 조사(주조): 주어로서 기능하는 것을 나타내는 격조사이다.

(1) ㄱ. 부텻 모미 여러 가짓 相이 ᄀᆞᄌᆞ샤 (몸 + -이) [석상 6:41]

ㄴ. 부처의 몸이 여러 가지의 相(상)이 갖추어져 있으시어…

② 서술격 조사(서조): 서술어로서 기능하는 것을 나타내는 격조사이다.

(2) ㄱ. 國ᄋᆞᆫ 나라히라 (나라ㅎ + -이- + -다) [훈언 1]

ㄴ. 國(국)은 나라이다.

③ 목적격 조사(목조): 목적어로서 기능하는 것을 나타내는 격조사이다.

(3) ㄱ. 太子ᄅᆞᆯ 하ᄂᆞᆯ히 ᄀᆞᆯᄒᆡ샤 (太子 + -ᄅᆞᆯ) [용가 8장]

ㄴ. 太子(태자)를 하늘이 가리시어…

④ 보격 조사(보조): 보어로서 기능하는 것을 나타내는 격조사이다.

(4) ㄱ. 色界 諸天도 ᄂᆞ려 仙人이 ᄃᆞ외더라 (仙人 + -이) [월석 2:24]

ㄴ. 色界(색계) 諸天(제천)도 내려 仙人(선인)이 되더라.

⑤ 관형격 조사(관조): 관형어로서 기능하는 것을 나타내는 격조사이다.

(5) ㄱ. 네 性이 … ᄌᆞᆼᄋᆡ 서리예 淸淨ᄒᆞ도다 (ᄌᆞᆼ + -ᄋᆡ) [두언 25:7]

ㄴ. 네 性(성: 성품)이 … 종(從僕) 중에서 淸淨(청정)하구나.

(6) ㄱ. 나랏 말ᄊᆞ미 中國에 달아 (나라 + -ㅅ)　[훈언 1]

ㄴ. 나라의 말이 中國과 달라…

⑥ 부사격 조사(부조): 부사어로서 기능하는 것을 나타내는 격조사이다.

(7) ㄱ. 世尊이 象頭山애 가샤 (象頭山 + -애)　[석상 6:1]

ㄴ. 世尊(세존)이 象頭山(상두산)에 가시어…

⑦ 호격 조사(호조): 독립어로서 기능하는 것을 나타내는 격조사이다.

(8) ㄱ. 彌勒아 아라라 (彌勒 + -아)　[석상 13:26]

ㄴ. 彌勒(미륵)아 알아라.

나. 접속 조사(접조)

체언과 체언을 이어서 명사구를 형성하는 조사이다.

(9) ㄱ. 입시울와 혀와 엄과 니왜 다 됴ᄒᆞ며 (혀 + -와)　[석상 19:7]

ㄴ. 입술과 혀와 어금니와 이가 다 좋으며…

다. 보조사(보조사)

체언에 화용론적인 특별한 뜻을 덧보태는 조사이다.

(10) ㄱ. 나ᄂᆞᆫ 어버ᅀᅵ 여희오 (나 + -ᄂᆞᆫ)　[석상 6:5]

ㄴ. 나는 어버이를 여의고…

(11) ㄱ. 어미도 아ᄃᆞᄅᆞᆯ 모ᄅᆞ며 (어미 + -도)　[석상 6:3]

ㄴ. 어머니도 아들을 모르며…

6. 어말 어미

'어말 어미(語末語尾, 맺음씨끝)'는 용언의 끝자리에 실현되는 어미인데, 그 기능에 따라서 '종결 어미, 연결 어미, 전성 어미'로 나누어진다.

가. 종결 어미

① 평서형 종결 어미(평종): 말하는 이가 자신의 생각을 듣는 이에게 단순하게 진술하는 평서문에 실현된다.

(1) ㄱ. 네 아비 ᄒᆞ마 주그니라 (죽- + -Ø(과시)- + -으니- + -다) [월석 17:21]
ㄴ. 너의 아버지가 이미 죽었느니라.

② 의문형 종결 어미(의종): 말하는 이가 듣는 이에게 대답을 요구하는 의문문에 실현된다.

(2) ㄱ. 엇뎨 겨르리 업스리오 (없- + -으리- + -고) [월석 서:17]
ㄴ. 어찌 겨를이 없겠느냐?

③ 명령형 종결 어미(명종): 말하는 이가 듣는 이에게 어떠한 행동을 하도록 요구하는 명령문에 실현된다.

(3) ㄱ. 너희ᄃᆞᆯ히 … 부텻 마ᄅᆞᆯ 바다 디니라 (디니- + -라) [석상 13:62]
ㄴ. 너희들이 … 부처의 말을 받아 지녀라.

④ 청유형 종결 어미(청종): 말하는 이가 듣는 이에게 어떠한 행동을 함께 하도록 요구하는 청유문에 실현된다.

(4) ㄱ. 世世예 妻眷이 ᄃᆞ외져 (ᄃᆞ외- + -져) [석상 6:8]
ㄴ. 世世(세세)에 妻眷(처권)이 되자.

⑤ 감탄형 종결 어미(감종): 말하는 이가 듣는 이를 의식하지 않고 자신의 감정을 표출하는 감탄문에 실현된다.

(5) ㄱ. 義ᄂᆞᆫ 그 큰뎌 (크- + -Ø(현시)- + -ㄴ뎌) [내훈 3:54]
ㄴ. 義(의)는 그것이 크구나.

나. 전성 어미

용언이 본래의 서술 기능을 유지하면서도 다른 품사처럼 쓰이도록 문법적인 기능을 바꾸는 어미이다.

① 명사형 전성 어미(명전): 특정한 절 속의 서술어에 실현되어서, 그 절을 명사처럼 쓰이게 하는 어미이다.

(6) ㄱ. 됴ᄒᆞᆫ 法 닷고ᄆᆞᆯ 몯ᄒᆞ야 (닭- + -옴 + -ᄋᆞᆯ) [석상 9:14]
ㄴ. 좋은 法(법)을 닦는 것을 못하여…

② 관형사형 전성 어미(관전): 특정한 절 속의 용언에 실현되어서, 그 절을 관형사처럼 쓰이게 하는 어미이다.

(7) ㄱ. 어미 주근 後에 부텨ᄭᅴ 와 묻ᄌᆞᄫᆞ면(죽- + -Ø- + -ㄴ) [월석 21:21]
ㄴ. 어미 죽은 後(후)에 부처께 와 물으면…

다. 연결 어미(연어)

이어진 문장의 앞절과 뒷절을 잇거나, 본용언과 보조 용언을 잇는 어미이다. 연결 어미에는 '대등적 연결 어미, 종속적 연결 어미, 보조적 연결 어미'가 있다.

① 대등적 연결 어미: 앞절과 뒷절을 대등한 관계로 잇는 연결 어미이다.

(8) ㄱ. 子ᄂᆞᆫ 아ᄃᆞ리오 孫ᄋᆞᆫ 孫子ㅣ니 (아ᄃᆞᆯ + -이- + -고) [월석 1:7]
ㄴ. 子(자)는 아들이고 孫(손)은 孫子(손자)이니…

② 종속적 연결 어미: 앞절을 뒷절에 이끌리는 관계로 잇는 연결 어미이다.

(9) ㄱ. 모딘 길헤 ᄩᅥ러디면 恩愛ᄅᆞᆯ 머리 여희여 (ᄩᅥ러디- + -면) [석상 6:3]
ㄴ. 모진 길에 떨어지면 恩愛(은애)를 멀리 떠나…

③ 보조적 연결 어미: 본용언과 보조 용언을 잇는 연결 어미이다.

(10) ㄱ. 赤眞珠ㅣ ᄃᆞ외야 잇ᄂᆞ니라 (ᄃᆞ외야: ᄃᆞ외- + -아) [월석 1:23]
ㄴ. 赤眞珠(적진주)가 되어 있느니라.

7. 선어말 어미

'선어말 어미(先語末語尾, 안맺음 씨끝)'는 용언의 끝에 실현되지 못하고, 어간과 어말 어미 사이에 실현되어서 문법적인 기능을 나타내는 어미이다.

① 상대 높임의 선어말 어미(상높): 말을 듣는 '상대(相對)'를 높여서 표현하는 선어말 어미이다.

(1) ㄱ. 이런 고디 업스이다 (없- + -Ø(현시)- + -으이- + -다) [능언 1:50]
ㄴ. 이런 곳이 없습니다.

② 주체 높임의 선어말 어미(주높): 문장에서 주어로 실현되는 대상인 '주체(主體)'를 높여서 표현하는 선어말 어미이다.

(2) ㄱ. 王이 그 蓮花ᄅᆞᆯ ᄇᆞ리라 ᄒᆞ시다 [석상 11:31]
(ᄒᆞ- + -시- + -Ø(과시)- + -다)
ㄴ. 王(왕)이 "그 蓮花(연화)를 버리라." 하셨다.

③ 객체 높임의 선어말 어미(객높): 문장에서 목적어나 부사어로 표현되는 대상인 '객체(客體)'를 높여서 표현하는 선어말 어미이다.

(3) ㄱ. 벼슬 노ᄑᆞᆫ 臣下ㅣ 님그믈 돕ᄉᆞᄫᅡ (돕- + -ᄉᆞᆸ- + -아) [석상 9:34]
ㄴ. 벼슬 높은 臣下(신하)가 임금을 도와…

④ 과거 시제의 선어말 어미(과시): 동사에 실현되어서 발화시 이전에 어떠한 일이 일어났음을 무형의 선어말 어미인 '-Ø-'이다.

(4) ㄱ. 이 ᄢᅴ 아ᄃᆞᆯᄃᆞᆯ히 아비 죽다 듣고(죽- + -Ø(과시)- + -다) [월석 17:21]
ㄴ. 이때에 아들들이 "아버지가 죽었다." 듣고…

⑤ 현재 시제의 선어말 어미(현시): 발화시에 어떠한 일이 일어나고 있음을 나타내는 선어말 어미이다. 동사에는 선어말 어미인 '-ᄂᆞ-'가 실현되어서, 형용사에는 무형의 선어말 어미인 '-Ø-'가 현재 시제를 나타낸다.

(5) ㄱ. 네 이제 ᄯᅩ 묻ᄂᆞ다 (묻- + -ᄂᆞ- + -다) [월석 23:97]
ㄴ. 네 이제 또 묻는다.

(6) ㄱ. 이런 고디 업스이다 (없- + -Ø(현시)- + -으이- + -다) [능언 1:50]
ㄴ. 이런 곳이 없습니다.

⑥ 미래 시제의 선어말 어미(미시): 발화시 이후에 어떠한 일이 일어날 것임을 나타내

는 선어말 어미이다.

(7) ㄱ. 아ᄃᆞᆯᄯᆞᆯ 求ᄒᆞ면 아ᄃᆞᆯᄯᆞᆯ 得ᄒᆞ리라 (得ᄒᆞ-+-리-+-다) [석상 9:23]

ㄴ. 아들딸을 求(구)하면 아들딸을 得(득)하리라.

⑦ 회상 표현의 선어말 어미(회상): 말하는 이가 발화시 이전에 직접 경험한 어떤 때(경험시)로 자신의 생각을 돌이켜서, 그때를 기준으로 해서 일이 일어난 시간을 나타내는 선어말 어미이다.

(8) ㄱ. ᄠᅳ데 몯 마즌 이리 다 願 ᄀᆞ티 ᄃᆞ외더라 [월석 10:30]

(ᄃᆞ외-+-더-+-다)

ㄴ. 뜻에 못 맞은 일이 다 願(원)같이 되더라.

⑧ 확인 표현의 선어말 어미(확인): 심증(心證)과 같은 말하는 이의 주관적인 믿음에 근거하여, 어떤 일을 확정된 것으로 표현하는 선어말 어미이다.

(9) ㄱ. 安樂國이ᄂᆞᆫ 시르미 더욱 깁거다 [월석 8:101]

(깊-+-Ø(현시)-+-거-+-다)

ㄴ. 安樂國(안락국)이는… 시름이 더욱 깊다.

⑨ 원칙 표현의 선어말 어미(원칙): 말하는 이가 객관적인 믿음에 근거하여, 어떤 일을 확정된 것으로 표현하는 선어말 어미이다.

(10) ㄱ. 사ᄅᆞ미 살면… 모로매 늙ᄂᆞ니라 [석상 11:36]

(늙-+-ᄂᆞ-+-니-+-다)

ㄴ. 사람이 살면… 반드시 늙느니라.

⑩ 감동 표현의 선어말 어미(감동): 말하는 이의 '느낌(감동, 영탄)'의 뜻을 나타내는 태도 표현의 선어말 어미이다.

(11) ㄱ. 그듸내 貪心이 하도다 [석상 23:46]

(하-+-Ø(현시)-+-도-+-다)

ㄴ. 그대들이 貪心(탐심)이 크구나.

⑪ 화자 표현의 선어말 어미(화자): 주로 종결형이나 연결형에서 실현되어서, 문장의

주어가 말하는 사람(화자, 話者)임을 나타내는 선어말 어미이다.

(12) ㄱ. ᄒᆞ오아 내 尊호라 (尊ᄒᆞ- + -Ø(현시)- + -오- + -다) [월석 2:34]

ㄴ. 오직(혼자) 내가 존귀하다.

⑫ 대상 표현의 선어말 어미(대상): 관형절이 수식하는 체언(피한정 체언)이, 관형절에서 서술어로 표현되는 용언에 대하여 의미상으로 객체(목적어나 부사어로 쓰인 대상)일 때에 실현되는 선어말 어미이다.

(13) ㄱ. 須達ᄋᆡ 지순 精舍마다 드르시며 [석상 6:38]
(짓- + -Ø(과시)- + -우- + -ㄴ)

ㄴ. 須達(수달)이 지은 精舍(정사)마다 드시며…

(14) ㄱ. 王이 … 누ᄫᅮᆫ 자리예 겨샤 (눕- + -Ø(과시)- + -우- + -은) [월석 10:9]

ㄴ. 王(왕)이 … 누운 자리에 계시어…

〈 인용된 약어의 정보 〉

약어	문헌 이름		발간 연대	
	한자 이름	한글 이름		
용가	龍飛御天歌	용비어천가	1445년	세종
석상	釋譜詳節	석보상절	1447년	세종
월천	月印千江之曲	월인천강지곡	1448년	세종
훈언	訓民正音諺解 (世宗御製訓民正音)	훈민정음 언해본 (세종 어제 훈민정음)	1450년경	세종
월석	月印釋譜	월인석보	1459년	세조
능언	愣嚴經諺解	능엄경 언해	1462년	세조
법언	妙法蓮華經諺解(法華經諺解)	묘법연화경 언해(법화경 언해)	1463년	세조
구언	救急方諺解	구급방 언해	1466년	세조
내훈	內訓(일본 蓬左文庫 판)	내훈(일본 봉좌문고 판)	1475년	성종
두언	分類杜工部詩諺解 初刊本	분류두공부시 언해 초간본	1481년	성종
금삼	金剛經三家解	금강경 삼가해	1482년	성종

▎참고 문헌

〈중세 국어의 참고 문헌〉

강성일(1972), 「중세국어 조어론 연구」, 『동아논총』 9, 동아대학교.

강신항(1990), 『훈민정음연구』(증보판), 성균관대학교 출판부.

강인선(1977), 「15세기 국어의 인용구조 연구」, 석사학위 논문, 서울대학교.

고성환(1993), 「중세국어 의문사의 의미와 용법」, 『국어학논집』 1, 태학사.

고영근(1981), 『중세국어의 시상과 서법』, 탑출판사.

고영근(1995), 「중세어의 동사형태부에 나타나는 모음동화」, 『국어사와 차자표기－소곡 남풍현 선생 화갑 기념 논총』, 태학사.

고영근(2010), 『제3판 표준 중세국어 문법론』, 집문당.

곽용주(1986), 「'동사 어간 －다' 부정법의 역사적 고찰」, 『국어연구』 138, 국어연구회.

교육인적자원부(2010), 『고등학교 교사용 지도서 문법』, (주)두산동아.

교육인적자원부(2010), 『고등학교 문법』, (주)두산동아.

구본관(1996), 「15세기 국어 파생법에 대한 연구」, 박사학위 논문, 서울대학교.

국립국어원, 『표준 국어 대사전』, 인터넷판.

권용경(1990), 「15세기 국어 서법의 선어말어미에 대한 연구」, 『국어연구』 101, 국어연구회.

김문기(1999), 「중세국어 매인풀이씨 연구」, 석사학위 논문, 부산대학교.

김소희(1996), 「16세기 국어의 '거/어'의 교체에 대한 연구」, 『국어연구』 142, 국어연구회.

김송원(1988), 「15세기 중기 국어의 접속월 연구」, 박사학위 논문, 건국대학교.

김영배(2010), 『역주 월인석보 4』, 세종대왕기념사업회.

김영욱(1990), 「중세국어 관형격조사 'ᄋᆡ/의, ㅅ'의 기술과 관련된 문제 해결을 위하여」, 『주시경학보』 8, 탑출판사.

김영욱(1995), 『문법형태의 역사적 연구』, 박이정.

김정아(1985), 「15세기 국어의 '－ㄴ가' 의문문에 대하여」, 『국어국문학』 94.

김정아(1993), 「15세기 국어의 비교구문 연구」, 박사학위 논문, 서울대학교.

김진형(1995), 「중세국어 보조사에 대한 연구」, 『국어연구』 136, 국어연구회.

김차균(1986), 「월인천강지곡에 나타나는 표기체계와 음운」, 『한글』 182, 한글학회.

김충회(1972), 「15세기 국어의 서법체계 시론」, 『국어학논총』 5, 6, 단국대학교.

나진석(1971), 『우리말 때매김 연구』, 과학사.

나찬연(2011), 『수정판 옛글 읽기』, 월인.
나찬연(2013ㄴ), 제2판 『언어·국어·문화』, 월인.
나찬연(2013ㄷ), 제2판 『훈민정음의 이해』, 월인.
나찬연(2017), 제5판 『현대 국어 문법의 이해』, 월인.
나찬연(2018ㄱ), 제2판 『학교 문법의 이해』 1, 경진출판.
나찬연(2018ㄴ), 제2판 『학교 문법의 이해』 2, 경진출판.
나찬연(2019ㄱ), 『국어 어문 규정의 이해』, 월인.
나찬연(2019ㄴ), 『현대 국어 의미론의 이해』, 경진출판.
나찬연(2020ㄱ), 『국어 교사를 위한 고등학교 문법』, 경진출판.
나찬연(2020ㄴ), 『중세 국어의 이해』, 경진출판.
나찬연(2020ㄷ), 『중세 근대 국어의 강독』, 경진출판.
남광우(2009), 『교학 고어사전』, (주)교학사.
남윤진(1989), 「15세기 국어의 접속어미에 대한 연구」, 『국어연구』 93, 국어연구회.
노동헌(1993), 「선어말어미 '-오-'의 분포와 기능 연구」, 『국어연구』 114, 국어연구회.
류광식(1990), 「15세기 국어 부정법의 연구」, 박사학위 논문, 건국대학교.
리의도(1989), 「15세기 우리말의 이음씨끝」, 『한글』 206, 한글학회
민현식(1988), 「중세국어 어간형 부사에 대하여」, 『선청어문』 16, 17집, 서울대학교 국어교육과.
박태영(1993), 「15세기 국어의 사동법 연구」, 석사학위 논문, 단국대학교.
박희식(1984), 「중세국어의 부사에 대한 연구」, 『국어연구』 63, 국어연구회
배석범(1994), 「용비어천가의 문제에 대한 일고찰」, 『국어학』 24, 국어학회.
성기철(1979), 「15세기 국어의 화계 문제」, 『논문집』 13, 서울산업대학교.
손세모돌(1992), 「중세국어의 'ᄇᆞ리다'와 '디다'에 대한 연구」, 『주시경학보』 9, 탑출판사.
안병희·이광호(1993), 『중세국어문법론』, 학연사.
양정호(1991), 「중세국어의 파생접미사 연구」, 『국어연구』 105, 국어연구회.
유동석(1987), 「15세기 국어 계사의 형태 교체에 대하여」, 『우해 이병선 박사 회갑 기념 논총』.
이광정(1983), 「15세기 국어의 부사형어미」, 『국어교육』 44, 45.
이광호(1972), 「중세국어 '사이시옷' 문제와 그 해석 방안」, 『국어사 연구와 국어학 연구-안병희 선생 회갑 기념 논총』, 문학과지성사.
이광호(1972), 「중세국어의 대격 연구」, 『국어연구』 29, 국어연구회.
이광호(1995), 「후음 'ㅇ'과 중세국어 분철표기의 신해석」, 『국어사와 차자표기-남풍현 선생 회갑기념』, 태학사.
이기문(1963), 『국어표기법의 역사적 연구-신정판』, 한국연구원.

이기문(1998), 『국어사개설 - 신정판』, 태학사.
이숭녕(1981), 『중세국어문법 - 개정 증보판』, 을유문화사.
이승희(1996), 「중세국어 감동법 연구」, 『국어연구』 139, 국어연구회.
이정택(1994), 「15세기 국어의 입음법과 하임법」, 『한글』 223, 한글학회.
이주행(1993), 「후기 중세국어의 사동법」, 『국어학』 23, 국어학회.
이태욱(1995), 「중세국어의 부정법 연구」, 박사학위 논문, 성균관대학교.
이현규(1984), 「명사형어미 '-기'의 변화」, 『목천 유창돈 박사 회갑 기념 논문집』, 계명대학교 출판부.
이홍식(1993), 「'-오-'의 기능 구명을 위한 서설」, 『국어학논집』 1, 태학사.
임동훈(1996), 「어미 '시'의 문법」, 박사학위 논문, 서울대학교.
전정례(995), 「새로운 '-오-' 연구」, 한국문화사.
정 철(1954), 「원본 훈민정음의 보존 경위에 대하여」, 『국어국문학』 제9호, 국어국문학회.
정재영(1996), 「중세국어 의존명사 'ᄃᆞ'에 대한 연구」, 『국어학총서』 23, 태학사.
최동주(1995), 「국어 시상체계의 통시적 변화에 관한 연구」, 박사학위 논문, 서울대학교.
최현배(1961), 『고친 한글갈』, 정음사.
최현배(1980=1937), 『우리말본』, 정음사.
한글학회(1985), 『訓民正音』, 영인본.
한재영(1984), 「중세국어 피동구문의 특성에 대한 연구」, 『국어연구』 61, 국어연구회.
한재영(1986), 「중세국어 시제체계에 관한 관견」, 『언어』 11-2, 한국언어학회.
한재영(1990), 「선어말어미 '-오/우-'」, 『국어 연구 어디까지 왔나』, 동아출판사.
한재영(1992), 「중세국어의 대우체계 연구」, 『울산어문논집』 8, 울산대학교 국어국문학과.
허웅(1975=1981), 『우리 옛말본』, 샘문화사.
허웅(1981), 『언어학』, 샘문화사.
허웅(1986), 『국어 음운학』, 샘문화사.
허웅(1989), 『16세기 우리 옛말본』, 샘문화사.
허웅(1992), 『15·16세기 우리 옛말본의 역사』, 탑출판사.
허웅(1999), 『20세기 우리말의 통어론』, 샘문화사.
허웅(2000), 『20세기 우리말의 형태론(고침판)』, 샘문화사.
허웅·이강로(1999), 『주해 월인천강지곡』, 신구문화사.
홍윤표(1969), 「15세기 국어의 격연구」, 『국어연구』 21, 국어연구회.
홍윤표(1994), 「중세국어의 수사에 대하여」, 『국문학논집』, 단국대학교 국어국문학과.
홍종선(1983), 「명사화어미의 변천」, 『국어국문학』 89, 국어국문학회.

황선엽(1995), 「15세기 국어의 '-(으)니'의 용법과 기원」, 『국어연구』 135, 국어연구회.

〈불교 용어의 참고 문헌〉

곽철환(2003), 『시공불교사전』, 시공사.
국립국어원(2016), 인터넷판 『표준국어대사전』(http://stdweb2.korean.go.kr/main.jsp).
두산동아(2016), 인터넷판 『두산백과사전』(http://www.doopedia.co.kr/).
운허·용하(2008), 『불교사전』, 불천.
원광대학교 종교문제연구소(1974), 인터넷판 『원불교사전』, 원광대학교 출판부.
한국불교대사전 편찬위원회(1982), 『한국불교대사전』, 보련각.
한국학중앙연구원(2016), 인터넷판 『한국민족문화대백과』(http://encykorea.aks.ac.kr/).
홍사성(1993), 『불교상식백과』, 불교시대사.

〈불교 경전〉

『釋迦譜』 제2권 제15. 〈釋迦父淨飯王泥洹記〉(석가부정반왕니원기)
『釋迦譜』 제2권 제14. 〈釋迦姨母大愛道出家記〉(석가이모대애도출가기)
『大方便佛報恩經』 자품(慈品) 제7. 〈華色比丘尼緣 五百群賊的佛緣〉(화색비구니연 오백군적적불연〉
『大雲輪請雨經』(대운수청우경)

지은이 **나찬연**은 1960년에 부산에서 태어났다. 부산대학교 국어국문학과를 나오고(1986), 같은 학교 대학원에서 문학석사(1993)와 문학박사(1997)학위를 받았다. 지금은 경성대학교 국어국문학과에서 교수로 재직하고 있으면서 국어학, 국어 교육, 한국어 교육 분야의 강의를 맡고 있다.

* 홈페이지: '학교 문법 교실(http://scammar.com)'에서는 이 책의 내용과 관련된 자료를 온라인으로 제공합니다. 본 홈페이지에 개설된 자료실과 문답방에 올려져 있는 다양한 정보를 자유롭게 이용할 수 있고, 이 책의 내용에 대하여 저자의 답변을 받을 수 있습니다.
* 전화번호 : 051-663-4212
* 전자메일 : ncy@ks.ac.kr

주요 논저

우리말 이음에서의 삭제와 생략 연구(1993), 우리말 의미중복 표현의 통어·의미 연구(1997), 우리말 잉여 표현 연구(2004), 옛글 읽기(2011), 벼리 한국어 회화 초급 1, 2(2011), 벼리 한국어 읽기 초급 1, 2(2011), 제2판 언어·국어·문화(2013), 제2판 훈민정음의 이해(2013), 근대 국어 문법의 이해－강독편(2013), 표준 발음법의 이해(2013), 제5판 현대 국어 문법의 이해(2017), 쉽게 읽는 월인석보 서, 1, 2, 4, 7, 8, 9, 10(2017~2021), 쉽게 읽는 석보상절 3, 6, 9, 11, 13, 19(2017~2019), 제2판 학교 문법의 이해 1, 2(2018), 국어 어문 규정의 이해(2019), 현대 국어 의미론의 이해(2019), 국어 교사를 위한 고등학교 문법(2020), 중세 국어의 이해(2020), 중세 국어의 이해(2020), 중세 국어 강독(2020), 근대 국어 강독(2020)

쉽게 읽는 월인석보 10(月印釋譜 第十)

1판 1쇄 인쇄_2021년 3월 15일
1판 1쇄 발행_2021년 3월 25일

지은이_나찬연
펴낸이_양정섭

펴낸곳_경진출판
등록_제2010-000004호
이메일_mykyungjin@daum.net
사업장주소_서울특별시 금천구 시흥대로 57길(시흥동) 영광빌딩 203호
전화_070-7550-7776 팩스_02-806-7282

값 44,000원

ISBN 978-89-5996-813-8 94810
ISBN 978-89-5996-507-6(set) 94810